Juliette Benzoni est née à Paris. Fervente lectrice d'Alexandre Dumas, elle nourrit dès l'enfance une passion pour l'histoire. Elle commence en 1964 sa carrière de romancière avec la série des *Catherine*, traduite en plus de vingt langues, série qui la lance sur la voie d'un succès jamais démenti jusqu'à ce jour. Elle a écrit depuis une soixantaine de romans, recueillis notamment dans les séries intitulées *La Florentine* (1988-1989), *Les Treize Vents* (1992), *Le Boiteux de Varsovie* (1994-1996) et *Secret d'Etat* (1997-1998). Outre la série des *Catherine* et *La Florentine*, *Le Gerfaut* et *Marianne* ont fait l'objet d'une adaptation télévisuelle.

Du Moyen Age aux années 30, les reconstitutions historiques de Juliette Benzoni s'appuient sur une documentation minutieuse. Vue à travers les yeux de ses héroïnes, l'Histoire, ressuscitée par leurs palpitantes aventures, bat au rythme de la passion. Figurant au palmarès des écrivains les plus lus des Français, elle a su conquérir cinquante millions de lecteurs dans plus de vingt pays.

Les Chevaliers
**

RENAUD OU LA MALÉDICTION

DU MÊME AUTEUR
CHEZ POCKET

Le Gerfaut
1. LE GERFAUT DES BRUMES
2. LE COLLIER POUR LE DIABLE
3. LE TRÉSOR
4. HAUTE SAVANE

Marianne
1. UNE ÉTOILE POUR NAPOLÉON
2. MARIANNE ET L'INCONNU DE TOSCANE
3. JASON DES QUATRE MERS
4. TOI MARIANNE
5. LES LAURIERS DE FLAMME - 1re partie
6. LES LAURIERS DE FLAMME - 2e partie

Le Jeu de l'amour et de la mort
1. UN HOMME POUR LE ROI
2. LA MESSE ROUGE
3. LA COMTESSE DES TÉNÈBRES

Secret d'Etat
1. LA CHAMBRE DE LA REINE
2. LE ROI DES HALLES
3. LE PRISONNIER MASQUÉ

Le Boiteux de Varsovie
1. L'ETOILE BLEUE
2. LA ROSE D'YORK
3. L'OPALE DE SISSI
4. LE RUBIS DE JEANNE LA FOLLE

(Suite en fin de volume)

JULIETTE BENZONI

Les Chevaliers

**

RENAUD
OU LA MALÉDICTION

PLON

Le Code de la propriété intellectuelle n'autorisant aux termes de l'article L. 122-5, 2ᵉ et 3ᵉ a, d'une part, que les « copies ou reproductions strictement réservées à l'usage privé du copiste et non destinées à une utilisation collective » et, d'autre part, que les « analyses et les courtes citations dans un but d'exemple ou d'illustration, « toute représentation ou reproduction intégrale ou partielle faite sans le consentement de l'auteur ou de ses ayants droit ou ayants cause est illicite (art. L. 122-4).

Cette représentation ou reproduction, par quelque procédé que ce soit, constituerait donc une contrefaçon sanctionnée par les articles L. 335-2 et suivants du Code de la propriété intellectuelle.

© Plon, 2003.
ISBN 2-266-13335-7

Première partie

UN EMPEREUR FAMELIQUE

CHAPITRE I

LA COMMANDERIE

Le soir tombait quand Renaud, enfin, l'aperçut ; lourdes murailles à quatre tours percées d'archères, elle dominait de sa redoutable silhouette le chemin de terre longeant la rivière. Tout autour, étalées comme un manteau, les vignes repoussaient l'épaisse tignasse de la forêt tout en haut du coteau. Une bannière blanche frappée de la rouge croix pattée flottait mollement dans le vent léger que soufflait le ciel déjà presque noir vers l'est. Au-delà, c'étaient les toits aigus, les clochers et les défenses de Joigny gardant un pont de pierre bâti jadis sur l'Yonne par les Romains.

Le jeune voyageur soupira de soulagement. Les sept lieues parcourues depuis le matin pesaient à ses pieds chaussés seulement de sandales grossières et la dernière avait été la plus rude depuis la traversée mouvementée de la rivière où le passeur de Saint-Aubin, plus cupide qu'impressionné par sa robe de moine, prétendait explorer le sac de toile qu'il portait à l'épaule... Encore avait-il fallu le convaincre qu'il ne s'agissait pas d'un trésor, mais bien d'un épais paquet de feuillets noué de minces lianes d'osier destiné à la « templerie » Saint-Thomas pour que l'homme consentît à embarquer Renaud dans son bachot guère plus grand qu'une coquille de noix. En y ajoutant, il est vrai, la dimension des épaules du jeune homme sous la bure noire... et le petit morceau de lard froid restant de ce qu'il avait emporté pour la route. Mais enfin l'Yonne fut passée sans que Renaud eût à se mouiller et il put poursuivre son chemin en longeant la rivière. Et en clopinant. Ses pieds étaient gelés. Peu habitués aux lanières de cuir dont l'une le blessait, ce qui le faisait soupirer en pensant à ses bottes abandonnées à la tour mais la vraisemblance du personnage était à ce prix. Qui a jamais vu un moine botté ? Sauf, bien sûr s'il était abbé mitré ou évêque !

Enfin il fut devant l'entrée au-dessus de laquelle la croix de la bannière était reproduite en pierre. Il y avait là une cloche dont il tira la chaîne comme devant un monastère. Point de fossés ici, ni de pont-levis pour ce domaine de moines-soldats qui travaillaient la terre comme des paysans mais savaient se battre comme les guerriers qu'ils ne cessaient jamais d'être ! Un frère-sergent en cotte noire à croix rouge vint ouvrir armé d'une torche, l'apprécia d'un coup d'œil, lui souhaita la paix et lui demanda ce qu'il voulait :

— Voir frère Adam... s'il est toujours commandeur de cette maison ?

— Il l'est toujours, grâce à Dieu !

— Alors veuillez lui dire que j'ai nom Renaud et que frère Thibaut m'envoie... lui porter ceci, ajouta-t-il en désignant son sac.

— Frère Adam est à la chapelle pour vêpres mais veuillez me suivre au chauffoir où vous pourrez attendre commodément. Vous semblez las et transi, frère, offrit cet homme avec l'extrême politesse qui était chez les Templiers une règle absolue aussi bien pour leurs rapports entre eux qu'envers les étrangers.

A la suite du frère-sergent, Renaud pénétra dans une

vaste cour entourée de bâtiments divers qui renfermaient les écuries, le dortoir, le réfectoire, une construction abritant un pressoir mais aussi une belle chapelle, romane comme la salle du chapitre dont elle était voisine. Ainsi que le chauffoir où des bancs étaient disposés autour d'un âtre central et d'un bon feu.

Renaud s'assit avec satisfaction et se hâta d'ôter la sandale blessante découvrant une grosse ampoule enflammée. Ce que voyant, le frère-sergent alla lui chercher de quoi se laver les pieds et bander celui qui était entamé. Puis il lui donna un morceau de pain et un gobelet de vin pour se remettre avant d'aller attendre la fin de l'office et de prévenir le commandeur.

Un moment plus tard, il revint pour emmener Renaud à la salle capitulaire où l'attendait un grand vieillard, droit comme un I en dépit des ans et que le jeune homme reconnut sans peine d'après la description du manuscrit. La couronne de cheveux presque ras, blancs comme la longue barbe, gardaient des traces roussâtres et les dimensions du personnage n'avaient pas changé si le bleu des yeux s'était délavé.

A grands pas qui agitaient sa robe et son manteau blancs, les mains nouées dans son dos, frère Adam arpentait les longues dalles avec une vigueur qui fit l'admiration du voyageur en pensant que décidément ces hommes forgés au feu des combats de Terre Sainte sous celui d'un soleil dévorant, semblaient faits d'un autre matériau que le commun des mortels ! Et celui-là dépassait les quatre-vingt-dix printemps ! C'était à n'y pas croire !

Arrêtant sa promenade, frère Adam Pellicorne se planta au milieu de la salle pour regarder Renaud venir à lui. Quelque chose devait le tourmenter car, sans plus s'encombrer de la politesse raffinée du Temple, il lança brusquement :

– Comment va frère Thibaut ?

Mais il n'eut pas besoin de réponse en voyant le jeune homme s'incliner devant lui avec des larmes dans les yeux :

– Ah ! fit-il courtement. Il est mort ?

– Oui. L'avant-dernière nuit. Je... je l'ai enterré de mon mieux après lui avoir remis le manteau blanc !

– C'est bien. Mais... comment étiez-vous auprès de lui ?

– De tout mon cœur... je crois que le Dieu Tout-Puissant m'y a conduit quand est venue pour moi une heure de grand péril. J'allais... j'allais être pendu quand j'ai pu fuir à travers la forêt... et la Tour oubliée s'est trouvée sur mon chemin...

Mais frère Adam avait eu un haut-le-corps tandis que ses épais sourcils blancs se fronçaient :

– Pendu ? Le mot est malsonnant !

– Je n'en connais pas d'autre, hélas, pour... ce... ce genre de chose.

Et Renaud répéta pour le commandeur le récit déjà fait pour celui qu'à présent, mais dans le secret de son âme, il appelait son grand-père et, peu à peu, le visage sévère qui lui faisait face se détendait. Finalement ce fut frère Adam qui conclut :

– C'est pitié que si bon roi ait si mauvais baillis ! Tous, heureusement, ne sont pas comme ce Jérôme Camard mais il faudrait que l'on sache à Paris ce qu'il en est... Qu'est-ce que ce sac ? ajouta-t-il en désignant le paquet que Renaud avait laissé tomber à ses pieds, et qu'il se hâta de ramasser. En le gardant dans ses bras.

– C'est le livre que sire Thibaut a écrit durant sa longue solitude. Je ne pouvais le laisser derrière moi.

– Vous l'avez lu ?

– Avant qu'il ne meure. Il a dit qu'il l'avait écrit pour moi. Cependant il m'est difficile de le garder puisque je n'ai plus ni feu ni lieu. Aussi ai-je pensé à vous le confier, à vous, sire, qui étiez son ami. Le seul, je crois bien...

– Oui, puisque Olin des Courtils et sa bonne épouse ne sont plus. Que pensez-vous de tout ceci ? dit-il en désignant le sac dont Renaud se résignait à se séparer pour le lui tendre.

– Que j'ai grand regret de n'avoir rien su jusqu'à ces jours de ce qu'était sire Thibaut. Ce qui ne m'a pas laissé beaucoup de temps pour l'aimer.

– Vous avez la vie entière maintenant en sachant surtout que vous lui étiez... infiniment cher ! Que voulez-vous faire à présent ? Avez-vous été adoubé ?

– Non. Mon père formait le projet de m'offrir comme écuyer au comte d'Auxerre en vue de l'adoubement, mais maintenant je n'ai plus le droit d'y songer. Ne suis-je pas un condamné en fuite ?

– Oublions cela pour le moment ! Le Temple peut vous accueillir et faire de vous un chevalier. Restez et après le temps de probation convenable, vous recevrez l'épée et le manteau... Seulement, ajouta frère Adam devant la mine gênée du garçon, la vie monastique ne vous tente peut-être pas ? Même la nôtre qui est de combat autant que de service d'autrui ?

– C'est que... j'ai une mission à remplir... loin d'ici. Une mission dont on ne m'a pas caché qu'elle serait difficile.

– ... mais que l'Ordre pourrait faciliter ? Voulez-vous que je vous dise de quoi il s'agit ? Thibaut de Courtenay vous a chargé de retrouver la Vraie Croix là où il l'a cachée avant le désastre de Hattin. Je vous vois mal y aller seul quand un navire de l'Ordre pourrait vous porter et des frères vous escorter. A cette heure, par l'action de l'empereur Frédéric II et surtout la dernière croisade menée par le comte Thibaud de Champagne et Richard de Cornouailles, le royaume franc existe à nouveau et nos frères relèvent leurs forts châteaux...

L'air de plus en plus malheureux, Renaud oscillait d'un pied sur l'autre, ne sachant trop comment dire les choses et craignant par-dessus tout de blesser ce grand vieillard qui l'accueillait si bellement. Il se décida tout de même, croyant deviner qu'avec frère Adam la vérité était encore la meilleure solution.

– C'est que... si je vais là-bas avec le Temple, c'est à lui que je devrai remettre la Sainte Relique ?

– Cela me semble naturel. En campagne, l'Ordre a toujours fourni la garde de la Croix et c'est le sénéchal qui a donné consigne de l'enterrer dans un endroit qui devait rester ignoré de tous et n'être révélé à quiconque même sous la torture.

– Je sais. Je l'ai lu ici, soupira Renaud en désignant le gros manuscrit. Cependant... sire Thibaut désire qu'elle soit portée au roi Louis seul digne selon lui de la recevoir...

– Seul digne ? articula le commandeur. Et nous ?... Je croyais que Thibaut aimait l'Ordre et lui était fidèle en dépit de son exclusion ?

– Je le pense aussi. Pourtant il devait avoir ses raisons. Il a parlé... d'obscurités mais il ne m'a pas dit à quoi il faisait allusion.

– Ah !

– Et je dois, moi, obéir à ses volontés dernières. Voilà pourquoi je n'ai pas le droit de devenir Templier.

– Je vois, mais... en auriez-vous l'envie ?

Ce ne fut pas facile parce que le malheureux ne savait plus que faire de lui-même. Pourtant, une fois de plus, il prit le parti de la vérité.

– Je... non !... Que Votre Seigneurie veuille bien me pardonner mais, avant qu'il ne m'advînt ce malheur qui a détruit tout ce qui était ma vie, j'étais un garçon comme les autres avec une grande envie de porter l'épée et la lance, d'accomplir de hauts exploits...

– C'est tout juste ce dont rêve un Templier de bonne venue !

– Sans doute, mais j'aimerais aussi... servir les dames !

Devant la mine naïvement émerveillée du jeune homme, Adam Pellicorne ne put s'empêcher de rire :

– « Les » dames ? Savez-vous que votre grand-père n'en a jamais aimé qu'une seule pour l'amour de laquelle il a refusé toutes les autres, se gardant pur sous un ciel torride où c'est peut-être la chose la plus difficile du monde ?

– Tant que cela ? Les Templiers, il me semble, font vœu de chasteté et s'y tiennent. Du moins c'est ce que je crois. En outre, sire Thibaut n'était-il pas guidé aussi par son dévouement au roi lépreux qui, lui, n'avait pas droit à l'amour ?

– Décidément, vous savez bien des choses car c'est la vérité. Mais revenons à vous ! Avez-vous une douce amie ?

– Non, répondit Renaud un peu trop vite parce qu'un visage venait de s'interposer entre lui et l'austère décor illuminant les piliers trapus et la voûte basse.

Mais, si frère Adam s'en aperçut, il ne fit aucun commentaire autre qu'une bienveillante conclusion :

– Nous pourrons en parler à loisir. Rien ne presse, je suppose ? Le roi Louis, que Dieu garde, songerait à partir en croisade. Vous voyez que bien des possibilités vous seront offertes. En attendant, voilà la cloche du souper ! Allons nous laver les mains et passons à table ! Ensuite nous entendrons complies et vous irez dormir ! La nuit, je l'ai souvent remarqué, peut apporter conseils et solutions...

Mais il était écrit que ce paisible programme verrait sa réalisation différée. Comme frère Adam achevait sa phrase, la cloche du portail fut agitée avec frénésie tandis que le lourd battant en cœur de chêne résonnait sous des poings ferrés éveillant une rumeur dans le couvent. Le sergent de tout à l'heure apparut presque aussitôt, l'air effaré :

– C'est le bailli de Châteaurenard, sire commandeur. Il a des hommes d'armes avec lui et réclame un prisonnier évadé qui se serait réfugié chez nous !

– Le bailli de Châteaurenard ? tonna frère Adam en se recoiffant du chapel de feutre blanc, sans bord, qui l'attendait sur le bras de sa chaire. Qu'on l'amène ici ! Mais seul ! Si obtus qu'il soit, il doit savoir que ses soldats n'ont pas le droit de pénétrer dans cette maison !

Devant l'écroulement de ses rêves et l'inanité de tant d'efforts, Renaud ne put retenir un gémissement :

– Allons ! Tout est fini ! Mais peut-être puis-je me cacher ?

– Pour que je puisse mieux mentir ? Un Templier ne ment pas, mon garçon. Tout au moins celui qui est digne de l'être ! Restez là !

L'attente fut brève. Frère Adam l'employa à aller s'asseoir sur son siège de commandeur tandis qu'en belle ordonnance, les chevaliers au manteau blanc entraient et prenaient chacun sa place. Renaud resta seul au milieu de la salle avec l'affreuse impression de se retrouver au tribunal, sentence reçue, en attendant que le bourreau vienne le chercher.

De tourmenteur, Jérôme Camard avait assez l'allure. Le dos un peu voûté comme ceux qui grandissent mal, il cachait sous sa maigreur une force dangereuse et sous son chaperon noir une figure dont l'asymétrie n'eût peut-être pas été déplaisante sans la ligne mince et sinueuse de la bouche et l'incessante activité des yeux sans couleur définie qui semblaient vouloir observer toutes choses à la fois. Et naturellement, le pauvre Renaud eut le privilège d'arrêter ce regard :

– Ah, voilà qui est bien ! s'exclama le bailli avec satisfaction. Je vois avec plaisir que la justice du roi a droit de cité dans nos bonnes commanderies du Temple !

Il s'avançait déjà pour ramasser son gibier qui fasciné comme l'oiseau par le basilic semblait changé en pierre quand la voix de frère Adam le cloua sur place :

– On ne vous a jamais appris à saluer ? grondat-elle. Ou bien avez-vous oublié qui vous êtes ?

Saisi de plein fouet, Camard s'exécuta maladroitement, mais sans oublier de rappeler son titre de bailli royal...

– Pour Châteaurenard et encore pas tout entier ! Ce qui veut dire que vous n'avez rien à faire ici puisque vous êtes hors de votre juridiction, la commanderie Saint-Thomas-du-Temple étant enclavée dans le comté de Joigny. Et le comte est coseigneur de Châteaurenard.

– Je représente le roi et le roi est partout chez lui.

– Pas ici ! Nos bonnes commanderies comme vous osez le dire dépendent du Grand Maître qui est en Terre Sainte et le Grand Maître du pape ! Que voulez-vous ?

– Vous devez le savoir, sire commandeur, puisque vous m'offrez dès l'entrée ce que je suis venu chercher, persifla le bailli qui reprenait de l'assurance en dépit des trente paires d'yeux rivés sur lui.

– Nous ne vous offrons rien ! Nous attendons au

contraire que vous vous expliquiez. Que cherchez-vous ici ?

– Cet homme qui, voici peu de jours, a échappé à la potence que méritait son crime : il m'a volé et tué sa mère !

– Vraiment ? Consentirez-vous au moins à prononcer son nom ? C'est trop facile de pointer un doigt sur le premier venu en clamant qu'on le recherche !

– S'il n'y a que cela !... Veuillez s'il vous plaît remettre à ma justice le nommé Renaud des Courtils...

Un sourire fendit la barbe blanche de frère Adam, montrant des dents encore solides :

– Voyez comme une erreur est aisée à commettre ! Ce jeune homme n'est pas le fils d'Odon des Courtils.

– Allons donc ! En dépit de son déguisement, je le reconnais et, après tout, si la dame des Courtils a donné à son mari le fils d'un autre...

Les deux chevaliers les plus proches de Renaud eurent juste le temps de le retenir quand il s'élança sur Jérôme Camard pour l'étrangler en hurlant :

– Fils de porc ! Tu en as menti par la gueule ! Dame Alaïs était pure et sainte...

Frère Adam quitta son siège et vint mettre sur l'épaule du jeune furieux une main apaisante :

– Paix, mon garçon ! Et vous, Jérôme Camard, retenez votre langue de vipère et apprenez à quel point vous vous trompez car voici devant vous Renaud de Courtenay, des anciens comtes d'Edesse et de Turbessel, haute maison dont vous n'ignorez pas qu'elle tient au sang royal de France...

– Ah vraiment ? Et où prenez-vous cela ?

– Dans l'acte que nous gardons en notre chartrier, signé devant témoins par sire Thibaut de Courtenay, retourné à Dieu ces jours-ci et qui fut du Temple de Jérusalem. Il s'y reconnaît père de ce jeune homme.

– Et la mère ?
– Une trop haute dame pour que son nom soit prononcé.
– Autrement dit, un bâtard ! ricana Camard.
– Seul compte le sang paternel, et s'il est reconnu, il n'est plus vraiment bâtard. Il perd seulement le droit d'hériter ! Autre chose encore ?
– Oui. Qu'un assassin reste un assassin et que...
– Je ne vous le fais pas dire mais à votre place je ne le crierais pas si fort. Certains pensent que le meurtrier c'est vous et que vous avez commis le crime, assorti d'un autre puisque vous voulez en charger un innocent, afin de vous emparer « au nom du roi » des biens des Courtils.
– Vous l'avez dit : au nom du roi ! Et cela change tout ! C'est pourquoi je vous prie de me remettre cet homme !
– Non, et pour trois raisons : cette maison est terre d'asile et vous n'auriez jamais dû y pénétrer. Ensuite vous cherchez Renaud des Courtils et il n'existe pas. Enfin – et en admettant qu'il existe –, il n'a jamais tué personne. Pour conclure nous vous proposons de porter à Paris, et devant le roi, l'affaire qui vous occupe tant et je vous promets alors bonne et vraie justice ! Car nous l'accompagnerons nous-mêmes au palais.

Un murmure d'approbation s'éleva de la double rangée des manteaux blancs. Jérôme Camard entendit-il menace là où il s'agissait seulement d'une paisible affirmation de la volonté commune ? Toujours est-il qu'il tourna les talons pour rejoindre la porte. Au seuil de laquelle, cependant, il se retourna :

– Tout n'ira pas toujours à votre volonté, « beaux » sires Templiers ! Quant à celui-là, je saurai bien, un jour, lui faire payer son forfait !
– Vraiment ? En ce cas, je pense que nous irons au

roi de toute façon, émit frère Adam qui ajouta avec une ironie insultante : « Il est temps, pour le bien des gens de Châteaurenard, que notre sire apprenne quel bon administrateur le représente ! »

Le bailli reparti, les Templiers quittèrent en silence la salle capitulaire pour se rendre au réfectoire. Frère Adam sortit le dernier, emmenant un Renaud désorienté qui aurait bien voulu comprendre ce qui lui arrivait mais, quand il ouvrit la bouche, son guide ne lui permit pas de s'exprimer :

– Plus tard ! Pour le moment nous allons à souper, dont l'heure est déjà dépassée et où l'on ne parle pas. Ensuite nous chanterons complies à la chapelle.

Il fallut bien s'en contenter mais, tout en dévorant à belles dents le copieux ragoût de raves, de choux et de mouton qui lui fut servi, Renaud essayait de mettre de l'ordre dans ses pensées et n'entendit pas un mot de la lecture pieuse que, durant le repas, un frère effectuait debout dans une petite chaire. Il constata seulement que l'obligation de silence ne concernait pas le commandeur qui s'entretint à voix basse avec le chapelain presque tout le temps. Il devait être question de lui car l'un et l'autre regardaient souvent de son côté. Ensuite, on se rendit à la chapelle en bel ordre mais tant que dura l'office avec ses psaumes et le chant du *Nunc dimittis*..., Renaud fut incapable d'y appliquer son esprit qui cherchait à assimiler l'étrange nouvelle qu'il venait d'entendre. L'habitude des prières – on était très pieux chez les Courtils ! – agitait ses lèvres machinalement. Seul le cantique de Siméon porté par les voix graves des Templiers perça un peu sa distraction ; mais, quand il voulut s'y joindre, le filet qui sortait de sa gorge lui parut tellement ridicule qu'il se tut. Il n'allait jamais pouvoir dormir tant qu'il ne saurait pas par quel miracle il se retrouvait fils de son aïeul... Et pourquoi un Templier qui n'avait pas le droit de mentir venait-il de proférer pareille énormité ?

Frère Adam qui l'observait se doutait bien de ce qui se passait sous la calotte de cheveux de cette tête de dix-huit ans. Aussi, laissant ses chevaliers accomplir sans lui l'ultime visite du soir aux écuries, conduisit-il lui-même Renaud dans une petite cellule inoccupée voisine de l'herbarium.

— Vous allez dormir là ! dit-il en désignant l'étroite couchette. Mais auparavant parlons un peu ! Vous étiez fort distrait à la chapelle et je crois deviner ce qui vous trouble.

— C'est cet... acte que vous avez prétendu détenir...

— Prétendu ? Retenez votre langue, mon garçon ! Je n'ai pas « prétendu ». Je possède cet acte que sire Thibaut a écrit et scellé ici même. On ne ment pas quand on est Templier !

— Lui l'a fait pourtant ! Et par écrit ! Je ne suis pas son fils mais...

— Certes, il l'a fait. En pleine conscience de son acte – il en a d'ailleurs été absous par le chapelain d'alors ! – et cela pour votre seul bien. Imaginez-vous quelle carrière serait la vôtre si l'on vous savait né des amours adultères d'une princesse d'Antioche avec un Sarrasin ? Thibaut a fait ce qu'il fallait pour rattacher le faible rameau que vous êtes au tronc solide des princes de Courtenay. Il voulait que vous portiez son nom et moi je l'ai approuvé. Cela vous suffit-il ?

Trop étourdi pour répondre, Renaud se laissa tomber sur le mince matelas et finit par balbutier :

— Prince de Courtenay ! C'est...

— Hé là, doucement ! Vous n'y avez pas plus droit que Thibaut simple chevalier ! Vous aussi le serez quand vous aurez été adoubé. Libre à vous ensuite de conquérir d'autres titres à la pointe de l'épée mais c'est le secret de votre avenir...

Renaud se releva pour saluer le commandeur et osa demander comment celui-ci le voyait, cet avenir.

– Je vais y réfléchir, répondit frère Adam. Je vous souhaite la bonne nuit...

La nuit et le début de la journée qui suivirent confortèrent Renaud dans son peu d'attrait pour la vie templière parce que beaucoup trop monastique. Certes ses parents adoptifs lui avaient communiqué leur foi et l'avaient accoutumé à une grande exactitude dans ses devoirs religieux, mais ceux-ci n'étaient qu'un faible reflet de ceux qui étaient de règle à la commanderie.

A quatre heures du matin il fut réveillé par la campane[1] de matines et le piétinement qui suivit. Réalisant que les frères se rendaient à la chapelle et pensant qu'il leur devait bien de se comporter comme eux, il se hâta d'enfiler sa robe, de chausser ses sandales et, les yeux gros de sommeil, se mit à la suite de la théorie de blancs manteaux déjà en train de traverser la cour. Il faisait nuit noire bien entendu puisqu'il s'agissait d'un office essentiellement nocturne qui, en été, se disait à deux heures du matin mais le temps, encore froid, était sec. Ce qu'apprécièrent les pieds glacés du jeune homme.

Dans la chapelle dont deux gros cierges de cire jaune éclairaient à peine les voûtes simples aux ombres denses mais faisaient rayonner la croix et le tabernacle d'argent, il resta près de la porte, tout au bout des deux files de frères qui se faisaient face de part et d'autre de la nef, et s'efforça d'apporter sa modeste participation, mais il n'avait jamais chanté matines et dut se

---

1. La cloche.

contenter d'écouter ces voix mâles dont toutes n'étaient pas suaves, rejoignant seulement à la récitation des prières qui étaient treize *Pater* en l'honneur de Notre-Dame et treize autres pour le saint du jour qui était Lubin, propriétaire du quatorzième jour de mars. Après, en bon ordre, on ressortit dans l'obscurité pour aller aux écuries, et en silence, voir si tout allait bien, puis on retourna se coucher. Renaud se rendormit aussitôt... mais pas pour longtemps : deux heures plus tard sonnait la cloche de « prime[1] » qui ramena le couvent à la chapelle, cette fois pour y entendre la messe assortie des soixante *Pater* d'obligation : trente pour les morts et trente pour les vivants.

Ensuite on passa au réfectoire prendre le premier repas, très substantiel toujours et toujours précédé du *Benedicite* et d'un *Pater* récités debout ; après quoi le silence ne fut troublé que par la voix du lecteur. S'il n'avait trouvé sa place marquée au même endroit que la veille à la longue table nappée de blanc, Renaud aurait pu se croire désincarné, transparent même car personne ne semblait le voir, personne ne s'adressait à lui et, là-bas, frère Adam paraissait l'avoir oublié. C'était une sensation étrange. Pas vraiment agréable ! Le commandeur avait-il vraiment besoin de tout ce temps pour savoir ce qu'il allait faire de lui ?

Ce fut seulement après complies qu'un frère vint chercher Renaud pour le mener au vieux Templier qui l'attendait dans sa chambre. Le jeune homme était un peu étourdi par cette journée coupée d'offices espacés régulièrement ramenant les Templiers à la chapelle pour chanter les Heures de Notre-Dame, ce qui ne les empêchait pas d'abattre aux champs, aux vignes, à

---

1. La première des heures canoniales.

l'écurie, aux étables et aux différentes tâches du couvent un travail considérable. Le tout soutenu par de nombreux *Pater*. Lui n'avait fait que prier, manger et chanter avec les autres et cependant, il se sentait fatigué. Sa mine, un peu ahurie, amusa frère Adam.

– Eh bien ? Que vous semble la vie d'une commanderie, mon fils ? Une commanderie des champs qui ne saurait être même chose qu'une templerie de grande ville comme Paris, Lyon, Lille ou encore une maison d'Orient où les arts militaires priment.

Décidément cet homme possédait le génie des questions difficiles et Renaud se racla la gorge à plusieurs reprises avant de répondre :

– C'est une vie fort austère... même pour un garçon qui, comme moi, devrait être à cette heure sous six pieds de terre. Au choix, si je l'avais, je... je préférerais l'Orient.

– Vous savez que l'on y prie tout autant ?

– Sans doute... sans doute et j'aime aussi à prier, mais... les armes ne sont-elles pas le vrai métier du chevalier ? Et...

– ... et les travaux de la terre ne vous attirent pas ? Il faut pourtant bien que l'on s'en charge car ce que l'on mange, boit ou consomme d'une manière ou d'une autre vient de notre domaine. Ce qui nous permet aussi de faire aumône chaque jour comme le veut la règle. Le surplus est vendu pour la trésorerie du Temple. Allons ! Ne faites pas cette mine ! Si je vous ai soumis à cette petite épreuve, mon intention n'était pas de vous contraindre. Vous souhaitez vivre dans le siècle et je vais vous y aider. Votre père – j'entends le bon sire Olin ! – voulait vous offrir au comte d'Auxerre pour qu'après l'avoir servi comme écuyer il fasse de vous un chevalier ?

– En effet, et il avait déjà mis de côté la somme

nécessaire pour acheter, le temps venu, le haubert, le heaume et l'équipement qui sont fort onéreux comme vous le savez sans doute... Il n'est plus, à présent, et le bailli a tout pris. Je ne serai jamais qu'un homme d'armes... un sergent peut-être ?

– Vous n'y entendez rien et c'est normal, ayant été élevé dans une petite châtellenie. Si vous le servez bien, un haut baron fera ce qu'il faut et c'est à l'un des plus riches, en dehors des princes, que je vais vous conduire...

– Avez-vous donc renoncé à me mener à Paris ? J'espérais... servir le roi !

– Vous divaguez, mon garçon ! On n'entre pas au service du roi comme dans un moulin ! Il y a un instant vous gémissiez que vous ne seriez jamais que sergent et voilà que vous réclamez d'entrer au palais de la Cité ? Comme chambellan ? Oh ! Je vous demande excuses pour avoir oublié un instant qu'un Templier ne s'adresse à autrui que bellement... et suavement ! Mais vous me mettez hors de moi, soupira enfin frère Adam en se carrant sur sa chaise à dossier.

En quelques secondes, il était passé du blanc au pourpre foncé avec retour à sa teinte initiale sous l'œil tout de même inquiet de Renaud qui se traitait mentalement d'imbécile. Ce n'était pas la première fois qu'il s'apercevait de cette propension gênante qu'il avait de parler un peu trop et d'exprimer trop librement sa pensée. Sa mère le lui avait parfois reproché...

– Ayez la bonté de me pardonner, murmura-t-il en baissant les yeux.

Mais déjà le commandeur reprenait le fil de son discours :

– Pour ce qui est de Paris, vous irez ! Je vais vous faire escorter jusqu'au Temple de là-bas qui est le plus important en terre de France, pour éviter que vous ne vous trouviez perdu et exposé à bien des périls dans une aussi grande ville. Ensuite on vous mènera à l'hôtel de Coucy où l'on vous accueillera, je pense, par la vertu de la lettre que je vous remettrai pour le baron Raoul. C'est là qu'avec l'aide de Dieu, vous commencerez votre carrière.

S'il pensait que son protégé allait se confondre en remerciements, frère Adam se trompait. Renaud voulait en savoir plus sur cette maison inconnue où on l'envoyait mais ne sachant comment s'y prendre pour ne pas déplaire il garda le silence. Ce qui agaça frère Adam :

– Eh bien ? Cela vous convient j'espère ? émit-il sans la moindre suavité.

– Je... Oh oui, sire commandeur, mais... je... je ne sais pas du tout...

– Quoi ? Qui sont les Coucy ?

– Euh... oui !

C'était dit si naïvement que frère Adam s'autorisa un sourire :

– Vous devez être le seul en France à l'ignorer. Même en Terre Sainte, sur laquelle ils ont versé leur sang, on sait ce qu'ils sont, c'est-à-dire de hauts et puissants barons, fort riches et bien pourvus de terres et menant train de princes. Pour ma part, je les connais depuis toujours, ma terre natale de Dury étant proche de leur grand fief, et ils ont toujours été de rudes seigneurs donnant du fil à retordre au roi...

– Des rebelles ? gémit Renaud presque bas.

– Cela y a ressemblé parfois. Le baron Enguerrand, mort voici deux ans, était de ceux-là. Il a fait construire sur l'éperon de Coucy le plus grand, le plus haut, le plus fort château qui se puisse voir... uniquement pour faire pièce à Philippe Auguste qui venait de bâtir sa grande tour du Louvre. Rassurez-vous, tout est rentré dans l'ordre et le baron Raoul qui a succédé est aussi preux chevalier que son père a pu l'être mais son humeur est infiniment plus affable. Vous voilà satisfait, j'espère ?

— Plus que je ne saurais le dire et je vous remercie de tout mon cœur. Je ferai en sorte, avec l'aide de Dieu et de Notre-Dame, que vous n'ayez jamais à regretter de m'avoir sauvé et assisté... si bellement.

— Voilà qui est bien, dit frère Adam en lui assenant une bourrade à l'épaule. Encore d'autres questions ?

— Il y en a, hélas, plusieurs que je souhaite poser depuis que j'ai lu ceci, hasarda Renaud en désignant le manuscrit posé sur un coffre. Mais j'aurais peur d'abuser...

— A mon âge, on ne dort plus guère. En outre, et à cause de lui, il se peut que nous ne nous revoyions pas. Que voulez-vous savoir ?

— Deux choses seulement... et j'ai grande honte de ma hardiesse.

— Ce n'est pas un défaut quand on l'emploie judicieusement.

— Voilà : lorsque vous avez rencontré sire Thibaut près de Belin, vous veniez chercher... un trésor à Jérusalem. L'avez-vous trouvé ?

— Oui.

— Pourtant vous ne vous êtes pas rendu directement au Temple puisque vous avez accepté de servir le roi Baudouin ?

— En effet. Le Temple n'était pas sous une bonne influence à cette époque et je voulais m'intéresser à tout ce qui l'entourait. En outre, je l'avoue, j'ai désiré connaître ce jeune lépreux doué d'une telle force de caractère et d'un tel rayonnement. Et là aussi j'ai trouvé ce que je cherchais. Est-ce tout ?

— Non, avec votre permission. Vous étiez envoyé

par l'évêque de Laon, une ville, si j'ai bien compris, proche de votre fief de naissance. D'où vient que l'on vous retrouve aux marches de Bourgogne, à la tête d'une commanderie si éloignée de votre terrage ?

– Un Templier va où on lui commande d'aller et je me crois plus utile à l'Ordre installé aux marches de Bourgogne comme vous le dites si bien, mais aussi à celles du domaine royal et du comté de Champagne. Une croisée de chemins est toujours plus intéressante qu'une maison de ville où l'on s'occupe surtout de commerce et de finances. Du moins à mon sens. Mais dites-moi à votre tour : vous êtes vraiment très savant sur ce que fut ma vie. C'est frère Thibaut qui vous a instruit ?

– C'est surtout le manuscrit. On y parle de vous...

– Et d'autres encore je présume. Aussi vais-je le lire avec grand intérêt avant de le ranger dans nos archives, mais en prenant soin de mentionner qu'il est votre propriété et devra vous être remis si vous venez un jour à le réclamer.

– Je vous en ai déjà une grande reconnaissance, fit Renaud avec un large sourire. Il me faut cependant vous prévenir que... qu'il y manque une ou deux pages...

Point ne fut nécessaire d'en dire davantage. En dépit des ans accumulés, l'esprit de frère Adam n'avait rien perdu de sa vivacité. Il considéra d'un œil où une légère irritation se mêlait à l'amusement, et même à un certain respect, ce long garçon maigre mais beau comme l'une de ces statues que ses voyages lui avaient permis d'admirer en Grèce, dont la peau légèrement basanée et les yeux noirs contrastaient si heureusement avec les cheveux blonds. En outre, il était intelligent, le bougre, sous ses dehors un peu naïfs et, là où il était,

Thibaut avait certainement toutes raisons d'en être fier...

— Celles, j'imagine, où il est question de la Vraie Croix ?

— Celles-là mêmes. Veuillez me pardonner !

— Du tout, du tout ! C'est de bonne guerre. Allez dormir à présent ! Demain je vous donnerai les moyens de vous rendre à Paris sans tomber dans l'embuscade que le bailli ne va certainement manquer de disposer sur votre chemin.

— Il oserait, après ce que vous lui avez dit ?

— Ce genre d'homme ose toujours tout dès l'instant où son intérêt est en jeu. Vous devriez le savoir puisqu'il n'a pas hésité à aller jusqu'au crime et à vous envoyer, vous, noble et innocent, à la potence.

— De cette dernière circonstance, je pourrais presque le remercier : j'aurais eu beaucoup plus de peine à échapper entier au billot et à la hache.

— C'est une manière de voir les choses. De toute façon, vous êtes bien vivant et c'est le principal...

Le changement qui allait conduire Renaud de son état de fugitif à celui de serviteur d'un haut baron s'opéra dans la nuit.

Alors que, pour se rendre à matines, il avait oublié sa robe de moine, il ne la trouva plus quand la cloche de prime appela la commanderie à la première messe. A sa place, il y avait une chemise de chanvre, des chausses de drap solide, une cotte courte en cuir matelassé qui n'était pas neuve mais encore en bon état et surtout des bottes de bon cuir, bien épais, dans lesquelles il glissa ses pieds avec un soupir de soulagement. C'était leur nudité dans les sandales qui lui avait été le plus pénible. Il y avait aussi un bonnet de laine brune et une pièce de tiretaine bien pliée qui, drapée autour des épaules, lui servirait de manteau, ce manteau quasi sacré que seuls les chevaliers adoubés avaient le droit de revêtir.

Le tout l'enchanta. Certes, avant son arrestation, il avait porté des vêtements plus beaux, de plus belle qualité et même de la soie car dame Alaïs était coquette pour « son fils », mais la vie lui avait été si dure depuis qu'il ne se souvenait pas d'avoir éprouvé plaisir plus grand qu'en enfilant la grossière chemise de chanvre et la cotte de cuir râpée lui qui portait chemises et braies de lin et pour qui sa mère avait brodé de fils d'or, pour son dernier anniversaire, un bliaut de soie rouge figurant sans doute désormais dans les coffres de Jérôme Camard...

Les offices terminés, il voulut aller en remercier frère Adam mais c'était l'heure de rompre le jeûne et il devait se rendre avec les autres au réfectoire où l'on attendit le commandeur et le chapelain debout en silence devant les écuelles vides.

Quand il parut, Renaud vit que frère Adam avait revêtu le haubert en mailles d'acier sous la longue cotte blanche à croix rouge et que le camail destiné à emprisonner la tête sous le heaume cylindrique reposait sur ses épaules. Quatre autres frères portaient également la tenue de combat. A l'issue du repas, frère Adam annonça qu'il se rendait à Paris pour régler quelques affaires mais ne s'y attarderait pas.

Confus que le grand vieillard se dérange pour lui, Renaud voulut l'en remercier ainsi que de son équipement, mais celui-ci coupa court :

– Ce n'est pas pour vous que j'y vais, lui fut-il répondu d'un ton bourru. Il se trouve que je dois voir le frère trésorier de l'Ordre et puisque je vous avais promis une escorte, j'en profite, voilà tout !

Une autre joie attendait Renaud ce matin-là sous

l'aspect du vigoureux cheval qu'on lui permit d'enfourcher. Cavalier dans l'âme, passionné de chevaux, il avait tellement cru qu'il ne sentirait plus jamais vivre entre ses jambes cette masse de muscles sensibles, lourds et nerveux qu'en chaussant à nouveau les étriers, il faillit se mettre à pleurer. Pour éviter cela, autant que pour l'essayer, il fit exécuter quelques figures à sa monture.

– Ne le fatiguez pas ! marmonna frère Adam. Vous n'allez pas en tournoi et nous avons une longue route devant nous.

Mais son œil riait de voir se perpétuer dans ce gamin les talents équestres et l'amour du cheval qui avaient été ceux de Thibaut et de son roi lépreux.

En dépit de son âge, il savait encore se tenir d'une façon que pouvaient lui envier des cavaliers plus jeunes. Même si, malgré tout, l'aide d'un escabeau lui avait été utile pour s'enlever en selle...

On quitta la commanderie en bel ordre : frère Adam en tête, puis Renaud et enfin les quatre Templiers, deux par deux. On descendit la vallée de l'Yonne pour rejoindre Sens d'où, par Montereau et Melun, on atteindrait Paris.

Le matin était clair, beau, encore froid. Un peu de gelée blanche raidissait les brins d'herbe, mais une alouette fila d'une branche d'arbre montant vers le soleil pâle et Renaud la suivit des yeux en pensant que cette aube d'une vie nouvelle lui offrait un joli présage. Pourtant, il comprit vite qu'en le faisant escorter, frère Adam s'était montré sage. Peu après Saint-Aubin, passée la corne d'un bois qui descendait jusqu'à la route, un groupe de cavaliers se montra. Ils étaient une dizaine, de fort mauvaise mine, et obstruaient le chemin d'ombres menaçantes. Les chevaliers mirent l'écu au col et la lance en arrêt. Ce que voyant, Renaud tira l'épieu[1] attaché à sa selle. Seul frère Adam fit avancer son cheval à la rencontre des malandrins sans toucher à ses armes.

– Que voulez-vous ? demanda-t-il avec rudesse. Si c'est nos bourses, vous serez déçus ! Nous n'en avons pas...

– Nous voulons le garçon qui se cache derrière toi ! répondit celui qui semblait le chef.

– Je ne me cache pas ! protesta Renaud en venant prendre sa place au côté du commandeur, l'épieu brandi. Et si tu veux me prendre, il faudra venir me chercher !

– Paix ! intima le vieux chevalier. Je croyais avoir fait entendre à votre maître mon sentiment sur ce sujet et, si je ne suis guère surpris d'une embuscade dont je me doutais, je suis étonné que Renaud de Courtenay étant escorté par nous, vous osiez encore prétendre vous en emparer !

– Surpris, pourquoi ? goguenarda l'autre. Vous êtes cinq plus un enfant alors que nous sommes onze...

– Un enfant ? hurla Renaud. Tu vas voir que je sais me battre, bandit !

– Bonne nouvelle ! apprécia frère Adam. Quant à nous, sachez qu'à un contre deux, c'est à peine le genre de combat que peut accepter un Templier. Trois contre un serait mieux. En conséquence...

Tirant sa longue épée avec une incroyable rapidité, il fonça sur l'ennemi, immédiatement encadré par les quatre lances de ses frères. Ce fut si rapide que Renaud se retrouva en arrière avant d'avoir compris ce qui arrivait. Naturellement, il voulut rejoindre ses compagnons mais déjà le combat prenait fin : les lances

---

1. Arme des écuyers avant l'adoubement, l'épieu était un long et fort bâton terminé par un fer plat et pointu.

avaient proprement embroché quelques-uns des hommes de Jérôme Camard et les épées, tirées en éclair, continuaient l'ouvrage tandis que frère Adam bataillait avec le chef si vigoureusement qu'il le fit tomber de cheval. Ce que voyant, les autres s'enfuirent, laissant tout juste à Renaud le maigre plaisir de blesser l'un d'eux au bras.

– Voilà une bonne chose de faite ! commenta le commandeur avec un sourire qui lui épanouit la figure sous sa barbe blanche. Voilà longtemps que je n'avais eu l'occasion d'en découdre ! Cela fait un bien !

Un moment plus tard, le sbire de Camard – qui s'appelait tout platement Edme Goujon ! – dûment ficelé sur son cheval prenait place au milieu de ses vainqueurs, poursuivant avec eux un chemin dont il savait qu'il allait le mener droit devant un juge avant une rencontre définitive avec le bourreau.

Cependant, Renaud, émerveillé de ce qu'il venait de voir, ne pouvait se retenir de complimenter frère Adam sur son exceptionnelle verdeur à un âge qui est plutôt celui du coin du feu avec une couverture sur les genoux pour mieux réchauffer les articulations rouillées.

– S'il m'est donné de vivre aussi longtemps que vous, sire commandeur, j'aimerais beaucoup savoir quelle recette miraculeuse est la vôtre ?

– L'exercice, mon garçon, l'exercice tous les jours et une nourriture convenable, c'est-à-dire abondante sans excès. Et puis ne pas trop écouter les douleurs qui montrent leur nez ! Je ne suis d'ailleurs pas une exception. Ainsi Jean de Brienne qui fut roi de Jérusalem en épousant la fille de la reine Isabelle et de Conrad de Montferrat – et que vous avez dû rencontrer dans le manuscrit de Thibaut – est devenu ensuite empereur de Constantinople et a livré sa dernière bataille sous les murs de sa ville à quatre-vingt-dix ans. Et il y en a d'autres ! Dans nos rangs templiers, par exemple : si on ne reste pas sur le champ de bataille, on meurt vieux chez nous...

Ravi, de toute évidence, d'avoir su démontrer à ce jeune blanc-bec ce que valaient ses aînés, frère Adam passa ainsi un bon moment à évoquer les vieux souvenirs pour le plus grand plaisir de Renaud. La route n'en fut que plus agréable...

On était le 16 mars 1244 et ce fut, en vérité, un très beau jour de pré-printemps passé à parcourir les belles campagnes que, grâce à la fermeté du souverain, les horreurs de la guerre épargnaient depuis longtemps déjà.

Pourtant, à cette même heure où Renaud écoutait frère Adam, un drame immense se jouait très loin dans le décor grandiose des monts pyrénéens. C'était à Montségur, au pied de l'imprenable château, dernier refuge des cathares, ces hérétiques adeptes d'une étrange religion pour laquelle la terre était maudite, le mariage répugnant et le suicide vivement conseillé. Mais l'imprenable citadelle était cependant tombée et, au nom d'un roi qui n'en savait rien, on avait construit un immense bûcher entouré de pieux et de palis, dans lequel on jeta plus de deux cents hommes et femmes. Non seulement ils avaient refusé d'abjurer, mais ils réclamaient ce martyre comme la meilleure façon de gagner une bienheureuse éternité.

Durant des heures, une épaisse fumée noire et nauséabonde roula dans l'air froid et pur, empuantissant les alentours et les frappant d'une horreur que les siècles n'éteindraient pas.

Le brasier, lui, rougeoya plus longtemps encore sous l'œil des hommes d'armes chargés de le garder et dont le visage ne reflétait rien parce qu'il valait mieux qu'il en soit ainsi. On savait déjà que l'Inquisition récemment installée en Languedoc possédait de nombreux et invisibles regards...

Depuis le château vaincu, on regardait aussi. Tous ceux, toutes celles qui n'appartenaient pas à cette religion qui avait infiltré leurs familles et qui demeuraient impuissants à les sauver des flammes. Le maître de Montségur lui-même, Raymond de Perella, venait de voir son épouse Corba et sa plus jeune fille, Esclarmonde, une enfant de seize ans, marcher ensemble à cette mort horrible et il ne parvenait pas encore à comprendre ce qui venait de lui arriver tant une grande douleur peut dispenser parfois un choc pétrifiant.

Quelqu'un d'autre encore regardait et cette douleur-là n'avait rien d'accablant. Elle était active au contraire, nourrissant, d'instant en instant, de sa fureur et de son déchirement, une haine que le temps ne pourrait éteindre. Une haine que Renaud, un jour, rencontrerait...

CHAPITRE II

LE DAMOISEAU

Pour Renaud, qui n'avait connu que les dimensions réduites et les fastes modestes de Châteaurenard, la découverte de Paris fut un émerveillement, même s'il avait pu admirer en chemin la ville de Sens, avec ses cinq abbayes et sa belle cathédrale neuve où, dix ans plus tôt, s'était déroulé le mariage du roi Louis avec Marguerite de Provence. Paris, c'était tout autre chose !

La campagne d'abord était magnifique et le temps, soudain plus doux dès que l'on eut passé Sens, laissait prévoir que le printemps serait éclatant. Les bois, les forêts, les arbres fruitiers dans les vergers cachaient leurs ossatures grises sous un léger voile vert tendre. L'herbe des pâtures poussait dans les vallons ; les coteaux étalaient fièrement leurs vignes bien entretenues et à mesure que l'on approchait de la capitale, les bourgs, les villages et les abbayes se faisaient plus nombreux et plus prospères. A chaque pas des chevaux – on mit près de quatre jours à accomplir le voyage en faisant halte dans des « granges » d'autres commanderies comme celle de Dormelles –, s'ancrait la conviction que le royaume de France vivait en paix sous le bon gouvernement d'un roi sage. Et quand la ville fut en vue, Renaud eut une exclamation admirative devant la falaise de beaux remparts blancs de plus de trente pieds que Philippe Auguste avait élevée autour de Paris, bien gardée de tours rondes et percée de vingt portes ainsi que frère Adam l'apprit à son jeune compagnon.

Enfermé dans cette majestueuse enceinte, c'était un jaillissement de clochers, de tours, de tourelles dominant les toits rouges pointus et les pignons dentelés coupés par le ruban moiré de la Seine. En fond de décor, sur une colline, des moulins dont les grands bras semblaient s'agiter au rythme du bruit incessant fourni par les nombreux chantiers de construction, les cris, les appels, les roulements de chariots, le pas des chevaux, le son des cloches et tout ce qui fait la respiration d'une grande cité en pleine activité.

Passée la porte Saint-Jacques avec sa barbacane, son pont-levis et son puissant châtelet gardé de tours rondes, une rue assez large dévalait vers le fleuve en longeant d'abord le grand couvent des Jacobins mais, chose extraordinaire, elle était couverte de carreaux de pierre entremêlés de grès ce qui remplaçait avantageusement les habituelles ornières, boueuses ou solides selon le temps.

– Mais que c'est beau ! s'exclama Renaud. Toute la ville est-elle accommodée de la sorte ?

– Oh, non ! soupira frère Adam. Le roi Philippe Auguste qui fut le grand-père de notre sire Louis neuvième du nom, aurait bien voulu qu'il en soit ainsi mais il n'en a pas eu le temps. Seuls les deux grands chemins qui se croisent au-delà de la Seine ont reçu ces pavés. Ils relient cette porte Saint-Jacques au sud à la porte Saint-Denis qui est au nord et, de l'ouest à l'est la porte Saint-Honoré à la porte Saint-Antoine. C'est déjà un grand progrès mais la vie des rois comme celle des autres hommes est limitée... Le fils de

Philippe, Louis VIII le Lion, n'a pas songé à continuer. Il a beaucoup combattu et son règne n'a duré que trois ans. Notre sire, lui, a repris le flambeau et vous allez avoir d'autres raisons d'admirer. Nous sommes en train de traverser le quartier des écoles où l'on vient de fort loin pour s'instruire. Et là-bas, après ce pont qui est dit Petit-Pont, voilà l'île de la Cité où sont le palais du roi avec son grand logis, son verger et ses tours et à l'autre bout, cette magnifique église à deux clochers carrés dont les pierres blanches accrochent le soleil, c'est la cathédrale Notre-Dame. Il y a seulement six ans qu'elle est achevée et c'est une grande merveille. Encore ne voyez-vous pas d'ici les belles couleurs et l'or qui enluminent les trois portails et la galerie supérieure !

Du Petit-Pont que l'on passa plus tard, on ne pouvait voir que les tours jumelles au-dessus des bâtiments de l'Hôtel-Dieu. Renaud regardait, les yeux écarquillés, surtout quand le chemin passa devant le palais qui semblait le centre d'une intense activité : on était apparemment en train de construire quelque chose dans l'enceinte. Une fois de plus, frère Adam le renseigna :

– Le roi fait bâtir une chapelle qu'il veut magnifique pour servir de reliquaire à la sainte Couronne d'épines et aux autres objets sacrés de la Passion de Notre-Seigneur qu'il a rachetés à Venise pour l'empereur de Constantinople.

– Rachetés ? fit Renaud choqué. Choses aussi saintes peuvent-elles donc faire objet de négoce ?

– Oh, c'est même encore pire ! Le pauvre Baudouin II, dont frère Thibaut vous a déjà parlé, s'est trouvé tellement à court d'argent qu'il les avait gagées chez Nicolas Querini, un prêteur juif de Venise. Le roi

Louis les a dégagées et fait venir en France. Il y a cinq ans, il est allé les recevoir au-delà de Sens.

– Mais il ne peut posséder la Vraie Croix ? protesta Renaud.

– L'aurais-je mentionnée ? Dans ces reliques, il y en a, paraît-il, un petit morceau mais rien de comparable à celui... dont vous détenez à présent le secret...

Le terrain devenant glissant, Renaud choisit de changer le sujet de la conversation :

– Selon sire Thibaut, l'empereur serait dans le royaume en ce moment ?

– Non. Il y était mais il doit être reparti. Peut-être chez Sa Sainteté le pape.

– Pourquoi tous ces voyages ?

– Il a toujours de gros besoins d'argent. C'est, je crois bien, le souverain le plus impécunieux du monde.

– L'empereur de Constantinople ? Je le croyais si riche !

– On n'est plus au temps fastueux des Comnène. Depuis que le doge de Venise a détourné la quatrième croisade à son profit pour s'emparer de ce qui était alors Byzance, les choses ont bien changé. Et votre empereur et cousin Courtenay en est réduit aux expédients. Il voulait même mettre en vente sa terre de Courtenay. Le roi le lui a interdit et il a dû la constituer en douaire pour sa jeune épouse Marie, la fille de Jean de Brienne. On lui a tout de même prêté de l'argent dessus outre son marquisat de Namur qu'il a gagé à notre sire. Le malheureux est en guerre perpétuelle avec deux grandes factions grecques spoliées par le doge. Oh, il ne va sans doute pas tarder à venir chercher accueil, bons conseils... et finance.

– En vérité, s'écria Renaud, c'est plaisir de causer avec vous ! Il semble que vous sachiez tout sur toutes choses et toutes gens !

— J'ai beaucoup vécu, répondit frère Adam en riant, beaucoup vu et beaucoup appris. En outre, le Temple a besoin d'en savoir le plus possible sur ce qui se passe entre le royaume d'Acre-Jérusalem où est sa maison chevetaine et les autres pays d'Occident. Ah ! Que se passe- t-il ?

A l'entrée du Grand-Pont reliant l'île de la Cité à la rive droite de la Seine, une bagarre venait d'éclater entre deux portefaix qui semblaient avoir de solides raisons de s'en vouloir si l'on en jugeait la vigueur des horions qu'ils s'administraient pour la plus grande joie des badauds toujours friands de ce genre de spectacle. Un cercle se formait autour des combattants. Le fait étant assez fréquent, les gardes du palais ne se pressaient pas d'intervenir sachant bien que l'approche des Templiers, si impressionnants sur leurs chevaux, suffirait à ramener l'ordre. En effet, le cercle s'ouvrit pour eux et aussi pour les antagonistes qui, avec la meilleure grâce du monde, acceptèrent de déplacer légèrement le théâtre de leur différend et, après avoir salué bien poliment les chevaliers, allèrent poursuivre leur explication sur le quai aux Herbes. Les Templiers purent s'avancer sur le solide pont de bois porté par d'énormes madriers et bordé de moulins.

La scène et surtout sa conclusion avaient amusé Renaud.

— Cela aussi est étonnant !

— J'en suis moins surpris que vous. Je ne sais si c'est l'influence du roi Louis dont beaucoup disent déjà que c'est un saint mais, depuis qu'il règne, les Parisiens semblent s'être donnés à tâche de devenir les gens les plus polis qui soient.

— Ce ne sont pourtant pas des politesses qu'échangent ces deux-là ?

— Il faut bien que les querelles se vident... et je n'ai

pas dit que tous les Parisiens couraient après une auréole...

Au bout du Grand-Pont s'élevait une petite forteresse, sombre et rébarbative construction déjà ancienne qui était le Châtelet, à la fois logis du prévôt et prison, mais c'étaient bien les seuls murs noirs de cette étrange ville où les bâtiments semblaient neufs quand ils n'étaient pas en chantier. Ainsi, gardant la rive de la Seine à main gauche, un énorme donjon gardé par une triple enceinte ponctuée de tours respectables dressait une très menaçante silhouette dont les créneaux semblaient partis à l'assaut du ciel :

– Le Louvre ! annonça le commandeur. Philippe Auguste – encore lui ! – l'a voulu pour protéger Paris des appétits anglais dont les terres normandes ne sont pas si loin. Vous voyez que nos rois ne sont pas de petits sires !

Passés le pont et les moulins qui faisaient un bruit d'enfer, était la partie la plus récente de la ville. On y construisait à tour de bras des maisons, des hôtels, mais aussi des ateliers et des boutiques, sans compter le grand marché que l'on appelait les Halles. Après avoir tourné à droite, les six cavaliers passèrent devant le Parloir aux bourgeois, siège de l'activité portuaire des marchands de l'eau dont le port était à la Grève, siège aussi des exécutions capitales. Derrière, il y avait le « monceau » Saint-Gervais, l'hôpital Saint-Anastase où des Augustines pouvaient accueillir des malades nécessiteux. Là était aussi le Temple : une maison forte au bord de l'eau[1] que Renaud considéra avec surprise :

---

1. C'est en 1255, onze ans après, que les Templiers prirent possession du fameux enclos fortifié.

– Est-ce vraiment la templerie de Paris ? Elle est moins vaste que votre commanderie, messire...

– C'est pourquoi nous en aurons bientôt une autre. Depuis quatre ans, nous possédons près d'ici un vaste terrain de marais, de sablières et autres lieux que nous défrichons et mettons en culture pour en faire un beau domaine bien pourvu de murailles, de tours et aussi un gros donjon où le trésor sera mieux abrité des coups de fièvre toujours possibles des Parisiens. Un siège convenable enfin pour la maîtresse templerie de France. Pour l'instant, ceci nous suffit !

La curiosité perpétuellement en éveil de Renaud faillit bien le pousser à demander si, par trésor, frère Adam entendait les finances de l'Ordre ou ce qu'il avait rapporté de Terre Sainte, mais il sentit à temps qu'on ne lui répondrait pas. En outre, frère Adam attirait son attention sur un hôtel tellement neuf qu'il n'était pas achevé et qui s'élevait près de l'hôpital Saint-Anastase :

– Voilà la demeure parisienne du baron de Coucy. Vous y serez demain si tout va bien.

– Autrement dit : si l'on m'y reçoit ? Et... si tout va mal ?

– Cela m'étonnerait fort !

Le jeune homme en accepta l'augure. La grand-ville du roi le séduisait beaucoup et il avait à présent belle envie d'y vivre. Moins sans doute à cause de son extraordinaire impression de richesse que par l'activité, la vitalité qu'elle dégageait. Vivre au milieu de cette exubérance devait être... exaltant ! Oui, c'était bien le mot : absolument exaltant ! Aussi ne dormit-il guère cette nuit-là dans la chambre de l'hôtellerie templière où, un siècle plus tôt, Thomas Beckett, fuyant les fureurs du roi anglais Henry II, avait trouvé refuge. Au cas où le baron de Coucy refuserait de le prendre en sa maison, il ne voyait vraiment pas ce qu'il pourrait devenir s'il excluait l'engagement au Temple – qui le tentait de moins en moins depuis qu'il avait vu Paris. Si encore ce curieux empereur se trouvait ici comme le pensait frère Thibaut, il eût été possible de se mettre à son service ; mais, s'il était vraiment si pauvre, il n'aurait *a priori* sans doute pas envie de s'encombrer d'un cousin trop lointain dans le lieu et le temps. Et puis, rejoindre une suite peut-être famélique n'avait, pour le coup, rien d'exaltant.

Toutes ces pensées occupèrent l'esprit de Renaud. Il finit par se rassurer un peu en se souvenant qu'il était encore auprès de frère Adam et que celui-ci n'était pas homme à l'abandonner en face d'un destin incertain. D'autant qu'il semblait posséder, dans l'Ordre, une grande réputation. Cachait-elle une prééminence ? L'accueil qui lui avait été fait à son arrivée ne devait pas être beaucoup inférieur à celui que l'on réserverait au Grand Maître s'il venait en France et, à certains détails, Renaud comprit que ce n'était pas uniquement à cause de son âge...

Le cœur lui battait fort quand le lendemain, après la messe, il pénétra à la suite de frère Adam dans le petit verger protégé par un mur imposant sur lequel ouvrait l'hôtel du baron de Coucy mais la richesse qui s'étala à ses yeux dès la porte franchie le rassura. La maison construite en belle pierre blanche avec de hauts fleurons aux fenêtres à meneaux tendues de parchemin fin aurait pu être celle d'un prince tant elle regorgeait de tapis muraux, de meubles sculptés, de dressoirs supportant de magnifiques objets d'argent, de coupes de cristal et d'or. Des carreaux moelleux en soie ou en velours réchauffaient les sièges autour d'une noble cheminée armoriée où brûlaient d'odoriférantes bûches de pin mêlées à du hêtre. Le sol jonché d'herbes sèches était d'un beau carrelage rouge et noir et, devant une haute chaire d'ébène surmontée du dais seigneurial, une table couverte de velours pourpre avait été placée pour la commodité du seigneur qui était en train d'y écrire quelque chose. Ce qui était surprenant, les grands seigneurs n'ayant guère d'affinités avec l'encre et la plume et confiant en général leurs écritures à un clerc. Quoi qu'il en soit, celui-ci jeta sa plume à l'entrée de ses visiteurs et vint vers eux les mains tendues pour une large bienvenue :

– Frère Adam ! C'est belle joie de vous recevoir mais joie trop rare. Voilà si longtemps !

– On ne voyage plus guère à mon âge, baron Raoul ! Et le temps passe trop vite ! répondit le commandeur en prenant place sur le siège où Coucy le conduisait, Renaud restant modestement derrière le dossier. Il en profita pour observer celui qu'il allait sans doute servir.

C'était un homme de taille moyenne, maigre mais bien découplé, avec un beau visage creusé de rides expressives trahissant une nature nerveuse et passionnée. Il pouvait avoir une trentaine d'années. Tandis que frère Adam lui présentait son jeune compagnon, son regard brun s'attacha à celui-ci avec une attention qui se renforça quand lui furent exposées les « origines » du garçon.

– Un Courtenay de Terre Sainte devenu Templier... et une très haute dame, si j'ai bien compris ?

– De sang royal, sire Raoul, mais souffrez que je n'en dise pas davantage.

– C'est trop naturel ! A ce degré de noblesse, la bâtardise n'est plus reprochée. Seule compte la qualité du sang. Et je serai heureux de le prendre en ma maison. D'autant que nous nous trouvons dans un cruel embarras. Le damoiseau attaché au service de dame

Philippa, mon épouse, vient de trépasser... vilainement et elle en ressent si grand chagrin qu'elle refuse tous ceux que je lui propose. Il se peut que vous lui plaisiez.

— Damoiseau ? osa émettre Renaud qui ne connaissait pas ce titre et ne l'aimait pas beaucoup à cause de sa connotation un peu trop féminine. Ce qui fit sourire le baron :

— Un damoiseau, expliqua-t-il avec bienveillance, est un jeune noble, orphelin et dépourvu de fief, qui n'est pas encore chevalier mais le deviendra. Pour celui qui a terres et vassaux, le terme est bachelier. Etes-vous... rassuré ?

Rouge jusqu'à la racine des cheveux, Renaud se contenta d'incliner la tête mais frère Adam, s'il n'ignorait pas ce qu'était un damoiseau, voulait en savoir davantage :

— Qu'est-il arrivé à celui que tant regrette dame Philippa ? N'avez-vous pas dit : vilainement ?

— Si fait. Le pauvre Omer de Ferienne a été victime d'un meurtre. On l'a occis d'un coup de couteau dans le dos, il y a de cela deux mois alors qu'il revenait du palais, où mon épouse avait oublié le beau psautier qu'elle avait porté à la reine pour le lui montrer mais à quoi elle tenait particulièrement...

— C'est pour le voler qu'on l'a tué, sans doute ?

— Sans doute. Le livre n'a pas été retrouvé près du cadavre. D'où le double regret de mon épouse... et ce trop long chagrin. Qui doit cesser maintenant si elle veut pouvoir rester ici. Les serviteurs ne suffisent pas. Il faut un protecteur proche et, dans ce rôle, Ferienne était parfait.

— Je ne comprends pas, reprit frère Adam. Doit-elle rester sans vous à Paris ?

— Son service auprès de la reine l'y oblige. Par périodes tout au moins. Et moi, je dois retourner à

Coucy où m'appellent d'importantes affaires que ne saurait régler mon cousin Gilles chargé du château où il réside de façon continue.

– Et votre frère ?

Un voile parut s'étendre sur le visage du baron d'où il était aisé de conclure qu'il ne devait guère aimer ledit frère. Et, en effet, sa voix se fit sèche pour répondre :

– Enguerrand ? Je ne souhaite pas le voir s'éterniser dans les environs en mon absence. J'ai l'impression qu'en dépit de ses biens propres et de son riche mariage avec Marguerite de Gueldre, il n'aura de cesse de me prendre Coucy. Pour l'instant il est mon héritier. Mais laissons cela ! Voulez-vous qu'à présent nous tentions de présenter ce jeune homme à mon épouse ?

– Essayons ! Mais qu'adviendra-t-il s'il ne lui convient pas ?

– Je me chargerai de lui, soyez sans crainte ! Vous m'avez dit qu'il n'avait plus rien à apprendre de l'art de manier armes et chevaux et dans une mesnie comme la mienne il y a toujours place pour un guerrier. Avec le temps, il sera de mes chevaliers...

Un serviteur fut chargé incontinent d'aller prier la dame de rejoindre le maître et, peu d'instants après, celle-ci pénétrait dans la salle où les trois hommes l'attendaient. Renaud avec une curiosité qui n'était pas exempte d'inquiétude. A quel genre de femme aurait-il affaire si elle l'agréait ?

C'était une belle créature aux traits fins et aristocratiques mais certainement plus âgée que son époux. La fleur de la jeunesse ne s'épanouissait plus sur elle et, si elle gardait une silhouette mince, élégante même, elle avait l'air de traîner le poids d'une profonde lassitude. Peut-être aussi pleurait-elle trop encore cet Omer de

Ferienne car ses yeux bleus n'avaient aucun éclat, ne reflétaient que l'ennui.

Raoul de Coucy alla à sa rencontre, lui baisa la joue et prit sa main pour la mener vers ses visiteurs. Elle trouva un petit sourire pour frère Adam qu'elle devait connaître et le salua avec grand respect, sans accorder d'attention à son jeune compagnon. Mais fronça les sourcils quand son époux le fit avancer.

– Voici Renaud de Courtenay que me conduit frère Adam afin que j'en fasse un chevalier. Il n'a ni parents ni biens et sera donc damoiseau en notre maison. S'il vous agrée, il pourrait être à votre service...

D'emblée, la dame eut un geste de refus. Sans en tenir compte, son époux continua :

– Il sait manier les armes ayant été élevé noblement. Il a dix-huit ans et vient de souffrir cruellement de la perte de ses parents adoptifs. Je dirai encore qu'il est né en Terre Sainte...

Le mot eut un effet magique. Les yeux de Philippa s'animèrent et se posèrent sur le jeune homme qu'elle n'avait même pas honoré d'un regard...

– La Terre Sainte ! soupira-t-elle. Le malheureux Omer en parlait si bellement !

– Sans l'avoir jamais vue, coupa le baron. Il répétait ce que son père lui avait raconté...

– Moi non plus je ne l'ai jamais vue, protesta Renaud dans un souci de vérité qui venait peut-être du manque d'enthousiasme inspiré par cette femme si mélancolique. J'en peux parler par ouï dire : sire Olin des Courtils, mon cher père nourricier dont Dieu ait l'âme, était intarissable sur ce sujet, se hâta-t-il d'ajouter en voyant que son intervention contrarierait Coucy.

– Vous avez une belle voix, remarqua dame Philippa. Chantez-vous ? Le pauvre Omer chantait comme un ange... et savait de si beaux poèmes !

Elle essuya une larme du coin du voile violet que maintenait sur ses cheveux ramassés dans une résille un cercle d'or ouvragé. Ce qui parut agacer :

– Je vous propose un damoiseau, pas un ménestrel ou un trouvère ! grogna le baron. Il en vient assez souvent frapper à nos portes outre ceux que nous entretenons à Coucy. Pour l'heure, je veux savoir si ce jeune homme vous agrée sinon je l'emmène au château... et vous aussi, car je refuse de vous laisser ici avec seulement des serviteurs et aucun défenseur digne de ce nom. La reine se passera de vous et voilà tout !

– Pourquoi ne restez-vous pas ? Votre cousin Gilles s'occupe à merveille du château...

– Mais pas du fief où m'appelle Hermelin, mon sénéchal.

– Et peut-être aussi la dame de Blémont ? lança-t-elle d'un ton plein de rancune qui suscita un éclair de colère dans les yeux de Raoul.

– Vous oubliez que nous ne sommes pas seuls et que, même si frère Adam a toutes les indulgences d'un homme de Dieu, nos dissentiments ne l'intéressent pas. Daignez répondre à présent car votre attitude devient offensante. Acceptez-vous Renaud de Courtenay comme damoiseau ?

– Le nom est beau, plutôt flatteur... et lui n'est pas mal de sa personne. Nous pouvons essayer car il faut vraiment que je sois auprès de la reine jusqu'à la dédicace de l'abbaye de Maubuisson qui lui tient à cœur.

Raoul de Coucy ne retint pas un soupir de soulagement qui se traduisit par une étincelle amusée dans les yeux du commandeur. Renaud s'agenouilla devant le couple pour lui faire allégeance puis, après avoir salué avec émotion son vieux protecteur, il suivit un serviteur chargé de le conduire aux étuves de l'hôtel afin de le débarrasser d'une crasse vieille de plusieurs semaines et que n'avaient pas suffisamment ôtée les ablutions rapides faites à la Tour oubliée, à la commanderie de Joigny, aux étapes du voyage et à la maison du Temple.

La seule idée d'un vrai bain le remplissait d'une joie enfantine. Aux Courtils, sa mère adoptive était une fanatique de la propreté et, plus encore peut-être, sire Olin qui avait vécu en Orient où, dans le royaume franc, on avait adopté depuis longtemps les bains de toutes sortes – froids, chauds, tièdes, de vapeur... – sans compter l'usage constant des herbes et des huiles aromatiques, voire des parfums pour les plus riches.

Aussi s'attarda-t-il quelque peu dans la cuve pleine d'eau chaude avant de se savonner et étriller vigoureusement, puis de se faire jeter par un valet quelques seaux d'eau froide sur le corps pour se rincer. Après quoi, enveloppé d'un drap, il confia sa tête à un barbier qui le débarrassa de sa barbe naissante et se mit à rectifier la coupe légèrement hasardeuse de ses cheveux.

On en était là quand une jeune femme entra dans la salle basse préposée aux bains et s'arrêta au seuil, les bras croisés et une barre de mécontentement plissant un front qui n'en avait pas encore pris l'habitude.

– Quoi ? s'écria-t-elle. Pas encore prêt ? Et même pas vêtu ? A quoi pensez-vous de vous prélasser ainsi quand la maîtresse vous attend ?

– Encore un petit instant ! plaida le barbier. Il y avait beaucoup à faire...

– Je veux bien te croire ! Ce que j'ai aperçu tout à l'heure n'avait rien d'engageant. Voyons le résultat !

Elle descendit les quelques marches de l'étuve et vint se planter devant Renaud, fort empêtré de son personnage tandis qu'elle l'examinait d'un œil critique. Ce qui fait que, d'emblée, elle ne lui fut pas sympathique. Une bien belle fille pourtant : blonde avec des yeux verts insolents, elle avait un corps épanoui sans épaisseur, dont les formes étaient tendrement épousées par la soie vert sombre d'une robe qui allait s'évasant à partir des hanches marquées par une ceinture d'orfroi. Les cheveux crespelés tombaient librement sur son dos, coiffés d'un chapel assorti à la robe et maintenu sous le menton par une écharpe légère. Le visage était celui d'un chat qu'une aberration de la nature aurait pourvu d'une bouche rouge et charnue comme une cerise.

– Puis-je savoir à qui j'ai l'honneur, belle dame ? demanda Renaud résigné à se laisser détailler puisque, immobile, il ne pouvait faire autrement.

– Damoiselle s'il vous plaît ! J'ai nom Flore d'Ercri et je veille au parage de dame Philippa dont j'ai toute la confiance. Ah, on dirait que l'on en a fini avec la tête. Voyons le reste !

Et, avant que Renaud qui se relevait ait pu l'en empêcher, elle l'avait, d'un geste preste, débarrassé de son drap de bain et il se retrouva nu devant elle. Nu, et furieux.

– Demoiselle ! Sont-ce là les façons des dames de Paris ?

Elle se mit à rire, d'un rire doux et un peu rauque, à la fois étrange et séduisant :

– De Paris et d'ailleurs ! Beau damoiseau, sachez, puisque apparemment vous l'ignorez, que, lors du retour du chevalier revenant de guerre, ce sont dames et demoiselles qui le baignent, pansent ses blessures et le parent. De même pour le voyageur illustre qui arrive au château. Et que je sache, on ne se baigne jamais tout habillé. Alors un peu plus tôt, un peu plus tard !... Je dirai que... vous donner ces soins sera un plaisir. Venez vous habiller à présent, je vais vous aider.

Des vêtements étaient posés sur un escabeau. Avec

adresse mais en prenant son temps – ce qui démentait la hâte de tout à l'heure –, Flore d'Ercri entreprit de les lui passer, en dépit de ses refus réitérés. Il savait très bien s'habiller seul, rapidement, et ne comprenait pas pourquoi il y fallait tant de façons. Ce fut une sorte de pas de deux un peu ridicule et assez troublant car la belle accompagnait chaque pièce d'habillement d'un effleurement, voire d'une caresse. Elle lui donna ainsi des braies et une chemise de lin blanc, des chausses de tricot violet terminées par des bottes courtes, en beau cuir, dont il fallut d'ailleurs essayer plusieurs paires avant de trouver la bonne. Ensuite, on lui passa une cotte de drap violet descendant à mi-cuisse, avec des agrafes et, au col, une légère broderie d'argent. Un manteau à draper de même couleur attendait sur un autre escabeau.

– Les couleurs de dame Philippa sont le violet et le blanc, précisa Flore. Vous n'aurez guère de peine à vous en souvenir...

Puis, se haussant sur la pointe des pieds, elle lui donna un baiser appuyé qui le fit frissonner, mais auquel il ne répondit pas. Ce qui la fit rire.

– Gageons que vous êtes puceau, mon bel ami ? murmura-t-elle.

– Demoiselle ! fit-il scandalisé. Voilà une question...

– Naturelle quand on a votre âge... et surtout votre inexpérience. Mais cela pourrait s'arranger... à notre commune satisfaction, ajouta-t-elle presque bas. En tout cas, soyez rassuré : si vous êtes aussi brave que vous êtes beau, vous ferez honneur à la maison !

Et elle l'emmena pour le conduire à sa maîtresse qui, cette fois, trouva pour lui un sourire et se déclara satisfaite. Plus encore en apprenant qu'il savait lire, écrire et possédait même quelques autres traces de culture :

– Peut-être serez-vous à la fin d'un commerce aussi agréable que mon pauvre Omer... Et puis, si je veux rester quelque temps à Paris sans mon seigneur époux, il faut bien que je me résigne à accepter un défenseur solide.

Ce petit discours n'enchanta pas Renaud qui aurait volontiers, n'était sa bonne éducation, répondu que pour sa part il eût de beaucoup préféré compagnie masculine, au besoin avec des débuts difficiles, plutôt que se retrouver dans les jupes d'une femme qu'il jugeait déjà geignarde et peu gracieuse, dans un emploi qui tenait le milieu entre le valet et la fille de compagnie.

Pourtant, il n'en avait pas encore fini avec les examens. Le baron Raoul le fit mander ensuite dans la salle d'armes pour juger de ses capacités à manier l'épée ou la hache. Il se trouva face à un vieux sergent nommé Pernon, sec comme une trique mais d'une habileté quasi diabolique, soutenu par des jambes qui devaient être en acier.

Pernon avait appris les armes aux frères de Coucy, à leurs cousins et aux jeunes nobles que l'on mettait en apprentissage au château. C'était un maître en la matière et si, face à lui, Renaud passa quelques-unes de ces minutes pénibles au cours desquelles on s'aperçoit qu'on ne sait pas grand-chose, il eut du moins la satisfaction de l'entendre conclure à l'intention du baron qui regardait :

– Il a encore à apprendre et pas mal de défauts à corriger mais la base est bonne. Il a eu un bon enseignement.

– Qui vous a appris les armes ? demanda le baron.

– Mon père... adoptif, sire Olin des Courtils, qui est

allé à la croisade sous monseigneur Jean de Brienne, roi de Jérusalem et empereur de Constantinople – que Dieu ait en Sa sainte garde !

Pernon fit entendre un petit sifflement comme pouvait seul s'en permettre un vieux serviteur :

– Cela dit tout, en effet. Outre que rien ne vaut l'affrontement aux Sarrasins pour apprendre la guerre, vous avez trop entendu vanter, sire Raoul, les exploits du roi Jean pour ne pas en connaître la valeur qui s'étendait à ceux qui le suivaient. Il faudra voir, ajouta-t-il en se retournant vers Renaud, ce que vous valez à cheval. Je crois sincèrement que ce garçon n'aura guère de peine à égaler vos meilleurs chevaliers. C'est dommage de le laisser ici. Il risque de s'amollir !

– Il n'en aura pas le temps. Dame Philippa ne s'éternisera pas au-delà du printemps et, à Coucy, tu pourras parfaire son entraînement. Pour l'instant, l'important c'est qu'il sache bien la défendre et donner confiance aux serviteurs en cas de mauvaise rencontre.

– Pour cela, je crois pouvoir en répondre : il est solide.

– C'est le principal ! Achevez de vous revêtir, Renaud, et me suivez dans ma chambre, ajouta-t-il à l'adresse du jeune homme occupé à refermer sa chemise avant de repasser sa cotte.

Un moment plus tard, il se retrouvait devant la table sur laquelle le maître écrivait précédemment. Celui-ci avait repris son siège, mais pas la plume. Il semblait soucieux. De temps en temps, comme s'il cherchait à se rassurer, il regardait le jeune homme puis, accoudé au bras du fauteuil, un poing sous le menton, il reprenait une rêverie que Renaud n'osait interrompre.

Enfin, il poussa un soupir puis se décida :

– Je me demande si je ne commets pas une grave

imprudence en vous confiant, à vous si jeune, la sûreté de ma dame épouse ?

– Ce n'est pas moi qui peux vous répondre, sire baron. Sinon que je suis prêt à défendre la noble dame avec ce que j'ai de force et de sang mais, si Votre Seigneurie se tourmente à ce point, peut-être devrait-elle différer son départ... ou emmener dame Philippa ?

– Vous l'avez entendue tout à l'heure : l'un est aussi impossible que l'autre : je dois – et il appuya sur le mot – rentrer à Coucy et ma dame veut rester encore céans. Elle est très attachée à la reine qui lui a montré une affection quasi maternelle quand elle était de ses demoiselles...

Renaud était encore trop frais émoulu de sa campagne pour savoir cacher ses étonnements :

– Quasi maternelle ? Mais on dit la reine toute jeunette ?

Son exclamation naïve amena un sourire sur les lèvres de Raoul.

– Et ma noble épouse ne l'est plus vraiment ? Votre erreur vient que vous n'êtes pas au fait du palais. Il y a deux reines dont la plus importante n'est pas Marguerite de Provence épouse de notre roi Louis mais bien sa mère, la très haute et très sage Blanche de Castille qui est fort entendue aux affaires du royaume et l'a bien prouvé lors de la régence qu'elle a exercée durant la minorité de son fils, et dont celui-ci ne saurait négliger ses conseils. Mais revenons à ce dont nous causions ! Mon hésitation n'est pas signe de méfiance envers vous, Renaud, mais bien de ce que je ne suis pas certain que ma dame ne soit pas en danger...

– A cause du meurtre du précédent damoiseau ?

– En effet. Et ce n'est pas tout : nous avons eu, il y a deux ans, un fils qui semblait beau et bien constitué et qui cependant n'a point vécu ; il est mort à trois mois dans d'affreuses convulsions. Les enfants en bas âge y sont souvent exposés et les mires ont déclaré que c'était simple malchance. Mais depuis dame Philippa n'a pu concevoir. En outre, elle est parfois sujette à des malaises qui ont toujours lieu chaque fois que je me suis approché d'elle.

– C'est d'une grande tristesse... Mais pourquoi y aurait-il une relation avec la mort de son serviteur ?

– Là où j'en suis, je dois tout dire car vous l'apprendriez vite. Un mauvais bruit m'est revenu selon lequel mon épouse désespérant d'avoir un enfant de moi se serait... accordée à lui. Le chagrin qu'elle a montré à sa mort a renforcé ce bruit. Si, dans un avenir proche, il arrivait malheur à la baronne, c'est moi que l'on accuserait de l'avoir tuée...

– Mais... pourquoi ?

– Pour pouvoir épouser une autre femme... plus jeune et plus avenante. Ce qui, je tiens à vous le dire, ne peut en aucun cas effleurer mon esprit ni mon cœur.

Renaud avait encore dans l'oreille l'accusation lancée par dame Philippa à propos d'une dame de... ou du... il n'avait pas retenu le nom.

– Et qui oserait accuser Votre Seigneurie ?

– Mon beau-frère, le puissant comte de Dammartin qui aime fort sa sœur et pense que je la traite mal. Il y a aussi mon propre frère et il n'est pas impossible que ces deux haines se rejoignent. Voilà pourquoi vous devrez veiller de très près sur celle qui devient votre maîtresse. Et aussi sur vous-même, mais dans quelque temps. On ne saurait vous accuser d'être son doux ami alors que vous arrivez. Cela dit, je ne laisserai ici que des serviteurs dévoués sur lesquels vous pourrez compter. Pensez-vous toujours pouvoir remplir la lourde tâche que je vous confie ?

Il allait de l'honneur de répondre par l'affirmative et

c'est ce que fit Renaud. Pourtant il trouvait cette histoire de plus en plus étrange. Frère Adam qui savait bien des choses devait cependant ignorer ce qui se passait au juste dans le bel hôtel tout neuf où il l'avait amené et plus encore quel poids de responsabilités allait retomber sur ses épaules. Il y avait jusqu'à ces confidences incroyables faites à un blanc-bec inconnu par un si haut personnage qui ne fussent à la limite du normal. Cependant, Renaud ne pouvait se défendre d'une réelle sympathie pour son nouveau seigneur. Sa tristesse comme son inquiétude n'étaient pas feintes, il en aurait juré. Fallait-il en conclure qu'il fût dans une si grande détresse qu'il préférât placer sa confiance dans un jeune inconnu plutôt que dans un de ses nombreux écuyers, valets et autres gens déjà éprouvés qui composaient sa maison ?

Renonçant pour l'instant à dénouer cet écheveau un peu trop embrouillé, Renaud pensa que le mieux était de faire son service aussi exactement que possible et inaugura ses nouvelles fonctions en accompagnant dame Philippa et Flore d'Ercri à l'église proche de Saint-Jean-en-Grève promue paroisse du quartier depuis une vingtaine d'années pendant que l'on reconstruisait à de plus vastes dimensions la vieille chapelle Saint-Gervais-Saint-Protais. Elles allaient y entendre vêpres et s'y rendirent à pied – c'était si près ! –, voilées comme il convenait à de nobles dames.

La simple cérémonie qu'il suivit en habitué édifia fort Renaud. Le comportement de ceux qu'il allait servir était peut-être un peu bizarre mais la piété de ces femmes ne pouvait être mise en doute. Les voiles relevés, il put observer la ferveur de leurs prières. Même la belle suivante dont les manières lui étaient apparues si hardies offrait aux lumières de l'autel un visage empreint d'une grande dévotion. Quant à l'épouse de Raoul, elle ne songeait pas à cacher les lourdes larmes qui glissaient de ses paupières closes sur une douleur qui devait être profonde. Il put admirer aussi la grande générosité avec laquelle, au sortir de l'église, elle fit aumône aux nombreux miséreux qui s'y pressaient...

Le matin suivant, Coucy partit pour son grand château du Nord, avec seulement son écuyer et une escorte réduite afin d'enlever le moins possible de protection à sa femme. A l'intention du nouveau damoiseau, il laissa Gilles Pernon avec lequel celui-ci lia plus étroitement connaissance et put meubler, grâce à son enseignement, une journée qui, sans cela, eût été bien morose. Philippa, en effet, ne quitta son logis que pour entendre la messe, occupa son temps à broder et filer avec ses femmes, et ne le fit pas appeler. Renaud s'attendait, non sans inquiétude, qu'elle lui demande de chanter ou de dire quelque poème mais il n'en fut rien. Et les heures s'étirèrent, pesantes. Jusqu'à la demoiselle d'Ercri qui semblait préoccupée et lui adressa à peine la parole. Le lendemain, la journée commença d'identique façon : après la messe, il demanda les ordres et on lui répondit de faire ce qui lui convenait mais de rester à disposition. Heureusement, il y avait Gilles Pernon, sans cela il eût été réduit à tourner en rond dans la cour, au verger où les bourgeons commençaient à se montrer et entre la salle d'armes et le réduit qu'on lui avait attribué comme logis près des écuries. Il n'avait même pas le droit d'aller à la découverte de la grande ville qu'il sentait bourdonner autour de lui et dont l'activité le faisait rêver.

Il était déçu. Tellement qu'après avoir ferraillé pendant une heure avec le vieux sergent et alors qu'ils se rafraîchissaient tous deux dans un pot de bière, il ne put s'empêcher de s'en plaindre :

– Est-ce là ce que je vais avoir à faire de mon temps ? soupira-t-il. Dans ces conditions, dame Philippa avait raison de ne point vouloir remplacer le sire de Ferienne !

– En ce moment, répondit Pernon en torchant sa moustache, elle reçoit une marchande de mode et son cordouannier. Vous préféreriez vous trouver au milieu des femmes et de leurs chiffons au lieu de vous délasser tranquillement en ma compagnie ?

– Dieu m'en préserve ! Mais je croyais l'escorter par la ville et aussi au palais du roi puisque c'est afin de pouvoir s'y rendre souvent que nous restons en ce lieu. En vérité, ajouta-t-il avec un nouveau soupir, je commence à penser qu'il m'aurait mieux convenu de me faire Templier !

– En dehors de réciter des dizaines de *Pater* et d'aller à l'église six fois le jour, leur vie n'est guère plus drôle que celle-ci ! Ils vaquent, bien sûr, à de nombreuses occupations et certains sont fort savants mais ils n'en mènent pas moins une existence austère. Paris est loin de la Terre Sainte et la vie n'y est pas semblable.

– C'est pourtant là que je voudrais aller. Ou plutôt retourner puisque j'y suis né. Au lieu de cela, me voici damoiseau d'une baronne mélancolique. Si encore j'avais pu suivre le baron Raoul !

– Et servir à Coucy ! Pour le coup, me voici d'accord avec vous. Coucy est le plus grand, le plus puissant, le plus beau château qui soit en ce bas monde ! Et nous irons bien un jour. En attendant, dit-il avec un bon sourire qui lui plissa toute la figure, consolez-vous en pensant que vous avez à garder notre maîtresse ! C'est déjà quelque chose, n'est-ce pas ?

– Sans doute, sans doute ! Eh bien, attendons !

Il n'eut pas à attendre longtemps. Au souper,

Philippa lui ordonna de faire préparer sa litière et des porteurs de torches, de s'armer et de faire choix de tel compagnon qui lui conviendrait.

– Partons-nous en voyage ? demanda-t-il, surpris par l'heure tardive.

– Où prenez-vous cela ? Je n'ai point parlé de bagages. Nous allons dans le quartier d'Outre-Petit-Pont et, comme nous y allons après le couvre-feu, il est bon de prendre quelques précautions.

Elle semblait nerveuse et de mauvaise humeur.

– Dame, s'excusa Renaud, je ne connais pas cette grande ville. Je n'ai fait que la traverser pour aller au Temple et, du Temple à cette maison, le chemin est vraiment court.

– Eh bien, vous apprendrez à la connaître ! fit-elle agacée. Emmenez donc Pernon ! Il est né ici et est entré au service de mon défunt beau-père quand il était conseiller du feu roi Louis.

Ainsi rabroué, Renaud se le tint pour dit et alla chercher le vieil écuyer. Lequel montra peu d'enthousiasme pour cette expédition nocturne pour ne pas dire qu'il en fut franchement mécontent :

– Le quartier d'Outre-Petit-Pont à cette heure ? En voilà une idée !

– C'est un endroit dangereux ?

– Tous les quartiers sont dangereux après le couvre-feu parce qu'il y traîne plus de malandrins que de gens convenables. Dans celui-là où sont les vieilles ruines romaines, est aussi le domaine des escholiers dont les collèges sont au flanc de la montagne Sainte-Geneviève. Il leur arrive d'être turbulents plus souvent qu'à leur tour. Il y a aussi des couvents.

– C'est peut-être dans l'un d'eux que se rend dame Philippa ?

– Allons donc ! On y va au grand jour. Les moines

et les nonnes se couchent avec les poules... De toute façon, il n'y a qu'à obéir. On verra bien... s'il nous est permis de voir quelque chose ! grommela-t-il en conclusion.

Un moment plus tard, Philippa et Flore, enveloppées de grands manteaux fourrés et couvertes de voiles épais, prenaient place dans une litière fermée de rideaux et la dame ordonna qu'on les mène à la maison de maître Albert qui se trouvait dans la rue Perdue. Renaud et Pernon enfourchèrent leur cheval et se mirent à la suite du véhicule que précédaient les porteurs de torches. L'étroitesse des rues au-dessus desquelles se rejoignaient presque à longueur de bras les pignons des maisons à encorbellement empêchait de chevaucher aux portières. Heureusement, la lune éclairait assez bien le chemin, sinon on eût navigué dans des ténèbres souvent malodorantes peuplées d'appels de matous en chaleur, du couinement des rats et de bruits assourdis révélant une sourde activité venant des tavernes, cabarets et repaires de filles follieuses. Tout en cheminant, le vieil écuyer ronchonnait dans sa moustache qu'il mâchait en même temps pour éviter d'être entendu de la litière mais Renaud en attrapait des bribes :

– ... Complètement folle !... A quoi ça rime !... Pas étonnant... Le mari parti... Visite secrète... On va à pied en rasant les murailles !... Pourquoi pas des trompettes ?...

Franchi le Grand-Pont, le jeune homme se rapprocha de son compagnon :

– Savez-vous qui est ce maître Albert chez qui nous allons ? chuchota-t-il.

– Oh, l'est connu ! C'est un grand diable d'écolâtre allemand venu à l'université enseigner... je ne sais trop quoi. Quand il fait beau, il s'installe au milieu des vignes, sur un grand tertre à trois pointes qui est au bout du chemin où il habite[1]. Les escholiers viennent en foule, à ce qu'il paraît...

— Dame Philippa s'intéresse à cette... doctrine ?

— Elle ? Vous voulez rire ! Seulement l'Albert de Cologne passe pour un grand magicien, un... alchimiste comme on dit, et il aurait trouvé une pierre miraculeuse qui fait de l'or avec du plomb ou n'importe quel métal et qui peut allonger la vie et aussi la jeunesse indéfiniment. Vous vous rendez compte ?

— Elle a peur de vieillir et elle veut lui demander de l'aide ?

Gilles Pernon examina la proposition dans le silence pendant un instant avant de soupirer :

— Vous pourriez bien avoir mis le doigt dessus ! C'est vrai qu'elle est plus vieille que son époux et ça commence à se voir. En outre, depuis la mort du petit Enguerrand, elle n'a plus conçu... Oui, vous pourriez bien avoir raison...

Le cocher ayant crié « Gare ! », il s'interrompit pour doubler la litière et voir ce qui se passait : c'était seulement un ivrogne qui, au milieu de la rue de la Barillerie, avait titubé jusque sous le pas du cheval de tête, manquant de justesse de se faire écraser par les roues ferrées. L'incident se solda par quelques jurons d'un côté, et injures de l'autre.

Franchis la Cité et le Petit-Pont, on s'enfonça dans le quartier des livres, voisinant avec les collèges de l'université. C'était là que l'on trouvait, groupés autour de l'église neuve de Saint-Séverin, les parcheminiers, les copistes, les relieurs, les enlumineurs et aussi les écrivains publics. L'odeur des colles, des peaux et des

---

1. L'actuelle place Maubert.

encres s'y faisait sentir. On longea ensuite les murs du petit prieuré Saint-Julien-le-Pauvre qui appartenait à la riche abbaye de Longpont et dont la chapelle très simple n'était achevée que depuis quatre ans. La rue Perdue, à la limite des champs, vignes et clos qu'englobait généreusement le grand rempart du défunt roi Philippe se trouvait un peu en arrière, aboutissant à la Seine à la hauteur du chevet de Notre-Dame. Tout était paisible et calme dans cet endroit quasi champêtre, la sourde activité de la nuit se concentrant surtout au voisinage des ponts, mais un vent d'ouest s'était levé qui faisait refluer l'eau du fleuve en petites vagues laiteuses et alignait en haut des toits les flammes de fer grinçant des girouettes.

La litière s'arrêta à la hauteur d'une maison isolée dont les murs solides enfermaient un jardin où des herbes poussaient autour d'un pommier. Une porte épaisse avec de grosses ferrures lui donnait un accès qui ne fut pas si facile à obtenir. Flore d'Ercri s'en chargea après que la poigne de Renaud eut attiré un visage derrière le guichet grillé :

– Ouvrez ! ordonna-t-elle. C'est la dame que le maître a accepté de recevoir. Et moi, vous m'avez vue ce tantôt !

Le reflet d'une chandelle arriva sur le visage de la jeune fille et dut donner satisfaction car, dans un grand bruit de ferraille, le vantail s'ouvrit pour laisser voir un personnage aussi large que haut, qu'une robe d'allure ecclésiastique ne parvenait pas à allonger. Il pouvait avoir une trentaine d'années et, son visage n'ayant rien de celui d'un penseur, ce devait être le domestique du maître. Il examina les arrivants d'un œil critique, mais Philippa descendue de sa litière s'avançait vers lui et il fut sans doute impressionné par son allure. Il s'effaça en s'inclinant :

– Si la noble dame veut bien me suivre...

Seule Flore fut autorisée à accompagner sa maîtresse, la porte refermée sèchement au nez de Renaud qui allait leur emboîter le pas :

– Attendez là, vous autres ! cria le cerbère à travers le guichet. Et prenez patience : cela peut être long...

Il n'y avait rien d'autre à faire que suivre l'injonction et, tandis que Pernon, toujours bougonnant, se retirait un peu à l'écart pour satisfaire un besoin, Renaud attacha sa monture à un arbre et s'apprêtait à descendre quelques pas vers la Seine pour mieux admirer la cathédrale dont la lune parait la puissante silhouette d'une blancheur fantomale, quand un cavalier menant son cheval au pas apparut au bout de la rue, vint jusqu'à la maison de l'alchimiste et, sans s'occuper des gens de la litière, sauta à terre et frappa vigoureusement la porte de son poing ganté. Traitement qui eut pour effet d'amener le serviteur au guichet plus vite que tout à l'heure :

– Je viens de loin pour voir le maître, déclara le nouveau venu sans prendre la peine de baisser la voix, et je veux le voir à l'instant !

Intrigué par ce comportement désinvolte, Renaud s'approcha et entendit le cerbère prier assez poliment le visiteur de repasser plus tard, de préférence un autre soir car le maître recevait et ne pouvait lui accorder son attention.

– Il y a là une litière. Qui reçoit-il ? Un malade ? Une femme ?

– Cela ne vous regarde pas ! Revenez plus tard !

– C'est impossible. Je dois repartir. Et vous, prenez garde à qui vous parlez ! Je puis vous assurer que, lorsque maître Albert saura que vous me faites lanterner devant sa porte, il vous en cuira ! Et d'abord commencez par l'ouvrir, cette porte ! Je n'ai pas l'habitude de parlementer avec des domestiques. Quant à la personne qui est là-dedans, elle sera trop contente de me laisser son tour...

Renaud estima qu'il en avait assez entendu. Ce personnage qui parlait si haut et criait si fort commençait à lui chauffer les oreilles. Il alla lui taper sur l'épaule :

– Vous faites beaucoup de bruit, il me semble, sire étranger.

– Je fais le bruit qui me plaît ! D'où sortez-vous ?

– De là, tout près et il est heureux que cette maison ouvre sur les vignes car vous auriez déjà ameuté le quartier ! Or j'ai cru comprendre que le maître, comme vous dites, tient à sa tranquillité puisque c'est de nuit que l'on vient chez lui. Faites-nous donc la grâce de vous retirer.

– Voyez-moi l'insolent ! Mais qui êtes-vous, mon garçon, pour oser m'interpeller après n'avoir pas craint de me toucher l'épaule ?

L'indignation du nouveau venu était grande et Renaud se demanda un instant s'il n'avait pas affaire à un fou. A première vue, il n'en avait pas l'air. Vingt-cinq, vingt-six ans, des cheveux bruns bouclant sous un chaperon noir, une barbe en collier, une longue moustache, le nez arrogant et des yeux plutôt clairs, c'était de toute évidence un seigneur.

Choisissant de mettre en pratique les bons préceptes courtois enseignés par dame Alais en les assaisonnant à sa sauce, il sourit à l'irascible étranger en s'inclinant pour un petit salut un rien ironique :

– Aurais-je offensé si haut personnage ? En ce cas, j'en suis contrit mais soyez rassuré, sire inconnu, je ne suis ni mesel ni indigne même si je n'ai pas encore reçu l'adoubement...

– Ah oui ? Vous êtes bachelier...

– Damoiseau, au service de haute et très noble...

S'apercevant à temps de la bourde qui allait lui échapper, il s'arrêta. L'autre cependant voulait en savoir plus :
– De qui, s'il vous plaît ?
– Je n'ai pas à vous le dire.
– Discret, hein ? C'est bonne chose dès l'instant où il s'agit d'une dame. Votre nom à vous est peut-être moins secret ? Me ferez-vous la grâce de me le confier ?

Gilles Pernon revenu pendant l'escarmouche verbale la suivait avec inquiétude, n'osant intervenir. Il tenta bien d'indiquer au jeune homme de continuer à se taire mais celui-ci ne voyait pas pourquoi il tiendrait cachée son identité. Il haussa les épaules :
– Si cela peut vous faire plaisir, j'ai nom Renaud de Courtenay pour vous servir.

A sa grande surprise, l'inconnu en resta bouche bée, réussissant juste à articuler :
– De C...

Puis, de la plus imprévisible façon, il éclata de rire. Un vrai fou rire mais si plein de gaieté et de jeunesse qu'il était difficile de s'en offenser. Plié en deux, l'inconnu n'arrivait pas à reprendre son sérieux. Tellement même que la moutarde se remit à monter au nez du damoiseau :
– J'aimerais que vous cessiez ! fit-il avec sévérité. Vous êtes bien le premier à trouver drôle un nom qui...
– Je vous l'accorde : il n'est pas drôle du tout, coupa le rieur se calmant net. Cela fait assez longtemps que je le porte !
– Vous seriez vous aussi un Courtenay ?
– Eh oui ! Seulement moi, par-dessus le marché, je suis empereur de Constantinople. Et ça non plus, ce n'est pas drôle !

La porte s'ouvrant enfin pour livrer passage aux

deux visiteuses coupa court à la stupeur horrifiée du jeune homme littéralement tétanisé par l'incroyable grandeur du titre qu'il venait d'entendre. Dame Philippa et Flore, en s'avançant vers lui sans regarder son compagnon, le sauvèrent d'un cruel embarras. D'ailleurs l'« empereur », après s'être incliné avec grâce devant les deux silhouettes si bien enveloppées, se précipitait dans la maison avant que le serviteur ait eu le temps de refermer la porte.

L'étrange attitude de son damoiseau, qui semblait changé en statue de sel, attira tout de même l'attention de Philippa.

– Eh bien, Renaud ? A quoi pensez-vous de rester là à contempler cette porte ? Nous rentrons !

L'injonction de la dame, coïncidant avec la solide bourrade que Pernon lui assenait dans les côtes, ramena Renaud sur terre. Rouge de confusion, il se précipita pour aider les deux femmes à remonter dans la litière qui avait déjà fait demi-tour pour repartir par le chemin par lequel on était venu. Renaud reprit machinalement son cheval et sa place au côté de Gilles Pernon derrière le véhicule, mais ce fut seulement quand on atteignit le Petit-Pont qu'il osa murmurer :

– Vous croyez que ce... ce seigneur est vraiment ce qu'il prétend être ?

Pernon qui s'amusait intérieurement depuis un moment, lui décocha un large sourire :

– Aucun doute là-dessus, sire Renaud ! C'est bien l'empereur Baudouin de Constantinople ! Je l'ai vu plusieurs fois au palais ou ailleurs. Il est souvent venu. C'est même notre sire Louis qui l'a armé chevalier de sa main il y a... cinq ans ! à Melun. Mais ne vous tourmentez pas ! C'est un assez bon garçon. En outre, comme vous ne pouviez pas deviner, vous avez agi comme vous le deviez.

– Vous dites qu'il se nomme Baudouin ?
– Oui. Baudouin deuxième du nom, fils de l'empereur Pierre II et de sa seconde épouse Yolande de Hainaut. Il paraît qu'il est né là-bas dans un palais de porphyre et de pourpre.

Renaud était déjà retourné à sa songerie. Ce prénom le frappait plus encore que la couronne fabuleuse portée par son interlocuteur de tout à l'heure, parce qu'il le replongeait dans le manuscrit de son grand-père et parce que celui-ci, sans donner le nom, avait émis l'idée qu'il pourrait servir ce Courtenay porté par l'Histoire au trône de l'ancienne Byzance de façon tellement inattendue. Oh, il n'était pas lépreux, celui-là, mais il lui en voulait presque de ne pas l'être. Il n'était pas admissible que ce prince arrogant puisse s'appeler comme le sublime jeune roi dont lui, Renaud, avait fait pour toujours son héros. Il n'était pas difficile de deviner que, bien qu'empereur, il ne lui viendrait jamais à la cheville...

CHAPITRE III

DE DEUX REINES L'UNE...

Le lendemain matin, Renaud se retrouva escortant la demoiselle d'Ercri à travers la quarantaine de ruelles souvent malodorantes et encombrées de détritus qui, dans l'île de la Cité, séparaient la belle cathédrale neuve du palais royal. Autour du marché Palu et de la chapelle Saint-Germain-le-Vieux, on trouvait toutes sortes de commerces parmi lesquels des marchands d'herbes, d'onguents, des verriers, des ciriers, voire des marchands de ces épices si précieuses et de parfums, ainsi que des négociants en vins dont les barges arrivaient au port de la Cité. Choses dont se montraient friands les chanoines de Notre-Dame : certains s'adonnaient plus ou moins ouvertement à l'alchimie. En outre, l'Hôtel-Dieu et ses cortèges de malades et de miséreux entrant ou sortant, représentait un client non négligeable et la vieille rue de la Juiverie apportait une note équivoque, vaguement inquiétante, à ce quartier qui, la nuit venue, pouvait se changer en un silencieux pandémonium où il valait mieux ne pas s'aventurer. Dans les ruelles sombres, même par grand soleil, on croisait des visages, des silhouettes étranges que le double et redoutable voisinage du palais et de la cathédrale n'avait pas l'air de rebuter...

Armée d'un petit rouleau de parchemin sur lequel se trouvait une liste d'emplettes à effectuer, Flore entra dans différentes échoppes. Elle y acheta des herbes diverses dont certaines comme la gentiane et la mercuriale étaient inconnues de Renaud, qui d'ailleurs ne comprenait pas pourquoi la demoiselle de parage de Philippa s'astreignait à faire le marché au lieu de laisser ce soin à l'intendant ou aux gens de cuisine dont c'était en général l'attribution. Elle acheta aussi du miel en exigeant qu'il soit de Narbonne, chose proprement scandaleuse aux yeux de son compagnon pour qui celui de sa Gastine d'enfance était le meilleur qui fût, mais la belle Flore eut une façon de le regarder en le priant de se mêler de ses propres affaires qui le réduisit à un mutisme réprobateur. Dès lors, il se contenta d'entasser les emplettes de la demoiselle dans les paniers attachés de part et d'autre de la mule qu'il tenait en bride tandis qu'elle y prenait place.

S'y ajouta encore une bonbonne de certain vin blanc, trois flacons de verre, un mortier de bois et son pilon et, après un passage dans une boutique obscure dont l'enseigne était tellement crasseuse qu'on ne la pouvait déchiffrer, un assez gros paquet enveloppé d'un sac de toile d'où débordaient des brins de paille. Après quoi elle daigna sourire.

– J'ai tout ce que je voulais, rentrons ! dit-elle gracieusement en se réinstallant sur sa mule.

– Vous êtes sûre de n'avoir rien oublié ? grogna-t-il.

– Si... de vous remercier ! Vous êtes charmant !

Et se penchant vers lui, elle lui passa les bras autour du cou pour appuyer un baiser sur ses lèvres. Ce qui, après tout, ne fut pas si désagréable car ses lèvres à elle étaient douces, fondantes et sentaient le miel qu'elle avait dû goûter, mais il se garda bien de montrer qu'il y avait pris plaisir : elle n'avait déjà que trop tendance à vouloir le mener par le bout du nez. Et quand on fut rentré, ce fut d'un ton assez raide qu'il demanda s'il devait porter « tout cela » aux cuisines.

– Eh non, mon bel ami ! Montez cela devant la porte de dame Philippa et retournez à vos passes d'armes...

Ce qu'il fit sans cacher sa mauvaise humeur. Pourquoi fallait-il que ce soit lui, futur chevalier, qui accomplisse ce travail de valet alors que de valets, justement, l'hôtel de manquait pas ? Encore heureux que cette diablesse ne l'eût pas contraint à l'accompagner dans ses achats avec une charrette[1] ! Mais arrivé devant la porte, il y déposa les lourds paniers avec un rien de brusquerie, toisa la demoiselle et déclara :

– La prochaine fois que l'envie vous prendra d'aller au marché, prenez un valet ou un portefaix ! Je suis au service de dame Philippa et non au vôtre !

– Voyez-moi le rebelle ! Vous ferez ce que l'on vous dira, mon joli coq, car me servir c'est servir la dame !

– Ce n'est pas mon avis. A ce train, j'aurai une grande barbe blanche quand l'on s'avisera enfin de me faire chausser les éperons d'or. Autant retourner au Temple sur-le-champ. Au moins, j'y ferai besogne d'homme et non de servante !

Ayant dit, il tourna les talons et rejoignit Gilles Pernon qu'il trouva à l'écurie en train de soigner la légère blessure au boulet d'un des chevaux. Encore tout bouillant d'indignation, il la déversa aussitôt dans les oreilles de cet unique ami qui la reçut en riant :

– Calmez-vous ! Si j'en juge ce que vous avez vu des acquisitions de la Flore – et ce que vous n'avez pas

---

1. La charrette était, pour un chevalier, un signe de déchéance.

vu –, il lui fallait se faire accompagner d'un homme de confiance. Maître Albert a dû donner à dame Philippa je ne sais quelle recette ayant je ne sais quel effet et qui sera exécutée dans le privé. Ce sont choses pour lesquelles on ne requiert pas l'assistance d'un valet...

– Vous devez avoir raison. En ce cas, je me demande bien quelle formule venait chercher le... l'empereur Baudouin ?

– Oh, une recette très différente si j'en crois ce que j'ai pu apprendre. Maître Albert passe pour posséder une pierre miraculeuse qui permet de changer en or le plus vil métal... Et ce jeune homme est le souverain le plus pauvre du monde.

– Pauvre ? L'empereur de Byzance ? Comment croire pareille énormité ?

– C'est pourtant ainsi. Quand il ne passe pas son temps à courir chez tous les rois pour obtenir de l'aide, il doit défendre ce qui reste de son empire contre les convoitises des princes grecs dépossédés quand le doge de Venise et les croisés ont pris Constantinople. Il a même tellement besoin d'argent qu'il a mis en gage la sainte Couronne d'épines et d'autres objets de la Passion de Notre-Seigneur chez les Juifs de Venise.

– Chez les Juifs ? émit Renaud que l'horreur étranglait, mais qui avait déjà entendu cela. C'est infâme ! Il doit être fou !

– Fou, non. Impécunieux, oui ! Rassurez-vous, notre roi a eu la même réaction que vous et il a envoyé dégager les si précieuses reliques il y a déjà cinq ans. Il s'est même rendu à Sens avec sa mesnie pour les recevoir. Oh, c'était chose bien émouvante et belle que le voir, avec son frère monseigneur Alphonse, tous deux en robe de pénitent et les pieds nus, porter le coffre sacré à travers la ville jusqu'à la barge, magnifiquement décorée aux armes de France avec grande abondance de lys et les plus riches étoffes, qui allait le rapporter par eau jusqu'au palais de Paris où, depuis, maître Pierre de Montreuil construit la plus étonnante chapelle qui se puisse voir pour recevoir la Couronne.

A évoquer ces souvenirs, le vieil écuyer était tellement ému que de grosses larmes coulaient dans ses moustaches.

– Grâce à Dieu, elle au moins est en sûreté, soupira Renaud qui pensait à la Vraie Croix, toujours ensevelie à l'écart du dernier camp aux désastreuses Cornes de Hattin[1]. Mais les gens de Constantinople ont dû avoir grande douleur de s'en séparer et peut-être offriront-ils un jour au roi de France de lui rendre le gage payé afin de la dégager ? A quoi, alors, servira la belle chapelle ?

– Ne serait-ce que pour la gloire de Dieu, une chapelle sert toujours ! fit Pernon avec sévérité. Certes, l'empereur n'a pas encore fait abandon de ses droits sur les saintes reliques, mais cela, je crois, ne saurait tarder... à moins que maître Albert ne lui ait confié son secret. Ce qui me surprendrait...

L'arrivée tumultueuse de la demoiselle d'Ercri interrompit la conversation. Elle venait annoncer à Renaud qu'il avait à se préparer à accompagner dame Philippa au palais, dans l'après-dîner.

– La reine a envoyé un message priant notre maîtresse de se rendre auprès d'elle. Vous voilà content, j'espère ? Ce n'est pas là besogne de valet. En outre, elle a fait porter chez vous les vêtements convenables pour approcher une si grande princesse !

Comme une plante privée d'eau qui reçoit une ondée, Renaud se sentit renaître et deux heures plus tard, en effet, ses chausses de tricot changées en drap

---

1. Voir le tome I : *Thibaut ou la Croix perdue*.

fin et sa cotte de laine bourrue en velours réchauffé de menu vair, il franchissait la barbacane d'entrée du palais perpendiculaire à la Seine et pénétrait dans une vaste cour entourée d'une galerie à arcades qui ressemblait à un cloître. Il y avait là grand concours de personnages : des officiers, des religieux et des dames, jusqu'à une troupe de miséreux que leur triste sort et la compassion royale autorisaient à s'avancer jusque dans les profondeurs des appartements d'un souverain, qui, chaque jour, non seulement leur distribuait de nombreuses aumônes mais les recevait même à sa table où il les servait de sa main.

Le logis n'était pas très vaste. Rectangulaire, il barrait en partie la pointe aval de la Cité, prolongé par un beau jardin avec une treille ombreuse et un verger où les poiriers étaient en fleur. Au-delà, allongés dans le fleuve comme des poissons, deux ou trois îlots reverdissaient sous le soleil. Il faisait très beau ce jour-là. Aussi et en dépit d'une certaine sévérité des bâtiments rachetée par l'élégance du style, l'éclat des armes des soldats et la magnificence de certains costumes, la résidence des rois de France offrait-elle une image souriante et même assez bon enfant. Y concourait, naturellement, le joyeux vacarme des travailleurs à l'œuvre dans une autre cour pour élever le pur jaillissement de pierre, la Sainte-Chapelle que le roi voulait sublime.

Renaud mit pied à terre et aida Philippa à descendre de sa haquenée, remit les deux montures aux palefreniers et se disposa à suivre la dame mais elle l'arrêta :

– M'attendez ici ! Il ne convient pas que vous entriez chez la reine sans sa permission. Vous devrez donc prendre patience.

Un peu déçu dans sa curiosité, dans cette envie de voir, de connaître, d'approcher qui l'habitait depuis qu'il avait échappé à la mort, il fut bien obligé de s'incliner, demandant simplement s'il pouvait aller visiter les travaux. On lui répondit par un geste d'indifférence qui ne contribua guère à lui réchauffer le cœur. Aussi, quand il eut vu Philippa monter le perron du palais, il tourna les talons et se dirigea vers le chantier où il oublia vite sa petite déconvenue tant le spectacle l'étonna.

La future église n'avait pas – et de loin – les dimensions d'une cathédrale, pourtant elle ressemblait à une immense ruche bourdonnante. Des ouvriers s'affairaient sur l'échafaudage ceinturant l'édifice le plus surprenant qui soit. C'était à première vue une église à deux étages. Au ras du sol, d'une solide base de murs à puissants piliers et à courtes fenêtres ogivales jaillissaient des élancements de pierre blanche séparés par de grands vides, le long d'un bâti de charpente inscrivant sur le ciel bleu les croisées d'ogives d'une voûte incroyablement haute. Cela ressemblait à une gigantesque châsse pour reliques de saints, comme Renaud en avait vénéré auparavant, mais donnait l'impression d'une telle fragilité que le jeune homme ne put s'empêcher de remarquer pour lui-même :

– Par les grands vents d'hiver cela ne pourra jamais tenir...

– Et pourtant cela tiendra... et sans ces bois que l'on retirera quand tout sera fini...

Renaud se retourna et vit derrière lui un homme d'un certain âge, grand et vigoureux, vêtu d'une tunique de drap épais avec une ceinture de cuir d'où pendait une bourse de cuir elle aussi. Son visage au nez fort et au teint fleuri s'ornait d'une barbe courte et bouclée, du même gris que ses yeux. Il tenait à la main un rouleau de parchemin et une grande règle. Un bonnet de laine d'où dépassaient des mèches de cheveux couvrait sa tête. Ses gros souliers étaient poudreux et

Renaud en conclut qu'il devait travailler à la chapelle. Il parlait d'ailleurs avec une assurance qui impressionna le garçon. Cependant celui-ci refusa la reddition sans combat :

– Je ne voudrais pas paraître obstiné, cependant je vois là-bas beaucoup de vide et peu de pierres...

– Il y en a plus que vous ne croyez. Vous ne vous en rendez pas compte mais chacun de ces pans est ou sera appuyé d'un contrefort pour assurer la poussée vers la voûte. En outre, tout ce vide ne le restera pas. De grandes verrières bellement colorées viendront le remplacer.

– Des verrières ? Aussi vastes ?

– Mais oui. Toute la lumière du ciel pénétrera dans la chapelle et illuminera les couleurs des vitraux.

– Ce sera vraiment magnifique alors ! fit Renaud sans cacher son admiration. Et ce doit être une joie pour vous si vous y travaillez...

– Une très grande joie... d'autant que j'en suis l'architecte, dit-il non sans fierté. On m'appelle Pierre de Montreuil... Mais veuillez m'excuser, ajouta-t-il avec un salut en abandonnant le damoiseau pour aller à la rencontre d'un homme d'une trentaine d'années dont les cheveux blonds dépassaient d'un chapeau blanc sans coiffe.

Il était très grand et presque maigre, si grand même qu'il marchait en se tenant légèrement penché. Vêtu d'une longue robe de tiretaine[1] brune et d'un surcot sans manches de même tissu aux ouvertures duquel se montrait une doublure de taupe, il allait à pas pensifs. Le visage était beau sans mièvrerie par la vertu de traits déjà accusés et de quelques rides sans parler du

---

1. Etoffe de laine assez commune.

large sourire qui faisait briller les yeux d'une belle couleur d'azur. En marchant, le personnage se frottait les mains pour les réchauffer, et quand Pierre de Montreuil le rejoignit, il le prit aux épaules pour lui donner l'accolade avant de glisser son bras sous celui de l'architecte pour continuer le chemin et causer plus commodément.

A cet instant, un jeune valet arriva, clamant à plein gosier pour surmonter le bruit du chantier le nom de Renaud de Courtenay. Celui-ci se hâta d'aller vers lui, se contentant d'un vague salut en croisant l'architecte et son compagnon.

– Je suis celui que vous cherchez, répondit-il. La dame de Coucy a-t-elle besoin de moi ?

– Non. C'est Madame la reine. Venez vite ! Elle n'aime pas attendre.

A sa suite, Renaud pénétra dans le palais et délaissant l'escalier, traversa deux salles, dont l'une était celle du Conseil et l'autre celle où l'on prenait les repas, pour atteindre enfin une porte ouvragée devant laquelle veillaient deux gardes. Là était l'appartement de la reine mère, Blanche de Castille, qu'en dépit de la présence de sa belle-fille, Marguerite de Provence, on appelait toujours la reine.

En pénétrant dans la vaste chambre éclairée par deux fenêtres donnant sur le jardin, Renaud eut l'impression d'entrer dans une sorte de temple. Là vivait quelqu'un de grand et point n'était besoin de la splendeur des tapis muraux où les tours de Castille accolaient les lys de France pour en saisir l'atmosphère. Le centre du tableau était une grande femme toute vêtue de blanc comme il convient aux veuves royales, mais ce deuil n'avait pas grand-chose à voir avec les sévères toiles de Flandres des premiers jours. La robe était de velours orné d'hermine et un voile de mousseline tombait d'un cercle d'or précieusement ouvré et orné de saphirs. Ce voile montrait d'épais cheveux noirs parsemés de fils d'argent. Agée alors de cinquante-six ans, Blanche de Castille était encore belle par la vertu d'une ossature altière sous-tendant la peau ivoirine de son visage et par l'intelligence dont brillait son regard sombre. Assise dans une haute cathèdre près d'une table couverte d'un tapis bleu et or, elle caressait de ses longues mains pâles que des nœuds rhumatismaux commençaient à déformer un livre relié en vélin avec des ferrures d'argent. D'autres dames se tenaient autour d'elle, mais Renaud fasciné par cette grande forme neigeuse n'en vit qu'un kaléidoscope de couleurs dont se détacha cependant Philippa de Coucy qui le présentait :

– Voici, madame, ce jeune damoiseau dont je vous ai parlé et qui nous est venu par l'amitié d'un dignitaire du saint ordre du Temple. Il a nom Renaud de Courtenay...

Les yeux noirs de la Castillane quittèrent le livre pour examiner l'arrivant qui eut aussitôt l'impression d'être percé de part en part. Après un moment, elle parla et sa voix grave n'était pas désagréable :

– Né en Terre Sainte, m'avez-vous dit, ma bonne amie ? C'est assez étonnant. Je ne croyais pas qu'il existât toujours des Courtenay là-bas ? Il me semblait qu'ils étaient ici... ou à Constantinople. Où avez-vous vu le jour, jeune homme ?

Comme elle s'adressait directement à lui, Renaud mit genou en terre :

– A Antioche, madame, si j'en crois ce que l'on m'a dit car j'étais un enfançon dans ses langes quand on m'a porté en Occident.

– Et votre père était ?

– Thibaut qui fut élevé au palais de Jérusalem

auprès du saint roi Baudouin IV dont il fut le compagnon, l'écuyer et le plus fidèle serviteur tant que dura sa vie héroïque et douloureuse...

– Le lépreux ? J'ai ouï dire, en effet, qu'il fut grand comme on doit l'être quand on règne sur la terre où mourut notre doux Seigneur. Mais cela ne dit pas de qui ce Thibaut était le fils ?

– De Jocelin III, dernier comte d'Edesse et de Turbessel ! Il fut son unique fils. Bâtard, lança Renaud un peu à la manière d'un défi parce qu'il savait bien qu'il serait obligé de le dire, mais reconnu !

– Et votre mère ?

– On ne m'a jamais appris son nom. Seulement qu'elle était une fort grande dame... et qu'elle est morte. Après quoi, mon père s'est fait Templier.

Le pli de dédain qui marquait la lèvre de la reine s'accentua :

– Autrement dit vous êtes bâtard, vous aussi, né sans doute d'une épouse adultère puisque l'on a caché son nom. Et contrairement à votre père, vous n'êtes pas reconnu ?

– Si fait, madame ! riposta Renaud qui se releva, incapable de se laisser fouler aux pieds de cette reine qui le méprisait délibérément. Cette reconnaissance est aux mains de frère Adam Pellicorne, commandeur de Joigny, qui fut, au royaume franc, le compagnon et l'ami de mon père. C'est lui qui m'a mené au baron Raoul de Coucy pour compléter auprès de lui mon éducation chevaleresque.

– Commencée par qui ?

– Mon père adoptif, sire Olin des Courtils, dont Dieu ait l'âme généreuse. C'est lui qui m'a élevé avec sa douce épouse dame Alais, retournée à Dieu elle aussi...

– Pourquoi n'être pas resté chez eux, en ce cas ?

Vous eussiez fait vos armes chez le plus haut seigneur de l'endroit. Où est-ce, au fait ?

– En Gastine, près de Châteaurenard. Mes parents adoptifs sont morts, je pense l'avoir déjà dit. Comme il m'était prescrit, je me suis rendu à la commanderie de Joigny pour me remettre aux mains de frère Adam... qui était mon parrain, ajouta-t-il se souvenant des paroles du vieil homme.

– Fort bien, alors, que n'y êtes-vous resté ? C'est noble chose que servir le Temple !

– Certes, Madame... mais il faut y être appelé par Dieu. Sans doute ne m'en a-t-il pas jugé digne.

– Qu'en savez-vous ? Et qui êtes-vous pour oser interpréter les intentions du Tout-Puissant ? s'écria la reine dont les yeux lançaient des éclairs. Vous pouviez entrer en noviciat et la grâce peut-être vous eût été donnée après beaucoup de prières ?

L'atmosphère se chargeait d'orage sans que Renaud parvînt à comprendre pourquoi la mère du roi lui faisait cet accueil hérissé d'épines. C'était comme si elle lui en voulait personnellement. Autour d'elle chacun retenait son souffle. Dame Philippa semblait pétrifiée et, sans songer un instant à défendre son serviteur, regardait la scène avec de grands yeux écarquillés. Renaud prit une profonde respiration, conscient du silence ambiant :

– J'ai toujours beaucoup prié, Madame la reine, comme me l'a enseigné ma mère adoptive qui était fort pieuse, et je l'ai fait encore plus après sa mort. Il n'en reste pas moins que je ne me sens pas attiré par la vie monastique. Même sous les armes du Temple !

– Elles vous iraient bien pourtant. Vous pourriez retourner dans votre pays natal qui est la plus belle terre qui soit au monde puisqu'elle a vu naître Notre Divin Sauveur.

- Je souhaite y retourner, en effet, mais pas comme Templier !

- Vraiment ? Je me demande bien pourquoi, fit Blanche avec un petit rire sec. Mais... d'autres raisons que l'esprit de croisade vous y attirent-elles ? Le désir de retrouver... certaines racines ?

- Je ne comprends pas ce que madame veut dire...

- Vous êtes blond mais votre teint est un peu brun, ce qui donne à penser que la dame mystérieuse qui vous a donné le jour pourrait être... sarrasine ?

- Oh ! C'est indigne !

La jeune voix courroucée qui protestait rentra dans la gorge du jeune homme la colère qu'il n'aurait pu contenir plus longtemps. En même temps, une mince silhouette en robe de cendal d'un joyeux rouge clair à parements d'orfroi arrivait du fond de la chambre, dépassait Renaud et sans un regard pour les saluts révérencieux de l'assistance rejoignait Blanche de Castille. Celle-ci, cependant, haussait un sourcil interrogateur sans rien perdre de son calme :

- Eh bien, ma fille, que vous arrive-t-il ?

- Il m'arrive que je suis entrée depuis un instant et que j'ai tout entendu. Oh ! madame, comment pouvez-vous être aussi cruelle ? Que vous a donc fait ce jeune homme pour que vous le traitiez ainsi ?

La voix, teintée d'une amusante pointe d'accent, était musicale à souhait, mais la reine mère n'y parut pas sensible. Un pli dédaigneux arqua ses lèvres minces :

- Me faire quelque chose à moi, ce garçon ? Vous vous oubliez, ma fille. Et surtout vous oubliez à qui vous parlez !

Marguerite de Provence – c'était elle, bien entendu ! – ne s'émut pas du reproche. Plus tranquillement, elle répondit :

— Je parle à la noble mère de mon époux qui est bien l'homme le plus charitable, le plus accessible et le moins méprisant qui soit, et je ne crois pas qu'il lui viendrait jamais à la pensée de reprocher à quiconque une naissance dont nul n'est responsable. Encore moins d'avancer des suppositions insultantes.

— L'adultère est péché mortel et son fruit...

— Ne le dites pas ! C'est péché aussi d'humilier qui ne le mérite pas. Regardez ce damoiseau et dites-moi...

Elle venait de se retourner pour regarder Renaud et celui-ci, frappé de stupeur et les oreilles bourdonnantes, n'entendit plus rien de ce qu'elle disait. Machinalement, il remit genou en terre et resta là à regarder ce visage délicat, d'un ivoire touché de rose et éclairé par les plus beaux yeux gris qui se puissent voir... Ce visage était le même, exactement, que celui dont il avait trouvé l'image dans la tour oubliée et qui ne le quittait jamais. Incapable de faire un mouvement, foudroyé sur place il oublia soudain le décor somptueux, l'arrogante Castillane, les gens présents et jusqu'à sa propre personne. Sa vie suspendue à ce regard lumineux et compatissant qui lui souriait.

Une main vigoureuse, en le secouant, le tira de son rêve éveillé, en même temps qu'une voix masculine lui ordonnait de se relever. Ce qu'il fit et ce fut pour éprouver une nouvelle surprise, moins violente toutefois que la première : l'homme qui venait de parler était ce personnage si simplement vêtu qu'il avait vu tout à l'heure parler à Pierre de Montreuil près de la chapelle en construction. Il sut du même coup qui il était parce que la jeune reine s'adressait à lui en l'appelant « sire, mon époux ». Le roi Louis, neuvième du nom, celui que tout le royaume coiffait déjà d'une auréole en plus de sa couronne terrestre !

« Seigneur ! Je viens de me conduire comme un

idiot ! Elle va me croire imbécile ! » pensa-t-il atterré sans se rendre compte ce que ce « elle » appliqué de façon si naturelle à la jeune reine signifiait déjà dans le langage de son cœur. Le roi, cependant, lui parlait de nouveau tandis que Marguerite achevait une explication volubile.

– Eh bien, jeune homme ? Que vous est-il arrivé ? Vous sembliez changé en statue ?

– La... la majesté royale, sire ! réussit à balbutier le malheureux. Je viens de la campagne et je... je ne suis pas habitué !

– Cela vous viendra. Quoique... être malmené par une grande reine et défendu par une autre, ce n'est pas si fréquent. Au moins saurons-nous désormais qui vous êtes. A présent, saluez les dames et descendez attendre la baronne ! Vous vous remettrez mieux hors de notre présence !

Pour bien montrer qu'il ne le chassait pas, Louis tendit sa main à baiser au garçon qui la prit avec reconnaissance, salua et se dirigea vers la porte avec un intense soulagement. Le roi avait raison : il avait vraiment besoin de retrouver ses esprits. Il prit sa course vers le perron où il s'arrêta pour regarder le ciel et respirer à pleins poumons l'air doux et ensoleillé. C'est alors qu'il s'aperçut que quelqu'un l'avait suivi et se tenait auprès de lui quand la personne en question lui adressa la parole.

– Je voudrais bien savoir, dit-elle, pourquoi la vieille vous a reçu de telle façon ?

– La vieille ? émit-il en considérant avec surprise cette interlocutrice visiblement mal élevée en dépit de sa belle robe de samit, dans le même ton de rouge que celle de Marguerite, et du chapel assorti. C'était à peine une jeune fille. Tout juste une gamine d'une douzaine d'années aux allures de petit coq tellement elle se tenait droite, mais de petit coq dodu. En dehors de cela, elle était franchement laide avec son long nez, son teint brouillé, ses cheveux d'une curieuse couleur rousse et sa grande bouche moqueuse dans laquelle cependant se montraient des petites dents bien blanches. Quant à ses yeux obliques, elle les tenait mi-clos de telle façon que l'on n'en pouvait distinguer la couleur. Renaud pensa qu'elle avait un peu l'air d'une sorcière :

– Si vous parlez de la reine Blanche, demoiselle, vous ne semblez guère la respecter autant qu'il se devrait !

– Elle est vieille, non ? répondit la jeune personne. Et cependant elle n'accepte pas son âge puisque, à entendre tous les gens de ce palais, c'est toujours elle la reine, la vraie. Pourtant depuis dix ans, c'est Madame Marguerite seule qui devrait porter ce titre alors qu'elle s'obstine à la traiter moins bien que ses suivantes. Tout cela parce qu'elle est jalouse.

– De quoi ?

– Il faut être un homme pour émettre une si grosse sottise... C'est l'évidence, voyons ! Elle est jalouse du fait que Madame Marguerite est plus jeune, plus belle qu'elle n'a jamais été et que notre sire l'aime fort !

Elle avait en parlant le même léger accent ensoleillé que sa maîtresse et Renaud en conclut qu'elle venait elle aussi de Provence, mais décida de s'en assurer :

– On dirait que vous aussi aimez fort Madame Marguerite. Vous devez être de ses demoiselles.

La grande bouche révéla toutes ses dents par un grand sourire ravi, cependant que les fentes des paupières découvraient des yeux aussi verts que de jeunes feuilles d'arbre.

– Je suis même la plus proche parce qu'un petit peu

sa cousine. J'ai nom Sancie de Signes et la reine Marguerite est ma marraine.

— C'est joli, Sancie, apprécia Renaud qui trouva soudain cette fille sympathique puisqu'elle touchait de si près Marguerite de Provence.

— Merci, mais il n'y a que la reine et les gens que j'aime qui ont droit de m'appeler ainsi, ajouta-t-elle sévèrement. Pas n'importe qui !

— Jusqu'à ce tantôt je croyais n'être pas n'importe qui, soupira Renaud, mais Madame Blanche s'est chargée de me faire sentir ma vanité.

— Ne dites pas de pauvretés ! Même si la vieille vous dédaigne, votre qualité, bien qu'en ligne bâtarde, a éclaté aux yeux de tous. Etre un Courtenay, cousin de l'empereur, ce n'est pas rien. En outre, votre père était le chevalier de ce quasi légendaire roi lépreux et votre mère une très mystérieuse dame, voilà de quoi enflammer les imaginations ! A propos, est-elle mystérieuse pour vous aussi ?

— Non. Je sais qui elle était mais, en ce qui la concerne, je dois garder le silence.

— Ce n'est pas moi qui vous demanderai de le rompre. Mais soyez certain que bien des dames vont vous faire les yeux doux.

— ... Et risquer de déplaire à Madame Blanche qui est, vous venez de le dire, toute-puissante ? C'est votre imagination à vous qui bat la campagne.

— Je sais ce que je dis : je les connais et suis certaine qu'à cette heure il y en a déjà deux ou trois qui rêvent d'apprendre votre secret... Et nous en revenons à notre point de départ : nous ne savons toujours pas pourquoi la vieille vous a pris en grippe au premier coup d'œil !

— Par pitié ne l'appelez pas ainsi ! Même si elle m'a pris en grippe comme vous dites et si j'ai peu de chances de l'aimer jamais, cela me gêne : elle est reine, tout de même !

– Et je vous accorde que durant la minorité de notre sire elle s'est montrée une véritable souveraine sachant mater les rebelles – dont étaient d'ailleurs vos Coucy ! – et guider sagement la barque du royaume. A présent, notre sire a trente ans : il est assez grand, assez preux et assez sage pour mener ses affaires !

– Seulement il continue à faire cas de sa mère ? Cela peut se comprendre.

Le nez de la jeune Sancie se plissa d'indignation :

– Par saint Jean et saint Eloi qui veillent sur nos terres de Signes, vous raisonnez comme un moine ! Pourquoi, diable, ne vous faites-vous pas Templier au lieu d'être le damoiseau de cette larmoyante Philippa de Coucy qui est bien la femme la plus ennuyeuse que je connaisse ? Il faut être la v..., je veux dire Madame Blanche, pour en faire une amie. Il est vrai qu'elle est fort pieuse elle aussi et qu'elle apprécie surtout les femmes qui ne sont pas heureuses en mariage ! Cela la console de son veuvage...

Cette fois Renaud n'eut pas le temps de répondre : un huissier royal réclamait l'équipage de la dame de Coucy et Sancie s'éclipsa sans ajouter un mot, tandis que Renaud allait au-devant de Philippa. Celle-ci semblait plongée dans de profondes réflexions et n'adressa pas la parole à son damoiseau quand il l'aida à prendre place sur sa haquenée et pas davantage pendant que l'on rentrait à l'hôtel. Renaud en eut quelque souci, se demandant si l'espèce de petit scandale dont il avait été cause n'allait pas le faire renvoyer, ce qui l'eût fort ennuyé. Non parce qu'il s'était attaché à son nouvel état mais, outre qu'il était le chemin de l'adoubement promis par le baron, il perdrait, en le quittant, l'accès au palais et la possibilité de revoir la jeune reine. Une idée qui, déjà, lui était cruelle.

Ce qui lui arrivait était si étrange et il n'était pas certain de le comprendre. Lorsqu'il avait trouvé le portrait si amoureusement dessiné par Thibaut, il avait senti une admiration quasi dévote, proche de ce que lui eût inspiré la Vierge Marie : ce visage, c'était celui d'Isabelle de Jérusalem dont il savait à présent qu'elle était sa grand-mère et même si elle lui était apparue comme un idéal, le sentiment qu'elle lui inspirait était fait de tendresse et de respect. Se trouver en face de sa copie vivante et ô combien gracieuse, exquise, fascinante par toute sa vitalité et toute la séduction que dégageait son corps, c'était autre chose et Renaud, agenouillé devant Marguerite, avait éprouvé pour la première fois l'ardent désir d'étreindre mêlé à celui d'adorer. Il avait compris du même coup foudroyant comment Thibaut avait pu passer sa vie entière à n'aimer et attendre qu'une seule femme puisque c'était celle-là ! Et ce titre de damoiseau qui lui déplaisait tant, il l'eût porté avec bonheur, avec orgueil si c'eût été auprès de Marguerite et non auprès de cette Philippa qui, tout à l'heure, n'avait rien objecté, rien tenté pour le tirer des griffes de la mégère couronnée. Pas étonnant qu'elles soient amies, ces deux-là ! Du fond de sa colère, il se prit à penser que la jeune Sancie et ses sévérités pourraient avoir raison. D'ailleurs, à bien y réfléchir, elle avait entièrement raison puisqu'elle aimait Marguerite et détestait la Castillane. S'en faire une amie ne serait peut-être pas une mauvaise chose... si toutefois l'occasion lui était donnée de l'approcher de nouveau et s'il ne se retrouvait pas demain dans la rue...

Hélas, il n'eut pas la ressource de confier son inquiétude à Gilles Pernon. Le vieil écuyer ne se plaisait guère à Paris. Aussi, quand l'ennui le prenait, fréquentait-il volontiers un cabaret de la Cité où il avait ses habitudes. Dans ces cas-là, il était bien rare qu'il en sortît avant le couvre-feu. C'est du moins ce que lui apprit l'un des deux palefreniers quand il ramena son cheval et la haquenée de la dame à l'écurie.

Réduit à lui-même, il n'eut plus qu'à attendre un appel qui ne vint pas. Apparemment, dame Philippa avait renoncé à l'office du soir. Ce qui vint, peu avant que l'on cornât l'eau pour le souper, ce fut Flore d'Ercri. La mine soucieuse du damoiseau alluma une lueur d'amusement dans ses yeux :

– Eh bien ? Nous avons eu le redoutable honneur d'attirer sur nous l'attention de la reine ?

– Je m'en serais bien passé. Et je ne comprends pas pourquoi elle a tellement tenu à me voir si c'était pour m'insulter comme elle l'a fait !

– Oh, elle est capable de beaucoup mieux quand il s'agit d'insulter quelqu'un. Le sang castillan, j'imagine. Joint à celui tout aussi bouillant des Plantagenêt et des Aquitains. N'oubliez pas qu'elle est la petite-fille de la fameuse Aliénor... Si elle a voulu vous voir, c'est parce que notre dame avait vanté vos qualités... et votre personne.

– J'eusse préféré qu'elle n'en fît rien. Au premier regard j'ai vu que cette princesse allait me détester. Et je ne sais toujours pas pourquoi.

– Ne cherchez donc pas ! fit la jeune fille en haussant les épaules. Les raisons des reines sont rarement celles du commun des mortelles. Peut-être lui avez-vous rappelé un mauvais souvenir ? Allons, ne faites pas cette mine ! Avez-vous été meurtri à ce point ?

– Certes ! Comme tout homme d'honneur dont on attaque les parents. Et je suppose que vous venez m'annoncer que dame Philippa ne veut plus de mes services puisque je ne pourrai plus l'accompagner au palais ?

— Mais quelle idée, mon Dieu ! Où l'allez-vous chercher ? Vous oubliez que vous êtes d'abord au service du baron Raoul et seulement « prêté » à son épouse. Si elle ne voulait plus de vous, elle vous enverrait à Coucy, mais il n'en est pas question. Vous continuerez à l'escorter, à la cour[1] comme ailleurs, jusqu'à ce que nous retournions au château. Ce qui ne saurait tarder.

— Je croyais que dame Philippa voulait rester encore ici quelque temps ?

— Elle n'en a plus les mêmes raisons depuis notre expédition de l'autre soir. Bien au contraire. En outre, la reine Blanche lui a appris qu'avant la dédicace de l'abbaye de Maubuisson, elle comptait se rendre en pèlerinage à la Vierge noire de Rocamadour...

— Avec le roi et... la jeune reine ?

— Non. Avec sa fille Isabelle qui est déjà toute tournée vers Dieu et son dernier fils, le prince Charles, qui à dix-sept ans ne l'est pas assez à son gré. Elle a demandé à notre maîtresse de l'accompagner mais, bien entendu, celle-ci a refusé.

— Pourquoi, bien entendu ?

Flore se mit à rire de ce rire roucoulant qui n'était pas sans charme :

— Dieu, que vous êtes curieux, mon bel ami ! Cependant, si vous réfléchissiez un peu vous n'auriez pas besoin de poser cette question : elle a refusé parce qu'elle espère qu'au moment où la reine Blanche se

---

1. C'est le terme d'usage pour l'entourage d'un roi mais il s'agissait alors d'un nombre assez réduit de personnes et d'une vie beaucoup plus simple et familiale. Rien à voir avec la cour de Louis XIV.

mettra en chemin, l'élixir de maître Albert aura produit son effet et que le baron Raoul ayant honoré sa couche à nouveau, il lui faudra prendre d'elle-même le plus grand soin et non courir les mauvaises routes. A l'exception de celle de Notre-Dame-de-Liesse qui est bien moins lointaine et où nous irons faire vœu dès notre retour à Coucy...

A la pensée que le moment pénible vécu chez la reine mère n'aurait pas de suites pour lui, Renaud éprouva un soulagement. C'était aussi une bonne nouvelle d'apprendre que, bientôt, il rejoindrait le clan des hommes au château familial et n'assumerait plus que par moments ce rôle de damoiseau qui, décidément, ne lui plaisait pas. Ce qu'il souhaitait, c'était poursuivre son éducation afin d'obtenir le plus rapidement possible ce beau titre de chevalier où se bornaient toutes ses ambitions.

D'autre part – l'homme vivant en perpétuelle contradiction avec lui-même –, il sentait qu'il lui serait pénible de quitter Paris, de mettre une longue distance entre lui et le palais royal, là où vivait celle qui emplissait désormais son esprit et son cœur. Qu'elle fût reine et épouse d'un admirable souverain et qu'elle fût aussi l'image de sa grand-mère n'y pouvait rien changer. Il aimait Marguerite comme jadis Thibaut avait aimé Isabelle et cet amour tissé d'idéal, de cette poésie du cœur si douce à entendre ainsi que d'une vénération quasi religieuse l'emplissait de joie parce qu'aucune pensée charnelle ne s'y mêlait – pas encore tout au moins – et qu'il n'enfreignait pas le sévère code de la chevalerie où il aspirait à être admis. S'il permettait d'aimer, il interdisait de convoiter. Mais Renaud était trop jeune encore pour imaginer que cet état bienheureux ne durerait pas l'éternité. Il ignorait que quelqu'un viendrait lui souffler que des atours de madone pouvaient receler un corps désirable, ô combien, et que le doux temps des rêves ouvrait sur les portes de l'enfer.

Dans les jours qui suivirent, il eut beaucoup de temps libre. Hors la messe du matin, Philippa vivait enfermée dans sa chambre avec Flore, y prenant d'interminables bains nécessitant une brassée d'herbes, concoctant des onguents ou recevant des marchands pour imaginer de nouveaux atours. Livré à lui-même, Renaud en profitait pour visiter la ville qui le fascinait en compagnie de Pernon, mais le plus souvent seul à mesure qu'il apprenait à s'y reconnaître dans l'enchevêtrement des rues, le vieil écuyer trouvant trop souvent prétexte à s'arrêter dans une taverne.

Le jeune homme aimait descendre vers la Seine, au port de Grève qu'une rangée de piquets séparait de la place du même nom, pour voir décharger les bateaux. Là s'amoncelaient les tas de foin ou de bois, les pyramides de tonneaux dans le vacarme des moulins à eau ou celui des lavandières qui rythmaient leurs chansons à grands coups de battoir. Parfois il osait s'aventurer au palais pour suivre les progrès de la fascinante chapelle et de la grande galerie que l'on construisait pour la relier au logis royal. Maître Pierre de Montreuil s'était pris d'amitié pour ce garçon naïvement admiratif dont l'impatience de voir naître enfin les hautes verrières colorées qui feraient flamboyer ce pur chef-d'œuvre, l'amusait. L'architecte lui expliquait les procédés de construction qui lui semblaient tenir du miracle et, une fois même, il l'emmena visiter Notre-Dame où il travaillait encore aux croisillons. Là, il lui présenta son cousin, Jean de Chelles, en train d'achever la construction des tours et il lui fit admirer la grande « rose » aux vitraux peints et colorés à l'heure où le soleil couchant la faisait flamboyer, lui donnant un éclat incomparable.

– Cela vous donne une idée de ce que sera la

Sainte-Chapelle. Elle scintillera de toutes parts et, lors des offices tardifs, elle éclairera la nuit comme une fabuleuse lanterne.

Les deux architectes s'entendaient si bien et montraient un génie si semblable qu'il était étonnant que Jean de Chelles ne participât pas à l'œuvre de son cousin car, outre la cathédrale, ils avaient travaillé ensemble à la basilique de Saint-Denis où les rois de France dormaient leur dernier sommeil, à l'abbaye Saint-Martin-des-Champs et à celle de Saint-Germain-des-Prés.

Evidemment, en fréquentant les bâtisseurs, Renaud espérait vaguement, quand il allait au palais, apercevoir au moins la reine Marguerite, mais la chance n'était pas avec lui et pas une seule fois il n'eut ce bonheur. Il en éprouva de la tristesse mais point trop. Cet amour venu de façon si soudaine le préservait des tentations de la chair dont Flore ne manquait pas une occasion d'émailler ses nuits. Il ne lui avait cependant laissé aucun espoir dès le premier soir où elle s'était glissée dans son réduit, vêtue d'une robe sous laquelle aucune chemise ne risquait de faire de plis. Le corps qu'elle offrait était des plus excitants. Pourtant Renaud avait dit :

— C'est mal, demoiselle Flore, que vouloir m'inciter au péché. Ne savez-vous pas que celui qui aspire à la chevalerie doit se présenter pur à l'adoubement ?

— Ne soyez pas benêt, mon ami ! Le chapelain du château en vous confessant vous fera aussi pur que l'agneau naissant !

— Ce n'est pas ainsi qu'il faut l'entendre et que je l'entends ! J'ai trop grand désir d'être vrai chevalier, digne en tout point de cet honneur extrême pour faire miens je ne sais quels accommodements. Soyez bonne ! Ne me tentez plus !

Elle n'y renonça cependant pas. Elle s'était prise pour lui d'un de ces violents caprices qui peuvent consumer si on ne les endigue, mais Renaud sut se garder en évitant de blesser cette fille ardente dont il devinait qu'elle pouvait devenir dangereuse. Elle finit d'ailleurs par capituler en concluant avec une bonne humeur qui n'était peut-être pas feinte :

– En ce cas, il faut nous hâter de rentrer à Coucy et de convaincre le baron de vous offrir les éperons d'or à la prochaine Pentecôte. Je vais conseiller à dame Philippa de presser le départ. Aussi bien, elle n'a plus rien à faire à Paris. La reine part après-demain.

– Mais Pentecôte est dans un mois !

– Justement ! Il faut se hâter !

Flore semblait sûre d'elle, et Renaud que la perspective de se brouiller avec elle n'enchantait pas se rassura en pensant qu'il y avait peu de chances de convaincre le baron Raoul de faire de lui un chevalier en si peu de temps. Il pouvait donc partir tranquille.

– Ne vous y fiez pas ! prophétisa Pernon. Cette fille est très forte et je la crois capable... de bien des choses pour obtenir ce qu'elle veut.

– Pas auprès de sire Raoul, tout de même ?

– Hé, hé ! fit le maître d'armes avec un sourire entendu qui lui fendit la figure d'une oreille à l'autre.

– Quoi, « hé, hé ! » ?

– Je me comprends...

– Pas moi. Expliquez !

– Oh, c'est facile : demoiselle Flore est très belle... au cas où vous ne l'auriez pas remarqué.

– Si fait ! Mais... on dit le baron épris ailleurs...

– D'une autre belle créature qui lui tient la dragée haute. Alors, en attendant et pour le délassement... A l'heure du bain par exemple ? Remarquez, je n'ai jamais tenu la chandelle !

– Mais elle est la fidèle suivante... l'amie, presque de dame Philippa.

– Dame Philippa est trop grande dame pour avoir une amie... autre que la reine Blanche ! Trop noble aussi pour s'intéresser à ce qui se passe dans les étuves au retour de la chasse. Allons, sire Renaud, ne faites pas cette figure ! ajouta-t-il en voyant s'effarer le regard du jeune homme. Je voulais simplement vous prévenir que la belle Flore obtient toujours ce qu'elle désire. Après tout, conclut-il en riant, ce n'est qu'un mauvais moment à passer. Et j'en connais de pires !

Renaud n'eut guère le temps de se poser des questions sur la façon dont il conviendrait de traiter ce problème d'avenir : le lendemain, alors qu'il revenait de la messe à Saint-Jean, un officier à cheval suivi de quatre sergents à pied vint l'arrêter au nom du roi et, avant qu'il eût seulement le temps de se reconnaître, il se retrouva les mains liées derrière le dos et en route pour les geôles royales au milieu des gens d'armes... A dame Philippa qui se décida à réagir en demandant ce que cela voulait dire, l'officier se contenta de répéter : « D'ordre du roi ! », ajoutant que le prisonnier était accusé de meurtre.

Abasourdi par ce coup inattendu, Renaud se laissa emmener sans résistance, devinant que celle-ci ne servirait à rien. L'avenir qu'il voulait si riche et si plein de découvertes se refermait brutalement devant lui. L'officier avait prononcé le mot meurtre et c'était sans doute la mort de ses parents adoptifs qui le rattrapait pour le ramener à son point de départ : les planches d'un échafaud sous ses pieds et au-dessus de sa tête, un nœud coulant de chanvre... à moins que, vu sa qualité, il n'ait droit au billot et à la hache ?

Faible consolation, il n'eut pas à parcourir une

longue distance en si piètre équipage puisque ce fut au Grand Châtelet qu'on le conduisit.

Autrefois défense de la Cité, réduit à présent au rôle de siège de la justice par le nouveau rempart de Philippe Auguste qui avait reculé les limites de la ville, le Châtelet n'en était devenu que plus sinistre. Gros pavé quadrangulaire adossé à la Seine, flanqué de deux tours rondes tournées vers l'ancien faubourg, percé, dans l'axe de la rue Saint-Denis, d'un lugubre passage voûté continué vers le fleuve par l'étroite rue Saint-Leufroy, avec ses trois étages de prison enfermant une sorte de donjon dans la partie orientale, il faisait peser sur le quartier neuf une menace beaucoup plus lourde que le palais, surtout lorsque l'on savait que c'était seulement la partie visible et que cinq autres étages s'enfonçaient dans le sol jusqu'à d'abominables oubliettes sans air, sans lumière mais pas sans eau car le fleuve, dans ses crues, y entrait comme chez lui.

Franchie la double grille ouvrant sous la voûte, on introduisit Renaud dans une petite salle où était le greffe. Des chandelles y suppléaient à un éclairage pauvre et l'un des hommes en prit une pour venir examiner le prisonnier sur toutes les coutures, s'attardant surtout au visage qu'il scruta pendant un bon moment. Ce qui eut le don d'agacer Renaud.

– Qu'avez-vous besoin de me regarder ainsi ? protesta-t-il. C'est fort déplaisant !

– Mais c'est la loi ! Tout malfaiteur qui entre ici doit être « morgué » par quelqu'un possédant une bonne mémoire des visages afin que l'on puisse le reconnaître s'il lui arrivait de s'échapper[1].

---

1. En quelque sorte, l'ancêtre de l'identité judiciaire.

— Je ne suis pas un malfaiteur et j'ai surtout besoin que l'on me rende justice. Je ne m'évaderai pas !
— On dit cela ! Et puis une occasion vient...
— Je ne vois pas d'où elle pourrait venir.

On l'inscrivit sur le registre d'écrou, puis il eut droit à un entretien avec le concierge qui remplissait à la prison le rôle d'un aubergiste : on était plus ou moins bien logé, plus ou moins bien nourri selon ce que l'on pouvait payer.

— Je n'ai pas un denier vaillant ! répondit-il avec hauteur à cet homme qui lui détaillait complaisamment les avantages et les prix allant tous en ordre décroissant de son hôtel.

— C'est fâcheux ! Je vais devoir vous mettre avec les « pailleux »... à moins que vous ne me donniez votre cotte que je pourrais vendre un bon prix...

Mais l'officier qui avait amené Renaud s'interposa :

— C'est un prisonnier important, il doit être mis « au secret ».

Puis, se penchant à l'oreille du concierge, il ajouta quelques mots que Renaud n'entendit pas. Mais il vit fort bien que deux ou trois pièces d'argent changeaient de mains. Le concierge, d'ailleurs, s'inclinait :

— Les ordres seront exécutés !

Encadré par deux sergents, Renaud suivit le concierge jusqu'au premier étage du donjon où il fut introduit dans un cachot long et étroit, mal éclairé par une ouverture placée trop haut dans la muraille pour que l'on puisse regarder au-dehors. Une paillasse remplie de feuilles sèches et posée sur un banc de pierre tenait lieu de lit et occupait la majorité de la place. Un seau et une cruche complétaient l'ameublement. Cela sentait la crasse et l'urine, pourtant le concierge considéra l'ensemble avec satisfaction :

— Ce n'est pas une de mes meilleures chambres,

mais pour ce que j'ai reçu, c'est tout ce à quoi vous avez droit. Du moins, vous n'aurez pas de rats !

— Si ce n'est pas une des meilleures, cela veut dire qu'il y en a de pires ?

— Bien pires ! fit le préposé en levant un doigt doctoral. Nous avons la fosse que l'on appelle aussi chambre d'Hypocras. Elle est au fond des souterrains et en forme d'entonnoir. On y descend le prisonnier par des cordes et une poulie mais il ne peut qu'y rester debout, sans pouvoir s'asseoir ou se coucher, ni s'appuyer au mur à cause de sa forme inclinée. Au centre, il y a un puits sans margelle qui communique avec la Seine. On finit à un moment ou à un autre par s'y laisser tomber... Vous voyez que vous n'êtes pas si mal logé...

Renaud préféra ne pas répondre. D'autant qu'un instant plus tard, les cordes qui nouaient ses mains dans le dos furent remplacées par une chaîne reliant deux bracelets de fer que l'on boucla autour de ses poignets tandis qu'une autre toute semblable entravait ses chevilles, ne lui permettant que des pas mesurés... et bruyants comme la paillasse sur laquelle il se laissa tomber pour remâcher son désespoir quand enfin on le laissa seul et qu'eurent claqué les gros verrous de sa porte.

Il n'était pas loin de midi. Pourtant il se sentait rompu de fatigue comme s'il avait parcouru une dizaine de lieues à pied. En outre, son esprit était tellement embrumé qu'il n'arrivait pas à en tirer une pensée. Alors il laissa le sommeil s'emparer de lui. Au réveil peut-être lui viendrait-il une clarté et réussirait-il à comprendre ce qui lui arrivait.

CHAPITRE IV

LA TREILLE DU ROI

Si Renaud espérait faire face à l'accusation de meurtre dans un bref délai, il fut déçu. Plusieurs jours s'écoulèrent sans que l'on parût s'occuper de lui. Seul le porte-clefs entrait tous les soirs pour remplacer l'eau de sa cruche, vider son seau et lui apporter une miche de pain noir et une écuellée d'un brouet que n'auraient pas désavoué les anciens Spartiates : des raves, des feuilles de chou y nageaient dans un liquide de couleur indéfinissable en compagnie d'os où adhéraient parfois quelques lambeaux de viande.

Son moral s'en ressentait. Même dans la prison du bailli, à Châteaurenard, il mangeait mieux, et si ce régime était celui à quoi lui donnaient droit les quelques pièces remises au concierge par l'officier, ceux que le cerbère appelaient les « pailleux » ne devaient recevoir que de l'eau, ce qui les incitait sans doute à faire de la place dans la prison royale en quittant ce monde pour un monde meilleur. A moins évidemment que le concierge ne fût un fieffé coquin. Ce dont il avait tout à fait la tête ! En attendant, le prisonnier dévorait son pain noir jusqu'à la dernière miette et rongeait ses os en regrettant que sa mâchoire, solide cependant, n'eût pas les mêmes vertus que celle d'un chien.

Autre sujet de démoralisation : il était impossible d'apprendre quoi que ce soit du geôlier. A toutes les questions qu'on lui posait, l'homme répondait par un grognement, regardait Renaud d'un œil bovin, haussait les épaules et repartait vers ses autres tâches.

Enfin, le pire était pour le captif de ne pouvoir se laver. Dame Alais sa mère adoptive lui avait appris dès l'enfance qu'une âme pure se sentait mieux dans un corps propre, même si son confesseur réprouvait ce besoin de lavage, estimant que le Seigneur Jésus, quand il se rendait au désert pour y rencontrer la pensée de Son Divin Père, ne se lavait pas. Ce que la bonne dame réfutait en disant que Dieu devait y pourvoir dans Sa Toute-Puissance. Et elle continuait à récurer son gamin, à l'eau froide bien entendu, l'eau chaude possédant des vertus amollissantes susceptibles de receler les pièges du malin. Renaud en pleurait de froid en hiver, mais ensuite elle l'enveloppait dans un drap chauffé devant l'âtre en lui faisant boire du lait chaud et l'enfant se croyait alors en paradis.

Il était loin, ce paradis d'enfance ! La convoitise d'un homme le lui avait arraché avec la vie de ses bons parents, ce Jérôme Camard, bailli du roi cependant, qui avait osé assassiner sa mère afin de s'emparer de leurs biens et l'accuser, lui Renaud, du meurtre afin de mieux se débarrasser de lui. La chance puis l'aide de frère Thibaut relayée par celle de frère Adam l'avaient sauvé, remis dans le droit chemin de l'honneur et de la vie qu'il voulait, mais il comprenait à présent qu'en fait ce n'était qu'une rémission, que la toile du bailli était bien tissée et qu'on n'échappe pas à son destin.

Il acheva d'en être persuadé quand le lendemain, enfin, on vint le sortir de sa prison pour le conduire, tout enchaîné, de l'autre côté de la voûte du Châtelet, là où se trouvait le double siège de la prévôté de Paris, celui de la Justice et celui des Finances.

On l'introduisit dans une salle longue et étroite, si mal éclairée par une mince ogive de pierre profondément enfoncée dans l'épaisse muraille que trois chandelles brûlaient dans un chandelier de fer placé auprès d'un siège élevé d'une marche et surmonté d'un dais fleurdelisé rappelant l'apparat royal mais l'homme qui s'y tenait assis, bien qu'il eût à peu près le même âge que le souverain, n'était pas le roi Louis. C'était le prévôt, maître Etienne Boileau, et s'il avait droit à ce beau décor c'est parce qu'il représentait la justice au nom du roi. Sur un côté de la salle, un clerc en robe noire écrivait debout devant un lutrin proche de la lumière et de l'autre côté un troisième personnage attendait, un parchemin déroulé à la main. L'un était le greffier, l'autre l'accusateur. Derrière le premier, il y avait une porte basse devant laquelle veillaient deux sergents vêtus de rouge et de bleu, aux couleurs de la ville. Dans les ombres denses du fond de la salle, deux ou trois silhouettes sombres se dessinaient, mais il n'y avait pas de public, l'audience étant prévue à huis clos.

Ceux qui accompagnaient Renaud le placèrent devant le prévôt puis reculèrent de quelques pas. Ce dernier, un homme au visage plein, sévère mais intelligent, considéra un instant celui qu'on lui amenait puis se renfonçant dans son siège indiqua de la main à l'accusateur qu'il pouvait commencer sa lecture.

– Par devant nous, Etienne Boileau, prévôt pour le roi siégeant en la chambre du Grand Châtelet, comparaît ce jour le nommé Renaud des Courtils...

– Je m'appelle Renaud de Courtenay, protesta aussitôt celui-ci. Des Courtils est seulement le nom...

– Il suffit. Vous parlerez quand on vous interrogera,

fit le lecteur mécontent d'être interrompu. Où en étions-nous ? Ah ! Le nommé Renaud des Courtils qui se fait appeler faussement de Courtenay, ce qui offense à la vérité autant qu'à ce tribunal.

Mais Renaud, perdu pour perdu, était décidé à se défendre pied à pied.

– J'ai parfaitement le droit de porter ce nom qui est celui de mon père véritable, ainsi qu'en fait foi l'acte déposé par lui entre les mains de frère Adam Pellicorne, commandeur du Saint-Temple de Jérusalem en sa maison de Joigny...

– Frère Adam Pellicorne est mort le mois passé, émit une voix qui fit couler un filet glacé dans le dos de Renaud, en même temps qu'une des ombres du fond de la salle apparaissait dans la tache de lumière jaune projetée sur la dalle par les flammes du chandelier.

Et le doute, s'il en eût jamais, s'envola : c'était bien Jérôme Camard qui venait de faire son apparition, une lueur cruelle dans ses yeux et un vilain pli au coin de sa laide bouche.

— Il est difficile d'en appeler à un mort, ajouta-t-il avec un soupir de dédain.

– Mais pas à un vivant ! s'écria Renaud que sa haine relevait d'un seul coup de l'accablement ressenti l'instant précédent. Ma douleur est grande d'apprendre céans que frère Adam est retourné à Dieu car il m'était cher, mais frère Jean d'Aubon qui commande au Temple de Paris et qui est maître en France a su de frère Adam ce qu'il en est de moi. Est-il donc mort lui aussi ?

Pour la première fois, le prévôt parla, imposant silence au bailli d'un geste autoritaire.

– Non, grâce à Dieu ! Simplement absent, ainsi qu'on nous l'a fait savoir à la templerie...

– Pour longtemps ? articula Renaud avec angoisse.

– Il ne nous a pas fait confidence mais assez longtemps sans doute puisqu'il se rendait à La Rochelle[1].

De son mieux, Renaud prit ce nouveau coup en essayant de garder contenance digne. Il ne voulait pas donner à son ennemi le plaisir de le voir s'écrouler.

– En ce cas, il faut en appeler à mon suzerain, sire Raoul de Coucy, qui a toute connaissance de ce qui me concerne et à qui j'ai été mené par frère Adam dont Dieu veuille recevoir en Sa miséricorde l'âme noble et sainte. Il est dans son fief en ce moment mais, à défaut, dame Philippa au service de qui j'ai été détaché par lui...

– La noble dame est partie pour Coucy quelques heures après votre arrestation, émit tranquillement le prévôt. Cependant, elle nous a fait savoir avant son départ qu'elle ne voulait être mêlée en rien à si laide affaire, qu'elle ne vous connaissait pas et que son époux vous avait recueilli par charité afin de complaire à un vieil ami.

En dépit de son courage, Renaud frémit à la fois d'indignation et de douleur. Combien il avait eu raison dans sa répugnance à servir cette femme, malheureuse peut-être, mais que n'excusait pas l'abandon où elle le laissait ! Sans doute n'en eût-il pas été de même avec le baron. Celui-là aurait su le défendre mais, après la déclaration dédaigneuse de Philippa, personne n'aurait l'idée d'aller déranger dans son fort château le grand baron de Coucy. Il releva la tête pour planter son regard dans celui du prévôt :

– Bien. Apprenez-moi alors quel est mon crime !

– Comme si vous ne le saviez pas puisque, pour ce

---

1. La Rochelle était à l'époque le principal port templier de l'Atlantique d'où partaient les vaisseaux dont il semblerait que, bien avant Christophe Colomb, ils avaient découvert le Mexique.

double meurtre, vous aviez été condamné à la potence à laquelle vous n'avez échappé que par une incroyable chance.

– Double meurtre ? Serais-je accusé d'avoir tué deux personnes ?

– Sire Olin des Courtils et dame Alais son épouse, cela fait bien deux ?

– Sire Olin est mort d'un flux du ventre...

– ... dû au soin que vous aviez pris de l'enherber[1], après quoi vous avez meurtri son épouse, espérant ainsi vous voir attribuer pleinement les biens de ceux que vous appeliez père et mère !

– Par tous les saints du paradis ! explosa Renaud. Je vois bien que votre siège est fait et que, sur de faux rapports, vous me voulez tout le mal possible. Mais je dis, moi, qu'il n'en a jamais été ainsi. Je dis que sire Olin est mort de maladie vraie et que je n'ai jamais porté une main criminelle sur celle qui m'a élevé. Je dis qu'après le décès de sire Olin, notre maison a été envahie par les gens du bailli qui avait juré ma perte parce qu'il convoitait les Courtils. Ce sont les gens du bailli qui ont tué ma mère devant moi, après quoi l'on m'a arrêté et jeté en prison...

– Et condamné !

– C'est Renaud des Courtils qui a été condamné et je suis moi Renaud de Courtenay, prêt à rencontrer, les armes à la main, quiconque dira le contraire...

– Tout beau ! Vous n'êtes pas chevalier, que je sache.

– Je prétends être homme d'honneur et j'ai été élevé en vue de la chevalerie. J'ai le droit de me

---

1. Empoisonner.

défendre contre qui m'attaque et surtout m'accuse d'un crime aussi abominable. Aussi...

– Cela reste à prouver. En attendant, contentez-vous de répondre aux questions que l'on vous pose.

– Eh bien, posez-les !

– Changez de ton, s'il vous plaît ! Vous n'avez aucun intérêt à vous montrer insolent et à nous indisposer. Votre cas n'est déjà pas si clair. Souvenez-vous qu'à nos yeux vous n'êtes qu'un condamné évadé et repris... Ainsi vous niez avoir commis le double meurtre contre vos parents... adoptifs ?

– Formellement ! Sire Olin, je le répète, est mort d'un mal pris en Terre Sainte et qui le tourmentait depuis longtemps. Quant à la douce et bonne dame Alais, je jure devant Dieu que je suis innocent de ce crime odieux : celui qui l'a tuée n'était pas non plus à mon service. Oh, je l'ai vue mourir, frappée par l'un des sbires de cet homme que vous voyez là, bailli du roi pour la ville de Châteaurenard...

– En partie seulement. L'autre moitié de Châteaurenard appartenait au défunt messire Robert de Courtenay, Grand Bouteiller de France, mort il y a cinq ans mais, par le tout récent mariage de messire Pierre son fils avec noble demoiselle Perennelle de Joigny, celui-ci réunit désormais sous sa main la totalité de la ville et des terres de Châteaurenard. Maître Jérôme Camard, ici présent, n'exerce donc plus les fonctions de bailli pour le roi puisque le prêt consenti au comte de Joigny, sénéchal du Nivernais, à son départ en croisade a été remboursé au Trésor royal. C'est donc sire Pierre de Courtenay qui requiert contre vous.

– Contre moi qu'il ne connaît pas ? Mais que lui ai-je fait ?

– A lui, rien, mais vous avez été condamné par un bailli du roi dont messire est le féal ! Quant à moi, je suis bien bon de vous donner toutes ces explications. Nous aurions pu parfaitement exécuter la sentence et vous pendre haut et court sans autre formalité !

— Je ne crois pas que le roi aurait approuvé. Le roi que j'ai vu et qui a entendu mon histoire...

— Certes... et Madame la reine Blanche l'a elle aussi entendue. Il se trouve qu'elle n'a guère été convaincue. D'autant que les hauts hommes de Courtenay sont chers à son cœur par l'irréprochable fidélité qu'ils ont toujours montrée à sa couronne. Même et surtout au temps du plus grand péril...

— Et c'est elle qui, avant son départ en pèlerinage, m'a fait incarcérer ! murmura Renaud qui commençait à comprendre et à sentir l'inanité qu'il y avait à se défendre contre si forte partie. Il pensait n'avoir parlé que pour lui-même mais le prévôt l'avait entendu :

— En effet ! dit-il. Vous comprendrez qu'il lui déplaise de voir si grand nom porté par un criminel.

— Je ne suis pas un criminel ! cria Renaud hors de lui. Encore une fois, je n'ai tué personne !

— Bien ! En ce cas et puisque vous m'y obligez...

Il leva la main et les sergents s'emparèrent à nouveau du jeune homme pour l'entraîner vers la porte du fond de la salle et dans l'escalier sur lequel elle ouvrait. Après quelques degrés descendus sous une voûte si sombre que des torches y brûlaient, Renaud fut poussé dans une chambre sinistre, sorte de caveau éclairé à peine par une étroite fente et surtout par un four rougeoyant pratiqué dans la muraille, fermé par une grille à travers laquelle étaient posés sur les braises des instruments variés : longues tiges de fer, tenailles et pinces qui firent dresser les cheveux sur la tête du prisonnier. Il venait de se rendre compte qu'on allait le torturer.

Il y avait là, en effet, tout ce qu'il fallait. Outre le

four, ses yeux terrifiés lui montrèrent une grande roue armée de pointes, un banc de pierre avec dessus un mince matelas de cuir équipé de sangles qui montrait des traces noirâtres de sang séché et aussi de brûlures, des objets variés dont il ne saisissait pas les destinations, comme un entonnoir et des seaux, enfin une sorte de lit en bois grossier dont les cordes enroulées sur deux treuils formaient la tête et le pied. Ce fut sur cette couche effrayante que l'on étendit Renaud après l'avoir dépouillé de ses vêtements. Ses chevilles furent liées au treuil du bas et ses bras brutalement tirés par un homme masqué et vêtu de rouge qu'il n'avait pas encore aperçu, attachés à celui du haut. Le greffier était allé s'asseoir devant une écritoire cependant que le prévôt, l'infâme bailli qui vivait là un évident instant de joie et deux autres personnages dont un moine prenaient place autour du chevalet. Le bourreau se mit à la tête et l'un de ses aides à l'autre bout. Le prévôt parla le premier :

– Vous allez être questionné selon la loi du royaume. Etes-vous prêt à vous reconnaître coupable ?

– Jamais ! Jamais je ne me reconnaîtrai coupable de l'abomination dont vous m'accusez !

Le moine alors se pencha sur lui. Sous la tonsure claire, Renaud vit un visage ascétique aux traits accusés, aux yeux profonds mais dont l'expression était celle de la commisération :

– Mon fils, dit-il, avant que la souffrance ne s'empare de votre corps et n'y cause d'irréparables dommages, je vous supplie de libérer votre âme du poids du péché. Dieu aura d'autant plus grande pitié de vous que vous serez plus sincère...

Une sueur glacée coulait du dos du jeune homme et de son front. Il savait qu'il allait lui falloir un immense courage, mais l'idée de s'avouer coupable du meurtre de ceux qu'il avait aimés lui était encore plus intolérable.

— Je suis innocent, mon père ! Devant Dieu qui m'entend, je le jure...

La fin de la phrase se perdit dans un hurlement de douleur. Sur un signe du prévôt, les deux tourmenteurs avaient donné un tour de roue et le malheureux garçon eut l'impression qu'on lui arrachait les membres. Des larmes brûlantes noyaient son regard et roulaient sur ses joues, mais la douleur était telle qu'il ne les sentait pas. A nouveau le prévôt se pencha :

— Avouez, mon garçon ! Vous êtes trop jeune pour supporter ce qui vous attend. Libérez-vous vous-même et vous aurez droit à une mort rapide...

— On dit... le roi... juste et miséricordieux... Pourquoi veut-il que j'avoue... ce que je n'ai pas fait ?... Haaaaaaa !

Un deuxième tour venait d'être donné et il n'était plus un pouce du corps de Renaud qui ne criât de souffrance... Puis un troisième...

— Le roi veut la vérité ! Avouez !

— S'il préfère... le mensonge à la vérité... qu'il soit...

Une main s'appliqua sur sa bouche et du fond de sa souffrance il pensa que, si cette main voulait bien l'étouffer, elle lui rendrait grand service, mais elle ne resta qu'un instant et le supplicié fermant les yeux très fort s'efforça de rassembler son courage pour le nouvel étirement qui allait venir. Mais qui ne vint pas. Renaud ne vit pas le geste d'impérieuse dénégation du moine. Il ne vit pas non plus le prévôt s'incliner. Il entendit seulement :

— Il suffit pour aujourd'hui. Donnons-lui la nuit pour réfléchir. Demain nous recommencerons. Avec un autre moyen peut-être...

On le délia mais quand on voulut le mettre debout, il en fut incapable.

– Qu'on le rapporte dans sa prison ! ordonna le prévôt.

Cependant les mains du tourmenteur palpaient ses épaules, ses chevilles et ses genoux douloureux :

– Il est solide, conclut-il. S'il veut se montrer raisonnable, il pourra aller à la potence sur ses pieds...

Mais Renaud ne l'entendit pas. Il avait perdu connaissance.

Quand il reprit conscience il était revenu dans son cachot et toutes ses articulations lui faisaient mal mais, ainsi qu'il s'en assura en les tâtant, aucun os n'était déboîté. Cette chance ne durerait sans doute pas puisque le lendemain on le torturerait de nouveau. La nuit qui suivit fut abominable : Renaud ne parvint pas à trouver le sommeil en dépit d'une sorte de baume dont le geôlier, curieusement compatissant parce que la victime ne voyait pas par qui ses soins auraient pu être achetés, vint enduire ses épaules, ses genoux et ses chevilles. Ce qui l'empêcha de dormir, ce furent ses pensées et, il faut bien le dire, la peur de ce qui l'attendait. Le prévôt avait parlé d'un autre moyen de le faire avouer et, en revoyant le four allumé avec les terrifiants instruments qui y reposaient, il se sentait proche de la panique. Serait-il assez fort pour refuser toujours l'aveu que l'on attendait de lui, qui serait pur mensonge mais qui mettrait fin à la souffrance ? Le pire était peut-être le manque d'espérance et l'incompréhension de ce brutal basculement du sort dont il était victime. Il savait que Camard le haïssait parce qu'il voulait garder les biens volés, mais ce Courtenay inconnu devenu tout à coup son ennemi ? Pourquoi ? Parce qu'il déplaisait à ce grand seigneur de partager son nom avec un aussi mince personnage que lui ? Ou parce que la reine mère l'avait détesté à première vue ? C'était elle, bien sûr, qui s'acharnait à le perdre mais, une fois encore, pourquoi ?

Ne pouvant dormir, il pria comme jamais encore il n'avait prié, implorant que lui soit donnée vaillance assez grande pour ne pas céder à la douleur, ne pas se renier surtout, lui qui avait tant souhaité égaler les meilleurs sous le haubert du chevalier, lui dont les modèles étaient les plus grands. Plus que les autres peut-être le dernier rencontré, ce jeune roi que la lèpre dévorait vivant sans parvenir à l'abattre. Ce jeune roi dont il savait à présent qu'il était de sa parentèle et qu'à cette heure de ténèbres et d'angoisse, il appela à son secours comme s'il était son saint patron et parce que, même si l'Eglise ne jugeait pas utile de lui offrir une auréole, il savait qu'à son tombeau un miracle avait pu s'accomplir[1].

– Sire Baudouin, supplia-t-il, entendez-moi vous qui avez su, un jour, écouter la voix de Thibaut de Courtenay dont je porte le sang. Assistez-moi à l'heure du supplice pour qu'au moins, en cette ultime circonstance, je me montre digne, puisqu'il ne me sera pas donné de tenir mon serment d'aller quêter la Vraie Croix pour la remettre à ce roi qui me rejette ! Je ne connaîtrai jamais l'éclat du soleil sur l'acier des épées brandies pour la gloire de Dieu. Je ne verrai jamais la terre où je suis né et dont j'ai tant rêvé. Je vais mourir misérablement, le corps disloqué et accroché au gibet comme celui d'un voleur de poules. Faites qu'au moins les miens n'aient pas honte de moi quand je leur serai présenté au royaume de Dieu !

Peu à peu, la prière se changea en une sorte de

---

1. Voir le tome I : *Thibaut ou la Croix perdue*.

monologue interrompu parfois comme si, dans une conversation, il faisait parler l'autre. Il avait un peu de fièvre, croyait alors entendre des chuchotements dont il n'arrivait pas à bien saisir le sens... et qui finirent par l'endormir quand le jour approcha.

Sommeil bref mais bienfaisant dont le tira en sursaut le fracas des verrous, des clefs et des armes des gardes qui revenaient le chercher. Comprenant que l'heure redoutée était arrivée, il réussit à cacher sa terreur, à se lever, mais chaque pas était un martyre et deux des sergents vinrent le prendre sous les bras pour l'aider... On le mena ainsi jusqu'à l'antre du tourmenteur. Au lieu de l'étendre sur le chevalet, on le laissa tomber sur le matelas de cuir... beaucoup trop près du four dont la gueule infernale renvoyait la chaleur.

Le prévôt n'était pas là. Seul le greffier était à son poste. Alors on attendit. Dans la poitrine de Renaud son cœur cognait fort, faisant battre ses tempes et les artères de son cou. Cette fois il allait avoir à affronter le pire : la torture par le feu !

Quand la porte s'ouvrit brusquement, il sursauta et son regard s'affola : le prévôt venait d'entrer et le moine de la veille avec lui. Ce fut ce dernier qui parla :

– Vous aviez raison, sire prévôt. Il est déjà là. Pourquoi cette inutile cruauté ?

– N'avais-je pas dit hier que nous reprendrions la question ce matin ? Mes gens n'ont fait que suivre mes ordres.

– J'en ai d'autres et vous les connaissez. Dites à vos gardes de l'emmener et de me suivre.

Il fut obéi. L'autorité de ce moine, incontestable, semblait en imposer. Ce n'était pourtant qu'un frère prêcheur, comme l'indiquait sa robe de bure blanche ceinturée de cuir sous une coule noire à capuche et sans manches. Le respect qu'il inspirait au prévôt était évident. Conscient peut-être de ce que sa dignité pouvait avoir à en souffrir même aux yeux d'un prisonnier, celui-ci crut bon d'expliquer :

— Remerciez Dieu de votre chance ! Frère Geoffroy de Beaulieu, qui est le propre confesseur de notre sire Louis, veut bien porter attention à votre misérable personne. Mais n'allez pas en conclure que vous vous dirigez désormais vers l'impunité !

— Si je vais au-devant de la vraie justice, j'en remercierai Dieu. Pas si je vais vers d'autres tortures.

— Vous parlez trop tous les deux ! coupa le moine sèchement.

Les gardes reprirent Renaud sous les bras pour l'aider à suivre le frère prêcheur qui, sans plus s'occuper d'eux, marchait devant à grands pas en priant à haute voix. Sortis du Châtelet par la rue Saint-Leufroy, on traversa le fleuve. A son étonnement, Renaud put constater que la marche lui devenait un peu moins douloureuse. Il est vrai que ses deux soutiens l'étayaient solidement. Pourtant, lorsqu'il vit que l'on allait franchir l'entrée fortifiée du palais, il eut un sursaut. L'idée lui était insupportable que la reine Marguerite pût l'apercevoir d'une fenêtre, même s'il pouvait supposer que l'état misérable où il se trouvait le rendait méconnaissable :

— S'il vous plaît, je voudrais essayer de marcher seul.

L'un des deux hommes le lâcha aussitôt, mais l'autre hésita. Dans le regard de celui-là, il y avait de la compassion.

— Vous croyez que vous y arriverez ?

— Je veux essayer, murmura le jeune homme bien que le brusque abandon du premier garde l'eut fait blêmir.

Le second appui le lâcha progressivement et pas

complètement. Ses articulations sensibles crièrent en même temps et la sueur trempa sa tête, son front mais il le releva, fit un pas puis un autre. A cause de ces gens qui le regardaient en chuchotant – comme d'habitude il y avait du monde dans la grande cour ! –, il voulait de toutes ses forces rassemblées faire bonne contenance mais c'était vraiment difficile et, comme on allait atteindre le perron, ses jambes plièrent et il aurait chu si le bon garde ne l'avait rattrapé. Simultanément, une main solide l'empoignait de l'autre côté.

– Par tous les saints du paradis, que vous arrive-t-il, sire Renaud ! Vous voilà dans un bel état.

Pierre de Montreuil sortait de chez le roi. Il n'avait pas hésité à le reconnaître ni à lui porter secours. Renaud n'eut pas le temps de répondre, frère Geoffroy qui avait fini par s'apercevoir de quelque chose s'en chargea :

– Cet homme est l'objet d'une accusation de meurtre sur ses parents adoptifs mais le roi consent à le voir !

– Eh bien, nous le verrons ensemble ! Je connais ce jeune homme et, comme je me flatte de savoir juger un être humain au premier regard, je ne croirais jamais qu'il ait pu commettre si laide chose. Que lui a-t-on fait pour qu'il soit si dolent ? On l'a tourmenté ?

– Naturellement : il refusait d'avouer. Il refuse toujours d'ailleurs...

L'œil de maître Pierre parlait pour lui et disait clairement qu'il aurait bien voulu voir ce que ferait ce moine dans de telles circonstances, mais il se contenta de marmotter :

– Allons donc demander l'avis du roi notre sire !

En passant avec précaution le bras de Renaud autour de son cou, il le saisit à bras-le-corps l'enlevant presque de terre et lui fit traverser le palais pour gagner le jardin. Ce matin-là, en effet, Louis, pour mieux profiter du beau soleil, s'était installé sous la grande treille qui donnait tant de charme à cette partie de sa demeure. Il était assis sur un simple escabeau encadré par deux de ses conseillers qui se tenaient debout auprès de lui. Son vêtement était aussi simple que lorsqu'il allait visiter les travaux à cette différence que sa robe comme son surcot étaient de fin drap bleu sans autre ornement que l'agrafe orfévrée qui fermait celui-ci sous le cou. En outre, sur ses cheveux blonds coupés carrément sous le lobe de l'oreille, le chapeau de paon blanc était remplacé par un cercle d'or à trois fleurs de lys. Il s'entretenait avec le conseiller qui était à sa droite quand son attention fut attirée par l'arrivée du prisonnier ainsi véhiculé par l'architecte. Celui-ci, avec son franc-parler, n'attendit pas qu'il ouvrît la bouche :

– Sire notre roi, clama-t-il, voyez en quel état est ce pauvre jeune homme naguère encore si fort et si vaillant !

– Vous voilà en bien grand courroux, maître Pierre, fit le roi avec un léger sourire. Connaissez-vous donc ce damoiseau pour vous faire son défenseur ?

– Je ne le défends pas, sire, je l'assiste. Le roi sait bien que je ne peux pas voir quelqu'un souffrir sans lui porter secours au point de ne jamais passer par la place de Grève pour rentrer à Montreuil quand il y a exécution. Et c'est pire encore lorsqu'il s'agit d'un ami.

– Cet homme est votre ami ?

– Bien sûr, sire ! Voilà des jours qu'il vient nous voir bâtir votre belle chapelle. Ce qui touche à la construction, à l'art de faire vivre les pierres l'intéresse ! Mon cousin Jean de Chelles pourrait en dire autant. S'il n'était gentilhomme, j'aurais aimé lui apprendre le métier.

– Peut-être aurait-il aimé lui aussi, mais dans l'état

actuel des choses, ou bien lavé de tout soupçon, il reste un noble damoiseau, ou bien il meurt ! Faites-le donc asseoir là, sur ce tapis devant moi !

– Sire, protesta l'un des conseillers, ce n'est guère une attitude convenable pour un tel homme en face de son souverain !

Renaud cependant se dégageait de l'étreinte du maître d'œuvre et réussissait à mettre genou en terre en se cramponnant à sa robe.

– Mon seigneur et mon roi, dit-il en inclinant la tête, je n'ai cessé de crier mon innocence sans jamais être entendu et je ne fatiguerai pas Votre Seigneurie à le répéter. Je demande humblement le jugement de Dieu !

Le beau visage paisible de Louis se fit sévère :

– Cela veut-il dire que vous n'accordez point confiance à celui du roi que Dieu a sacré ?

Conscient de n'avoir plus rien à perdre, Renaud s'offrit un coup d'audace qui allait sûrement faire sauter sa tête :

– Le roi peut se tromper dès l'instant où ceux qui le renseignent ne lui offrent que leur vérité à eux. Dieu voit tout. Dieu ne se trompe jamais...

– C'est assez insolent mais bien dit et le roi qui est fidèle serviteur de Dieu ne saurait vous donner tort, mais demander cela alors que vous ne tenez pas debout ! Comment pourriez-vous combattre ?

– S'il approuve ma cause, Dieu me donnera la force...

Cependant du cercle de seigneurs qui devisaient au jardin et qui à l'arrivée du prisonnier s'étaient rangés en demi-cercle autour de Louis IX, quelqu'un sortit :

– Combattre ? Contre qui ? Pas contre moi ! Un Courtenay ne se mesure pas à un aventurier de naissance douteuse et qui n'est même pas chevalier !

– Tout beau, mon cousin ! s'écria Louis. Ne soyez pas si ardent à une défense que nul ne vous demande : d'autant que vous auriez la tâche trop aisée avec un adversaire déjà meurtri...

– N'en tenez pas compte, sire ! pria Renaud. Le roi sait bien qu'avec l'aide de Dieu, un moribond pourrait combattre. Ce que je ne suis pas encore...

– Le Seigneur ne fait pas toujours entendre Son jugement par le fracas des armes, reprit Courtenay. Pour les gens d'Eglise, les femmes et le petit peuple, il y a l'ordalie. Par l'eau ou par le feu. C'est ce qui convient à cet imposteur. Que ne la réclame-t-il pas ? Si Dieu est avec lui, la rivière ne le noiera pas, le fer rouge ne le brûlera pas !

– Eh bien, je la réclame ! s'exclama Renaud, prêt à n'importe quoi pour en finir avec un épisode qu'il jugeait dégradant.

– Paix ! imposa le roi dont le visage rougissait de colère. Je n'aime pas l'ordalie... et pas davantage que, par son truchement, on essaie de forcer la main du Seigneur !

– Il faut pourtant, sire mon époux, que vous preniez une décision ! Et même deux : ou bien ce malheureux est un Courtenay ou bien il ne l'est pas. Ou bien il est un meurtrier ou bien l'innocente victime d'un bailli trop rapace... comme il arrive parfois !

Ravissante dans une bruissante robe de cendal jaune clair bordé d'un galon en fils d'or semblable à celui qui entourait son touret, la reine Marguerite descendait au jardin, suivie de la jeune Sancie de Signes qui trottinait derrière elle d'un air important.

– Vous ici, ma mie ? fit Louis sans songer à cacher sa contrariété. Vous savez pourtant que je n'aime pas vous y voir quand je rends ma justice.

– C'est que, justement, elle me semble bien empêtrée,

votre justice, mon cher sire, et je pense qu'il est de mon devoir de vous apporter une aide même légère s'il se trouve que j'en aie la possibilité. Et, ajouta-t-elle avec un joli rire impertinent, je suis reine moi aussi et puisque l'absence de notre bonne mère me permet de la remplacer... dans la mesure de mes faibles moyens...

Dieu, qu'elle était exquise ! Oubliant sa misère, Renaud, émerveillé ne songeait qu'à l'adorer. S'il devait mourir bientôt, du moins l'aurait-il revue ! Et cette fois encore, elle semblait disposée à prendre sa défense. Son époux cependant paraissait moins ravi :

– Ainsi, dit-il, vous pensez pouvoir nous éclairer ?

– Au moins sur un point, mon cher seigneur. Voici frère Jean de Milly, que vous connaissez bien puisqu'il est trésorier du Temple, et aussi le vôtre. En l'absence de frère Jean d'Aubon, il apporte le document qui atteste au moins la naissance de ce garçon.

Décidément c'était bien un ange et Renaud crut que le ciel s'ouvrait quand il vit arriver le moine Templier qu'il avait aperçu lors de son passage à la maison chevetaine de France. Celui-ci tenait à la main un rouleau de parchemin qu'il reconnut aussitôt. Présenté au roi, il fut lu avec une extrême attention, puis Louis demanda :

– Le Maître en France a eu connaissance de cette... confession ?

– Il l'a reçue des mains de frère Adam Pellicorne qui était l'un des sages de l'Ordre et très respecté. Ce que frère Adam affirmait ne saurait être contesté. Aussi sachant que son protégé rencontrerait des obstacles sur son chemin, a-t-il choisi, en accord avec ce jeune homme, de le confier au cartulaire de l'Ordre afin qu'il y soit en sûreté puisque c'est tout ce que ce malheureux possède au monde. Si j'en crois ce que je vois, sire, il n'a guère tardé à avoir besoin de secours...

– Je ne dis pas non, mais voudrais savoir qui vous a appris ce qu'il en était ?

– Madame la reine dont l'un des écuyers est venu me prévenir.

– Et vous, madame ? A qui devez-vous d'avoir été prévenue ?

– A la demoiselle de parage de la dame de Coucy. Une certaine Flore d'Ercri. Elle m'a écrit un billet avant de quitter Paris pour Coucy afin de m'enseigner ce qu'il advenait du damoiseau dont j'avais pris la défense en face de Madame Blanche...

Le ton de Marguerite indiquait clairement que, pour elle, l'arrestation ne pouvait être que la suite du mauvais vouloir de la reine mère. Louis fronça le sourcil :

– Pourquoi cette fille a-t-elle osé vous écrire alors que ce soin incombait à sa maîtresse il me semble ?

– Oh, elle s'en explique : elle sait fort bien qu'aucune aide pour qui que ce soit n'est à attendre de dame Philippa. Celle-ci ne s'intéresse qu'à elle-même. Et dès l'instant où son damoiseau n'agréait pas à la seule personne qui lui montrât quelque amitié, elle a dû voir là une excellente occasion de s'en débarrasser. D'autant qu'elle ne parvient pas à se consoler de la perte de son précédent damoiseau assassiné il y a peu en rentrant du palais. Je ne crois pas, sire mon époux, que vous puissiez me faire reproche d'avoir accueilli la requête d'une de vos sujettes, conclut-elle avec un charmant sourire.

– En effet, ma mie, et je vous remercie du soin que vous avez pris. Frère Jean, ajouta le roi en rendant le parchemin au trésorier, voici ce que vous avez pris la peine de m'apporter. Son contenu ne saurait être contesté et nous déclarons ici que ce jeune homme doit être reconnu comme appartenant à la branche syrienne de la haute maison de Courtenay... Cela dit...

— Cela dit, sire, intervint avec audace le prince Pierre, il n'en demeure pas moins que, si ce garçon ne peut plus être accusé de parricide, il n'en est pas moins pour autant un criminel et moi, chef de nom et d'armes de cette noble maison, je m'oppose de façon formelle à ce que ce nom si illustre soit jeté en pâture au bourreau ! Autrement dit, sire, je dénie à ce Renaud le droit de porter le même nom que moi !

— Le crime n'est pas prouvé, mon cousin. Frère Geoffroy, mon confesseur ici présent et que la reine Blanche, ma noble mère, tient en haute estime, a tenu à suivre l'interrogatoire. Malgré la torture, l'accusé a continué à proclamer son innocence. C'est la raison pour laquelle frère Geoffroy a désiré que nous l'entendions.

— Qu'a-t-il subi ? Le chevalet ? Quelques étirements ? Faites-le donc bien travailler par vos tourmenteurs, sire, et vous verrez s'il n'avouera pas.

Le « oh » indigné de la jeune reine se perdit dans l'éclat de rire d'un nouveau personnage qui venait de faire son entrée sous l'ombre de la treille, salué profondément d'ailleurs par tous les assistants après l'instant de surprise causée par son arrivée inattendue. En même temps la voix du personnage s'élevait, moqueuse, un peu traînante, un peu nasale mais pas désagréable :

— En tout cas, point n'est besoin de vous faire tourmenter, cousin Pierre, pour vous faire avouer que vous êtes un fieffé menteur... doublé d'un usurpateur ! Depuis quand vous êtes-vous intronisé chef de notre famille ?

Louis IX s'était levé précipitamment pour embrasser le nouveau venu avec un visible plaisir :

— Bienvenu, sire mon frère ! Et d'autant plus que, sans nouvelles, nous vous croyions encore à Constantinople. Quel bon vent vous amène ?

– Toujours pareil depuis des années, sire mon frère ! Je cours les grands chemins à la recherche de soldats et d'or. Mais pour l'instant présent, disons que c'est un vent de justice puisque j'espère avoir la chance de tirer une victime des griffes de ce rapace. Puis-je savoir, beau cousin, ce que vous a fait ce malheureux ? Vous aurait-il soustrait quelque terre ?

Renaud avait déjà reconnu l'étrange personnage rencontré devant la maison de maître Albert et qui se prétendait empereur. Apparemment c'était vrai et, comme il semblait animé d'une certaine vindicte contre ce Courtenay en qui il se découvrait un ennemi, sa présence était plus que bienvenue. Le personnage en question se lançait d'ailleurs, en réponse, dans une description assez embrouillée de l'affaire à laquelle Baudouin II de Constantinople mit fin assez rapidement :

– Je sais bien que vous vous y entendez en spoliations puisque vous avez naguère voulu vous emparer de mon marquisat de Namur parce que vous espériez bien ne jamais m'y revoir, mais il en ressort que vous prenez parti, Dieu sait pourquoi, dans une affaire où vous n'avez rien à voir... sinon faire attribuer à votre épouse les terres de ces malheureux Courtils. Sire mon frère, ajouta-t-il en revenant au roi, vous devriez peut-être faire donner la question...

– A moi ? s'étrangla l'autre.

– Mais non ! A ce bailli qui me paraît répandre un parfum d'indélicatesse comme il arrive parfois à ses confrères quand il s'agit d'arrondir leur bourse.

– Le conseil est peut-être bon. Qu'en pensez-vous, frère Geoffroy ?

– Il est certain que ce Jérôme Camard me semble fort acharné à la perte de l'accusé...

– Qu'est-ce que je disais ! J'ajoute que j'arrive de

Courtenay où j'avais à régler une affaire pendante depuis des années et qu'il court dans la région d'étranges bruits sur ce Jérôme Camard ! Et si j'ose me permettre un conseil, mon cher Louis, rendez donc son damoiseau à la dame de Coucy sans autre forme de procès. Je gagerais ma couronne qu'il est innocent...

— Vous ne risqueriez pas grand-chose car elle ne vaut pas cher votre couronne, sire mon cousin, ricana Courtenay avec aigreur. Comment d'ailleurs savez-vous que ce gredin est à la dame de Coucy ?

— Il se trouve que je les ai rencontrés ensemble il y a peu lorsque venant justement de Namur je suis passé par Paris en allant sur mon fief ancestral. Satisfait ?

L'autre s'apprêtait à reprendre la polémique quand le roi s'interposa sèchement :

— Paix, une fois encore, mon cousin ! C'est à nous qu'il appartient de régler cette question et nous vous prions de ne plus vous en mêler. Le garçon appartient effectivement à la maison de dame Philippa, mais celle-ci lui a refusé son appui, ainsi que nous venons de l'apprendre...

— Sire, par pitié ! J'implore le roi qu'il laisse à Dieu le soin de trancher pour lui ! Que l'on me donne une arme pour affronter le bailli ou que l'on me jette au fleuve[1] ! Je suis trop mince personnage pour que de si hauts hommes se disputent à mon sujet ! Si Dieu ne m'accorde merci, je mourrai et voilà tout ! Mais j'ai foi en Sa miséricorde et en mon innocence !

— Pourquoi pas ? s'écria Courtenay. L'ordalie est

---

1. L'ordalie par l'eau consistait à jeter dans une rivière le présumé coupable étroitement ligoté. S'il revenait flotter en surface il était reconnu innocent. Ce qui n'était pas fréquent. Pour l'ordalie par le feu, on devait porter entre ses mains un fer rougi au feu sur une certaine distance sans que la peau garde trace.

fort bonne chose, mais à celle de l'eau je préférerais le fer rouge !

– Quel monstre de cruauté êtes-vous donc, messire de Courtenay ! s'écria la reine Marguerite. N'acceptez pas, sire mon époux ! Le prisonnier est déjà bien meurtri, il me semble...

– Faites-vous si bon marché de la puissance de Dieu, madame ? reprocha Louis. Sachez qu'elle peut faire éclater la vérité même si celui qui subit l'ordalie est moribond.

– Je n'en doute pas un instant et vous le savez, mon doux sire, mais je fais appel à votre pitié...

Le mot souffleta Renaud :

– Je ne veux pas devoir la vie à la pitié du roi mais à sa justice ! Cependant, ajouta-t-il d'un ton plus doux, je remercie la reine de ce qu'elle a fait. Si je devais vivre encore, ma vie lui appartiendrait...

– Moi je ne l'entends pas ainsi ! coupa l'empereur. Le dernier Courtenay né en Terre Sainte me paraît une rareté digne d'être conservée. En outre, son courage me plaît. Donnez-le-moi, mon royal frère ! Je l'emmènerai et répondrai pour lui !

Louis se contenta de le regarder, s'écarta de quelques pas et alla s'agenouiller devant une croix de pierre élevée au milieu du jardin. Il pria longtemps mais quand il se releva, son visage avait de nouveau la rayonnante sérénité qui frappait tant ceux amenés à se trouver en sa présence.

– Il est à vous ! dit-il à Baudouin II. Qu'on le délie ! ordonna-t-il d'une voix plus haute avant de revenir à son interlocuteur : Nous allons donner ordre qu'on le porte chez vous. Au fait, où logez-vous ?

– A l'auberge de l'Image-Notre-Dame, répondit l'empereur en riant. J'y suis un peu à l'étroit mais la suite d'un prince errant n'est pas si nombreuse. Elle comporte néanmoins un habile médecin grec.

– Si près d'ici et sans que je le sache ? Savez-vous que vous m'offensez ? Pourquoi n'être pas venu comme à votre habitude loger en mon manoir de Vincennes ? Vous y trouviez-vous donc si mal ?

– Vous savez que non. Votre hospitalité est toujours aussi... royale ! Mais je ne faisais que passer en me rendant auprès de Sa Sainteté le pape et si je suis entré au palais aujourd'hui c'est à cause d'un scrupule qui m'est venu : la pensée de justement vous offenser si vous appreniez ma présence sans que je sois venu vous embrasser, sire mon frère...

– De cela, vous pouvez être certain. Je crois que j'aurais eu peine à vous pardonner.

– Oh, le chrétien que vous êtes si hautement aurait bien fini par en venir là !

– Ne soyez pas trop sûr de ma clémence. Il lui arrive d'avoir des réticences. Ainsi de vous, Renaud de Courtenay. L'empereur en vous réclamant pour sien et en répondant de vous, sauve probablement votre vie mais vous n'êtes pas absous et lavé de tout soupçon. Aussi, tant que la vérité ne sera pas connue, tant que le mystère du trépas du seigneur des Courtils et de son épouse ne sera pas élucidé nous vous faisons défense de paraître devant nous dans la suite de notre frère l'empereur. Défense aussi de fouler le sol de France à la seule exception de celui de Courtenay qui est à votre maître. Est-ce bien entendu ?

– Sire, balbutia le jeune homme que cette forme de bannissement accablait, mon seul désir a toujours été de servir le roi et...

– Le seul service que nous attendons de vous jusqu'à preuve du contraire, est l'obéissance... absolue ! C'est compris ?

– Oui, sire... et je remercie le roi de sa miséricorde.

Ces dernières paroles eurent du mal à sortir, Renaud n'ayant jamais demandé pitié mais justice. Au besoin par les pires moyens. Sa foi en Dieu, celle que lui avait inculquée dame Alaïs était si profonde, qu'il était persuadé d'obtenir son aide pour faire éclater son innocence. Certes, il était sauf et les douleurs dues à son passage sur le chevalet ne dureraient pas mais la vie qui s'ouvrait devant lui ne le tentait pas. Qu'allait-il devenir à présent : un domestique auprès de ce bizarre souverain et rien de plus ! Les éperons de chevalier jamais ne seraient bouclés au talon d'un homme sur lequel pesait l'ombre d'un meurtre et à cette idée, un désespoir profond s'emparait de lui. Maintenant, même s'il arrivait à retrouver la Croix perdue – et, sur ce point au moins, il savait qu'à Constantinople il aurait fait la moitié du chemin qui mène en Galilée ! –, il n'aurait pas le droit de venir la déposer entre les mains de Louis. Et qui pouvait dire si, en admettant qu'il y arrive, on ne l'accuserait pas d'apporter une fausse relique ?

En quittant le jardin, son dernier regard fut pour la reine Marguerite. L'idée de ne plus la revoir entrait pour beaucoup dans son chagrin et quand, auparavant, elle avait pris sa défense, il s'était senti envahi par un grand bonheur parce qu'il y voyait la preuve qu'elle croyait en lui et en son innocence, mais maintenant qu'il était hors de danger, il ne l'intéressait plus. Peut-être n'avait-elle vu dans son drame qu'une bonne occasion de battre en brèche le pouvoir d'une belle-mère abusive et qu'elle devait détester ? Dès l'instant où il échappait aux griffes de la reine Blanche, il redevenait un anonyme, n'importe qui ! Il en fut d'autant plus convaincu qu'elle n'accorda pas même un regard à sa sortie : elle avait quitté l'ombre de la treille et marchait dans une allée ensoleillée en souriant à son affreuse petite suivante. La chaude lumière faisait rayonner l'or de sa robe et elle ressemblait assez à une statue de la Dame du ciel quand les flammes des cierges l'illuminent. Mais la Vierge Marie semblait à cet instant infiniment plus accessible que la reine de France à ce malheureux qui ne la reverrait plus... pas même en effigie puisque le rouleau de parchemin qu'il considérait comme son unique trésor était resté à l'hôtel de Coucy, rangé dans une poche cousue par ses soins dans la belle cotte violette destinée aux moments où il escortait sa dame au palais ou en quelque cérémonie. Il ne la revêtait pas pour cette messe basse du matin et dans un sens c'était une chance : Dieu sait ce qui aurait pu advenir si l'image avait été trouvée sur lui lors de son arrestation. La ressemblance avec la reine Marguerite n'aurait pu qu'aggraver son cas. Il n'en demeurait pas moins qu'aucune chance ne restait de retrouver sa belle image. Ce qu'il pouvait espérer de mieux était qu'elle ne tombât pas dans des mains trop indignes !

Ce faisant, en gagnant le logis de son nouveau maître en croupe d'un des deux officiers qui attendaient l'empereur dans la cour, il ne se sentait pas aussi heureux qu'aurait dû l'être un homme arraché au bourreau pour la seconde fois.

Il avait remercié, cependant, comme il se devait mais avec dans la voix une si profonde tristesse que Baudouin II n'avait pu s'empêcher de sourire en dépit de la gravité du moment :

– Quel âge avez-vous ?
– Dix-huit ans, sire...
– Et, avant ce que vous venez de subir, avez-vous été si malheureux que l'envie de vivre vous a quitté ?
– Oh non, sire ! Bien au contraire. Jusqu'à la mort de ceux que j'appelais mes parents, j'ai été très heureux,

sans souci de l'avenir qui me paraissait tout tracé et plein d'espérance.

– Et d'espérance, vous n'avez plus ?

– A moins que n'éclate enfin la vérité sur ce que fut la mort de ceux que j'aimais tant, je ne vois pas quel avenir digne de ce nom je peux désormais espérer !

– Auprès d'un empereur impécunieux voulez-vous dire ? Mais même un souverain sans sou ni maille peut conférer la chevalerie.

– Pas à un homme à l'honneur suspect, sire. L'empereur est infiniment bon pour moi et je veux le servir de mon mieux, avec courage et fidélité là où il me mettra. Même si c'est...

– Dans la valetaille ? Allons, mon garçon, cessez de déraisonner ! C'est compréhensible à votre âge quand on tombe du haut de ses illusions et qu'on se fait très mal, mais vous oubliez la raison pour laquelle j'ai décidé de vous arracher à ce bourbier où vous étiez en train de vous enliser : vous êtes un Courtenay, comme moi, et le seul peut-être qui mérite amitié dans notre branche française.

– Mais je ne lui appartiens pas.

– C'est vrai, j'oubliais que vous êtes une exception. Ce dont je vous félicite car, sur une exception, on peut bâtir solide. C'est donc une bonne raison de ne pas voir l'horizon trop sombre. Souffrez-vous encore beaucoup ?

– Pas trop. Il me semble que mon corps est moins lourd à porter et que je remue plus facilement.

– Mon médecin va vous remettre tout à fait. Au contraire de la plupart de ses confrères, c'est un homme habile avec des mains miraculeuses et un grand savoir. Un peu trop grand peut-être...

Comme il ne jugea pas utile d'expliquer ce qu'il entendait par là, Renaud n'osa pas en demander davantage. Il n'avait qu'une hâte : arriver dans un endroit où il pût se laver, son passage sous la treille du roi et sa rencontre avec Marguerite lui ayant fait sentir plus cruellement son état misérable. Heureusement le trajet ne fut pas long.

L'auberge de l'Image-Notre-Dame, construite sous le précédent roi, était encore un peu dans sa nouveauté. Située sur la place de Grève en face de la Maison aux piliers, elle jouissait d'une excellente réputation grâce à laquelle seigneurs de passage ou voyageurs étrangers aimaient à y descendre. Un détail dont Renaud devait la connaissance à Gilles Pernon qui s'y rendait volontiers quand il voulait faire un bon repas, l'hôtel de Coucy se trouvant suffisamment proche pour rendre parfois la tentation irrésistible. Là pouvaient donc se procurer logis convenable, bonne chère et même divertissement lorsqu'il y avait une exécution capitale sur la place. Sans compter les mouvements de la Grève elle-même et de ceux que leur métier attachait au fleuve.

Sous le nom de comte de Céphalonie, l'empereur de Constantinople occupait la majeure partie des locaux de l'étage avec sa suite qui se composait d'un certain Guillain d'Aulnay portant le titre pompeux de maréchal de l'empire, d'un chapelain nommé Théodore détaché de la chapelle impériale des Blachernes et d'un chevalier, Henri Verjus, qui avait été le compagnon d'enfance de Baudouin. Tous deux remplissaient habituellement le rôle de messagers voire d'ambassadeurs quand il s'agissait de correspondre avec le roi de France et sa mère mais, quand il se déplaçait en personne, l'empereur aimait les avoir auprès de lui parce qu'ils connaissaient bien l'Europe occidentale et surtout la France où ils avaient tous deux de la famille. S'y ajoutait le médecin Hilarion Kallipal rios, un Chypriote taciturne, têtu et facilement teigneux qui ne disait pas trois mots à l'heure sauf quand il pouvait mettre la main sur un flacon de malvoisie[1], dont le contenu possédait le pouvoir de déchaîner des flots d'une éloquence parfaitement incompréhensible pour qui n'avait pas vu le jour à l'intérieur d'un triangle tracé entre Corfou, Constantinople et l'Héraklion crétois.

Il s'empara de Renaud comme s'il lui en voulait personnellement, étirant, malaxant, tapant même ici ou là, auscultant chaque muscle, chaque tendon et chaque os durant une demi-heure qui fut presque aussi pénible que le passage au chevalet. Quand ce fut fini, il oignit les points sensibles d'une pommade à l'odeur piquante, enveloppa le tout de bandes de linge et, sans avoir adressé à son patient une seule parole, il l'envoya au lit avec défense d'en sortir avant le lendemain. Ce contre quoi ledit patient n'eut même pas la force de protester : jamais il ne s'était senti aussi las ni aussi désireux de dormir. Il plongea dans l'eau profonde du sommeil avec une délectation semblable à celle qu'il éprouvait encore l'été précédent lorsqu'il se baignait dans l'Ouanne, la belle rivière ombragée de saules, si proche du manoir des Courtils, où il avait pris l'habitude de venir presque chaque jour...

Quand il en émergea, il faisait grand jour et une main vigoureuse autant que précautionneuse le secouait : celle de Guillain d'Aulnay dont il avait partagé le lit sans même s'en rendre compte. Et d'abord il considéra avec méfiance le visage inconnu, allongé par une courte barbe châtain soigneusement taillée et dans lequel un long nez curieusement relevé au bout occupait la majeure partie de la place, dépassant avec

---

[1]. Vin grec célèbre, doux et liquoreux.

hardiesse la longue moustache abondante. Les yeux bruns brillaient de gaieté :

– Avez-vous bien dormi ? demanda le nouveau venu après s'être nommé. Je suppose que oui ! Vous n'avez pas bougé un doigt depuis hier.

– Oui... merci à vous ! Il me semble même que... que je n'ai plus mal, ajouta-t-il en esquissant avec prudence le mouvement de s'étirer dont il avait l'habitude.

– Cela ne m'étonne pas. Le médicastre est capable de faire merveille quand il est de bonne humeur. Apparemment il l'était ! Cela dit, si je vous ai réveillé, c'est d'abord parce que nous allons bientôt partir mais surtout parce qu'une dame vous demande.

– Une dame ?

– Ou une demoiselle... Bien qu'à la voir, je ne gagerais pas sur sa vertu ! Elle n'a certainement pas froid aux yeux. Qui sont fort beaux d'ailleurs comme le reste de sa personne. Alors, habillez-vous... à moins que vous ne vouliez la recevoir... au lit ?

– Oh, Dieu, non !

Il se leva avec plus d'agilité qu'il ne l'aurait cru et enfila les vêtements, simples mais convenables, qu'une intention charitable avait fait déposer sur le pied du lit. Aulnay l'aida dans cette entreprise puis s'éclipsa en disant qu'il allait chercher la visiteuse. Un instant plus tard, Flore d'Ercri emplissait la petite pièce de son parfum. Elle eut pour Renaud un bref sourire qui n'atteignit pas ses yeux.

– Vous allez mieux, à ce que l'on dirait !

– C'est vrai et je n'espérais plus, hier encore, que ce fût possible sauf par une libération... définitive. Mais je vous croyais partie ?

– Non. Votre arrestation a terrifié dame Philippa qui s'est éloignée en hâte, mais au dernier moment, j'ai réussi à la convaincre de me laisser en arrière. Le prétexte en était de me procurer certains ingrédients introuvables à Coucy et dont j'ai prétendu avoir besoin pour les soins que je lui donne. Et elle a accepté...

— Fallait-il qu'elle ait peur d'être atteinte par la disgrâce de la reine Blanche ! émit Renaud avec dédain. C'est d'autant plus généreux à vous d'avoir écrit à la reine Marguerite pour lui demander de prendre ma défense. Pourquoi l'avoir fait ?

Flore haussa les épaules :

— Elle s'était intéressée à vous une première fois, pourquoi pas une seconde ?

— C'était, je pense, pour contrarier sa belle-mère.

— Peut-être... et pourquoi pas à cause de cela ?

Elle tira de son aumônière un objet que Renaud reconnut avec un battement de cœur accéléré : le petit rouleau de parchemin qu'il regrettait tant d'avoir perdu. Elle le lui tendit en ajoutant, et sans cacher un rien d'amertume :

— Je l'ai trouvé dans votre cotte... et il m'a fait comprendre pourquoi vous teniez à servir le roi ! Il faut que vous lui soyez cher pour que vous possédiez son image...

— Ce n'est pas son image !

— La défense est trop facile ! C'est son image... En outre, cette femme porte couronne royale...

— C'est une raison, j'en conviens... et qui m'est infiniment sensible. Mais ce n'est pas celle que vous croyez ! Sur cet honneur que vous avez tenté de sauver, j'en fais serment.

— Qui est-ce alors ?

— Ne me le demandez pas. Je n'ai pas le droit de vous le dire. Pardonnez-moi ! Cependant, comment avez-vous su que j'étais ici ?

— Avec l'aide de Gilles Pernon qui s'est pris d'amitié pour vous, je ne vous ai jamais perdu de vue. Si le geôlier du Châtelet a pris quelque soin de vous, c'est parce que nous l'avons payé.

— Grand merci en ce cas ! Mais pourquoi avez-vous voulu aider l'étranger que je suis ?

A nouveau, elle haussa ses belles épaules, mais cette fois sur le mode désinvolte :

— Ma foi, je n'en sais rien. Il faut croire que vous me plaisiez... l'égoïsme de dame Philippa est parfois insupportable. Enfin... le vieux Pernon était si désolé de votre malheur. Il y a aussi le fait qu'en vous rejetant, la baronne manquait à la loi féodale. Son époux vous avait pris pour son homme lige, cela crée des devoirs de part et d'autre. Elle a refusé les siens sans même demander l'accord du baron Raoul et Dieu sait ce qu'elle aura pu lui raconter. Mais je me chargerai de rétablir la vérité.

— N'en faites rien, je vous en prie ! Grâce à vous, à la reine et au secours de l'empereur, je suis hors de danger.

— Mais banni parce que le roi n'a pas voulu rendre un jugement qui déplaise à sa mère alors qu'il suffit de vous regarder pour voir que vous n'avez pu commettre aucun des crimes dont on vous accuse. Il faut que Raoul de Coucy puisse plaider votre cause. C'est pourquoi je lui dirais ce que je sais...

— Son mariage avec dame Philippa ne va déjà pas si bien. N'aggravez pas leur dissentiment à cause de moi. Je pars dans l'heure et jamais peut-être ne nous reverrons. C'est loin, Constantinople !

— On ne le dirait pas : votre empereur passe la moitié de sa vie sur les chemins de l'Occident. En pour l'instant vous n'allez qu'à Rome. Or, j'aimerais bien vous revoir. Alors laissez-moi faire !

— Je ne peux vous en empêcher et j'avoue qu'il m'est pénible de devoir m'exiler mais ne faites rien qui puisse compromettre un équilibre fragile. D'ailleurs, le baron ne vous croira sans doute pas...

Cette fois elle se mit à rire avec une gaieté qui réchauffa le cœur mélancolique du jeune homme.

– Ne gagez pas là-dessus contre moi, vous perdriez, mon bon ami ! A présent je vous souhaite bon voyage et bonne vie dans ces jours que vous allez vivre. Loin de nous, hélas... Loin de nous ! ajouta-t-elle avec une soudaine tristesse qui lui mit les larmes aux yeux.

Il s'approcha d'elle et prit une main qu'il sentit trembler tandis qu'il y posait ses lèvres :

– Il est doux, demoiselle Flore, de savoir que je laisse derrière moi une amie... une amie que j'espère revoir un jour !

Elle lui retira sa main et, se penchant brusquement, elle posa un baiser sur sa bouche, puis volta pour rejoindre la porte, appuya sur la clenche et se retourna :

– Si Dieu nous écoute tous deux, nous serons exaucés ! Un conseil, cependant : cachez avec soin cette image que je vous ai rendue. Ce que je regrette déjà d'ailleurs, car elle pourrait peser ce que pèse le glaive du bourreau ! Le roi aime sa femme et, tout religieux qu'il est, tout confit en patenôtres, je le crois capable de ressentir la jalousie comme le commun des mortels ! Prenez garde !

– Je vous le promets !

L'instant d'après elle était partie. Seul son parfum demeurait, que Renaud huma durant quelques secondes en pensant que c'était, après tout, une bien charmante fille que la demoiselle d'Ercri !

CHAPITRE V

LES TRIBULATIONS D'UN PAPE

Si Renaud s'était imaginé qu'il vivrait désormais dans la lointaine et un peu magique Constantinople, perdu dans la cour foisonnante et dorée sur tranche d'un « basileus » à la française, il commettait une grave erreur. D'abord on n'alla jamais jusqu'aux rives du Bosphore, Baudouin ne supportant pas l'idée de rentrer chez lui les mains vides.

L'empereur avait beaucoup espéré de ce long périple, entamé au cœur de l'hiver à la suite d'un songe au cours duquel un personnage solennel et barbu brandissait devant lui une pierre magique et scintillante, d'où coulait un flot d'or comme d'une source prodigieuse. Renseignements pris et après avoir consulté devins et astrologues qui pullulaient dans l'ancienne Byzance comme la mauvaise herbe dans les ruines laissées par le dernier siège, il avait conclu que le fameux maître Albert de Cologne, connu sous le nom d'Albert le Grand, était l'homme providentiel apparu en rêve et qui, possédant la fameuse pierre philosophale était le seul capable de mettre fin au vide perpétuel de ses coffres... Il lui fallait alors trouver un prétexte pour quitter Constantinople sans que la jeune impératrice Marie et le peuple se crussent abandonnés.

Ce fut le pape qui le lui fournit en lui demandant de venir assister à sa réconciliation avec l'impossible Frédéric II de Hohenstaufen, l'empereur allemand qui préférait la Sicile à son pays et l'art de vivre musulman à celui des chrétiens... On partit donc et en un assez bel arroi pour Rome, puis, après la cérémonie de retour en grâce du souverain excommunié et, beaucoup plus discrètement, pour la vallée du Rhin en laissant au palais du Latran le plus gros de l'escorte. L'avantage était double : on voyagerait plus léger – et incognito – et ce serait autant de bouches voraces que Sa Sainteté se chargerait de nourrir.

Hélas, arrivés à Cologne, Baudouin y apprit que le Grand Albert avait déserté les rives du Rhin pour tenir ses assises au bord de la Seine afin d'y dispenser son enseignement au célèbre collège Saint-Jacques, tout en entamant une œuvre encyclopédique destinée à vulgariser la science gréco-arabe.

Renaud était bien placé pour savoir ce qu'il en avait été de la visite à la maison solitaire de la rue Perdue et des nécessités toujours plus grandes du malheureux souverain. Il savait aussi que si l'on rentrait à Rome c'était moins pour y récupérer une escorte devenue encombrante que pour tenter d'attendrir Innocent IV sur des problèmes de trésorerie devenus inextricables en dépit des quelques « secours » accordés par le roi de France. Secours bien insuffisants pour un homme qui avait besoin d'une masse d'or susceptible de lever une armée solide permettant d'en finir une fois pour toutes avec le concurrent installé dans son voisinage, ce Jean Vatatzès qui s'était intitulé empereur de Nicée et rameutait tout ce qu'il pouvait de Grecs en vue de récupérer le trône byzantin.

Cependant, grâce à la générosité de Louis IX qui aimait bien son jeune cousin même s'il lui croyait une tête sans cervelle, on put au moins voyager agréablement. Le temps était beau, bien doux et Renaud, décoré du titre de *strator* – écuyer de l'empereur ce qui était plus flatteur que damoiseau d'une châtelaine larmoyante –, reprit goût à l'existence en retrouvant tout naturellement sa curiosité habituelle et le plaisir de la découverte. Pour la première fois, il vit la mer Méditerranée dont les flots bleus l'enchantèrent.

Il y avait aussi l'espoir, suscité par l'empereur, que Sa Sainteté accepterait peut-être de l'entendre en confession, lui en donnerait quittance et ferait ainsi table rase des accusations portées contre lui ouvrant de ce fait un nouveau chemin vers cette chevalerie dont il rêvait. Et qui n'aurait de valeur, à ses yeux, que si elle lui était conférée par le roi de France qui l'avait condamné. C'était un espoir bien faible de toute évidence, le souverain pontife avait sans doute bien d'autres chats à fouetter que s'intéresser aux malheurs d'un bâtard mais Baudouin prétendait que cela n'avait rien d'impossible puisqu'il avait l'intention d'adresser lui-même la supplique...

Au fil des jours, Renaud s'attachait à son empereur errant qu'il apprenait à connaître par ce que lui en confiait Guillain d'Aulnay qui l'avait pris en amitié en dépit d'une différence d'âge d'une quinzaine d'années. Cet homme jeune, sage, cultivé et bienveillant, lui retraça d'abord ce qu'avait été la vie de son prince de vingt-cinq ans, cinquième fils de ce Pierre de Courtenay sur la tête de qui la couronne impériale était tombée comme une cheminée un jour de grand vent alors qu'il avait dépassé la soixantaine, père de treize enfants, couronné à Rome par le pape Honoré III, et qui s'était fait tuer en Epire avant d'avoir eu le bonheur d'admirer sa ville capitale. Il était mort en chemin alors que son épouse Yolande de Hainaut et plusieurs de ses filles poursuivaient par la mer leur route vers Constantinople où la nouvelle impératrice eut juste le temps de donner naissance à Baudouin avant d'apprendre qu'elle était veuve. Mais le nouveau-né avait vu le jour dans la pourpre impériale des Blachernes et, de ce fait, pouvait se nommer « Porphyrogénète », un titre dont il était très fier. Cependant il n'était pas encore empereur, la couronne devant aller au fils aîné de Pierre, Philippe, resté en France, qui ne voulut même pas en entendre parler, préférant de beaucoup ses terres ardennaises à ce pays quasi légendaire, mais au bout du monde chrétien et peuplé de gens que, né quelques siècles plus tard, il eût qualifié de « métèques »... Le second fils de Pierre était entré dans les ordres donc hors service. La couronne arriva tout naturellement au troisième, Robert qui, lui, accepta et fut couronné, cette fois, à Sainte-Sophie par le Patriarche Matthieu. Mais celui-là voyait surtout dans sa royauté une bonne occasion de mener joyeuse vie. Prince pusillanime et sans talent, il accumula les sottises dont la plus grosse fut de refuser une princesse grecque pour épouser la jolie fille d'un seigneur croisé sans grande importance, Baudouin de Neufville. Robert en devint si éperdument amoureux qu'il passa outre à toutes les objections pour lui offrir couronne et anneau nuptial. Malheureusement la jolie Béatrix était déjà fiancée à un chevalier bourguignon qui ne supporta pas d'être délaissé. Il conspira avec quelques barons aussi mécontents que lui et, une belle nuit, la troupe pénétra dans la chambre nuptiale, immobilisa Robert, s'empara de Béatrix, lui coupa le nez et, pour faire bonne mesure, enferma la dame de Neufville, mère de Béatrix, dans un sac de toile avant de la jeter dans le Bosphore. Après quoi on relâcha Robert, couvert de honte et méprisé de tous, qui s'en alla porter sa plainte au pape et finit par mourir de chagrin en 1228.

La couronne de Constantinople passait alors au quatrième fils de Pierre, Henri, qui la refusa sans même prendre le temps de respirer tant l'aventure l'avait scandalisé. Restait donc le cinquième, autrement dit le petit Baudouin.

Le pauvre gamin n'avait pas connu son père et sa mère était morte misérablement, à demi folle de douleur, quand il avait deux ans. L'empereur Robert, si peu intéressant qu'il fût, l'aima beaucoup. Une tendresse qu'il partageait avec sa sœur Marie de Courtenay, déjà veuve d'un empereur de Nicée. Installée à Constantinople, ce fut elle surtout qui s'occupa de l'éducation de Baudouin. Confié aux meilleurs maîtres, il apprit plusieurs langues dont le grec, les mathématiques, l'histoire et ce qu'il convenait que sût un garçon appelé à régner sur un grand peuple. Après la mort de Robert et, la réserve de fils étant épuisée chez les Courtenay, on le maria à Marie de Brienne, seconde fille de ce fameux Jean de Brienne qui avait été roi de Jérusalem et s'en était vu chasser par l'empereur allemand Frédéric II après que celui-ci eut épousé sa fille aînée Isabelle de Brienne-Jérusalem[1]. Le vieux guerrier rongeait son frein en Italie et accueillit avec quelque plaisir l'idée de servir de tuteur au jeune Baudouin en coiffant jusqu'à sa majorité une couronne de coempereur de Constantinople.

Dans la vie quotidienne, Baudouin II était un homme aimable, ami des plaisirs et bon compagnon mais, s'il plaisantait volontiers son état d'empereur errant, cela n'en cachait pas moins une réelle douleur et un regret

---

1. Elle était la petite-fille de la reine Isabelle et de Conrad de Montferrat. Voir tome I, *Thibaut ou la Croix perdue*.

proche de la honte. Etre le plus impécunieux des souverains d'un empire dont la richesse était jadis proverbiale, d'une ville où l'or coulait presque jusque dans les ruisseaux, n'était guère supportable. Naturellement courageux, il rêvait de hauts faits, de conquêtes et de ces splendeurs qui faisaient des anciens Basileus les rutilantes images de Dieu sur la terre. Seulement il était d'intelligence moyenne et manquait de cette force de caractère nécessaire à qui veut être un vrai et grand souverain. Ainsi l'appui de Louis IX et de sa mère lui était nécessaire et il n'acceptait de conseil que venant d'eux. Ceux-ci l'aimaient bien, d'ailleurs, mais le roi avec plus de chaleur et d'amitié vraie que Madame Blanche. Si celle-ci se félicitait de tenir en quasi-tutelle l'empereur titulaire de Constantinople, elle n'éprouvait pour lui qu'une certaine affection fortement nuancée de mépris. Allez donc prendre au sérieux un homme qui charmait ses rêveries au son aigre d'une cornemuse !

Cette passion bizarre remontait au premier voyage que Baudouin avait fait en Angleterre pour tenter d'entraîner le roi Edouard III dans une croisade qui, en passant par les rives du Bosphore et l'Anatolie, lui donnerait un coup de main pour ramener à la raison l'empereur de Nicée et autres princes grecs acharnés à le vouloir déposséder. Le souverain britannique ayant lui-même sa suffisance de soucis pour maintenir l'héritage Plantagenêt, le pauvre Baudouin n'obtint de lui que de bonnes paroles et une très vague promesse de se pencher sur la question mais, dans une taverne de Londres, il fit la rencontre d'Angus le Roux et de sa cornemuse, la seconde aidant le premier à subsister, ce qui voulait dire engloutir tout son content de bière. Et Baudouin, fasciné par cette musique étrange, s'attacha les services exclusifs du musicien et ensuite le traîna à peu près partout à sa suite.

Ce fut seulement en arrivant à Rome que Renaud découvrit ce nouveau personnage de l'entourage impérial. En effet, lors du départ de Baudouin pour Cologne et Paris, Angus était trop ivre pour qu'on pût seulement songer à le hisser sur un cheval et il avait bien fallu le laisser avec le reste de la suite, mais les retrouvailles furent touchantes et Baudouin passa une nuit entière au fond de son appartement du Latran à écouter Angus souffler dans son instrument.

Heureusement les murs étaient épais car l'époque n'était guère aux réjouissances musicales. L'interminable querelle entre les pontifes romains et l'empereur d'Allemagne venait de se rallumer. Elle avait vécu tant qu'avait duré le presque centenaire et coriace Grégoire IX et c'était à présent au tour de son successeur Innocent IV de faire face à un souverain schismatique par nature et fourbe plus qu'il n'est permis. La cause en était, cette fois, la ville de Viterbe, proche de Rome, mais annexée par Frédéric II, où les gens du cardinal Capocci, évêque de la ville, en étaient venus aux mains avec ceux du gouverneur impérial. Cela avait suffi pour faire voler en éclats des accords quelque peu fragiles. Chacun des adversaires en appela qui au pape, qui à l'empereur et, chacun envoyant à sa rescousse, la ville fut bientôt à feu et à sang... On put alors s'attendre au pire.

Cependant, au moment du retour de Baudouin, Rome jouissait encore d'une très relative tranquillité, la ville papale aux sept collines connaissant habituellement des nuits plus agitées que ses jours. Hérissée de tours bâties sur les vestiges de la Rome des Césars ou sur des forteresses individuelles que les familles nobles, rivales presque toujours, avaient édifiées autant pour se protéger que pour narguer les autres, le bruit des armes emplissait plus souvent l'atmosphère locale que celui des cantiques. Frangipani, Orsini, Colonna, Massimi, Anabaldi et quelques autres se partageaient les collines, cependant que l'activité populaire se concentrait aux approches du Tibre : sur la rive gauche le Champ-de-Mars où les fours à chaux réduisaient les marbres antiques en nouveau matériau de construction – ceux tout au moins sur lesquels ne s'élevaient pas les tours féodales – et, sur la rive droite, le Transtevere où se concentraient l'activité du fleuve et celle des industrieux commerçants juifs. Le tout sous l'œil rébarbatif du mausolée d'Hadrien devenu le château Saint-Ange, une redoutable forteresse protégeant le pont Aelius et l'antique et petite basilique Saint-Pierre à demi ruinée.

Le domaine de Sa Sainteté, c'était le mont Caelius où, depuis le IVe siècle, siégeaient la résidence et l'administration pontificales. Le palais du Latran était alors un ensemble un peu confus de bâtiments reliés par un portique, le « corridor du Latran ». Il y avait plusieurs *triclinia*, ou salles à manger, dont la plus magnifique était le *triclinium* de Léon III, siège des banquets solennels. Venait aussi la salle du Concile ornée de somptueuses mosaïques et, au milieu, d'une fontaine bleu et or. Et puis des chapelles dont celle du Sancta Sanctorum avec des écoles de chanteurs, un séminaire pour les jeunes prêtres, sans compter un jardin planté de pins et, bien entendu, tous les services nécessaires à la vie quotidienne d'un palais papal et de ses habitants. Un palais si vaste que sa voisine, la basilique Saint-Jean-de-Latran, « la mère et la première de toutes les églises de la Ville et du Monde », faisait figure d'annexe en dépit de sa splendeur. L'ensemble s'élevait dans un auguste isolement, le défunt pape Grégoire IX ayant fait raser à son avènement les tours féodales trop proches à son gré.

Ce lieu si plein de majesté, de beauté et de grandeur, dont la première impression eût dû être de sérénité, était loin de l'inspirer. Ses salles et ses jardins, au lieu de renvoyer l'écho discret du pas cérémonieux des cardinaux, de ceux humblement mesurés des prêtres et des moines et du glissement quasi aérien des serviteurs sur fond d'oraisons ou de chants religieux, résonnaient comme un gong gigantesque du fracas des armes, des galopades des chevaux, du piétinement des soldats et des voix vigoureuses clamant des ordres dans l'air chaud et humide de Rome. Si les cloches, elles, se taisaient, c'était plutôt bonne chose car elles n'eussent pu sonner que le tocsin pour compléter ce tableau d'apocalypse.

Les nouveaux arrivants trouvèrent le pape dans son cabinet privé qui ressemblait davantage à l'état-major d'un chef de guerre qu'à la salle de réflexion d'un successeur de saint Pierre. A cette différence toutefois que, s'il regorgeait de haubert, de heaumes et autres chapeaux de fer, il y régnait un ordre absolu et un silence où s'entendait seule la voix sèche et précise d'Innocent IV.

S'il ne possédait pas la carrure physique de son irascible prédécesseur, l'ex-cardinal Sinibaldo Fieschi en imposait tout autant bien que d'une autre façon. Ce Génois avoisinant la cinquantaine était doué d'une intelligence froide et calculatrice, d'une personnalité active uniquement tournée vers les réalités, d'une retenue prudente et d'une grande souplesse qui lui permettaient d'exploiter sans scrupules les avantages acquis. Jadis ami de Frédéric II qui espérait, en poussant à son élection, réaliser enfin son rêve d'avoir un pape à sa botte, il s'était mué à peine assis sur le trône de Pierre en son adversaire le plus acharné car, ne considérant plus que les intérêts de l'Eglise, il leur sacrifia sans hésiter ses sympathies personnelles.

L'entrée de l'empereur de Constantinople annoncée par un héraut interrompit ce qui n'était rien d'autre qu'un conseil de guerre : les simarres cardinalices recouvraient plus de cottes de mailles que de soutanes en soie. Le pape regagna le siège surélevé qui se trouvait dans toutes les salles de réception tandis que les autres personnes présentes se rangeaient autour de lui, formant ainsi une assemblée assez impressionnante surtout pour le jeune écuyer. Etre admis en présence du pape était plus que Renaud eût jamais espéré, et ce fut en toute humilité qu'il s'agenouilla tandis que Baudouin allait baiser le gros saphir ornant l'annulaire droit du pontife.

– Impériale majesté, notre fils en Jésus-Christ, vous voici donc de retour ? fit Innocent IV avec un froid sourire. D'où nous arrivez-vous aujourd'hui ?

– De France, Très Saint-Père, où j'ai obtenu du roi Louis une courte audience...

– Et en quelles dispositions l'avez-vous trouvé envers nous ?

– Mais... les meilleures du monde. Louis se veut fils obéissant de la sainte Eglise et s'est réjoui sincèrement de l'élection de Votre Sainteté...

– Nous n'en doutons pas, mais envers l'empereur Frédéric ?

– Le sujet n'a guère été abordé. Le roi s'est tenu satisfait de l'accord intervenu ce printemps entre le souverain pontife et l'empereur.

– Un accord qui n'a pas tardé à voler en éclats à Viterbe qu'à présent les soudards de Frédéric assiègent depuis un mois. Ne le saviez-vous pas ? ajouta Innocent devant la mine surprise de son hôte. Comment en ce cas avez-vous pu traverser la région pour arriver céans ?

– Nous avons pris la mer à Gênes et débarqué à Civita Vecchia, Très Saint-Père. Et le voyage fut calme...

Les yeux noirs du pape se chargèrent d'ironie :

– Vous avez bien de la chance... et bien de la prudence aussi : par voie de terre, vous ne seriez peut-être pas parvenus vivants. Les reîtres de ce monstre, plus sicilien qu'allemand, plus musulman que chrétien, vous auraient massacré, tout empereur que vous êtes. Des Alpes à Viterbe et de Naples à Syracuse, ils tiennent le pays, ne songeant qu'à nous étrangler ! Mais à propos de Louis de France, avez-vous obtenu l'aide que vous espériez, en or et en hommes ?

Le soupir de Baudouin valait un discours. Il ajouta, penaud, qu'il avait reçu un peu d'or pour son voyage de retour, sans trop oser regarder Innocent dont il put voir cependant les poings se crisper sur les boules d'ivoire terminant les bras de son siège.

– Une misère, quand il vous faudrait une armée ! Comment le roi de France ne mesure-t-il pas l'importance stratégique de votre... maigre empire si l'on en vient à une nouvelle croisade ? Il est l'homme le plus riche d'Occident !

– Je ne suis pas certain, émit timidement Baudouin, que la croisade soit, pour le moment, à l'ordre du jour...

– Quand vous l'avez quitté peut-être, mais il se peut qu'il ait changé d'avis et vous auriez dû rester plus longtemps.

– Pourquoi donc ?

– Parce que Jérusalem est à nouveau inaccessible aux pèlerins.

– Les traités avec les musulmans ont été rompus ?

– Non, et c'est pire : une invasion venue d'Asie centrale s'est abattue sur la Terre Sainte il y a quelques semaines. Les infidèles du Khorezme, du pays Kiptchak et de la Perse, chassés de chez eux il y a quinze ans par les hordes mongoles de Gengis Khan, se sont regroupés pour trouver de nouvelles terres et ont déferlé sur la Syrie et la Palestine. Ils brûlent, tuent et pillent tout sur leur passage...

– Mais ceux de Terre Sainte sont leurs frères en Mahomet ?

– Cela leur est bien égal. Tout ce qu'ils veulent c'est de nouvelles terres, un nouveau royaume, une nouvelle puissance. Vous voyez qu'une croisade s'impose ! Et moi, affronté au « sultan allemand », je ne peux même pas aller la prêcher à ces rois d'Occident qui dédaignent le royaume du Christ au bénéfice de leurs petites affaires. Ah ! Je saurais si bien les secouer, moi ! Mais je dois rester là pour défendre les Etats de l'Eglise contre ce fils d'iniquité ! Ce n'est pas votre faute, mon fils, continua-t-il d'un ton plus doux en voyant la mine effarée de Baudouin. Vous venez d'accomplir un long voyage et vous devez être las. Regagnez vos appartements pour y prendre le repos dont vous avez besoin. Nous nous reverrons.

Sa longue main se leva pour une bénédiction et les voyageurs se retirèrent. On sait comment, cette nuit-là, l'empereur de Constantinople noya ses soucis sous les flots lancinants d'une cornemuse écossaise. Renaud, lui, rêva de croisade. Le pape avait prononcé le mot magique en y ajoutant l'extrême péril menaçant le Saint-Sépulcre du fait de ces barbares venus des terres lointaines qui étaient capables de le détruire. Le roi de France ne pouvait rester insensible à ce malheur : il réunirait son armée et il prendrait le chemin de Jérusalem. Un chemin qui passait par Constantinople. Et

Renaud savait qu'alors aucune force humaine ne l'empêcherait de se fondre dans la masse des hommes d'armes, sous un nom d'emprunt, pour marcher avec eux vers l'ancien royaume franc afin d'y retrouver, non loin de Tibériade, la Vraie Croix jadis enterrée par Thibaut à la veille du désastre prévu des Cornes de Hattin. Il demanderait alors son congé à Baudouin car celui-ci aurait sans doute trop à faire chez lui pour se joindre à l'expédition. En outre, si Louis quittait la France pour un temps aussi long, son épouse l'accompagnerait comme il était normal d'en user et, à cette idée, Renaud sentait une joie profonde l'envahir puisqu'il pourrait « la » revoir. Et, réfugié sous un pin du jardin palatial, loin des clameurs nostalgiques d'Angus le Roux, le jeune homme passa une des meilleures nuits de son existence...

Dès le lendemain, les nouvelles devinrent mauvaises pour la cause papale, avant d'être franchement désastreuses.

Cela commença par l'arrivée à bride abattue du cardinal de Saint-Nicolas qu'Innocent avait envoyé à Viterbe comme médiateur entre la ville révoltée et les impériaux. Ce n'était pas le train habituel d'un prince de l'Eglise, mais ce que celui-là avait à dire était gravissime. Depuis trois mois, en effet, les troupes de Frédéric II assiégeaient la ville qui avait jeté son gouverneur et sa garnison en prison. Sans résultat : bien ravitaillée et pourvue de murailles solides, Viterbe surveillée par les troupes papales pouvait résister presque indéfiniment. Cependant la nouvelle que l'empereur en personne arrivait incita le pape à calmer le jeu. Le cardinal de Saint-Nicolas envoyé dans la ville était parvenu à un accord : le siège serait levé et la ville retrouvait ses franchises. En échange de quoi, les partisans de l'empereur qu'elle contenait encore ainsi que la garnison pourraient partir librement en emportant leurs biens pour rejoindre des assiégeants qui n'allaient plus pouvoir rester bien longtemps. Sinon ils seraient tous exécutés.

Avec un homme de la trempe de Frédéric, ce n'était pas une menace susceptible de l'inquiéter sérieusement. Du moins en temps normal, car il n'en était pas à quelques centaines de vies humaines près. Seulement – et cela Innocent l'apprit par ses espions – l'empereur ne pouvait s'attarder plus longtemps : une révolte venait d'éclater à Francfort, dans ses Etats traditionnels, il lui fallait aller y mettre bon ordre. Pensant qu'il reviendrait un jour ou l'autre faire payer Viterbe, Frédéric accepta ce que proposait le cardinal, signa une sorte d'armistice et prit le chemin du nord.

C'est alors, au moment où tout allait rentrer dans l'ordre que se produisit le drame : tandis que les prisonniers et les gibelins[1] traversaient la ville pour rejoindre les impériaux, les gens de Viterbe se jetèrent sur eux et les massacrèrent jusqu'au dernier... puis incendièrent leurs maisons.

– Non seulement Viterbe est au quart détruite par les flammes, mais la région s'embrase et le feu pourrait se propager à tout le nord du pays, expliqua le cardinal. Guelfes et gibelins s'en donnent à cœur joie et l'on dit que l'empereur revient à marches forcées...

Le pape s'enferma alors dans le silence de la méditation et, pour une fois, les agités du palais consentirent à se calmer.

– Pensez-vous que l'empereur pourrait venir jusqu'ici ? demanda Renaud à son ami Guillain d'Aulnay.

---

1. Dans l'interminable querelle du sacerdoce et de l'empire, les partisans du pape portaient le nom de guelfes et ceux de l'empereur, celui de gibelins.

– Mettre le siège devant Rome ? Je crois que c'est toujours son plus cher désir et j'ai peur que, cette fois, rien ne l'arrête. D'autant que sa déception a été amère : il a cru faire élire au trône papal un pantin obéissant et il a suscité un second Grégoire IX, en moins turbulent et en plus intelligent. Je suis persuadé qu'il ne s'en tiendra pas à Viterbe et qu'avant peu les bannières à l'aigle noir seront devant la ville.

– C'est une belle et forte ville, bien défendue, j'imagine.

– Vous imaginez mal, mon ami. Ici aussi il y a des gibelins dont le plus redoutable est Gaetano Orsini...

– Il oserait s'en prendre au Saint-Père ?

– Il est capable de tout et de n'importe quoi. C'est une sorte de bête fauve. Et il est le sénateur de Rome. Voulez-vous une idée du personnage ? A la mort de Grégoire IX, c'est lui qui s'est chargé d'organiser le conclave destiné à élire son successeur. Il a donc enfermé les cardinaux dans le *septisonium*, une salle et d'anciennes cellules subsistant dans les ruines du palais de Septime Sévère sur le Palatin. Je devrais dire qu'il les y a introduits de force et, là, leur a fait subir un vrai martyre par les chaleurs de l'été dans un logis grouillant d'insectes et de rats, gardés et insultés par des soldats dont le corps de garde était installé au-dessus d'eux avec des latrines dégouttant sur leur tête par le plafond crevé. En outre, on ne les nourrissait pas. Sur dix – et c'était ce qui en restait, Frédéric ayant fait attaquer les navires de ceux qui arrivaient de France où d'ailleurs trois moururent –, l'un d'eux, le cardinal anglais Robert de Somercote, fut traîné agonisant dans le réduit réservé aux morts où les soudards, après lui avoir chanté l'office des funérailles, lui entonnèrent un purgatif, puis le hissèrent sur le toit afin que tout Rome pût en constater les effets...

– Quelle horreur ! s'exclama Renaud effaré. Sa Sainteté a été élue dans ces conditions abominables ?

– Non. Les malheureux ont élu un vieillard encore vivant, Geoffroi de Sabrina... qui mourut dix-sept jours plus tard. Vous imaginez bien qu'après pareille aventure personne n'avait plus envie d'entrer en conclave et il y eut vacance durant un an. Je dois dire que c'est à notre roi Louis que l'ordre a dû de revenir. Ce roi si bon, si mesuré écrivit à Frédéric une lettre tellement sévère qu'elle le fit réfléchir : il estimait Louis et ne tenait pas à irriter la France. Innocent fut élu... et vous savez la suite.

– Que va-t-il se passer à présent ?

– Je l'ignore, mais ce que je sais pertinemment c'est que, nous autres, gens de Constantinople, n'avons plus grand-chose à espérer en fait d'aide... à moins que la croisade ne s'organise très vite.

– Allons-nous donc partir en tournant le dos à tout cela ?

– Vous ne connaissez pas notre empereur. Il est loyal et vaillant chevalier. Jamais il n'abandonnera le pape qui est son ami. Il est probable que nous allons combattre pour lui... Avec Orsini sur nos arrières !

– Comment ? Il est encore vivant celui-là ? Le Saint-Père ne lui a pas fait payer ses forfaits ?

– Ce n'aurait servi qu'à rendre sa famille enragée. Car il n'y en a pas qu'un, hélas, et ils tiennent à eux seuls presque la moitié de Rome. Sans doute en seraient-ils rois à l'heure présente s'il n'y avait les Colonna, leurs ennemis jurés aussi redoutables que les Frangipani et les Massimi qui arrivent à maintenir le plus souvent balance égale. Mais en cas de siège...

Le geste évasif du maréchal laissait porte ouverte à toutes les suppositions.

Durant quelques jours, on vécut au rythme des

chevaucheurs apportant des messages toujours plus inquiétants cependant que commençait à s'épanouir, à la manière d'un chat qui s'apprête à croquer une souris, le visage brutal de Gaetano Orsini.

Un soir que Baudouin achevait de souper avec ses familiers dans son appartement et en petit comité, ce qui supprimait le protocole, le pape entra sans se faire annoncer. Ce qui à l'exception de l'empereur précipita les trois autres à genoux dans un certain désordre. Renaud, qui se disposait à servir du vin de Palerme à son maître, réussit en serrant le flacon contre sa poitrine à n'en rien répandre.

– Relevez-vous, mes enfants ! dit le pontife avec une douceur inhabituelle. Nous voulons seulement entretenir l'empereur, mais point n'est besoin de vous retirer. Nous savons que vous avez son entière confiance... et nous ne refusons pas les sages conseils.

Il alla s'asseoir près de la fenêtre ouverte sur le jardin qu'il prit soin de refermer lui-même auparavant. Baudouin le rejoignit et les autres se tinrent à quelque distance. Renaud pensa qu'Innocent avait changé. Son étroit visage si finement sculpté se creusait de plis soucieux et le cerne de ses yeux trahissait ses insomnies, mais sa voix restait ferme et incisive, ne traduisant en rien les soucis qui devaient l'accabler :

– Si nous avons bonne mémoire, c'est un navire génois qui vous a amené à Civita Vecchia ? Devait-il repartir après vous avoir mis à terre ?

– Non, Très Saint-Père. J'avais indiqué au capitaine de m'attendre, fût-ce jusqu'au prochain printemps afin d'être certain de regagner mon empire par le chemin le plus sûr au cas où...

– ... où vous auriez reçu de nous l'or dont vous avez besoin pour lever des troupes...

– En effet, mais... dans les conditions présentes...

- Vous devinez que vous n'avez guère à attendre de nous, mon pauvre ami. Cependant ces conditions peuvent se modifier si je parviens à réaliser le plan que j'ai conçu...

Le changement de langage ne passa pas inaperçu. En employant la première personne du singulier au lieu du pluriel de majesté, Innocent laissait deviner que ce plan ne concernait que lui-même. Ses auditeurs ne restèrent pas dans l'expectative car il enchaîna aussitôt :

- Il faut que je parvienne à m'embarquer pour Gênes et, de là, gagner le royaume de France où, ayant réuni le concile, je frapperai Frédéric II d'un nouvel anathème et l'empire tout entier d'interdit...

- Votre Sainteté entend partir seule ?

- Exactement. Mais pas d'ici. Voilà ce que j'ai décidé : vous allez annoncer votre départ et, me sentant assez souffrant depuis ces cruels événements, je vais choisir de me rendre dans ma ville de Civita Castellana qui est à mi-chemin de Viterbe... et peu éloignée de votre port, pour m'y reposer mais aussi me rendre... au-devant de Frédéric pour tenter de nous accommoder.

- C'est de la folie, Saint-Père !

- Nullement. Cela bernera Orsini qui verra là une magnifique occasion de me fermer le retour à Rome et nous permettra de faire un bout de chemin ensemble, mon fils, ajouta-t-il avec l'ombre d'un sourire. En apparence du moins. En fait, nous ne nous quitterons pas. Quand vous sortirez au grand jour de Civita Castellana... vous aurez dans votre suite un membre supplémentaire : un soldat, par exemple, auquel il faudra trouver un autre nom qu'Innocent. Une fois à Gênes, je serai chez moi, dans une cité sûre et hors d'atteinte de cet empereur du diable !

- Mais... on s'apercevra vite de...

– De mon départ ? Que non pas. Je vais être fort malade durant quelques jours et le cardinal de Saint-Nicolas assurera l'intérim. En France, nous saurons bien obtenir du roi Louis la croisade dont vous avez tant besoin ! déclara-t-il d'un ton tranchant qui écartait toute discussion. Que pensez-vous de ce plan ?

– Qu'il me paraît bon...

– C'est le seul possible si nous voulons échapper aux griffes de l'Antéchrist dont le plus grand bonheur serait de nous jeter en quelque noire prison, tandis qu'il ferait peut-être une mosquée de notre basilique Saint-Jean...

Cette fois Baudouin, en signe d'humilité, mit un genou en terre devant celui qui redevenait le souverain pontife.

– Mes gens et moi-même sommes fils dévoués de l'Eglise, prêts à la servir en toutes choses en la personne de Votre Sainteté...

– Nous n'en attendions pas moins de vous, mon cher fils ! Avec l'aide de Dieu, un jour éclatant succédera aux ténèbres qui tentent de nous engloutir. Et vous rentrerez en maître à Constantinople...

Un geste de bénédiction et la mince silhouette blanche s'évanouit silencieusement dans l'ombre, à peine éclairée de torches des passages et galeries du palais. Henri Verjus qui n'ouvrait guère la bouche que pour prier ou manger émit alors de sa voix lente :

– Sauver le pape des fureurs de l'empereur est bonne chose sans doute mais est-ce le meilleur choix pour le maître de Constantinople ?

– Que veux-tu dire ? demanda Baudouin avec rudesse.

– Que l'entreprise peut échouer, le Saint-Père arrêté, pris, tué, noyé peut-être si la nef était attaquée. Qu'adviendrait-il alors des espoirs de Constantinople... et de ceux de l'impératrice Marie, seule depuis si longtemps ?

– Le sénéchal Philippe de Toucy veille sur elle ainsi que les plus sages de mes ministres. Quant à nous, dans la situation où nous sommes, nous n'avons pas grand-chose à perdre, sinon la vie qui est petit bien quand elle n'apporte que déboires. Notre seule chance est dans le pape élu et couronné. Et aussi dans mon cousin Louis qui est trop chrétien pour ne pas entendre la plainte du souverain pontife. Il ne pourra pas rester sourd à sa voix et nous qui l'aurons sauvé serons à notre tour mieux entendus... Cependant, cette nuit, je crois qu'il nous faudra prier au lieu d'écouter de la musique...

Le lendemain, au milieu des mosaïques de la salle du Concile et de la cour papale rassemblée avec les gens de Baudouin, Innocent IV fit entendre son désir de quitter Rome pour Civita Castellana afin d'y respirer un air meilleur que celui de Rome empuantie par les miasmes des marais pontins.

– Celui de Civita Castellana ne sera pas meilleur à Votre Sainteté quand Frédéric y arrivera, lança le cardinal Colonna. Et il y sera bientôt. Peut-être avant nous.

– C'est un risque, nous l'admettons, mais un risque qui ne nous inquiète pas. Bien au contraire. Il se peut que le rencontrer face à face soit une excellente chose.

– Saint-Père, Saint-Père ! C'est de la folie. On dit qu'il a juré votre mort.

– Il faut bien mourir un jour. C'est donc de peu d'importance. Vous élirez un autre pape et l'Eglise, elle, continuera. Cela vous donnera même l'occasion, puisque je serai sa victime, de lancer contre Frédéric l'anathème majeur qui le mettra, avec tous ses Etats, au ban de la chrétienté. Au surplus, notre décision est prise.

C'est ainsi que, huit jours plus tard, laissant le Latran à la garde de ses chanoines et de ses serviteurs habituels, Innocent quittait Rome avec un train imposant. Plus grand que lorsqu'il se déplaçait en direction de l'une ou l'autre de ses résidences mais cette fois l'empereur de Constantinople l'accompagnait et Sa Sainteté avait comblé ce précieux fils de présents si généreux qu'ils emplissaient plusieurs chariots que gardaient de nombreux serviteurs. En fait, cette soudaine générosité dissimulait les propres bagages de Sa Sainteté qui tenait à faire, à Gênes, une entrée digne de son rang.

Du haut des remparts de la ville, le sénateur de Rome, Gaetano Orsini, regarda le cortège s'éloigner avec la joie féroce de qui assiste aux funérailles d'un ennemi depuis longtemps détesté et sans se soucier autrement de l'exceptionnel cortège. Il resterait bien assez de richesses papales pour lui et son empereur. Il était déterminé à ce que les portes de Rome ne s'ouvrent plus jamais devant Innocent IV... en admettant qu'il réussît à y revenir vivant. Lui-même se préparait déjà à la joie qui serait la sienne de livrer à Frédéric II le siège de la papauté et il deviendrait alors l'un des hommes les plus puissants de la terre.

La route jusqu'à Civita Castellana, une puissante cité assise sur un plateau entouré de ravins profonds, se passa le mieux du monde. Le pape y fut reçu comme un père qui vient visiter ses enfants. Et pendant deux jours, Innocent tint conseil, donna de multiples audiences et distribua des bénédictions sans nombre. Tellement même que, le troisième jour, il tombait malade et dut s'aliter, au repos complet tandis que le cardinal de Saint-Nicolas le remplaçait « en toute humilité ». Discrètement et afin de ne pas ajouter aux fatigues du Saint-Père, Baudouin II prit le chemin de la côte sous la protection d'une escorte papale afin que les générosités pontificales arrivent à bon port. Personne n'aurait imaginé que la maison de l'empereur s'était augmentée d'un officier barbu et moustachu portant fièrement sur son armure les couleurs de Constantinople, habile d'ailleurs à conduire son cheval et à manier ses armes, et qui n'était autre que le pape en personne.

A Civita Vecchia, l'escorte repartit après s'être assurée que la nef génoise avait bien pris la mer ce qui évita à son chef de voir, une fois que le navire eut atteint le large, le capitaine s'agenouiller devant un homme de fer vêtu pour recevoir humblement sa bénédiction.

La Méditerranée fut assez clémente sans quitter trop souvent cette couleur d'un bleu si profond, si lumineux que Renaud ne se lassait pas de le contempler comme il s'y était plu si souvent pendant le voyage d'aller. Il s'asseyait à la proue sur un tas de cordages et laissait son corps suivre les mouvements de la nef sans en éprouver le moindre malaise. Guillain d'Aulnay lui tenait souvent compagnie.

– Nous devrions être en route pour Constantinople, soupira celui-ci un matin alors que l'on doublait l'île de Monte-Cristo. Et voilà que nous retournons sur nos pas. Cela ne vous déçoit pas trop ?

– Décevoir ? Oh non. Moi, c'est vers Saint-Jean-d'Acre que je voudrais voguer. Vous le savez bien et, tant que nous n'irons pas, toute destination me sera indifférente. Encore que je sois content de découvrir le monde, moi qui n'ai jamais eu d'autres horizons que les murs de Châteaurenard... Et puis comment ne pas être heureux et fier de participer, si peu que ce soit, à soustraire Sa Sainteté à la méchanceté de son cruel ennemi ? C'est presque aussi bien qu'une croisade !

Quelqu'un se mit à rire derrière lui et, se retournant, il vit Innocent debout dans la robe blanche dont il se vêtait à présent. Depuis le départ, le pape s'était tenu avec Baudouin dans la chambre de poupe et n'en sortait guère qu'à la nuit close pour regarder longuement les étoiles du ciel.

– D'autant plus que le meilleur chemin pour la Terre Sainte passe par le royaume de France et avec l'aide de Dieu nous y serons bientôt, dit-il.

C'était la première fois que le pontife adressait la parole à Renaud et le jeune homme très impressionné ne savait que dire... en admettant que l'on attendît de lui une réponse quelconque. Devenu tout rouge, il ne put que s'agenouiller en se raclant la gorge. A nouveau, Innocent eut un petit rire et prolongea le jeu :

– Vous n'en semblez pas absolument certain, jeune homme. Redouteriez-vous quelque mésaventure ?

– Le... l'empereur ! réussit-il à émettre non sans peine. Comment... comment être sûr qu'il ne va pas tendre... quelque traquenard ?

– Vous craignez qu'il envoie ses galères à nos trousses ? C'est possible, mais nous n'y croyons pas parce que, comme toujours, nous nous confions à la grâce de Dieu. Frédéric a de gros navires et des galères rapides, mais que peuvent-ils si Dieu n'est pas avec eux ? Voyez-vous, mon fils, la petite barque de Pierre peut, de temps en temps, être assaillie par des vents contraires et par les coups de la tempête mais bientôt, au souffle impérieux de Dieu, le calme succède à l'orage et, échappée aux vagues écumantes, elle glisse en paix, saine et sauve sur la plaine liquide apaisée et soumise[1]... comme nous en ce moment.

---

1. Parole authentique.

Confus, Renaud toujours à genoux, prit le bas de la robe papale pour en baiser les bords. Innocent se pencha et posa une main sur son épaule.

– Relevez-vous ! Votre maître nous a raconté votre histoire et exprimé le désir que nous vous entendions en confession. Etes-vous prêt à paraître au tribunal de la Pénitence ?

– Tout... tout de suite ? balbutia Renaud, éperdu.

– Pourquoi pas ? Dès que sire Guillain se sera éloigné, nous aurons ici entre ciel et mer, l'endroit idéal...

Aulnay salua et disparut avec la prestesse d'un lutin. Innocent vint s'asseoir alors sur les cordages et fit signe à Renaud de venir à son côté. Cette fois, le jeune homme se laissa choir si lourdement que les planches du pont résonnèrent sous ses genoux :

– Recueillez-vous un moment ! conseilla le pape. Et puis parlez sans crainte et surtout sans rien chercher à dissimuler. Nous voulons « tout » savoir. Vous commencerez par votre histoire.

Alors, à la suite de quelques instants d'une réflexion où il eut toutes les peines du monde à mettre deux idées bout à bout, Renaud entreprit le récit de sa courte vie et, après un début hésitant, difficile, découvrit que cela devenait plus aisé à mesure qu'il parlait. Cet homme en blanc assis devant lui était sans doute le maître de la chrétienté tout entière, mais son regard attentif, encourageant, était plein de compréhension. Alors il n'omit rien... Pas même le secret qu'Adam Pellicorne avait emporté dans sa tombe : celui de sa naissance. Un scrupule de conscience né après qu'il eut tout relaté, le poussa à cette ultime confidence.

– Ainsi, murmura Innocent qui, depuis un moment, semblait plongé dans une profonde méditation, Thibaut de Courtenay était votre aïeul... et non votre père. Nous nous en doutions, d'ailleurs... à cause de la grande différence d'âge. Il est difficile d'imaginer une jeune princesse éprise d'un vieillard.

– Votre Sainteté... le condamne-t-elle pour ce mensonge ? Il ne l'a commis que par amour pour moi...

– Inutile de plaider une cause qui n'en a pas besoin ! Peut-être qu'à sa place nous aurions agi de même. Il faut aimer chèrement pour charger son âme d'un mensonge par-delà la tombe, mais quand l'aïeul paternel n'est autre que... Saladin, le problème est difficile à résoudre. Sauf à vous condamner à une vie misérable, rejeté de la chrétienté, ce qui est beaucoup pour un enfant. Sauf... auprès d'un seul souverain, peut-être...

– Le... lequel ?

– Mais ce démon de Frédéric ! Il est à moitié musulman si ce n'est tout entier. Il vous ferait sans doute place entre ses poètes, ses danseuses, son harem et ses animaux bizarres...

Une bouffée d'indignation redressa Renaud :

– Oh non !... Déjà le fait d'être né en Terre Sainte a fait de moi une sorte de curiosité, mais à ce point...

– Allons calmez-vous ! Il ne saurait en être question et nous pensons à présent que, désirant vous charger en outre de retrouver la Vraie Croix, Thibaut de Courtenay a fait le bon choix ! Priez, maintenant, nous allons vous donner... ainsi peut-être qu'à son âme sans doute en peine, notre absolution pleine et entière. Il vous en sera remis acte manuscrit signé de notre main afin que s'effacent les accusations mensongères portées contre vous.

Tandis qu'il articulait les paroles rituelles, sa longue main pâle traçait le signe de la rédemption sur le jeune homme prosterné devant lui. Puis il se leva et laissa tomber :

– La pénitence que nous vous imposons est, lorsque

vous aurez repris la Très Sainte Croix à la terre souillée par les infidèles, de nous la rapporter... si nous sommes toujours de ce monde. Ou à notre successeur ! Le roi Louis, ajouta-t-il d'un ton indifférent reflétant un mécontentement ironique, possède quasiment la totalité des saintes reliques de la Passion, alors que la papauté en a si peu que rien ! Il en aurait même un petit fragment de cette Croix... Cela nous paraît suffisant !

Ayant dit, il repartit vers l'arrière du bateau, laissant Renaud un peu éberlué mettre de l'ordre dans ses émotions contradictoires, mais surtout se laisser inonder par la joie ainsi que par le beau soleil de cette matinée triomphante. Il n'allait plus avoir à porter le poids de l'accusation de ce misérable bailli ni celui de la suspicion des autres. Puisque le pape le déclarait innocent, plus personne n'oserait lui jeter l'infamie au visage. Même le roi de France serait bien obligé d'en convenir et Renaud anticipait déjà le bonheur qu'il éprouverait lorsque la reine Marguerite lui sourirait. Parce qu'elle l'avait si bien défendu dans les mauvais jours !

Une seule chose diminuait un peu sa joie : Thibaut lui avait fait promettre de porter la Vraie Croix au roi Louis et voilà que le pape, son sauveur, la réclamait pour lui ! Il s'en préoccupa un moment mais l'impression de bonheur fut la plus forte. Il serait bien temps de se soucier du destinataire lorsqu'il aurait reçu le suprême symbole de la présence de Dieu, la Croix insigne vers laquelle s'étaient tournés tant de visages à l'heure de l'espérance et à celle de l'agonie... Il était trop jeune, trop droit, pour avoir appris à ruser avec les autres comme avec lui-même. Aussi conclut-il son dilemme en pensant qu'il pourrait toujours, le temps venu, s'en rapporter au jugement du roi Louis. De toute façon, ce n'était pas pour demain.

L'arrivée du souverain pontife à Gênes prit des allures triomphales. La bannière papale avait été hissée à la pomme du mât et, dès que l'on sut qu'Innocent approchait, la ville entière parée comme pour une fête dévala des montagnes jusque sur le port cependant que, dans toutes les rues, on s'affairait à faire couler des fenêtres les plus belles tentures, tapis et pièces de soie. Le doge[1] lui-même prit place dans sa galère dorée pour venir à sa rencontre avec la plus haute noblesse de la grande cité marchande. Les hommes de sa famille, les Fieschi, vinrent s'agenouiller devant lui pour baiser, à sa main, l'anneau du pêcheur et ce fut au milieu d'une foule en délire. Il fut conduit à la cathédrale rendre grâce de l'heureux voyage avant d'aller prendre logis au palais de l'archevêque, qui était d'ailleurs son cousin.

Sous les ornements somptueux revêtus pour la circonstance, Innocent IV rayonnait en dépit de son habituelle retenue. Il savait qu'à Gênes il n'avait plus rien à craindre de son ennemi et que c'était au tour de Frédéric de trembler. Et, de fait, la nouvelle de son arrivée éclata chez l'empereur comme un coup de tonnerre et déchaîna chez lui une véritable crise de fureur :

– J'allais le faire échec et mat, hurlait-il, et voici que les Génois renversent l'échiquier !

Mais le vin était tiré, il fallait le boire. Cependant Innocent ne désirait pas s'attarder dans sa ville natale : c'était en France qu'il voulait se réfugier afin de réunir le concile qui lui permettrait de lancer la foudre sur l'Antéchrist. Une délégation d'évêques et d'abbés de haut rang fut donc envoyée au roi qu'elle rencontra

1. Comme à Venise, le chef élu de la grande république maritime portait le titre de doge.

dans l'abbaye de Cîteaux où Louis assistait au chapitre général de l'Ordre.

Les émissaires s'agenouillèrent devant lui en rappelant que jadis son bisaïeul Louis VII avait accueilli à Sens le pape Alexandre III en lutte contre Frédéric Barberousse et en demandant qu'Innocent puisse s'installer à Reims. Ce fut un moment de grande émotion et plus encore lorsque le roi, à son tour, s'agenouilla devant les délégués pour remercier de la confiance mise en lui par le pape... mais déclara doucement qu'il lui fallait entendre le conseil de ses barons, car accueillir le pontife suprême dans la ville du sacre pour y anathématiser l'empereur équivalait à une déclaration de guerre. Et le roi de France qui entretenait des relations courtoises avec Frédéric ne souhaitait pas plonger dans les malheurs d'un conflit un royaume auquel il avait su rendre la paix. Cependant – et cela fut suggéré au cours d'un entretien privé –, il ne verrait aucun inconvénient à ce que Sa Sainteté choisît de s'établir tout près de ses frontières : dans la puissante ville de Lyon, par exemple, terre d'empire mais fief du comte de Savoie et surtout siège du plus imposant archevêché de la chrétienté portant le titre prestigieux de primat des Gaules. Celui qui en était investi était alors Philippe de Savoie, frère du comte. Ce qui laissait supposer qu'au cas où l'empereur aurait la mauvaise idée de marcher sur Lyon, le roi ne pourrait éviter d'aller au secours d'une ville beaucoup plus française qu'impériale.

La subtilité du conseil plut au politique adroit qu'était Innocent. Prendre langue avec le comte de Savoie et l'archevêque Philippe fut à peine plus qu'une formalité. En outre, la situation géographique de la ville permettait la réunion facile d'évêques et d'abbés en provenance de tous les pays d'Europe. L'accord fut vite conclu : la perspective d'un grand concile attirant tant de hauts personnages au confluent de la Saône et du Rhône enchantait les gens de Lyon autant que ceux de Savoie. Autant pour la plus grande gloire de Dieu, et pour la punition d'un souverain fortement soupçonné d'avoir tourné le dos au christianisme, que pour la plus grande satisfaction des marchands, des aubergistes et de tous ceux qui anticipaient le flot d'argent à venir.

Le pape avait admis la position du roi de France, à plus forte raison que, se retrouvant libre de ses décisions comme de ses gestes, le sort de Frédéric – dont le bruit courait qu'après l'explosion de colère il se laissait aller à quelque découragement – perdait de son importance à mesure que, dans les derniers jours de l'automne, le cortège papal devenu imposant remontait la vallée du Rhône. Le cas de Frédéric serait rapidement réglé et la grande affaire allait être l'appel à la croisade puisque, après tant d'années, tant de peines, tant de sang versé, les Lieux saints se retrouvaient à peu près dans la même situation que cent cinquante ans plus tôt, quand Godefroi de Bouillon et ses compagnons s'étaient lancés à leur secours. Lyon n'était pas si loin de Paris et Louis IX ne manquerait pas d'être aux écoutes de ce qui s'y passerait. Il suffisait simplement de le convaincre et tous les espoirs pourraient s'épanouir.

Or, lorsque l'on atteignit la capitale des Gaules, une terrible nouvelle s'abattit sur la ville et ceux qui en espéraient tellement : malade depuis quelques semaines, le roi de France allait mourir...

CHAPITRE VI

DANS L'ESCALIER DE PONTOISE

Assise sur une marche de l'escalier dérobé qui, au château de Pontoise, reliait la chambre du roi à celle de la reine, les coudes aux genoux et les poings sur les oreilles, Sancie de Signes s'efforçait de ne plus rien entendre. Elle fermait aussi les yeux de toutes ses forces comme si l'incessant bourdonnement pouvait s'introduire dans sa tête par leurs ouvertures. Et il y avait déjà trois jours que cela durait ! Depuis que le flux de ventre dont souffrait Louis IX l'avait mené au seuil de la mort.

Point n'avait été besoin d'ordonner les grandes prières publiques : la ville, les campagnes, les abbayes et les monastères s'y étaient lancés d'eux-mêmes et leurs clameurs suppliantes, alternées avec les psaumes des processions, emplissaient l'air glacé de décembre cependant que de longues files de pénitents pieds nus dans la neige traversaient le pont sur l'Oise pour s'en aller prier à Notre-Dame-la-Royale, la grande abbaye de Maubuisson bâtie par le reine mère dont la dédicace avait eu lieu au printemps.

C'était tout un peuple qui criait vers le ciel et, si Dieu n'entendait pas, n'exauçait pas, c'était peut-être à cause des épais nuages jaune et gris, mais peut-être aussi parce qu'Il n'en avait pas envie. Ce que la jeune Sancie comprenait volontiers parce qu'elle-même n'arrivait plus à supporter ce lugubre et interminable lamento. Selon elle, seul le silence permettait de bien prier, parce qu'il était plus facile d'ouvrir son cœur et de laisser s'envoler ses vœux vers une présence invisible que l'on pouvait supposer attentive tandis qu'elle ressentait avec accablement les glapissements frénétiques de la cité.

Le château entier sentait l'encens et la cire chaude. L'odeur – comme d'ailleurs les invocations ! – s'infiltrait jusque dans l'étroit escalier pris dans l'épaisseur de la muraille, que la reine Marguerite avait montré à sa jeune suivante un jour où elle était heureuse. Ce qui n'était pas si fréquent. Elle lui avait alors raconté qu'au début de son mariage avec Louis, au temps délicieux de leurs jeunes amours, Madame Blanche ne leur laissait ni paix ni repos et que l'escalier s'était révélé fort utile.

Tout avait commencé avec la nuit de noces. Tout au moins celle qui en avait tenu lieu car la belle journée du mariage ne s'était pas achevée dans le lit nuptial paré et parfumé selon la tradition. Ce lit, on n'avait fait qu'y passer afin d'obéir à une ancienne coutume, peut-être déterrée par Blanche de sa Castille natale, et que l'on appelait les « nuits de Tobie[1] ». Cela consistait à garder la chasteté pendant les trois premières nuits en remplaçant les ébats amoureux par la prière, le lit conjugal étant alors considéré comme une sorte d'autel qu'il ne convenait d'aborder qu'après une longue

---

1. En mémoire de ce jeune Israélite qui, durant la grande captivité de Babylone, fut mené au mariage par l'ange Raphaël en personne et qui, ayant gardé l'abstinence de chair durant trois nuits, obtint ainsi la guérison de la cécité paternelle.

préparation pour laquelle une chapelle eût été plus adéquate qu'une chambre parfumée et fleurie. Marguerite fut bien obligée d'obéir encore qu'elle ne comprît pas pourquoi, justement, on s'était donné tant de mal pour préparer un nid d'amour parfaitement inutile. Sans doute était-ce l'habitude en France.

La quatrième nuit fut la bonne et le jeune couple eut le droit de s'étreindre. Pendant deux heures, pas une minute de plus ! Madame Blanche vint, en personne, récupérer son fils (de vingt ans !) en alléguant que deux heures lui semblaient un temps suffisant pour travailler ensemble à la continuité de la dynastie. Elle ajouta que l'âge tendre de la jeune épousée exigeait des ménagements et qu'il ne saurait être question de se retrouver toutes les nuits. Celles du moins convenables pour ne pas aller à la traverse des obligations religieuses inculquées par elle au roi et qui rétrécissaient singulièrement le calendrier d'Eros. Pas question de forniquer pendant l'Avent, ni pendant les quarante nuits du Carême, ni les veilles et jours de fête et pas davantage le vendredi ou le samedi ! Commença alors pour le jeune couple une existence sous surveillance continuelle. Plus le temps passait et plus le tête-à-tête devenait difficile parce que, même les jours « libres », Madame Blanche s'interposait sous un prétexte ou un autre. Elle semblait douée d'un flair tout particulier pour détecter les cachettes où Louis et Marguerite réussissaient à se rencontrer. Ayant le pied très silencieux, elle leur tombait dessus comme la foudre et les séparait d'une main vigoureuse en disant : « Que faites-vous ici ? Vous employez mal votre temps et vous êtes dans le péché ! »

Un beau jour, Louis crut tenir la solution. Son jeune frère Robert, de deux ans son cadet, lui fit cadeau d'un petit chien possédant le curieux talent d'aboyer à s'en faire éclater le gosier du plus loin qu'il apercevait la reine mère. Il suffisait même qu'il la sente dans les environs. Ce charmant expédient ne dura pas longtemps, hélas ! Le petit chien était gourmand. Un jour on le trouva mort et Marguerite pleura si fort que Louis prit la décision d'aller passer quelque temps à Pontoise. Une bonne partie de son enfance s'y était déroulée et il connaissait les moindres recoins du château. En particulier certain escalier secret dont Blanche ignorait l'existence. Et cette fois, la reine mère eut beau patrouiller dans les couloirs, fouiller les buissons et multiplier les arrivées surprises chez l'un ou l'autre, elle ne trouva plus rien à redire, les huissiers à verge gardant les appartements royaux un bâton à la main ayant pour consigne de frapper aux portes quand un habile téléphone arabe leur signalait l'approche de Madame Blanche. Les amoureux réfugiés dans leur escalier se séparaient aussitôt pour rentrer chacun chez soi...

Ce n'était pas un endroit bien confortable que cet escalier de pierre. Il y faisait sombre et froid et des toiles d'araignée remplaçaient maintenant les coussins et tentures que Louis y avait déposés jadis puisqu'il ne servait plus... Le roi détenait à présent la plénitude du pouvoir même si sa mère siégeait toujours au Conseil et Marguerite avait entamé une série de grossesses. Mais la jeune reine gardait une tendresse à cette sûre cachette où elle avait vécu de si jolies heures. Alors, quand on était à Pontoise, Sancie, la seule qui sût le secret, aimait venir s'y réfugier quand la vie au château lui semblait trop pesante, pour y rêver en respirant le parfum ténu de ces tendres amours dont elle doutait fort d'en connaître jamais la saveur parce qu'elle était laide et le savait...

Bien sûr, on la marierait un jour pour sa haute

lignée, sa dot et ses privilèges de filleule de la reine de France, mais jusqu'alors elle ne redoutait pas ce qui serait pour elle la pire catastrophe. Tant que Marguerite était l'épouse de Louis, Sancie se savait protégée, mais qu'en serait-il lorsqu'elle serait sa veuve changée par les sévères voiles blancs du deuil en une nonne sans couvent ? Des quatre enfants qu'elle avait donnés à Louis, seuls subsistaient la petite Isabelle de trois ans, le prince Louis, un an et demi mais de petite santé, et le mystère que recelait son ventre gonflé d'une nouvelle vie.

– Quand le roi sera mort, la vieille régnera à nouveau, songeait l'adolescente avec fureur. Elle reléguera Madame Marguerite dans quelque monastère après qu'elle aura donné son fruit parce que ce fruit, la vieille s'en emparera pour l'élever à sa manière sans permettre à la mère de s'en occuper. Et Madame Marguerite mourra de chagrin...

Elle ne se souciait même pas de son propre sort tant celui de sa chère reine la tourmentait. Plus encore que ces sacrées prières lui rappelant, sans souffler un instant, qu'au-dessus de sa tête, le roi était en train d'agoniser sur le lit de cendre où il avait exigé qu'on le mît, pour attendre la fin !

Une fin que, cependant, Sancie n'était pas certaine de pleurer d'un cœur sincère, même si elle savait que Louis était un bon – peut-être même un grand – roi mais elle n'avait jamais été captive de ce charme quasi angélique devant lequel tant de gens s'inclinaient. Elle en voulait à Louis de tout ce que Marguerite endurait du fait de sa mère. Il continuait à se laisser mener par elle, à lui donner partout et toujours la première place, reléguant la jeune reine au simple rôle de procréatrice alors que le premier plan lui revenait de droit. En fait, la fille du puissant baron de Signes en terre de

Provence reportait sur Louis une part de l'aversion que lui inspirait Blanche...

C'était à cause de celle-ci qu'elle avait cherché refuge dans l'escalier. Impulsive et plutôt soupe au lait, elle savait qu'il lui serait pratiquement impossible de se contenir plus longtemps si elle demeurait seulement quelques minutes dans la chambre royale. Blanche naturellement y régnait encore, austère statue d'une douleur – certaine ! – qu'elle savait maîtriser tandis que Marguerite déjà épuisée par les nausées incessantes qui avaient marqué le début de sa grossesse s'y abandonnait sans retenue, secouée de sanglots et pliée en deux sur les coussins où elle se tenait agenouillée au pied du lit. Ce comportement fort peu royal sans doute avait fini par indisposer la reine mère. D'une voix agacée, elle avait « conseillé » à sa bru de redescendre chez elle pour s'y reprendre et s'y reposer.

– Les saintes reliques vont être portées ici, dit-elle, et il n'est pas convenable de les recevoir en cet état. Retournez chez vous !

Le confesseur de Marguerite, le bon Guillaume de Saint-Pathus, avait bien tenté de plaider l'indulgence pour une si grande douleur. On lui avait répondu que le roi étant encore de ce monde, la douleur en question n'était pas de mise.

– Est-ce que je pleure, moi ?

Soutenue par le chanoine et une de ses femmes, Eudeline de Montfort, Marguerite était rentrée chez elle suivie de Sancie, et celle-ci n'avait pas eu le courage de remonter dans la chambre déjà funèbre où le brasillement des chandelles s'efforçait de lutter contre le froid et où le bourdonnement des oraisons et l'odeur des linges souillés par la maladie rendaient l'atmosphère irrespirable. Elle s'était alors réfugiée dans l'escalier puisque l'on ne lui permettait pas de rester près de la jeune reine...

Elle ne pouvait pourtant y rester éternellement. D'ailleurs, on n'entendait plus prier. En revanche les échos d'un immense *Veni Creator* clamé par des centaines de poitrines et qui semblait monter à l'assaut du château atteignit son refuge. Pensant que ce grondement musical devait accompagner les reliques annoncées par la reine mère, elle ramassa sa chandelle et redescendit chez sa marraine où l'entrée secrète dissimulée sous une tenture lui livra passage. Elle vit que Marguerite dormait, épuisée sans doute par la fatigue et trop de larmes versées. Elle hésita un instant sur ce qu'elle devait faire mais le grondement rythmé de la psalmodie se rapprochant, elle voulut sortir à son tour de la chambre. La procession emplissait la large vis de pierre illuminée par les torches et les cierges. Agenouillée au seuil, mains jointes et tête basse, Sancie laissa passer les châsses d'or contenant la Couronne d'épines, le fer de la Sainte Lance et les clous de la Croix, puis se mit à la suite en se faisant toute petite. Il y avait maintenant tant de monde autour du lit que son arrivée passa complètement inaperçue.

Etaient là les frères du roi. Le plus proche d'abord et le plus aimé : Robert, comte d'Artois, le cadet de deux ans, blond comme lui, aussi grand que lui mais plus étoffé, débordant habituellement de vitalité, de gaieté et de fougue. Auprès de lui sa femme, Mahaut de Brabant, épousée sept ans plus tôt, belle fille drue aux flancs féconds et digne compagne pour ce jeune géant malicieux. Ensuite Alphonse, comte de Poitiers et depuis trois ans comte de Toulouse par son mariage avec la jeune comtesse héritière Jeanne, présente elle aussi. Bien différent, ce couple-là ! Brun comme sa mère et le grand-père castillan dont il porte le nom,

Alphonse, vingt-quatre ans, est un homme discret et fidèle, d'une extrême piété lui aussi, mais qui se règle un peu trop sur celle du roi. Froid et taciturne, âpre au gain, toujours plein de scrupules, c'est un suzerain exact dans ses devoirs mais un justicier sévère. Sa femme, petite brune un rien fiérote et comme lui orgueilleuse de ses origines – ce mariage-là a sonné l'hallali de la cruelle croisade contre les Albigeois, Jeanne en étant le gage ! – ne permet à personne de l'oublier. Le troisième frère – si l'on excepte ceux qui n'ont pas vécu – est un garçon de dix-sept ans, Charles, comte d'Anjou et du Maine, non encore pourvu d'épouse. Celui-là est le mauvais sujet de la famille : il est fourbe, cruel, et pourvu d'une langue de vipère dont il ne se sert que trop bien. Il sait flatter, si jeune qu'il soit, et sa mère a pour ce dernier-né beaucoup d'indulgence. Enfin, dans l'ombre de Blanche, voilà l'unique sœur, Isabelle, vingt ans et déjà toute donnée à Dieu. Dans les chambres des dames, elle et sa suivante préférée, Agnès d'Harcourt, s'efforcent de vivre comme dans le couvent qu'elles fonderont quelque jour[1].

Dans la robe monastique dont on l'avait revêtu, le roi gisait au milieu des cendres qui salissaient par endroits la blanche couverture posée sur ses jambes jusqu'à la taille. Son aspect était celui d'un mort et si un léger souffle ne soulevait sa poitrine, on aurait pu le croire parti car il n'avait plus sa connaissance. Son visage aux yeux clos était tellement amaigri qu'il semblait avoir perdu toute substance.

La mère s'était écartée pour laisser approcher la

---

1. Ce sera l'abbaye de Longchamp que le roi bâtira pour sa sœur, dont Agnès sera l'abbesse et où Isabelle prendra le voile.

chape d'or de Guillaume d'Auvergne, évêque de Paris, et la châsse que ses porteurs déposèrent au pied du lit. Au milieu des fumées d'encens, on pria longuement pour demander au Seigneur de surseoir à l'envolée de cette âme, puis l'évêque ouvrit la châsse, prit les trois reliquaires pour les approcher l'un après l'autre du cœur de Louis puis de ses lèvres décolorées. A cet instant, Sancie sentit une main se poser sur son épaule et s'y appuyer. Marguerite était là, debout derrière elle, quasi spectrale dans les plis du long voile gris enveloppant sa tête, son cou et ses épaules, mais sur cette tête brillait un cercle d'or fleuronné semblable à celui qui coiffait sa belle-mère. Elle se tenait très droite et ses yeux rougis étaient secs.

– Allons ! dit-elle seulement en serrant la mince épaule de manière significative.

Toutes deux alors s'avancèrent dans le passage soudain ouvert dans la foule au seul son de sa voix. Elles marchèrent ainsi et négligeant le regard courroucé de Blanche, allèrent s'agenouiller de l'autre côté du scintillant coffre d'or, puis se mirent en prières.

La cérémonie achevée, les deux reines saluèrent l'évêque et le raccompagnèrent côte à côte. L'instant était trop solennel pour que Blanche ose se mettre à la traverse de la volonté aussi clairement manifestée par Marguerite. Elle ne dit rien non plus quand la jeune femme, au lieu de repartir vers son appartement, alla s'asseoir au chevet de son époux avec un regard qui la défiait de l'en chasser.

Une longue veillée commençait où elles resteraient face à face, leurs suivantes respectives derrière elles, Marguerite ayant refusé nettement de s'éloigner à nouveau :

– S'il doit mourir cette nuit, je veux être auprès de lui...

Les prières s'étaient tues pour laisser place à l'oraison silencieuse qu'appréciait tant Sancie, mais l'atmosphère demeurait tendue, oppressante. Le mourant, toujours inconscient, était inerte, la bouche et les yeux clos. Il semblait cependant que sa pâleur eût encore augmenté. Les traits se tiraient plus encore, se creusaient... Soudain, la dame d'Amboise, qui était la plus proche de la reine mère, eut un bref sanglot :

– Madame !... Je crois bien que notre sire bien-aimé vient de passer...

Il semblait, en effet, qu'il fût mort et, tandis que les deux reines tombaient à genoux d'un même mouvement, dame Agnès voulut d'un geste pieux rabattre la couverture blanche sur le visage immobile.

A l'instant où elle allait le recouvrir, le roi ouvrit les yeux. Et des yeux qui y voyaient clair.

La dame eut un petit cri qui redressa tous ces gens déjà courbés sous le poids du deuil. Louis alors poussa un soupir, ramena à lui ses bras et ses jambes avant de les étendre à nouveau. Son regard fit le tour du demi-cercle de visages penchés sur lui :

– Par la grâce de Dieu, le soleil levant est venu me trouver du haut des cieux et m'a rappelé d'entre les morts, exhala-t-il d'une voix si profonde qu'elle semblait venir d'outre-tombe.

Ce qui était peut-être le cas, après tout...

Près de chaque côté du lit, se levait un visage de femme dont les pleurs coulaient de regards rayonnants. L'une dit :

– Mon doux sire !

Et l'autre :

– Mon fils bien-aimé !

Mais ces deux cris ne s'opposaient plus. Ils s'unissaient au contraire. La joie de cette résurrection inattendue, inespérée effaçant – pour un temps ! – l'amère jalousie de la femme âgée et les rancunes révoltées de la plus jeune.

C'était un beau jour que ce jour d'hiver qui chassait la nuit. Tandis que médecins et prêtres s'emparaient de celui que l'on n'était pas loin d'appeler le ressuscité, la famille royale se rendit à la chapelle pour ouïr la messe matinale et remercier de la grâce insigne que Dieu venait d'accorder. Après quoi, les dames rentrèrent chez elles pour prendre un peu de repos.

Marguerite était si lasse qu'elle se laissa déshabiller et coucher par ses femmes sans prononcer un mot et sans ouvrir les yeux, mais une fois au lit elle se tourna sur le côté, les jambes repliées, les mains protégeant son ventre où l'enfant à naître venait de bouger pour la première fois et se remit à pleurer. Ou plutôt laissa couler ses larmes car c'étaient larmes de soulagement, le trop-plein de son cœur gonflé d'angoisse et rendu miraculeusement à l'espérance. Dieu lui rendait son cher époux et c'était bien là le principal, même s'il fallait continuer à le partager avec son impérieuse et envahissante génitrice. Qu'il vive, c'était ce qui comptait ! Et petit à petit, elle glissa dans une bienheureuse inconscience.

Sancie, elle, ne dormait pas. Renvoyant d'un geste vif Adèle, la vieille chambrière préférée, elle resta assise un moment sur la marche supportant le lit de Marguerite, puis, quand elle entendit sa respiration se régulariser, elle se leva, se pencha afin de s'assurer qu'elle dormait et, sur la pointe des pieds, elle retourna dans l'escalier dérobé mais, cette fois, elle monta jusqu'en haut et entrouvrit doucement la porte que l'une des tapisseries du mur masquait comme chez Marguerite. La légère faille, cachée par le tissu, ne lui permettait pas de voir mais seulement d'entendre. Ce n'était pas curiosité gratuite de sa part – encore que ce fût son péché mignon ! –, mais elle s'était sentie poussée par quelque chose de plus fort. Tout à l'heure pendant qu'elle attendait près du lit de la reine, l'idée lui était venue qu'il se passait là-haut quelque chose et que ce quelque chose était bon à savoir...

Cependant, en reconnaissant la voix de frère Geoffroy, elle faillit se retirer parce que c'était péché mortel que surprendre la confession d'autrui... encore qu'elle ne vît pas bien de quelle faute le roi aurait pu charger son âme du fond de son coma. D'ailleurs ce que disait le confesseur royal ne relevait pas de la remontrance. Bien au contraire :

– C'est grande et belle idée qui vous est venue là, mon fils, et que Dieu seul a pu vous inspirer...

Alors Sancie ne referma pas l'huis...

Ce qu'elle entendit parut au contraire la ravir et ce fut avec un sourire enchanté qu'elle quitta son poste d'observation, cette fois, pour n'y plus revenir. Les grandes clameurs s'étaient tues afin de respecter le repos du malade. L'atmosphère du château redevenait respirable.

Si elle n'avait écouté que son impulsion, elle eût réveillé Marguerite pour lui apprendre la grande nouvelle, mais Sancie savait se freiner quand il le fallait. Elle se contenta donc de reprendre sa place précédente dans sa position favorite, les bras autour des jambes et les genoux remontés sous le menton, elle se disposait à attendre paisiblement le réveil de la jeune femme quand autour d'elle la chambre parut exploser sous l'entrée tempétueuse de la reine mère qui semblait avoir perdu son légendaire contrôle d'elle-même :

– Ma fille ! s'écria-t-elle en retrouvant son accent castillan sous le coup de l'émotion, Dieu nous envoie une nouvelle et terrible épreuve !

La trompette du Jugement dernier n'eût pas sonné

plus fort et Marguerite, réveillée en sursaut, considéra sa belle-mère avec effroi, tellement reprise par l'angoisse qu'elle ne songea même pas à se lever et resta assise sur son lit, le regard effaré...

– Madame ma mère ! Mais que se passe-t-il encore ?

– Louis... Le roi... Mon fils vient de se croiser !

Et elle se laissa tomber sur une bancelle.

– C'est épouvantable ! Epouvantable ! reprit-elle au bord des larmes.

Marguerite cependant réalisait :

– Voulez-vous dire que mon cher époux... veut partir en croisade ?

– Et quoi d'autre ? C'est clair il me semble ? Vous savez que, quand il est revenu à lucide conscience, il a demandé frère Geoffroy... et c'est la raison pour laquelle nous nous sommes retirées. Or, il lui a dit que si Dieu lui accordait guérison complète, il s'en irait par-delà les mers pour arracher le Saint Tombeau aux infidèles et il a, sur l'heure, demandé qu'on lui donne la croix...

– Partir si loin ? Et dans l'état où il se trouve ?...

Blanche de Castille ne manqua pas une si belle occasion de changer son angoisse en colère :

– Ne dites pas de pauvretés, Marguerite ! Il ne va pas s'embarquer au sortir de son lit. Une croisade demande une longue et minutieuse préparation si l'on ne veut pas la vouer à l'échec mais le fait demeure : si Louis guérit... et il va guérir, j'en suis certaine, il partira pour des années peut-être et dans ces terribles contrées où le soleil peut frapper à mort, où l'eau est souvent mauvaise. Ses intestins fragiles ne le supporteront pas. Et pas davantage le royaume qui est sans doute en paix mais ne le restera pas longtemps si le roi s'éloigne... Mon Dieu ! Que va-t-il advenir de ce pauvre pays ?...

Elle laissait sa douleur – bien réelle parce que c'était la mère qui s'exprimait ! – l'envahir à nouveau, mais Marguerite, qui d'abord ne savait trop que dire, vit tout à coup en face d'elle le regard étincelant de la jeune Sancie et son sourire épanoui accompagnant une mimique un peu obscure sans doute mais qu'elle finit par comprendre. Ce fut même un trait de lumière :

– Madame ma mère, dit-elle doucement, ne pensez-vous pas que Dieu a permis à mon cher époux de demeurer parmi nous justement pour ce beau dessein ? C'est grande pitié de ce qui fut le royaume de Jérusalem et les premiers à lui donner secours ont toujours été ceux de France. Le roi Philippe Auguste dont Dieu ait l'âme a libéré Saint-Jean-d'Acre...

– Mais comprenant que l'intérêt du royaume exigeait sa présence, il s'est hâté de revenir. Peut-être a-t-il regretté d'être parti ?

– Pour ce que j'en sais, il n'était pas homme à cela. Ce qu'il faisait était mûrement réfléchi. La croisade ne lui a-t-elle pas permis de se débarrasser pour un assez long temps de Richard d'Angleterre ?

– Certes, mais la situation est devenue différente. Henry III, que vous devez bien connaître par les nouvelles que vous en donne votre sœur Eléonore qui est sa reine, n'a nulle envie de se croiser, n'est-ce pas ?

– Voilà plusieurs mois que la reine d'Angleterre ne m'a écrit, fit Marguerite d'un ton détaché. Cela peut se comprendre si l'on considère que son époux n'est pas aussi grand roi que le mien. Ce qu'elle savait déjà en se mariant puisque, dès avant les épousailles, notre sire... et vous-même, madame, aviez si bellement battu, à Taillebourg, le roi Henry !

Ce fier souvenir adoucit un peu l'humeur de

Blanche mais ce ne fut qu'un instant avant qu'elle n'enfourche un nouveau cheval furieux...

– Réfléchissez un peu, ma fille ! Le roi parti, ce serait pour celui-là une excellente occasion de venir reprendre ce qu'il a dû abandonner. C'est un petit sire, je vous l'accorde, mais sa mère, l'infernale Isabelle, vit toujours qui, après la défaite et sa tentative d'empoisonnement contre mon fils, a dû venir faire amende honorable devant nous et garde sa haine recuite[1].

– Elle est nonne à présent. Retirée à l'abbaye de Fontevrault...

– ... où reposent les rois Plantagenêt. Elle renie ce malheureux Lusignan, son second époux, elle ne veut plus se souvenir que d'avoir été reine d'Angleterre et reprend ainsi son rang. Même parmi les morts !

– Là où elle est, Dieu a dû prendre en pitié cette âme égarée. En outre, c'est une vieille femme à présent, ajouta Marguerite qui s'aperçut trop tard de son impair.

Déjà la réponse lui arrivait comme une flèche :

– Elle n'a que deux ans de plus que moi !

– Mais tellement moins de sagesse et d'expérience ! Croyez-moi, madame ma mère, le roi en se croisant savait bien que le royaume ne pâtirait en aucune façon... puisque vous seriez là !

Les yeux noirs de la reine mère se rétrécirent en scrutant le gracieux visage, si parfaitement innocent, de sa bru.

– Si le roi s'absente, la régence revient à son épouse. De droit !

---

1. Isabelle d'Angoulême, épouse de Jean sans Terre, frère de Richard Cœur de Lion, s'était remariée une fois veuve avec son ancien fiancé Hugues de Lusignan, comte de la Marche, qu'elle avait poussé à la révolte contre saint Louis.

– Qu'en ferais-je, gémit Marguerite d'un air effrayé, moi qui n'entends rien à la politique alors que vous y êtes si entendue et que vous avez régné si bellement durant que mon cher sire était enfant ? Personne d'ailleurs ne comprendrait que la régence ne vous revînt pas... Et moi la toute première qui ai déjà tant de mal à donner les héritiers qu'il faut à un grand royaume. Sachez-le, ma mère, si l'on me voulait investir de si lourde charge, je la refuserais !

– Vraiment ?

Marguerite eut alors un joli geste. Avec ce charmant sourire qui lui gagnait tous les cœurs, elle vint plier le genou devant Blanche, prit sa main, la baisa :

– Voyez ! Dès à présent je vous rends l'hommage lige comme il sied à la première de vos sujettes...

Ce fut si bien dit que Blanche, le visage soudain libéré de ses nuages, releva Marguerite pour lui donner un baiser sur le front :

– En vérité, vous êtes une bonne fille ! dit-elle.

Après quoi, elle regagna son appartement mais ce fut seulement après avoir laissé passer trois ou quatre minutes, que la jeune reine se tourna vers sa suivante. Celle-ci riait sans retenue :

– Vive Dieu, madame, vous avez été magnifique et la voilà toute requinquée à l'idée de régner à nouveau ! Désormais il faut prendre grand soin de vous, afin de nous donner un bel enfant avant de nous préparer pour la croisade !

– Crois-tu vraiment que l'on me permettra de suivre mon époux ?

– C'est la chose la plus normale du monde ! Une reine ne quitte pas son époux quand il part pour accomplir le saint pèlerinage. Même les armes à la main. Cela s'est toujours fait.

— Elle peut convaincre mon cher sire de me laisser là ?

— Le peuple vous aime. Vous pourriez sans le vouloir faire de l'ombre à la régente. Elle sera trop contente d'être débarrassée de vous... Mais moins que vous d'être débarrassée d'elle ! Et le roi sera tout à vous.

— Et à Dieu ! Ne l'oubliez pas !

Dans les jours qui suivirent, Louis se remit si bien en effet qu'il put reprendre, avec la charge du pouvoir, les exercices de piété qui faisaient partie intégrante de sa vie quotidienne. Ce qui n'était pas rien et plongeait entourage et peuple confondus dans une admiration qui le canonisait d'avance.

Tous les matins, il entendait ses Heures avec chants et une messe de requiem sans chants puis la messe du jour ou du saint selon le cas avec chants. Après le repas, il s'accordait une sieste sur son lit. Ensuite, avec l'un de ses chapelains, il entendait l'office des morts, ainsi que vêpres et complies le soir venu. Naturellement il jeûnait en Carême, dans l'Avent et dans les temps prescrits par l'Eglise, et veillait attentivement à faire de nombreuses charités et à consacrer quotidiennement une partie de son activité à soulager des misères. Ce qui ne l'empêchait pas d'abattre au service de son royaume un travail considérable et, quand il le fallait, d'endosser le harnois de guerre et de batailler aussi rudement que les meilleurs de ses chevaliers. En outre, s'il lui arrivait de rendre rude justice, il savait être compatissant quoique intransigeant sur les questions de l'honneur et de la vertu. Les dames l'admiraient en le redoutant un peu sachant qu'il n'aimait point le faste – sauf quand il fallait déployer la majesté royale ! – et qu'il pouvait se montrer caustique en soulignant avec ironie les atours trop riches ou trop peu conformes à la bienséance. Dans cet ordre d'idées, il plaisantait volontiers sa jeune épouse sur son goût des robes chatoyantes, des somptueuses fourrures et des beaux joyaux. Ce qui avait le don d'exaspérer Sancie :

– A quoi sert d'être reine ? maugréait-elle quand Marguerite devait renoncer, avec un regret perceptible, à une parure que l'état de sa cassette privée ne lui permettait pas.

Si Louis se montrait toujours généreux avec elle, il laissait facilement entendre que l'argent d'une souveraine devait profiter davantage aux miséreux qu'aux drapiers, joailliers et autres tentateurs.

Ce matin-là justement, Marguerite l'envoyait chez un faiseur de la rue de la Vieille-Pelleterie pour faire savoir à cet important personnage que la reine renonçait à s'offrir ce beau surcot de velours ourlé de zibeline qu'il lui avait montré deux jours plus tôt. Et Sancie était de fort méchante humeur : ce n'était pas, selon elle, parce qu'on a failli perdre son mari qu'il se faut ensevelir dans de vieux habits et les voiles du deuil. Bien au contraire, l'atmosphère aurait dû diffuser un air de fête, mais on n'en finissait pas de remercier Dieu et on ne pouvait mieux remercier Dieu qu'en faisant grandes largesses et, bien entendu, en proclamant sa gloire par cantiques et nouvelles prières ! L'adolescente ne trouvait pas le moins du monde incompatible, en de telles circonstances, le port du velours et de la zibeline. Surtout en janvier et quand il gèle à pierre fendre.

Ronchonnant copieusement du fond de son pelisson de drap gris à capuche fourré de menu vair, Sancie se dirigeait vers la porterie du palais quand, au-dehors, un cri éclata, relayé par le corps de garde :

– Messager de Sa Sainteté le pape !

Un cavalier fonça dans la cour au galop, freina des

quatre fers et sauta à terre avec cette raideur subséquente aux trop longues chevauchées. Il était tellement couvert d'éclaboussures de boue que, sur son grand manteau, la croix papale était devenue illisible, mais son visage protégé par un pan du même manteau était reconnaissable. Sancie, qu'il venait de croiser, eut un haut-le-corps, se retourna et revint sur ses pas. En courant, parce qu'il escaladait déjà les marches du perron, mais, gênée par ses longs vêtements, elle n'égalait pas en vitesse les longues jambes du messager et, quand elle le retrouva, il était déjà remis aux soins d'un huissier royal qui le conduisait vers le logis du roi, la Chambre Verte où celui-ci venait d'achever ses oraisons du matin et recevait deux de ses conseillers, Pierre de Fontaine et Geoffroy de Villèle. Comprenant qu'elle ne réussirait pas à l'atteindre, un messager du pape ne pouvant qu'être introduit sur-le-champ, Sancie hésita un instant, puis, renonçant à se rendre chez le pelletier, elle grimpa le reste de la large vis de pierre et retourna chez la reine qu'elle trouva en train d'essayer une robe neuve à sa petite Isabelle en compagnie de Perrine, sa nourrice. Ce n'était pas une mince affaire. La bambine trouvait le jeu amusant, se tortillait comme un ver et, en digne héritière de la vivacité maternelle, refusait de se tenir tranquille.

– Nous n'y arriverons jamais ! soupira Marguerite avant de se tourner vers sa jeune suivante qui entrait en coup de vent : Eh quoi, Sancie, si tôt de retour ? Tu imagines que j'ai changé d'avis ?

– Ce n'est pas cela mais un envoyé de Sa Sainteté vient d'arriver et on l'a introduit sur l'instant auprès du roi...

– Je sais ! J'ai entendu. Qu'y a-t-il là de si étonnant ? Tu sembles bouleversée.

– C'est que, madame... c'est... c'est sire Renaud de Courtenay et... et il y a de quoi s'inquiéter.

Lâchant Isabelle enfin assagie, Marguerite se releva :

– Tu veux dire que c'est lui le messager qui vient d'arriver ? Il me semble que c'est d'une grande hardiesse... même sous les couleurs du Saint-Père ! Est-ce que Madame Blanche est chez le roi ?

– Ma foi, je n'en sais rien...

– En ce cas j'y vais ! En vérité, je ne vois pas pourquoi, mais ce jeune homme semble prendre à tâche de se créer tous les ennuis possibles. Revenir au palais sans permission alors qu'il a été banni : c'est de la folie !

– C'est aussi ce que je pense. Allez vite, madame !

Marguerite, étonnée, prit le temps de regarder Sancie au fond des yeux avec l'ombre d'un sourire :

– Mais, dis-moi, on dirait que ce garçon t'occupe vraiment ?

– Qu'allez-vous chercher, ma dame et ma reine ? Comme vous, il m'intéresse parce que Madame Blanche s'est prise pour lui de je ne sais quel ressentiment, qu'elle en a fait sa victime et que c'est devoir chrétien que combattre l'injustice.

Cette fois Marguerite se mit à rire.

– Gageons que si la « victime » avait la mine moins fière, une bosse dans le dos et les yeux bigleux, tu serais moins sensible à son sort !

Son œil vert soudain en bataille, Sancie riposta en haussant fort peu révérencieusement les épaules :

– Hum ! Comme si la reine ne savait pas que je suis à ses côtés en n'importe quelle circonstance quand il s'agit de s'opposer aux visées trop autoritaires de sa belle-mère !

– Si ce n'est que cela, tant mieux ! dit Marguerite devenue presque grave. Vois-tu, je n'aimerais pas – et ton père moins encore ! – que tu attaches ton cœur à ce jeune homme dont, au fond, nous ne savons rien...

– Je n'attache rien du tout ! s'écria Sancie avec une colère dont elle ne savait pas qu'elle était révélatrice. Et vous, madame, malgré le respect que je dois à la reine de France, vous devriez être déjà chez votre cher seigneur époux au lieu de... de...

Ne trouvant pas la suite et sentant venir les larmes, elle alla prendre la petite Isabelle dans ses bras et la porta près de la cheminée où deux chatons dormaient dans une corbeille. Marguerite la suivit des yeux avec compassion. Presque depuis sa naissance, elle redoutait le moment où sa filleule découvrirait l'amour, parce que son visage ingrat n'avait guère de quoi faire rêver un garçon, même si sa naissance et sa dot pouvaient lui attirer des prétendants, parmi lesquels Maximin de Signes saurait faire un choix judicieux pour le prestige de sa lignée et saurait l'imposer si Marguerite ne parvenait pas à dénicher un époux capable de ne pas rendre la petite trop malheureuse. Mais, si elle s'éprenait de ce jeune Courtenay séduisant mais inconséquent et peut-être dangereux, le pire était à craindre, Sancie n'étant pas de celles qui renoncent sans combat et ce combat-là pouvant être désastreux. Or, si Marguerite ne regrettait pas d'avoir tenté d'arracher Renaud à la vindicte incompréhensible de Blanche, son retour inopiné l'ennuyait beaucoup. L'empereur Baudouin, en l'enrôlant sous sa bannière, lui avait offert une chance de se construire un sort convenable. Que ne s'y était-il tenu ? Et par quelle magie avait-il réussi à passer au service du pape... au point d'oser revenir sous ses couleurs ? Quant à ses motivations, elles lui échappaient complètement : c'était une vraie folie ! Louis était certes la bonté même, mais il était obstiné. Quant à Blanche, l'imprudent n'avait à en attendre que le pire...

Et le pire, on n'en était pas loin quand l'huissier à verge ouvrit devant elle la Chambre Verte.

Le début s'était plutôt bien passé. Sans regarder le messager qui avait mis genou en terre dès l'entrée, Louis s'était avancé avec empressement à sa rencontre, au mépris du protocole, dans sa hâte d'accueillir la lettre du Saint-Père qu'il baisa. Il en fit sauter les sceaux, déroula le parchemin et commença à lire...

– Que fait cet homme ici ? Lui auriez-vous permis de revenir, sire mon fils ?

A la voix indignée de sa mère qui venait d'entrer chez lui, Louis leva les yeux :

– De qui parlez-vous, ma mère ?

– De cet impudent personnage que vous avez banni et que je vois là ! Mais enfin, regardez-le ! Vous ne le reconnaissez pas ?

Le roi alors dévisagea Renaud, fronça le sourcil et s'approcha de lui en disant :

– Il est l'envoyé du Saint-Père, ma mère. J'avoue n'avoir pas prêté attention à son visage. Comment est-ce possible ? demanda-t-il sévèrement au jeune homme.

Mais Renaud n'eut pas le temps de répondre. La reine mère s'en chargeait :

– L'envoyé du Saint-Père ? Lui ? Allons donc ! Il a dû prendre la place du messager, peut-être en le tuant, afin de revenir ici me narguer. Ce genre d'homme est capable de tout ! Gardes !

La colère qui s'empara de Renaud emporta dans son flot jusqu'à la plus élémentaire notion de prudence. Il se releva, fit face à l'impétueuse Castillane et cria :

– Mais enfin, madame, que vous ai-je fait ? Pourquoi

me poursuivez-vous d'une haine aussi persistante, moi que vous n'aviez jamais vu ?

– De la haine ? Vous vous flattez ! Je n'ai que mépris et dégoût pour le parricide que vous êtes...

– Je n'ai jamais tué personne ! hurla-t-il. Et je suis bel et bien l'envoyé de Sa Sainteté Innocent IV ainsi qu'en fait foi le passeport que voici, ajouta-t-il en tirant un petit rouleau de sa cotte. Puis en se précipitant à nouveau aux genoux de Louis : je supplie le roi de m'entendre et de me dire ce que j'ai pu faire pour mériter si rude traitement...

– C'est tout juste ce que je voudrais savoir moi aussi, dit calmement Marguerite qui arrivait à cet instant et son apparition apaisa comme par miracle la fureur du jeune homme. Pourquoi, en outre, ne voulez-vous pas croire, madame ma mère, que ce garçon est bien ce qu'il prétend être ?

– Parce que c'est impossible ! Messager du pape ! Et quoi encore ? Par cautèle ou par force, je prétends qu'il a pris la place du courrier pour revenir céans perpétrer je ne sais...

– Un instant, ma mère ! coupa le roi qui, pendant l'échauffourée, s'était donné le temps d'achever la lettre papale. Il est bien ce qu'il dit. Le Très Saint-Père a pris la peine de l'attester ici.

– Le pape le mentionne dans sa lettre ?

– Eh oui ! Voyez vous-même !

– Non. L'indignation me brouillerait la vue !

– Alors je vais résumer. Innocent IV qui me dit avoir longuement prié pour ma guérison, m'envoie sa paternelle bénédiction, m'apprend qu'il s'est installé à Lyon où il va réunir le concile auquel il espère voir se joindre les cardinaux et abbés mitrés de France.

Instantanément, Blanche de Castille se calma, reprise

par l'attention soutenue qu'elle marquait toujours aux affaires de l'Etat :

– Le pape a réussi à quitter Rome ? Il est à Lyon ? Comment est-ce possible ?

– Il me dit justement que son messager pourra me l'apprendre, car il a participé à son évasion avec l'empereur Baudouin... Il me dit aussi qu'en récompense et à la demande de l'empereur il lui a accordé, par faveur spéciale, de l'entendre en confession...

– Le pape a entendu..., articula la reine mère suffoquée.

– ... et lui a donné son absolution pleine et entière, l'ayant trouvé pur de tout crime comme de toute faute grave. C'est la raison pour laquelle, en accord avec Baudouin, il a fait choix de lui pour nous porter sa lettre...

– C'est à peine croyable !

– Il faut le croire cependant, fit Louis avec une grande douceur, et réparer s'il se peut le mal que nous avons fait en rendant mauvaise justice. Relevez-vous, Renaud de Courtenay ! Le roi vous doit des excuses... et peut-être aussi sa noble mère !

– Certainement pas. Une reine ne doit de comptes qu'à Dieu ! Et pour ce qui est de moi, moins je verrai ce... jeune homme et mieux je me porterai.

Ayant dit, elle quitta les lieux, suivie de Marguerite qui, rassurée sur le sort de Renaud, voulait tenter d'adoucir son humeur et surtout, porter la bonne nouvelle à Sancie. Resté seul avec le messager, Louis alla s'asseoir sur le pied de son lit comme il le faisait souvent et lui désigna un tapis étendu devant.

– Racontez-moi comment le Saint-Père est sorti de Rome...

Renaud s'efforça de faire un récit aussi clair que possible ce qui n'était pas si facile étant donné qu'il était peu au fait des interminables démêlés entre Innocent et Frédéric, guelfes et gibelins, mais Louis IX lui n'en ignorait rien et put l'aider à mettre de l'ordre. Quand ce fut fini, il garda le silence pendant un moment, réfléchissant avant de déclarer :

— Après cette longue route vous avez grand besoin, je pense, de prendre quelque repos. Nous allons donner ordre pour que l'on prenne soin de vous. Pendant ce temps, nous songerons à notre réponse au Saint-Père. Nous vous la remettrons dans trois jours.

Renaud se releva et ne chercha pas à cacher sa déception de se voir ainsi renvoyé d'où il venait :

— Sire, osa-t-il, Sa Sainteté... ni l'empereur Baudouin n'attendent mon retour. Ils savent que mon désir de servir le roi ne m'a pas quitté... et surtout de l'accompagner à la croisade !

— Et ils pensent que nous vous garderons, une fois votre honneur lavé ? fit Louis avec une bonté qui illumina son regard bleu. Je le voudrais beaucoup. Ce serait la meilleure justice à vous rendre. J'espère qu'un jour viendra où ce sera possible. Peut-être quand la croisade partira. Mais tant que la reine mère sera prévenue contre vous à ce point, comprenez qu'il ne serait bon pour vous, ni pour elle d'ailleurs, de la contraindre à vous avoir chaque jour sous les yeux. Il faut laisser faire le temps... et prier ! A ce propos, venez avec nous à la chapelle afin de commencer dès maintenant à demander que le Seigneur veuille adoucir l'humeur de notre noble mère. Voyez-vous, ajouta-t-il avec l'un de ces sourires malicieux qui le rendaient parfois irrésistible, nous pensons qu'une entreprise de cette envergure ne débute jamais assez tôt !

— La reine mère accompagnera-t-elle le roi quand il partira pour Saint-Jean-d'Acre ?

— La reine mère sera alors responsable du royaume

qu'elle a si bellement gouverné au temps de notre enfance. Elle ne saurait partir... mais nous accueillerons tous les bons combattants qui souhaiteront s'engager pour la gloire de Dieu et la libération du Saint-Sépulcre.

– Je pourrai revenir alors ? demanda Renaud en qui renaissait l'espérance.

– Sans doute, mais en attendant vous porterez ma lettre au Saint-Père et rejoindrez votre empereur. Il vous faut savoir que la préparation d'une aussi longue expédition en terre lointaine demande des mois, voire des années...

Des mois, des années ! Ou peut-être jamais ? Ce ne serait pas la première fois qu'un souverain pour raison de santé ou de gouvernement renoncerait à mettre une distance aussi importante entre lui et son royaume !

L'espoir à peine né agonisait déjà. S'efforçant malgré tout de cacher sa déception, Renaud murmura :

– J'irai donc attendre le roi de France et ses chevaliers croisés à Constantinople.

Le roi, qui s'engageait dans l'escalier, se retourna :

– Lorsqu'il est parti tenter de délivrer Jérusalem, notre aïeul le grand Philippe Auguste n'est jamais allé à Constantinople, dit-il doucement. Il a pris la mer comme faisait aussi Richard d'Angleterre... qu'il ne tenait pas à trop perdre de vue. Ils ont fait voile vers la Sicile où leurs forces se sont regroupées. Après quoi, Philippe a continué sa route en direction de Saint-Jean-d'Acre tandis que Richard s'attardait à conquérir l'île de Chypre dont il a fait un royaume catholique devenu une excellente base pour la reconquête...

Seigneur ! Il ne manquait plus que cela ! Louis le Saint voulait-il lui aussi naviguer... et éviter l'ancienne Byzance ?

– Mais, sire, il n'y aurait pas cette fois d'Anglais à

surveiller ? Et la mer serait sans doute dangereuse pour des navires fort chargés ?

— Moins que le chemin terrestre s'il faut se le faire ouvrir en combattant l'empereur d'Allemagne. La bonne volonté de Frédéric II envers une croisade dont il ne veut pas parce qu'il se pare toujours du titre de roi de Jérusalem est fort suspecte. Et la France a déjà bien du mal à tenir balance à peu près égale avec ce couple d'ennemis jurés que, par malheur, il forme avec le Saint-Père.

— En ce cas, murmura Renaud accablé, que va devenir mon pauvre souverain l'empereur Baudouin ? Il espère depuis si longtemps l'arrivée d'une grande armée qui, avant la Terre Sainte, l'aiderait à conforter son pouvoir si chancelant !

Tout en causant, les deux hommes avaient descendu l'escalier. Arrivé sur le perron, Louis IX s'arrêta pour considérer son jeune compagnon :

— Soyez sûr que je ne l'oublie pas. Je connais ses besoins et son légitime désir de régner en paix sur l'empire où il est né mais, quand vous serez plus avancé en âge, vous comprendrez qu'en politique les choses ne peuvent se faire de conserve. C'est pourquoi je vous ai dit, il y a un moment, qu'avant de courir sus aux infidèles, il fallait prendre son temps afin que nul n'ait à souffrir de notre absence... Sachez seulement ceci : avant d'aller accomplir mon vœu, j'aurai vu le Saint-Père et j'aurai vu votre empereur. A présent, allons prier ! Il me semble que vous en avez besoin.

Ayant dit, le roi dévala les marches du perron et se dirigea à grands pas vers la vieille chapelle Saint-Nicolas que remplacerait bientôt la merveilleuse église-reliquaire de Pierre de Montreuil. En dépit du froid, le surcot gris bordé d'écureuil du roi voltigeait allègrement au rythme de sa marche. Dans la cour, soldats, fonctionnaires et visiteurs se figeaient pour saluer le souverain qui leur répondait d'un geste de la main et d'un sourire. Renaud le suivait de son mieux, un peu empêtré de son personnage mais conscient de l'honneur qui lui était fait d'être invité à prier avec Louis.

Soudain, un homme vint à sa rencontre, salua mais sans s'écarter de la trajectoire suivie par le roi. Et même lui barra carrément le chemin. Ce qui n'était pas difficile étant donné ses dimensions. Noir de poil, le teint basané, l'œil illuminé d'une incompréhensible exaltation, il était monumental. Cou de taureau et membres épais comme branches de chêne, il interpella le roi :

– Elle va mourir ! rugit-il d'une voix qui fit envoler les pigeons perchés sur le toit des écuries. Cette femme divine va mourir de honte et de colère et c'est toi, roi Louis, qui l'aura tuée...

Du geste, Louis maintint à distance les gardes qui accouraient. L'homme, il est vrai, était effrayant mais lui ne semblait éprouver aucune crainte.

– Qui es-tu ? interrogea-t-il. Et qui est cette femme dont la mort pèserait sur ma conscience ?

– Qui je suis est sans importance. Quant à elle, nul n'est digne de prononcer son nom. Pas même moi qui l'aime depuis tant d'années. Elle souffre dans son orgueil blessé, dans sa dignité de femme et moi je suis venu te dire : rends-lui son honneur et sa fierté ! Va vers elle quand il en est temps encore ! Accompagne-moi auprès d'elle pour t'agenouiller à ton tour comme elle l'a fait devant toi et dire tes regrets...

Il s'exaltait en parlant et son regard flamboyant inquiéta le capitaine des gardes. Il voulut intervenir :

– Sire..., commença-t-il.

Mais celui-ci le fit taire d'un geste :

– Laissez ! Je n'ai jamais refusé d'entendre qui

croyait avoir à se plaindre de moi ! Et toi qui refuses de te nommer, comment veux-tu que je sache à qui j'ai causé si grand tort si tu ne m'en dis pas davantage ? Encore une fois, qui est cette femme ?

Et comme l'inconnu gardait un silence buté, il lui demanda de dire au moins où elle se trouvait, en quel endroit il devrait aller. L'homme, alors, reprit :

– Là-bas, au bord de la Loire, est l'abbaye royale où elle s'est retirée, elle qui fut reine par la beauté plus encore que par la couronne, elle qui ne permet plus que l'approchent le misérable époux qui l'a trahie ni les tristes enfants qu'elle a portés pour lui ! Viens avec moi à Fontevrault faire devant elle l'amende honorable qu'elle a été contrainte de faire devant toi !

Louis eut un haut-le-corps et recula d'un pas, le sourcil sévèrement froncé. Il avait compris de qui il s'agissait :

– Tu parles de celle qui fut reine d'Angleterre, qui est la mère d'Henry III, mon beau-frère, et qui cependant a oublié son rang et les lois divines pour tenter de nous faire empoisonner ? Tu parles d'Isabelle d'Angoulême à ce jour comtesse de Lusignan...

– Non, pas Lusignan ! Il n'est rien qu'une erreur ! C'est pour s'en défaire à jamais qu'elle s'est retirée dans l'abbaye où reposent les Plantagenêt ! L'abbaye qui lui rend sa couronne et où bientôt peut-être elle pourra reposer auprès d'eux ! Viens, te dis-je ! J'ai juré sur l'autel qu'avant de fermer les yeux à la navrante lumière de ce monde, elle te verrait à ses genoux, pleurant et demandant pardon ! Viens ! Il en est encore temps ! Rassemble tes chevaliers et allons vers elle en bel arroi pour que l'hommage soit plus grand !

A mesure qu'il parlait la colère avait fait place à la pitié dans le regard du roi.

– Tu es fou ! dit-il avec une grande douceur. Si tu

ne l'étais, tu saurais que tu demandes l'impossible ! Si elle est mourante...

– Non, mais malade, oui, et ta venue, comme je l'ai dit, serait le meilleur remède. Viens avec moi !

– C'est elle qui t'envoie ?

– Je l'ai lu dans ses yeux parce que je suis son dernier espoir.

– Non. Son dernier espoir c'est le Dieu Tout-Puissant ! Lui seul peut extirper la haine de ce cœur fermé et c'est à Lui qu'il faut demander de rendre la paix à cette âme. Je prierai pour elle...

– Elle n'a que faire de tes prières ! Une fois encore veux-tu venir ?

– Non.

Renaud que l'homme fascinait aperçut le poignard. Un élan spontané le jeta contre le roi, si violent qu'il le précipita à terre. Et la lame meurtrière pénétra dans sa poitrine. Avec un cri, il s'écroula tandis que ses yeux se fermaient à la lumière du jour...

CHAPITRE VII

LE « MEDECIN » DU ROI

La douleur ! Ce fut elle qui apprit à Renaud qu'il n'était pas mort. Encore mit-il un certain temps à s'en convaincre. Chrétien convaincu, il ne doutait pas un instant qu'il y eût une vie après la vie mais, pour lui, si l'on quittait ce monde en état de grâce, c'était pour un endroit vague – il n'avait pas l'outrecuidance de se croire promis au paradis ! – mais agréable, frais et reposant. Or, il brûlait de fièvre au point de frôler le délire et chacune de ses respirations se révélait douloureuse. Le purgatoire sans doute ? Ce genre d'idée lui venait lorsqu'il était conscient mais le plus souvent il était emporté dans les abîmes enflammés de la fièvre d'où surgissaient d'étranges formes. Il criait alors, appelant à son secours les quelques images douces que lui offrait sa vie passée : sa mère adoptive surtout, cette Alais au bon visage fané, au tendre regard bleu qui savait si bien apaiser ses maux d'enfant, panser les petites blessures et rassurer, surtout rassurer ! A certains moments, il se croyait revenu aux Courtils dans le verger aux pommiers tout bourdonnant d'abeilles, mais celle qu'il poursuivait – pourtant on le lui avait bien défendu ! – se retournait contre lui et le piquait cruellement pour le renvoyer en un enfer, ressemblant comme un frère à la salle basse du Châtelet où s'ouvrait une gueule rouge hérissée de pointes ardentes.

Par instants, il lui semblait voir un ange et chaque fois qu'apparaissait la lumineuse forme blanche, la torture prenait fin. Il ressentait même une sorte de répit à ses brûlures. Comme une fraîcheur. Mais l'ange ne souriait jamais. Il regardait Renaud d'un œil sévère, inquiet, hochait la tête puis disparaissait... et peu après la souffrance revenait. Peut-être pensait-il en le laissant ainsi que cette âme ne méritait pas encore d'être rédimée et qu'il lui fallait quelques rations supplémentaires de supplice ? Et ça, c'était affreux parce que, à la douleur, s'ajoutait un terrible sentiment d'abandon et le malheureux se retrouvait seul dans de vagues ténèbres avec, au fond de lui, ce soufflet de forge qui attisait le feu et dont le bruit emplissait ses oreilles.

Un soir – c'en devait être un puisqu'une chandelle était allumée ! –, Renaud eut l'impression qu'on le tirait d'un puits de chaleur pour l'amener à une température plus clémente. Il n'y avait plus de brumes incandescentes et l'ange penché sur lui prenait l'apparence d'une femme vêtue de gris pâle avec sur la tête un voile bleu. Il savait que c'était l'ange parce qu'il reconnaissait son visage aux traits sévères, mais cette fois il souriait et cela changeait tout. Le blessé se sentit vivant, délivré de ses démons, de tous les fantasmes de la maladie.

– Hé bien, émit l'ange avec dans la voix une résonance gaie rappelant le petit accent de la reine Marguerite. On dirait que, tout compte fait, nous avons décidé de vivre ?

– Il me semble... que l'on a dû décider pour moi, fit Renaud d'une voix enrouée qui lui parut venir de ses pieds. Dame, vous croyez vraiment que je vis ? Voilà si longtemps que je ne sais plus...

– Je peux assurer aujourd'hui que le danger s'éloigne, mais pendant des jours nous avons craint pour votre vie. A cette heure, la blessure se referme et le poumon ne siffle plus. Loué soit Dieu ! Cependant ce n'est pas encore la guérison. Comment vous sentez-vous ?

– Très las. Il me semble que je n'ai plus de forces...

– Elles reviendront avec une bonne nourriture et un exercice mesuré. Pour l'instant, vous avez besoin de beaucoup de repos.

Les yeux du blessé faisaient le tour de l'endroit où il se trouvait. Une pièce exiguë ressemblant à une cellule monacale mais l'étroite couchette était confortable et, sur la petite fenêtre qui laissait pénétrer un rayon de soleil, un pot de basilic déployait ses jeunes feuilles d'un si joli vert qu'elles résumaient toute la campagne. Au mur nu, une simple croix de bois brun.

– Où suis-je ? demanda Renaud.

– Dans les combles du palais. Notre sire dont vous avez sauvé la vie a voulu que l'on vous soigne chez lui. Et c'est moi qu'il en a chargée. Je me nomme Hersende et je viens de Provence comme notre jeune reine. Le bon comte Raymond Bérenger, son père, bien que malade lui-même, m'a envoyée quand il a su le roi Louis en si grand péril de mort. Alors j'ai quitté Forcalquier pour venir à son aide mais, quand je suis arrivée, Dieu avait déjà fait l'ouvrage.

– Vous êtes... médecin ? émit Renaud abasourdi.

– Je dirai mire... ou plutôt miresse, car je n'ai reçu le sceau d'aucune école. Tout ce que je sais, je le tiens de mon père qui a étudié à la fameuse université de Montpellier. Il prétend qu'à présent j'en sais autant que lui et qu'il n'a plus rien à m'apprendre... Laissez-moi voir votre blessure !

Hersende possédait les doigts les plus légers et les

plus habiles qui soient. Sans faire souffrir son patient, elle ôta l'emplâtre protégeant la plaie, la nettoya avec un tampon de charpie trempé dans du vin, examina avec attention les menues lèvres qui se refermaient de façon satisfaisante, les enduisit d'un baume « samaritain » qui était fait d'huile d'olive et de vin rouge cuits ensemble et réduits jusqu'à obtenir une sorte de crème, recouvrit le tout et soupira :

— Vous avez eu de la chance : la lame a évité le cœur, mais le poumon a été touché. Pas très profondément je pense. Il a l'air de se remettre assez bien...

— Je peine un peu à respirer. Est-ce que cela passera ?

Il semblait si inquiet tout à coup qu'Hersende lui sourit :

— Vous voulez savoir si vous pourrez encore vous battre ? Manier l'épée...

— Aller en croisade ! Oh oui, c'est tout ce que je désire de ce monde !

— Vraiment tout ? A votre âge ? C'est bien triste. Mais rassurez-vous : même si dans les premiers temps vous respirez avec un peu de gêne, cela passera et vous pourrez récolter encore autant de blessures que vous voudrez !

— Grand merci, dame Hersende ! Vous me donnez grande joie ! Et puis... vous serez là pour me raccommoder... à moins que ne repartiez en Provence puisque le roi est guéri ?

— Non. Notre sire désire que je reste. Pour Madame Marguerite d'abord qui attend un nouvel enfant et à qui je vais devoir, en tant que ventrière, donner mes soins. La pauvre en a déjà perdu deux et il faut que cela se passe bien ! Reposez-vous à présent ! Avez-vous faim ?

— Il me semble... oui !

– On va vous apporter à manger. Vous devez reprendre des forces.

Elle allait sortir, emportant l'emplâtre et la charpie souillée. Renaud la retint :

– Encore un mot, s'il vous plaît. L'homme qui a voulu tuer le roi ? Qu'en a-t-on fait ?

– On l'a exécuté, bien sûr, mais au lieu de le tirer à quatre chevaux, on l'a seulement pendu et sans torture préliminaire puisqu'il avait déjà tout dit. Ainsi l'a voulu notre bon sire Louis. Tenez-vous en repos maintenant !

Il n'y avait pas grand-chose d'autre à faire. D'autant que Renaud se sentait vraiment las, mais heureux parce qu'il était vivant d'abord et que c'est une sensation merveilleuse même quand on peine à respirer, mais aussi parce qu'on l'avait installé au palais de la Cité. Au palais ! Sous le même toit que Marguerite, sa reine bien-aimée... Elle était là, quelque part au-dessous de cette chambrette sous les combles. Tout près en vérité ! Et il se prit à rêver qu'elle viendrait peut-être le voir... Du coup, il se soucia de son aspect. De quoi pouvait-il avoir l'air ? Il passa la main sur sa figure encombrée d'une barbe de plusieurs jours qui ne devait pas être bien flatteuse. Il avait l'impression qu'elle poussait dans tous les sens. Quant à ses cheveux, une vraie broussaille ! Mais peut-être l'étrange femme-médecin serait-elle assez bonne pour lui procurer un barbier ?

Il le lui demanda quand elle revint, armée d'un flacon et d'une cuillère à l'aide de quoi elle lui fit avaler un liquide épais et verdâtre dont le goût d'herbe n'était pas désagréable. Sa prière la fit rire :

– Déjà le souci de plaire ? C'est bonne chose et j'admets que vos cheveux ont grand besoin des ciseaux, mais si j'étais vous je laisserais ma barbe croître encore un peu. Vous avez les joues hâves et des yeux creux qu'à votre place je ne me presserais pas d'exposer aux regards !

Ainsi renseigné, il n'insista pas, se contentant de dévorer le contenu du plateau qu'une servante apportait : volaille rôtie, pain blanc et fromage frais accompagnés d'un petit pot de vin, en pensant que c'était sans doute le meilleur moyen d'avoir une mine présentable...

Son repas achevé, il se laissa aller dans son lit afin de céder au sommeil qui venait, quand la porte s'ouvrit à nouveau sur un froissement de robe. Pensant qu'Hersende revenait, il garda les yeux clos mais, au bout d'un moment, conscient d'une présence immobile près de son lit et surtout d'un parfum autre que celui de la « miresse », il releva les paupières et tressaillit : Blanche de Castille était devant lui. Les mains au fond des larges manches de son surcot de drap blanc ourlé d'hermine, elle le regardait avec une intensité qui l'effraya : elle était bien la dernière personne qu'il eût envie de voir, leurs précédentes rencontres ne lui ayant guère réussi.

– Madame la reine, bredouilla-t-il. Très noble dame, je...

– Ne craignez rien ! dit-elle avec une douceur bien inattendue chez elle. Je ne viens pas vous tourmenter mais voir comment vous vous sentez. Dame Hersende s'est longuement inquiétée de vous car la fièvre ne cédait pas, mais aujourd'hui elle se montre confiante... J'ai cependant voulu m'en assurer.

– Madame la reine est... très bonne !

– Etes-vous certain de le penser ? Je ne vous ai guère donné l'occasion de l'apprécier. Il est vrai que je ne vous aimais pas et pas beaucoup plus aujourd'hui. Vous me rappelez un trop mauvais souvenir. Mais... vous avez sauvé le roi en vous jetant au-devant du couteau de l'assassin, donc au péril de votre vie. Et de ce geste, je vous serai toujours reconnaissante. Le roi saura, je crois, vous remercier et je voudrais, pour ma part, vous donner une marque de gratitude. Que voulez-vous ?

– Rien... sinon servir la couronne ainsi que me l'a fait jurer à son lit de mort sire Olin des Courtils que j'appelais mon père.

– Vous n'aimez pas l'empereur Baudouin ?

– Oh si ! Je lui voue humblement respect, affection et gratitude pour m'avoir pris sous sa protection d'abord. Ensuite pour... lui-même. Mais... il est souverain de Constantinople. C'est donc là qu'il doit être et c'est bien naturel puisque c'est son fief et qu'il y est né, mais pour moi Constantinople ne signifie rien. J'y serais un étranger par conséquent malheureux...

– Et où ne seriez-vous pas un étranger ?

– En France, bien sûr, puisqu'elle m'a nourri, élevé...

– Mais c'est en Terre Sainte que vous avez vu le jour, n'est-ce pas ?

– C'est vrai et c'est d'elle que je rêve. Aussi ce que je souhaite par-dessus tout, c'est de suivre le roi et plus encore depuis qu'il a pris la croix...

– La croisade ! grommela Blanche... Magnifique et insensée !... S'en aller au bout du monde, bannières au vent et chevaux piaffants en laissant derrière soi un royaume abandonné !

– Abandonné ? Que non pas Madame la reine puisque vous resterez.

– Ah ! Vous aussi !... Mais songez donc, jeunes fous que vous êtes tous, que je ne suis plus jeune, que je peux mourir !

– Non, madame. Dieu ne le permettra pas puisque

c'est pour libérer le Tombeau de son Fils que le roi s'en ira !

Il l'avait dit tranquillement, comme s'il s'agissait d'une évidence, et la reine mère posa sur lui un œil méditatif :

– Dirait-on pas parole d'évangile ? Où prenez-vous vos certitudes, mon garçon ?

– Je ne sais pas. Cela me vient tout seul...

A nouveau, elle le regarda, se demandant peut-être s'il ne se moquait pas d'elle ; non, le blessé était serein et ne faisait qu'énoncer ce qui devait être pour lui une vérité première. Elle ne trouva rien d'autre à ajouter, sinon :

– Prenez soin de vous ! Le roi viendra sûrement vous voir !

Et elle sortit. Pour se trouver nez à nez avec Sancie qui arrivait sur la pointe des pieds, sa robe retroussée à deux mains. Le couloir desservant les cellules destinées à certains officiers du roi était étroit, la rencontre inévitable. Avec un « oh » déçu, la petite laissa retomber sa robe et salua en catastrophe : la « vieille » était bien la dernière personne qu'elle s'attendît à rencontrer. Et qui, bien entendu, lui demanda sèchement ce qu'elle faisait là. Bravement, Sancie fit face à l'ennemie :

– Je venais prendre des nouvelles de... du..., balbutia-t-elle, pestant intérieurement contre l'impossibilité qu'elle rencontrait de prononcer le nom de Renaud et renonçant finalement.

– De votre part ou de celle de Madame Marguerite ?

La question était insidieuse, le ton aussi, mais Sancie retomba vite sur ses pieds :

– Des deux, fit-elle avec audace. Ce pauvre jeune homme a déjà eu tant de malheurs que c'est devoir chrétien de s'intéresser à son sort. En outre, je sais que la reine – face à l'« usurpatrice », elle souligna le titre si vigoureusement que la majuscule devint onciale ! – en demandera tout à l'heure.

– Alors vous prenez les devants ? C'est une bonne suivante ! Mais dites-moi, quel âge avez-vous, Sancie ?

– Treize ans à la prochaine Sainte-Madeleine.

– Vous devriez peut-être songer à retourner chez vous ? Le baron de Signes, votre père, compte sur votre marraine pour vous bien marier, mais je crains qu'à la cour la tâche ne soit ardue. En Provence, votre nom et votre dot devraient y aider plus facilement.

L'adolescente s'empourpra jusqu'aux yeux :

– Je ne sais rien des projets de mon seigneur et père, madame. Il n'a jamais daigné m'en entretenir et madame ma mère non plus. Peut-être pensent-ils que je suis trop jeune ?

– Certes, certes ! C'est sagesse et, dans votre cas, mieux vaut ne rien précipiter car pour vous marier dès à présent il faudrait y mettre le prix. Vous n'êtes guère avantagée en beauté, ma pauvre petite !

De pourpre, Sancie devint blême tandis que ses paupières obliques laissaient filtrer un éclair vert :

– Je suis laide, madame, et ne le sais que trop. Me le reprocher, personne jusqu'ici ne l'a osé.

– Qui parle de reprocher ? Vous n'y pouvez rien et j'ai songé parfois que vous n'en seriez peut-être que plus agréable au Seigneur Dieu ?

Au bord des larmes mais raidie dans son orgueil en face de cette femme couronnée qui, de la vie, avait tout obtenu : naissance, beauté, fortune, amour, pouvoir, et même ces beaux fils dont elle idolâtrait l'aîné au point de ne lui vouloir de bon que venant de Dieu ou d'elle-même. Au point de détester l'épouse cependant choisie par elle et d'englober dans cette aversion ceux qui la servaient avec amour et en particulier sa filleule. Simplement parce que le roi aimait sa femme, c'était misérable ! Néanmoins, Sancie s'efforça d'empêcher sa voix de trembler en répliquant :

– Pourquoi ma laideur serait-elle agréable au Seigneur ? S'Il me voulait, je crois qu'Il m'aurait appelée. Il n'accepte que des cœurs uniquement tournés vers lui. Le mien est attaché à... plusieurs personnes.

– Parmi lesquelles vous comptez celui qui gît derrière cette porte ? Ou bien n'auriez-vous pas remarqué à quel point il est beau ?

– Il n'est pas le seul à la cour.

– Sans doute, mais c'est devant sa chambre que je vous rencontre.

– Mais... la reine...

– Si ma bru veut des nouvelles, dame Hersende peut lui en donner. Retournez à votre service et ne vous égarez plus par ici où vous n'avez que faire ! A moins que vous ne préfériez choisir entre regagner la Provence ou, ce qui serait bien mieux, franchir la porte d'un bon couvent.

– Encore le couvent ? Mais pourquoi, puisque...

– Pour vous apprendre le respect d'autrui et la modestie ! On ne vous a jamais dit que vous ressembliez à une sorcière avec vos cheveux roux, votre long nez et vos yeux de chat ? C'est là que l'on combat profitablement les mauvais instincts...

C'était plus que n'en pouvait supporter Sancie. Tournant le dos à la Castillane, elle se sauva en courant pour aller enfouir son amertume au fond du jardin, dans une encoignure protégée par une haie vive où elle se réfugiait quand elle avait du chagrin. Son cœur brûlait d'une haine si forte qu'il était impossible de la porter à la chapelle pour la raison que la haine est offense à Dieu et que la sienne n'y aurait même pas d'avocate :

aucune statue de sa bien-aimée, Marie-Madeleine, ne s'y trouvait.

Jamais Sancie ne s'était sentie à ce point exilée dans ces pays du Nord. C'était tellement plus facile de faire sa paix avec le ciel dans le château paternel : Signes est au pied de la Sainte-Baume, la grotte d'accès difficile où la pécheresse préférée du Christ vécut sa pénitence. De Signes, un sentier y montait. C'était une marche interminable et difficile que, cependant, toutes les femmes du village effectuaient au moins une fois dans leur vie afin d'obtenir la fécondité dans le mariage. La dame de Signes y était allée en grand arroi peu après son mariage, mais Sancie elle-même n'était jamais montée à la grotte, trou noir ouvert dans la montagne et où l'on n'accédait que par un rudimentaire escalier de grosses pierres inégales taillées dans le roc. C'était, à ce que l'on disait, un lieu humide, sombre et assez effrayant. Pourtant Madeleine y avait vécu dans la solitude durant plus de trente années, buvant l'eau d'une source, mangeant des racines, démunie, au point que, ses vêtements étant tombés en lambeaux, elle n'était plus vêtue que de sa longue et épaisse chevelure, mais la légende disait que, sept fois le jour, les anges chantaient pour elle et qu'elle pouvait apercevoir parfois le visage de Jésus, le Rédempteur qu'elle avait tant aimé et continuait d'adorer par-delà le temps.

Sancie connaissait l'histoire de Marie-Madeleine et souvent elle s'était demandé si le Christ avait donné à la belle pécheresse plus d'amour qu'au reste de l'humanité. Une autre sorte d'amour ? Quant à celle-ci, il lui avait suffi de le voir passer et elle avait souhaité de tout son cœur ne plus vivre que pour lui, pour être digne d'être aimée. D'où cette réclusion à ciel ouvert où elle avait pleuré tant de larmes que tous les petits ruisseaux de la montagne en étaient nés. Mais ce devait être facile d'aimer le Verbe incarné puisque des foules entières allaient à lui et le suivaient. D'ailleurs, quand on aime tout devient facile. Sauf peut-être de recevoir autant que l'on donne lorsque l'on est laide...

Laide ! C'est état auquel on ne s'habitue pas quand on est fille et que l'on a treize ans. Même quand, sans laisser aux autres le temps de vous le faire savoir, on le brandit comme un défi dans l'espoir secret qu'un jour quelqu'un répondra : « Mais non. Je ne trouve pas... » Jusqu'à présent personne n'avait réagi comme cela et il en serait certainement ainsi dans l'avenir...

Au fond de son buisson de laurier, Sancie pleura toutes les larmes de son corps. Ce qui ne l'embellit pas, mais elle n'y pouvait rien. Elle détestait l'alternative que venait de lui dessiner la cruelle Castillane, d'autant plus qu'elle ne voyait pas comment lui échapper : un mariage fatalement odieux puisqu'elle ne serait pas aimée ou le couvent pour y mourir de rage et de désespoir. A bien y réfléchir, elle en viendrait peut-être à cette dernière solution. Renaud allait guérir et sans doute ne serait-il pas renvoyé à l'empereur. Lui et elle vivraient assez proches. Qu'adviendrait-il le jour où elle le verrait s'éprendre de quelque jolie demoiselle ? Un spectacle impossible à supporter et qui la ferait fuir vers sa chère Provence bien sûr, mais là, pour éviter d'être mariée, il n'y aurait plus qu'à revêtir une robe de moniale...

En attendant, il fallut tout de même se décider à remonter chez la reine Marguerite et Sancie quitta le jardin. Dans l'escalier, elle croisa dame Hersende qui, en la voyant, fronça le sourcil et l'arrêta :

– Il ne faut pas pleurer, lui dit-elle. Quelle qu'en soit la raison, c'est bien dommage de faire rougir à ce point des yeux d'un si joli vert !

– Vous croyez ? émit Sancie abasourdie par ce compliment, le premier qu'elle eût jamais reçu.

– Bien sûr ! Venez avec moi, demoiselle ! Je vais vous les baigner avec de l'eau de tilleul. Il ne faut pas que la reine qui approche de son terme vous voie avec ce visage défait...

Fascinée, muette, Sancie suivit la femme providentielle. En l'entendant, elle aussi crut entendre les anges...

Au soir de ce jour, Renaud apprit de la bouche du roi qui lui fit l'honneur de grimper jusqu'à sa chambrette ce que serait sa récompense : dès qu'il serait sur pied, il entrerait au service du comte Robert d'Artois, frère puîné de Louis ; ensuite, à la grande fête de Pentecôte, il serait adoubé de la main du roi.

C'était enfin la réalisation de son plus vieux rêve et l'honneur était immense. Pourtant la joie du jeune homme n'était pas complète et Louis, dans sa finesse habituelle, le sentit. Il coupa court à ses remerciements :

– Vous pensez qu'après m'avoir sauvé la vie, la moindre des choses aurait été que je vous prenne à mon service ?

Renaud se sentit rougir.

– Je pense que monseigneur d'Artois qui est frère du roi a pour sa personne trop d'affection pour n'être pas lui-même son premier serviteur.

Louis IX leva un sourcil étonné et sourit :

– Voilà une belle réponse ! Vous n'êtes pas, je l'espère, un habile homme ? Vous me décevriez.

– Non, sire. J'ai au contraire le malheur de dire un peu trop librement ce que je pense...

– J'aime mieux cela. Quant à votre entrée chez mon frère, sachez que l'idée ne vient pas de moi. C'est lui qui vous a demandé parce que vous lui avez plu et il désire s'attacher un homme aussi dévoué que vous. Il est, voyez-vous, non pas notre premier serviteur mais bien notre premier défenseur. Il est plus souvent auprès de nous qu'en son comté d'Artois et vit plus souvent à Poissy dont il n'est cependant que le châtelain[1] qu'en ses châteaux de Lens, de Hesdin ou de Bapaume. C'est dire qu'il s'éloigne peu et auprès de lui vous serez aussi auprès de moi.

Il s'apprêtait à sortir, se ravisa au seuil et se retourna :

– J'allais oublier, ajouta-t-il une lueur de malice au fond de ses yeux célestes. Quand nous irons en croisade, il va de soi que le comte Robert nous suivra. Il nous précéderait même s'il ne craignait toujours que quelque catastrophe fonde sur nous en son absence. Nul plus que lui n'aime courir sus à l'ennemi, chevaucher dans le vent des batailles en assenant de beaux coups d'épée. En outre, vous n'y rencontrerez guère notre cousin Pierre de Courtenay qu'il n'aime pas. Et quand le comte Robert n'aime pas quelqu'un, il n'a pas l'habitude de laisser sa lumière sous le boisseau...

Plein cette fois d'une joie complète, Renaud fit effort pour se lever afin de mieux remercier le roi, mais celui-ci le contraignit d'une main vigoureuse à rester sous les couvertures.

– Vous me remercierez davantage en servant bien, donc en guérissant vite ! Votre nouveau seigneur apprécie que l'on soit capable, de jour comme de nuit, de le suivre n'importe où, par tous les temps et en toutes circonstances.

Le programme était séduisant et Renaud aurait eu

---

1. Le châtelain, au Moyen Age, n'était pas toujours le propriétaire du château mais celui qui en avait la charge et la garde.

mauvaise grâce à le nier : accompagner le plus belliqueux des princes du sang de France avec, en perspective, un adoubement de la main même du roi, ce n'était pas rien ! Surtout pour un garçon qui, en l'espace d'une année, était passé de l'état de gibier de potence à l'espérance d'un bel avenir après s'être retrouvé au fond d'un cachot, livré aux tourmenteurs sous la plus ignoble des accusations, en butte à l'aversion inexplicable d'une grande reine et au mépris des autres Courtenay, à la seule exception du plus extraordinaire d'entre eux : le maître impécunieux d'un empire dont naguère encore la richesse éblouissait le monde. Avec lui il avait couru les chemins aventureux, sauvé un pape grâce auquel il avait retrouvé le droit de porter haut la tête dans le pays qui l'avait chassé. Il y avait là de quoi être étourdi ! Sans compter le coup de couteau du fou !

Somme toute, monseigneur Robert serait son troisième maître en quelques mois seulement. Il fallait espérer que son séjour chez lui ne serait pas aussi météorique que chez le baron de Coucy ou chez l'empereur Baudouin ? Or, que se passerait-il si sa blessure guérissait mal et l'empêchait de reprendre le dur entraînement des armes, le combat à l'épée, à la lance, à la hache ? Le bouillant comte d'Artois n'aurait que faire d'un quasi-invalide et alors...

Ces idées tumultueuses l'occupèrent si bien que lorsque le soir tomba, la fièvre, elle, avait remonté. Ce qui mécontenta fort dame Hersende quand elle revint le voir.

— Par saint Hippocrate, qu'a bien pu vous annoncer notre sire Louis pour vous mettre en cet état ?

— Que monseigneur d'Artois allait me prendre en sa maison, bredouilla Renaud au bord des larmes.

— Voilà bien de quoi se mettre la tête à l'envers ! A

votre place, je verrais plutôt cela comme une bonne nouvelle. C'est le prince le plus gai et le plus amusant de la famille ! Bon compagnon et vaillant chevalier, en outre...

– ... qui veut avoir autour de lui des gens capables de le suivre où qu'il aille sans jamais montrer la moindre fatigue... Regardez où j'en suis ! Faible comme un nouveau-né, il ne me gardera pas huit jours ! Quant à me mettre la tête à l'envers, elle me tourne si j'essaie de poser le pied par terre.

– Mais votre blessure était sérieuse et monseigneur Robert le sait. Si vous ne l'aviez reçue, il pleurerait à la fois son roi et son frère bien-aimé. Rassurez-vous ! Vous avez tout le temps de guérir. Et moi je suis là pour cela. Il est temps de prendre votre remède.

Et elle lui entonna deux grandes cuillères de sa potion verdâtre mais cette fois il demanda :

– Qu'est-ce qu'il y a là-dedans ?

– De la langue de vipère pilée avec des testicules de loup, de la cervelle de grenouille, de la mandragore, de... la digitale et divers autres ingrédients, répondit-elle sans sourire.

– Mais quelle horreur ! Ce ne peut être que maléfique !

Cette fois, elle se mit à rire de bon cœur :

– Quand on pose des questions ridicules, on reçoit une réponse ridicule ! Où avez-vous vu que l'on demandait ses secrets à un médecin ? Il n'y a pas que maître Albert pour concocter des liqueurs miraculeuses.

– Vous connaissez maître Albert ?

– De réputation. On dit qu'il sait faire... je ne sais quoi... de l'or ? Et aussi que c'est un grand sage, mais son école n'est pas la mienne. Je suis, par l'enseignement de mon père, fidèle disciple de la grande Trotula de Salerne[1]. Mais vous-même, d'où le connaissez-vous ?

— Je ne l'ai jamais vu. En arrivant ici, je suis entré au service de dame Philippa de Coucy et l'ai escortée, un soir, jusqu'à la maison de maître Albert. Ce que j'en sais, c'est qu'elle en est revenue satisfaite et que...

— La dame de Coucy qui était amie de la reine Blanche ?

— Pourquoi « était » ?

— Parce qu'elle est morte il y a peu. J'ai entendu Madame Blanche le dire à Madame Marguerite. Avec grande colère d'ailleurs, mais aussi grande pitié : la malheureuse a dû succomber pour ce que j'en sais à une violente crise de ce qu'Aristote... et Trotula après lui appelaient *eklampsia*, après avoir rejeté hors de son corps un fœtus de quatre mois. Ce qui expliquerait les terribles douleurs dont elle a souffert... si toutefois elle n'a pas été empoisonnée... Les deux peut-être, on ne sait, certains poisons étant susceptibles de provoquer les mêmes symptômes.

— Empoisonnée ? Dame Philippa ? Mais par qui ?

— Là vous m'en demandez trop. Comment voulez-vous que je le sache ? Vous devez connaître son entourage mieux que moi...

— A peine. Je ne l'ai servie qu'à Paris et pendant peu de jours. A Coucy ne suis jamais allé. Elle y est morte ?

Dame Hersende aida son malade à sortir de sa couche et l'assit sur le tabouret après lui avoir jeté une couverture sur les épaules afin de pouvoir retaper

---

1. Célèbre femme médecin italienne du XIe siècle dont les travaux, surtout en obstétrique, prouvent une nette avance sur son temps. Son école de Salerne était très réputée. Elle fut la première à pratiquer la suture du périnée.

oreiller, draps et couverture, lui fit faire un peu de toilette, puis, sans tenir compte du fait qu'il tremblait et claquait des dents, l'obligea à rester debout un instant :
– Comment vous sentez-vous ?
– J'ai froid...
– C'est naturel, mais la tête vous tourne-t-elle ?
– Un peu... beaucoup moins il me semble.
Elle le recoucha, remonta ses couvertures jusqu'au menton, puis lui tapota gentiment la joue :
– Cessez de vous tourmentez ! Vous ne déparerez pas la collection de jeunes foudres de guerre qui entourent le comte d'Artois. Dans quinze jours vous monterez à cheval. Et ce sera aussi bien parce que dans quinze jours nous partons pour Poissy afin que Madame Marguerite y fasse ses couches et je me devrai à elle. Alors arrangez-vous pour ne pas me démentir ! Je déteste avoir tort !
– Je ferai de mon mieux pour vous contenter, répondit-il, le sourire revenu.

Quinze jours plus tard, il regardait dans la cour l'énorme déménagement que représentait le transport de la maison royale d'une de ses résidences à une autre. On emportait tout, depuis les meubles de la chambre jusqu'aux marmites des cuisines en passant par les dossiers de la chancellerie et les instruments des musiciens. Le roi, s'il quittait son palais pour l'un de ses châteaux, devait toujours trouver sous sa main ses objets familiers. Seul, le manoir de Vincennes, à la porte de Paris – un ancien rendez-vous de chasse transformé par Philippe Auguste et où Louis aimait séjourner pour le plaisir de la forêt –, gardait sa propre installation. Ce qui ne durerait sans doute pas. Louis le faisait agrandir et y construisait même une Sainte-

Chapelle nettement plus petite, dédiée à saint Martin et destinée à recevoir l'une des épines de la Couronne...

Jamais Renaud ne s'était senti aussi heureux depuis le temps insouciant de sa prime jeunesse aux Courtils. Il faisait un temps affreux, car, de mémoire d'homme, on n'avait vu mois d'avril aussi pluvieux, aussi grincheux, mais le nouvel écuyer de monseigneur le comte d'Artois voyait les choses aux couleurs du soleil. Equipé de neuf avec dans son escarcelle les pièces d'or comptées par le trésorier royal à titre de gratification pour lui permettre d'entrer la tête haute dans la maison de son nouveau maître et un avenir qu'illuminait déjà pour lui la lumière de Jérusalem, il se sentait le roi du monde.

Dame Hersende avait eu raison sur toute la ligne : il se sentait presque aussi bien qu'avant sa blessure, même si de temps en temps il avait le souffle un peu court. En outre, servir le comte Robert allait être un vrai plaisir : il lui avait suffit de quelques minutes d'entretien avec lui pour comprendre qu'il entrait dans une maison selon son cœur.

– Ceux qui me servent sont d'abord les hommes du roi mon frère, lui déclara-t-il. Ils ne sont jamais loin de lui parce que je me suis donné à tâche de le protéger car lui ne s'en soucie guère. Il a des gardes, sans doute, mais la vigilance née d'une tendre admiration ne se peut remplacer...

– Notre sire serait-il encore en danger ? s'était autorisé à demander Renaud.

– Un grand roi est toujours en danger et vous le savez mieux que quiconque, la menace peut venir à lui de n'importe où et n'importe quand. Mon noble frère est du bois dont on fait les saints et la plupart des sujets de ce royaume le vénèrent déjà mais il y en a d'autres. Beaucoup d'autres. Aussi vous devrez garder constamment à l'esprit que, dans une bataille, par exemple, s'il se trouvait que nous fussions lui et moi séparés et également en péril, c'est lui, avant moi, qu'il faudrait secourir. Quand vous aurez été adoubé, vous me rendrez l'hommage lige, mais moi c'est à lui que je l'ai rendu. Donc lui avant tout et toujours ! Vous avez compris ?

– C'est assez clair, monseigneur. Cependant vous m'accorderez bien le bonheur de me dévouer à vous... quand le roi n'aura pas besoin de secours ?

– Mais j'y compte bien ! fit Robert en riant. Cela dit, si j'exige l'exactitude des devoirs religieux, la vie de mes chevaliers est moins austère que chez lui. Entendre messe chaque matin, dire les grâces aux repas, prier chaque soir et faire aumône largement suffit à la paix de mon âme. Pour le reste, la vie d'un preux est souvent courte. Autant la rendre agréable dans la mesure permise par Dieu. Fêtes, tournois, festins, bons vins et jolies femmes sont faits pour cela. Alors ne vous croyez pas obligé de vivre comme un moine !

Ne doit-on pas arriver pur au jour de l'adoubement ?

– Sans doute... mais il y a après ! répondit le prince en éclatant d'un rire si communicatif que Renaud se retrouva en train de rire avec lui.

L'entretien se termina par la tape vigoureusement appliquée que Robert assena sur l'épaule de son nouvel écuyer, lequel, encore fragile à ce moment-là, pâlit sous le choc mais réussit à garder le sourire.

– Bien ça ! apprécia en connaisseur le prince qui l'avait fait exprès. Souvenez-vous de ce que je viens de vous dire et vous obtiendrez ce que vous voudrez de moi !

Que pouvait rêver de mieux un garçon sans sou ni

maille ? Dans quelques instants, il prendrait sa place dans l'escorte de Robert pour gagner Poissy avant le roi ; mais, se sentant des fourmis dans les jambes, il était descendu dans la cour bien avant l'heure pour voir les serviteurs aux ordres de messire Jean Sarrasin, chambellan, s'activer autour des chariots qui étaient sur le point de partir. Il allait se diriger vers le chantier de la Sainte-Chapelle pour dire au revoir à maître Pierre qui l'était venu voir à deux reprises durant sa maladie, quand son regard accrocha un visage parmi ceux des gens qui, comme lui-même, assistaient au départ. Il s'y fixa si bien qu'il voulut le rejoindre et s'élança au milieu de la foule. Ce que voyant l'autre disparut. Alors, en se frayant un passage, il l'appela :

– Gilles ! Gilles Pernon, attendez-moi ! Je veux vous parler !

Devant la ruée de ce grand garçon en cotte aux armes d'Artois, l'assemblée s'ouvrit et il n'eut guère de peine à rejoindre son ancien maître d'armes qui, coincé, se faisait petit contre le mur des écuries. Tout joyeux de la rencontre, il ouvrit les bras pour l'accoler :

– Mon vieil ami ! Que faites-vous ici ? Je vous croyais à Coucy !

– Eh non, je n'y suis plus... Mais vous, recevez mes compliments ! Vous voilà dans la maison d'un prince... et vous avez belle mine !

Renaud s'aperçut alors que ce n'était pas le cas de Pernon. Mal vêtu, les yeux creux, son visage à la moustache si soignée envahie de poils gris, il avait perdu cet air de santé et d'assurance qui inspirait confiance et en faisait un si solide compagnon. Même son grand nez fleuri de sang vif au contact de la bouteille s'était décoloré.

– Mon ami... que vous arrive-t-il ? Vous semblez...

malade ? Venez par ici, ajouta-t-il après s'être assuré d'un coup d'œil que son seigneur n'apparaissait pas encore sur le perron.

Il le tira vers la chapelle Saint-Nicolas et le fit asseoir sur les marches car en l'emmenant, il avait senti son pas mal assuré.

– Maintenant racontez-moi ! Pour gagner du temps parce que je n'en ai peut-être pas beaucoup, j'ai appris la mort de dame Philippa... et aussi un vilain bruit : cette mort ne serait pas tout à fait naturelle ?

– Ça, j'en suis certain ! Elle a été enherbée. Ce n'était pas difficile avec les drogues que cette garce lui faisait avaler !

– Vous ne voulez pas dire que ce serait...

– La belle Flore ? Bien sûr que si ! Il y a longtemps qu'elle a jeté son dévolu sur le baron Raoul et, faute de mieux, en attendant – parce qu'elle a la patience d'un chat, la gueuse ! –, elle s'est glissée dans les bonnes grâces de dame Philippa.

– En attendant quoi ?

– Que sire Raoul cesse d'aimer ailleurs. Quand vous êtes entré chez nous, la dame de ses pensées était l'épouse d'un seigneur des environs dont je tairai le nom parce que, au fond, cela n'a pas trop d'importance. Peu après notre retour au château, quand... vous avez été arrêté, la dame en question est morte pendant une chasse : son cheval devenu fou lui a fracassé la tête contre un arbre.

– Un accident, je suppose ? Demoiselle Flore ne pouvait pas s'y attendre...

– Allez savoir ! Un cheval ne devient pas fou comme ça, d'un seul coup. Il faut l'y aider.

– En avait-elle la possibilité ? Et puis, si le baron aimait si fort cette dame, sa mort a dû le désespérer et non l'inciter à ne plus l'aimer ?

— Certes, certes ! Et il était même si amoureux que notre gueuse s'est employée à le consoler. Elle est belle, cette garce... et habile. Après avoir poussé le baron au lit de sa femme qu'il avait enfin mise enceinte, elle l'a mignoté, entouré de petites attentions, lui a laissé entendre qu'elle l'aimait depuis longtemps et finalement s'est donnée à lui... Pour un homme qui n'avait plus à se mettre sous la dent que son épouse – et à laquelle il n'était plus question de toucher –, le corps de cette fille a dû être un éblouissement. Je sais de quoi je parle parce qu'un soir je l'ai vue se baigner dans l'étang du château. Une déesse ! De quoi damner un saint ! J'avoue en avoir rêvé moi-même. Le baron, lui, a été ensorcelé. C'était comme si elle lui avait fait boire un philtre. Et c'est peut-être ce qu'elle a fait... En tout cas, le sort de dame Philippa a été vite réglé une fois sire Raoul bien englué. A cause de la perte de l'enfant, le baron l'a un peu pleurée. De jour parce que la nuit appartenait à Flore. A présent, ils vivent ensemble ouvertement... et Enguerrand de Coucy, le frère, se frotte les mains.

— Pourquoi ? Cela le scandalise ?

— Non. Au contraire. Il se montre aimable, compréhensif... Son intérêt est que son frère meure sans enfants et il ne vaut pas plus cher que la fille. C'est lui qui avait fait tuer Ferienne, le damoiseau que vous avez remplacé parce que dame Philippa avait couché avec lui. Quant à la Flore, j'ai souvent pensé qu'elle était à sa solde mais je crois, maintenant, qu'elle travaille pour elle-même.

— Elle espère se faire épouser ? C'est impossible voyons ! Il est trop haut seigneur pour une fille de petite noblesse ! Mais, je ne vois pas pourquoi vous vous trouvez réduit à l'état où je vous vois...

— Cela tient à ce que je ne sais pas me taire quand la

colère m'étouffe. Je suis un vieux guerrier et j'ai mon franc-parler. Un jour que cette maudite qui se croit déjà baronne a fait fouetter et chasser une pauvre fille qui lui avait gâté une robe, je n'ai pu m'empêcher de lui dire son fait... et j'ai lu dans ses yeux qu'il ne passerait pas beaucoup de temps avant que mon destin à moi ne soit réglé. Congédié ou enherbé, je ne savais trop à quoi m'attendre quand un chien a pris la décision pour moi. Un chien capable d'avoir mangé ma pitance. Alors je me suis sauvé et depuis je traîne dans Paris. J'avais songé aller dire à la reine Blanche ce que je sais du sort de son amie, mais c'est laide chose que dénoncer... et le baron, je ne voudrais pas qu'il lui arrive malheur par moi. Alors j'attends.

– Quoi ? De trouver un autre seigneur ?

– Non. Que le roi parte pour la croisade ce qui me permettrait de m'enrôler mais il paraît qu'il se passera du temps avant cela.

– En effet. On dit qu'il fait construire un port dans le Midi pour s'embarquer. J'ai fini moi aussi par comprendre que ce serait plus long que je ne le pensais...

A ce moment, un mouvement se fit sur le perron : c'était Robert qui se disposait à se mettre en route pour aller attendre le roi à Poissy. Renaud comprit qu'il n'avait plus le temps alors il fouilla vivement dans son escarcelle, y prit une pièce d'or qu'il remit à Pernon éberlué :

– Tenez ! Allez vous acheter des habits propres et installez-vous dans cette auberge où vous aviez vos habitudes. Et attendez-moi !

– Mais... vous ne restez pas ?

– Non, mais je reviendrai. Je parlerai pour vous à monseigneur Robert. Peut-être a-t-il besoin d'un bon maître d'armes ?

– Vous feriez ça ? Oh... sire Renaud !

– Vous me remercierez plus tard ! Je suis pressé...

Il courait déjà vers son cheval qu'il avait attaché à un anneau mais, tout en courant, se retourna :

– Ne... buvez pas trop en m'attendant !

– Promis ! On fêtera ça ensemble quand vous reviendrez...

La pluie avait cessé depuis un moment mais Renaud ne s'en était pas aperçu. Retrouver Pernon lui causait une vraie joie...

Dans la nuit du 30 avril au 1er mai, Hersende délivra la jeune reine d'un petit garçon que l'on appela Philippe en mémoire de son grand-père et la joie éclata dans la ville qui se couvrit de ses plus beaux atours. Dès le matin les jeunes filles allèrent en forêt de Saint-Germain cueillir le mai afin de composer guirlandes et bouquets pour la reine et pour l'enfant qui était beau et vigoureux si l'on en croyait ses clameurs de protestation. Dans les églises, on chanta la gloire du Seigneur et le roi heureux de cette nouvelle naissance masculine entendit trois messes dont il chanta l'une et fit distribuer si larges aumônes qu'à une lieue à la ronde, il n'y eut personne qui ne pût manger – et boire ! – son content en bénissant Dieu qui leur avait donné si bon roi.

Assise dans son lit de parade, après un repos nécessaire, Marguerite, un peu pâle mais rayonnante, reçut les félicitations de la famille, beaux-frères, belles-sœurs, venant, évidemment après le « merci » tendrement ému de son époux et de celui, quasi triomphant, de sa belle-mère.

A vrai dire, celle-ci avait passé la nuit entière au chevet de Marguerite torturée par les douleurs de l'enfantement et s'était, en la circonstance, comportée en véritable mère, tenant la main qui se crispait sur la sienne, épongeant la sueur du front, prodiguant paroles apaisantes ou encouragements, mais sans jamais gêner le travail d'Hersende dont elle reconnut vite le savoir-faire. Mais elle était encore là quand le chapelain vint procéder à l'ondoiement du bébé – sage précaution en attendant le baptême ! – et surtout quand la cour et les notables de Poissy vinrent offrir leurs vœux, présents et congratulations à la jeune mère. En fait, le petit Philippe ne quitta guère les bras de sa grand-mère et ce fut elle qui l'offrit à l'admiration des visiteurs.

– Dirait-on pas que c'est elle qui l'a fait ? ronchonnait intérieurement Sancie qui, elle non plus, n'avait pas dormi. Et regardez-la ! Elle est plus fraîche et plus vive que moi ! Plaise à Dieu que je ne me contente pas d'avoir l'air d'une sorcière, mais que j'en possède la puissance et les charmes ! Je la changerais en chouette pour qu'elle dorme le jour et la nuit, se tienne tranquille sur sa branche d'arbre !

Il était visible, en dépit de sa contenance souriante, que Marguerite eût préféré qu'il en fût autrement. Ce fut pire encore quand elle sut que la nourrice et les servantes du petit prince étaient installées près de Blanche et non près d'elle. Il en avait été ainsi lors de la naissance du petit Louis et Marguerite, trop jeune et trop affaiblie par un accouchement long et difficile, n'avait pas protesté. En outre, il s'agissait de l'héritier du trône mais, cette fois, elle avait espéré qu'on lui laisserait son second fils. Et elle le fit entendre. Cependant Madame Blanche avait réponse à tout :

– Cet enfant aura un caractère bien trempé. Il crie dès qu'il n'est pas satisfait et il vous faut du repos, ma fille ! Chez moi qui ne dors guère, il ne gênera personne.

– Je vous assure qu'il ne me gênera pas. Je me sens au mieux et je voudrais le garder près de moi. Mon doux sire, je vous prie, dites à votre mère qu'elle me le laisse !

Le roi vint s'asseoir sur le pied du lit et prit les mains de sa femme dans les siennes :

— Ma mère a raison, ma mie ! Vous savez qu'elle n'a d'autre désir que le mieux pour nous... et vous avez besoin de repos après si dure besogne !

Marguerite baissa les yeux pour cacher un éclair de colère :

— Sans doute avez-vous raison, sire !

Mais doucement elle ôta sa main...

Quand tout le monde se fut retiré, la laissant en la seule compagnie du médecin, de Sancie et des autres femmes de son service, Marguerite éclata en sanglots. Sancie voulut se précipiter vers elle, mais Hersende la retint du geste et l'adolescente se figea tandis que l'on faisait sortir les autres femmes. Un moment, on n'entendit plus dans la pièce que les pleurs de Marguerite. Ce fut seulement quand ils commencèrent à s'apaiser qu'Hersende se pencha sur la petite reine désolée :

— Ne pleurez pas, madame. Vous vous faites grand mal. Le roi vous aime, cela est visible et il ne veut que votre bien...

— Mon bien ? Celui que sa mère décide pour moi. Elle entend élever mes fils comme elle a élevé les siens... et je ne veux pas qu'elle en fasse des moines...

— Notre sire est certes fort pieux, mais je pense qu'il obéit à un penchant naturel... Ses frères ne lui ressemblent guère sous ce rapport. Surtout monseigneur Robert... Peut-être, en effet, votre époux se fût-il voué à Dieu s'il n'avait été roi... ou s'il ne vous avait connue. Jamais on ne vit moine mettre tant d'ardeur à faire des enfants ! En outre, vous l'aimez ?

— Oui, je l'aime... Enfin je crois encore, mais il se peut qu'un jour je me lasse. C'est trop difficile d'être mariée à un saint ! Surtout quand ce saint vous refuse le droit de partager sa vie et vous en retranche même pour donner à sa mère ce qui vous revient à vous... On ne me laisse que le droit de faire des enfants, après quoi on me les enlève... si la mort ne s'en charge pas. Alors d'enfants je ne veux plus !

– Madame ! s'effara Sancie. Direz-vous non au roi votre époux quand il s'approchera de vous ?

– Pourquoi pas ? J'ai le droit d'être souffrante. Plus n'accepterai d'être enceinte tant que je ne saurai la date du départ en croisade.

– Vous voulez partir enceinte ? s'écria Hersende.

Marguerite releva la tête d'un air de défi et planta ses grands yeux bleus tout scintillants encore de larmes et de colère :

– Certes. Je le ferai et vous viendrez avec moi. Et j'accoucherai là où il plaira à Dieu : sur le bateau, à Chypre ou en Terre Sainte. Celui-là, au moins, on ne me le prendra pas !

– Vous n'y parviendrez pas. Vous êtes si belle, madame, et le roi saura si bien vous prier d'amour que ne pourrez lui résister...

Tout en parlant, Sancie s'approcha de la profonde embrasure de la fenêtre pour regarder les murailles du château illuminées par des centaines de torches et de pots à feu. C'était un spectacle magique. Toutes ces lumières se reflétaient en éclairs blonds sur les armes des gardes. La fête était dans la ville, il n'y avait plus grand monde dans la cour pour obéir aux ordres du châtelain afin que la jeune accouchée pût reposer. Pourtant les yeux de chat de Sancie – ses yeux de sorcière ! – distinguèrent une silhouette, un visage : ceux de Renaud de Courtenay et son cœur battit plus vite.

Il y avait des jours qu'elle ne l'avait vu. Ecuyer du comte d'Artois il n'avait pas accès aux appartements royaux. Moins encore à ceux de la reine proche de son terme et que Sancie, elle, ne quittait plus.

Elle n'en avait pas encore souffert parce qu'elle le savait proche et aussi parce qu'elle avait espéré qu'à la faveur de la naissance du petit prince, il serait admis un instant dans la chambre royale comme à peu près tout le reste du château, mais il n'était pas venu...

A présent, il était là. Adossé contre un mur, les bras croisés sur la poitrine où les lys de France supportaient les tours du nouveau comté d'Artois, la tête levée, il tenait son regard fixé sur l'endroit même où se tenait la jeune fille. Elle recula d'instinct mais de façon à le voir encore sans qu'il pût soupçonner sa présence.

Renaud ne l'avait même pas aperçue. Il était revenu à cet endroit, quand le château s'était vidé de ses visiteurs, pour regarder s'allumer cette fenêtre en face de laquelle il était resté la nuit entière caché dans ce qui était un coin d'ombre, ravagé de douleur en percevant l'écho, affaibli cependant par la hauteur et l'épaisseur de la muraille, des cris qu'arrachait à Marguerite la torture de l'enfantement. Elle était en train de donner le jour à la progéniture d'un autre et que cet autre fut le roi qu'il avait juré de servir et de défendre, qu'il avait sauvé au risque d'y laisser la vie n'effleurait même pas son esprit. Ce qui se passait là-haut mettait l'accent sur l'œuvre de chair qui était à l'origine et balayait ses rêves innocents pour éveiller en lui l'amère jalousie du mâle frustré. On avait tellement vanté devant lui la vie exemplaire de Louis, ses dévotions interminables, ses pénitences, l'austérité de ses mœurs qu'il avait fini par s'imaginer Dieu sait quoi ! Que le Saint-Esprit s'était chargé de faire des gamins à sa reine, Louis n'y participant que d'une manière vaguement abstraite. Mais ces cris de douleur en évoquaient d'autres, poussés peut-être neuf mois plus tôt dans le paroxysme du plaisir.

Même s'il n'avait jamais touché une femme, Renaud savait comment on faisait l'amour et, durant cette nuit terrible, il avait imaginé avec une précision déchirante l'adorable Marguerite, nue sous ses longs cheveux sombres, accueillant l'assaut d'un être qui, dépouillé de la couronne comme de ses bures monastiques et de ses croix, n'était plus qu'un homme comme les autres, tenaillé par le désir...

Il n'était rentré se coucher que lorsque cris et plaintes s'étaient tus après l'ultime clameur de la délivrance mais il n'avait pas dormi, essayant de comprendre ce qui se passait en lui, ce qui lui arrivait alors que jusqu'à présent il rêvait d'amour idéal. N'y eût-il eu l'approche de l'adoubement promis – la Pentecôte c'était dans un mois ! – qu'il se serait peut-être jeté à la recherche d'une femme, d'une de ces filles dont le comte Robert recommandait l'usage et les délices, pour qu'elle éteigne le feu dévorant allumé dans ses reins. Il n'en avait rien fait, cela n'aurait pas servi à grand-chose : c'était Marguerite qu'il désirait de toute la violence d'un sang qu'il découvrait et dont il ne savait rien, au fond. Sinon qu'une part lui venait de ces princes sarrasins dont les croisés disaient qu'ils aimaient les femmes au point d'en garder des dizaines dans leurs palais et qu'ils pouvaient les honorer toutes. Cette nuit, c'était ce sang-là qui s'était révélé à lui et dont il allait devoir se méfier.

Ce soir, apaisé mais malheureux, il était revenu à la même place, devant la même fenêtre éclairée donnant sur la chambre, sur le lit que Marguerite devait illuminer à nouveau de son éclat et de sa beauté retrouvés...

A son poste d'observation, Sancie comprenait maintenant la cause de sa présence. Elle savait qu'il aimait la reine. Parce que sa passion était inscrite sur son visage éclairé par la lumière mouvante d'une torche et qu'elle n'avait rien à espérer de lui, sinon l'assurance de ne jamais le voir se tourner vers l'une ou l'autre des dames et demoiselles de la cour. Et comme la reine était intouchable...

Elle avait les larmes aux yeux quand elle quitta enfin l'embrasure pour retourner à Marguerite qui l'appelait. Et qui ne remarqua rien. Mais dame Hersende, elle, voyait net. Depuis leur rencontre dans l'escalier, elle s'attachait à cette fille dont la laideur lui inspirait de la pitié et au somptueux, au vivant regard, vert et changeant comme la mer profonde. A son tour, elle s'approcha de la fenêtre, vit Renaud... et n'eut aucune peine à comprendre...

Dès qu'elle eut fini de donner ses soins à la reine et après s'être assurée que Sancie était occupée, elle descendit rapidement dans la cour, alla prendre Renaud par le bras et l'emmena sans lui laisser le temps de comprendre ce qui lui arrivait.

– Jeune fou que vous êtes ! lui décocha-t-elle dès qu'il n'y eut plus de risque d'être entendus. Que faites-vous là à dévorer des yeux la fenêtre de la reine ? Etes-vous déjà si las de cette vie que je vous ai gardée avec l'aide de Dieu ?

– Durant ces jours, dame Hersende, elle n'est jamais venue jusqu'à moi. Elle n'a même pas envoyé ce drôle de petit laideron qui la suit partout... Pourtant, je mériterais peut-être un merci ?

– Elle... n'était pas en état de grimper jusqu'à votre comble. Quant au drôle de petit laideron, j'aurais beaucoup à dire sur elle quand vous serez redevenu sain d'esprit. Et c'est ce à quoi il faut vous résoudre. Très vite ! Si vous tenez à votre tête folle, sachez qu'il lui est mauvais de porter aux yeux de tous cet air d'amoureux transi. Même si c'est ce que vous êtes ! Vous l'aimez, n'est-ce pas, celle que vous appelez « Elle » ?

– A en mourir !

– Alors ne vous gênez pas ! Continuez et vous y arriverez bientôt ! gronda Hersende en lui tournant le dos.

Mais il la retint :

– Ayez un peu pitié, dame Hersende ! Même si nul ne peut imaginer ce que je ressens...

– Nul ? Auriez-vous l'outrecuidance de vous croire le seul à l'aimer, à se trouver victime de sa beauté, de sa grâce ? Elle est peut-être la plus jolie femme du royaume et ils sont légions, jeune blanc-bec, ceux qui rêvent d'elle. Avez-vous lu ce beau poème qui a nom *Le Roman de la rose* ?

– Non.

– Cela m'eût étonnée aussi. C'est l'œuvre d'un jeune clerc, Guillaume de Lorris, mort il y a peu. Il y célèbre l'amour et le respect – elle appuya sur ce dernier mot – que le poète porte à la haute dame qu'il compare à une rose sans pareille, enfermée dans un jardin clos et défendue par des personnages allégoriques. L'amoureux, en son difficile chemin vers la rose, reçoit l'aide d'autres personnages mais, autour de la fleur, les gardiens élèvent un nouveau mur...

– Et comment s'achève le poème ?

– Il n'est pas achevé. Guillaume de Lorris n'en a pas eu le temps. La reine Marguerite est la rose incomparable qu'une quête trop assidue finit par dérober complètement aux yeux de son amoureux.

– Vous dites que d'autres l'aiment ?

– Ne soyez pas sot, mon ami. Elle est trop belle pour qu'il en soit autrement. Pour ce qui est de vous, songez plutôt à la prochaine Pentecôte. Votre esprit doit y arriver aussi pur que votre corps. Ou alors renoncez à porter les éperons d'or et partez, le plus loin que vous pourrez, vous faire adouber par un autre roi que Louis !

Le ton s'était fait sévère. Renaud baissa la tête :

– Ne me demandez pas de l'oublier !

– Je ne vous le demande pas. Souvenez-vous seulement de qui elle est. Aimez de loin, comme Jaufre Rudel aima la princesse de Tripoli sans que jamais quiconque s'en aperçoive. C'est déjà trop que moi je le sache... Maintenant il s'agit de savoir si vous voulez être chevalier ou perdu de réputation...

– Poser la question, c'est y répondre mais un chevalier peut vouer sa vie à la dame de ses pensées et moi c'est à... elle que je la vouerai.

Hersende observa un instant sans rien dire le visage qui se détournait d'elle pour chercher à nouveau le reflet d'une fenêtre sur les pierres d'un rempart. L'amour en y posant la griffe de ses tourments lui ôtait les dernières traces de l'adolescence. C'était un homme qu'elle avait devant elle. O combien séduisant ! Et son cœur fondit de pitié pour le « drôle de petit laideron » qu'il ne regarderait certainement jamais comme une femme mais aussi pour la jeune reine, aimée sans doute de son époux mais moins que Dieu, moins que la mère. Donc mal aimée. Et Hersende savait d'expérience quelle puissance d'attraction pouvait exercer une passion...

– Vouez si cela vous plaît, soupira-t-elle, mais de loin et en silence...

Cette fois, elle s'éloigna.

Sur l'autel éclairé par un seul gros cierge et la flamme rouge de la Présence, les trois épées nues luisaient doucement dans la dorure neuve de leurs pommeaux ornés d'escarboucles et de topazes. Elles étaient semblables. Ainsi l'avait voulu monseigneur Robert pour les trois chevaliers issus de sa maison que le roi adouberait dans quelques heures.

Autour de ce faible foyer lumineux, l'église Notre-Dame-de-Poissy était obscure, silencieuse, mais trois ombres blanches semblablement vêtues de lin étaient à genoux sur une même ligne au pied de l'autel. Ils avaient nom : Hugues de Croisilles, Gérard de Fresnoy et Renaud de Courtenay.

Auparavant, dans la salle du château où l'on avait porté de grands baquets, ils avaient été lavés rituellement, après s'être confessés des souillures de leur corps symbolisant celles de leur âme. Après quoi, on les avait revêtus de blanc et conduits en procession jusqu'à l'église où ils devaient passer la nuit à méditer et à prier, durant dix heures, debout ou à genoux, sans aucune possibilité de s'asseoir même un court instant.

Mais s'asseoir, Renaud n'y songeait pas. En cette vigile de Pentecôte, il vivait enfin l'instant entre tous désiré et depuis si longtemps qu'il lui semblait avoir vécu un siècle entre le drame des Courtils et cette veillée d'armes. Enfin il le tenait cet adoubement qui, à la façon d'un mirage, semblait se dissoudre à mesure qu'il marchait vers lui ! Il allait être enfin quelqu'un : le chevalier de Courtenay et non plus cet être aux contours indécis, à mi-chemin entre le domestique et le soldat devant qui toute espérance devait être interdite... Il se sentait en paix, comme les autres même si son regard caressait avec tendresse la forte lame d'acier bleu qui serait sienne demain. Avec la volonté de la faire rayonner de gloire au soleil des batailles qui l'attendaient sur sa terre natale. Et cela sous les yeux de la tant aimée !

Tout à l'heure, il avait bien fallu confesser au chapelain son amour pour une noble dame en puissance d'époux et le chapelain avait souri :

– Un damoiseau qui ne rêverait d'une belle, fût-elle mariée, ne serait pas normal. L'amour pur n'a jamais offensé Dieu !

– Mais je la désire avec chaque fibre de mon corps, chaque goutte de mon sang.

– Cela aussi est normal parce que vous êtes jeune et ardent. Ce n'en serait pas moins un grave péché si vous aviez l'intention d'y céder. En ce cas, je ne pourrais vous absoudre. Il faut jurer ici de ne rien tenter contre la vertu de la dame.

Saisissant ce qu'on voulait dire – pas d'absolution, pas d'adoubement ! – Renaud haussa les épaules :

– Elle est de celles dont on ne peut que rêver. Je jure ici de ne rien tenter.

– Bien, car votre péché trouvera sa pénitence dans les tourments de l'amour charnel inapaisé...

Il avait juré et à présent il attendait sa récompense, mais sa prière se fit supplication afin que Dieu et Notre-Dame lui accordent apaisement. Ensuite, il pria longuement pour sire Olin et dame Alais. Les chers parents de son enfance. Ils seraient si heureux, si fiers à cette heure !

Vers minuit, il se releva, avec un peu de peine car il sentait ses genoux rouillés et regarda ses deux compagnons. Fils, tous deux, de seigneurs artésiens que le comte Robert voulait honorer particulièrement, il ne les connaissait pas. Ils étaient blonds, solides et bâtis en force avec des yeux clairs, des joues fraîches où le rasoir avait laissé des traces. L'un se tenait à droite, l'autre à gauche de Renaud et, chaque fois que celui-ci regardait l'un d'eux, il rencontrait un bref coup d'œil, un peu furtif, qui le faisait sourire. Il se savait pour eux une espèce de curiosité. Moins parce qu'il avait sauvé la vie du roi que pour sa naissance aussi lointaine que mystérieuse confirmée par la couleur d'ivoire de sa peau.

Alors que la cloche du couvent voisin venait de sonner matines et voyant l'un de ses compagnons – le plus jeune, Hugues de Croisilles – vaciller sur ses jambes, il proposa :

– Voulez-vous que nous priions à haute voix ou même que nous chantions en chœur les louanges de Notre-Dame ? C'est l'heure la plus noire de la nuit, la plus difficile aussi pour lutter contre la fatigue. Cela nous aiderait.

Ils acceptèrent avec enthousiasme et peu après leurs trois voix s'élevaient, réchauffant l'atmosphère de cette église qui semblait se refroidir à mesure que le temps passait. En dépit de l'espérance et de la joie qui habitaient les trois garçons, la veillée fût longue jusqu'à ce qu'une petite lumière blanche pénètre dans le sanctuaire qui s'éclaira lentement. C'était le jour, enfin !

Un bruit de pas se fit alors entendre. Un prêtre arrivait avec des diacres pour dire la messe : une messe solennelle, chantée, à laquelle les futurs chevaliers participèrent avec entrain avant de recevoir, bien pieusement et bien humblement le Corps du Christ puis une ample bénédiction. Quand ils sortirent dans la fraîcheur du matin, il était six heures et un cortège les attendait pour les ramener au château où un copieux repas était servi. Le retour se fit dans un joyeux vacarme sous un ciel radieux rayé, très haut, par le vol rapide des hirondelles.

Pain blanc, volailles et venaisons rôties, fromage et confitures attendaient les héros du jour. Ils leur firent honneur ainsi qu'au vin claret qui les accompagnait. Tous trois mouraient de faim :

– En outre, déclara le jeune Fresnoy, il nous faut

reprendre toutes nos forces car si la nuit a été longue la journée sera rude !

D'abord il fallait se faire habiller. On les conduisit dans une chambre où des dames et des demoiselles les attendaient, parées pour la fête. Elles appartenaient au service des deux reines et de la comtesse Mahaut d'Artois. Des mains légères dévêtirent les trois garçons, puis leur passèrent des chemises et des braies « plus blanches que fleurs en avril » comme les chausses de soie, puis le bliaut, en soie lui aussi avec une bande d'orfroi au col, aux manches et au bas. Enfin le manteau de beau drap doublé de samit avec un fermail précieux. L'heure solennelle entre toutes était arrivée. Renaud comme ses compagnons prit une profonde respiration car le cœur leur battait fort.

Annoncés par la clameur triomphale des longues trompettes d'argent, ils parurent sur le large perron du château au bas duquel la cour était rassemblée autour d'un grand tapis posé sur l'herbe. Le coup d'œil en était magnifique : robes et voiles de multiples couleurs brodés d'or ou d'argent diaprés de pierres scintillantes, couronnes orfévrées ou guirlandes de fleurs des dames et armes somptueuses des hommes. La gorge nouée d'émotion, Renaud vit le roi, couronne en tête, d'azur et d'or vêtu. Auprès de lui les reines. Se contentant d'effleurer Blanche, il ne regarda qu'« Elle », belle à en mourir dans ses atours azurés nacrés de perles. Mais en dehors du sien, délicat comme une rose, il ne distingua aucun visage.

Les trompettes sonnèrent et Hugues de Croisilles, blanc d'émotion, descendit prendre place au centre du tapis où il salua profondément. Son parrain, un beau vieillard à barbe neigeuse, un aïeul peut-être, vint envelopper de mailles d'acier les jambes du jeune homme et attacher les éperons d'or à ses talons. Puis arrivèrent deux autres parents portant l'un le haubert, l'autre le heaume, qu'ils lui passèrent. Bientôt on ne vit plus de lui qu'une partie de son visage, les yeux se trouvant séparés par le nasal de fer du casque. Ensuite vint Robert d'Artois portant l'épée soutenue par un baudrier de cuir brodé qu'il ajusta sur le flanc gauche du jeune homme, après lui avoir adressé un bref discours et offert à ses lèvres le pommeau contenant une relique de saint. Puis il dit :

— Courbe la tête ! Je vais te donner la colée.

Et, de sa paume droite, lui assena sur la nuque un si rude coup que le jeune homme chancela. Mais, déjà, il le retenait et l'embrassait.

— Sois chevalier ! Et courageux envers les ennemis !

Les trompettes sonnèrent à nouveau et le même cérémonial se répéta – même suzerain mais famille différente – avec Fresnoy.

Enfin le tour de Renaud vint. Sous le fracas éclatant des trompettes dont le vent léger agitait les flammes, il descendit pour prendre place sur le tapis, avec cependant au cœur une inquiétude : orphelin sans la moindre famille, qui, de tous ces gens que son œil brouillé par l'émotion ne distinguait pas, bouclerait à ses talons les éperons d'or ? Quand il arriva, il mit genou en terre et baissa le front pour saluer le roi. Puis ce fut le silence. En se relevant sur un signe de Louis, il vit toutes les têtes tournées vers les personnages qui venaient à lui et n'en crut pas ses yeux : escorté d'écuyers portant les diverses pièces d'armure et le coussin rouge où les éperons luisaient joyeusement, c'était Pierre de Courtenay qui s'avançait, le haut baron dont il était cependant certain qu'il le détestait et n'avait pour lui que mépris.

Un instant, les deux hommes se tinrent debout face

à face, les yeux dans les yeux. Courtenay eut un mince sourire et déclara :

— En sauvant le roi notre sire, vous avez acquis à mes yeux le droit de porter notre nom et nos armes. C'est donc à moi qu'il revient de vous en investir. Faites en sorte que je n'aie jamais à le regretter !

Le ton n'avait rien d'affectueux et Renaud comprit qu'il devait sans doute cette reconnaissance inattendue à un ordre royal. Difficile à réfuter dès l'instant où le vrai chef de famille, l'empereur Baudouin, lui avait déjà donné son appui. Aussi se contenta-t-il de répondre :

— Sur la mémoire vénérée de mes pères, je jure de ne jamais trahir la confiance de quiconque... même si elle m'est accordée du bout des lèvres, ajouta-t-il assez bas pour que seul Courtenay l'entendît.

— Je vois que nous nous comprenons, fit celui-ci, même jeu.

Ses chevaliers enfermèrent Renaud dans sa nouvelle carapace d'acier mais ce fut Courtenay qui lui attacha les éperons d'or :

— Puissent-ils ne jamais vous être coupés par déshonneur ! murmura-t-il en se relevant et Renaud, cette fois, se contenta d'un sourire dédaigneux.

Le grand moment était arrivé. Louis IX quittait son trône et s'avançait vers celui dont il allait faire un autre homme et qu'une intense émotion envahissait :

— Cette épée vous est donnée par notre mère qui est aussi votre reine, dit-il avec simplicité. La relique du pommeau est un fragment du manteau partagé du grand saint Martin qui est le modèle de toute chevalerie. Faites-en bon usage, Renaud de Courtenay, et veillez à ce que le sang qu'elle fera couler soit toujours celui d'un ennemi de Dieu ou du royaume ! Jamais celui d'un innocent !

La gorge nouée, incapable de parler, le jeune homme baisa avec respect le petit réceptacle d'épais cristal serti dans le pommeau et ferma les yeux pour tenter de retenir les larmes qui lui venaient tandis que le roi, de ses propres mains, lui passait le baudrier. Tout son corps frémit quand la lourde épée toucha son flanc. Puis il s'agenouilla pour recevoir la colée et banda ses muscles en pensant toutefois qu'elle serait moins rude sous la main du maigre souverain que sous la poigne du vigoureux Robert. Or il reçut un coup à assommer un bœuf et, s'il resta stoïque sur ses genoux, il leva sur Louis un regard tellement stupéfait qu'une étincelle amusée s'alluma dans l'œil bleu du souverain.

– Sois chevalier ! dit celui-ci en l'embrassant. Et que ton bras soit aussi ferme que ta personne !

Des acclamations éclatèrent de toutes parts, cependant que les dames agitaient leurs écharpes ou leurs mouchoirs en attendant la suite de la cérémonie. Cette fois c'était aux chevaux de faire leur entrée : des bêtes jeunes mais très vigoureuses, avec des muscles énormes capables de porter le chevalier et son poids de fer plus le caparaçon. Celui destiné à Renaud était un présent du comte Robert, un de ces chevaux du Perche que l'on croisait alors avec ceux d'Espagne. Sa robe était grise et son œil plein de feu. On l'appelait Tempête et, apparemment, le nom lui allait bien. Après l'avoir examiné et lui avoir donné sur l'encolure quelques tapes amicales, le nouveau chevalier au comble du bonheur s'élança d'un bond et se mit en selle sans toucher les étriers, aux applaudissements de la foule. Alors on lui apporta ses deux dernières armes : la lance au bout de laquelle flottait un étroit gonfanon et l'écu assez long pour protéger tout le corps. Les armes des Courtenay – d'or aux trois besants de gueule mais frappés de la barre senestre de bâtardise – y étaient peintes et ce fut une puissante bouffée d'orgueil qui gonfla le cœur du nouvel adoubé. Enfin il était reconnu ! Enfin la vie s'ouvrait devant lui au plus large ! A lui de l'emplir du bruit de ses exploits pour que la trop belle dame qui obsédait sa pensée tourne parfois vers lui un regard souriant !

Le reste de la journée, jusqu'à ce que vienne la nuit, fut consacré à admirer, dans la grande prairie voisine du château, les prouesses équestres des nouveaux chevaliers : charges au grand galop pour faire crier les dames d'un délicieux effroi, jeu brutal de la quintaine où Renaud réussit à démolir entièrement le mannequin et ses boucliers sans se faire assommer, enfin affrontement courtois avec d'autres chevaliers où il s'efforça de briller de son mieux. Plusieurs fois, Marguerite l'applaudit, lui offrant ainsi des instants d'indicible bonheur. Porter un jour ses couleurs serait le comble de la félicité...

La reine Blanche, qu'il était allé remercier après l'adoubement, lui marqua elle aussi sa satisfaction à la fin des jeux en lui disant à sa manière un peu mi-figue mi-raisin qu'elle espérait vivement que son adresse aux armes se déploierait de façon plus vigoureuse encore dans les combats à venir que sur le sable des lices de tournois.

– Les Sarrasins ont la peau plus dure que les quintaines. Tâchez de vous en souvenir quand vous brandirez contre eux cette épée que je vous ai donnée...

Le tout sans sourire – après quoi elle lui tendit une main chargée de bagues que, genou en terre, il effleura de ses lèvres en bredouillant sa ferme intention de se conformer à ce qui ressemblait assez à une mise en demeure.

Quand le crépuscule descendit sur le val de Seine on revint au château pour le grand festin où se feraient entendre trouvères et musiciens, en s'émerveillant des tours des jongleurs et autres baladins. Il était très tard quand la fête s'acheva. Le roi, depuis longtemps, s'était retiré pour prier. Les nouveaux chevaliers avaient un peu trop bu et, quand Renaud voulut regagner sa chambrette, il n'y voyait plus très clair, les yeux embués de sommeil. Il dormait déjà alors que sa tête n'était pas encore sur l'oreiller.

Au lendemain de ce si beau jour qui lui avait souvent mis les larmes aux yeux, Sancie repartit pour sa Provence. Sa mère venait de mourir et son père la réclamait...

Deuxième partie

LE SOUFFLE DE LA CROISADE

CHAPITRE VIII

A BORD DE LA « MONTJOIE »

Assis sur un rouleau de cordage dans le port juste achevé d'Aigues-Mortes, Renaud regardait la mer, à peine visible sous le nombre de vaisseaux réunis pour la croisade. Le soir tombait apportant un peu de fraîcheur. On était en août, au plus fort de l'été, et le soleil avait tapé dur toute la journée. Une multitude de points lumineux, les lanternes des bateaux à l'ancre, s'allumaient comme autant de lucioles et, à mesure que la nuit viendrait on ne verrait plus qu'eux sur cet énorme assemblage de nefs de guerre et de chalands destinés au transport du matériel. Pour l'instant les derniers feux du jour agonisant permettaient encore de distinguer les formes fantastiques de ces forteresses flottantes, armées comme leurs sœurs terrestres dont elles imitaient la silhouette avec leurs « châteaux » qui dominaient les ponts et leurs hunes, petites tours de bois carrées, crénelées et vivement colorées. Trois en général, une à l'avant, une à l'arrière dans les parties courbes de l'étrave et de l'étambot et la troisième en haut du maître mât[1]. Les grands écus des chevaliers

---

1. Elle y est restée en devenant la hune.

qui allaient s'y embarquer étaient alignés le long des bordages auxquels ils apportaient un renfort de défense.

A quelques exceptions près – certains grands seigneurs possédaient leur propre nef –, ces navires venaient de Marseille et de Gênes. Le roi, depuis deux ans, les avait retenus et fait équiper de façon qu'ils pussent transporter son armée et ses chevaux le plus commodément possible. Car il n'avait rien laissé au hasard : des montagnes de vivres de toutes sortes l'attendaient déjà dans l'île de Chypre choisie comme point de ralliement. Chypre, dernier royaume latin dont la couronne appartenait aux Lusignan, n'était qu'à vingt-cinq lieues (terrestres) de la côte syrienne.

D'un geste sec, Renaud aplatit un moustique égaré sur son cou. Ces bestioles étaient la plaie de ce port surgi d'une lagune agrandie et environné de marais et de salines, assez vaste pour contenir sans peine l'armada royale. Ces damnés insectes représentaient le dernier inconvénient avant la grande envolée vers le large et cette mer de saphir qui mènerait la croisade vers sa terre promise... Puisque enfin on allait partir après avoir tellement désespéré d'y arriver jamais !

Pourtant que de chemins parcourus depuis trois ans à la queue du cheval de Robert d'Artois toujours derrière le roi ainsi qu'il l'avait annoncé. Ce qui ne voulait pas dire dans les entours de la reine, bien au contraire ! Ainsi, le pape ayant réussi à réunir à Lyon son concile vengeur contre Frédéric II, avait réclamé hautement la présence, et l'aval, du souverain français. Ce à quoi Louis s'était refusé longtemps, tenant à conserver des relations convenables avec l'irascible empereur allemand tout en ménageant le pontife romain et en gardant des possibilités d'arbitrage d'un quelconque accommodement entre eux. Ce qui relevait de l'exploit, l'excommunication ayant été dûment fulminée par Innocent et approuvée par les cardinaux contre celui que l'on appelait le « Sultan baptisé ».

Dans le but d'amadouer la fureur du Saint-Père sans se jeter dans le chaudron lyonnais, Louis, en bon diplomate, avait invité celui-ci à le rejoindre en terrain neutre : la grande abbaye de Cluny, point trop éloignée de Lyon, l'un des phares spirituels de l'Europe et sans doute la plus importante car elle était l'origine d'environ mille deux cents moines frères répandus dans l'Occident chrétien. Il s'y rendit donc, en grand arroi et avec la magnificence digne d'un roi de France en compagnie de sa mère, de sa sœur Isabelle plus tournée vers Dieu que jamais, de l'inévitable Robert et du jeune Charles d'Anjou. A la grande indignation de Renaud, la reine Marguerite[1], qu'aucune grossesse ne retenait à Paris, dut rester au logis avec sa royale marmaille...

Cependant Renaud devait garder de Cluny un beau souvenir dû moins à la richesse de l'abbaye, à sa gigantesque église Saint-Hugues, la mieux ornée, la plus longue et la plus haute du monde que par la surprise qui l'y attendait : Baudouin de Constantinople et sa suite – y compris le cornemuseus ! – accompagnaient Innocent. Et ce fut avec une joie profonde qu'après la bénédiction particulière que lui accorda le pape, il mit genou en terre devant celui qui l'avait arraché à un sort fatal. Baudouin l'avait embrassé avec sa chaleur habituelle en le félicitant d'avoir enfin réalisé son rêve, après quoi Renaud était tombé dans les bras

---

1. Rappelons que, des quatre filles de Provence dont l'aînée était Marguerite, la cadette Eléonore avait épousé Henry III d'Angleterre, la troisième, Sancie, le frère de celui-ci, Richard de Cornouailles et la dernière, Béatrix, étant encore à marier.

de son ami Guillain d'Aulnay. Tous deux avaient tant de choses à se raconter que les importants palabres qui se discutaient au niveau suprême leur passèrent un peu au-dessus de la tête. Une seule chose comptait vraiment : ils allaient revenir ensemble à Paris, Louis ayant décidé d'apporter une aide sérieuse à son malheureux cousin puisque la croisade annoncée, dont Innocent IV s'enchantait, prendrait le chemin de la mer et non celui de son empire.

Un instant, on craignit d'être à nouveau séparés. En effet, le comte de Provence, père de Marguerite, venait de mourir laissant une dernière fille, Béatrix, la plus jeune, déjà convoitée par plusieurs prétendants. Or son oncle, l'archevêque de Lyon Philippe de Savoie qui se trouvait à Cluny avec le pape, souhaitait qu'elle fût mariée au jeune Charles d'Anjou et laissa entendre qu'il fallait forcer quelque peu la main de la comtesse veuve, sa sœur. Aussi Charles fut-il envoyé sur-le-champ à Forcalquier à la tête d'une petite armée détachée de l'énorme escorte royale. Toujours disposé à prendre la route dès qu'il s'agissait de distribuer des horions, Robert d'Artois se proposa pour une fois à l'accompagner mais le roi ne le permit pas :

— S'il convient de montrer notre force, il ne s'agit pas d'aller pourfendre les prétendants qui gravitent autour de la comtesse de Provence ! Monseigneur de Lyon sera une escorte bien plus paisible et plus crédible que mon cher et bouillant frère !

Charles d'Anjou était donc parti seul épouser la jeune Béatrix qu'il ramena triomphalement trois mois plus tard au palais de la Cité et où des fêtes brillantes furent données, à la grande joie de Marguerite, infiniment heureuse de retrouver sa petite sœur...

Dans les mois qui suivirent, Robert d'Artois autorisa Renaud à rester auprès de son ancien maître jusqu'à son départ définitif pour Constantinople. Avec lui, il fit un voyage en Angleterre pour y recueillir l'aide qu'offrait tout à coup le roi Henry. Il y vit les deux sœurs de Marguerite, les trouva beaucoup moins belles – encore qu'avec un brin de mauvaise foi car aucune des Provençales n'était laide ! –, puis on se rendit à Namur, dans la parentèle Courtenay nordique afin d'y négocier la passation des droits de Baudouin sur le marquisat. Enfin, Renaud revit avec émotion le pays de son enfance quand l'empereur se rendit en son château du Gâtinais qu'il avait offert en douaire à l'impératrice Marie, sa femme, en vue d'y régler divers litiges et autres questions relevant de son pouvoir féodal. Renaud revit ainsi la Tour oubliée près de laquelle il avait, de ses mains, enterré celui qui lui avait tout donné : le grand Thibaut de Courtenay que l'on croyait être son père.

Il s'y rendit en la seule compagnie de Gilles Pernon, son ombre fidèle et inlassable qui ne le lâchait d'une longueur d'épée, mêlant à ses devoirs d'écuyer un curieux sentiment quasi paternel qui le poussait à veiller sur lui sans désemparer. Donc, pas question de s'enfoncer seul dans les méandres d'une forêt épaisse et mal connue !

Un peu agacé d'abord, Renaud finit, ce jour-là, par en remercier le ciel. Pernon possédait un sens étonnant de l'orientation et l'art de retrouver son chemin, en quelque circonstance que ce fût, dans un endroit où il n'avait jamais mis les pieds. Grâce à lui et à quelques renseignements qu'il put glaner, on parvint à la tour sans erreur de parcours.

En apercevant entre les arbres l'infime monticule surmonté d'une croix grossière sous lequel reposait le vieux chevalier, Renaud se sentit étreint d'une profonde émotion et, pour s'en approcher avec plus de respect encore, il allait descendre de sa monture quand Pernon le retint :

– Nous ne sommes pas seuls, messire ! chuchota-t-il.

Un cheval, la bride sur le cou, broutait librement l'herbe tendre et les jeunes pousses dans la petite clairière. Un cheval qu'à son harnachement les deux hommes identifièrent sans peine :

– Un Templier ! marmonna Renaud sourcils froncés. Que fait-il là ? Et d'abord, où est-il ?

Les deux hommes mirent pied à terre sans faire de bruit, tirèrent l'épée d'un même mouvement et se dirigèrent vers la tour sans que le cheval occupé d'une touffe particulièrement savoureuse songeât seulement à les signaler. Un homme était là en effet, un Templier qui devait être de haute taille bien qu'il disparût à moitié dans le vieux coffre où Thibaut jadis gardait le peu de ce qu'il avait de précieux, comme le manteau blanc à croix rouge dont Renaud l'avait revêtu pour l'ensevelir.

Du seuil, celui-ci demanda sèchement :

– Peut-on savoir ce que vous cherchez céans ?

Avec une étonnante rapidité, l'intrus se redressa, se retourna, montrant dans l'encadrement d'acier du camail un visage aux traits sculptés, profonds, une bouche mince et dure annonçant un caractère impitoyable et des yeux gris d'une dureté minérale.

– Je ne crois pas que cela vous concerne, articula-t-il d'une voix lente, un œil sur l'épée de Renaud mais sans traduire le moindre sentiment. Commencez par dire qui vous êtes.

– Je pourrais vous retourner la question si j'étais aussi discourtois que vous. Ce qui est étrange pour un chevalier du Temple. Sachez seulement que je suis le fils de celui qui repose sous la croix de la clairière et que j'ai nom Renaud de Courtenay, répondit-il sans se déprendre de son arme. A vous à présent.

L'homme parut se détendre, esquissant même un sourire :

– En ce cas rengainez donc votre estoc car j'ai autant droit que vous d'être ici. Je suis frère Roncelin, de la commanderie de Joigny... Votre père appartenant toujours au Temple en dépit de l'isolement où il avait choisi de vivre, nous nous sommes avisés que son ermitage gardait peut-être des... objets ou des... écrits relevant de notre règle et qui...

– Roncelin de quoi ? émit Renaud qui ne cédait pas. On ne perd pas son nom quand on entre dans l'Ordre.

– De Fos ! Ne cherchez pas, ajouta-t-il avec dédain, ce n'est pas un nom de cette contrée. A présent, laissez-moi achever ma mission !

– Inutile ! Frère Thibaut vivait dans la sainte pauvreté. Il n'avait dans cette tour que les herbes sèches et les quelques remèdes qu'il en composait pour secourir les bêtes blessées et les petites gens de la forêt. Plus le manteau de l'Ordre dont je l'ai enveloppé avant de le confier à la terre car c'est moi qui l'ai enseveli... et qui ai fermé cette porte avant d'en remettre la clef à frère Adam Pellicorne dont votre commanderie se souvient peut-être encore !

– Certes, certes ! Nous révérons sa mémoire.

– D'où vient alors que vous ayez enfoncé l'huis ? On aurait dû, là-bas, vous remettre la clef !

– Nul ne sait ce qu'elle est devenue. Il le fallait bien !

– Soit ! soupira Renaud en se décidant finalement à remettre son glaive au fourreau. A présent, me ferez-vous la grâce de me laisser prier en paix ?

– C'est trop naturel. Vous appartenez sans doute à l'entourage de l'empereur Baudouin, qui réside ces jours en son château de Courtenay ? ajouta Roncelin de Fos soudain fort radouci.

– Non. J'appartiens à monseigneur Robert d'Artois mais, ayant servi l'empereur il n'y a pas si longtemps, je lui ai été prêté jusqu'à son retour à Constantinople...

– A merveille ! Eh bien, je vous laisse à votre oraison. Je suis désolé pour la porte !

Et il s'en fut. Renaud et Pernon le regardèrent reprendre son cheval et disparaître dans la forêt, mais le vieil écuyer n'était visiblement pas content :

– Pourquoi, diable, lui avez-vous dit tout cela ? bougonna-t-il. Votre vie ne le regarde pas. Et je n'aime pas cet homme.

– Moi non plus, mais je n'ai rien révélé d'extraordinaire. N'importe qui au château aurait pu lui en dire autant en admettant qu'il souhaite se renseigner. Ma vie est désormais sans secrets, conclut-il.

– Espérons-le !

Tandis que Renaud s'agenouillait sur la tombe, Gilles Pernon s'efforçait de remettre la porte en place tant bien que mal, non sans souhaiter tous les maux de la terre aux Templiers trop curieux. Renaud, lui, pria longtemps, essayant d'appeler à lui l'esprit de celui qui reposait là parce qu'il ne pouvait se débarrasser de l'impression désagréable laissée par sa confrontation avec Roncelin de Fos. Une inquiétude le prenait au sujet de ce que cherchait au juste cet homme et jusqu'où il eût été capable d'aller si l'on n'était pas arrivé. Une pensée horrible lui venait qu'il tentait de rejeter mais qui s'accrochait, têtue, insistante. Le Templier aurait-il osé fouiller la tombe ?

Cette impression fut si forte que, de retour à Courtenay, il alla trouver l'empereur pour lui raconter ce qui venait de se passer :

– Je ne suis pas tranquille, dit-il en conclusion.

Evidemment, je ne sais ce qu'il cherchait, mais il semblait fort acharné et je voudrais pouvoir surveiller la tombe pendant quelque temps... Et si l'empereur voulait bien m'accorder un congé...

– Non. Nous repartons pour Paris dans deux jours. Mais j'ai peut-être mieux à vous offrir. Demain, vous y retournerez avec le chapelain, une garde d'honneur, un chariot, un cercueil et des fossoyeurs.

– Vous voulez l'exhumer ? Mais pour le mettre où ?

– Là où devrait être depuis longtemps ce preux qui fut le frère d'armes et le plus fidèle compagnon du roi lépreux : dans la chapelle de ce château...

Les larmes aux yeux, Renaud ne sut que s'incliner pour baiser, en remerciement, la main de cet homme généreux qui lui accordait la paix de l'âme. Et le lendemain, il retournait dans la forêt avec le petit cortège prévu par Baudouin. Sire Henri Verjus le commandait mais, quand on arriva, il fut évident, pour ces hommes habitués à lire dans la nature les traces du gibier ou de l'homme, que l'on avait touché à la sépulture même si l'on avait essayé de remettre au mieux les touffes d'herbe :

– Ce monstre a dû revenir dans la nuit ! ragea Renaud furieux. J'aurais dû rester là en me contentant de renvoyer Gilles Pernon demander de l'aide et puis attendre. Je suis imbécile ! Je sentais qu'il le ferait ! Mais pour découvrir quoi ?

– C'est un Templier, cela dit tout ! émit Verjus avec un haussement d'épaules. Pour ce que j'en sais, ils sont capables du meilleur comme du pire. Du meilleur quand il s'agit de combattre ; du pire quand il s'agit de l'intérêt de l'Ordre. Il n'empêche que nous allons faire ce pour quoi nous sommes venus. Après une telle violation, il faut à ce noble corps la terre consacrée d'une église...

Un discours de cette ampleur était rare dans la bouche d'Henri Verjus le silencieux et Renaud y fut d'autant plus sensible. Il put constater cependant, tandis que se déroulait la pénible cérémonie, que le profanateur s'était montré soigneux : le corps étonnamment bien conservé reposait toujours dans le manteau blanc devenu noir dont les lambeaux étaient arrangés dans un certain ordre. Bouleversé de revoir quasi momifié mais très reconnaissable le visage de son aïeul, Renaud tint à déposer lui-même le défunt dans la bière que le chapelain venait de bénir. Ensuite on referma la tombe et l'on prit le chemin du retour en psalmodiant les prières des morts.

Quand tout fut fini, après une cérémonie belle et simple que présida l'empereur, Renaud déclara qu'il voulait se rendre à Joigny pour demander raison à Roncelin de Fos de son geste sacrilège et Verjus avec d'autres chevaliers se proposèrent pour le suivre mais Baudouin s'y opposa :

– Il n'a pas pu revenir dans la nuit pour perpétrer son forfait : Joigny est trop loin. Il devait être à la grange de Piffons qui est très proche de nous. De toute façon, on ne vous répondrait pas : le Temple mieux que quiconque sait garder ses secrets. Surtout s'il s'agit d'un dignitaire. Ce qui est probable, les simples chevaliers étant tenus d'aller par deux.

– Je ne peux donc rien faire contre ce misérable qui a osé souiller la tombe de mon père ? s'indigna Renaud.

– Vous non, moi oui. Je vais envoyer à Joigny un de mes courriers sous mes armes avec une lettre pour ce Roncelin de Fos l'invitant à venir ici. Nous allons donc retarder notre départ de quelques jours...

Ainsi fut fait mais, quand le messager impérial revint, il rapportait la lettre plus une autre, de la main du commandeur, présentant à l'empereur ses regrets : frère Roncelin avait bien séjourné un certain temps à Joigny, puis il était reparti depuis plus de quinze jours... pour la Terre Sainte.

– En ce cas, jura Renaud, elle ne sera jamais assez vaste pour que je ne puisse l'y retrouver et lui faire payer son forfait les armes à la main !

Dans les semaines suivantes, Baudouin II, alors que la cour se trouvait à Poissy, qui séjournait de l'autre côté de la forêt au château de Saint-Germain, remit solennellement au roi Louis une bulle d'or, le plus sacré des documents byzantins, lui faisant abandon définitif de la Couronne d'épines et autres objets de la Passion du Christ. Après quoi, avec la petite armée qu'il avait réussi à rassembler et les fonds dont il disposait à présent, l'empereur de Constantinople prit enfin le chemin de sa capitale abandonnée depuis si longtemps. Certains de ceux qui l'accompagnaient pensaient pouvoir rejoindre la croisade une fois l'ordre rétabli dans l'empire. Renaud aurait pu être de ceux-là car l'affectueux respect qui le vouait à Baudouin et l'entente, profonde maintenant, tissée entre lui et Guillain d'Aulnay l'y incitaient mais Robert d'Artois refusa :

– J'ai beaucoup d'amitié pour mon cousin de Constantinople, mais c'est à moi que vous appartenez et cette fois, je tiens à vous garder. N'oubliez pas que votre première tâche est de préserver le roi !

Renaud se laissa donc faire violence et sans trop de regrets : la date du grand départ approchait et l'excitation croissait en lui avec les jours... et aussi l'idée que Marguerite serait de ce voyage si longtemps rêvé. L'amour demeurait dans son cœur bien qu'il l'eût peu vue durant tous ces mois.

C'est à la consécration de la Sainte-Chapelle qu'il la

revit enfin dans tout l'éclat de l'apparat royal que sa beauté rehaussait et où, pour la première fois, elle éclipsait la reine mère. Celle-ci, en effet, avait peine à cacher sa tristesse. On était le 26 avril de cette année 1248 et, dans moins de deux mois, le fils tant aimé s'éloignerait d'elle pour de longues années sans doute. Elle garderait le royaume et aussi les enfants mais elle se sentait vieille, à présent, et une voix secrète lui disait qu'elle ne reverrait plus celui qui allait partir, alors que Marguerite, elle, rayonnait de bonheur en pénétrant dans le nouveau sanctuaire dont le clair soleil de ce matin printanier allumait les hautes verrières en une fulgurance de rubis, de saphirs et de topazes. Le chef-d'œuvre de Pierre de Montreuil était achevé dans la perfection avec ce double jaillissement des pierres et de la lumière.

Après que les saintes reliques, portées par le roi et ses frères en robe de bure blanche et pieds nus, eurent pris place dans le fabuleux reliquaire édifié pour elles et après la grand-messe solennelle célébrée par l'évêque de Paris, Guillaume d'Auvergne, suivie d'abondantes distributions d'aumônes, Renaud put s'approcher du maître d'œuvre qui, avec ses ouvriers en leurs plus beaux atours, avait reçu les remerciements chaleureux du roi.

– Voilà votre merveille terminée, maître Pierre, lui dit-il après l'avoir embrassé. N'allez-vous pas vous ennuyer ?

– M'ennuyer ? Si Dieu m'accorde de mener à bien l'ouvrage qui me reste, je lui en saurai gré, répondit-il en riant, mais je ne crois pas que ce sera possible. On me demande de tous côtés...

– C'est bien naturel : vous êtes un grand artiste. Mais, après vous, vos fils continueront...

– C'est vrai, et une famille comme la mienne est

aussi un don de Dieu ! A ce propos, sire Renaud, puisque votre saint voyage va vous conduire d'abord dans l'île de Chypre, accepteriez-vous de vous charger d'un message pour mon jeune frère Eudes qui, là-bas, travaille à la cathédrale Sainte-Sophie de Nicosie ? Notre réputation, comme vous le voyez, s'étend déjà loin...

– Cela va être pire maintenant, mais je serai heureux de le connaître et de lui remettre ce que vous me confierez. Je pense, hélas, qu'il vous faudra attendre un certain temps.

– Ce n'est pas important. Ce qui l'est, c'est que vous reveniez bien vivant et en bonne santé !

A dater de ce jour, tout avait paru s'accélérer dans la fièvre des grands départs et l'on arriva comme l'éclair au 12 juin, fête de Barnabé, le saint venu de Chypre vénéré comme apôtre bien qu'il n'eût pas connu le Christ et fût seulement le fidèle compagnon de Paul. La veille, Renaud s'était enhardi jusqu'à demander une audience à Blanche de Castille.

Elle le reçut dans son oratoire privé, peut-être à cause de la pénombre propice à la prière qui y régnait, mais c'était peut-être aussi pour qu'il remarquât moins ses yeux rougis où les larmes devaient avoir leur part.

– Que voulez-vous de moi ? demanda-t-elle avec une résurgence de son ancienne rudesse.

– Rien, noble reine... sinon la permission de vous saluer et... de vous remercier encore des bienfaits reçus de vous. Surtout de cette épée que j'espère mener sur un chemin digne d'elle... et de celle dont je la tiens ainsi que je l'ai promis du jour où on me l'a remise.

– Faites-lui suivre celui du roi et elle ne déviera jamais. Quant à mes bienfaits, ils ne vous ont guère accablé lorsque vous êtes arrivé voici quatre ans.

– Je les veux oublier, madame, ne souhaitant garder

souvenir que de vos bontés. J'avoue cependant... qu'à l'époque, je me suis souvent demandé pourquoi la mère de notre sire me faisait l'honneur de me... détester. Il est vrai qu'une antipathie ne se peut raisonner.

– Mais il ne s'agissait pas d'une vague antipathie, dit-elle avec un grand calme. Je vous détestais vraiment comme le mauvais souvenir que vous évoquiez sans le savoir.

Elle hésita un instant tandis que son regard soudain songeur pesait sur ce magnifique garçon agenouillé là où elle était afin de ne pas être dominée par sa haute taille.

– J'avais douze ans, murmura-t-elle enfin, quand la reine Aliénor, mon aïeule, est venue d'Angleterre me chercher à la cour du roi mon père pour me mener épouser le prince Louis de France. Il y avait alors à Burgos un jeune seigneur dont le nom importe peu mais dont on disait que sa mère l'avait eu d'un émir sarrasin. C'était possible car, par maléfice je pense, il attirait le cœur de toutes les filles... Le mien comme les autres. Il s'en est rendu compte mais n'a fait qu'en rire et longtemps, même mariée, même heureuse, j'ai entendu ce rire...

– Madame ! balbutia le jeune homme épouvanté de ce qu'il lisait dans les yeux de Blanche, mais elle le fit taire.

– Ce n'est pas fini... Sans doute, n'étais-je à ses yeux qu'une enfant. Pourtant je l'ai haï alors même que j'avais appris sa mort. Vilainement occis par un époux outragé ! Or... vous lui ressemblez. A la seule différence que vos cheveux sont blonds. Relevez-vous à présent !

– Pas encore... puisqu'il me faut demander pardon pour mon visage.

Il comprenait maintenant et, sincèrement désolé, il

regardait avec une sorte d'admiration cette grande dame, cette reine dont l'orgueil était connu et qui, cependant, venait de lui avouer si simplement pourquoi elle l'avait poursuivi de sa vindicte. A cet instant, elle lui souriait et son sourire était plein de douceur :

– Si vous n'étiez venu, je vous aurais fait mander : il fallait que ce soit dit puisque vous partez pour la guerre sainte et que jamais certainement nous ne nous reverrons. Non. Ne dites plus rien...

Se penchant sur lui, elle le fit se relever puis, lui prenant la tête à deux mains, l'attira vers elle et posa un baiser sur son front :

– Allez, chevalier ! Et que Dieu vous garde !

En se retrouvant dans l'escalier, Renaud s'aperçut qu'il pleurait...

Le lendemain, le roi alla prendre l'oriflamme à la basilique de Saint-Denis comme il convenait avant un départ en guerre. Il y prit aussi le bâton et le bourdon du pèlerin dont il revêtit l'habit puis, pieds nus, revint à Notre-Dame pour y entendre grand-messe, se rendit finalement à l'abbaye Saint-Antoine, escorté d'un peuple immense et en larmes, faire ses dernières dévotions. Enfin il monta à cheval et gagna le château de Corbeil où était fixée la première étape. Au long de cette ultime journée, sa mère, le visage défait bien qu'elle s'efforçât de le cacher, l'accompagna. Au matin suivant, après lui avoir solennellement remis la régence du royaume, Louis s'opposa à ce qu'elle l'accompagne plus loin. Elle avait désormais la France en charge et aussi les trois enfants confiés à sa garde mais, à l'instant crucial, c'était une maigre consolation en regard de ce qu'elle perdait. Dans toutes les fibres de son corps, elle sentait qu'elle ne reverrait plus ce fils tant aimé, ce jeune souverain dont elle avait guidé les pas, au côté de qui elle avait si souvent chevauché. En outre, elle perdait aussi Robert et Charles : trois fils sur quatre ! C'était à peine soutenable...

La douleur soudain fut la plus forte et, comme n'importe quelle mère déchirée par la séparation, elle s'évanouit au bord du chemin... Louis la releva, la tint embrassée un long moment, puis, la confiant à son frère Alphonse qui partirait plus tard, il s'élança en selle et disparut avec les siens dans la poussière du chemin. En pleurant, lui aussi.

Et la lente descente vers la Méditerranée commença. Impossible d'aller vite quand on traîne après soi une armée, son train et ses bagages. Le roi en profitait pour s'arrêter dans nombre d'églises et de monastères comme s'il voulait « faire provision de prières ». Pour Marguerite, c'était le voyage de la délivrance. Elle était trop foncièrement bonne pour n'avoir pas compati à la douleur de Blanche en dépit de ce qu'elle avait eu à en souffrir. Elle comprenait d'autant mieux qu'elle-même laissait ses enfants seulement, elle allait avoir son roi sans partage et il faisait si bon chevaucher à travers la riche Bourgogne en compagnie de sa sœur Béatrix, nouvelle comtesse d'Anjou et aussi de ses beaux-frères Charles et Robert qui, lui, partait seul, sa comtesse Mahaut restant à Paris pour cause de grossesse...

Ce bonheur que son ravissant visage exprimait si ouvertement agaçait Renaud comme l'exaspérait la lenteur du voyage. A ce train-là, on ne serait pas en Terre Sainte avant un an ou deux !

– Notre sire s'estimera-t-il jamais assez béni ? lâcha-t-il un soir où, sous sa tente, qu'il préférait à tout autre logis, Robert d'Artois avait réuni ses chevaliers pour taster avec eux le vin local. Le prince vint à lui et lui assenant la bourrade à assommer un bœuf qui était chez lui signe d'amitié, s'écria :

– Tu t'impatientes, jeune poulain ? Tu as hâte d'en

découdre avec l'infidèle ou bien de vérifier si ses filles sont aussi troublantes qu'on le dit ?

– Ce serait plutôt la première proposition, monseigneur. L'armée aussi s'impatiente ! On n'arrête pas de chanter des cantiques !

– C'est que vous n'avez rien compris, elle et toi. Tu oublies qu'une croisade est un pèlerinage sur la route duquel il convient de prier dans tous les lieux sacrés. Et tu vois bien que le roi ne quitte pas son habit de pèlerin.

– Je n'y pensais pas. Encore heureux alors, que nous ne fassions pas le chemin à pied !

– Hé oui ! C'est un peu ça, mais console-toi en pensant qu'en mer nous ne rencontrerons pas beaucoup d'églises !

L'arrêt le plus long fut à Lyon. Le pape semblait décidé à s'y implanter et il relevait de l'impossible d'y passer sans le rencontrer. Louis IX, dont la piété n'obscurcissait pas le sens politique, en profita pour confier son royaume à Innocent afin qu'armé de la croix pastorale il barre le chemin à Henry III d'Angleterre si la fantaisie lui prenait de venir goûter d'un peu plus près à la terre de France. Et il s'efforça une fois de plus de poser les bases d'une réconciliation entre le souverain pontife et sa vieille bête noire, l'empereur Frédéric. En vain, naturellement, mais Louis partait de ce principe que celui qui ne risque rien n'obtient rien... La conscience désormais tranquille, il poursuivit son chemin...

La nuit était venue. Une belle nuit d'été semée d'étoiles mais humide à cause des marais voisins dont l'eau s'évaporait dans la chaleur du jour. Renaud déplia ses longues jambes et s'étira. Il était resté trop longtemps assis sur son rouleau de cordages à examiner les mouvements du port et son va-et-vient continuel entre les bateaux et le quai tout neuf. Demain on appareillait. Demain commençait la grande aventure. Enfin !

Il se tourna vers la grosse tour ronde dominée par une sorte de belvédère, la seule pièce des fortifications décidées par le roi qui fût achevée. Un feu flambait en haut dans une cage de fer car la tour de Constance – c'était son nom – servait à la fois de phare et d'amer. Renaud savait que Marguerite, sa sœur et leurs dames y avaient pris logis et il était ému de « la » savoir si près de lui, mais elle serait bientôt plus près encore si Dieu voulait bien qu'il soit sur le même navire qu'elle... Il pourrait la voir chaque jour, l'approcher, ce qui ne lui était pas arrivé depuis longtemps. Et peut-être lui parler ? Malheureusement, elle n'avait plus, auprès d'elle, le petit laideron disparu. Quand ?... Le lendemain même de son adoubement. Par dame Hersende, il avait appris qu'elle venait de perdre sa mère et que son père la demandait, mais elle n'était jamais revenue. Il y pensait quelquefois se demandant ce qu'elle devenait. En fait elle lui manquait, avec sa manière directe de dire les choses, son parler sans détour et cette drôle de petite lumière verte qui scintillait entre ses paupières obliques lorsqu'elle se laissait aller à sa malice naturelle...

Un moment, il resta à contempler le bouquet de flammes qui s'échevelaient dans leur lanterne sur le sommet de la tour, puis se mit en route pour rentrer au camp de monseigneur Robert quand Pernon se matérialisa soudain au détour d'une pile de tonneaux.

– Ah, messire ! Je vous cherchais...

Il n'avait pas l'air dans son état normal, mais ce n'était pas dû à un contact prolongé avec la bouteille. Depuis qu'il était devenu son écuyer, l'ancien maître d'armes ne s'enivrait plus que rarement. Sa figure prenait alors une chaude couleur ponceau alors que, cette fois, elle était presque blême.

— Eh bien ? Que se passe-t-il ?

— C'est... c'est que je viens de voir le baron Raoul !

— Et cela vous bouleverse à ce point ? A la limite, on pouvait s'attendre à le voir rejoindre l'ost. Son père n'a-t-il pas participé à la dernière croisade ?

— Si fait, et il n'y aurait là rien de bien étonnant mais c'est le baron lui-même qui est surprenant. D'abord il errait seul près de l'entrée de la ville avec un air égaré, comme un qui ne sait pas où il va...

— Il a pu vouloir faire une promenade solitaire et comme il ne connaît pas cet endroit...

— Ça, je le sais mais, en outre, il avait l'air malade. Je l'ai bien vu quand il est venu vers moi alors que je n'osais pas l'approcher. Jamais je ne l'ai vu si pâle, si triste ! Il m'a pris aux épaules comme s'il était naturel que je sois là, comme si on s'était quittés de la veille et il m'a dit que... ah oui : la rédemption est au bout du chemin... qu'il est venu pour payer le crime commis et que c'était le ciel qui m'envoyait pour en être témoin. Il se cramponnait à moi et j'ai voulu me dégager, lui expliquer que j'avais retrouvé du service, mais il ne voulait rien entendre. Heureusement est arrivé l'un de ses chevaliers, messire d'Amigny, qui me connaît. A nous deux, nous l'avons ramené bien doucement à sa tente où ses gens ont pris soin de lui.

— Mais que s'est-il passé pour le mettre dans cet état ?

— D'après messire d'Amigny, il aurait découvert, peu après ma fuite, la vérité sur sa maîtresse et la mort de dame Philippa. Il a été pris alors d'une terrible colère et il a ordonné qu'on se saisisse de la Flore. Il l'a traduite devant son tribunal et condamnée au feu pour sorcellerie.

— Une fille de noblesse jetée au bûcher comme sorcière ?

— Oh, ça s'est déjà vu ! Mais rassurez-vous ! On ne l'a pas fait rôtir : la veille de l'exécution, elle a disparu de sa prison sans que personne puisse savoir comment elle a pu faire ni où elle est passée. Depuis sire Raoul n'a cessé de battre sa coulpe et de demander pardon à Dieu, excité dans sa contrition par son bon frère Enguerrand qui le poussait à se faire moine, ce qui lui aurait permis, à lui, de le faire occire tranquillement dans son moutier mais le roi appelait à la croisade et les chevaliers de Coucy ont persuadé leur baron de prendre la croix comme le plus sûr moyen d'obtenir le pardon divin en se battant pour Jérusalem... et surtout le plus sûr moyen de le protéger de son frère. Alors ils sont partis à une dizaine avec lui et d'abord tout a été bien. Sire Raoul semblait redevenu lui-même et heureux à la perspective des batailles à venir. En outre, le long du chemin, il a prié presque autant que notre sire. Et puis, peut-être à cause de la lenteur de ce voyage, il a commencé à boire, ce qui ne vaut rien à sa santé et quand il est ivre, il mélange tout : son ardent besoin de rédemption... et le désir brûlant qu'il garde de cette traînée et qui le consume ! Voilà où il en est.

— Mon Dieu ! Et que peut-on faire pour le secourir ?

— S'adresser à Dieu, justement, pour que le rassemblement des croisés se fasse vite et que l'on ne s'attarde pas trop longtemps dans l'île de Chypre. J'ai ouï dire que l'on s'y sent porté aux jeux de l'amour à cause d'une déesse des Anciens qui avait là des servantes plus lascives que toutes les filles follieuses que trimbale après elle une armée en campagne. Si c'est vrai, le baron deviendra complètement fou...

– Ou guéri ? Sait-on jamais !

Le lendemain, la flotte hissait ses grandes voiles carrées frappées d'une croix dorée, tandis que les prêtres entonnaient un vibrant *Veni Creator* repris avec ferveur par ceux qui partaient sans savoir s'ils reverraient un jour leur pays natal ; mais dans cette matinée inondée de soleil, sur cette mer bleue comme le blason de France et dans le vent allègre qui apportait la magie des terres lointaines, il n'y avait aucun de ces hommes – et de ces femmes ! – pour s'abandonner à des regrets stériles puisque l'on allait délivrer le Tombeau du Christ et gagner l'entrée au paradis, en effectuant le plus beau des voyages.

Trois nefs voguaient en tête – la *Montjoie*, la *Reine* et la *Demoiselle* –, pavoisées de couleurs vives jusqu'à la pomme des mâts, toutes frissonnantes de bannières et de flammes. Elles étaient immédiatement suivies des chalands où l'on avait aménagé des loges pour les précieux chevaux dont l'embarquement et le débarquement s'effectuaient aisément grâce aux huis qui s'ouvraient à l'arrière.

Le roi et les siens – quelque cinq cents personnes ! – montèrent, au son des trompettes d'argent, à bord de la *Montjoie* dont le château arrière était transformé pour les dames en appartement avec tentures, coussins de soie et bonnes couettes pour le repos. Renaud était beaucoup plus modestement logé à l'avant avec les autres chevaliers. S'il avait espéré un instant approcher sa reine, il comprit vite que ce serait impossible. Cependant, il pouvait l'apercevoir pour la messe du matin et dans la journée quand elle venait sur le couronnement du château arrière, dont le grand velum de toile rayée orange et rouge le protégeait des ardeurs du soleil... En digne fille du Midi, elle aimait les robes et les voiles clairs, souvent blancs, qui, aux yeux de son adorateur muet, la faisaient plus belle encore et il pouvait rester des heures, tapi dans un coin, à la regarder à travers ses paupières mi-closes en faisant semblant de dormir.

Les premiers soirs, ce fut une autre sorte d'enchantement. Marguerite avait auprès d'elle, depuis le mariage de sa sœur Béatrix avec Charles d'Anjou, une jeune femme à elle envoyée par sa mère en remplacement des joyeux troubadours que Madame Blanche supportait si mal. Cette demoiselle savait tourner un poème, dire un conte, et surtout chanter en s'accompagnant du luth ces chansons en langue provençale que Marguerite aimait tant. Elle possédait une voix veloutée, charmeuse, d'une si envoûtante douceur que les bruits du bateau s'endormaient et que tous retenaient leur souffle quand, sous les étoiles, elle s'asseyait sur un coussin, aux pieds de la reine, et préludait en laissant ses longs doigts souples courir sur les cordes. Ceux qui l'écoutaient avaient la sensation d'entendre la voix de l'amour et plus d'une larme furtive se perdait dans une rude moustache même si, à de rares exceptions, ces guerriers venus du Nord ne comprenaient pas les paroles. Seul, le roi Louis refusait le sortilège et, en général, il mettait fin au concert en ordonnant que les passagers de la *Montjoie* chantent en chœur quelques cantiques à la gloire de Dieu ou de Notre-Dame. On y perdait en harmonie, les voix n'étant pas toutes angéliques, loin de là, mais on y gagnait en vigueur.

– Mon frère est sans doute du bois dont on fait les saints, remarqua Robert d'Artois un soir où, le vent s'étant levé, les dames s'étaient retirées et où il était monté à la proue afin de s'emplir les poumons de l'air plus vif. Mais ce n'est pas une raison pour décréter que seuls les rugissements des moines sont une expression de l'art. Pour ma part, je n'ai jamais rien entendu de plus émouvant que la voix de cette Elvira. Je pourrais passer des heures à l'écouter...

— C'est bien là que le bât le blesse, dit son ami Antoine d'Avrincourt. Il craint de nous voir nous amollir et il n'a pas entièrement tort. La guerre que nous allons mener est celle de Dieu, ne l'oublions pas ! Les grâces féminines n'ont pas grand-chose à y voir et encore heureux que cette fille ne soit pas aussi belle que sa voix. Nous serions tous en danger...

— En ce cas mon royal frère serait... capable de la jeter à l'eau pour la plus grande gloire du Seigneur ! conclut Artois en riant.

A vrai dire, la nouvelle favorite de Marguerite, sans être belle, n'était pas repoussante. De taille moyenne et plutôt replète, elle avait des traits forts, un peu trop accusés pour une femme, mais une bouche sinueuse qui n'était pas sans charme et des yeux sombres dont la particularité était qu'ils ne reflétaient rien, ni lumière ni sentiment. Ils étaient mats, opaques comme ceux d'un aveugle. Quant à ses cheveux noirs, ils formaient sur ses oreilles deux macarons de tresses si épais qu'ils lui élargissaient le visage. Elle vêtait avec modestie, et toujours de tissus foncés, un corps aussi bien caché que celui d'une nonne : on ne voyait d'elle que sa figure et ses mains. En fait, si elle n'avait eu cette voix de sirène, elle eût été assez quelconque et Marguerite ne s'en serait pas entichée comme elle le faisait, éveillant la jalousie des autres dames de la suite et aussi, curieusement, celle de Renaud. Non parce qu'il enviait à la chanteuse l'attachement de la reine, mais parce qu'il lui arrivait de penser à Sancie de Signes. En dépit de sa laideur, celle-ci était attachante, d'âme fière et coriace, amusante aussi et d'un maintien attestant la grande dame qu'elle promettait d'être. Le chevalier ne comprenait pas que Marguerite pût donner à Elvira, dans son cœur, la place qu'occupait le « drôle de petit laideron » dont il ignorait totalement ce qu'il lui était advenu.

Avant d'embarquer, il avait essayé de se renseigner auprès d'Hersende, le seul être qu'il connût dans l'entourage de Marguerite, mais la miresse n'avait rien pu – ou voulu ! – lui dire sinon :

– Il me semble avoir entendu parler, l'an passé, d'un mariage, mais je n'en jurerai pas.

– Un mariage ? Si jeune ?

– Je n'y vois rien d'extraordinaire. Elle doit avoir seize ans à présent et si on l'a mariée à quinze, c'est naturel. En revanche, je n'aurais jamais imaginé que cela pût vous intéresser.

Elle le regardait alors avec, au coin des yeux, un sourire un peu moqueur qui l'agaça :

– Pour reprendre votre expression, c'est naturel ! Ne m'a-t-elle pas montré de l'amitié ? L'avoir oublié serait de l'ingratitude.

Curieux, tout de même, que cette brève conversation lui revînt à l'esprit à propos de cette Elvira absolument inconnue et qui, cependant, lui rappelait quelque chose... ou quelqu'un. Qu'il ne parvienne pas à situer ce quelqu'un l'irritait parce qu'il était assez fier de sa mémoire complétée par la faculté de ne jamais oublier une figure...

Dans les jours qui suivirent, il ne la vit plus guère. Le roi, mécontent de ces chants profanes alors que l'on s'en allait en croisade, donna là-dessus une opinion qui, bien entendu, prévalut. En outre, on s'entassait vraiment sur ce bateau comme sur les autres et l'inconfort incitait davantage à la prière qu'à la romance. Pourtant, à l'exception d'un coup de vent qui envoya l'un des navires sur un haut fond, la traversée se fit sans trop de dégâts. Le temps était idéal, la Méditerranée soyeuse et doucement ronronnante comme une chatte qui veut se faire caresser. Renaud passa le plus clair de son temps accoudé à une rambarde pour regarder le flot indigo filer sous la coque arrondie de la nef et chaque remous irisé, chaque scintillement de la lame l'emplissait d'une joie d'enfant. Il voyait dans la sublime beauté d'une mer qu'il avait connue moins clémente à son retour de Rome, une sorte de promesse que la sainte expédition s'achèverait en triomphe et rapprocherait son âme du paradis. Mais surtout il attendait l'île de Chypre et, à mesure que s'écoulaient les jours, il prolongeait ses stations à la proue dans l'espoir d'être le premier à en apercevoir les contours.

De Chypre, il savait ce que lui en avait appris le manuscrit de Thibaut : c'était une terre d'une grande beauté et sa grand-mère, la ravissante Isabelle de Jérusalem dont il avait réussi à conserver l'image à travers ses tribulations, y avait porté couronne avec Amaury de Lusignan, son quatrième époux ; que sa mère Mélisende y était née et que c'était un endroit proche de cette côte syrienne où il avait grande hâte d'aborder.

Pourtant il ne la vit pas le premier : ce fut dans la nuit du 17 au 18 septembre que le cri de la vigie, dans le nid-de-pie, la signala. Aussitôt ce fut une ruée vers la proue au risque de déstabiliser le navire. Le port dont on approchait était celui de Limassol, au sud de l'île, et hormis la tour à feu qui effilochait ses flammes au vent de la nuit, on distinguait seulement des contours, des croupes boisées et des silhouettes de fortifications ; mais là où l'œil ne trouvait pas son compte, l'odorat, lui, arrivait en paradis. La brise nocturne apportait toutes les senteurs d'un lieu voué par les Anciens à la déesse de l'Amour et dont la nature avait fait une énorme cassolette à parfums. Des senteurs de myrte, de nard, de cannelle, de myrrhe, d'encens, de lavande parvenaient aux vaisseaux par bouffées qui faisaient oublier l'odeur de la mer et même la puanteur obligatoire des bâtiments chargés d'hommes et de bêtes...

Le soleil levant permit de découvrir la ville blanche cernée par des forêts d'eucalyptus et des coteaux chargés de vignes, le port bleu avec au loin les monts Trodoos couverts de cèdres et de cyprès. Limassol apparut avec ses défenses, son phare, son hérissement de mâts multicolores et sa gracieuse chapelle Saint-Georges où, autrefois, le roi anglais Richard Cœur de Lion avait épousé Bérengère de Navarre. Sur tout cela régnait un grand château. On découvrit aussi les preuves de la prévoyance du roi de France : des pyramides de tonneaux si hautes qu'elles ressemblaient à des granges et de véritables montagnes de froment et d'orge. Des montagnes verdoyantes : la pluie avait fait pousser de l'herbe en surface mais cela était prévu aussi, cette herbe conservant la fraîcheur des céréales.

Le gouverneur de la ville vint au rivage accueillir en cérémonie le roi de France et les hauts seigneurs qui l'accompagnaient pour les conduire au château où le roi Henri Ier, prévenu par les pigeons voyageurs, ne tarderait pas à arriver afin d'avoir la joie de conduire lui-même son frère de France à Nicosie, sa capitale. Outre Louis et ses frères, les grands navires pavoisés avaient amené Hugues IV, le comte de Flandre Guillaume de Dampierre, Hugues V comte de Saint-Paul, Raoul de Coucy et un autre désespéré, Hugues de Lusignan, comte de la Marche et veuf, depuis peu, de cette femme qu'il avait aimée toute sa vie et qu'il aimait toujours : Isabelle d'Angoulême, jadis reine d'Angleterre et qui, par deux fois, avait voulu attenter aux vies de Louis IX et de sa mère. Plus mélancolique seigneur ne se pouvait voir que cet homme déjà âgé, aux armes noires, moins blessé par la mort de sa femme que par le rejet qu'elle lui avait infligé en s'enfermant à l'abbaye de Fontevrault avec la tombe de son premier mari, Jean sans Terre, triste sire mais roi d'Angleterre, ce qui la recouronnait... Comme Raoul de Coucy, Lusignan restait à part avec ses chevaliers, ne se souciant de quiconque, protégé des autres par la désespérance inscrite sur son visage blême aux yeux brûlants de fièvre. Chacun, autour de lui, savait qu'en se croisant il cherchait la mort et rien que la mort... Que les rois de Chypre fussent ses parents ne l'intéressait même pas. Il ne faisait que passer.

Ainsi que l'embarquement, la mise à terre se fit au son des trompettes et dans une joyeuse pagaille où chaque seigneur s'efforçait de retrouver les siens pour les mettre en bon ordre. Avec les autres chevaliers, Renaud était allé récupérer sa monture un rien inquiet, mais les nobles bêtes avaient admirablement supporté le voyage grâce aux soins que, d'ordre du roi, on avait pris d'eux. Il laissa Tempête se dégourdir les jambes, puis rejoignit le rassemblement que les gens d'Artois formaient à l'ombre d'un grand pin avant d'aller composer une haie d'honneur pour le légat du pape, le cardinal Eudes de Châteauroux, dont la galère appartenant à l'ordre du Temple venait de jeter l'ancre au milieu du port. Il tomba sur une discussion entre Hugues de Croisilles et son désormais inséparable Fresnoy. Le premier regrettait la fin des concerts vespéraux donnés par la suivante de la reine. A Chypre, on ne serait plus si près des dames et l'occasion de l'entendre ne leur serait plus donnée :

– Certes, elle n'est pas belle, disait-il d'un ton pénétré, mais quand elle chantait on ne s'en apercevait plus. Pour ma part, elle me transportait si haut que j'avais de la peine à retrouver la terre.

— Eh bien, au moins tu ne la quitteras plus ! ironisa Fresnoy. Je reconnais qu'elle a une voix superbe, mais pourquoi chanter toujours dans sa langue provençale ? Cela plaît sans doute à Madame Marguerite. Moi je préfère notre bonne vieille langue d'oïl !

— Ainsi sont nos poètes. Dame Elvira ne peut sans doute composer qu'en son langage... Au fait, on ne sait même pas comment elle s'appelle. Tout le monde dit dame Elvira comme si elle n'appartenait à aucune famille.

— Parce que cette famille ne doit guère avoir d'importance. Les nobles maisons apprécient peu que leurs filles fassent carrière chez les baladins !

— Quel vilain tu fais, mon pauvre Fresnoy, enfoncé dans tes grasses terres du Nord jusqu'aux genoux ! Apprends donc ceci : chez les seigneurs du Sud, un chanteur-poète est une bénédiction du ciel et ils en tirent fierté. Il y a même eu un duc d'Aquitaine et un prince de je ne sais plus quoi. Alors, pour être auprès de la reine, il faut que cette Elvira soit fille de noblesse...

On enfourchait les chevaux pour se mettre en marche mais, tandis que les deux jeunes gens poursuivaient leur discussion, Gilles Pernon tira Renaud en arrière :

— Je sais comment elle s'appelle, la chanteuse, fit-il presque bas comme s'il craignait d'être entendu.

— Comment as-tu fait ? Et pourquoi ce ton de mystère ?

— Comment j'ai fait ? Un peu d'aide à la vieille Adèle, la cameriste de la reine qui cherchait de quoi faire de la lessive et n'avait pas d'eau. Elle me traite en ami maintenant et, comme elle est de là-bas elle aussi, elle me l'a dit sans que je lui demande. Comme ça... en causant ! Et si j'ai parlé bas, c'est parce que je ne suis pas certain que ça vous fasse grand plaisir. A moi non plus, d'ailleurs !

— Que de détours ! Vas-tu parler à la fin ?

— Elle s'appelle Elvira de Fos, lâcha Pernon. Elle n'a plus d'autre famille que son frère. Et il est Templier !

— Elle serait la sœur de... ce violeur de sépulture ? souffla Renaud stupéfait. Tu en es sûr ?

— Oh ! Il n'y a aucun doute. Adèle m'a, de plus, nommé le frère : sire Roncelin ! Ce n'est pas un saint de chez nous ça et, même au Temple, il ne doit pas avoir beaucoup de filleuls !

Envahi par un soudain afflux de pensées, Renaud ne fit aucun commentaire. L'œil fixé entre les oreilles de son cheval, il réfléchissait. Le souvenir de l'homme qui s'était abattu comme un rapace sur le modeste ermitage de Thibaut allant jusqu'à troubler son éternel repos le révulsait. Que cet homme eût une sœur et que cette sœur fût auprès de Marguerite le tourmentait déjà parce que, ayant découvert enfin à qui Elvira ressemblait, il savait à présent pourquoi elle lui avait déplu d'instinct... Cependant Gilles Pernon, surpris de son silence, le relançait :

— Eh bien, sire Renaud, est-ce là tout ce que vous inspire ma nouvelle ?

— Que croyais-tu ? Que j'allais pousser des cris d'allégresse ? Si tu veux savoir le fond de ma pensée : j'ai peur. Peur que cette femme dont la voix de sirène englue les esprits et les cœurs n'ait pas été placée auprès de Madame Marguerite pour son bien. Le roi a bien fait de lui imposer le silence.

— Je suis assez de votre avis, mais que pensez-vous faire ?

– Rien pour l'instant, mais quand nous aurons pris nos quartiers dans la capitale de cette île, je verrai dame Hersende et je l'avertirai. Elle est sans doute ce qu'on peut trouver de mieux pour veiller au salut de la reine.

– Elle est de Provence elle aussi.

– Oui, mais c'est une femme clairvoyante et qui, en outre, a voué sa vie au bien et à la sauvegarde de ceux qu'elle soigne. Telle que je la connais, elle ne doit pas aimer beaucoup Elvira de Fos.

– La vieille Adèle non plus. Elle a craché par terre en me disant son nom, ce qui n'est pas signe d'une grande tendresse...

L'appel des trompettes se fit entendre à nouveau. Les chevaliers s'alignèrent le long du chemin de tapis qu'allait suivre le légat en posant le pied sur le quai. Il apparut alors à la coupée, imposante silhouette drapée d'écarlate encore grandie par la croix d'or qu'il tenait entre ses mains. La croix appartenant au trésor de reliques de France et qui contenait un petit morceau de la Vraie Croix.

D'un même mouvement, tous mirent pied à terre et s'agenouillèrent dans la poussière. Et le cœur de Renaud battit à un rythme inhabituel en songeant que, bientôt peut-être, ce reliquaire modeste en dépit de sa richesse ferait place à la grande croix enterrée jadis par Thibaut et que lui, Renaud, avait mission d'aller reprendre à sa gangue de terre afin qu'un roi chrétien pût à nouveau la faire porter – sublime emblème ! – à la tête de ses armées, qu'elle galvanise tous les courages et que les derniers regards des mourants puissent se lever vers elle et y puiser l'ultime réconfort...

CHAPITRE IX

L'ILE D'APHRODITE

En dépit des inquiétudes qu'il nourrissait, Renaud ne devait jamais oublier l'accueil de Chypre tant il fut chaleureux, empressé et marqué au coin de la plus généreuse hospitalité comme de la plus franche gaieté. Tandis que l'armée proprement dite installait son camp près de Limassol, la famille royale escortée de ses chevaliers et des gens de son service prenait, sous la conduite du roi Henri Ier, la route de Nicosie la capitale, distante d'une douzaine de lieues.

On chemina le long de vergers d'oliviers au feuillage argenté, de bosquets d'arbres à encens, de cèdres dont les artisans de l'île tiraient des coffres et des meubles à l'odeur délicate et qui ne pourrissaient jamais, de bois d'orangers et de citronniers chargés de fruits dont s'émerveillaient les nouveaux venus. On franchit les monts Trodoos, le château d'eau de l'île dont le mont Olympe est la plus haute cime, couverts d'un épais manteau de pins aux senteurs vivifiantes. On fit halte dans des monastères où l'on pria – longuement ! – devant d'étranges images du Seigneur, de la Vierge Marie et de saints, à la fois rigides et somptueuses, avec d'austères visages aux yeux énormes, fixes et dilatés contrastant avec la profusion de pourpre et d'or qui les parait. Le temps était divinement doux, le ciel d'un bleu ravissant avec juste ce qu'il fallait de petits nuages neigeux pour en exalter la couleur et, dans les vignes, des paysans vêtus de cotonnades rouges ou bleues cueillaient les lourdes grappes gonflées de jus car c'était la période des vendanges.

En arrivant à Nicosie, grande « oasis » rose, étalée dans la vallée du Pedieos et cernée par les plumes bleues des palmiers et les flèches noires des cyprès, les gens de la ville vinrent à leur rencontre avec de petits bouquets de myrte aspergés d'eau de rose que l'on remit à chacun des voyageurs en signe de bienvenue, mais aussi... d'amour : cette antique tradition remontait au culte d'Aphrodite et, bien que le pays gardât de nombreuses traces byzantines, bien que la population fût de sang grec, la langue franque était parlée couramment. En sorte que, pénétrant dans la capitale de ce royaume hors du commun, les croisés eurent non seulement l'impression d'être chez des amis, mais presque chez eux tant on mit de bonne grâce à les accueillir. D'ailleurs, les rois Lusignan qui y régnaient depuis un demi-siècle ne mêlaient-ils pas au vieux sang poitevin celui des Anjou-Ardennes et aussi des comtes de Champagne auxquels s'ajoutait la touche exotique du flux vital des empereurs byzantins ?

Le roi Henri Ier était la parfaite illustration d'un souverain franc en terre d'Orient. De belle taille mais assez « enveloppé » pour être surnommé Henri le Gros, séduisant au demeurant, le visage affable, la barbe brune et l'œil bleu, vaillant chevalier, bon compagnon et souverain avisé, il réunissait dans ses veines le plus noble de l'ancien royaume franc de Jérusalem, étant le petit-fils, par sa mère Alix, de la reine Isabelle[1] et de

---

1. Voir le tome I : *Thibaut ou la Croix perdue*.

son troisième époux Henri de Champagne, et par son père Hugues Ier de Chypre le petit-fils d'Amaury de Lusignan – lui-même quatrième époux d'Isabelle – et de sa première femme Eschive d'Ibelin. Roi de Chypre, il portait depuis l'année précédente – 1247 – et avec la bénédiction du pape Innocent IV la couronne de Jérusalem, récupérée sur l'universel empereur Frédéric II qui se l'était attribuée en épousant la petite-fille, à peine nubile, de la reine Isabelle – toujours elle ! – et de son second époux Conrad de Montferrat. A cette époque, Frédéric était déjà excommunié et, personne ne voulant poser la couronne sur sa tête impie, il se l'était posée lui-même, se décrétant du même coup souverain de Chypre où il avait laissé une armée d'occupation dont Henri Ier avait fini par venir à bout en la rejetant à la mer le 15 juin 1232. Depuis, le combat avec Innocent IV ayant pris les proportions que l'on sait, ce dernier en fulminant de nouveau l'anathème contre Frédéric au concile de Lyon, avait du même coup libéré officiellement Chypre de l'étau allemand. Aussi était-ce le roi légitime de Jérusalem que Louis de France avait serré dans ses bras au château de Limassol.

Renaud, pour sa part, n'eut pas besoin de grands calculs – encore que les descendants des divers époux de la ravissante Isabelle dont le portrait ne quittait pas son cœur composassent une généalogie un brin touffue ! – pour conclure que le roi Henri était bel et bien son cousin germain puisque sa mère, Mélisende, et celle d'Henri, Alix, étaient demi-sœurs. Il ne pouvait être question de s'en prévaloir, bien sûr, mais il trouvait cela amusant et se prit d'une instinctive sympathie pour cet homme qui avait si proprement balayé les séides de l'empereur hérétique et qui recevait de si splendide façon.

Nicosie l'enchanta comme ceux de ses compagnons

qui n'avaient jamais vu une ville orientale. Il y avait des balcons fleuris, des galeries, des terrasses où l'on pouvait s'étendre pour respirer l'air du soir, des ruelles couvertes dans l'ombre desquelles s'entassaient les cuivres ouvragés, les tissus brodés, les meubles, les épices, les vins, le sucre, l'huile et les aromates, toutes les richesses de marchands à l'opulence certaine. Il apprit aussi que, si aucun rempart ne la ceinturait, elle n'en était pas moins soigneusement gardée de jour comme de nuit par des patrouilles, armées bien entendu, mais munies aussi de flûtes et de tambourins. En outre, la plus grande crainte des habitants étant le feu, on pouvait voir un peu partout des grands vases pleins d'eau et toujours prêts à être basculés sur les flammes. Les maisons étaient ornées de tapis et de tissus chatoyants et de toutes les terrasses des femmes parées de leurs plus beaux atours – ce qui n'était pas rien ! – jetaient des fleurs et des branches de myrte sur les arrivants.

Aux portes du palais, la reine Stéphanie, fille du roi d'Arménie Hetoum Ier, vint au-devant des dames avec sa suite pour les mener elle-même à leurs appartements où elles pourraient se délasser, tandis que les deux rois et leurs chevaliers, à la demande de Louis, se rendaient à la cathédrale proche afin de rendre grâces.

Vouée à la Sainte Sagesse de Dieu – *Sophia* en grec –, c'était un vaste sanctuaire à trois nefs dont la feue reine Alix avait commencé la construction et qui était encore inachevée. Les ouvriers qui travaillaient habituellement au triple portail vinrent, leur maître d'œuvre en tête, aux genoux du roi de France qui, laissant tout protocole, embrassa Eudes de Montreuil en le félicitant de l'ouvrage déjà réalisé. Un office fut alors chanté avec l'enthousiasme d'un *Te Deum*, après quoi, enfin, on rentra au palais où l'on put se rafraîchir en attendant le souper fastueux : becfigues confits au vinaigre, ortolans en feuilles de vigne, mouton rôti aux épices, porc mariné à la coriandre, poissons assaisonnés à l'huile d'olive, saucisses à l'ail, outre les légumes, les fruits et les pâtisseries au miel ou au sucre, spécialités de l'île, le tout arrosé de délicieux vins locaux qui montèrent à la tête de plus d'un.

A son habitude, Renaud but modérément. S'il appréciait le vin, il ne lui permettait jamais de prendre le pas sur sa volonté et de lui faire perdre le sens des réalités. Il se méfia d'autant plus que ceux de l'île étaient capiteux et menaient assez vite à l'ivresse. Ce fut le cas de Gérard de Fresnoy, ivre à tomber par terre et qu'il fallut étayer sous chaque épaule pour l'emmener se coucher. Croisilles et Renaud s'en chargèrent tandis que d'autres chevaliers rendaient le même service aux récentes victimes de Bacchus. Pour ceux de l'entourage immédiat du roi et de son frère Charles la difficulté était moindre parce qu'ils logeaient au palais. Il n'en allait pas de même pour le prince Robert et ses chevaliers. Ils recevaient l'hospitalité du fastueux hôtel d'Ibelin, demeure de la plus haute famille de Chypre et qui n'était séparée du palais que par le couvent des Dominicains. Un arrangement dû au fait que son épouse ne l'accompagnait pas et qui n'avait pas plu du tout au bouillant comte d'Artois. Fidèle à ses principes, il renâclait à s'éloigner du roi si peu que ce soit et il le fit savoir, mais il se calma rapidement en voyant s'ouvrir devant lui les portes d'une somptueuse demeure au seuil de laquelle l'accueillaient le sénéchal du royaume : Baudouin d'Ibelin, comte titulaire de Jaffa et sa mère, une femme âgée encore belle à l'allure royale qui, née Mélisende d'Arsuf, était la veuve d'un homme dont la mémoire était révérée dans ce qui restait de l'ancien royaume de Jérusalem : Jean d'Ibelin, le « sire de Beyrouth » dont la vaillance avait protégé les villes franques de la côte syrienne contre tous les prédateurs[1], le dernier ayant été l'empereur Frédéric II lui-même qui avait dû plier devant sa calme détermination. A leur manière de s'incliner devant lui en le priant de se considérer comme chez lui dans une admirable demeure pleine d'eaux vives, de cours ombreuses et de jardins, Robert comprit qu'on lui faisait en réalité un honneur particulier : il était le premier hôte que la vieille dame eût accepté, non seulement depuis la mort de son fils aîné, Balian II, disparu un an plus tôt, mais depuis celle de son illustre époux.

— Vous serez ici, monseigneur, plus libre qu'au palais, lui dit-elle en conclusion des paroles de bienvenue complétant celles de son fils.

C'était agréable à entendre. Cependant, ramener dès le premier soir et sous le toit de cette grande dame un ivrogne gesticulant qui s'obstinait à brailler une chanson de corps de garde fort salace, choquait curieusement un prince beaucoup plus indulgent d'habitude pour un péché auquel il lui arrivait de succomber.

— Arrangez-vous, Courtenay et vous Croisilles, pour le dessoûler avant de le faire rentrer ! Ce soir je ne veux pas qu'un de mes chevaliers cause le plus petit scandale, leur dit-il en se préparant à suivre avec les hommes « valides » l'escorte des porteurs de torches qui l'attendait.

C'était plus facile à dire qu'à réaliser. Après qu'on lui eut trempé la tête dans une fontaine, Fresnoy était toujours aussi ivre et continuait ses clameurs où la mélodie n'était plus qu'un lointain souvenir.

---

1. Pour ceux qui ont lu le tome I, *Thibaut ou la Croix perdue*, il était le fils aîné de Balian d'Ibelin et de Marie Comnène.

– A-t-on jamais vu soûlerie aussi tenace ? grogna Renaud agacé. Je commence à croire que la seule solution, c'est de l'assommer. Au moins, il se taira et on n'aura plus qu'à le rapporter.

– Avec un autre vous auriez raison mais avec lui c'est impossible, répondit Croisilles qui connaissait bien son ami. Fresnoy porte à la tête une blessure reçue l'an passé à un tournoi chez son oncle, le comte de Ribemont. Il m'a fait jurer le secret parce qu'il craignait fort que monseigneur Robert ne le veuille plus emmener à la croisade. En vue des combats il a fait rembourrer son heaume plus qu'on ne fait d'habitude. Un coup sur la tête nue pourrait être mauvais...

– En ce cas, il faut trouver un endroit... une auberge par exemple, où nous lui ferons achever la nuit. Il me semble qu'il y en a une dans la rue voisine...

Reprenant leur fardeau, ils s'apprêtaient à tourner l'angle de la rue en question marqué par une petite statue de saint devant laquelle brûlait une veilleuse, quand une femme parut se détacher d'un mur et toucha le bras de Renaud :

– M'accompagnez, messire ! Il y a près d'ici une dame qui peut vous aider...

– Une dame ? Et qui donc ?

– C'est quelque courtisane, fit Croisilles en riant.

– J'ai dit une dame ! reprit l'inconnue. Et qui vous connaît, messire de Courtenay...

Le ton était sévère, la vêture aussi. Robe et voile sombres encadrant un visage d'une cinquantaine d'années aux traits si communs que Renaud ne se souvint pas de les avoir déjà vus :

– Comment peut-elle me connaître alors que je viens d'arriver ? Qui êtes-vous ?

– La servante de cette dame. Elle vous dira son nom elle-même. J'ajoute qu'elle vous attend... et que l'auberge où vous vouliez aller est fermée. Auriez-vous peur ?

– De quoi, sinon d'ameuter toute la ville si nous restons ici plus longtemps ? répondit Renaud en plaquant sa main sur la bouche de Fresnoy qui, après un instant de silence, repartait de plus belle. Où allons-nous ? Pas trop loin, j'espère ?

– Juste en face !

Il y avait là une petite maison à terrasse, mais sans autres ouvertures qu'une porte basse et à l'étage une fenêtre à colonnettes où une lumière diffuse apparaissait derrière un rideau de tissu peu épais. Suivant la femme, les deux compagnons y portèrent leur ivrogne, réussirent à franchir la porte sans s'assommer et sans lâcher leur fardeau et se retrouvèrent dans une cour intérieure meublée d'un oranger, de deux jarres de terre contenant des myrtes, de trois escabeaux et d'une vasque en pierre autour d'une petite fontaine. Eclairée par une lampe de cuivre à triple bec posée sur le sol, une femme en robe bleue, une épaisse natte de cheveux blonds coulant sur son épaule, se tenait debout près du bassin, les mains au fond de ses larges manches : c'était Flore d'Ercri...

Un instant, Renaud crut être l'objet d'une illusion, d'une ressemblance, ce qui lui permit de ne pas montrer de surprise ; mais c'était bien elle ainsi que l'en convainquit son lent sourire qui, montant jusqu'à ses yeux les illuminait :

– Mes félicitations, sire Renaud ! Vous ne semblez pas étonné de cette rencontre ?

– Je le suis ! Nous vivons au temps d'une croisade où il arrive que les dames souhaitent partir, elles aussi, afin de faire pèlerinage sous la protection des armes...

– C'est bien pensé... Mais le mieux, dans l'instant,

est d'étendre votre encombrant compagnon sur ce banc. Ensuite vous me présenterez celui qui reste muet.

C'était peu dire : l'apparition soudaine d'une aussi belle femme avait fait à Croisilles l'effet de la tête de Méduse... en plus agréable. Il semblait pétrifié.

– Dame, émit-il enfin, je tomberais volontiers à vos pieds tant vous êtes belle mais considérez que je suis fort embarrassé. Notre ami est tellement ivre que même l'eau froide ne le fait pas taire.

Fresnoy qui réclamait à boire d'une voix plus que pâteuse lui coupa la parole et fit rire Flore... Repoussant Renaud, elle aida Croisilles à coucher son ivrogne sur le banc, un coussin sous la tête, recommanda aux deux compagnons de l'y maintenir et ordonna à sa servante d'aller chercher un seau, des serviettes et une pinte d'huile

– La seule solution est de le faire vomir, déclara-t-elle.

On ne fut pas trop de trois pour mener à bien l'opération tant le patient déployait de force, mais ce fut vite fait : la jeune femme entonna un grand gobelet d'huile à Fresnoy, puis, avec une ferme détermination, lui mit un doigt dans la gorge. Le résultat fut miraculeux et l'on eut tout juste le temps de le redresser pour mieux lui précipiter, ensuite, la tête dans le seau. Fresnoy se vida comme une outre percée et, quand ce fut fini non seulement il ne disait plus rien, mais il semblait complètement épuisé. On l'étendit à nouveau sur le banc pour lui laver le visage avec de l'eau de rose afin de combattre une odeur déplaisante.

– Je crois, dit Flore après un moment, que vous pouvez à présent le reconduire au logis sans crainte qu'il réveille la ville entière.

Mais être réexpédié ainsi sans plus de formes ne faisait pas l'affaire de Croisilles :

– Belle dame, gémit-il, vous nous avez porté grand secours et je voudrais que vous sachiez qui vous venez d'obliger. J'ai nom Hugues de Croisilles, chevalier et...

– ... et vous voudriez savoir le mien ? fit-elle avec un sourire moqueur. Et sans doute aussi comment il se fait que je connaisse votre ami ? Eh bien, sachez que je lui suis... cousine. Mon nom est Flora... de Baisieux, ajouta-t-elle avec à destination de Renaud un regard qui le mettait au défi de la contredire. Et maintenant que les présentations sont faites, je crois que le temps est venu de nous séparer.

– Pourrai-je revenir... vous saluer ?

– Aux heures convenables de visite, sans aucun doute ! Quant à vous, Renaud, j'aimerais vous revoir une fois votre mission charitable accomplie.

– Cette nuit ? fit-il sans trop d'enthousiasme.

– Je vous en prie ! Nous avons à parler et le plus tôt sera le mieux !

– Comme il vous plaira...

Une demi-heure plus tard, Gérard de Fresnoy, qui dormait comme un sonneur sourd, dûment mis au lit sans avoir ouvert une paupière et Croisilles laissé à de nostalgiques réflexions, Renaud était de retour. Flore l'attendait, mais cette fois c'était dans sa chambre, à l'étage. Elle s'y tenait assise au pied de son lit à côté du brasero qu'elle avait fait allumer. Le vent se levait, refroidissant la nuit, et annonçait la mauvaise saison. A l'entrée du chevalier introduit par sa servante, elle ne se leva pas, se contentant de lui désigner un siège auprès duquel était un plateau de cuivre à pieds sur lequel étaient disposés un flacon de vin, deux gobelets et une corbeille de craquelins. Du geste et sans lever les yeux sur lui, elle proposa le vin, mais il refusa :

– Merci. Je sors de ce festin qui a mis le chevalier

de Fresnoy dans l'état où vous l'avez vu... et dont je vous remercie de l'avoir tiré.

– Sans cette occasion, seriez-vous venu à moi quand je vous ai envoyé chercher ? Parce que c'était vous, et vous seul que guettait ma servante.

– Comment saviez-vous que j'étais là ?

– Je vous ai vu arriver avec les rois et monseigneur d'Artois dont j'ai appris que vous êtes chevalier. Mais asseyez-vous ! Vous êtes trop grand. Vous me gênez !

– Je n'ai pas l'intention de m'attarder.

Etrange dialogue où les regards s'évitaient. Flore jouait avec un pan de sa ceinture et Renaud contemplait la tenture du lit. Il y avait entre eux un embarras que ni l'un ni l'autre ne semblait se soucier de dissiper. Le silence qui suivit en fut la preuve. Se souvenant de ce que lui avait raconté Pernon, Renaud se sentait partagé entre l'amitié de jadis et la méfiance d'aujourd'hui. Elle s'était montrée bonne pour lui et secourable, il avait peine à croire que cette magnifique créature – elle avait encore embelli depuis leur dernier revoir ! – ait pu décider sans un refus du cœur, sans une crispation d'entrailles, la mort de celle qui s'était confiée à elle de façon si complète. Cependant il ne pouvait rester ainsi jusqu'au jour, planté au milieu de cette chambre où il n'avait que faire. Alors il se décida à rompre le silence :

– Comment êtes-vous ici ? demanda-t-il presque bas comme s'il importait de retenir sa voix pour éviter une catastrophe.

Elle eut un petit rire et cette fois leurs yeux se rencontrèrent. Ceux de Flore brillèrent un instant de l'ancienne flamme moqueuse :

– Comme tout le monde : j'ai pris à Marseille un bateau de pèlerins qui se rendait à Saint-Jean-d'Acre et relâchait à Chypre.

– Pourquoi Chypre ?

– Je savais que le roi, ses frères et les plus vaillants hommes de la croisade devaient s'y rejoindre. Seulement, je suis arrivée bien avant et n'ai eu guère de peine à louer cette maison dont l'emplacement est idéal pour observer ceux qui entrent et sortent du palais.

– Ce n'est pas ce que je demande. Comment avez-vous pu vous enfuir de Coucy alors que, condamnée, vous deviez être étroitement gardée ?

– Vous savez ? J'aurais dû m'en douter en voyant l'écuyer que vous vous êtes choisi. Le vieux Gilles n'a pas dû me ménager !

– Mettez-vous à sa place ! Vous avez voulu le tuer !

– La mienne me suffit... Et je n'ai pas voulu le tuer : seulement qu'il prenne peur et se sauve. Je n'en pouvais plus de rencontrer toujours et partout son œil accusateur. Je voulais savourer en paix mon bonheur.

– Votre bonheur ? Quand vous avez enherbé celle qui vous accordait pleine confiance ? Jamais je ne vous aurais crue capable d'un tel crime.

Soudain elle darda sur lui son regard dilaté, largement ouvert sur des profondeurs troubles qu'il n'y avait jamais vues.

– Moi non plus. Dieu m'est témoin qu'au début je me voulais fidèle et dévouée servante ! C'était quand sire Raoul était épris de la dame de Blémont. Je me rangeais à cette époque, de toutes mes forces, au côté de l'épouse bafouée. Je voulais l'aider ; je voulais qu'elle donne enfin l'enfant qui l'empêcherait d'être répudiée au bénéfice de l'autre. Et puis l'autre s'est tuée durant une chasse...

– Et vous y avez aidé ?

– Non. Au point où j'en suis, je n'aurais aucune raison de le cacher si c'était vrai. Le mari y est peut-être pour quelque chose et je n'ai pas cherché à savoir. Seulement cette mort inattendue m'a révélé ce que je me cachais à moi-même depuis si longtemps : l'amour que j'éprouvais pour Raoul. Un amour qui s'est mis soudain à flamber haut et fort comme une grange pleine de paille où l'on jette un tison. Je le voulais à moi... et je l'ai eu ! Oh, Dieu, comme nous nous sommes aimés ! Des nuits entières... et des jours aussi où je le rejoignais dans la chaleur de l'étuve ou sur l'herbe d'un bois au cours d'une chasse ! Il avait pris de moi la faim que j'avais de lui et cette faim, je savais l'entretenir.

– Par charmes et magie ? fit Renaud avec un dédain qu'elle lui rendit en se relevant brusquement et en plaquant à deux mains sur son corps la robe sous le mince tissu de laquelle Flore ne portait rien...

– Croyez-vous que, faite comme je suis, j'aie besoin d'un philtre quelconque ? Quand nous étions en compagnie, je sentais son regard sur mes seins, sur mon ventre, anticipant les caresses que nous échangerions plus tard. Il était fou de moi comme je l'étais de lui... Et puis tout s'est brisé quand il a su la vérité.

– Il a eu tellement horreur de ce crime qu'il vous a condamnée au bûcher !

– Qu'il m'a laissé condamner serait plus exact, mais vous venez de me demander comment j'ai pu m'évader de Coucy...

– Eh bien ?

– C'est lui, mon cher, qui m'a fait fuir par un souterrain. Il m'a donné aussi de l'or en m'enjoignant de m'en aller au loin, le plus loin possible afin que, dorénavant, il ne me revoie... Mais avant de me laisser aller, nous avons fait l'amour une dernière fois.

– Et qu'en avez-vous conclu ?

– Qu'il ne parviendrait jamais à m'oublier, lança-t-elle avec orgueil. Oh, je lui ai obéi, comme vous en êtes témoin. Je suis partie très loin... mais là où je savais que je pourrais le retrouver.

— Vous ne le retrouverez pas, fit Renaud avec sévérité. C'est par dégoût de lui-même et répugnance de son péché qu'il a pris la croix. C'est le pardon de Dieu qu'il cherche avant, peut-être, la mort d'un soldat du Christ. Et vous n'avez pas le droit de vous mettre à la traverse.

— Vous ne comprenez pas ! Je ne peux pas vivre sans lui... ni lui sans moi !

— Sans doute est-ce pour cela qu'il veut mourir ?... J'ai l'impression qu'il est malade...

Tout de suite, l'angoisse envahit le beau visage de Flore :

— Malade ?... Je saurai le guérir.

— Je ne pense pas. C'est le remords qui le ronge.

— Ou le regret ? Renaud ! S'il vous plaît ! Je vous ai été amie fidèle et dévouée. Ne me rendrez-vous pas une miette de cette amitié ?

— Je ne demande qu'à vous servir, dit-il un tantinet radouci, mais à condition que nul n'ait à en souffrir...

— Et ma souffrance, à moi ? Elle vous importe peu ?

— Vous savez bien que non. Nul plus que moi ne souhaite vous voir heureuse... mais pas à n'importe quel prix ! Oubliez-vous que ce bonheur dont vous avez tant de regrets, une autre l'a payé de sa vie ?

— L'amour est le bien suprême. L'amour excuse tout.

— Pas le crime ! En réalité, demoiselle Flore, qu'attendez-vous de moi ?

— Que vous m'aidiez ! Le roi Louis rassemble à Chypre toutes les forces de la croisade mais ne s'attardera pas pour éviter le mauvais temps en mer. Et moi qui ne suis ni reine, ni princesse, ni épouse de haut seigneur je vais devoir rester ici. Or je veux partir avec l'ost !

– A moins d'entrer au service d'une des nobles dames, cela me paraît impossible... et je n'ai aucun pouvoir pour aider. Passe encore si la comtesse d'Artois était avec nous, mais monseigneur Robert est seul. Quant à Madame d'Anjou, je n'ai pas accès auprès d'elle... et moins encore auprès de la reine Marguerite. Que cela ne vous empêche pas de tenter votre chance vous-même en espérant que personne ne vous reconnaîtra.

– Il y a une autre solution : épousez-moi !

Il eut un haut-le-corps. Etait-elle inconsciente ?

– Certainement pas. N'y voyez pas offense, ajouta-t-il plus doucement, mais songez que je n'ai aucun bien sinon ce que donne à ses chevaliers sans terre monseigneur Robert...

– J'ai assez pour deux !

– Ce qui veut dire que vous n'en avez pas de trop ! En outre, j'ai eu trop de peine à me faire un nom... qui serait déshonoré à la face de tous si la vérité venait à se savoir.

Par pitié, il n'ajouta pas que donner ce nom si beau, si frais encore pour lui, à une meurtrière lui répugnait. Peut-être le comprit-elle car elle vint, d'un élan, s'asseoir à ses pieds sur un carreau de soie de sorte que son regard pût plonger dans le décolleté de sa robe et que son nez s'emplît des effluves de la petite boule de parfum logée entre ses seins au bout d'une mince chaîne.

– Alors faites de moi votre maîtresse ! Au nom de l'amour, cela aussi est admis et vous y gagneriez en réputation : je suis assez belle pour cela. Vous feriez des envieux et quand le baron Raoul me reprendra... eh bien, votre honneur n'aura pas à pâtir.

Elle posait à présent ses bras sur son genou qu'elle

se mit à caresser tandis que sa voix se faisait plus tendre, plus intime :

– Soyons amants, Renaud ! Qu'au moins je vous paie en plaisir l'aide que vous finirez par m'accorder...

Il se sentit en danger tout à coup. Pernon avait raison : aucun mâle normalement constitué ne restait insensible au charme de cette étrange fille. Elle exhalait une sensualité naturelle comme d'autres la sueur. D'un mouvement brusque, il se releva.

– Belle idée en vérité ! Espérez-vous susciter la jalousie du baron Raoul jusqu'à ce qu'il m'appelle en champ clos ? Un duel au milieu d'une croisade ? Et que croyez-vous qu'en dirait le roi ?

Il disait le roi mais il pensait la reine. Quelque chose lui soufflait que ce genre de situation lui ferait horreur, mais il comptait sans la subtile pénétration de Flore :

– Toujours amoureux de Madame Marguerite ?
– Je ne pense pas que cela vous regarde.
– Et toujours puceau comme il se doit quand on rêve si haut et pense devenir digne de l'aimée en cultivant la chasteté ?

Il faillit la gifler mais, soudain, le ridicule de cette situation lui parut si évident qu'il se mit à rire :

– Vous êtes prête à n'importe quoi pour arriver à vos fins, n'est-ce pas ? Ajoutez-y l'offre de me déniaiser ! Vous arrivez trop tard, ma belle ! Monseigneur Robert y a pourvu ! Il veille de près à la santé physique et morale de ses chevaliers...

Elle eut un haut-le-corps dédaigneux :

– Quelque fille de bourdeau, je présume ?
– Bien sûr ! Ce ne sont pas les plus laides lorsque l'on sait à qui s'adresser et monseigneur Robert en use quand sa comtesse est empêchée. Il a choisi pour moi.

Cette initiation était même pour lui un excellent souvenir. Nicole, la fille qu'il avait rencontrée dans la maison de Gila la boiteuse, près du clos Bruneau à Paris, était blonde, jeune, fraîche, caressante et gaie. Elle lui avait appris l'amour en riant et il était allé la revoir à plusieurs reprises, seul ou en compagnie, ce qui avait satisfait Robert d'Artois :

– Ces rencontres sont bonne précaution contre les mignardises des dames ou demoiselles de cour dont j'en sais qui sont tout aussi putains que les ribaudes, mais beaucoup plus dangereuses et beaucoup plus chères ! Evidemment notre sire Louis ne voit pas les choses pareillement pour qui les follieuses sont autant de créatures d'enfer. S'il ne redoutait une émeute, je crois qu'il les noierait toutes en Seine comme portées de chats, avait-il déclaré avec l'un de ces rires éclatants qui le rendaient irrésistible.

De ce pas qu'il lui avait fait sauter, Renaud lui était reconnaissant parce qu'il l'avait débarrassé de l'aiguillon de la chair et de ses pensées troubles. Désormais, il pouvait aimer la reine en évitant de souiller son image de pensées qui, portées à ce point, relevaient de la lèse-majesté. Il n'oubliait pas, en effet, ce qu'il avait enduré sous les murailles de Pontoise tandis qu'elle mettait au monde son petit Philippe. Et s'il savait bien qu'il la désirait toujours, du moins pouvait-il tenir en bride les chevaux sauvages de son imagination.

Il prit subitement conscience du silence tombé entre Flore et lui. Elle s'était relevée et, adossée à une colonnette du lit, bras croisés sur la poitrine, elle regardait au-dehors comme si elle avait oublié sa présence. Pensant qu'ils s'étaient tout dit, Renaud se dirigea vers la porte mais il entendit alors :

– Ce tantôt, quand le roi Henri a ramené ses hôtes, je n'ai pas vu le baron Raoul...

– Et ne le verrez pas à moins que vous n'alliez à Limassol où il a choisi de rester.
– Pourquoi ?
– Il redoute l'éclat des réceptions royales et des fêtes. Il préfère attendre que l'on reprenne la mer et tient compagnie à un autre veuf, inconsolable celui-là : le comte de la Marche, Hugues de Lusignan, qui pleure l'ancienne reine d'Angleterre, Isabelle. Ils s'entendent fort bien et ont dressé leurs camps l'un près de l'autre.

Si Flore fut déçue, elle n'en montra rien et son regard était indéchiffrable quand elle questionna :
– Vous persistez à refuser de m'aider ?
– Je ne refuse pas, mais je ne vois pas comment je le pourrais... C'est folie d'être venue ici et en vérité je ne sais trop quel conseil vous donner : aller à Limassol vous ferait courir un grand risque. Si le baron était seul vous n'auriez sans doute guère de peine à reprendre sur lui votre empire, mais il y a ses chevaliers qui, certainement, vous connaissent tous...

Elle ne répondit pas, détourna les yeux pour qu'il ne vît pas les larmes dont ils s'embuaient.
– Allez-vous-en ! fit-elle sourdement. Vous n'êtes qu'un ingrat ! Quand je vous ai secouru, je ne me suis pas interrogée pour savoir si ce jeune blanc-bec avait ou non tué père et mère. Vous aviez l'air d'un enfant perdu et vous me plaisiez. Aussi ne suis-je pas allée chercher plus loin...

En dépit du congé qu'elle lui donnait, il se figea, frappé au cœur par un reproche qu'il admettait mérité. Cette fille avait fait de son mieux – et sans rien savoir de lui ! – pour le tirer d'une terrible situation. De quel droit venait-il s'ériger en donneur de leçons ? Elle était seule dans un pays étranger dont elle n'avait sans doute pas grand-chose à attendre. Il s'approcha d'elle, prit sa main qu'il retourna pour en baiser la paume dans un geste intime où entrait du sentiment :

– Je reviendrai ! Ne décidez rien dans l'instant !

Il ne savait pas vraiment ce qu'il pourrait entreprendre pour lui venir en aide dans le court laps de temps où l'on devait rester dans l'île, mais il comptait sur un peu de sommeil pour apporter de l'ordre dans ses idées forcément brumeuses après un festin et un début de nuit aussi mouvementé. Comment surtout payer sa dette à Flore sans déchaîner la colère de son écuyer ? Par bonheur, Gilles Pernon avait disparu avant que l'on se rende au palais, pressé sans doute d'aller goûter ces vins de Chypre de si bonne réputation et, comme Renaud ne le trouva pas en rentrant à l'hôtel d'Ibelin, il en conclut qu'il devait être à cuver dans quelque taverne. Ce qui pour ce soir était préférable mais n'empêcherait pas une explication. Avant de s'endormir, Renaud pensa que la meilleure manière de la mener serait peut-être d'exposer le problème tel qu'il se présentait et de lui demander simplement conseil.

Mais quand ledit Pernon – d'ailleurs frais comme l'œil et on ne peut plus lucide ! – vint le secouer dans le soleil du matin, il n'y avait pas de temps pour palabrer : le prince Robert et ses chevaliers devaient joindre au palais royal leur souverain qui voulait leur parler.

Pensant qu'il s'agissait du départ imminent pour la Terre Sainte désormais si proche, Renaud se hâta non sans éprouver une certaine inquiétude : si l'on partait dans peu de jours, quelle solution proposer à Flore d'Ercri ? Surtout une solution compatible avec sa propre conscience : s'il l'aidait à détourner Raoul de Coucy de sa repentance pour retomber dans son péché, il commettrait une faute majeure ; et s'il abandonnait cette malheureuse à elle-même, Dieu sait ce qu'elle était capable de faire ! Bien réveillé à présent, il comprenait qu'il s'était, par pitié, engagé à la légère et ne savait plus comment s'en sortir... De toute façon, il avait promis de revenir la voir. Eh bien, cette promesse-là, au moins il la tiendrait avec l'espérance que la lumière lui viendrait.

Ce que Louis IX avait à leur dire le consterna tellement qu'il en oublia Flore un moment : dès que les hauts barons – comme le duc de Bourgogne et le prince Alphonse – auraient rallié Chypre, on se dirigerait vers... l'Egypte !

En dépit du respect que l'on portait au roi, ce fut un tollé :

– L'Egypte ? gronda le légat, Eudes de Châteauroux, alors que nous sommes à vingt lieues à peine de Saint-Siméon, le port d'Antioche ? Sire ! Oubliez-vous qu'il s'agit de reprendre la terre du Christ et nous n'avons que faire de l'Egypte où la Sainte Famille séjourna sans doute quelque temps après avoir fui les massacres d'Hérode. Mais c'est petite trace... et sans grand intérêt !

Des voix nombreuses l'approuvèrent, dont celle de Robert d'Artois qui brûlait d'en découdre avec l'infidèle :

– Sire, mon frère, nous pouvons partir demain, être à terre dans deux jours et nous ruer ensuite sur toute cette chiennaille !

Louis laissa la tempête s'apaiser d'elle-même, se contentant de l'observer de son regard bleu paisible comme un lac :

– Monseigneur... et vous, mon frère, me semblez peu au fait de l'état actuel de l'empire laissé par Saladin. Certes, le royaume de Jérusalem s'est trouvé à peu près reconstitué après le règne douteux de Frédéric II et surtout la croisade menée par Richard de Cornouailles et le comte de Champagne. Mais, en août 1244, les Turcs kwarezmiens chassés par les Mongols se sont abattus comme nuée de sauterelles sur Jérusalem la sainte qu'ils ont emportée. L'an passé, nous avons reperdu aussi Tibériade et Ascalon. Néanmoins, tout est à présent réuni, depuis 1245, entre les mains du sultan Al-Salih Ayub, qui à son royaume d'Egypte a pu ajouter Damas où repose pour l'éternité le corps de son grand-oncle Saladin. Il ne reste plus aux Francs qu'une étroite bande de littoral cependant qu'Al-Salih Ayub ne quitte plus son palais du Caire. En outre, il est âgé et on le dit malade. C'est donc au cœur même de son empire qu'il faut frapper. L'Egypte tombée entre nos mains, nous aurons là une merveilleuse monnaie d'échange car nous ne la rendrons que contre le royaume de Jérusalem ! Tout entier !

– C'est bien pensé, admit le légat, mais pourquoi ne pas débarquer en Syrie et dévaler sur l'Egypte ?

– Et user nos forces en combats incertains et en marches épuisantes à travers le désert ? Nos bons navires, en trois jours, nous mèneront au delta du Nil. Sachez encore que l'ost n'est pas encore au complet : il nous faut attendre notre frère bien-aimé, Alphonse de Toulouse, qui doit amener des troupes de secours et aussi notre cousin de Bourgogne. Cela pour les plus importants.

– S'ils tardent, la saison sera trop avancée et la mer mauvaise, s'écria Robert. Allons-nous donc passer l'hiver ici ?

Le ton était impatient, dédaigneux même. Louis fronça le sourcil :

– On nous y offre pour la durée qu'il faudra une hospitalité aussi large que généreuse. Il convient de l'apprécier et de s'en montrer reconnaissant, mon frère. Sachez en outre que nos plans sont faits depuis longtemps, que tout cela était prévu. Avez-vous encore quelque chose à dire ?

– Certes ! Si je vous ai bien compris, vous avez de tous temps décidé d'attaquer l'Egypte ! Et vous n'en avez rien dit ? Pourquoi ?

– Pour plusieurs raisons. D'abord pour laisser l'empereur Frédéric dans l'expectative. Il est si fort ami des musulmans qu'il est capable de les avoir prévenus...

– Un souverain chrétien jouant contre un autre souverain chrétien ?

– Nul ne saurait dire à cette heure s'il l'est toujours. L'anathème dont l'a frappé le Saint-Père n'a pas l'air de le gêner beaucoup. La seconde raison, c'est vous-même, mon frère... et vos pareils. Quelque chose me fait penser que vous eussiez été moins fervents dans vos préparatifs... Ajoutons enfin que notre mère dont l'absence nous est cruelle a pleinement approuvé ces décisions !

Se levant du haut fauteuil où il était assis dans la salle des Preux, à côté du trône de Chypre que, par discrétion, n'occupait pas le roi Henri, Louis observa durant quelques instants l'assemblée mouvante de ses pairs et chevaliers :

– Il nous reste, dit-il, à prier pour que nous joignent rapidement ceux que nous attendons. S'ils arrivent dans les prochains jours, le départ avant l'hiver sera, je l'espère, possible, mais rien ne sera laissé au hasard et nous ne débarquerons en Egypte qu'avec une grande et belle armée afin d'être certains de la victoire finale ! Allons prier, à présent, pour que soit toujours avec nous le Seigneur Dieu sans l'aide de Qui rien ne se peut faire ! Prions-Le aussi pour qu'il vous donne patience, ajouta-t-il en souriant à Robert dont le visage était encore empourpré de colère. C'est vertu primordiale ! Et tellement apaisante !

Ces nouvelles dispositions – qui apparemment n'étaient pas si nouvelles que cela ! – eurent au moins l'avantage de libérer dans l'immédiat l'esprit de Renaud du problème posé par Flore d'Ercri. On avait une marge devant soi et ce fut ce qu'il alla le soir même expliquer à la jeune femme après une discussion orageuse avec Gilles Pernon :

– Elle a tué dame Philippa, elle m'a chassé, elle a envoûté messire Raoul et vous voulez l'aider ? s'écria le vieil écuyer les yeux hors de la tête. Sang Dieu ! Sire Renaud, avez-vous perdu l'esprit ?

– Non, et mes souvenirs ne sont pas effacés. Elle m'a assisté au pire moment de ma vie et si j'ai survécu c'est en grande partie grâce à elle. Je n'ai pas le droit de l'abandonner, parce que j'ai une dette envers elle et veux la payer.

– En lui permettant de remettre le grappin sur le baron ? Elle ne lui a fait que du mal !

– Elle l'aime d'amour vrai et voudrait l'empêcher de se faire tuer comme il en forme le projet !

– Mieux vaut la mort que perdre l'honneur. Ce qui ne manquerait pas d'advenir avec elle ! Quant à moi, je suis votre serviteur et je vous dois déjà trop pour vous donner leçon. Pas davantage ne puis vous empêcher de faire à votre convenance, mais je vous demande en grâce de ne pas m'ordonner de m'occuper d'elle. Il me viendrait l'envie de l'étrangler.

– Moi qui pensais te demander conseil !

– Vous ne le suivriez pas. Faites à votre idée et je ne tenterai rien qui pût vous contrarier, mais pas au-delà. Puisqu'elle semble ne manquer de rien et ne souffrir que de se voir repousser, vous devriez laisser faire Dieu... ou elle-même ! Si elle se croit assez forte pour reprendre le baron, eh bien, qu'elle le fasse ouvertement et qu'elle aille le rejoindre à Limassol...

Renaud n'insista pas et chargea Croisilles, dont il savait qu'il la voyait parfois, d'annoncer la nouvelle à la jeune femme.

Si des voiles apparurent sur la mer dans les jours qui suivirent, elles n'appartenaient qu'à des bateaux isolés et non aux grosses nefs de guerre que l'on attendait. Le temps, moins bon avant de devenir franchement mauvais avec les vents d'automne, faisait le vide à l'exception des barques de pêcheurs que seule une tempête pouvait convaincre de rester à terre. Les croisés s'habituaient doucement à l'idée de passer l'hiver à Chypre. Les dames surtout que le mode de vie, semi-oriental, enchantait. Avec la température clémente, le plus souvent, il était tellement plus agréable de visiter les jardins et les rues toujours si animées de Nicosie, de galoper vers les côtes ou de chasser même quand le vent local, le melten, faisait voler les coiffures, que de se retrouver au milieu des combats dans la poussière, les jets de sang et les cris d'agonie. Marguerite et sa sœur Béatrix adoraient courir les boutiques profondes et fraîches où s'accumulaient les bijoux, les aromates, les draps d'or et de soie, les tissus camelots, les épices, le coton, les broderies, l'orfroi et toutes les merveilles que produisaient les artisans.

Mais il y avait deux ou trois échoppes qu'elles affectionnaient particulièrement parce qu'elles n'en connaissaient pas de semblables et c'étaient celles de marchands de « candis », les confiseries à base de sucre de canne qui étaient l'une des grandes prospérités de l'île. C'était un plaisir pour les deux princesses d'acheter elles-mêmes des cornets de fruits confits, de pétales de roses raidis de sucre, d'amandes craquantes sous une mince pellicule et de tant d'autres choses exquises dont le seul défaut était de faire parfois mal aux dents... Elles s'en amusaient comme des enfants.

La reine Stéphanie les accompagnait de temps à autre et ces boutiques furent bientôt le lieu de rendez-vous élégant de la ville.

Renaud n'avait pas été le dernier à s'en apercevoir et, presque chaque jour, il allait flâner dans le bienheureux quartier pour le simple bonheur d'apercevoir sa reine et aussi de la saluer. Elle le connaissait bien à présent et, en récompense, il recevait toujours un sourire, quelques mots. Elle le présenta même à la comtesse Béatrix qui, douée d'un franc-parler bien provençal, n'hésita pas à le déclarer « charmant ». Ce dont il rougit fort parce que Marguerite avait approuvé. Seul point noir de ces rencontres : la présence constante d'Elvira de Fos. Bien qu'ils n'eussent jamais échangé le moindre propos, l'antipathie entre eux était quasi palpable. La poétesse avait une manière de le fixer de ses yeux sans reflets qui lui donnait l'impression d'être cloué au pilori. Et quand elle détournait enfin son regard, sa longue bouche sinueuse esquissait un sourire tout aussi indéchiffrable. Dans ces occasions, Renaud avait l'impression glaçante de se trouver en face d'un serpent. Elle ressemblait trop à son frère et, lorsqu'il voyait Marguerite s'éloigner en s'appuyant sur cette femme, il avait envie de lui crier un avertissement, de se jeter entre elles afin d'éloigner de sa bien-aimée cette créature dont il aurait juré qu'elle était néfaste.

Il réussit à rencontrer dame Hersende et ne lui cacha pas son sentiment, heureux de constater qu'elle partageait ses préventions.

– J'essaie de m'en défendre, soupira-t-elle, car demoiselle Elvira n'a jamais rien dit ni fait qui puisse donner prise à la moindre critique. Elle est dévouée, serviable, toujours d'humeur égale et, quand elle chante, elle est sublime. Non, je n'ai rien à lui reprocher, mais c'est plus fort que moi : il y a en elle un je-ne-sais-quoi qui m'inquiète. Or Madame Marguerite lui montre chaque jour plus d'attachement... et moi je regrette de plus en plus que demoiselle Sancie de Signes nous ait quittés.

— Ce qui est étrange, c'est qu'elle ne soit jamais revenue. Elle adorait la reine et voulait la suivre toujours et partout...

— Mais il lui fallait obéir à son père et, à présent, elle est mariée.

— Mariée ? Qui a-t-elle bien pu épouser ? Elle est si laide, la pauvre ! Il est vrai qu'elle est de noble et riche famille...

— Si laide, si laide ! C'est vite dit, et voilà bien les hommes. Leur regard est superficiel ! N'importe, il y en a quand même un qui a pris du goût pour elle puisqu'il l'a épousée.

— Dans le but d'avoir des marmots ? Grand bien lui fasse ! Enfin, en ce qui concerne ce dont nous parlions à l'instant, vous êtes là fort heureusement et fort capable de veiller...

— Je ne suis pas en permanence auprès de la reine. Je soigne aussi le roi, toute la famille et l'entourage, sans compter les serviteurs. La vieille Adèle est présente, elle aussi, mais elle ne va pas bien ces derniers temps et les deux dames de parage sont des bécasses. Il nous faudrait vraiment quelqu'un d'autre. En attendant, je ferai de mon mieux. Enfin peut-être laissons-nous vagabonder un peu trop notre imagination, vous et moi ?

— Je ne crois pas...

Une rencontre, quelques jours plus tard, vint distraire un moment Renaud de ses soucis.

Il rentrait de la cathédrale où il avait pris l'habitude

d'aller voir Eudes de Montreuil afin d'admirer son ouvrage et causer avec lui. Une manière simple de prolonger l'amitié avec un frère auquel il ressemblait beaucoup : même regard, même sourire et même intransigeance dans le travail. Même souci de la perfection. Entre eux, l'entente s'était nouée presque sans paroles. L'imagier était sensible à l'émerveillement non déguisé du chevalier et celui-ci au contentement qu'il pouvait lire sur le visage paisible, mais déjà marqué de plis, où s'incrustait la poussière de pierre, du jeune maître d'œuvre... Le temps passait vite quand ils étaient ensemble ; aussi Renaud, ce soir-là, se hâtait-il de regagner le palais d'Ibelin où l'on attendait à souper les deux rois, les reines et leurs proches, quand il vit venir vers lui un petit groupe plutôt bizarre.

En tête, chevauchait un seigneur qu'il connaissait de vue et qui d'ailleurs passait difficilement inaperçu à cause des vêtements d'un joyeux vert pomme dont il aimait à se parer : c'était le jeune sénéchal de Champagne, messire Jean de Joinville, un garçon de vingt-trois ou vingt-quatre ans qui s'était récemment taillé une réputation parmi les chefs de l'armée en venant tout benoîtement expliquer au roi qu'il n'avait plus d'argent et que les dix chevaliers emmenés par lui menaçaient de le quitter et de rentrer au pays par crainte de mourir de faim. Non seulement, Louis l'avait écouté avec bienveillance, mais il lui avait fait compter par son trésorier une jolie somme en ajoutant qu'il se chargerait désormais de ses Champenois faméliques. Aussi le sourire était-il revenu sur sa bonne figure ronde, aimable façade d'une grosse tête à cheveux bruns que même le port du heaume n'arrivait à discipliner. Pour l'instant, il menait en bride une mule transportant une jeune dame mal vêtue qui semblait sur le point de tomber à chaque pas de sa monture tant elle paraissait lasse. On ne pouvait dire qu'elle eût vraiment bonne mine ! Une autre femme qui avait assez l'air d'une servante la suivait, montée sur un âne. Quant à l'écuyer du sire de Joinville, il allait à pied, son cheval étant occupé par un personnage qui, soudain, se mit à agiter les bras avec des cris de joie :

– Renaud de Courtenay ! Mon ami Renaud ! Quel plaisir de vous revoir !

Le jeune homme l'avait reconnu et courait vers lui sans se soucier des autres :

– Guillain d'Aulnay ! Loué soit Dieu ! Par quel miracle ?

Mais déjà l'habituel compagnon de Baudouin II avait sauté à terre et accourait les bras ouverts. Les deux hommes s'accolèrent en se tapant dans le dos avec un enthousiasme qui fit lever un sourcil réprobateur au sire de Joinville, puis l'autre quand il constata que la séance de retrouvailles risquait de durer :

– Hum !... N'oubliez-vous pas un peu messire d'Aulnay, qui attend, avec une bien charitable patience, que vous en ayez fini de vos embrassades ? émit-il d'un ton courroucé qui rompit le charme.

Les deux hommes se séparèrent et Aulnay, confus, mena son ami auprès de la dame si dolente devant laquelle il s'inclina profondément :

– Que notre grande souveraine veuille bien me pardonner un moment d'émotion et me permette de lui présenter le chevalier Renaud de Courtenay, qui bien servait son noble époux en tant qu'écuyer quand nous fûmes à Rome et en tirèrent Sa Sainteté le pape Innocent !

Complètement abasourdi, Renaud se retrouva en train de saluer cette jeune femme sans apparence, blonde et un peu terne, habillée n'importe comment de surcroît et qui, sauf erreur, n'était autre que l'épouse de

Baudouin II, cette Marie de Brienne dont il avait entendu vanter à maintes reprises le courage, la dignité et le maintien vraiment royal. Elle devait avoir subi une bien rude épreuve pour être en cet état et une horrible pensée lui traversa l'esprit : serait-elle veuve et le cher Baudouin aurait-il disparu à la fleur de l'âge ? Evidemment elle n'était pas en deuil, mais ses habits misérables ne signifiaient rien.

Elle fondit en larmes quand elle entendit la présentation de Renaud :

– Un ancien serviteur de mon cher époux ne peut m'être qu'agréable, gémit-elle. Il a tant de besoin de soutien !

Et elle se tourna pour demander un mouchoir à sa suivante tandis que le sénéchal de Champagne, coupant la parole à Aulnay, expliquait que la nef amenant l'impératrice à Chypre avait été emportée par un coup de vent au moment où elle débarquait dans le port de Paphos, non loin du camp de Limassol où il se trouvait alors avec son cousin Erard de Brienne qui était aussi celui de la naufragée. Car c'en était une et qui avait grand besoin d'aide féminine. En se retrouvant sur le sable, elle avait eu l'idée d'envoyer son écuyer, le sire de Jauny, au camp des croisés dans l'espoir d'y trouver justement le sire de Brienne et lui-même. Ils s'étaient précipités, et tandis que Joinville trouvait des montures pour emmener au plus tôt la pauvre femme à Nicosie, Brienne restait à Paphos pour voir si d'aventure un autre coup de vent ne ramènerait pas le navire impérial...

– Espérons seulement qu'il n'est pas allé se fracasser sur quelque rocher ! Les gens de Paphos l'ont vu entraîné au large en direction de la côte syrienne comme par la main de Dieu. Quant à la barque amenant à terre l'impératrice, elle a été retournée par une grosse vague qui – grâces en soient rendues à Dieu ! – l'a portée sur la grève avec sa suivante. Les sires d'Aulnay et de Jauny ont dû nager pour la rejoindre. A présent souffrez que nous nous quittions ! Il nous faut voir très vite le roi et surtout la reine ! Savez-vous où ils sont ?

– Ils doivent souper ce soir en l'hôtel d'Ibelin où loge monseigneur d'Artois. Je ne sais s'ils y sont déjà, étant moi-même en retard. Le mieux est que vous me suiviez ! S'ils ne sont pas encore arrivés, la dame d'Ibelin saura prendre soin de l'impératrice...

Mais les souverains étaient là, et l'entrée en scène de la pauvre Marie prit toute sa dimension dramatique. Elle fut entourée, réconfortée, emmenée par les princesses dans l'appartement des dames pour y être baignée, vêtue comme il convenait à son rang et finalement conduite à table où elle fut vraiment la reine de la soirée, Marguerite et Stéphanie s'effaçant volontairement pour lui laisser la première place. Elle en fut heureuse au début mais, dans cette atmosphère élégante, fastueuse et pleine de gaieté – à Chypre, le goût de la fête faisait partie de l'essence même de la vie –, elle parut s'éteindre peu à peu comme une lampe où l'huile vient à manquer et, pour finir, éclata en sanglots :

– Oh, Dieu, moi je suis là, dans le luxe et l'abondance tandis que mon pauvre seigneur...

Ce fut Guillain qui renseigna Renaud sur la situation guère reluisante de l'empereur. Le retour de Baudouin avec ce qu'il avait pu obtenir de troupes et d'or y avait apporté un peu de soulagement, mais un peu seulement. Les trêves avec Vatatzès, l'empereur de Nicée, avaient récemment expiré et ce dernier n'avait pas perdu de temps pour se mettre en marche. Il reprit plusieurs cités et eût attaqué Constantinople si, justement, Baudouin n'était arrivé. Il força Vatatzès, d'ailleurs malade, à rentrer chez lui, mais comprit vite que ce n'était, au fond, que reculer pour mieux sauter et qu'à l'exception de Constantinople, dégagée pour un moment, sans doute la situation n'était-elle pas beaucoup meilleure qu'à son départ pour l'Occident. Les troupes qui l'avaient aidé à rentrer se dispersaient soit pour rejoindre la croisade, soit pour regagner leur pays d'origine. De toute façon, on n'aurait pas pu les payer encore longtemps, l'or que l'on avait rapporté ayant fondu comme neige au soleil avec les nécessaires réparations des murailles et l'apurement de certains comptes :

– L'empereur en est réduit aux expédients pour se procurer de l'argent, soupira Aulnay. Il est allé jusqu'à vendre le plomb qui couvre les palais impériaux et même... jusqu'à engager son fils Philippe aux Vénitiens... Une sorte d'otage pour l'avenir !

– Comment est-ce possible ?

– Pour les Vénitiens, le commerce passe avant tout et la mainmise sur un futur empereur, soumis à leur politique, peut être une bonne chose. Oh, mon ami, nous vivons des jours difficiles et je suis heureux pour vous que votre destin ait pris un chemin différent...

– Vous me le faites presque regretter, je dois beaucoup à l'empereur et je l'aime bien. Mais ne vous tourmentez pas. Le roi Louis est trop généreux pour ne pas assister des parents dans le malheur. Je suis certain qu'en repartant à Constantinople...

– Nous ne repartirons pas. Notre sire Baudouin attend de l'aide, mais ne veut pas que son épouse revienne. Sa mission accomplie ici, elle doit – nous devons ! – se rendre en France afin de prendre elle-même en main le gouvernement de Courtenay et des terres qui lui restent. Elle ne reviendra que lorsque les choses seront rentrées dans l'ordre... si elles y rentrent un jour.

– Et vous la suivrez ? Pour gérer de simples terres, vous qui êtes maréchal d'un empire ?

– Oh, moi je suis un vieux garçon ! Ni épouse ni enfants ! Toute ma famille est en France... et l'empire, selon moi, ne durera plus longtemps.

– En ce cas, venez avec nous en Egypte combattre l'infidèle ! Et peut-être faire fortune ! Vous êtes trop jeune pour le coin du feu... et je suis si heureux de vous retrouver !

Comme le prévoyait Renaud, Louis IX et Henri Ier firent leur possible pour réconforter la pauvre souveraine. Il ne pouvait être question de distraire si peu que ce soit de l'armée en route pour la croisade mais de nombreux chevaliers s'engagèrent, par écrit – et Robert d'Artois fut de ceux-là avec les siens –, à s'en aller combattre pour Baudouin une fois atteint le but de leur guerre sainte : prendre l'Egypte et l'échanger contre l'ancien royaume franc de Jérusalem. Un arrangement qui satisfit tout le monde et ramena le sourire sur le visage de l'impératrice.

Quand vint le temps de Noël, Louis quitta les délices de Nicosie trop amollissante à son gré pour rejoindre son armée à Limassol et passer avec elle cette Nativité si douce aux cœurs chrétiens, mais que l'éloignement du pays natal pouvait teinter de nostalgie. Ses frères firent de même et aussi la reine Marguerite et sa sœur ; mais la fête finie, les dames accompagnées de Charles d'Anjou regagneraient seules la capitale, le roi et le comte d'Artois ayant décidé de ne plus quitter l'ost jusqu'au départ. Leur présence constante s'avérait nécessaire, le séjour de cette masse d'hommes dans l'île d'Aphrodite devenant non seulement difficile mais inquiétant : climat émollient, inaction et aussi débauche, toutes les prostituées de l'île s'étant donné rendez-vous autour du camp.

Sachant qu'il ne retournerait pas à Nicosie, Renaud alla voir Flore à laquelle il rendait visite de temps en temps afin d'essayer de l'amener à renoncer à son projet de s'intégrer à la croisade. Jusque-là il avait échoué en dépit des arguments employés et elle l'avait mené très loin sur ce chemin puisque un soir elle le reçut dans son lit. Souffrante à ce que prétendait la servante en l'accueillant à la porte ! En fait, elle l'attendait sur sa couche aux draps de soie pourpre, entourée de cassolettes où brûlait le myrte, seulement vêtue d'une très transparente mousseline blanche, que sa peau rosissait et de ses longs cheveux blonds en souples vagues soyeuses. Jouant de sa surprise, elle ne dit pas un mot, se contentant de lui tendre les bras et il ne résista pas. Pernon avait raison : cette fille était belle à damner... le roi lui-même, tout saint qu'il était, et le chevalier avait derrière lui une continence déjà longue. Ils firent l'amour avec une sorte de fureur qui permit au jeune homme, même au plus fort de la folie, de mesurer l'art et la puissance que cette femme pouvait exercer sur un homme. En même temps il pensait que, peut-être, c'était une façon de lui faire comprendre, en faisant de lui son amant, qu'elle était prête à oublier Raoul de Coucy. Le retour à la terre ferme allait se montrer singulièrement décevant...

Alors qu'au petit jour, il la quittait et se penchait sur elle pour un dernier baiser, elle se mit à rire :

– Cette nuit a été admirable et, si je n'aimais autant mon seigneur Raoul, c'est toi que j'aurais choisi. Tu m'as toujours plu, mais... tu ne peux me le faire oublier...

– N'était-ce donc qu'une simple expérience ? fit-il vexé.

– On peut l'appeler ainsi. Tu me rendras cette justice que j'ai joué le jeu de tout mon être, mais quand l'amour est là rien ne prévaut contre lui !

– Heureux de t'avoir été utile ! jeta-t-il, plus blessé qu'il ne voulait l'admettre. Je connais des courtisanes qui sont plus honnêtes que toi !

Il était parti en claquant la porte et cela avait été leur dernier revoir. S'il y était retourné avant de partir, c'était pour lui signifier un définitif adieu. Cependant il ne la trouva pas, ni elle ni sa servante. La maison était close, sans reflets, et c'est seulement en reculant dans la rue qu'il aperçut, derrière les fenêtres, les volets de bois. Les deux femmes étaient absentes et l'idée vint à Renaud que, peut-être, elles ne reviendraient pas. Ce dont il éprouva un soulagement qui n'en conservait pas moins un reste d'inquiétude. Flore avait-elle enfin compris qu'elle offensait le Seigneur avec sa recherche obstinée ? Ou bien, lasse de ne rien obtenir, était-elle simplement partie pour Limassol tenter encore sa chance auprès de Raoul ? C'était une chose dont il faudrait s'assurer une fois arrivé au camp...

La célébration de Noël fut grave et émouvante, empreinte de cette piété profonde dont le roi donnait si bel exemple. Sous un ciel nocturne d'un bleu profond piqué d'étoiles, les mêmes qui brillaient jadis sur Bethléem protégeant la venue au monde du Rédempteur, le cardinal légat célébra la messe de minuit au milieu du camp près de la mer, sur un autel illuminé de cierges dont les flammes faisaient étinceler l'or des vases sacrés et l'acier des armures. Elle fut chantée par ces hommes, de fer vêtus, avec une ardeur qui en faisait la plus passionnée comme la plus humble des invocations. Les voix sonores emplissaient la nuit, se joignant à celles des gens d'alentour rassemblés sous les pins et les eucalyptus. Et quand vint l'instant de la communion, ils pleurèrent, mais c'était de joie et de se sentir fraternellement unis dans une même espérance et un même désir de contribuer à la gloire de Dieu. Parce que sur eux s'étendait la magie de Noël...

A gauche de l'autel, un groupe de chevaliers aux grands manteaux blancs frappés d'une croix rouge, têtes nues montrant des cheveux rasés et des visages barbus, formaient une masse compacte et impressionnante : les Templiers. A leur tête, le Maître de l'Ordre venu d'Acre où se trouvait la maison chevetaine depuis que Saladin, en prenant Jérusalem, avait saccagé leur couvent majeur, purifié à l'eau de rose et rendu au culte la vieille mosquée El-Aksa – la Lointaine chère au Prophète ! – et fait parquer ses chevaux dans leur magnifique église.

Le Grand Maître de cette admirable chevalerie essaimée à présent dans toute l'Europe, mais qui s'accrochait toujours à ce lambeau de terre de l'ancien royaume franc, c'était Guillaume de Sonnac, vieillard imposant de force encore redoutable, un de ces preux au corps couvert de cicatrices, à l'âme forgée dans l'enfer des batailles... Il venait ou plutôt il revenait faire sa paix avec le roi de France auquel l'avait opposé à l'automne un grave différend. Il se trouvait, en effet, que la politique du Temple – qui ne relevait d'aucun autre souverain que du pape ! – était sinon opposée, du moins infiniment plus souple que celle de Louis IX. Les Templiers, fidèles à leur diplomatie particulière, entretenaient des relations secrètes avec certains émirs influents. Ainsi faisaient autrefois les derniers rois de Jérusalem et le comte de Tripoli, soucieux, en soutenant les rébellions des atabegs de Mossoul ou d'Alep, de contrecarrer les vues impérialistes de Saladin en maintenant la Syrie à l'écart de l'Egypte. Guillaume de Sonnac était venu en octobre proposer à

Louis de le mettre en rapport avec des princes musulmans plus ou moins hostiles à la dynastie des Ayyubides afin de créer une diversion, tandis que la flotte irait attaquer l'Egypte. Il fut reçu de belle manière.

Brûlant d'indignation qu'un chevalier chrétien, un Maître du Temple, ait osé lui proposer de s'entendre avec des infidèles, Louis, qui considérait apparemment la diplomatie comme une succursale du mensonge, blâma Guillaume de Sonnac en termes d'une rare énergie et lui fit défense formelle de recevoir un quelconque émissaire des Turcs sans sa permission. Furieux de se voir ainsi traité, le Maître ravala la réponse insolente qui eût peut-être créé l'irréparable et repartit pour Acre, emmenant le Maître en France, Renaud de Vichiers, venu avec le roi et qui venait d'être élu maréchal du Temple en chapitre restreint. Il laissait Louis un peu inquiet tout de même : si le Temple, ses navires, ses moines-guerriers et son soutien financier venaient à lui manquer, des difficultés pourraient en résulter. Aussi ses conseillers firent-ils en sorte de ramener le vieux Maître auprès du jeune roi. Le temps de Noël n'était-il pas celui de la réconciliation ? Et tout à l'heure, avant de se rendre à l'office, les deux hommes s'étaient embrassés...

L'armée savait naturellement l'histoire de ce différend et l'annonçait à sa manière en prétendant que « le Maître du Temple et le sultan d'Egypte avaient fait si bonne paix ensemble qu'ils s'étaient fait saigner tous deux dans la même écuelle ». Renaud, pour sa part, ne croyait pas à cet étrange lien du sang, difficile à admettre. En revanche, il eut, durant la messe, une tenace distraction parce qu'au premier rang des Templiers, il avait reconnu Roncelin de Fos...

Ce fut un choc. La commanderie de Joigny avait dit qu'il était reparti en Terre Sainte, mais Renaud n'était pas préparé à le retrouver là, à quelques pas de lui et dans l'entourage immédiat de Guillaume de Sonnac. Mais il fut bien obligé de ravaler sa colère, son envie de se jeter sur lui et de l'obliger à confesser le sacrilège commis contre la tombe de Thibaut. La sainteté de l'heure, du lieu et de la circonstance, la présence même du roi lui interdisaient la moindre réaction hostile et, la messe achevée, il fallut encore se résigner à le voir s'éloigner avec ses frères dans l'impeccable formation que présentaient toujours les Templiers en public...

Gilles Pernon l'avait vu, lui aussi. Dès que les assistants à la messe commencèrent à se disperser et que le roi se dirigea vers l'église de la Sainte-Trinité pour y passer la nuit, il alla chercher les chevaux avant de rejoindre son maître :

— Je suppose que nous nous préparons à les suivre ? dit-il en désignant le groupe encore visible des manteaux blancs. Je me suis renseigné : leur commanderie est à trois lieues d'ici, un énorme donjon dans les vignes qui s'appelle Kolossi[1].

— J'aimerais bien, mais ce serait inutile. Regarde !

En effet, Guillaume de Sonnac et ceux qui l'entouraient étaient en train de prendre place dans une barque pour regagner la galère maîtresse de l'Ordre qui était à l'ancre dans la baie d'Akrotiri. Roncelin de Fos était de ceux-là.

— Ils vont y finir la nuit, soupira Renaud, et après la messe du matin, le Maître rentrera à Acre. Quant à monter à bord pour réclamer justice, c'est impossible. Personne ne se garde mieux que les Templiers...

---

1. Les Templiers l'occupaient au mépris de tout droit, le château ayant été donné aux Hospitaliers par le roi Hugues Ier de Lusignan.

– Mais demain, sur le chemin de l'église ou au retour ?

– A ton âge, tu es aussi impétueux et irréfléchi qu'un jeune poulain, remarqua Renaud avec un demi-sourire. Songe que nous n'avons pas la moindre preuve à avancer et, si ce Roncelin est l'homme que je devine, il saura mentir et ce sera sa parole contre la mienne.

– Devant le roi et monseigneur Robert ce serait plutôt la vôtre contre la sienne ! Il est vrai que notre sire Louis ne nous pardonnerait peut-être pas de créer un incident avec le Temple, tout juste après que les choses se sont arrangées. Et puisque le Maître et ses chevaliers doivent nous rejoindre quand nous partirons pour l'Egypte, mieux vaut attendre d'y être. Lorsque les camps seront dressés, il sera beaucoup plus facile d'isoler ce misérable et de lui faire rendre gorge... A moins d'un coup de chance...

Qui ne se produisit pas. Comme s'il devinait qu'une menace flottait dans l'air, Roncelin de Fos se tint continuellement à moins de cinq pas de Sonnac, dans l'entourage immédiat que composaient les dignitaires. Ce qu'il était visiblement... Et la galère aux voiles frappées de la haute croix rouge repartit paisiblement pour Saint-Jean-d'Acre...

Peu après Noël, d'étranges nouvelles parvinrent aux croisés sous l'aspect d'un dominicain français, André de Longjumeau, qui était allé jusque dans les monts de Caucase visiter les Mongols afin de s'y renseigner sur les chrétiens de ces lointaines contrées dont on disait qu'il en existait même dans les troupes des descendants de Gengis Khan. Il fut rejoint peu après par deux voyageurs de la région de Mossoul – chrétiens eux aussi ! – que le chef mongol Baidjou avait chargé d'un message pour le roi de France. Et combien surprenant puisqu'il évoquait la possibilité d'une alliance entre les

Francs et les Mongols contre les fils de l'islam. Cette nouvelle souleva un instant l'enthousiasme sauf chez le roi qui l'accueillit avec méfiance. Cependant, par courtoisie envers le khan, il fit préparer une tente-chapelle décorée des scènes de la vie du Christ et la remit à André de Longjumeau pour qu'il la lui porte. Quant aux accords proposés, la distance entre les interlocuteurs éventuels était trop grande pour que l'on pût discuter valablement et Louis espérait bien que l'on aurait quitté Chypre bien avant que le dominicain eût accompli sa mission, car le séjour dans l'île commençait à lui peser. L'armée était immobilisée au bord de la mer depuis trop longtemps. Les mœurs s'y relâchaient et surtout la maladie s'y mettait. Une épidémie de dysenterie – ce fléau des armées occidentales en Orient ! – se déclara. Elle emporta près de quatre cents chevaliers et sergents, sans épargner de hauts seigneurs comme le sire de Bourbon, le comte de Vendôme et le noble Jean de Montfort qui, arrivé en octobre avec le vicomte de Châteaudun, mourut avant la fin de l'hiver en odeur de sainteté. Il fallait en finir.

Le roi aurait voulu partir en février, mais les vents étaient contraires et, surtout, les contingents qu'il attendait n'arrivaient pas. Il fallut encore patienter, ce dont enrageaient Robert d'Artois et la plupart de ses hommes. Renaud profita du retour au camp pour se rapprocher du sire de Coucy. Le baron Raoul lui réserva un accueil plein de bonté, se montrant même heureux de retrouver en lui un compagnon de croisade :

– Ma pauvre épouse a eu de grands torts envers vous et moi aussi, lui dit-il, mais je remercierai toujours Dieu d'avoir fait notre ouvrage et de vous avoir conduit à la place que vous réservait frère Adam.

Renaud put constater qu'il était devenu d'une

extrême piété ainsi que le comte de La Marche qui ne le quittait plus guère. Une piété rassurante parce qu'elle était vraiment incompatible avec une quelconque influence de Flore. D'ailleurs, ni lui, ni Pernon, ni même Gérard de Fresnoy qui l'avait quelque peu courtisée à Nicosie et se montrait désolé de sa disparition ne trouvèrent d'elle la moindre trace :

– Elle a dû écouter enfin la voix de la sagesse et quitter l'île, finit par conclure Renaud.

Et de cela, il remercia Dieu.

Cependant, au printemps, les choses s'arrangèrent. Alphonse de Poitiers n'arrivait toujours pas avec l'armée de complément mais, portés par vingt-quatre navires, parurent le duc Hugues de Bourgogne et le prince de Morée, Guillaume de Villehardouin, chez lequel celui-ci avait passé l'hiver. Quatre cents chevaliers les accompagnaient et Louis s'en réjouit fort. Enfin le roi de Chypre, entraîné par l'exemple, prit la croix avec ses plus hauts barons et cette fois tous les espoirs étaient permis : la croisade serait puissante et valeureuse.

L'approche du grand départ fut, pour l'impératrice de Constantinople, le signal du sien. Elle emportait la promesse que, l'Egypte vaincue, on irait arranger les affaires de Baudouin, y gérer au mieux les intérêts de son époux. Naturellement Guillain d'Aulnay repartait avec elle. Renaud en éprouva de la peine : il avait espéré un moment que son ami suivrait la croisade et Guillain lui-même l'aurait bien voulu, mais les vicissitudes subies par la pauvre Marie lors de son arrivée à Chypre faisaient l'obligation au fidèle maréchal de ne pas l'abandonner à de nouveaux hasards sur les chemins qui l'attendaient :

– Si Dieu le veut, nous nous reverrons à votre retour, dit-il à Renaud en l'embrassant. L'impératrice ne bougera de Courtenay que si notre sire Baudouin l'appelle et, bien sûr, je serai près d'elle ; mais si je n'y étais pas, vous pourrez avoir de mes nouvelles chez mon frère aîné, Gautier, au château de Moussy près de Dammartin, sur le grand chemin qui va de Paris à Soissons. Je vous en ai déjà parlé, il me semble ?

– Vous connaissez ma mémoire : je n'oublierai pas !

– N'oubliez surtout pas de nous revenir vivant...

A la veille d'appareiller, alors que la reine Marguerite et les princesses étaient revenues au château de Limassol, Robert d'Artois prévint Renaud que sa belle-sœur désirait lui parler. Ce qui le plongea aussitôt dans une sorte de maelström de stupeur et d'enchantement. Il y avait des semaines qu'il n'avait revu Marguerite et l'idée de l'approcher enfin le bouleversait. « Elle » voulait lui parler ! De quoi ? C'était vraiment sans importance. Ce qui comptait, c'était qu'« elle » se souvînt encore de lui et c'était la chose la plus merveilleuse qui puisse lui arriver ! Il se précipita au château. Non sans s'assurer auparavant que ses vêtements étaient propres et sa tignasse blonde point trop en désordre.

Il trouva la reine dans l'une de ces cours-jardins qui étaient l'un des charmes de l'Orient. Assise entre un bassin de pierre où pleurait une fontaine et un buisson de roses épaisses comme des choux, elle brodait quelque chose avec des soies rouges et bleues où ses jolies mains mêlaient les fils d'or, et ne leva pas la tête quand Eudeline de Montfort, sa dame de parage préférée, introduisit le chevalier avant de s'écarter pour rejoindre Elvira de Fos occupée à accorder son luth près d'une glycine. Renaud mit genou en terre et attendit, le cœur battant la chamade.

Il était si près de Marguerite qu'il pouvait sentir son

parfum de jasmin mêlé à celui des roses voisines. Si près qu'il pouvait compter les petites perles ornant le col et les amples manches de sa robe de soie blanche. Elle portait simplement un voile sur ses beaux cheveux bruns, tressés en une souple natte tombant sur une épaule où elle avait piqué une rose. Elle était si ravissante ainsi que Renaud sentit son émotion grandir. Si elle ne lui parlait pas tout de suite, il allait faire quelque sottise du genre baiser ses pieds ou poser sa tête sur ses genoux... Mais elle se redressa et et lui sourit :

– Je vous ai fait venir pour vous gronder, chevalier. Pourquoi avoir laissé votre pauvre et charmante cousine se morfondre seule dans Nicosie alors que nous étions là ?

Renaud tomba des nues :

– Ma cousine ? J'en ai donc une ?

– Pas en réalité, puisque c'est avec votre mère adoptive qu'elle cousinait, mais cela revient au même et vous vous connaissez depuis l'enfance.

Puis, élevant soudain la voix :

— Approchez Flora de Baisieux !

L'indignation remit le jeune homme debout quand il vit sortir de derrière le rosier la femme dont il se croyait si bien délivré et qui venait vers lui à petits pas et les yeux modestement baissés.

– Ma cousine ? répéta-t-il sans réussir à revenir de sa stupeur et il n'eut pas le temps d'en dire plus.

Avec une malicieuse gaieté, Marguerite reprenait :

– Allons ne soyez pas si gêné ! Elle m'a tout dit !

– Vraiment ?

– Mais oui ! Elle m'a dit comment, seule au monde, elle vous avait prié de la laisser suivre la croisade afin d'aller prier dans les Lieux saints et comment vous lui aviez refusé en disant que ce n'était pas la place d'une femme...

– Et je le pense toujours. A moins d'être reine ou de se joindre à un couvent, gronda-t-il en dardant sur l'impudente créature un coup d'œil furieux.

Mais il rencontra son regard à elle et y lut une supplication tellement désespérée que sa colère baissa d'un ton. La reine d'ailleurs reprenait :

– Elle a dit aussi comment, devant votre refus, elle avait pris le parti de vous précéder à Nicosie dans le but d'y attendre notre arrivée... votre arrivée. Et aussi qu'une fois de plus vous avez refusé, ajouta-t-elle avec une soudaine sévérité qui fit bouillir Renaud. Aussi m'est-elle venue voir quand vous l'avez abandonnée – oui, c'est le terme qui convient – pour suivre mon beau-frère qui revenait au camp.

– Madame..., commença Renaud au bord de l'apoplexie.

Une fois encore, elle l'interrompit :

– Vous n'allez pas le lui reprocher, j'espère ? Quand on est si loin du pays natal, il faut se rapprocher entre compatriotes. Elle a très bien agi et, si péché il y a, ce n'est après tout que péché d'amour et l'amour excuse tout ! Elle restera auprès de moi !

C'était un comble ! Voilà que la mâtine avait osé se prétendre amoureuse de lui ? Et Marguerite, sa Marguerite si ardemment aimée, qui approuvait, bénissait presque ! Il ne manquerait plus qu'elle lui demandât d'épouser cette garce prête à n'importe quelle comédie pour arriver à ses fins !

A cet instant, la demoiselle de Fos se rapprocha, son instrument à la main :

– Le luth est accordé, madame, et s'il vous plaît d'entendre à nouveau votre chanson...

Elle souriait, mais son regard de basilic ne cessait d'aller de Renaud à Flore et de Flore à Renaud. Et du coup celui-ci changea d'avis. Il salua, l'échine raide et la main sur le cœur :

— Je remercie la reine de sa bonté ! Puis-je, en me retirant, dire quelques mots à ma... cousine ?

— Mais bien sûr ! Allez, Flora !

Il la saisit par la main et l'entraîna au pas de course jusqu'à ce qu'ils fussent hors du logis seigneurial. Là il s'arrêta, la lâcha :

— Vous m'avez joué et j'aurais dû vous dénoncer, tonna-t-il. Mais puisque vous avez eu l'audace de vous introduire auprès de la reine, autant que vous serviez à quelque chose ! Il y a parmi ses dames une femme dont j'ai lieu de me méfier...

— Elvira de Fos, compléta Flore. Ce ne peut être qu'elle et je partage votre méfiance. Il y a en elle je ne sais quoi qui ne me plaît pas.

— Vous êtes intelligente. Un peu trop peut-être à mon goût, mais en l'occurrence je préfère cela. Alors écoutez-moi bien : au cas où il arriverait malheur à la reine, c'est vous que j'en tiendrais responsable !

— Ce serait injuste, mais je peux vous comprendre. Vous l'aimez, n'est-ce pas ? Je le sais depuis que j'ai trouvé ce portrait...

— Encore une fois, ce n'est pas le sien et moi je ne considère pas le mensonge comme un art. Mais c'est vrai : je l'aime ! Au point où nous en sommes, autant mettre tout en lumière. Alors puisque vous avez eu l'audace de vous glisser auprès d'elle, veillez ! Ou sinon...

Elle posa sur son épaule une main apaisante en levant des yeux pour une fois sans aucune ombre.

— Je veillerai ! promit-elle. Je vous le dois bien...

CHAPITRE X

LA MANSOURAH

La veille de la Pentecôte, les passagers de la *Montjoie* remontèrent à bord et gagnèrent la pointe de terre protégeant la baie de Limassol pour le rassemblement de la flotte dont les navires avaient mouillé à Paphos ou aux autres ports de la côte sud. Une flotte énorme : forte de quelque dix-huit cents bateaux, grands ou petits, nefs de guerre, galères, chalands et autres barges, et ce fut en vérité un beau spectacle, la mer semblant frissonner de toutes ces voiles aux couleurs vives autour desquelles tournaient les oiseaux marins. Sous leur envol s'en allaient combattre pour Dieu les forces de l'Orient latin jointes à celles de la France, leur mère patrie !

Pourquoi fallut-il qu'à peine fut-on au complet qu'un vent de tempête se déchaînât, chassant une partie des bateaux vers différents points de la côte syrienne ? Sans trop de dégâts heureusement, mais ce fut tout de même une aventure déplaisante qui retarda le départ. En bref, les deux tiers de l'effectif s'égaillèrent vers Saint-Jean-d'Acre, Caiffa ou Césarée d'où il ne leur resta plus qu'à repartir avec un peu de retard pour rejoindre en Egypte le roi et le légat qu'avaient suivis les Maîtres du Temple et de l'Hôpital.

Ce fut donc le 30 mai 1249 que la *Montjoie* leva l'ancre.

Cinq jours plus tard, les flots bleus laissèrent transparaître les jaunes alluvions rejetés par le delta du Nil et les navires arrivèrent en vue de Damiette dont le roi avait fait choix pour aborder la terre d'Egypte et lui ouvrir la route du Caire.

C'était en fait la meilleure clef du pays par sa situation entre le plus important bras du Nil et le grand lac Menzaleh que deux « bouches » ouvraient sur la mer. Port majeur fréquenté par de nombreux marchands parce que le chemin du fleuve permettait d'atteindre la ville capitale plus facilement que par Alexandrie, située plus à l'ouest et qui eût obligé à traverser une région désertique. Enfin, la vaste plage située à l'ouest de la ville permettait le débarquement des petits bateaux. Séparé en deux par l'île de Mahalot, le Nil coulait entre cette plage et la ville, mais elle lui était reliée par deux solides ponts flottants.

Il était environ neuf heures du matin quand le roi, après avoir ordonné de jeter les ancres, fit venir à son bord ses barons afin de décider avec eux du prochain débarquement. En fait, Louis parla seul. On attaquerait le lendemain tôt dans la matinée, ce qui allait permettre de préparer les barges et autres chalands où l'on prendrait place pour atteindre la terre. Il dit aussi que chacun devait songer à mettre son âme en paix avec le ciel en faisant une confession bien sincère et aussi en rédigeant son testament :

– Car on ne sait qui reviendra vivant et nous devons tous nous préparer à mourir s'il plaît à Notre-Seigneur.

Puis chacun retourna à son bord avec plus de gravité qu'en arrivant. Même Robert d'Artois cessa de plaisanter et se retira pour dicter ses volontés dernières, son beau et joyeux visage curieusement assombri.

– A ce jour, je suis père à nouveau d'un enfant dont je ne sais rien, confia-t-il à Renaud qui s'inquiétait de cette subite mélancolie, et peut-être ne le verrai-je jamais...

– Ce sont tristes pensées, monseigneur, et elles vous vont si mal !

– Tu as raison. Avant que de songer à mourir, il faut songer à se battre bellement ! Et, en vérité, je ne me reconnais pas moi-même. Ce doit être ce pays ! Il ne me plaît pas mais ne me demande pas pourquoi.

– Peut-être parce que c'est seulement une terre infidèle... et pas la Terre Sainte dont nous rêvons tous depuis si longtemps ?

– C'est possible et je me demande si mon frère a eu raison de nous mener ici. Cela doit être plus difficile d'y mourir... même en regardant la Vraie Croix !

Renaud n'hésita qu'un instant avant de poser la question qui lui brûlait les lèvres :

– A ce propos, monseigneur, puis-je vous demander d'où vient cette Vraie Croix que porte monseigneur le légat ? Lorsque j'étais gamin, j'ai ouï dire de mon père qu'autrefois les rois de Jérusalem combattaient en la faisant porter devant eux quand le royaume était en péril. Il la décrivait haute et magnifique, enveloppant dans de l'or et des pierres précieuses un grand fragment du bois de supplice de Notre-Seigneur. Celle qui nous accompagne me paraît bien petite...

– C'est possible. Je n'y ai pas réfléchi. Ce que je sais est que notre relique faisait partie de celles que l'empereur Baudouin avait gagées à Venise et que le roi mon frère a recueillie. Tu crois qu'il en existe une autre ?

– Celle dont je parle a été enterrée par deux Templiers aux Cornes de Hattin, peu d'heures avant la désastreuse bataille de Tibériade. Saladin s'est vanté de l'avoir retrouvée, mais l'un de ses émirs l'avait abusé en faisant exécuter une copie avec un bois sans valeur. L'ayant su, il s'en serait défait avec mépris...

Robert ne cacha pas sa surprise et regarda son jeune chevalier avec un œil tout neuf...

– D'où le sais-tu ?

– Je vous l'ai dit : un récit de mon père. C'est lui qui a enterré la Croix. Lui aussi qui a détrompé Saladin.

– Par Dieu ! Pourquoi ne me l'as-tu jamais dit ?

– J'attendais que parte la croisade et je suis comme vous : déçu d'être ici au lieu de Saint-Jean-d'Acre ou de Tyr, sur le chemin de Jérusalem !

– Nous irons ! décida le comte, son ardeur retrouvée et la voix soudain vibrante d'espoir. Je te promets que nous irons et que, toi et moi, chercherons si ton père a dit vrai.

– Il ne savait pas mentir !

– Et... t'a-t-il confié où il l'a ensevelie ?

– Oui. Et j'ai fait vœu de la retrouver !

– Alors nous irons ensemble ! Mais jusque-là il faut que le roi n'en sache rien ! Il doit croire, pour la paix de son âme, que notre croix est celle-là même qui habitait le Saint-Sépulcre. Et ce sera si splendide surprise quand nous la lui rapporterons !

– N'importe ! Si celle-ci vient de Byzance, elle doit être authentique... même si c'est un bien petit morceau !

– Oui, en fin de compte ! Mais, quand nous aurons pris Damiette, il faudra que tu me racontes plus en détail... Pour l'instant allons à confesse !

Et il alla rejoindre son chapelain.

Avant que le jour fût levé, le lendemain, chacun, sur les divers navires de l'ost flottant, se préparait à ce qui allait venir.

Sur la *Montjoie*, le roi entendit la messe avec les siens, puis s'arma en ordonnant que tous en fissent autant. Il avait fait la veille ses adieux à Marguerite, qui était montée à bord de la *Reine* avec sa sœur et ses dames, le légat accompagnant le roi comme il convenait pour les rudes combats de l'assaut. A l'est, la nuit commençait à blanchir quand on procéda à l'embarquement dans les divers bateaux prévus à cet effet. L'oriflamme, la longue flamme rouge prise à Saint-Denis, partit la première dans la barge où étaient les seigneurs Jean de Beaumont, Matthieu de Marly et Geoffroy de Sergines. C'était elle qui devait marcher en tête de l'armée ainsi que le voulait la tradition. Louis descendit dans une « gogue » normande avec le légat qui, une fois à pied d'œuvre, éleva à bout de bras le reliquaire de la « Vraie Croix » afin que tous pussent la voir dans la gloire d'une aurore somptueuse.

Robert d'Artois et ses chevaliers étaient dans une embarcation semblable. L'approche de la bataille faisait le prince rayonnant et, de temps à autre, il adressait un fugitif sourire à Renaud qu'il gardait à son côté et dont, en une nuit, il semblait avoir fait son meilleur ami après avoir longuement causé avec lui. Le jeune homme lui aussi était heureux, même s'il ne pouvait s'empêcher de regarder s'allonger la distance avec la silhouette vivement colorée de la *Reine* à l'ancre. Les voiles que les femmes agitaient au moment du départ des barques étaient de moins en moins visibles et le jeune homme cessa de tourner la tête pour ne regarder que devant lui. Ce qu'il allait vivre, c'était sa première bataille et il l'attendait avec la même joie grave qu'il avait éprouvée au matin de l'adoubement : c'est dans le combat que naît vraiment le chevalier. Bientôt il saurait ce qu'il valait au juste. Comment se comporterait le sang pour le moins étrange et contradictoire qu'il devait à ses aïeux. S'il était l'arrière-petit-fils du grand Saladin, il était aussi celui de Jocelin de Courtenay, le lâche comte d'Edesse et de Turbessel, qui avait remis sans combattre son gouvernement d'Acre. Heureusement se dressait entre eux la fière silhouette de Thibaut, le frère d'armes et de vaillance du sublime Baudouin, le lépreux...

En regardant approcher la terre d'Afrique une idée bizarre lui vint : celle qu'il était lui, Renaud de Courtenay, plus proche du grand sultan que le vieillard régnant alors sur le Caire et qui descendait, lui, du premier frère de Saladin. Et pour ce qu'il en avait appris à Chypre durant le long hivernage, il n'y avait guère plus de ressemblance entre ce vieil homme, Al-Salih Ayub, et le conquérant d'un empire qu'entre Jocelin de Courtenay et lui-même. On disait le sultan presque aussi noir de peau que sa mère, une esclave soudanaise, et d'âme encore plus ténébreuse. Qu'il détestât les arts et les lettres n'eût été peut-être que demi-mal s'il n'eut été aussi arrogant, dur, cruel à l'extrême, cupide et lugubre au point que l'on se demandait ce qu'il pouvait rester en lui du noble sang kurde de ses ancêtres... Il est vrai qu'on le disait aussi mourant...

Cependant l'excitation de l'assaut prochain balaya vite les rêveries de Renaud. D'autant qu'en approchant de la plage, on pouvait voir qu'elle n'était pas vide. Tant s'en faut ! En même temps, un tintamarre sauvage éclatait : timbales et cors sarrasins faisaient vibrer l'air encore tiède du matin tandis qu'une armée hurlante s'alignait sous les étendards d'or du sultan :

— Ce démon a dû être prévenu, gronda Robert. Je voudrais bien savoir par quel maudit traître !

Un vieux guerrier dont ce n'était pas le premier voyage mais dont Renaud ignorait le nom, ricana :

— Ce n'est pas difficile à deviner, monseigneur !

L'émir qui commande ici se nomme Fakhr el-Din. Je reconnais sa bannière. Il est de longue date l'ami de l'empereur Frédéric II...

– Un souverain chrétien renseignant un prince infidèle ? Ce n'est pas possible !

– Avec Frédéric, tout est possible. Il est l'ennemi du pape, l'ennemi de tout ce qui est chrétien. Cet Allemand est un sectateur de Mahomet...

– Eh bien, nous allons faire en sorte d'étriller ses amis ! On le lui fera payer après !

Les galères, plus rapides et plus maniables grâce à la force des bras qui les propulsaient, arrivèrent en trombe devant la plage. Le roi y avait fait placer les arbalétriers dont le tir protégerait les chevaliers forcément à pied. La splendeur de l'une d'elles frappa l'armée d'admiration. Toute peinte d'écussons d'or à croix de « gueules[1] », bruissante de pennons et de bannières, lancée à toute vitesse par ses trois cents rameurs tous abrités par des targes armoriées, elle arriva sur le sable en rendant aux musulmans vacarme pour vacarme tant ses tambours et ses trompettes y allaient de bon cœur : c'était le navire du comte de Jaffa, Jean II d'Ibelin...

La barge qui portait l'oriflamme était à terre et l'emblème planté. Ce que voyant, le roi ne supporta pas de ne pas être auprès d'elle et, sans rien entendre de ce qu'on lui disait pour le retenir, il sauta à la mer, l'écu au col, le heaume couronné en tête et la lance à la main. Dans l'eau jusqu'aux aisselles, il marcha vers l'ennemi.

Hurlant « Au roi ! », Robert d'Artois sauta aussitôt et Renaud le suivit. L'élan du prince fut tel qu'il se retrouva devant son frère pour le protéger. Cependant

---

1. Rouge en héraldique.

l'armée musulmane se lançait sur ceux qui avaient pris pied. Ce que voyant, ceux-ci plantèrent la pointe de leurs écus dans le sable, puis y enfoncèrent le sabot de leurs lances, le fer en diagonale, ce qui arrêta la ruée des chevaux ennemis dont certains avaient déjà péri s'étant jetés trop impétueusement à la mer. Les Francs à leur tour débarquèrent leurs chevaux tandis que les combattants à pied protégeaient l'opération et, finalement, quand la cavalerie chargea à son tour, la bataille fut brève et les musulmans se ruèrent sur les ponts de bateaux pour se replier en direction de Damiette... en oubliant de faire sauter lesdits ponts. Ce dont les chevaliers du roi se hâtèrent de profiter avec la satisfaction de voir les troupes de l'émir Fakhr el-Din s'enfuir vers le sud. Entre Damiette et les croisés, il n'y avait plus rien, sinon de fortes murailles hérissées de tours et de fossés. Un prisonnier informa que le sultan avait envoyé pour la défense de la ville une tribu arabe, les Banu-Kinana, dont les guerriers étaient redoutables entre tous. On se disposa donc à faire le siège et le roi ordonna que sa grande tente rouge fût plantée, près de celle qui servait de chapelle et aussi de celle du légat. On s'activa et bientôt le camp, avec ses trefs de soie bleue, rouge, verte ou multicolores tendus par des piquets de chêne et de bonnes cordes de chanvre éclata sous les murs de Damiette comme un champ de fleurs fantastiques. Naturellement, on remercia Dieu pour avoir donné cette victoire et l'on envoya un messager à bord de la *Reine*. Sans doute ferait-on débarquer les dames prochainement.

La nuit fut calme. Quand les odeurs de cuisine se furent dissipées, on n'entendit plus que le pas ferré des soldats de garde et le cri alterné des guetteurs. Une nuit belle et claire comme il arrive souvent en Afrique, avec des milliers d'étoiles qui semblaient plus grosses que partout ailleurs. Elles se reflétaient dans les eaux du Nil frangé des hautes tiges chevelues d'une plante inconnue que l'on appelait papyrus... Au large, les lanternes des bateaux à l'ancre relayaient les veilleuses célestes.

Quand le jour vint, ce qui surprit d'abord, ce fut le silence de la ville. En haut des minarets aucun muezzin accroché entre ciel et terre n'appela à la prière comme la veille au soir et, sur le rempart, aucune sentinelle ne se montra, aucune arme ne renvoya les rayons du soleil levant...

Louis IX observa le phénomène et décida qu'il fallait y aller voir, quand soudain accourut un homme que l'on prit d'abord pour un Sarrasin à cause de son vêtement et de sa figure basanée, mais qui était en fait un chrétien de confession copte. Ce qu'il avait à dire était extraordinaire. Selon lui, hormis ses frères et les prisonniers de la citadelle, il n'y avait plus aucun habitant dans Damiette. Même les redoutables Banu-Kinana avaient fait retraite avec les autres vers l'amont du fleuve. Les portes de Damiette étaient ouvertes.

C'était tellement énorme que le roi refusa d'abord de le croire, encouragé par Eudes de Châteauroux, le légat, qui n'était pas loin de voir là un piège. Mais l'homme ne se démonta pas :

– Si je vous ai trompé, vous pourrez toujours me tuer, remarqua-t-il, et vous venger aussi sur les miens, mais je suis bien tranquille.

– Alors, qu'attendons-nous ? s'écria Robert d'Artois. Moi et mes chevaliers irons devant et...

– Tout beau, mon frère ! fit le roi. La première place m'appartient...

Il donna l'ordre de marche et, laissant au camp la garde convenable, il prit la tête de ses barons et se dirigea vers le pont de bateaux pour faire son entrée dans la ville qui, en effet, était déserte. Pas un seul homme à la défense des portes ! En outre, on s'aperçut vite que les fuyards n'avaient rien emporté de leurs biens. Il y avait là une incroyable quantité d'armes et de munitions, de vivres et objets de toutes sortes, ainsi que les richesses des maisons, ouvertes comme si leurs occupants étaient seulement partis faire un tour ou s'étaient rendus au marché. Seule manifestation de mauvaise humeur, quelqu'un avait mis le feu au bazar et l'on eut quelque peine à l'éteindre. Mais Dieu devant être premier servi, le légat et le roi allèrent prendre possession de la grande « mahomerie » jadis dédiée à la Vierge par Jean de Brienne et qu'ils se hâtèrent de purifier afin d'y chanter aussitôt un vibrant *Te Deum*.

En fait, Louis n'en revenait pas d'avoir obtenu victoire si rapide et si complète. Un jour, il n'avait mis qu'un jour pour que tombe dans sa main une ville, forte et riche, que même Jean de Brienne avait mis dix-huit mois à réduire ! Comment ne pas voir la volonté divine affirmée dans la terreur qui avait frappé des guerriers dont la valeur ne faisait aucun doute ?

Quand on fut certain qu'il ne restait d'habitants que les coptes groupés dans un quartier autour de leur église, et les prisonniers que l'on se hâta de délivrer et dont beaucoup se mirent au service de leurs libérateurs, on envoya chercher la reine, les princesses et toutes les dames afin qu'elles vinssent s'installer dans les demeures qu'on leur avait choisies. Le sultan possédant un palais dans chacune de ses villes importantes, celui de Damiette qui n'était pas immense mais bien défendu par une citadelle devait échoir à la famille royale. Et ce fut aux acclamations de l'armée entière qu'elles traversèrent le camp et les ponts pour pénétrer dans Damiette quand la chaleur du jour se fut un peu calmée. Elles regardaient avec surprise cette ville étrangère, dont le blanc cru contrastait avec le vert foncé des grands palmiers, ses minarets, ses ruelles étroites et fraîches et ces odeurs étranges où le poivre, la cannelle et le parfum délicat des lotus du Nil se mêlaient au fumet de l'huile chaude, du poisson séché ou pourri, et à d'autres senteurs indéfinissables pour des narines occidentales. Mais la fraîcheur de la demeure que l'on leur ouvrit enchanta Marguerite, de même que le jardin intérieur planté de palmes et de lotus roses poussant dans un bassin au ras du sol. Elle était surtout heureuse de quitter le navire, son mouvement perpétuel et ses obligatoires puanteurs que le vent de mer ne chassait pas toujours et qui rendaient sa nouvelle grossesse plus pénible. La fatigue marquait son ravissant visage et n'échappa pas à Renaud quand elle passa devant lui. Il s'en fût inquiété plus que de raison peut-être, si Hersende qui se tenait près d'elle ne s'était précipitée pour la soutenir au moment où elle posa sur le sol ses pieds chaussés de mignonnes bottines rouges. Il vit aussi arriver Flore et répondit à son sourire triomphant par un haussement d'épaules agacé, puis partit à la recherche des nouveaux quartiers de monseigneur Robert.

Chacun s'installait avec l'aisance des gens de guerre habitués à changer de domicile d'un jour à l'autre, passant sans effort de la terre nue d'un camp aux dalles de marbre d'une riche maison avec retour au sable ou à la terre battue dès le lendemain si nécessaire. Tandis que le plus gros de l'armée restait au camp, le légat plantait ses pénates, ses chapelains et ses serviteurs dans la maison proche de la nouvelle église Notre-Dame. Le roi de Chypre dans l'opulente demeure d'un marchand enfui, le prince de Morée et le duc de Bourgogne dans une sorte de caravansérail où ils trouvèrent toute la place désirable, sans compter des approvisionnements, enfin quelques grands barons comme le comte de Soissons dans d'autres agréables résidences abandonnées. Seuls, le connétable Humbert de Beaujeu, les Templiers, les Hospitaliers et des sires de moindre importance restèrent au camp, les princes confiant leurs tentes à la garde de leurs chevaliers.

Renaud s'était proposé pour garder le tref de Robert dans l'espoir de provoquer enfin une rencontre avec Roncelin de Fos. Il essuya un refus formel, Artois ne voulait s'éloigner de lui à aucun prix :

– Je craindrais trop qu'un mauvais hasard te sépare de moi, lui déclara-t-il. Et sans toi je ne saurais où chercher la Croix quand nous aurons repris la Palestine...

Il n'y avait rien à répondre, d'autant que le jeune homme se sentait touché par cette préférence que lui donnait à présent un maître auquel il s'était attaché à cause de sa folle bravoure, de sa générosité, de sa gaieté, de son emportement, de sa redoutable franchise et même de ses colères qui l'amenaient parfois à des gestes incongrus. Ainsi ce que Renaud avait appris du sire de Joinville, ce curieux sénéchal de Champagne qui secourait les impératrices errantes mais n'hésitait pas à demander de l'argent au roi : comment, par exemple, le jeune Robert, qui n'avait alors que treize ans, avait coiffé d'un fromage mou le grand comte Thibaud de Champagne en le traitant de lâche parce qu'il avait osé prendre les armes contre sa mère, régente à cette époque... Et les hauts faits de ce genre n'étaient pas rares, apparaissant au fil des saintes indignations du prince. Oui, Renaud aimait bien Robert et l'idée d'aller un jour, avec lui, à la quête de la Croix perdue l'enchantait... même s'il préférait éviter de se souvenir de l'espèce de marché que lui avait imposé le pape

Innocent. Il serait bien temps d'y songer quand sa mission serait accomplie !

Il resta donc auprès de lui dans ce qui était devenu le « palais ».

Cela lui valut, le lendemain soir et pendant qu'il cherchait la fraîcheur au bord du Nil, de se trouver en face de Raoul de Coucy qui, fidèle aux habitudes prises à Chypre, n'avait pas voulu quitter le camp :

– Je vous cherche depuis hier, lui lança le baron avec une hargne qui faisait trembler sa voix. Ce n'est pas facile de vous rencontrer !

– C'est que vous cherchez mal, sire baron. Monseigneur Robert ne passe jamais inaperçu et je ne le quitte guère.

– Oh, combien commode ! Cela ne m'empêchera pas de vous demander raison.

– Je vous rendrai toutes les raisons que vous voudrez quand vous m'aurez appris de quoi il s'agit.

– Comme si vous ne le saviez pas ? grinça Coucy. Vous avez osé introduire dans l'entourage de la reine, sous un faux nom, cette misérable Flore d'Ercri en la faisant passer pour votre cousine ! Cette sorcière, cette meurtrière, cette...

– ... cette femme que vous avez tant aimée et que vous aimez toujours ! Sinon pourquoi l'avoir sauvée du bûcher ? émit Renaud avec un calme qui parut agir sur Raoul.

– Je vous trouve bien au fait de mes affaires et aimerais savoir en quoi elles vous regardent ! A moins que vous ne soyez son amant... C'est ça, n'est-ce pas ? Elle est votre maîtresse et vous tient par là ? Mais moi je vais vous tuer, ajouta-t-il en portant la main à son épée qu'il tira du fourreau.

Renaud haussa les épaules :

– Tuez-moi si cela peut vous apaiser ! Je ne nie pas

l'avoir désirée, mais c'est je pense le sentiment commun à ceux qui l'approchent. Je ne l'aime pas davantage... mais je lui dois beaucoup. Elle est la seule à m'avoir porté secours quand je n'étais qu'un gamin poursuivi par une fausse accusation et jeté en geôle, puis au tourmenteur !

– Est-ce la raison pour laquelle vous l'avez aidée ?

– Mais je ne l'ai pas aidée, baron ! Elle était venue attendre la croisade à Chypre. Plus exactement à Nicosie où elle avait loué une modeste maison proche du palais royal. C'est là que je l'ai vue... et qu'elle m'a dit...

– ... elle vous a dit qu'elle avait tué mon épouse et son enfant ? Elle vous a dit...

– ... qu'elle vous aimait plus que son âme, plus que son salut éternel ! Qu'elle vous avait voulu de toute la force d'un amour insensé et qu'elle ne pouvait supporter l'idée d'être loin de vous. Et c'est vous qu'elle voulait retrouver en allant à Chypre. Même si c'était moi qu'elle attendait...

– Pourquoi vous ?

– Parce qu'elle estimait que je lui étais redevable. Elle désirait que je la fasse entrer au service d'une princesse ou même de la reine afin de vous suivre. Ce à quoi je me refusai...

– Vous essayez de me faire croire qu'elle entendait me reprendre en restant tout l'hiver à Nicosie ? Que n'est-elle venue à Limassol ? Il y avait assez de filles follieuses autour du camp. Elle n'aurait eu aucune peine à y trouver sa place !

– Ne l'insultez pas gratuitement ! Vous savez bien qu'elle n'en est pas une et que seul son trop grand amour de vous l'a poussée au crime. Quant à aller au camp, elle redoutait vos chevaliers et craignait pour sa vie. C'est pourquoi elle tenait à entrer au service d'une haute dame. J'ai fait ce que j'ai pu pour l'en dissuader puisque la comtesse d'Artois, la seule dont elle pouvait, par moi, espérer quelque chose, est restée en France. Lorsque le roi a décidé de revenir au camp, elle a disparu de sa demeure et j'ai cru qu'elle était descendue à Limassol pour y tenter sa chance auprès de vous, mais elle n'y était pas et j'avoue en avoir été soulagé. Jusqu'au jour où j'ai su, de la reine, qu'elle avait recueilli une mienne cousine, nommée Flora de Baisieux...

– Et vous avez accepté ? Pourquoi ne l'avoir pas dénoncée ?

– Dénoncer ? C'est laide parole et acte plus laid encore, *a fortiori* quand il s'agit d'une femme...

– Se faire complice d'un mensonge et laisser une meurtrière se pavaner auprès de Madame Marguerite ne tourmente pas votre conscience ? Il y a là de quoi vous faire honnir de l'ost entier, chasser de la chevalerie, bannir à jamais du royaume et...

– Le royaume est loin ! s'écria Renaud que la fureur du baron commençait à agacer : il lui semblait qu'elle ne sonnait pas plus qu'une cloche fêlée. Et je vous trouve hardi avec vos accusations. Si vous ne l'aviez pas fait fuir de Coucy – sans oublier de lui faire l'amour une dernière fois afin d'en garder un plus chaud souvenir ! –, nous n'en serions pas là. Vous pouviez vous contenter de lui éviter le bûcher avec un coup de dague ou une pincée de son meilleur poison. Moi, je n'ai fait que payer ma dette à qui m'avait secouru quand tous m'abandonnaient. Même vous qui saviez cependant à quoi vous en tenir et à qui la caution de frère Adam aurait dû suffire ! Alors que venez-vous à présent me reprocher ma conduite ? Dénoncez-la vous-même si cela vous chante, mais ne comptez pas sur moi pour cette vilaine besogne !

La réaction de Courtenay surprit Coucy par sa violence. La sienne s'en trouva un peu calmée.

– Je sais qu'il vous a été fait grand tort et j'aurais dû vous en demander excuses au nom de mon épouse et en mon nom personnel, mais essayez de me comprendre ! J'ai aimé cette femme au-delà de moi-même et je pensais qu'ayant ma part de culpabilité, même involontaire, je faisais assez pour elle en lui laissant la vie. Je lui avais fait jurer de s'en aller au loin...

– C'est ce qu'elle a fait, émit Renaud avec ironie.

– Mais pas pour m'y attendre ! J'étais certain de ne la revoir jamais et en découvrant quel sort un autre lui avait imposé à l'aide d'un mensonge...

– Vous avez cru que cet autre en avait fait sa maîtresse ?

– Elle est très belle et vous êtes très séduisant, murmura le baron en détournant les yeux pour cacher leur vérité, mais Renaud avait compris :

– Ce n'est pas l'indignation qui vous a poussé vers moi, sire Raoul, c'est la plus banale jalousie. Cette criminelle, cette sorcière, vous l'aimez toujours. Elle a raison de penser que cette soif que vous avez l'un de l'autre ne s'éteindra jamais.

– C'est vrai. J'en conviens mais c'est mon enfer à moi et je ne veux pas que la reine...

– Elle n'a rien à craindre de Flore ! Sachez qu'en acceptant de me taire, j'ai mis une condition à mon silence : qu'elle veille de près sur Madame Marguerite que je crois en danger. Je lui ai même signifié que, s'il lui arrivait malheur, je l'en tiendrais responsable... sur sa vie !

– Un danger ? Lequel ?

– Ce n'est pas votre affaire ! A présent, agissez comme bon vous semblera, mais pesez ce que je viens de vous dire ! J'ajoute seulement que je ne suis pas l'amant de Flore, ni moi ni aucun autre !

Il y eut une sorte de soulagement dans le regard qui revint croiser le sien bien que Coucy eût soupiré avant de s'éloigner :

– Je vais y songer, chevalier, en essayant d'oublier cette paix du cœur que j'avais cru acquise...

– Paix illusoire... puisque vous continuez de l'aimer !

– Oui ! Pour la damnation de mon âme, j'en ai bien peur !

Renaud n'eut pas le temps de lui rappeler que Dieu seul pouvait en juger et qu'il y avait la possibilité de se tourner vers lui. Raoul de Coucy venait de se fondre dans les ombres des grands papyrus que la brise du soir agitait avec un froissement qui ressemblait à celui d'une robe de femme.

Tandis qu'au Caire le vieux sultan passait sa colère sur les fuyards de Damiette et surtout sur les émirs des Banu-Kinana en les faisant tous pendre, dans la ville si facilement conquise les Francs, oubliant quelque peu le caractère sacré de leur entreprise, commençaient à mener joyeuse vie. Damiette regorgeait de richesses et surtout de nourriture et les seigneurs croisés donnèrent force banquets et autres réjouissances auxquelles se mêlèrent bientôt toutes les jolies filles aux mœurs faciles accourues à l'aubaine. Ce que voyant, le roi choisit d'aller vivre au camp de Maalot avec ses soldats et les Ordres de chevalerie, laissant à Marguerite, enceinte, et aux dames la libre disposition du palais. En réalité, il ne savait trop quel parti choisir et le Conseil qui se réunissait dans son grand tref pourpre était souvent houleux. S'il n'avait écouté que la fougue de Robert et sa propre envie, il eût continué sa route et foncé droit sur le Caire. Certains de ses conseillers comme le Maître du Temple souhaitaient que l'on s'emparât d'abord d'Alexandrie afin de mieux étouffer l'Egypte avec la possession de ses deux poumons méditerranéens. Louis se refusait à l'un comme à l'autre parce qu'une double inquiétude le rongeait. D'abord son frère, Alphonse de Poitiers, dont il savait qu'il avait atteint Chypre, ne l'avait pas encore rejoint. En outre, on était à la fin du mois de juin et la crue annuelle du Nil approchait. Bientôt le fleuve charriant sa moisson de limon, de débris mais aussi d'épices et de bois précieux arrachés aux profondeurs de l'Afrique allait déborder ses sept embouchures, en inonder pour les enrichir les cultures du delta. Il ne s'agissait pas de se trouver embourbés dans ces terres changées en marais qui avaient causé la perte de l'armée de Jean de Brienne. On resta donc et le roi tua son impatience en faisant relever des fortifications et orner la nouvelle église Notre-Dame tout en menant, au camp, la vie austère qu'il aimait.

Une vie pas vraiment facile et qui contrastait de façon pénible avec la *dolce vita* telle qu'on la menait à Damiette. Rongé d'ulcères et de phtisie, les jambes trop enflées pour le soutenir, Al-Salih Ayub, le sultan, ne restait pas inactif. De petits détachements de ses hommes harcelaient le camp chrétien, s'introduisaient la nuit, après le passage de la patrouille à cheval, sous les tentes les plus écartées afin d'y assassiner les dormeurs sans défense : le sultan n'avait-il pas promis de donner un besant pour chaque tête de chrétien qu'on lui apporterait ? En même temps, celui-ci, si moribond fût-il, quittait sa citadelle du Caire, admirable ouvrage de Saladin, pour se faire porter à la Mansourah, la forteresse au confluent du Nil et du Tanis qui barrait le chemin de sa capitale. Il y rassembla aussi une solide armée de mamelouks dont il surveillait le féroce entraînement depuis sa couche putride d'agonisant...

Le camp finit par retrouver des nuits plus paisibles grâce aux patrouilles, plus nombreuses et à pied, que le roi ordonna mais, tandis que le pays se couvrait d'eau limoneuse où les crocodiles nageaient en liberté, l'ennui et l'énervement s'y installaient.

Enfin, le fleuve rentra dans son lit, laissant derrière lui les gras limons générateurs de profusion. Enfin, le jour de la Saint-Michel, les voiles du comte de Poitiers apparurent à l'horizon bleu. Enfin, on allait pouvoir partir, échapper à l'enfer de chaleur stagnante – que la proximité de la mer permettait tout de même d'atténuer – et de moustiques porteurs de fièvre dont rien ne venait à bout...

Cette fois une joyeuse émulation régna dans le camp comme dans la ville et les cantiques remplacèrent les chansons à boire. Chacun se rappela que les combats à venir seraient menés pour Dieu et tint à se mettre en paix avec Lui.

Le départ fut fixé pour le jour de la Sainte-Catherine, donc le 25 novembre. La veille, Louis remit Damiette à la garde de sa femme. Il n'était pas question d'emmener les dames sur les hasardeux champs de bataille. Elles resteraient dans la cité où elles ne manqueraient de rien, gardées par les capitaines génois ou pisans des navires de l'ost ainsi que par la population copte. Marguerite conserva, bien sûr, les gens de sa maison avec, en sus, un vieux chevalier, le sire d'Escayrac, chargé de « veiller au ventre ». La jeune femme attendait un enfant et allait assumer le gouvernement de Damiette.

Ce fut vers minuit que l'une des patrouilles commises à la sécurité du camp trouva le corps de Flore d'Ercri, dite Flora de Baisieux. Les yeux grands ouverts sur une éternité qui semblait la surprendre, elle gisait sur le sable à demi cachée par les roseaux, clouée au sol comme un grand papillon bleu par le long poignard égyptien qui lui perçait le cœur.

Les archers de la patrouille, cette nuit-là, appartenaient au comte d'Artois. C'est donc celui-ci que leur chef alla prévenir, ajoutant qu'il lui semblait bien avoir aperçu la victime parmi les dames de la reine.

Incapable de dormir comme souvent à l'approche d'une bataille, Robert jouait aux échecs avec Renaud. Tous deux suivirent l'officier en prenant soin de faire le moins de bruit possible. Arrivé près du corps que l'on avait par respect couvert de son voile mais dont il reconnut immédiatement la robe bleue, Renaud sentit son cœur manquer un battement. Il s'accroupit et eut une sorte de hoquet en constatant que c'était bien Flore qui était étendue morte devant lui. Robert au regard duquel aucune jolie fille n'échappait l'identifia lui aussi :

– C'est l'une des demoiselles de ma belle-sœur ! Elle t'est même, je crois, un peu parente, Renaud ?

Celui n'hésita qu'à peine : s'il ne voulait déclencher un affreux scandale quelques heures avant le départ de l'armée, il lui fallait continuer le mensonge :

– Oui, soupira-t-il. Une mienne cousine... ou plutôt une cousine de ma mère adoptive : Flora de Baisieux. Elle appartient bien à la reine... et je me demande ce qu'elle faisait ici, loin du palais !

– Peut-être voulait-elle te dire un dernier... et tendre adieu ? Si je n'avais pensé qu'elle était ta douce amie, je lui aurais volontiers conté fleurette ! Une telle beauté !

– Non, monseigneur ! En vérité... je ne l'aimais guère et je ne comprends pas plus que vous pourquoi elle est venue jusqu'ici.

– Si ce n'est pour toi, c'est donc pour un autre ! C'est la seule réponse possible. Reste à savoir qui est cet autre... et s'il ne se déclare pas, nous avons peu de temps pour le chercher. Le jour n'est plus très loin...

Renaud se contenta de hausser les épaules et de hocher la tête. Il savait bien, lui, quel nom lui venait spontanément à l'esprit, mais il ne se reconnaissait pas le droit de le prononcer. C'était Coucy, à l'évidence, que Flore voulait rejoindre... Il finit par marmonner :

– Vu sa qualité, ce ne peut être qu'un chevalier et quel qu'il soit cela ne nous dira pas qui l'a tuée. Certainement pas son... amant ! Tous, céans, nous sommes confessés et avons eu communion hier. Un crime pareil après avoir reçu l'hostie ?

En fait il essayait de se convaincre, luttant contre la terrible idée qui lui venait : Coucy, pour en finir définitivement avec cet amour dans lequel il voyait sa perte, n'aurait-il pas accompli personnellement le geste libérateur ?... Il ne l'avait pas vu communier ! Grâce à Dieu, les pensées du comte d'Artois prenaient une autre direction. Avec délicatesse il retira le poignard de la plaie et l'examina à la lumière d'une torche.

– Il est inutile de chercher. J'ai déjà vu une arme semblable. Les Sarrasins l'appellent kandjar. Elle appartient sans aucun doute à l'un de ces tueurs que le damné sultan n'a cessé de nous envoyer et dont nous avons eu tant de mal à nous garder... Le hasard a voulu que, cette fois, il rencontre une femme sans défense. Une belle victime à offrir à Allah le sanguinaire ! Mais, sois tranquille, nous saurons bien leur faire payer cette mort au centuple !

Tandis que le comte donnait des ordres pour que l'on cherche un brancard afin de ramener la jeune femme auprès de Marguerite qui veillerait à ses funérailles, Renaud restait à regarder le beau visage dont il ferma les yeux d'un geste plein de douceur. Ce visage qui n'exprimait pas la peur, mais l'étonnement. En outre, le poignard était une arme de prix ! N'était-il pas surprenant que l'assassin, s'il était musulman, l'eût abandonné délibérément dans le corps d'une simple femme ? A moins que ce ne soit pour diriger les soupçons vers le camp chrétien ? Plus il y réfléchissait et plus il pensait que la main meurtrière n'appartenait pas à un séide d'Al-Salih Ayub...

En silence, il suivit avec son prince la civière que portaient deux sergents laissant la patrouille poursuivre sa ronde. Leur arrivée au palais déchaîna un grand remue-ménage mais ils ne purent obtenir de voir Marguerite. Le chevalier d'Escayrac et plus encore dame Hersende refusèrent de la réveiller.

– Elle vient seulement de s'endormir, expliqua la miresse. Le chagrin du prochain départ de son époux ! Il faut la ménager ! Quant à cette pauvre demoiselle de Baisieux, je la connaissais peu. Elle était de nature secrète bien qu'entièrement dévouée à la reine. En outre, ce palais est comme un moulin : chacun peut en sortir et y rentrer comme il lui chante, mais jusqu'à présent je n'ai jamais remarqué que demoiselle Flora se fût absentée la nuit. Sans doute, ce soir, avait-elle aussi des adieux à faire ? ajouta-t-elle en regardant Renaud...

– Pas à moi ! coupa le jeune homme. Je jouais aux échecs avec monseigneur Robert...

– Dans ce cas, je ne vois pas ! Mais retournez au camp à présent. Je vais appeler le chapelain et me charger de cette pauvre dépouille. Madame Marguerite sera prévenue après le départ de l'ost et ordonnera alors les funérailles qui conviennent. Je suis désolée pour vous, sire Renaud !

Il la remercia en touchant sa main, puis s'agenouilla

auprès du corps pour une courte prière qu'il acheva en posant un baiser sur le beau front pur dont nul n'aurait pu imaginer qu'il avait abrité de telles tempêtes...

– Nous prierons pour elle ! dit Robert d'Artois en appuyant une main sur l'épaule de son écuyer. Viens ! Il nous faut rentrer au camp. J'en parlerai au roi quand nous serons en chemin... Ou plutôt non. Je ne lui dirai rien ! C'est trop mauvais présage que le sang répandu à la veille des combats.

– Les Anciens grecs et romains le répandaient avant de partir pour la guerre, remarqua Hersende pensive. Ils espéraient ainsi s'attirer la faveur des dieux.

– Le Dieu Tout-Puissant n'accepte que le sang de ceux qui combattent pour sa cause, riposta Robert avec hauteur. Celui de l'innocent lui fait horreur. Je ne dirai rien au roi, mon frère ! Son esprit plane trop haut pour qu'on l'embourbe dans les misères des hommes ! C'est à nous qu'il appartiendra de tirer vengeance des infidèles qui ont tué cette malheureuse !

– ... et de prier pour elle ! conclut Renaud, effrayé à la pensée que Flore n'avait rien d'une innocente et que la mort s'était emparée d'elle avant qu'elle ait pu se repentir...

N'avait-elle évité le bûcher des hommes que pour brûler éternellement dans les feux de l'enfer ? Cette idée lui était odieuse mais il découvrit qu'auprès de lui, un autre s'attachait davantage aux réalités qu'aux cogitations sur l'au-delà.

Quand il eut achevé de boucler les sacs de Renaud, Gilles Pernon vint le trouver :

– Pouvez-vous vous passer de moi pendant quelque temps, sire Renaud ? Je voudrais rester ici après que vous serez parti...

– Toi ? Tu veux déserter à la veille des combats ?

souffla le jeune homme médusé. C'est à n'y pas croire !

– Non. Je voudrais essayer de découvrir qui a tué cette fille... Je ne l'aimais pas et lui ai tenu grande rancune de ce qu'elle a fait, mais ce meurtre lâche me répugne.

Le regard soudain très dur du chevalier se planta dans celui du vieil écuyer :

– Je suis heureux de l'entendre. J'ai pensé un moment que ce pouvait être toi !

Le coup porta. Le cuir tanné de Pernon prit une curieuse teinte grisâtre tandis que sous l'émotion une grosse veine bleue battait à sa tempe :

– Oh non !... Non, messire ! Vous n'avez pas pu me croire capable d'un tel forfait ! Ou alors vous ne me connaissez pas et, en l'occurrence... vous n'avez nul besoin d'un serviteur dont vous vous méfiez.

– Ne te fâche pas ! L'idée m'a seulement effleuré. Mais pourquoi veux-tu rester ? Dès l'instant où nous serons partis, le meurtrier t'échappera. Tu ne crois pas que le baron de Coucy...

– Lui ? Oh non ! Déchiré entre sa repentance et le désir qu'il avait d'elle, il aurait pu en venir là, mais il aurait tué avec ses mains ou sa dague sans aller chercher un poignard arabe...

– Et qui te dit que l'assassin n'est pas l'un de ceux qui s'en prenaient naguère aux tentes les plus extérieures ?

– Il n'aurait pas laissé son arme derrière lui. On veut nous faire croire au crime d'un musulman surpris par Flore, mais je crois, moi, que c'est dans la ville que j'ai une chance de le dénicher. C'est un assez beau poignard, vous ne trouvez pas ? ajouta Pernon en sortant l'objet de sa cotte de cuir.

– C'est toi qui l'a pris ?

– Je suis plutôt habile de mes doigts, sourit Pernon avec modestie. Je l'ai subtilisé tandis qu'on emportait la morte... et j'ai l'impression qu'il a bien des choses à m'apprendre...

Renaud ne réfléchit qu'un instant :

– En ce cas, fais à ton idée ! Et va te cacher où tu voudras. Je crierai très fort que tu as dû t'endormir après boire dans quelque cabaret. Tu pourras toujours me rejoindre quand tu auras appris ce que tu veux savoir... Mais prends soin de toi !

Quand la croisade se mit en marche le lendemain, elle ignorait que le sultan aux ulcères était mort depuis cinq jours dans sa forteresse de la Mansourah, et allait l'ignorer encore longtemps grâce à la présence d'esprit et à l'énergie d'une femme, sa favorite, la belle Sahdjar ed-Door. D'accord avec les eunuques et aussi l'émir Fakhr el-Din qui commandait l'armée, elle réussit à garder secrète la mort du vieil homme. En effet, son seul fils et héritier, Turan-Shah, se trouvait alors au loin, dans ses terres de Mésopotamie, et il fallait non seulement le prévenir, mais lui donner le temps d'arriver. L'eût-il su que le roi de France se fût peut-être hâté plus qu'il ne le fit.

Louis craignait bien entendu le lacis de canaux et d'eaux vives qui sillonnaient le delta du Nil. Il ordonna que l'on marche avec lenteur afin d'assurer à ses troupes une plus grande protection. Aussi décida-t-il de suivre la rive droite du fleuve au rythme des bateaux de petit tonnage qui le remontaient parallèlement à l'armée pour assurer le ravitaillement en même temps qu'une protection contre une offensive ennemie lancée de la rive gauche. Or les rames peinaient à remonter contre le courant et parfois contre le vent, ne faisant souvent pas plus d'une lieue par jour et se contentant d'observer les escadrons de mamelouks galopant à l'horizon. On allait mettre ainsi près d'un mois à atteindre l'objectif. Tout cela entretenait la fureur chez les guerriers francs que l'impatience ravageait. Singulièrement chez les Templiers qui, selon la tradition, allaient en tête avec la Croix, suivis immédiatement par les escadrons du comte d'Artois...

Une explosion se produisit alors que l'on était environ à mi-chemin. C'était le 6 décembre, jour de la Saint-Nicolas. Des Turcs attaquèrent soudain le groupe de Templiers du maréchal Renaud de Vichiers et désarçonnèrent l'un des chevaliers. Ce que voyant, Vichiers, bien que le roi eût interdit l'engagement, piqua une verte colère et cria :

– A eux, de par Dieu ! Car ne pourrais plus souffrir pareille chose !

Il piqua des deux, entraînant ses frères et comme leurs chevaux étaient frais contrairement à ceux de l'ennemi, les « païens » furent occis ou jetés au fleuve au nombre de six cents. En fait les Templiers, comme tout le reste de l'armée, crevaient d'impatience devant les lenteurs de cette campagne. Enfin, l'on atteignit le futur théâtre des opérations qui était exactement le même qu'au temps de Jean de Brienne : le triangle de terres fortement irriguées bordé au nord par le lac Menzaleh, à l'ouest par le Nil et au sud-est par le canal Bahr es-Seghir joignant le Tanis. C'était derrière la profonde tranchée de ce dernier que se dressait la place forte de la Mansourah, barrant la route du Caire. Entre les deux les forces égyptiennes de Fakhr el-Din.

Pour les atteindre, il fallait traverser et, pour traverser, la seule solution était de faire barrage sur le canal. Le camp s'installa et l'on commença les travaux de terrassement.

Durant l'interminable voyage, Raoul de Coucy s'était curieusement rapproché de Robert d'Artois dont les fureurs exacerbées semblaient trouver en lui un écho, mais surtout de Renaud de Courtenay. Dès le jour du départ, à la halte du soir, celui-ci incapable de taire son indignation lui avait jeté au visage la mort de Flore, l'accusant presque de l'avoir assassinée en des termes qui, en temps normal, les eussent envoyés face à face sur le pré, l'épée à la main. Il les avait d'ailleurs regrettés aussitôt car, au visage décomposé du baron, il avait compris que sa surprise était totale. Et puis au lieu d'une bouffée de colère, il avait vu des larmes. Raoul s'était éloigné, le dos courbé sous le poids de cette étrange malédiction que l'amour lui avait infligée.

Le lendemain, Renaud, incapable de supporter l'idée d'ajouter à une souffrance, alla vers lui et, avec des mots simples, lui demanda excuse pour un langage trop vif. Depuis, les deux hommes se retrouvaient volontiers pour parler de tout et de rien, souvent pour écouter un troisième personnage que Coucy connaissait bien : le monumental sire de Joinville dont l'épouse Alix de Grandpré, cousine germaine du comte de Soissons, proche voisin et ami, lui était quelque peu parente.

C'était un curieux garçon que ce Joinville. A son titre de sénéchal de Champagne, il devait de marcher en tête des Champenois puisqu'il représentait le comte-suzerain absent de cette croisade. Cela faisait de lui un haut personnage et il s'en montrait naïvement satisfait. Franc compagnon et bon vivant – le roi, à Chypre, lui avait reproché d'aimer un peu trop le vin ! –, il adorait le faste, la couleur verte, les fourrures grises dont s'accommodaient son teint frais et ses cheveux blonds un peu rousseaux, les bijoux – son sceau était une magnifique intaille de sardoine – et les belles histoires, surtout celles des grands faits d'armes... Depuis l'âge de dix-huit ans, il vouait au roi Louis, que cependant il voyait rarement, une sorte de dévotion, parce qu'il était lui-même profondément chrétien, ainsi qu'une admiration sans bornes due à ce que, dans son esprit, le roi portait déjà l'auréole des saints dont il ne pouvait espérer se coiffer un jour. Curieux comme un chat avec cela, il posait sur choses et gens un regard souvent perspicace, mais où la charité chrétienne ne trouvait pas toujours son compte. Preux chevalier, au demeurant, la nature l'avait doué d'une force peu commune, d'un rire sonore et d'un sens du confort en avance sur son temps. C'est ainsi qu'ayant expérimenté que, sous le soleil d'Orient, le pesant heaume cylindrique équivalait à se coiffer d'une marmite, il s'était fait confectionner un chapeau de fer doublé de toile et muni de bords qu'il posait sur le camail d'acier et qui lui permettait de respirer à l'aise tout en abritant un peu ses yeux de l'éclatant soleil. Beaucoup posaient un regard dédaigneux sur l'inhabituel couvre-chef mais Joinville n'en avait cure. Le roi, lui, s'était contenté d'un sourire mi-amusé, mi-songeur et cela lui suffisait.

Les travaux d'assèchement du canal se révélèrent vite inutiles et même dangereux, bien que Louis eût fait protéger ses terrassiers par un système de tours de bois et de catapultes. C'est alors que l'on fit connaissance avec le feu grégeois, ces pots de naphte enflammé qui incendiaient tout ce qu'ils touchaient, provoquaient de cruelles blessures et continuaient de brûler même sur l'eau.

– C'est machine du diable ! s'écria Joinville en se signant trois fois quand il vit arriver le premier et en constata les effets. Cela ressemble à un tonneau de verjus qui aurait une queue flamboyante de la longueur d'une lance ! Et cela fait le bruit de la foudre ou... ou d'un... dragon volant !

En outre, la nuit s'en trouvait éclairée presque comme en plein jour. Aussi quand les hommes apercevaient l'un de ces engins de malheur se jetaient-ils sur les genoux et sur les coudes. Seul le roi demeurait debout et, les larmes aux yeux, tendait les bras vers le ciel en priant :

– Beau sire Dieu ! Gardez-moi mes gens !

Les voies du Seigneur étant impénétrables, Dieu se servit pour l'exaucer d'un des pires agents qui soit : un traître !

C'était un Bédouin, qui moyennant finances, vint révéler à Louis qu'un gué existait à l'est de sa position, en un lieu que les défenseurs de la Mansourah ne surveillaient guère sinon pas du tout parce que les berges, à cet endroit, étaient escarpées.

Dans la nuit du 7 au 8 février, le roi, remettant le camp à la garde du duc de Bourgogne, dirigea son armée vers le gué dans le plus grand silence et entreprit de lui faire passer le canal. Ce ne fut pas facile justement à cause des berges hautes qui, de surcroît, étaient glissantes, et l'opération demanda pas mal de temps. A l'aube, elle n'était pas encore achevée.

Les ordres de Louis étaient précis : avant de se lancer à l'attaque du camp égyptien, il fallait attendre que tous fussent passés. Or, attendre était un mot que Robert d'Artois ne supportait plus. Avec les Templiers, il formait l'avant-garde mais à peine ses chevaux reprirent-ils pied sur la rive qu'il enfourcha le sien et, entraînant à sa suite ses chevaliers, fonça à bride abattue sur les tentes ennemies sans même un regard pour les Templiers devant lesquels il passa comme la foudre. Cette furia fut payante : en peu de minutes et dans un fracas de tonnerre, le camp fut balayé et ceux qui ne furent pas massacrés cherchèrent leur salut dans la fuite vers la Mansourah dont les portes s'ouvrirent pour eux...

Ecumant, hurlant « A eux, à eux ! » à pleins poumons, Robert ressemblait au démon de la guerre. Son épée faisait voler les têtes autour de lui comme la faux d'un moissonneur dans un champ de blé. L'émir Fakhr el-Din lui-même fut abattu de sa main. Au moment de l'irrésistible attaque, le chef égyptien était dans son bain et se faisait teindre la barbe au henné. Il en était sorti et, tout nu, prenant juste le temps de saisir ses armes, il s'était jeté sur son cheval pour affronter Artois. Fakhr el-Din était un homme vaillant, un guerrier redoutable, mais contre l'espèce de fureur sacrée qui s'était emparée de Robert, il ne pouvait rien. L'épée de celui-ci lui perça le flanc. Il tomba dans la boue sanglante devant le cheval de Renaud qui, emporté par la griserie de ce combat au galop où se dissolvaient ses impatiences, suivait son prince comme son ombre. Il mit pied à terre pour ramasser le cimeterre damasquiné d'or et posé sur son avant-bras, et le tenant par la pointe, il l'offrit à Robert dont les yeux étincelaient. Celui-ci ordonna :

– Qu'on enlève ce corps et qu'on lui fasse honneur comme il convient à son rang et à sa bravoure... Et toi, Renaud, remonte ! Nous continuons !

Guillaume de Sonnac, le Maître du Temple qui arrivait à cet instant, voyant que le prince allait s'élancer en direction de l'entrée de la ville, voulut le retenir :

– L'attaque nous revenait, monseigneur ! reprocha-t-il, et devant ce que vous avez accompli, c'est de peu d'importance mais vous ne devez pas poursuivre davantage, ce serait outrepasser les ordres du roi !

Artois était hors de tout raisonnement ! :

– Par Dieu, Grand Maître, ôtez-vous de là et me

laissez passer ! Je dois poursuivre ce que j'ai commencé. Je suis le frère du roi ! A vous de me suivre si vous n'êtes pas un poulain couard !

Sous l'insulte, le grand vieillard blêmit et porta la main à son épée :

– Les Templiers n'ont pas coutume d'avoir peur, comte d'Artois ! Nous marcherons donc avec vous... Mais sachez qu'aucun de nous n'en reviendra !

– Cela, c'est affaire à Dieu et à vous ! Battez-vous bien et vivez ! Qu'y a-t-il encore ?

Le connétable Humbert de Beaujeu rejoignait à cet instant avec une dizaine de chevaliers :

– Le roi vous ordonne de vous arrêter, monseigneur ! Vous devez l'attendre ! Il l'exige ! cria-t-il.

– Et moi, je n'attendrai rien ni personne ! Pas même lui ! Dans quelques instants, je serai maître de la Mansourah et la lui offrirai pour la plus grande gloire de Dieu !

Sans rien vouloir entendre de plus, il fit volter sa monture et hurlant pour rameuter son monde se rua vers la cité. Il était persuadé que la mort de Fakhr el-Din allait la lui livrer presque sans coup férir. En fait, avec ses six cents cavaliers, il se jetait tête baissée dans un piège parce que, dans la Mansourah, il y avait Baybars...

Celui qui serait un jour le sultan El-Malik el-Zhir Roukn ed-Din al-Salih al-Baybars n'était encore que le chef des arbalétriers du défunt Al-Salih Ayub. Il n'était ni égyptien, ni syrien, ni kurde comme l'était Saladin. C'était un Kiptchak né au Turkestan dont la mère avait, ainsi que tout le pays, subi l'assaut des Mongols dont il avait reçu le sang avant d'être vendu comme esclave à Damas. Envoyé au Caire, il s'était fait remarquer par son courage, son intelligence et sa froide cruauté, du vieux sultan Al-Salih dont il était devenu garde du corps avant de recevoir le commandement des arbalétriers avec le titre d'émir. Il avait alors vingt-sept ans...

La charge de Robert d'Artois qui, emporté par sa fougue, avait traversé la Mansourah de part en part vint se briser contre ses mamelouks au-dessus desquels flottait le lion passant de sa bannière. Le lacis des rues étroites avait scindé ses chevaliers et ceux du Temple en plusieurs groupes qui se présentant en ordre dispersé ne furent guères difficiles à refouler. Robert dut reculer sans cependant rompre le combat aussitôt engagé. Il se battait en lion furieux, espérant seulement tenir jusqu'à la rescousse de son frère, mais la lutte était trop inégale. Des larmes de rage coulant à l'abri de son heaume, le sang et la poussière maculant sa cotte d'armes fleurdelisée, il reculait peu à peu dans ces ruelles qui semblaient animées d'une vie propre, car les habitants s'en mêlaient, abrités derrière leurs murs. L'un après l'autre, les chevaliers succombaient sous les flèches tirées des toits et les pierres lancées des fenêtres :

– Couvrez-vous, monseigneur ! cria Renaud dont l'écu venait de lui éviter un parpaing. Le temps que le roi arrive !

– Le conseil est bon ! Cette maison...

Ils mirent pied à terre et, laissant aller leurs chevaux, se ruèrent dans le bâtiment avec Croisilles, Fresnoy et quelques autres. Mais à reculons et sans cesser de ferrailler car les mamelouks venaient sur eux. On se battit dans le couloir, puis la cour intérieure contre une force de plus en plus pressante... Soudain, le prince comprit qu'il ne s'en tirerait pas, qu'il allait mourir là quand une flèche s'enfonça dans son cou. Le sang jaillit, souillant la soie bleue de sa cotte, mais il ne tomba pas et même repoussa Renaud qui voulait le soutenir :

– Non ! Fuis !

– Moi ?... Que je...

– Fuis ! te dis-je ! Il faut... que le roi sache... et me pardonne ! Il faut... que la Croix soit... retrouvée ! Toi seul !... Derrière nous... un escalier... la terrasse !

Ceux de ses hommes encore debout qui, le voyant blessé, tentaient de le protéger tombaient l'un après l'autre. Avec un courage inouï, Robert d'Artois combattait encore mais sa voix ne fut qu'un cri rauque lorsqu'il hurla :

– Va-t'en !... C'est un ordre ! Au roi...

Cet effort suprême l'abattit sur les dalles de la galerie qui entourait le patio. Alors Renaud déjà dans l'ombre de cette voûte à arcades s'abrita derrière le tronc du palmier qui fusait de la cour, arracha son heaume et se jeta dans l'escalier désigné tandis qu'avec un cri de victoire, un enturbanné à la peau sombre coupait la cotte aux fleurs de lys pour la brandir comme un drapeau et la porter à Baybars. On sut plus tard que cet homme était persuadé d'avoir tué le roi de France, ce qui détourna l'attention de tous de ce qui pouvait encore bouger dans la maison... Elle résonnait comme un tambour des hurlements de triomphe quand Renaud parvint sur la terrasse où aboutissait l'escalier. Il se trouva soudain en plein ciel avec à ses pieds les toits plats de l'étroite cité, les tours de sa citadelle et, au-delà des remparts, le paysage d'eau et de terre, les nuages de poussière et l'éclat sourd des armes. Il se trouva surtout en face d'un jeune garçon en tunique sale et déchirée, la figure brune sommée d'un torchon drapé en forme de turban, qui se tenait assis contre une jarre que ses bras minces embrassaient.

Le chevalier se vit perdu. Ce garçon allait appeler au secours. D'autre part, l'idée de tuer une créature sans défense et visiblement misérable lui était pénible. Mais comment parlementer quand se dresse la barrière des langues ? Il se préparait, en mettant son épée sanglante entre lui et le gamin, à tenter de sauter sur le toit voisin quand l'enfant parla dans la langue d'Homère avec laquelle il s'était familiarisé durant son temps chez Baudouin.

– Tu es un Franc, bien entendu ?
– Bien entendu, mais...
– Bois ! Tu dois en avoir besoin !

L'enfant venait de plonger une écuelle dans sa jarre qui contenait de l'eau et la lui tendait. C'était trop miraculeux et Renaud avait trop soif pour discuter. Il but avec un plaisir comme il ne se souvenait pas d'en avoir connu de semblable, puis rendit l'écuelle.

– Grand merci à toi ! Mais qui es-tu ?
– J'avais nom Basile Léandros avant d'être esclave, répondit-il en montrant son collier de fer. Si tu veux parler, nous ne devons pas rester ici. Le maître et les autres serviteurs sont à la curée, mais ils ne devraient pas tarder à rentrer...
– Et tu sais où aller ? fit Renaud avec un regard autour de lui.
– Oui. Là-bas ! répondit Basile en tendant son bras trop mince vers un petit minaret au-dessus d'un bâtiment gris qui avait l'air vétuste. C'est une ancienne chapelle copte construite il y a très longtemps et qui ne sert plus. Mais en dessous, il y a un souterrain qui mène au-delà des remparts...
– Que fais-tu ici, en ce cas ? Si tu as le moyen de fuir, pourquoi es-tu resté à attendre... je ne sais quoi ?
– J'espérais que vous alliez prendre la ville. Je voulais voir comment cela tournerait... Viens maintenant ! Il faut y aller... Bois encore un peu avant de partir !

Renaud obéit. Basile but aussi. Ensuite, abandonnant sa jarre, il prit son élan et, d'un saut léger, passa sur la terrasse voisine où il s'accroupit aussitôt. Renaud l'imita et on continua : un saut, un arrêt à l'abri puis un autre saut... Au-dessous d'eux, le massacre se poursuivait dans un pandémonium de hurlements, de chute des corps et de fracas des armes. Acharnés à la tuerie, les gens de la Mansourah ne songeaient pas un instant à regarder ce qui se passait sur leurs toits. Les deux fugitifs parvinrent ainsi à l'ancienne chapelle, aussi plate que son entourage. Sa terrasse comme les autres montrait l'entrée d'un escalier au pied du minaret à demi écroulé. Peu après, Renaud et son guide plongeaient dans les entrailles sombres, poussiéreuses mais divinement fraîches de l'ancien sanctuaire copte. Le petit bâtiment était soutenu par quatre piliers massifs et ce fut au pied de l'un d'eux que Basile alla s'asseoir en invitant du geste son compagnon à en faire autant...

– On va attendre qu'il fasse nuit, dit-il. Ce sera plus prudent. Tu vois, l'entrée de la crypte est là, derrière l'autel, et c'est de là que part le souterrain...

– Si tu sais tout cela, pourquoi es-tu resté ?

– J'attends de grandir : il y a une dalle à soulever et elle est bien trop lourde pour moi, soupira Basile. Et puis, avant que n'arrive ton armée, dans la ville ou au-dehors, c'était la même chose : des musulmans encore des musulmans, toujours des musulmans... Et je porte le collier d'esclavage...

C'était facile à comprendre. Renaud se contenta de passer sa main sur la tête hirsute du gamin.

– Où irais-tu si tu avais le chemin libre ?

– Chez moi, à Alexandrie. Mon père y faisait commerce de tapis brodés mais il a eu le malheur de déplaire au gouverneur de la ville parce que son commerce marchait trop bien. Alors on l'a accusé de vol et même d'avoir tué l'un des gardes de l'émir. Il a été exécuté et ma mère, mes sœurs et moi avons été vendus comme esclaves... Je ne sais pas ce qu'elles sont devenues...

La voix de l'enfant se fêla sur ces derniers mots et Renaud, d'autant plus désolé que c'était un peu son histoire à lui qu'on lui racontait, voulut poser un bras fraternel sur l'épaule de son petit compagnon, mais il le sentit se raidir, refusant ainsi sa compassion et n'insista pas. Il s'adossa au mur et se contraignit à prendre patience. Même dans cet asile aux murs épais, le vacarme était effroyable... Oubliant que ce lieu consacré était devenu musulman il se mit à prier en silence...

Hors les murs, la bataille reprenait. Le roi de France venait de passer à son tour le canal quand les mamelouks, débarrassés de l'avant-garde qu'ils venaient d'anéantir, se ruèrent sur lui en hurlant comme des loups. Son corps de bataille était coupé du camp où les arbalétriers demeuraient avec le duc de Bourgogne. Il devina ce qui s'était passé et maîtrisant son inquiétude il comprit que la moindre perte de sang-froid pouvait être fatale. Il se donna un instant de réflexion, arrêta son cheval sur une petite élévation pour dominer la situation et Joinville, qui blessé se faisait soigner au bord du canal, ne devait jamais oublier l'image de ce roi-chevalier qui, en ce jour, allait donner la pleine mesure de sa valeur : « Jamais, dit-il et même écrivit-il plus tard, je ne vis si beau chevalier. Il paraissait au-dessus de tous ces gens, le heaume doré et couronné en tête, une épée d'Allemagne à la main... »

Le roi donna l'ordre de resserrer les rangs, de n'offrir aucune faille au carrousel de l'ennemi qui, à la manière mongole, tournoyait autour d'eux en les criblant de flèches. Puis il ordonna la charge, l'entraînant à sa suite, plongeant dans les guêpes meurtrières qui, surprises par la violence du choc et n'ayant pas le temps de recharger leurs arcs, tombaient comme épis de blés sous la lame de son épée. Son exemple galvanisa ses troupes et, s'il accomplit de véritables prodiges sans être atteint une seule fois, ses chevaliers s'évertuèrent à se surpasser pour être dignes de lui.

Tout en combattant, il s'efforçait de remonter le Bahr es-Seghir afin de diriger la bataille en face du camp où le duc de Bourgogne était en train d'aligner les arbalétriers. Il était partout à la fois et à dix reprises il faillit être pris, particulièrement à un moment où six mamelouks l'encerclèrent se saisissant même de la bride de son cheval. A grands coups d'estoc, il s'en débarrassa...

Le duc de Bourgogne, jugeant qu'il fallait rapprocher ses tireurs de carreaux, avait construit à la hâte un pont de fortune et, au soleil couchant, ce fut de l'autre côté du canal que s'alignèrent les arbalétriers. L'armée infidèle battit alors en retraite, abandonnant ses tentes devant les portes de la ville. La journée était aux croisés. Ils étaient à présent maîtres des deux camps. On s'occupa de soigner les blessés, d'ensevelir les morts et le camp bourdonna de prières. Restaient ceux qui étaient tombés dans la Mansourah, au nombre desquels Louis redoutait fort que fût son frère préféré.

La confirmation vint trop tôt et par deux fois, avant même que Renaud de Courtenay et son jeune compagnon ne surgissent couverts de terre et d'égratignures : des ombres de la nuit, sortit le Grand Maître des Hospitaliers, Jean de Rosnay, qu'un miracle avait expulsé du piège de Baybars avant que les portes ne se referment. Couvert de sang lui aussi et perdant le sien par plusieurs blessures, il vint au roi, baisa sa main tout armée avec dans ses yeux des larmes :

– Sire Jean, demanda Louis d'une voix qu'il tentait de raffermir, savez-vous des nouvelles de notre frère d'Artois ? Est-il prisonnier ?

– Sire, puisque Dieu fait de moi le porteur d'une telle nouvelle, je vous en demande grand pardon. A cette heure, monseigneur Robert doit être auprès de Lui en paradis...

Il y eut un silence, puis Louis murmura :

– Le Seigneur Dieu doit être adoré dans ce qu'Il ordonne.

Sa voix se cassa sur un sanglot et, sans fausse honte, il se mit à pleurer ce preux à la tête folle qu'il aimait plus qu'aucun autre... Et il n'y eut personne qui ne se sentît ému de voir le fulgurant héros de cette journée s'abandonner à sa douleur comme le plus humble de ses sujets.

Il savait donc lorsqu'à l'aube, un sergent des avant-postes lui amena Renaud portant dans ses bras le petit Basile. L'homme et l'enfant étaient sales à faire peur, recrus de fatigue : le passage du souterrain qui s'était écroulé et avait failli les ensevelir s'était révélé plus difficile que prévu.

– Vos gens devraient pouvoir le rouvrir, sire, plaida Renaud soudain empli d'un ardent désir d'atténuer par cette bonne nouvelle la douleur inscrite sur le maigre visage du Roi. Et la Mansourah sera votre...

Mais Louis, s'il admettait la valeur du renseignement, refusait de se laisser distraire de son chagrin. Ce qu'il voulait entendre, c'était le récit des derniers instants de Robert, de cet ultime combat que, la plupart de ses chevaliers déjà abattus, il avait mené jusqu'au bout, à un contre des dizaines. Et Renaud s'exécuta, s'efforçant de n'omettre aucun détail afin de mieux graver la scène dans l'esprit de celui qui la réclamait.

Le soleil se levait quand il acheva. Le camp s'éveillait. Ceux que la gravité de leurs blessures ne clouait pas à terre étiraient leurs corps douloureux sous les hauberts d'acier que l'on n'avait pas quittés pour dormir. Louis posa une main compatissante sur l'épaule de Renaud :

– Essaie de prendre un peu de repos avant que l'ennemi ne revienne à la charge ! Je te remercie et, désormais, tu seras de mes chevaliers ! Quant à l'enfant qui t'a aidé, je l'enverrai à la reine avec l'un des bateaux de ravitaillement...

– Ces démons vous rendront-ils le corps de monseigneur Robert ? osa-t-il questionner...

– Mon intention est de le demander.

Ce qu'il fit. En son temps, Saladin eût rendu le prince mort avec l'apparat dû à son rang et à sa vaillance, mais Baybars n'était pas Saladin : il fit jeter le cadavre du haut des remparts tandis que le combat reprenait. Dans la nuit, déjà, les gens de Champagne avaient poursuivi une patrouille de cavalerie mamelouke. L'affrontement allait durer deux jours encore, deux jours durant lesquels le roi fut partout à la fois, libérant ici son frère Charles d'un encerclement, là plongeant l'épée haute au plus épais de la bataille pour finalement reprendre la tactique dont il s'était servi sur la plage de Damiette : les lances plantées en terre de ses chevaliers à pied brisant l'assaut furieux de cavaliers d'Allah...

Les portes de la forteresse se refermèrent sur l'ennemi sévèrement étrillé... et ne se rouvrirent pas.

Ce fut seulement quand tout fut terminé que l'on dénombra les morts de la Mansourah. Les pertes étaient sévères. Trois cents chevaliers avaient péri avec Robert d'Artois, plus deux cent quatre-vingts Templiers dont, en tête comme il l'avait prédit, le vieux maître Guillaume de Sonnac. Morts Erard de Brienne, Jean de Chérizy, Roger de Rozoy, l'Anglais Guillaume de Salisbury ! Morts Gérard de Fresnoy et Hugues de Croisilles ! Mort, enfin, Raoul de Coucy...

CHAPITRE XI

LE LAI DU CHEVREFEUILLE

L'étrange mort de celle qu'elle croyait la demoiselle de Baisieux avait profondément affecté Marguerite. Non qu'elle eût eu le temps de s'attacher à cette inconnue mais, outre l'impression pénible laissée par la mort d'un être jeune et beau – en digne fille du Midi, elle était sensible à la beauté à un point extrême –, le départ de l'ost lui avait ôté le moyen de savoir qui était l'assassin. Ainsi que le répétait volontiers Elvira de Fos, l'endroit où l'on avait retrouvé son cadavre désignait à l'évidence l'un des guerriers du camp.

– Elle devait être occupée de quelque affaire de cœur et l'approche du départ l'a poussée à se rendre là-bas pour un dernier revoir. La pauvre créature au lieu de rencontrer l'amour a rencontré la mort.

– C'est parole de poète, riposta dame Hersende, mais fausse pensée. Le poignard qui l'a tuée était sarrasin : cela signait le crime. Quelqu'un de ces espions meurtriers dont notre sire a eu tant de mal à purger le camp l'a trouvée sur son chemin et s'en est débarrassé...

– Le poignard n'est qu'un leurre et, pour ma part, je penche plus volontiers pour une histoire d'amour mal terminée : un guerrier qu'elle prétendait suivre et qui ne voulait plus d'elle... suggéra Elvira.

– Allons donc ! Votre hypothèse suppose un mouvement de colère, une haine subite contre laquelle s'inscrit le choix de l'arme. L'un des nôtres – en admettant que ce soit possible, ce que je ne pense pas ! – aurait pris ce qui lui tombait sous la main : une dague... une arme de chez nous. Votre idée évoque une préméditation indigne...

– Peut-être ! Les armes que l'on peut trouver ici sont belles, richement damasquinées, tentantes et je sais plus d'un chevalier qui en a acheté au moins une. Quant à cette malheureuse, elle n'avait au monde, je suppose, qu'un seul parent : ce jeune chevalier de Courtenay qui est fort séduisant... Il se pourrait...

– Il ne se pourrait rien ! coupa la reine, entrant dans une colère qui l'étonna elle-même. Le chevalier de Courtenay n'est pas de ceux qui tuent les femmes !

– Il me semble pourtant avoir ouï dire... Je ne me souviens plus trop où, qu'il fut jadis accusé d'avoir tué sa mère adoptive qui, elle, était cousine de la demoiselle de Baisieux...

– Une accusation dont il a été hautement lavé et par Sa Sainteté le pape en personne dont je vois mal quel intérêt il aurait eu à absoudre si grave péché, le pire qui soit !

– Sans doute, sans doute ! murmura Elvira qui avait pris son luth et en caressait doucement les cordes mais sans en tirer aucun son. J'implore la reine de ne point s'irriter du souci que j'ai de faire toute la lumière sur si triste affaire. A Chypre, j'avais eu l'impression que le chevalier de Courtenay n'était pas très heureux de voir sa cousine rejoindre notre cercle de dames. Celle-ci n'a pas caché qu'elle désirait vivement le suivre à la croisade... alors qu'il ne le voulait pas.

Les quelques notes légères qu'Elvira produisit avec son art habituel n'eurent aucun effet lénifiant sur Marguerite.

– En voilà assez ! coupa-t-elle. Si vous voulez demeurer auprès de moi, vous éviterez à l'avenir des propos de ce genre ! Ils me déplaisent et ils m'irritent...

– Oh ! Je ne le voulais pas et je supplie la reine de m'accorder son pardon, gémit la chanteuse en baissant modestement les paupières.

Puis, comme Marguerite sans lui répondre se levait pour faire quelques pas au jardin intérieur sur lequel ouvrait sa chambre et appelait auprès d'elle la sage et même un peu ennuyeuse Eudeline de Montfort, Elvira, sans bouger du tapis où elle était assise, joua comme par inadvertance la musique par elle composée pour l'un des lais de Marie de France, une jeune poétesse vivant en Angleterre et dont la reine Eléonore, trois ans plus tôt, avait envoyé une copie de l'œuvre à sa sœur Marguerite. C'était celui du Chèvrefeuille, inspiré par la belle et douloureuse histoire du chevalier Tristan et de la reine Yseut.

Hersende, occupée alors à broder une petite chemise pour le bébé à venir, dressa l'oreille en reconnaissant l'air mais ne dit rien tout d'abord. Elvira se contentait de fredonner à bouche close. Les paroles vinrent soudain, négligentes mais fort compréhensibles :

« ... Il en était de leurs deux cœurs comme autant du chèvrefeuille qui, au coudrier, se prenait... » A nouveau le ronron mélodieux, puis : « ... Belle amie, ainsi de nous. Ni vous sans moi ni moi sans vous... »

De stupeur – l'audace de cette fille était inconcevable ! –, Hersende se piqua avec son aiguille et laissa tomber la minuscule pièce de lingerie pour ne pas la tacher de sang et, d'autorité, enleva des mains de la chanteuse le luth qui en gémit.

– A votre place, je chanterais autre chose ! On dirait, ma parole, que vous cherchez les ennuis !

– Pourquoi ? Ne dit-on pas que seule la vérité peut blesser ?

– Et quand ce n'en est pas une, cela devient une calomnie. Ce que je vous déconseille vivement. Vous devriez savoir que la reine n'est pas patiente et que sa grossesse jointe à l'éloignement de son époux la rend fort irritable ! N'abusez pas du plaisir qu'elle trouve à vous écouter !

– Comme il vous plaira ! soupira Elvira. Ce n'était que simple plaisanterie et je n'y mettais aucun mal. Vous êtes notre payse et vous devriez savoir que les troubadours y chantent à qui mieux mieux les belles amours courtoises qui ne sauraient trouver accomplissement...

– Certes je le sais ! Cependant, croyez-moi ! Chantez autre chose ! Notre sire n'est pas le roi Marc et Madame Marguerite aime son époux !

En vérité, Hersende l'affirmait avec d'autant plus de force qu'elle n'en était plus aussi sûre qu'avant le séjour dans l'île d'Aphrodite. Et surtout depuis l'entrée en scène de la pauvre Flora de Baisieux. Avec elle, l'image du jeune Renaud s'était introduite dans l'entourage de la reine. Celle-ci – la miresse ne l'ignorait pas ! – s'était toujours intéressée au jeune homme. Par esprit de contradiction envers Blanche de Castille d'abord. Ensuite à cause de l'amour que lui vouait la petite Sancie de Signes dont on ne savait plus rien depuis longtemps. L'éclatante beauté de la « cousine » avait donné une nouvelle dimension à l'attrait que Renaud pouvait exercer sur une femme, fût-elle reine. Et Hersende s'était demandé à plusieurs reprises si l'épouse de Louis IX, en dépit de l'amour porté à son époux, ne rêvait pas parfois à ce beau chevalier dont le teint brun contrastait si heureusement avec ses cheveux clairs. Celui-là, elle le savait depuis la nuit de Poissy, brûlait pour Marguerite d'une flamme ardente, passionnée. Et c'est d'une bien grande attirance pour une jeune femme trop longtemps cantonnée dans le rôle exclusif de reproductrice que la passion d'un tel homme...

Marguerite elle aussi avait entendu l'audacieuse chanson mais n'avait pas eu le courage, ni l'envie, de protester. C'eût été donner trop d'importance à l'intention maligne en s'indignant à retardement de ce joli chef-d'œuvre de l'amour courtois dont elle s'était enchantée, comme des autres lais de la poétesse de sa sœur. Elle en avait même ri à l'époque : on ne pouvait faire aucun rapprochement entre elle et Yseut la blonde pas plus qu'entre l'homme d'âge qu'était le vieux roi Marc et les trente ans de Louis, son royal époux. Par la suite, les choses insensiblement avaient changé et si elle avait éprouvé une joie profonde en quittant la France, née surtout du soulagement d'être délivrée de son envahissante belle-mère, le voyage et le long séjour à Chypre lui avaient montré qu'avec ou sans Blanche de Castille, l'existence auprès de Louis demeurait soumise à toutes les austérités d'une vie quasi monastique. Dans cette île embaumée où l'on se sentait attiré vers la douceur de vivre et vers l'amour, Louis n'avait pas oublié un seul instant qu'il menait une guerre sainte et non un voyage d'agrément. Tout devait être tourné vers Dieu, consacré à Dieu, à Notre-Dame, à la sainte Eglise et Marguerite soupçonnait son époux de l'avoir engrossée afin qu'elle se tînt davantage en retrait de la vie de cour et des fêtes. Longtemps, parce qu'elle admirait et aimait toujours son mari bien qu'avec moins d'élan qu'autrefois, elle s'était interdit de penser au chevalier de Courtenay dont elle était trop fine, trop femme aussi, pour n'avoir pas percé le secret. Cet homme l'aimait avec une passion qu'elle eût tant aimé retrouver chez Louis, comme au temps de l'escalier de Poissy. Il y a des regards qui ne trompent pas...

A présent, ils n'étaient plus là ni l'un ni l'autre, partis conquérir une ville que l'on disait fabuleusement riche, dans le but d'en faire une monnaie d'échange pour Jérusalem et elle était là, dans Damiette dont elle ne savait ce qu'elle pourrait en attendre en cas de défaite, à deux mois de son terme avec autour d'elle une poignée de femmes plus ou moins rassurées, une jeune sœur aux prises avec les premières nausées, une belle-sœur, Jeanne de Toulouse, qui s'isolait volontiers et bâillait d'ennui le reste du temps et un vieux chevalier qui ne la quittait pas d'une semelle sauf la nuit où il dormait devant sa porte. Comme défense : capitaines et équipages de la flotte, Italiens dont elle ne savait si elle pourrait compter sur eux en cas d'ennui grave. Qui pouvait dire si aucune de ses femmes ne risquait d'être vilainement occise comme la pauvre Flora de Baisieux ? Marguerite de Provence était brave ; elle l'avait toujours été mais, à présent, il lui arrivait des peurs irraisonnées, des cauchemars où, pour échapper à une mort affreuse, elle courait chercher refuge dans les bras d'un homme qui n'était pas roi...

Dans les jours qui suivirent, la jeune reine se rassura un peu. Les nouvelles apportées par les navettes de ravitaillement étaient bonnes : après sa lente marche en avant, Louis avait remporté, personnellement, une belle victoire. Il avait détruit l'armée du sultan qui d'ailleurs – on le savait à présent – venait de mourir. Restait à réduire la forteresse de la Mansourah devant laquelle le roi semblait disposé à mettre le siège. Malheureusement, le message faisait aussi mention de la mort de

Robert d'Artois massacré dans la ville avec la plupart de ses chevaliers et la quasi-totalité des Templiers[1]. Et Marguerite sentit une vive douleur. D'abord parce qu'elle aimait bien ce beau-frère fougueux, casse-cou et un peu tête en l'air, mais qui aimait tant la vie et la dépensait avec une si folle générosité. Ensuite, parce qu'elle redoutait d'apprendre ce que recouvrait le terme vague de « la plupart ». Elle savait que Renaud n'était jamais loin de Robert et le soleil du printemps lui parut moins clair, moins parfumés les lotus du Nil qu'elle s'était prise à aimer... Pour ces morts dont tous ne lui étaient pas connus, elle ordonna le deuil, les prières et fit célébrer des messes. La victoire lui paraissait moins belle et l'avenir menaçant.

Le courrier suivant fut encore rassurant. Tout allait bien en dépit du fait qu'il y avait au camp un certain nombre de malades, ce dont Marguerite s'effraya et, pour un temps, oublia Renaud. Les fortes chaleurs commençaient et elle connaissait trop la fragilité des intestins de son époux. Une nouvelle dysenterie pouvait lui être fatale. Aussi attendit-elle avec impatience les nouvelles à venir mais il n'y en eut plus aucune... et ce que vinrent rapporter ceux qui menaient les barges de ravitaillement – ceux du moins qui purent rentrer – était plus qu'inquiétant.

Turan-Shah, le nouveau sultan que l'on croyait si loin était rentré au Caire sans tambour ni trompette ; mais, mis au courant de la situation, il avait aussitôt pris une mesure plus que dangereuse. Ce qu'il fallait, c'était couper d'approvisionnements l'imprudent qui s'attardait aux rives du Bahr es-Seghir et, pour cela il fit transporter à dos de chameaux un certain nombre de

---

1. Il n'en resta que trois.

bateaux en pièces détachées que l'on remonta une fois au Nil entre Damiette et la Mansourah. Quant à la forteresse, il faisait confiance à ses défenseurs pour la tenir longtemps mais surtout à l'état de santé de l'ennemi. Si les dames de Damiette avaient su ce qu'il en était au juste, elles eussent été terrifiées. Au fil des jours, en effet, l'ost était en train de se détériorer.

Pendant la semaine suivant la victoire, on s'occupa de soigner les blessés et d'enterrer les morts, ceux qui chaque jour remontaient du fond de Bahr es-Seghir et venaient buter contre le pont jeté par le duc de Bourgogne entre le camp à lui confié et celui du roi. Et bientôt il y en eut tant que Louis loua les services d'une centaine de ribauds pour l'en débarrasser. Ceux-ci opérèrent un tri, rejetant vers le Nil les cadavres musulmans et sortant ceux des chrétiens pour les enterrer dans de grandes fosses creusées auparavant.

Malheureusement, et depuis la folle attaque de Robert d'Artois, on était en Carême, donc obligation de ne manger que des herbes et des poissons. Les premières se faisant de plus en plus rares, il fallut bien prendre les poissons là où ils étaient, c'est-à-dire dans le canal. On y pêcha des « bourbettes » ou lottes... qui s'étaient copieusement nourries des corps que la bataille leur avait offerts. Le résultat ne se fit pas attendre : paludisme – il ne fallait pas oublier les moustiques ! – scorbut, dysenterie et typhus s'abattirent sur l'armée. Et cela parce que l'on eut le tort de rester.

Il eût été plus sage de ne pas s'obstiner à vouloir s'ouvrir la route du Caire. Retourner à Damiette, s'y fortifier et peut-être prendre Alexandrie eût été une monnaie d'échange plus que suffisante pour obtenir la restitution des Lieux saints mais Louis – pêchant par orgueil ? – considérait que son devoir lui interdisait ce qui eût ressemblé à une retraite. Et pendant cinquante-cinq jours on demeura tandis que l'épidémie faisait des ravages, que la famine ajoutait les siens quand les bateaux ne passèrent plus. En même temps, il fallut se défendre contre les détachements de cavaliers mamelouks qui apparaissaient soudain et tournoyaient aux abords du camp, y laissant toujours quelques cadavres abandonnés...

Quand Louis tomba malade à son tour – et ce fut un miracle qu'il eût tenu jusque-là –, il comprit enfin que tous laisseraient blanchir leurs os devant la Mansourah s'il ne décidait pas le retour vers la côte, la nourriture saine, la vie... On coucha les malades – dont était Joinville – dans les quelques bateaux qui, n'ayant pu passer le barrage de Turan-Shah, étaient revenus au camp. Et le calvaire commença...

La longue colonne des quasi-moribonds aux gencives saignantes, aux chairs boursouflées, aux intestins liquéfiés se mit en marche. Elle formait, ainsi l'avait ordonné le roi, une masse compacte, resserrée et si hérissée de piques et de lances que les charges des mamelouks et leurs volées de flèches ne l'entamaient guère. Brûlant de fièvre et torturé par l'entérite, Louis avait choisi de chevaucher avec l'arrière-garde afin de garder tout son monde sous son regard mais ses flux de ventre étaient si rapprochés qu'il avait fendu ses braies pour ne pas les souiller les nombreuses fois où il devait mettre pied à terre et cette gymnastique achevait de l'épuiser. Pourtant son courage demeurait intact comme sa foi dans sa mission.

On parvint de la sorte à la moitié du chemin, aux approches du barrage de bateaux musulmans. C'est alors que le roi perdit connaissance et que ceux qui l'assistaient de leur mieux, Geoffroy de Sergines,

Gaucher de Châtillon[1] et Renaud eurent juste le temps de le retenir avant qu'il ne tombe. On était à proximité d'un petit village qui semblait vide et on le porta dans la première maison qui se présenta. A l'intérieur, une femme dormait étendue sur le sol, qui poussa de hauts cris au moment où l'on allongea Louis, la tête sur ses genoux. Par le plus incroyable des hasards, c'était une « bourgeoise de Paris » dont on ne savait ce qu'elle faisait en cet endroit, mais lorsqu'elle eut réalisé, elle s'efforça, en gémissant de grands « hélas », de soigner son roi qui en vérité semblait déjà au-delà des secours humains. La poignée d'hommes qui l'accompagnaient dans la maison – son chapelain, son cuisinier Ysambart et les trois chevaliers, plus le petit Basile qui avait obstinément refusé de quitter Renaud – étaient persuadés qu'il ne verrait pas le soleil se coucher et le chapelain s'apprêtait à dire les prières des agonisants.

Dans cet instant tragique entre tous, Basile jugea bon de donner son avis à celui qu'il considérait dorénavant comme son maître :

– Il va mourir, chuchota-t-il en désignant la forme longue gisant sur un lit de fortune encore vêtue de son haubert d'acier et de sa cotte de mailles fleurdelisée. Et nous, on va être faits prisonniers. Tu ne crois pas qu'on devrait fuir ?

– Fuir ? gronda Renaud sans songer à employer la langue grecque. Un chevalier ne fuit jamais. Surtout en face de l'ennemi et devant son roi mourant.

Il avait parlé à voix basse pourtant Louis l'entendit et l'appela. Sa voix était faible et le jeune homme se jeta à genoux auprès de lui. A l'aspect de ce visage

---

1. Pour ceux qui ont lu le tome I, *Thibaut ou la Croix perdue*, la parenté entre ce Châtillon-là et le seigneur du Krak de Moab est très lointaine.

cireux, vidé par le mal de sa substance et dont la peau collait aux os de sa face, il eut de la peine à retenir ses larmes ce qui le fit renifler.

– Il est... trop tôt pour pleurer, murmura le roi. J'espère... que Dieu me donnera encore... la force de traiter. Mais la reine doit être prévenue. Va lui dire qu'elle doit... garder Damiette... par tous les moyens ! C'est notre unique gage. Alors écoute cet enfant... qui est plein de ressources... et fuis !

– Vous voulez que j'aille dire à la reine...

– Oui... mais rien sur mon état ! Si mon heure est venue, elle le saura... toujours assez tôt ! Va ! Habillé comme un paysan, tu passeras.

– Le roi sera obéi... et que Dieu nous le veuille garder !

Transformer Renaud en fellah ne fut guère difficile. La Parisienne se montra efficace. Grâce à elle, le chevalier dépouillé de ses mailles et du reste de son équipement à l'exception de ses braies vit sa chemise de forte toile se transformer en une tunique sans col ni lien assez semblable à ce que portaient les paysans, fendue sur les côtés, les manches tranchées à hauteur du coude. Elle n'était déjà plus très propre mais on la salit encore davantage avec de la poussière. Un autre morceau de toile composa une sorte de turban et, comme il ne s'était pas rasé depuis des jours, sa barbe lui cachait le bas du visage. Quand il fut prêt, chacun déclara que c'était parfait. Le chapelain qui lui avait sacrifié ses sandales ajouta même que c'était étonnant comme le port du turban le changeait :

– On jurerait que vous êtes sarrasin, mon fils !

– C'est vrai, souffla Louis qui suivait la scène des yeux. A présent, pars... et que Dieu soit avec toi !

La nuit venue, Renaud et Basile se perdirent dans la campagne pas trop loin du fleuve qu'il suffisait de suivre mais pas trop près non plus afin d'éviter les campements des mamelouks dont les feux s'échevelaient dans le vent du soir...

A Damiette, cependant, Marguerite voyait arriver son terme avec épouvante. Qu'adviendrait-il, lorsqu'elle serait aux prises avec les douleurs de l'enfantement, de cette troupe de femmes inquiètes, voire affolées – à la seule exception d'Hersende et d'Elvira – qui s'accrochaient à elle, lui portant jour après jour le fardeau supplémentaire de leurs propres craintes ? Les rares nouvelles qui lui arrivaient étant de moins en moins rassurantes, elle-même vivait des jours d'angoisse et des nuits de cauchemar. Au point qu'un matin où elle sentait que l'enfant à venir serait bientôt là, elle fit sortir tout le monde de sa chambre, ne gardant auprès d'elle que le vieux chevalier d'Escayrac.

– Il faut, dit-elle, que vous me fassiez promesse solennelle. Si les Sarrasins s'emparent de cette ville, vous me trancherez la tête avant qu'ils ne me prennent !

Il eut un haut-le-corps :

– La tête, madame ? Un coup de dague ne suffirait-il pas ?

– On dit que les Sarrasins violent les femmes, même mortes parfois, mais on ne viole pas un cadavre décapité...

– Certes, certes ! Mais pour ce qui est de vous tuer, j'y pensais ! Alors, sur mon honneur, je jure devant Dieu qu'il en sera fait comme le veut la reine !

Elle le remercia d'un pâle sourire et de quelques mots qu'elle ne put achever. Une vive douleur la traversa qu'elle reconnut immédiatement :

– Dame Hersende ! Appelez-la ! Et aussi mes femmes !

Mais le médecin accourait : elle n'était pas assez

loin pour n'avoir pas entendu le cri arraché à Marguerite. L'instant suivant, elle poussait Escayrac dehors et commençait à orchestrer avec autorité le ballet rituel des préparatifs de l'accouchement. Marguerite fut, par elle, déshabillée, étendue sur son lit dont on avait ôté couvertures et drap, ne laissant que celui du dessous protégé par un autre drap plié en plusieurs épaisseurs... La chaleur étant déjà forte au-dehors, Hersende prit les dispositions afin que la chambre reste fraîche et installa Eudeline de Montfort au chevet de la reine pour bassiner son front en sueur avec de l'eau de rose. Il ne restait plus qu'à attendre. La miresse espérait que l'enfant ne tarderait pas. C'était le sixième que Marguerite mettait au monde et le travail se faisait bien. C'est alors qu'arriva un ennemi inattendu : vers midi, le ciel devint orange sombre et se chargea de poussière tandis que le khamsin, le vent de sable venu du désert, se mettait à souffler avec une force terrible, balayant la ville, les bateaux dans le port et courbant les palmiers comme de simples roseaux. Il fallut fermer toutes les issues pour empêcher le sable d'entrer, tirer autour du lit les grands voiles blancs dont les riches demeures des pays d'Orient se servaient contre les moustiques. Encore ne réussit-on pas à éviter qu'une fine couche de poussière ne se dépose sur toute chose. Ainsi calfeutrée et au milieu de femmes voilées comme des musulmanes, ce fut dans une atmosphère de fin du monde que Marguerite, au bout de six heures qui parurent durer six siècles, donna le jour à un petit garçon fort bien constitué. Comme par enchantement, le vent furieux se calma lorsqu'il poussa son premier cri et ces femmes perdues au cœur d'un pays inconnu dont elles avaient peur à présent virent là un signe de la protection divine et remercièrent Dieu aussi bien pour l'heureuse délivrance de la reine que pour l'apaisement – au moins momentané ! – de leurs craintes.

– Comment allez-vous l'appeler, ma sœur ? demanda la petite comtesse d'Anjou accourue dès le commencement des douleurs.

Marguerite s'efforça de sourire au doux visage de Béatrix encore jauni par le sable, mais si elle était heureuse d'avoir un nouveau fils, elle redoutait de trembler pour lui comme elle tremblait pour son père :

– Mon cher époux souhaiterait, je pense, que nous lui donnions le nom de Jean, comme celui que nous avons perdu jadis, mais...

Son regard alla chercher le livre venu d'Angleterre dans lequel étaient les lais de Marie de France et elle soupira :

– ... il naît dans un temps si triste et si douloureux pour nous toutes que je voudrais aussi l'appeler Tristan...

Après quoi, épuisée par les heures de souffrance qu'elle venait d'endurer, Marguerite s'endormit. En se fermant, ses paupières laissèrent couler une larme qui glissa le long de sa joue...

Elle était encore bien lasse quand un grand bruit éclata dans la ville et remontant du port vint battre les portes du palais. Ce fut le chevalier d'Escayrac qui surgit pour l'annoncer à la reine. Ses femmes venaient d'achever sa toilette et lui avaient porté le nouveau-né qu'elle berçait doucement en caressant la petite mèche d'un blond presque blanc qui moussait sur sa tête :

– Madame la reine, s'écria-t-il, ce qui arrive est affreux : ne voilà-t-il pas que les capitaines des navires veulent reprendre la mer en nous laissant ici !

– Ils veulent partir ? Alors que le roi mon époux leur a confié la garde de Damiette et la sûreté des dames ? Que leur arrive-t-il ?

Escayrac baissa la tête, cherchant sans doute des mots pas trop cruels pour ce qu'il avait encore à dire. Marguerite s'impatienta :

— Eh bien, parlez ! Que se passe-t-il ?

Prenant son courage à deux mains, le vieux chevalier poussa un grand soupir et reprit :

— Ils disent qu'un cavalier mamelouk est arrivé à bride abattue peu avant l'aube et leur a crié que s'ils voulaient sauver leurs vies ils pouvaient s'en aller parce que le roi de France a été pris... avec la totalité de son armée !

— Ce n'est pas possible ? Ce ne peut être possible !

Soudain aussi blanche que ses draps, Marguerite tendit le bébé à Hersende et se redressa contre ses oreillers :

— Ce ne peut être qu'un faux bruit ! Destiné à les éloigner afin de couper au roi la retraite par la mer ! Comment ces gens peuvent-ils être assez bêtes pour croire une telle balivernie ?

— Ils le croient, madame, fit Escayrac en détournant son regard plein de larmes. Et je suis bien près de le croire, moi aussi... Le cavalier infidèle brandissait une cotte d'armes bleue fleurdelisée d'or...

— Mon Dieu !

Marguerite croisa ses mains sur sa poitrine en les serrant très fort afin de maîtriser l'angoisse qu'elle sentait monter. Elle ne dit rien pendant un instant, respirant vite, cherchant visiblement à retrouver son calme. Et elle y parvint. Comme Escayrac lui demandait timidement ce qu'elle comptait faire, elle répondit d'une voix où pointait une bienfaisante colère :

— Allez me chercher ces gens ! Je veux les voir ici, devant moi. Tous et tout de suite !

Le vieil homme comprit qu'il était inutile de discuter et s'éclipsa pour faire ce qu'on lui ordonnait, cependant que la reine se faisait habiller d'une longue dalmatique bleue brodée de lys d'or et poser sur ses cheveux nattés en une épaisse tresse brune un cercle d'or serti de perles et de saphirs. Vraiment royale ainsi parée, elle s'adossa de nouveau à ses oreillers sur le lit hâtivement refait. A peine un quart d'heure plus tard, Escayrac reparaissait et la chambre s'emplit d'hommes rudes, vêtus de cuir renforcé de plaques d'acier dont les yeux instables s'effarèrent devant le spectacle qui leur était offert. Ils s'attendaient à voir, au fond de son lit, une jeune accouchée tremblante mais, si lit il y avait en effet, cela ressemblait plutôt à un trône et celle qui l'occupait à ce qu'elle était : une reine ! Une grande femme vêtue de gris clair se tenait debout auprès d'elle, un enfant dans les bras. Avec eux, entra une odeur de mer, d'épices et de corps mal lavés. Et ils se tinrent là devant elle, leurs bonnets entre les mains avec sur leurs figures différentes la même expression butée. Marguerite sentit qu'elle n'en aurait pas raison facilement.

– Eh bien, messeigneurs, commença-t-elle, on me dit que vous voulez partir et nous abandonner en oubliant la mission que vous a confiée le roi mon noble époux qui vous a remis Damiette, sa population et la sûreté de notre personne ainsi que celle de nos dames et serviteurs. En vérité, j'ai peine à le croire !

Un capitaine pisan, nommé Gambacorti, sortit de la masse compacte. Marguerite le connaissait : c'était celui qui commandait la nef la *Reine*. Jusque-là, elle le trouvait sympathique mais il ne restait plus grand-chose de cette impression.

– Il le faut bien pourtant, noble reine, dit-il. Nous n'avons plus rien à faire dans ce port sinon peut-être nous y faire tuer. Tout ce que nous pouvons proposer, c'est de vous emmener avec nous, vous et les dames.

— Et pourquoi le feriez-vous ?

— Le roi a été pris, avec son armée... Il était fort malade et c'est parce que ses gens l'ont cru mort qu'ils se sont rendus.

— Comment se fait-il que vous soyez si renseigné, messire Gambacorti, alors que moi, sa femme, je n'en ai pas connaissance ? On m'a parlé d'un messager mamelouk. Pourquoi n'est-il pas venu ici ? Auriez-vous donc des entretiens secrets avec les infidèles ?

— Point d'entretien, madame ! Le cavalier a cloué une lettre au moyen d'une flèche sur le maître mât de mon navire. Je vous l'ai apportée. En outre, il a montré une cotte d'armes, celle du roi de France !

Il offrit le message annoncé, écrit en langue franque et que Marguerite déchiffra sans peine. Elle disait que Louis IX, quasi mourant, avait été pris et qu'on le rapportait à la Mansourah où il serait tenu captif jusqu'à ce que rançon soit payée... Ayant lu, elle releva la tête mais ferma à demi les yeux afin que l'autre ne puisse lire la douleur qui s'y inscrivait...

— Et voilà pourquoi vous voulez vous enfuir, désertant cette ville que l'on vous a confiée autant qu'à moi-même ? Alors, je vous le demande – et sa voix se fit singulièrement émouvante –, n'abandonnez pas Damiette ! Le roi, mon époux, serait perdu et ceux qui sont pris avec lui le seraient aussi. Moi je ne peux rien, retenue dans ce lit où je viens de donner le jour à mon dernier fils que voici. N'aurez-vous pas pitié de lui ? Au moins jusqu'à ce que je sois relevée ?

— Madame et reine, reprit le Pisan, nous ne sommes pas des monstres et ne voulons pas vous délaisser. Certes, nous pouvons demeurer jusqu'à vos relevailles mais alors, nous allons mourir de faim. Nous n'avons plus rien.

— Si c'est seulement cela, apaisez-vous ! Je vais

faire acheter tous les approvisionnements dont vos navires et vous-même avez besoin, mais vous êtes dès à présent et à nouveau au service du roi mon époux.

– En ce cas, nous attendrons... mais pas jusqu'à ce que les Sarrasins prennent Damiette : aucun de nous ne souhaite être égorgé ou vendu comme esclave...

– Damiette ne sera rendue que contre la libération du roi. Quand les traités auront été signés, vous pourrez partir et je partirai avec vous pour gagner Acre où je compte que vous me porterez.

– A Acre ? Mais pourquoi pas en France ?

– Parce que c'est là que nous sommes convenus, le roi et moi, de nous rejoindre s'il me fallait quitter Damiette. Allez vaquer à présent ! Je vais donner les ordres de vous envoyer en conséquence ce qui vous manque.

Matés, les capitaines se retirèrent en silence et même sur la pointe des pieds tant les avait impressionnés cette belle jeune femme à la fois si royale et si faible. Hersende alla remettre le petit Jean-Tristan à sa nourrice, puis revint aider les chambrières à débarrasser Marguerite de ses atours de parade et à la remettre au lit. Celle-ci était si épuisée qu'elle se sentait au bord de l'évanouissement. La miresse lui administra un cordial afin qu'elle puisse donner ses instructions à son trésorier et à ses fourriers. Ils devaient faire le nécessaire pour que les capitaines fussent copieusement ravitaillés.

Demeurée à nouveau seule avec ses femmes, elle éclata en sanglots désespérés, persuadée qu'elle était de ne jamais revoir son époux, connaissant trop la fragilité de ses organes.

– Comment survivrait-il cette fois privé de soins, captif et entouré d'une nuée d'ennemis ? S'il n'est pas encore mort, il le sera bientôt !

– Ils ont de bons médecins, tenta Hersende, et leur intérêt n'est pas de le laisser mourir. Quand on peut obtenir une rançon... royale, on n'est pas assez bête pour ne pas donner toutes chances de rester en vie.

Mais Marguerite était sourde à quelque consolation que ce soit. Aussi Hersende jugea-t-elle préférable de la laisser pleurer. Elle avait encore à s'occuper des épouses de Charles d'Anjou et d'Alphonse de Poitiers qui en savaient encore moins que la reine sur le sort de leurs époux. Béatrix surtout avait besoin d'aide. Ses nausées étaient revenues avec l'angoisse et refusaient de céder.

Si Louis et les siens étaient en effet prisonniers, c'était par la faute d'un « sergent nommé Marcel » qui était arrivé soudain au milieu de l'armée en clamant que le roi était mort. Cela ôta tout courage à ses chevaliers, prêts cependant à se sacrifier pour lui et, se croyant abandonnés du ciel, ils se laissèrent capturer presque sans combattre. On les emmena à la Mansourah, où les blessés furent achevés, mais ils retrouvèrent le roi. Louis, à moitié mort, allait vivre là un calvaire qu'avec le peu de forces demeurant en lui il réussit à subir avec douceur et dignité parce qu'il pensait ainsi s'approcher de celui du Christ.

Parqué d'abord avec les autres dans la cour d'un caravansérail il dut, soutenu par Ysambart, défiler devant Sahdjar ed-Door, l'astucieuse favorite du défunt sultan, et son nouvel amant l'émir Djennan el-Din ; puis, sous la garde d'un eunuque, on l'enchaîna, nu, dans la maison d'Ibrahim ben-Lokman. « Il était si malade que les dents de sa bouche lui hochaient et mouvaient et sa chair était pâle et tachetée. Et avait flux de ventre tant grief et était si maigre que les os de son dos étaient aigus[1]. » Si pitoyable qu'un vieux Sarrasin mit sur lui son surcot de vair.

En cet état, on venait le questionner sans arrêt, lui demandant de livrer les châteaux du Temple, de l'Hôpital ou même des barons de Syrie. Ce à quoi il ripostait avec une infinie patience qu'il n'en avait pas le pouvoir. On le menaça de la torture, de lui broyer les jambes. Et il rétorquait qu'étant leur prisonnier ils pouvaient faire de lui ce qu'ils voulaient...

Vaincu par tant de grandeur, Turan-Shah relâcha la pression. En fait, il visait surtout la rançon qu'il espérait et se décida à le faire soigner. Il lui fit donner des vêtements dignes, lui rendit même son chapelain et son livre d'Heures. Et l'on reprit les discussions.

Le sultan avait les dents longues, moins cependant que celles de son émir Baybars qui, affamé de pouvoir, le jugeait trop mou. Celui-ci fomenta une conspiration de concert avec les mamelouks dont il était le grand homme. Alors qu'il venait d'offrir un festin à ses émirs, Turan-Shah fut attaqué au sabre. Il para les premiers coups mais dut abandonner son arme parce qu'il avait eu plusieurs doigts tranchés. Il courut alors se réfugier dans une tour de bois laissée sur les bords du Nil. On y mit le feu. Il se jeta dans le fleuve mais ses assassins le poursuivirent, le criblèrent de flèches. Blessé, il demanda de l'aide au nom du Prophète, rappelant les bons musulmans au respect des lois mais Baybars respirait avec délice l'odeur de son sang et quand, espérant une main secourable, il s'approcha d'une berge pour y remonter, il trouva le rebelle en personne qui trancha le bras tendu et rejeta le corps à

---

1. Joinville, *La Vie de saint Louis*.

l'eau où le malheureux Turan-Shah acheva de se vider. Une fois mort, son cadavre fut traîné sur la rive où on l'abandonna jusqu'à ce qu'un sévère conseil donné par l'ambassadeur du calife de Bagdad, Commandeur suprême de tous les croyants, réussît à convaincre son bourreau de lui donner une sépulture digne de celui dont il descendait. Son trépas marquait la fin, en Egypte, de la dynastie fondée par Saladin.

Un moment, la mort plana encore sur Louis IX et les autres prisonniers. L'un des massacreurs vint, les mains sanglantes, trouver le roi en lui demandant ce qu'il comptait lui offrir pour avoir tué son ennemi, mais il rencontra un regard à la fois si calme et si déterminé qu'il n'insista pas et se retira en grognant une menace. Qui fut bien près de se réaliser mais, s'il était à moitié sauvage, Baybars n'était pas fou et le montant de la rançon sur lequel le défunt sultan et son royal captif s'étaient presque mis d'accord le fit réfléchir : quatre cent mille livres pour l'ensemble des otages et la reddition de Damiette pour le roi. Il se décida de reprendre les négociations...

Pendant ce temps, Renaud, quasi inconscient, luttait contre la mort dans une petite koubba à peu près en ruine, proche du Nil. Ce qui lui était arrivé constituait, dans ce pays, le plus banal des accidents. Pour ceux du moins que ne protégeait pas le cuir épais d'une botte ou l'acier trempé du gambison. Alors que, suivi de Basile, il n'était plus qu'à une demi-lieue de Damiette, il trouva sur son chemin un serpent mort dont il voulut, pour son jeune compagnon, écarter la dépouille du pied mais cette dépouille cachait une bête bien vivante. Sa spirale grise se détendit comme un ressort et le mordit à la cheville. Il poussa un cri bref, relayé par celui de Basile. Un réflexe lui fit arracher de sa chair le lien mortel pour l'envoyer dans le fleuve. Puis, il regarda sa jambe où deux piqûres bleues, bien nettes, laissaient couler un peu de sang... Ayant, dans le Gâtinais de son enfance, rencontré des vipères, il savait à peu près comment lutter contre le venin, mais soignait-on les morsures de cette race-là de la même façon ? Quoi qu'il en soit, il fallait qu'il fasse quelque chose, sinon...

Arrachant le lien de chanvre qui lui servait de ceinture, il fit du même coup tomber le poignard dissimulé sous sa tunique, s'assit sur le sentier, ligatura le membre blessé à la naissance du mollet puis, à l'aide du couteau, entailla sa peau en incisions profondes au-dessus et au-dessous des marques bleues. Enfin, il se contorsionnait pour amener les plaies à ses lèvres quand Basile que la peur avait pétrifié, l'arrêta :

– Attends ! Tu n'y arriveras pas et moi je sais faire ça !

– Je te le défends, si le poison...

– Je l'ai déjà fait. Un jour, il est arrivé la même chose au fils de mon maître et il m'y a obligé...

Il savait en effet. Durant de longues minutes, il suça le sang, cracha, resuça, recracha, jusqu'à ce que la peau fût sèche.

– Espérons que c'est suffisant, soupira-t-il enfin. Pour le fils du maître, ça a suffi, mais le serpent était plus petit...

– Il y a encore autre chose. Sauras-tu allumer du feu ? Avec des pierres ?

– Oui. Tu vas voir !

Il chercha trois pierres, un tronçon de bois rond qu'il coinça dedans et fit tourner entre ses mains sur une brassée de roseaux secs. Peu après, une petite flamme se levait qu'il alimenta de son mieux tandis que Renaud qui sentait la tête lui tourner y chauffait la lame du poignard. Lorsqu'elle commença à rougir, il mit un fragment d'une grosse tige de roseau entre ses dents, mordit et appliqua le fer sur la plaie. Le douleur fut si atroce qu'il perdit connaissance...

De cette inconscience, il ne sortit que pour subir l'assaut d'une violente poussée de fièvre. Elle le retrancha de la réalité pour le plonger dans un univers de cauchemars où les horreurs de l'épidémie vécue sous la Mansourah rejoignaient la mort de ses parents adoptifs, de Robert d'Artois et de la figure agonisante du roi ravagée par la dysenterie. A d'autres moments, il voyait les flammes d'un bûcher dans lesquelles se tordait une femme dont il voulait croire que c'était Flore, mais dont il découvrait avec épouvante que c'était Marguerite... Puis venaient des figures grimaçantes, des démons, des spectres fangeux qui soulevaient en lui dégoût et terreur, mais il était sans force pour leur échapper. Parfois, il y avait une rémission avec la sensation de s'abreuver à une source fraîche... Peu à peu, la sensation revint plus souvent en même temps que s'écartaient les flammes infernales auxquelles il se croyait condamné pour l'éternité.

Et puis, un matin, le cri d'un pélican le ramena à la surface du monde réel. Il ouvrit les yeux, se vit couché sur un lit de feuilles sèches contre un mur abrité par un toit aux trois quarts effondré. Se redressant, il rejeta la peau de chèvre dont une main inconnue l'avait recouvert. Il vit aussi qu'il était seul dans un petit bâtiment en ruine et que le soleil était déjà haut. Un moment, il se sentit perdu, n'arrivant pas à comprendre comment il avait pu en venir là... Et brusquement la mémoire lui revint quand ses yeux se posèrent sur son pied dont la cheville était enveloppée d'une bande de tissu aux bouts si solidement noués qu'il n'arriva pas à les défaire... A ce moment, Basile entra portant un cruchon qu'il manqua de renverser en voyant Renaud assis.

– Tu es guéri ? s'écria-t-il avec dans sa voix un reste d'angoisse comme s'il n'arrivait pas à y croire. C'est bien vrai ?

– Il me semble... oui ! J'ai été très malade ?

– Oh oui ! Un moment, on a bien cru que tu ne résisterais pas au venin du serpent.

– On ?... Cela veut dire quoi ? Tu n'étais pas seul ?

– Grâce au Seigneur, non ! Sans l'aide du berger, je n'aurais pas pu faire grand-chose. Il t'a entendu crier quand tu as brûlé ta cheville et il est venu voir. Je lui ai dit qu'on fuyait les mamelouks, que tu étais mon frère et il m'a aidé. On t'a porté ici où il vient quelquefois avec ses chèvres quand elles l'ont entraîné un peu loin de sa cabane. C'est leur lait qui t'a nourri depuis et j'en apportais pour la journée, mais je n'étais pas sûr de te retrouver encore vivant. Hier, Mourad – c'est le nom du berger – m'a dit que, si tu passais la nuit, tu aurais une chance de vivre. Et tu vis ! Si tu savais comme je suis content !

D'une main affectueuse Renaud ébouriffa la tête du gamin.

– Moi aussi ! Et je te remercie. Il y a longtemps que je suis là ?

– Un peu plus d'une semaine.

– Mon Dieu ! Et ma mission ?...

Il s'agita, voulut se lever, mais Basile l'en empêcha :

– Reste tranquille ! Il faut soigner ton pied !

– Au diable mon pied ! As-tu oublié ce qu'a dit le roi ? Je devais prévenir la reine, lui dire que Damiette...

– L'épouse de ton roi y est encore, fit une voix enrouée et Damiette est toujours à elle !

Le berger venait d'entrer. Etonnant assemblage de

laine bourrue et de poils de chèvre auxquels se mélangeait une longue barbe grise, il avait dû être de haute taille mais l'âge le voûtait sur le grand bâton terminé par une sorte de crosse qu'il tenait à la main. Dans cette broussaille que rejoignaient d'épais sourcils, on avait quelque peine à distinguer la vivacité de deux yeux ronds, noirs et brillants comme de l'onyx, qui étaient, eux, d'une incroyable jeunesse. Plus incroyable encore, il employait avec aisance la langue franque. Devant la surprise de Renaud et aussi de Basile, il se mit à rire :

– Eh oui, jeune homme, je suis venu de France moi aussi... il y a longtemps. C'était quand messire Jean de Brienne est devenu roi de Jérusalem et j'ai combattu ici sous Damiette. J'ai même été blessé mais une femme, une paysanne, m'a recueilli, soigné... et je suis resté avec elle. Il y a dix ans, la crue du fleuve l'a emportée... avec notre maison... Je l'ai pleurée car c'était une bonne femme mais je n'ai pas rebâti. Depuis je vis dans ce coin, avec mes chèvres... Tu vas mieux, on dirait ?

– Oui, et je veux te remercier... mais pourquoi m'avoir dit qui tu étais ?

– Pour pouvoir parler avec toi. J'ai vite compris que tu étais un Franc. On est bavard quand on délire mais je n'ai rien dit au petit. C'est un brave garçon, j'en suis sûr, et il t'est dévoué... Mais il est grec et avec eux on ne sait jamais !

– Il va savoir maintenant ! Regarde-le ! Il ne comprend plus rien...

– C'est sans importance et, pour moi, c'est un vrai plaisir de retrouver... le vieux langage ! Voyons ton pied !

Il s'agenouilla près de Renaud et défit le grossier

pansement sous lequel était une sorte de purée verdâtre répandant une odeur forte.

– De l'oignon ! expliqua le berger. C'est bon pour les brûlures et tu ne t'es pas ménagé ! Tu as eu raison parce que, même avec ça, tu as bien manqué rejoindre le paradis des braves. Tu as aussi eu de la chance.

Il ôtait la couche puante avec un tampon d'une sorte de charpie qu'il avait dans une petite besace pendue à son cou ; lava avec de l'huile qui sentait le rance : la blessure était encore rouge mais elle ne suppurait pas et les croûtes brunes se décollaient.

– C'est mieux que je n'espérais, dit-il en remettant de l'huile qu'il laissa couler puis s'égoutter avant d'envelopper de nouveau la jambe, mais cette fois dans une feuille de figuier puis un morceau de toile, propre celui-là, que l'on avait dû laver au Nil et qui séchait sur une pierre. Son ouvrage terminé, Mourad se releva et considéra un moment le visage tiré de son malade :

– Ta mine n'est guère florissante, tu sais ? Il va falloir retrouver tes forces perdues et pour cela manger autre chose que le lait de mes chèvres dont on t'a nourri jusqu'ici. Je vais aller chercher ce qu'il te faut ! Et dans deux ou trois jours, tu iras tout à fait bien.

– Deux ou trois jours alors que j'en ai déjà tant perdu ? Il faut que je me lève puisque tu dis que je suis guéri. Il faut que j'aille à Damiette...

Il réussit à se lever mais dut s'appuyer à la muraille à cause d'un brusque vertige...

– Là ! Qu'est-ce que je disais ? fit le berger en s'emparant de lui pour l'obliger à se recoucher sur son lit de roseaux. Reste tranquille ! Damiette attendra et aussi Madame Marguerite qui a mis au monde un petit mâle et n'est pas encore relevée. Elle attend elle aussi que la situation se dénoue pour pouvoir repartir. On dit que les palabres s'achèvent à la Mansourah, que les rançons sont fixées et que bientôt la ville sera rendue. On y ramènera ensuite ton roi pour qu'il vide son trésor de guerre dans les mains des Sarrasins. Ah, j'oubliais ! Le sultan est mort...

– Cela fait déjà longtemps mais on cachait la nouvelle.

– Pas celui-là. Son fils, Turan-Shah. Les mamelouks l'ont massacré et c'est l'émir Baybars, le Mongol, qui mène tout !

– Comment le sais-tu ? On est dans un endroit quasi désert et cependant...

– Le Nil ! Tu n'imagines pas comme ce fleuve est bavard. Si tu t'assois sur ses bords et si tu sais attendre, les nouvelles viennent à toi. Repose-toi ! Je vais revenir...

Quand il fut parti, Basile, qui était allé s'installer à l'entrée de la koubba comme si ce qui s'y passait ne l'intéressait plus, revint vers Renaud. Celui-ci lui sourit :

– Quelque chose me dit que tu boudais !

– Non. J'étais seulement triste. Vous parlez le même langage avec Mourad et moi je ne comprenais rien. Comment se fait-il qu'un berger égyptien...

– Ce n'est pas la première fois que les Francs viennent dans ce pays... il y a plus de trente ans, Mourad a été leur captif et comme il est intelligent, il a appris leur langue, répondit Renaud qui ne voulait pas trahir le secret du vieil homme, même s'il savait Basile incapable d'en tirer un mauvais parti. Pareil à toi qui as appris l'arabe chez ton maître. Il lui a fait plaisir de me montrer ce qu'il savait et toi tu n'as aucune raison d'être triste. Je t'enseignerai notre langue... et toi tu m'apprendras l'arabe...

– Cela veut dire que tu me garderas auprès de toi ?

– Tu vois une autre solution ? Sauf si à Alexandrie...

– A la Mansourah, je t'ai dit que je ne voulais pas y retourner, fit l'enfant le visage soudain fermé.

– En ce cas, je te garde et nous verrons plus tard ce qu'il convient de faire de toi. Ne m'as-tu pas sauvé la vie en faisant sortir le venin du serpent après m'avoir évité d'être massacré ? Je te dois bien cela et nous sommes désormais compagnons. Il faut prier Dieu que ce ne soit pas pour le pire !

Nourri de fromage, de pain, de figues, d'olives et de dattes, Renaud se remit en effet comme l'avait annoncé le berger. Sa blessure cicatrisait de façon satisfaisante et, en quarante-huit heures, il fut sur pied. En outre, Mourad avait reçu du Nil d'autres nouvelles : les accords étaient conclus, une galère devait ramener le roi à Damiette, sur laquelle marchaient les soldats de Baybars, afin de la reprendre et d'y recevoir la rançon.

– Cela veut dire que la reine va être obligée d'en faire ouvrir les portes et subir, sans défense, la ruée de ces sauvages ? s'écria Renaud épouvanté. Ils sont capables de la violer ainsi que toutes les dames sous les yeux mêmes de leurs époux ! Cette fois, il faut que je les devance !

– Tiens ! fit Mourad en lui tendant un long bâton semblable à celui dont il se servait. Je l'ai taillé pour toi qui n'es plus guère armé ! Ton poignard est un peu court contre les cimeterres et, au moins, cela t'aidera à marcher.

– A Damiette, j'espère retrouver l'écuyer que j'y ai laissé, mais merci, et aussi pour ce que je te dois ! Cependant je voudrais trouver quelque chose...

– Dis-moi ton nom : cela suffira !

– Renaud de Courtenay. Et toi, me diras-tu le tien... le vrai ?

Le berger n'hésita qu'à peine et, avec une lueur amusée dans ses yeux si vifs :

– Pourquoi pas, finalement ? Je me nommais Gaucher de Changy.

– Mais alors... tu étais chevalier ? souffla Renaud abasourdi. Et tu t'es fait berger ?

– Eh oui ! J'avais en Champagne une tour féodale, quelques terres, des serfs pour les travailler, mais point d'héritier et une épouse acariâtre. Tu ne sauras jamais, je l'espère, à quel point une mégère peut faire de ta vie un enfer. La croisade était la bienvenue... et Djemila a fait de moi un homme heureux. Alors garde-moi le secret !

– Inutile de te proposer de reprendre les armes ?

– Inutile en effet ! Je suis trop vieux... et je préfère mes chèvres... Mais toi, prends soin de toi !

Pour seule réponse, Renaud le saisit dans ses bras pour une chaude accolade puis, appuyé sur son bâton et suivi de sa petite ombre fidèle, il alla rejoindre le chemin du fleuve. Une lieue et demie environ restait à parcourir, mais bientôt les murailles de Damiette, blondes et lumineuses dans le clair soleil du matin, apparurent au loin, trop loin pour distinguer les couleurs des bannières. Rien sur ce sentier du bord de l'eau n'évoquait la guerre. Le Nil coulait ample et serein. A la même heure cependant, quatre galères égyptiennes les descendaient, dont l'une portait le roi de France, ses frères et ceux des hauts barons qui avaient échappé successivement aux combats, à l'épidémie et aux massacres auxquels s'étaient livrés les mamelouks...

Quand on fut assez près pour que tout se précisât, Renaud put voir qu'aucune bannière ne flottait plus sur les tours gardiennes. Pourtant en mer, au-delà de l'île de Maalot et de la plage où l'on avait débarqué, les navires de l'ost étaient toujours présents. Autre contradiction, les portes étaient ouvertes mais la ville paraissait vide quand l'homme et l'enfant y entrèrent. Ce n'était qu'une illusion : tous les habitants étaient sur le port où une nef était accostée et, cette nef, Renaud la reconnut avec un battement de cœur : c'était la *Reine*...

– Accroche-toi à ma ceinture ! dit-il à Basile. Il faut que nous traversions cette foule pour voir ce qui se passe...

Ce fut plus facile qu'il ne le craignait. Les gens qui étaient là ressemblaient davantage à un troupeau qu'à une foule normale. Ils ne bougeaient pas, ne disaient rien, se contentaient de regarder avec une sorte de résignation que Renaud comprit mieux quand il fut près du bord dont la nef venait de se déhaler. Toutes les dames venues de France étaient sur le tillac. Elles entouraient Marguerite dont le voile de tête bleu supportait le cercle d'or fleuronné et Renaud se sentit emporté vers elle, empli d'amour et de compassion, parce qu'elle semblait tellement fragile et vulnérable en dépit de l'orgueil qui lui tenait la tête si droite.

Auprès d'elle, il y avait une nourrice portant un bébé dans les bras, il y avait sa sœur Béatrix et sa belle-sœur Jeanne, il y avait Hersende, sombre et soucieuse, Elvira de Fos et la dame de Montfort, et aussi la vieille Adèle qui roulait des yeux effarés comme si elle craignait de voir les Sarrasins bondir du toit des maisons, un sabre entre les dents...

Dans sa hâte de s'approcher, Renaud n'avait pas pris garde à ceux qu'il côtoyait : son attention était rivée au navire qui commençait à s'éloigner. Soudain il pensa tout haut :

– Mais pourquoi part-elle sans attendre le roi ?

Son voisin immédiat se tourna vers lui avec une exclamation joyeuse :

– Sire Renaud ? Est-ce bien vous que je revois enfin, s'écria Gilles Pernon. Mais comme vous voilà fait ! J'ai hésité un instant à vous reconnaître...

– C'est une longue histoire. Pourquoi la reine part-elle ?

– Parce qu'elle est sage et avisée. La ville va être rendue et on ne sait à quels excès vont se livrer les musulmans.

– Sans doute mais j'ai ouï dire que le roi arrivait avec eux. Elle devrait l'attendre.

– Pour être à son tour capturée ? Elle va attendre son époux à Saint-Jean-d'Acre. Et, malheureusement, l'autre part avec elle, ajouta Pernon en désignant du menton le groupe de femmes sur le pont de la nef.

Renaud n'eut pas besoin de demander de qui il s'agissait. La mine soudain assombrie de son vieil écuyer révélait Elvira. Il ajouta d'ailleurs :

– C'est elle qui a tué Flore d'Ercri. J'ai retrouvé dans le souk le marchand qui lui a vendu le poignard.

– Elle ? Mais... pourquoi ?

– Parce qu'elle la gênait sans doute, ce qui prouve bien que ses intentions ne sont pas bonnes. Elle mijote quelque chose et attend son heure. Reste à savoir laquelle.

– Et tu n'as rien dit ? Tu n'es pas allé prévenir la reine ?

Gilles Pernon haussa les épaules :

– La reine enfantait. Elle ne m'aurait pas reçu. Pas cru non plus peut-être. Elle tient à cette sorcière qui l'englue avec ses chansons. Mais j'ai averti la vieille Adèle et elle m'a promis d'en toucher un mot à dame Hersende.

C'était un peu rassurant. Néanmoins, l'inquiétude de Renaud refusa de s'apaiser. Sur ce navire rempli de femmes à l'exception de l'équipage et des quelques soldats laissés par le roi à la garde de sa femme, tout pouvait arriver.

— Cette mauvaise ne devrait pas être là ! gronda-t-il. Il faut arrêter la nef ! Il faut l'en arracher. Par la force, et je vais...

Il allait se jeter à l'eau pour rejoindre le bateau, sachant trop bien qu'en mer le moindre incident peut se révéler catastrophique et surtout servir à masquer un crime. Mais Pernon devina son intention et le retint par sa tunique :

— Restez tranquille ! On n'a pas besoin de vous. Je viens de vous dire que dame Hersende et Adèle redoubleraient de vigilance. Et puis... il y a quelqu'un d'autre.

— Qui ?

Pernon tendit le bras :

— Voyez-vous cette femme enveloppée de voiles gris qui se tient un peu à l'écart au plus haut du château de poupe ?

Il désignait une mince silhouette qui semblait emmitouflée de brume. Droite le long de l'épaisse rambarde peinte en bleu vif, elle maintenait un pan de voile sur son visage afin, peut-être, de le protéger du soleil mais Renaud n'eut pas le temps de poser la question qui lui venait naturellement aux lèvres. Gilles Pernon enchaînait déjà :

— C'est la dame de Valcroze. Elle est arrivée de Chypre il y a une semaine, amenée par un navire vénitien qui espérait pouvoir rapporter de Damiette du lin et des dattes.

— Ah bon ? fit Renaud, pas autrement intéressé. Mais comme je ne connais pas cette dame...

A cet instant, un brusque coup de vent passa sur le port, s'engouffra dans les hautes voiles de la nef où la croix peinte en rouge et or se gonfla. Le voile de mousseline s'échappa des mains de la noble dame, libérant du même coup une natte de cheveux couleur de flammes, dont les épingles avaient dû céder. Pernon eut un petit rire :

— Je crois, moi, que vous la connaissez très bien.

Renaud ne répondit pas : il regardait la mince forme féminine en train de s'éloigner avec l'attention de qui n'ose en croire ses yeux. Ses yeux qui ne parvenaient pas à distinguer de si loin le visage de la femme dont une voix secrète lui souffla le nom :

— Sancie ?... Sancie de Signes ! C'est bien elle ?

— C'est la dame de Valcroze... Mais on peut aussi l'appeler comme ça !

— Elle est revenue ! Oh, mon Dieu, quelle joie !

Basile, qui commençait à trouver qu'on l'oubliait, le tira par sa manche :

— C'est la dame que tu aimes ?

Renaud le regarda sans vraiment le voir, comme s'il sortait d'un rêve.

— Je... non. C'est une... une amie, répondit-il avec l'impression de trahir une vérité.

Savoir le petit laideron de retour lui causait une joie trop forte pour un mot si simple, mais son vocabulaire grec ne lui en fournissait pas d'autre.

— Et celui-là ? demanda Pernon qui n'avait pas encore remarqué le jeune garçon. Qui est-ce ?

— Un ami aussi... et surtout mon sauveur !

L'écho lointain de trompes, de tambours et de hurlements pétrifia les gens du port et lui coupa la parole. On se tourna vers le Nil d'où venait ce menaçant vacarme et bientôt apparurent les quatre galères qui descendaient le fleuve et dont l'une amenait le roi captif...

Portée par le vent, la nef s'éloignait rapidement...

CHAPITRE XII

ENFIN, LA TERRE SAINTE !

– Vous n'imaginez pas ce que le roi a subi de ces mécréants, soupira le sire de Joinville en se cherchant une position plus confortable sur un escalier du château de proue où il s'était assis en compagnie de Renaud. Quand je pense qu'ils ont osé le traîner dans la Mansourah presque mort pour le plaisir d'une affreuse femme, la favorite du défunt sultan. Elle s'esclaffait de le voir en si triste état ! Voyez-vous, c'est une belle créature mais sans cœur. Son rire ressemblait à celui d'une hyène. Quant à notre sire, il a enduré tout cela d'une façon... que je ne saurais décrire tant elle était admirable !

– Vous avez dû, vous aussi, endurer mille morts en assistant à pareille infamie ! D'autant que vous la partagiez ?

– Eh bien... je n'y étais pas. Blessé, malade, je me trouvais sur l'un des bateaux qui ramenaient à Damiette ceux qui ne pouvaient plus chevaucher. On m'y a gardé avec les autres mais, avant d'être pris, j'avais eu juste le temps de jeter mes bijoux et mes reliques dans le fleuve ! C'était bien cruel ! De si belles choses... auxquelles je tenais tant !

– Certes, vous avez beaucoup souffert !

– Vous n'imaginez pas à quel point ! Et plus encore lorsque l'on m'a raconté le martyre de notre sire ! C'est un saint, vous savez ! On le disait déjà depuis longtemps, mais à présent j'en suis sûr !... Si vous le permettez, je vais me lever et faire quelques pas. J'ai des impatiences dans les jambes ! Mes blessures mal guéries ! Ah, quelle pitié !

Renaud se mit debout et lui tendit la main pour l'aider. Avec un « ouille » de douleur, le sénéchal de Champagne déplia sa longue carcasse qui avait beaucoup perdu de son ampleur. Puis, bras dessus bras dessous, tous deux s'avancèrent avec prudence car la mer en train de se former prenait une vilaine teinte grise le long de la rambarde à laquelle ils finirent par s'appuyer. A quelques encablures de leur vaisseau, la galère maîtresse du Temple, où l'on commençait à affaler la grand-voile en vue du mauvais temps, taillait sa route dans les embruns, la toile étant aussitôt relayée par les immenses spatules de bois de ce mille-pattes des mers. Joinville renifla avec rancune :

– Le Temple ! grogna-t-il. Depuis le paiement de la première tranche de la rançon, je me demande de quel côté vont ses préférences ! Ils vivent depuis si longtemps en Orient qu'ils sont plus proches des musulmans que des chrétiens ! Savez-vous ce qui s'est passé au moment où l'on pesait, dix mille livres par dix mille livres, l'or du rachat ?

– Il manquait, j'ai entendu dire, quelques milliers de livres ?

– Trente, que le roi a demandées à frère Renaud de Vichiers, maréchal du Temple et qui dirige tout puisque le Grand Maître a été tué à la Mansourah. Et qui les a refusées !

– Refusées ? Au roi ?

– Eh oui ! En disant que les coffres que les Templiers

avaient à bord ne leur appartenaient pas, mais étaient le bien de particuliers dont ils n'avaient pas le droit de disposer. J'étais à deux doigts de l'étriper pour cette belle réponse. Alors, il m'a dit avec un sourire en coin que, s'ils ne pouvaient pas prêter ce qu'ils avaient, ils n'étaient plus assez nombreux – puisque quatre cents seulement ont évité le piège de la Mansourah ! – pour empêcher qu'on les dévalise. J'ai cru qu'il se moquait. La colère m'a pris : je suis descendu dans leur soute où s'entassaient de grands coffres hermétiquement clos. En passant sur le pont avec une hache, j'annonçai que j'allais en faire la clef du roi et j'ai fait sauter les serrures... Frère Renaud, les bras croisés sur la poitrine, me regardait avec son drôle de sourire mais je n'y faisais pas attention : j'ai pris ce dont j'avais besoin, pas un sol de plus, et je suis allé remettre l'argent au roi ! Que pensez-vous de cette curieuse façon de faire ?

– De la vôtre ? Le plus grand bien. De celle des Templiers... au fond je ne suis pas tellement surpris. Pour ce que j'en sais, ajouta Renaud la mine soudain assombrie, ce sont gens étranges : ils possèdent en France une infinité de baylies et de commanderies et cependant ils refusent l'autorité du roi, prétendant ne dépendre que du pape ! Ce n'est pas normal et ce n'est pas bon ! Les règles de la chevalerie exigent que l'on protège l'Eglise, mais aussi que l'on aime et défende son pays natal. C'est incompatible avec le refus d'en reconnaître les lois... et le roi !

– Allez donc le leur expliquer ! Ils sont pétris d'orgueil et tiennent à leurs richesses autant qu'à leur indépendance...

Une vague traîtresse en soulevant le navire souleva du même coup l'estomac du sénéchal qui arbora soudain une jolie couleur vert pâle et, avec un sourd gémissement, se hissa au-dessus du bastingage pour payer à la nature le tribut qu'elle lui réclamait.

– Ce que je peux détester la mer ! se plaignit-il quand ce fut fini en se laissant retomber auprès de Renaud qui, de ce côté, n'avait aucun problème. Dire qu'il faudra rembarquer encore une fois pour rentrer chez nous !

La voix courroucée du roi vint interrompre ses réflexions désenchantées. Presque aussitôt, Louis parut sur le pont suivi de son jeune frère, Charles d'Anjou, qui criait à peu près aussi fort que lui en protestant :

– Enfin, sire mon frère, il n'y a pas là de quoi vous mettre en si grande colère ! Jouer au trictrac n'est pas péché mortel, que je sache !

– Sur un bateau plein de malades et livré à la grâce de Dieu alors que tant de bons compagnons gémissent encore dans les prisons égyptiennes, seuls la prière et les soins à ceux qui souffrent peuvent trouver grâce aux yeux du Seigneur ! Employez mieux votre temps ! hurla le futur saint qui, sur sa lancée, alla jeter par-dessus bord les dés et les tables.

Puis il réintégra les entrailles de la *Montjoie*.

– Prier ! se lamenta Joinville au fond de sa misère. Je n'en ai même plus la force...

On mit six jours à rejoindre Acre – trois de plus qu'à l'aller à cause du mauvais temps – mais, quand la nef passa les tours d'avant-port sur lesquelles flottait la bannière de France, une rafale de soleil balaya les nuages qu'elle chassa vers le sud, illuminant la blancheur des maisons, les pentes verdoyantes des montagnes de l'horizon, et les flots apaisés qui, comme par magie, redevinrent bleus. Le navire avait été aperçu. Les cloches des églises se mirent à carillonner une joyeuse bienvenue, cependant que, de toutes les fenêtres, de tous les balcons, de toutes les terrasses, coulaient tapis au couleurs vives et draps de soie...

« Toute la ville alla en procession à sa rencontre : le clergé en ornements sacerdotaux, les chevaliers, les bourgeois, les sergents, les dames, les pucelles avec leurs plus beaux atours. » Ils criaient leur joie, entamant d'avance pour ce vaincu auréolé de son martyre le *Te Deum* des vainqueurs qui serait chanté dans un moment. Explosant d'enthousiasme, Acre réserva à Louis un accueil triomphal au premier rang duquel était Marguerite, d'azur et d'or vêtue et portant dans ses bras le petit enfant qu'elle offrit à son époux en pliant légèrement le genou. Il y avait six mois que le couple royal était séparé. Elle rayonnait de tout l'éclat de sa beauté chaleureuse ; lui, miné par la maladie, n'était plus que l'ombre de lui-même mais, quand il prit le petit Jean-Tristan entre ses longues mains pâles pour l'élever au-dessus de sa tête afin de le montrer à la foule en liesse, il retrouva non seulement sa taille, mais parut grandir encore tandis que son visage émacié irradiait sa lumière intérieure.

Renaud aussi était heureux. Enfin, il foulait cette Terre Sainte dont il rêvait depuis si longtemps ! Enfin, il revoyait la belle dame qu'il adorait ! Et la revoyait de près puisqu'en le retrouvant à Damiette, le roi, en lui donnant rang d'écuyer, l'avait attaché à sa personne. Elle eut alors pour lui un regard d'une telle douceur qu'il sentit fondre son cœur. Jamais encore elle ne l'avait regardé ainsi et il eût peut-être commis la folie de se jeter à ses pieds s'il n'avait entendu Joinville bougonner :

– Peste ! Je ne vous savais pas si avant dans l'amitié de la reine !

Le ton était aigre. Il y entrait une jalousie dont Renaud aurait bien cru incapable le paisible sénéchal de Champagne. A moins... qu'il ne fût lui aussi amoureux de leur ravissante souveraine ?

– Je l'ai connue avant vous, dit-il avec une légèreté destinée à dissiper quelque idée de connivence. N'est-ce pas à Chypre que vous la vîtes pour la première fois ?

– Point du tout ! J'ai eu ce bonheur le... 24 juin 1241 à Saumur, lors des fêtes données pour l'adoubement du comte de Poitiers où j'accompagnais le comte Thibaut de Champagne, depuis roi de Navarre. Ah, pour de belles fêtes ce furent de belles fêtes ! Jamais ne vis le roi si superbement paré. Et la reine donc !... Plus exquise qu'elle ne se pouvait voir ! J'étais bien jeunet encore mais je n'ai rien oublié. Pas plus qu'elle n'a changé !

Un énorme soupir mit fin à une confidence que Renaud ne commenta pas, évitant surtout de demander ce que la dame de Joinville, née Alix de Grandpré – dont son époux ne parlait jamais d'ailleurs ! – en pensait. Lui-même oublia vite l'incident quand une voix qu'il croyait perdue lui fit entendre :

– Eh bien, sire chevalier, toujours ébloui au point de ne voir personne quand la reine est là ?

Il sut instantanément quel visage il allait découvrir en se retournant, tant l'insolente ironie du ton lui rappelait de souvenirs. Pourtant ce qu'il vit le surprit et, comme il n'avait pas assez l'usage du monde pour composer avec ses réactions, il lâcha :

– Par saint Georges ! On dirait que notre gentil petit laideron a bien changé !

Les yeux verts dont il ne se souvenait pas qu'ils fussent si longs parce qu'il ne les avait jamais vus qu'à demi clos, étincelèrent de colère :

– Vous en tout cas, vous n'avez pas changé !

Toujours aussi rustre ! On peut dire que vous savez tourner un compliment !

Il se mit à rire, incroyablement heureux de revoir ce visage qu'il avait cru effacé définitivement de son environnement. C'était vrai qu'il avait changé mais pas au point de mériter d'être compté au nombre des beautés de la cour : le long nez dont les narines sensibles semblaient humer quelque odeur était bien là, mais les traits incertains de la figure s'étaient modelés en finesse comme le teint qui, jadis brouillé, s'était éclairci jusqu'à la délicatesse d'un pétale de fleur sur lequel une abeille négligente ou trop pressée aurait laissé tomber des grains de pollen. Les taches de rousseur de Sancie ne s'étaient pas effacées, seulement à présent Renaud trouvait qu'elles allaient assez bien avec la somptueuse chevelure d'or rouge que le discret chapel rond en velours gris clair et le léger voile de mousseline contenaient si mal. Quant à la grande bouche si souvent moqueuse, elle était maintenant d'un bien joli rose et dessinait un arc agréable sur ses petites dents aussi blanches qu'avant. En résumé, si l'on ne pouvait dire que Sancie de Signes fût devenue belle, en revanche elle avait maintenant ce quelque chose qui force le regard et même le retient, ainsi que Renaud put s'en convaincre quand, lui tournant le dos, la jeune femme – elle ne devait guère avoir plus de dix-huit ans ! – le planta là pour suivre le couple royal qui s'éloignait. Le corps fin et nerveux suggéré par la coupe habile de la robe et porté sur de longues jambes était celui d'une fausse maigre, avec de charmantes rondeurs aux endroits où il fallait et qu'une gracieuse démarche mettait en valeur. Renaud qui n'avait pas tenu de femme dans ses bras depuis six mois se surprit même à l'imaginer avec une précision qui lui fit monter le sang à la tête. Il en fut tout confus, demanda mentalement pardon à Dieu et se promit, à la première occasion, d'offrir des excuses à la dame de... Comment s'appelait-elle déjà ? Il ne s'en souvenait plus, mais au fond cela n'avait guère d'importance puisque, pour lui, elle serait toujours Sancie de Signes...

Louis et Marguerite s'installèrent dans l'ancien palais près du port qui avait été celui de la reine Isabelle de Jérusalem et de son troisième époux, Henri de Champagne, puis du quatrième Henri de Lusignan[1]. C'était en ce lieu aussi qu'elle avait vécu son unique nuit d'amour avec Thibaut de Courtenay. Nuit inoubliable dont le manuscrit du vieux solitaire avait révélé le secret à Renaud et qui avait donné le jour à sa mère Mélisende. Et ce fut avec une émotion profonde que le jeune homme découvrit les grandes salles fraîches, les cours intérieures fleuries de jasmin et de roses, les fenêtres ajourées, les dallages précieux où glissaient jadis dans un bruissement soyeux les traînes de samit, de cendal, de satin ou d'orfroi de sa ravissante aïeule. La ressemblance de Marguerite avec Isabelle rendait l'évocation hallucinante de vérité. Et Renaud se prit à rêver qu'une nuit, la chambre de la bien-aimée, qui avait été celle d'Isabelle, s'entrouvrirait pour le silencieux passage d'un amant et que cet amant ce serait lui... Ensuite, l'enchantement commencerait. Il était si sûr de savoir comment il l'aimerait...

Il avait observé, sur le port, les retrouvailles entre Marguerite et son époux. Elle, exquise, délicate et fine en dépit de ses maternités à répétition, avec ce clair visage que les épreuves subies n'avaient pas réussi à durcir. Et lui, ce quasi-ressuscité si grand, si maigre que son échine se voûtait déjà, cette figure marquée

---

1. Voir le tome I : *Thibaut ou la Croix perdue*.

par la maladie mais aussi cet étrange regard bleu qui avait l'air de vous dépasser, de voir plus loin, plus haut, là où les hommes de chair et de sang n'accédaient pas. Il l'avait relevée pour l'embrasser quand elle avait plié le genou devant lui et puis ils étaient partis ensemble vers ce palais où se reconstruisait une intimité dont Renaud s'avouait qu'il avait de plus en plus de mal à supporter l'idée. En admettant qu'il en ait la force, Louis engrosserait une fois de plus sa femme entre deux oraisons puisqu'un saint en puissance ne saurait faire l'amour sans s'efforcer de procréer. Et Marguerite aurait à nouveau devant elle neuf mois de nausées, de malaises et d'amoindrissement de sa beauté alors que, dans cette ville blanche entre mer et collines bleues, vrai paradis après l'enfer égyptien, tout incitait à l'amour tel que le chantaient les poètes, l'accomplissement final ne devant intervenir qu'après un lent et délicieux cheminement dans un labyrinthe de caresses et d'émerveillements... Il y a des femmes auxquelles il faudrait rendre un culte, mais il y avait fort à craindre que Louis IX n'eût aucune idée de ce genre de dévotion...

Ce premier soir, il n'y eut pas de festivités tardives au palais ni en ville. Chacun était conscient de l'état dans lequel revenaient la plupart de ces chevaliers échappés des geôles égyptiennes, des affres de la maladie ou des deux. Le souper fut bref et le couple royal se retira de bonne heure. Les gens du sénéchal de Champagne avaient trouvé à celui-ci, près de l'église Saint-Michel et dans le voisinage d'un établissement d'étuves, une maison appartenant à la veuve d'un tisserand où il proposa à Renaud de s'installer avec lui. Il y avait assez de place pour deux et cela permettrait de partager les frais. Un détail important pour Joinville qui était assez près de ses sous sans gêner Courtenay puisque, depuis qu'il appartenait à la maison du roi, c'était le trésorier qui prendrait en compte ses besoins.

La maison n'était pas sans charme. Ordonnée autour d'une cour carrée couverte de sable jaune et plantée d'un laurier rose à feuillage noir ainsi que d'une vigne, elle possédait quelques chambres, relativement petites, ouvrant seulement sur le patio qu'une grande toile rouge protégeait dans la journée des ardeurs du soleil. Mais cette nuit-là, Renaud n'avait pas sommeil et laissant Gilles Pernon et Basile s'occuper de leur installation à tous deux, il préféra ressortir pour respirer l'air de ce pays si longtemps attendu... et aussi pour échapper aux récriminations de son nouveau compagnon d'existence qui, en retrouvant la terre ferme, se découvrait plus malade que sur le bateau et semblait décidé à ne se satisfaire de rien...

Il descendit vers le rivage et, comme il l'avait fait à Aigues-Mortes, s'y promena longuement avant de s'asseoir contre une pile de bois pour contempler Acre que, d'où il était, il pouvait voir presque en son entier. Il se souvenait si bien de ce que son grand-père avait écrit sur le temps du grand siège de 1190-1191, quand la France de Philippe Auguste et l'Angleterre de Richard au cœur de lion menaient le combat pour s'emparer d'Acre avec la mer derrière eux tandis que l'armée de Saladin, barrant l'accès à l'intérieur du pays, les assiégeait eux-mêmes. A l'exception des minarets devenus clochers et des murailles reconstruites, Acre n'avait pas dû beaucoup changer. Depuis la hauteur de la citadelle et de l'église Saint-Jean sur lesquelles flottaient la bannière de l'Hôpital, la ville coulait, incroyablement blanche quand on savait combien les ruelles pouvaient être obscures, jusqu'à la pointe où s'enrochait la tour du fanal dont les feux guidaient les marins dans la nuit. Non loin d'elle, commandant l'activité du port, la puissante demeure fortifiée du Temple, la voûte d'Acre sous l'étendard noir et blanc de ses chevaliers. Et puis, autour de la masse du palais des rois, les couvents, l'ensemble troué de cours et de jardins d'où s'élançaient le foisonnement d'un figuier ou la flèche noire d'un cyprès...

Il resta si longtemps qu'il ne se rendit pas compte que la nuit s'achevait. Une brise venant de la mer passa dans ses cheveux, enveloppa son corps et glissa sous la chemise largement ouverte comme la casaque de cuir qui la recouvrait. Le ciel pâlit, reflété par l'eau calme sur laquelle se balançaient doucement les coques des navires. Puis tout devint rose, tout s'éveilla. Le rivage se mit à grouiller tandis que les barques s'en allaient continuer le déchargement des bateaux. Avec un soupir Renaud se leva, s'étira : il était temps de se laver, de manger quelque chose...

En revenant vers la maison de la veuve, il passa devant l'église Saint-Michel. La cloche sonnait l'angélus et on se préparait à dire la première messe. Aussi Renaud remit-il à plus tard les soins du corps. Prier Dieu de l'aider à retrouver la Croix ensevelie dont il foulait à présent la terre lui semblait primordial. Il entra.

Plantées aux griffes de fer des piliers, les torches faisaient vivre les palmes, les fleurs sculptées dans la pierre des chapiteaux et réveillaient le chœur où un enfant allumait les grosses chandelles rouges. Elles se mirent à fumer en répandant une odeur de suint qui ne devait pas être tellement agréable au Seigneur. Heureusement, celle de l'encens au moment de l'Elévation la neutraliserait un peu.

Des femmes enveloppées des pieds à la tête comme des musulmanes entraient, se signaient, s'agenouillaient, priaient... L'une d'elles attira l'attention de Renaud par l'élégance discrète de ses vêtements foncés dont il était difficile de distinguer la couleur mais aucun voile, même épais, même sombre, ne pouvait éteindre le flamboiement des cheveux de Sancie...

Suivie d'une créature sans âge qu'en d'autres temps on eût qualifiée de duègne tant elle semblait revêche et méfiante avec son regard qui fouillait partout, elle vint s'agenouiller sur le coussin que la femme plaça sous ses genoux. Elle n'avait pas vu Renaud et il n'eut pas le temps de faire un mouvement vers elle. Précédé du tintement d'une clochette, un prêtre en chasuble verte arrivait à l'autel. La messe commença.

En dépit de ses bonnes résolutions, Renaud la suivit avec une extrême distraction. Son regard revenait sans cesse à la tête inclinée dont il ne pouvait voir le visage et, s'il réussit à prier, il n'en trouva pas moins le temps long. L'*Ite missa est* lui arracha un soupir de soulagement et il alla attendre dans le recoin du bénitier.

Quand Sancie s'approcha, il trempa sa main dans l'eau et la lui offrit, toute dégoulinante. Ce qui la fit tressaillir.

– Voulez-vous m'accorder la faveur de vous accompagner jusqu'au palais ? chuchota-t-il. Je voudrais vous parler.

La jeune femme fronça le sourcil, mais arrêta du geste l'élan de sa suivante qui se jetait déjà entre elle et l'intrus :

– Que pourriez-vous avoir à me dire, chevalier ?
– Sortons d'abord, s'il vous plaît !
– Si vous voulez.

Ils s'en allèrent dans l'air encore frais du matin qui très vite se réchaufferait – on était en mai – et pendant un petit moment cheminèrent sans mot dire, la « duègne » sur les talons. Sancie évitait de regarder son compagnon et faisait une affaire d'arranger autour de son visage les plis de son voile. En définitive, il était violet comme sa robe de soie épaisse.

– Eh bien ? dit-elle enfin. Vous voilà muet ? Ce que vous avez à dire ne doit pas être si important !

– Oh si ! Seulement je ne sais pas comment l'exprimer. C'est difficile, vous savez de demander excuse... pour l'inexcusable.

Elle eut un mouvement désinvolte qui ôtait toute importance à ce que pouvait dire le « rustre ».

– Oh, ce n'est que cela ?... Admettons, en ce cas, que vous vous sentez contrit, que je vous pardonne... et que vous pouvez passer votre chemin !

– Non. Un moment encore ! Ne vous en tenez pas à ma stupidité d'hier. Il faut que vous sachiez que vous revoir est pour moi une grande joie. C'est en vous apercevant sur le pont de la *Reine* en train de quitter Damiette que j'ai compris à quel point vous m'aviez manqué. Vous m'étiez amie autrefois ?

– Un autrefois pas assez éloigné pour qu'il soit effacé. Vous étiez alors entré au service du défunt monseigneur Robert, la « vieille » vous laissait en paix. Vous n'aviez donc plus besoin d'amie...

Renaud ne put s'empêcher de sourire. Par-delà les années, Sancie avait gardé au chaud sa rancune envers Blanche de Castille et l'insolente épithète lui venait encore spontanément.

– ... Au surplus, ajouta-t-elle, ma mère venait de mourir et mon seigneur père me réclamait.

– J'ai su cette triste nouvelle et j'aurais aimé pouvoir vous apporter... un peu de réconfort, mais vous étiez partie sans un mot. Ensuite dame Hersende qui vous aime bien m'a dit que vous étiez mariée.

– J'étais mariée, en effet, mais suis veuve à présent. Il y aura bientôt un an que le baron de Valcroze, mon époux, a rejoint ses ancêtres dans la crypte de notre chapelle. C'était un homme bon et généreux. Je l'ai pleuré... et le pleure encore !

Elle parlait sans le regarder, son étrange profil qui n'était pas sans arrogance tendu vers les lointains de la rue. Et puis, brusquement, elle le tourna vers lui :

— Et naturellement, lança-t-elle, vous vous demandez pourquoi je suis ici au lieu de mener mon deuil dans notre château accroché à la montagne aux abords d'un torrent, comme il convient à une noble veuve ?

— Mais je...

— Vous allez le savoir ! Mon époux avait cinquante ans de plus que moi, mais il m'aimait... comme on devrait toujours aimer, avec le sincère désir d'apporter du bonheur. Il était le dernier de son nom et savait que, lorsqu'il retournerait vers Dieu, il me laisserait riche... et libre.

— Vous... vous n'avez pas d'enfants ?

— Si j'en avais, je serais auprès d'eux et je vous ai dit qu'il voulait me laisser libre. Il savait mon attachement à ma chère marraine et c'est lui qui m'a conseillé de retourner près d'elle.

— Il vous a conseillé de vous lancer aux hasards d'une croisade ?

— Pourquoi pas ? C'est si belle route pour aller vers Dieu ! Plus passionnant, n'importe comment, que celle d'un moutier pour y égrener d'incessantes litanies sur fond de regrets ! Le château et les domaines qui m'appartiennent sont gérés, et bien gérés, par un mien parent qui est homme d'expérience. Rien ne s'opposait donc à ce que je fisse le pèlerinage qui me rendrait à Madame Marguerite..

— Autrement dit, vous êtes heureuse ?

Sancie n'hésita que le temps d'examiner la question

et d'y trouver une réponse conforme à ce qu'elle pensait :

– Pas autant que je l'espérais parce que ma reine n'est pas heureuse.

– Elle vient pourtant de retrouver son mari ?

– Vous avez vu dans quel état ? Un fantôme, un squelette ambulant qui, non seulement n'a pas accompli son vœu de croisade, mais encore a laissé dans les sables d'Egypte la moitié d'une belle armée. Que d'hommes sont morts pour rien ! A commencer par...

– Monseigneur d'Artois ! murmura Renaud sans songer un instant à cacher les larmes qui lui venaient comme chaque fois qu'il évoquait le prince devenu son ami. Cette perte-là ne se peut réparer.

– Aucune ne se peut réparer ! affirma la jeune femme avec force. A présent, avez-vous une idée de ce que le roi va décider ? En bonne logique il devrait repartir. A son arrivée ici, une lettre de sa mère l'attendait. Je ne sais ce qu'il y avait dedans, mais je présume qu'elle le réclame !

– Il ne peut pas partir. Pas maintenant ! Songez à ceux qui sont encore captifs au Caire ! Le roi ne les abandonnera jamais... Il lui reste à payer pour eux deux cent mille livres.

Il se tut soudain et son regard se fixa. Comme on était presque arrivés aux tours d'entrée du palais qu'avait fortifié Henri de Champagne, on s'était arrêtés et, dans le champ de vision de Renaud, la silhouette d'un Templier venait de s'inscrire sous les arcades d'un entrepôt de draperie. Silhouette fugitive, déjà escamotée par le fût d'un pilier mais dont il aurait juré qu'elle appartenait à celui qu'il cherchait depuis si longtemps.

– Que vous arrive-t-il ? demanda Sancie

— Rien... ou si peu ! Pardonnez-moi ! Il faut que je vous quitte.

Sans attendre sa réponse, Renaud s'inclina brièvement et courut en direction du point où était apparu le manteau blanc à croix rouge... qu'il revit à l'instant précis où il se jetait à l'intérieur de l'entrepôt. C'était un *fondaco* semblable à ceux que Venise semait depuis des siècles dans tous les ports importants de la Méditerranée afin d'y asseoir son commerce : un monde clair-obscur de magasins, de bureaux, d'écuries pour les chevaux, de hangars pour les chameaux, un univers grouillant dans les odeurs d'épices, de laine brute, de poussière et de crottin. Renaud eut beau le parcourir de long en large, il ne parvint pas à rejoindre celui qu'il cherchait.

— Ce n'est pas possible ! Cet homme est le diable ! s'écria-t-il sans souci d'être entendu quand il ressortit, en clignant les yeux dans la grande lumière du soleil.

Il était si furieux qu'il décida de poursuivre jusqu'à la maison chevetaine du Temple afin d'y réclamer son ennemi au risque de déchaîner l'affreux scandale qui ne saurait manquer lorsqu'il l'accuserait hautement d'avoir violé la tombe de Thibaut. Mais il n'en pouvait plus de traîner après lui la honte de ce forfait laissé impuni. Il repartait donc vers l'extrémité du port quand Basile fut soudain devant lui.

— Qu'est-ce que tu as à courir comme ça dans tous les sens ? protesta l'enfant. Voilà des heures que je te cherche. Heureusement je t'ai vu entrer là-dedans et, comme il n'y a qu'une entrée, je t'ai attendu...

— As-tu vu sortir un Templier ? Un chevalier avec un manteau...

— Je sais ce qu'est un Templier ! Et je n'en ai vu aucun... Maintenant il faut que tu rentres. Le grand homme vert a dit qu'il fallait aller chez le roi... Viens ! Sinon tu auras des ennuis.

Il n'y avait rien d'autre à faire qu'à obéir.

Au vrai, ce que souhaitait Louis en rassemblant ses chevaliers et barons au lendemain de son arrivée à Acre, c'était procéder à une remise en place de sa « maison », après les coupes sombres qu'elle venait de subir, voir quelles étaient les chances de guérison des blessés et malades pour assurer le retour au foyer de ceux qui ne pourraient plus combattre, se rendre compte des besoins de ceux qu'il avait ramenés avec lui et qui, pour la plupart, n'avaient plus ni armes ni équipements. Joinville ne fut pas le dernier à étaler sa « misère » et à réclamer quelques secours. Il aurait pu s'en dispenser : Louis, avec l'aide des barons syriens qui l'accueillaient en libérateur, se montra généreux comme à son habitude.

Comme il se devait, on pria beaucoup et il était tard quand Renaud put mettre à exécution son projet du matin : aller demander explications à Roncelin de Fos. Goûter au sang de ce misérable serait un excellent début de service pour la belle épée neuve qui battait son flanc et qu'on venait de lui donner.

Il eut quelque peine à convaincre Pernon de ne pas l'accompagner. Il ne se rendait pas dans un coupe-gorge, mais au Temple régi par une règle et des lois sévères afin d'y appeler au combat un homme qui l'avait gravement offensé, ce qui excluait l'idée de s'entre-tuer discrètement dans un coin de muraille ou sur la plage. C'en était fini des menées tortueuses et des affaires assez obscures pour devenir inavouables ! Ce qu'il voulait, pour l'heure, c'était obliger Fos à tout étaler au grand jour. Le combat serait décidé par le maréchal ou peut-être même le nouveau Grand Maître qui était Renaud de Vichiers et n'aurait lieu vraisemblablement que le lendemain ou un jour prochain, mais il aurait lieu ! Son ennemi n'en réchapperait pas et c'était ce que voulait Renaud.

— En outre, ajouta-t-il, si tu me suis, le gamin voudra venir aussi, ce dont je n'ai que faire. Tu veilleras sur lui !

— Pour ça, soyez tranquille !

Depuis Damiette, en effet, des liens se tissaient jour après jour entre le vieux soldat et l'enfant. Le cuir tanné de l'un recouvrait un fond de tendresse, latent, inemployé, assoupi, mais qu'éveillèrent les récits des malheurs de l'autre. Et l'autre, justement, découvrait qu'il pouvait encore appartenir à ce monde de l'enfance dont il avait été si brutalement retranché. Certes, Basile s'était attaché à Renaud qu'il admirait. Pernon, c'était autre chose. On pouvait tout lui dire et auprès de lui redevenir un petit garçon capable d'avoir peur...

Sachant d'expérience, après son bref séjour à la commanderie de Joigny, comment fonctionnait une maison templière, Renaud était sûr qu'à cette heure, tardive mais non indue, le couvent entier serait rassemblé. Sans doute à la chapelle. Il était prêt à attendre courtoisement la fin de l'office. Il accepta donc de patienter dans l'avant-cour, où le portier finit par l'introduire après s'être fait tirer quelque peu l'oreille et avant de s'en aller quérir le maréchal à la demande de l'intrus. Décidé à mettre les lois de son côté, Renaud entendait suivre l'ordre convenable pour appeler son ennemi en champ clos.

Crâne rasé, barbe clairsemée sur une figure taillée à coups de serpe, elle-même érigée sur un corps d'une maigreur quasi ascétique, frère Hugues de Jouy, le nouveau maréchal depuis l'élection de Renaud de Vichiers, était ce que l'on voulait sauf sympathique. Une récente blessure dont la cicatrice encore rouge tirait son œil gauche vers le bas ajoutait à l'aspect rébarbatif de son visage. Tandis que Renaud exposait, calmement, la raison de sa visite, son œil valide, perçant comme une vrille, le fixait avec une impatience proche de l'animosité.

– Demander réparation par les armes à un frère du Temple est impossible ! La règle nous interdit le duel, fit-il sèchement.

– Voilà une règle commode ! Elle permet de se livrer aux pires méfaits sans avoir à en répondre ! riposta Renaud, rendant dédain pour dédain.

– C'est l'Ordre lui-même qui juge et punit les fautes commises par ses fils. Présentez votre requête au Grand Maître, mais sachez qu'il demandera des preuves.

– Des preuves ? Je suis prêt à jurer sur les Saints Evangiles que j'ai vu Roncelin de Fos fouiller l'ermitage où s'était retiré mon père, Thibaut de Courtenay. Mon arrivée l'a empêché de violer sa tombe... mais il est revenu la nuit suivante.

– Pour y chercher quoi ?

– C'est bien ce que j'ai l'intention de lui demander. Pour avoir osé un acte aussi infâme, il faut que ce soit important. Ce qui n'enlève rien au fait qu'il s'agit d'un crime...

– Encore une fois, quelles sont vos preuves ?

– Mon témoignage et celui de mon écuyer. Sans oublier l'empereur de Constantinople qui a fait chercher, avec grand respect, la dépouille outragée pour l'ensevelir dans la chapelle du château de Courtenay. Cela ne vous suffit pas ?

– Constantinople est loin ! Ce qui rend difficile l'arrivée de cet auguste témoignage. Mais... vous pouvez essayer de l'obtenir. Lorsque vous l'aurez, nous reconsidérerons la question...

Avec un vague signe de tête, il tournait déjà les talons, ce qui enflamma la colère de Renaud :

— Allez au moins chercher Roncelin de Fos et l'interrogez devant moi !

Le maréchal se détourna à peine, se contentant de lancer par-dessus son épaule :

— Cela aussi est impossible ! Frère Roncelin est parti ce matin pour notre commanderie de Safed, emmenant les renforts dont elle a besoin.

— C'est une habitude chez lui mais, un jour ou l'autre, je saurai bien le retrouver, gronda Renaud furieux. Il ne m'échappera pas toujours !

En quittant la voûte du Temple, il resta un moment au bord de la mer, respirant à pleins poumons pour retrouver un peu de calme. Sa colère s'attachait à présent à l'Ordre entier, ces gens arrogants qui ne craignaient pas d'abriter des hommes aux menées tortueuses, à la limite de la félonie, de brandir haut et fort le fait qu'ils ne dépendaient que du pape, ce qui leur permettait de refuser l'autorité du roi... et même de lui prêter de l'argent pour compléter le chiffre de sa rançon ! Cela sous le prétexte qu'il s'agissait du bien des autres. Beau prétexte en vérité alors que leurs commanderies parsemaient l'Europe entière et qu'à Paris, la maîtresse-tour de leur enclos tout neuf détenait le trésor de ce même roi ! Prier Dieu à longueur de journée ne suffisait pas, selon Renaud, à faire d'eux des gens de bien. Quant à ce Roncelin de Fos qui lui glissait des mains comme une anguille, il faudrait bien que le jour vienne où ils se retrouveraient face à face et l'épée à la main, que cela plaise ou non au Grand Maître et à sa clique !

Lorsqu'il rentra à la maison, Pernon n'eut besoin que d'un coup d'œil pour deviner que son affaire n'avait pas marché, mais devant la mine orageuse de son maître, il ravala ses questions. Renaud d'ailleurs se contentait de demander d'un ton rogue :

– Toi qui sais toujours tout, sais-tu où est Safed ?

– Comment voulez-vous que je le sache ? Je suis comme vous, je viens d'arriver.

– Alors renseigne-toi ! J'ai besoin de savoir où se trouve au juste ce château templier et quel chemin y mène ! Vite, s'il te plaît !

– Ça ne pourrait pas attendre demain matin ? Il est tard, vous savez. Et quelque chose me dit que vous auriez surtout besoin de dormir un peu.

– Cela m'étonnerait d'y arriver. Ce misérable jouit de protections incroyables ! Il suffit qu'on le cherche pour qu'il soit déjà parti ailleurs, soupira Renaud en détachant son épée avant de se laisser tomber sur un siège.

Pernon versa de l'eau fraîche dans un gobelet qu'il lui tendit sans rien dire, sachant bien ce qui allait venir. Et, en effet, Renaud but d'un trait et dit :

– Assieds-toi ! Je vais te raconter.

C'était exactement ce qu'attendait Pernon. Il laissa parler son maître et ce fut quand celui-ci réclama encore un peu d'eau qu'il livra son commentaire, mais non sans prendre ses précautions :

– Je peux parler franchement ?

– Il me semble que c'est ce que tu fais d'habitude !

– Eh bien, voilà : d'abord vous n'auriez jamais dû aller là-bas seul...

– Je ne vois pas ce que tu aurais pu faire de plus...

– Il n'est pas question de moi. Puisque c'est un défi ouvert que vous vouliez porter, vous auriez dû vous faire accompagner de deux autres chevaliers...

– Cette affaire ne regarde que moi !

– J'entends bien. Cependant vous oubliez un peu trop que vous êtes écuyer du roi et qu'avant d'aller provoquer un Templier en pleine templerie, vous auriez dû lui demander sa permission. Au cas bien improbable où il eût été d'accord – ce qui m'étonnerait si l'on considère le nombre de ceux qui sont morts à Damiette, Grand Maître en tête –, il vous eût fait escorter par des chevaliers munis peut-être d'une lettre de sa main. Mais de la façon dont avez agi, vous n'aviez aucune chance. Que ces moines-soldats soient des gens bizarres capables du meilleur comme du pire, j'en suis convaincu mais ils savent trop bien se battre et notre sire a trop besoin d'eux dans la situation où il se trouve pour les attaquer à propos d'une affaire privée...

– Autrement dit, j'ai eu raison de tenter ma chance sans prévenir personne, fit Renaud avec une grimace moqueuse. Et nous en revenons à notre point de départ : savoir où se trouve Safed puisque c'est là qu'est Roncelin de Fos !

– Dieu, que vous êtes têtu ! Allez dormir, par pitié ! Demain vous y verrez peut-être plus clair...

Le lendemain, cependant, Pernon rapportait une moisson de renseignements. Safed, que les Templiers avaient reconstruite après les destructions de Saladin, était redevenue avec Tortose la plus puissante de leurs forteresses et, depuis le tragique rétrécissement du royaume franc, le plus redoutable de ses garde-frontières. On disait que le Temple avait dépensé plus d'un million de besants sarrasins en or pour le réarmer, qu'on y nourrissait chaque jour plus de mille sept cents personnes et davantage en temps de guerre. Que la garnison se composait de cinquante frères chevaliers, trente-cinq frères-sergents, avec chevaux et armes, cinquante turcopoles[1] montés, trois cents balisiers, huit cent vingt écuyers et quarante esclaves...

---

1. Les turcopoles étaient des soldats auxiliaires convertis.

— Un monde ! Une ville solidement fortifiée, expliqua Pernon. Vous voyez qu'il est inutile d'aller vous y frotter ! On vous y goberait comme un œuf et plus personne n'entendrait parler de vous !

— Ce n'est pas ce que j'ai demandé, mais où est-elle située ?

— A dix lieues presque en droite ligne à l'est d'Acre et à cinq au nord de Tibériade, récita l'écuyer avec un soupir agacé que Renaud n'entendit même pas.

Ce qu'il venait d'entendre était pour lui la meilleure des nouvelles.

— A cinq lieues au nord de Tibériade ? Mais c'est tout près...

— Je ne comprends plus ! Que vient faire Tibériade là-dedans ?

— Plus tard les explications ! Pour le moment je vais chez le roi...

— Bonne idée ! J'y vais aussi ! fit Joinville qui faisait son entrée.

Renaud réprima une grimace : ce qu'il avait à dire à Louis IX ne regardait qu'eux deux.

— C'est que... j'ai à l'entretenir d'une affaire grave.

— Mais moi aussi ! affirma l'autre. Il faut que l'on nous loge ailleurs : les domestiques y sont insolents et servent une nourriture immangeable sous prétexte que nous n'avons pas suffisamment d'argent. En outre, vous, je ne sais pas, mais moi, je n'arrive pas à y reposer : mon lit est contre la paroi qui joint celle de l'église où sont chantés des *Libera me Domine* tonitruants chaque fois qu'on y enterre un mort et c'est à croire que toute la ville veut s'y faire enterrer. A deux nous serons plus forts ! Allons-y !

Il n'y avait pas moyen de s'échapper et Renaud se résigna : quand le sénéchal en aurait fini avec ses ennuis domestiques, il y aurait peut-être un peu de temps pour lui, mais ni l'un ni l'autre ne put se faire entendre sur le point qui l'intéressait : ils tombèrent en plein Conseil et un conseil singulièrement houleux où s'affrontaient les barons de Terre Sainte et ceux qui étaient venus – en principe ! – à leur secours. Naturellement les Maîtres du Temple et de l'Hôpital, Renaud de Vichiers et Guillaume de Châteauneuf, étaient là eux aussi avec le légat du pape et tout ce monde discutait ferme. Joinville qui n'aimait rien tant qu'une bonne joute oratoire se lança dans la mêlée que Renaud se contenta d'écouter.

Il s'agissait de savoir ce qu'il convenait de faire dès que les prisonniers du Caire seraient libérés. Une lettre venue de France inquiétait fort le roi : sa mère lui rappelait qu'elle était à présent âgée de soixante ans, que ses forces commençaient à faiblir et qu'il serait peut-être temps pour lui de rentrer dans un pays qu'un nouveau danger menaçait. Anglais celui-là ! Le gentil beau-frère, Henry III, époux d'une des sœurs de Provence, ne pouvait plus résister à la démangeaison de sauter sur la France en l'absence de Louis. Il rassemblait, à Portsmouth, une grande flotte d'invasion.

D'un autre côté, les barons syriens, les Ibelin, les Gibelet, les comtes de Tripoli et d'Antioche – même si leurs domaines étaient réduits de moitié sinon plus ! – suppliaient le roi de rester : lui seul pouvait mettre assez d'ordre dans un pays, royaume sans roi ressemblant beaucoup à une république anarchique où chacun faisait ce qu'il voulait sans s'occuper des autres.

– Nous avons besoin que vous repreniez ce pays dans votre main royale, sire. Si vous partez, nous sommes perdus divisés comme nous voilà, le Sarrasin qui le sait n'attendra plus longtemps pour nous attaquer séparément et nous ne serons pas de force.

– Ils attaqueront seulement si nous ne sommes pas

assez intelligents pour nous entendre avec eux, riposta Renaud de Vichiers. Les neveux et les petits-neveux de Saladin règnent toujours sur Alep, Mossoul, Damas et ils haïssent les Egyptiens autant que nous pouvons le faire nous-mêmes. Ils auront besoin de nous comme nous aurons besoin d'eux...

– Grand Maître, cria le roi devenu rouge de colère, je croyais avoir fait entendre à Chypre que je ne voulais à aucun prix entendre parler de collusion avec les infidèles ? Cela équivaudrait à leur laisser le pays, ce qu'à Dieu ne plaise ! Je sais que si je pars vous n'aurez rien de plus pressé que leur ouvrir les bras et vous livrer à ces longs palabres philosophiques dans leur langue dont vous appréciez tant l'œuvre écrite ! Je ne vous laisserai pas faire !

– Mais, sire mon frère, intervint Alphonse d'Anjou, songez à ces centaines de chevaliers et soldats que nous avons perdus ! Songez aussi à ceux qui en ont réchappé et qui n'aspirent plus qu'à rentrer chez eux pour mettre ordre à leurs affaires, sans doute, mais aussi à leur santé. Songez à notre mère !

– Notre mère est à elle seule le meilleur des rois, riposta Louis. Elle a déjà fait face à plus grave que les velléités de notre frère anglais...

– ... que d'ailleurs Sa Sainteté le pape peut, à ma demande, se charger de remettre à la raison et de convaincre de rester chez lui s'il ne veut encourir l'anathème majeur pour oser attaquer un pays dont le roi est parti en croisade..., ajouta le cardinal légat.

– Enfin, lança bravement Joinville qui essayait vainement depuis un moment de mettre son grain de sel, le roi ne peut décevoir ce bon peuple qui nous accueille si bellement, si généreusement. Il ne comprendrait pas que celui en qui il a mis ses espoirs l'abandonne à son sort une fois la santé revenue et les prisonniers libérés...

– Et si vous vous mêliez de ce qui vous regarde ? gronda le Templier. Vous ne cessez de geindre et de vous plaindre et pourtant vous voulez rester là ! Il est vrai que le roi cède à toutes vos demandes...

– Oh !

Commencée sur ce ton, la discussion faillit tourner à la bagarre quand Vichiers traita Joinville de « poulain avide », ce qui était un terme péjoratif appliqué aux Francs nés en Terre Sainte. Mais le sénéchal avait de la repartie :

– Plutôt poulain que roussin fourbu comme vous ! lui jeta-t-il à la figure.

Les deux hommes allaient en venir aux épées quand le roi s'interposa :

– En voilà assez ! Nous vous ordonnons de vous tenir en paix... de toute façon ! ajouta-t-il avec un coup d'œil significatif à Vichiers. Voilà ce que je décide : ceux qui veulent rentrer chez eux le peuvent. Nous qui sommes venus ici pour libérer les Lieux saints et permettre aux bons pèlerins de prier en paix, allons rester le temps nécessaire à la réorganisation du royaume et la restauration de ses défenses, murailles ou citadelles. Il faut aussi reconstituer les barrières franques du Nord en réconciliant la principauté d'Antioche-Tripoli avec les royaumes arméniens de Cilicie...

– Vous n'en aurez pas le temps, sire ! ricana Vichiers. L'Islam possède des armes que vous ne connaissez pas : le Vieux de la Montagne lancera sur vous ses haschischins et vous mourrez ici sans avoir rien résolu. Peut-être après avoir perdu aussi le royaume ! Mais sans doute ne savez-vous pas ce qu'est le Vieux de la Montagne ? ajouta-t-il avec un sourire de dédain.

Effrayé, Eudes de Châteauroux, le légat, voulut intervenir mais le roi lui imposa silence. Il se leva et sa longue taille maigre en se déployant de toute sa hauteur lui fit dominer le Grand Maître d'une tête :

– Nous en savons plus que vous ne croyez, frère Renaud de Vichiers. Ainsi, je sais que vous cherchez à m'induire en erreur avec votre menace des haschischins au service de l'islam. Le Vieux de la Montagne est l'ennemi de l'islam tel qu'on le pratique à Bagdad ou au Caire. Il m'a été donné d'étudier leurs doctrines respectives. Vous, en revanche, devez vous en garder, car la haine que vous vous portez mutuellement n'est pas près de s'éteindre... Si nous nous trompons, faites-le-nous savoir !

Furieux, le Grand Maître quitta la salle du Conseil avec Hugues de Jouy et ceux de ses frères qui l'accompagnaient. Louis IX les regarda partir avec un demi-sourire qui, bizarrement, durcissait son visage.

– Voilà qui est décidé, messeigneurs ! dit-il enfin en élevant la voix afin d'être bien compris de tous. Nous resterons ici remettre bon ordre, et rendre paix et sécurité aux routes pèlerines...

Renaud avait suivi l'algarade entre le roi et le Grand Maître avec un plaisir où entrait une espérance. Après ce qui venait de se passer, sa plainte contre Roncelin de Fos avait de meilleures chances d'être entendue. Il voulut suivre jusque dans ses appartements le roi qui venait de clore la séance, mais il trouva devant lui Geoffroy de Sergines qui, depuis le drame de la Mansourah, veillait étroitement à la personne royale. Le baron lui refusa positivement l'entrée de l'appartement :

– Le roi ne veut pas être dérangé !

– S'il est allé prier, je peux l'attendre à la porte de la chapelle ?

– Non, non, c'est impossible. Il n'est pas à la chapelle.

– Où, alors ? Je vous en prie, messire de Sergines, ce que j'ai à lui dire est vraiment important !

– Pour qui ? Le royaume... ou pour vous ?

– Les deux, peut-être. Je voudrais obtenir de lui permission de me rendre...

– Nulle part ! Personne ne doit quitter Acre ces jours-ci sous quelque prétexte que ce soit. En attendant l'arrivée d'un contingent promis par le prince de Morée, aucun des défenseurs éventuels de la ville ne peut s'en éloigner. Le roi vient de décider de laisser partir ceux qui veulent rentrer en Occident, ce qui va se faire très vite. Et nous, nous risquons de manquer de bras. Dois-je vous rappeler que vous êtes écuyer du roi ?

Devant le désarroi visible du jeune chevalier, Sergines eut un bon sourire :

– Notre sire s'occupera des affaires privées plus tard. Pour l'instant, il a besoin d'un peu de repos après la séance que nous venons d'avoir.

– Et comme la prière est son meilleur repos, il n'est peut-être pas à la chapelle, mais il prie.

– Non. Il est allé rejoindre la reine en son privé... Ne croyez-vous pas qu'il a droit à un peu de douceur de temps en temps ?

Le sourire de Sergines en suggérait plus qu'il n'en disait et Renaud devint écarlate. Soudain très malheureux et ne sachant plus que faire de sa personne, il tourna les talons et s'en alla errer sur le port pour tenter de chasser ces images torturantes qui lui venaient chaque fois qu'il imaginait Marguerite dans les bras de son époux. Il se les reprochait comme autant de crimes de lèse-majesté, non à cause de l'audace de ses évocations du corps de la jeune femme que pour l'espèce de haine, née de sa frustration, qu'il ressentait envers l'homme fait de chair, alors que le roi, le chrétien, le futur saint, lui inspiraient tant d'admiration.

Passant devant l'église Saint-Michel, il y entra avec le vague espoir d'y trouver Sancie. Il éprouvait tout à coup le besoin de causer avec elle pour pouvoir au moins parler de celle qu'il aimait. C'était tellement plus facile avec elle qu'avec dame Hersende, dont le regard pénétrant possédait le pouvoir de rendre le sien transparent. Mais l'heure était trop tardive pour qu'il eût une chance de rencontrer Sancie. Il pria cependant, et du mieux qu'il put, devant l'autel où la petite flamme rouge révélait la Présence sans en obtenir davantage qu'un vague réconfort. Il rentra alors au logis, ferma les oreilles aux perpétuelles récriminations de Joinville et s'enferma dans sa chambre en compagnie d'un pot de vin qu'il vida jusqu'à la dernière goutte dans l'espoir de trouver l'oubli. Ce qui lui valut un sommeil agité et un affreux mal de tête au matin.

Où il n'eut que peu d'instants pour se préparer : le roi s'en allait visiter les villes de la côte au nord d'Acre – Tyr, Sidon et Beyrouth – examiner l'état de leurs murailles et de leurs défenses. Tous ses chevaliers devaient le suivre.

Ce fut seulement au lendemain du retour – trois semaines plus tard – qu'une nouvelle inquiétante arriva : la dame de Valcroze avait disparu sans que quiconque puisse dire ce qu'elle était devenue...

CHAPITRE XIII

LE BRASIER

On ne la chercha pas tout de suite. La reine, la première, savait sa dame d'honneur fantasque, curieuse, spontanée et fort capable de s'être attardée quelque part sans voir passer l'heure, peut-être au-delà de la fermeture des portes de la ville. Mais quand, au jour levé, on vit revenir à pied, exténuée, poussiéreuse, inquiète et très en colère, sa suivante Honorine, le palais fut en révolution dès l'instant où elle eut ouvert la bouche pour autre chose qu'avaler le vin aux herbes qu'on lui octroya généreusement afin de la remettre. Ensuite elle parla.

La veille, dame Sancie avait reçu une lettre la priant de se rendre dans l'après-midi, et sous couleur d'une promenade, à une petite chapelle bâtie à la fin du dernier siècle sur le Tell el-Fukhär à l'emplacement où, durant le grand siège, avaient été dressés la tente et les étendards jaunes de Saladin. Il n'y avait pas de signature, sinon une simple majuscule qui pouvait être un R, et le mystérieux correspondant insistait sur la discrétion qu'il convenait d'observer parce qu'il s'agissait d'un danger concernant la reine.

– Dame Sancie a demandé des mules et nous

sommes donc parties peu avant none[1]. Il faisait chaud mais la brise venue de la mer qui a soufflé le jour durant rendait la promenade agréable et nous avons gagné, sans nous presser, l'oratoire sur la colline. C'est un endroit plaisant d'où la vue est belle...

– La vue importe peu, coupa Marguerite devant qui Honorine avait été amenée. Allez, s'il vous plaît, au principal !

– J'y viens, madame, j'y viens... C'est que je suis tellement bouleversée, pleurnicha la femme. Peut-être qu'une goutte de vin m'aiderait ?

Hersende lui en versa un fond qu'elle avala d'un air déçu, soupira et enfin reprit :

– En arrivant, nous avons vu un cheval attaché à l'un des cyprès qui entourent la chapelle. Nous sommes descendues et j'ai lié nos mules près du destrier tandis que ma dame entrait seule dans l'oratoire. Par discrétion, je me suis un peu écartée pour... regarder le paysage, ajouta vertueusement Honorine avec un coup d'œil inquiet en direction de la reine. Ce qui fait que je n'ai rien entendu. Je ne suis d'ailleurs pas restée longtemps : un homme est apparu au seuil qui m'a fait signe de venir...

– Un homme ? Quel homme ? demanda Marguerite avec impatience.

– Ma foi je... je ne sais pas ! Un homme pas très jeune, habillé de cuir comme nos écuyers, mais sans armoiries sur sa cotte... Il était de chez nous, en tout cas, et je suis entrée sans méfiance. Après... je ne me souviens plus de rien, sauf que j'ai reçu un bon coup sur la tête...

– Et vous n'avez rien vu, rien entendu ?

---

1. Environ trois heures de l'après-midi.

– Ma foi non. Il faisait sombre là-dedans et, après la grande lumière du jour, j'étais éblouie... Quand je me suis réveillée, j'avais un mauvais goût dans la bouche, la nuit était tombée et il n'y avait plus âme qui vive. Tout avait disparu : dame Sancie, les mules, le cheval et l'homme inconnu... J'étais seule, brama-t-elle soudain en revivant la peur qu'elle avait éprouvée. J'ai appelé, cherché... Personne ne m'a répondu... Il commençait à faire froid et je savais que les portes de la ville seraient fermées, alors je me suis réfugiée dans la chapelle pour essayer de dormir ; mais j'étais terrifiée par le moindre bruit et n'ai pas pu trouver le sommeil. A la levée du jour, je suis partie...

Là-dessus, ayant vidé son sac, elle éclata en sanglots tellement bruyants que la reine, très soucieuse, indiqua d'un geste qu'on l'éloigne. Ce dont la vieille Adèle se chargea sans oublier d'emporter le pot de vin.

– Quand elle en aura assez bu, elle dormira peut-être, fit-elle en guise de commentaire.

Marguerite, qui venait d'achever sa toilette, pria les dames présentes – Elvira de Fos y compris – de se retirer afin de pouvoir s'entretenir seule avec Hersende.

– Sancie a été enlevée, car il n'y pas d'autre terme à employer, fit-elle avec agitation, donnant ainsi libre cours à son inquiétude. Mais par qui et dans quel but ? S'il s'agissait d'une histoire d'amour, je ne vois pas pourquoi il y faudrait tant de mystères. Elle est libre d'elle-même.

– Certainement pas ! Souvenez-vous, madame, la lettre qui l'a attirée parlait d'une menace vous concernant... Il est bien dommage que nous ne puissions tenir ce message.

– On lui a demandé de le brûler. N'importe, je ne vois pas ce que nous pourrions en tirer : je suppose que cette pauvre Honorine en a rapporté fidèlement le contenu. Il y a, évidemment, cette signature...

– ... qui ressemble à un R ? J'ai remarqué et je me demande si cette initiale ne désigne pas le chevalier de Courtenay ?

La reine parut soudain profondément choquée. Elle rougit, pâlit, puis reprit à travers sa chambre la déambulation qu'elle avait un instant interrompue, tandis que la miresse poursuivait :

– Dame Sancie a certainement pensé que le message venait de lui parce qu'elle le connaît bien. Elle sait à quel point le... bonheur de la reine est cher à messire Renaud. Que dire alors de sa sûreté ?

– Vous... vous croyez ?

– J'en suis persuadée, madame, murmura Hersende qui ne put s'empêcher de constater que le teint délicat de la jeune femme s'empourprait de nouveau quand elle ajouta : Autant dire les choses comme elles sont. Il n'y a là rien dont vous puissiez vous offenser : le chevalier vous aime et je crois bien depuis le premier jour. Et dame Sancie le sait.

– Elle le sait, dites-vous ? Mon Dieu ! Mais pourquoi est-elle venue me rejoindre ? Elle devrait me haïr !

– Non. Elle vous aime aussi. D'une autre manière. Et, comme le peu de cas qu'elle fait de sa personne ne lui a jamais permis l'espoir d'être payée de retour, elle a choisi de l'aimer à travers vous, de l'aider peut-être, à moins souffrir puisque la reine ne saurait regarder avec amour un autre homme que son royal époux.

Marguerite se détourna, baissa la tête.

– Une reine est une femme comme une autre, Hersende ! murmura-t-elle. Et quand son époux aime trop Dieu pour n'offrir à sa femme que des élans sacralisés par la perspective d'enfants, ceux-ci ressemblent davantage à la simple satisfaction d'un besoin, comme boire ou manger. Il y manque la passion...

Hersende plia le genou, lui prit la main et la posa contre son front :

— Je sais, madame... et vous en admire. Si j'ai parlé, c'est pour que vous sachiez mieux leur valeur à tous deux. Cela dit, ne conviendrait-il pas d'entendre messire Renaud ? Il sait peut-être quelque chose ?

— Sans doute. Aussi vais-je l'envoyer chercher !

Quelques minutes plus tard, le vieux sire d'Escayrac, dont la reine récompensait le dévouement en l'attachant définitivement à sa personne, se rendait à la maison près de Saint-Michel... en traînant les pieds après s'être fait quelque peu tirer l'oreille. De la plus imprévisible façon, le vieux gentilhomme chargé de veiller au ventre de Marguerite s'était pris d'amour — tardif mais d'autant plus farouche ! — non seulement pour le ventre mais pour toute la personne de sa souveraine... L'idée d'aller quérir pour elle, dès potron-minet, le plus jeune mais pas le plus laid des écuyers du roi, lui fut tellement pénible qu'il essaya de discuter :

— Ne conviendrait-il pas plutôt, madame, de prévenir d'abord notre sire de la mésaventure de la dame de Valcroze ? C'est à lui, il me semble, d'interroger le jeune Courtenay...

Malheureusement pour lui, Marguerite n'était pas d'humeur à soutenir une quelconque controverse avec un homme qui n'avait jamais discuté ses ordres.

— Quelle mouche vous pique, sire Bernard ? La dame de Valcroze est ma filleule, elle disparaît après un message fumeux où l'on me met en cause et je devrais, selon vous, aller d'abord demander ce qu'il en pense au roi mon époux ? Si j'avais agi ainsi à Damiette, où en serions-nous ?

– Je sais, madame, je sais, mais... les convenances...
– Quelles convenances ? cria Marguerite hors d'elle. Je vous rappelle que nous sommes vendredi et que, tous les vendredis que Dieu fait, le roi prie, jeûne, fait pénitence et apprécie qu'on le laisse en paix ! A présent, si vous ne voulez pas y aller, dites-le sans tarder : j'enverrai la dame de Montfort ou celle de Sergines, ce qui sera encore moins convenable puisqu'il s'agit de se rendre dans un logis uniquement masculin...

Escayrac ne s'attendait pas à déchaîner un tel orage. Il fit le gros dos, mâchonna quelques paroles d'excuses inintelligibles et sortit aussi vite que le permettaient ses rhumatismes, mais la méfiance que lui inspirait le trop séduisant Renaud s'était changée en une solide aversion.

Lorsqu'il revint, il était détendu et presque souriant. Il est vrai qu'il ne ramenait pas Renaud mais Joinville, tout heureux de son côté d'avoir une occasion de se rendre chez la reine. Ils la trouvèrent dans le patio fleuri de lauriers-roses attenant à sa chambre. Elle s'y promenait en berçant dans ses bras son petit Jean-Tristan qui agitait ses menottes et gazouillait, ce qui la faisait sourire. Le tableau qu'elle composait ainsi avec l'enfant était charmant sans qu'elle en eût conscience. Aussi les deux figures béates qu'elle vit soudain devant elle eurent-elles le don de lui aigrir l'humeur :

– Messire de Joinville ? C'est aimable à vous de me venir visiter, mais ce n'est pas vous que j'attendais. Je croyais, sire Bernard, m'être bien fait comprendre...

– Certes, certes, madame ! s'empressa l'interpellé, radieux. Je n'ai pas fait erreur sur la personne. Seulement messire de Courtenay n'était pas au logis et messire de Joinville s'est proposé pour venir vous expliquer...

– Quoi ? fit Marguerite exaspérée. Où est le chevalier de Courtenay ?

Joinville fit deux pas en avant et salua derechef :

– Parti, madame. Tôt ce matin, dès après l'ouverture des portes, il a reçu un message. Il a fait seller son cheval et il s'en est allé.

– Quel message ? Parti pour où ?

– Je l'ignore, madame. Il ne m'en a rien dit. Il s'est armé, a fait préparer un petit bagage par son écuyer et puis a rejoint le messager qui l'attendait.

– Son écuyer l'a suivi naturellement ?

– Non, madame. Le billet pour ce que j'en sais disait qu'il devait être seul...

Marguerite se tut. Elle n'aimait vraiment pas la tournure que prenaient les événements ce matin. Voilà qu'à l'inquiétude éprouvée pour Sancie s'en ajoutait une autre qui lui serra le cœur bizarrement. En même temps, quelque chose lui soufflait que les deux disparitions étaient liées, que la seconde découlait de la première et qu'il n'y avait là-dedans rien de bon. Les deux autres l'observaient sans oser souffler mot. Finalement elle revint à Joinville :

– Vous a-t-il au moins prié d'avertir le roi de son absence ? Ou bien ignore-t-il que nos lois lui font défense de s'éloigner sans permission de son suzerain ?

Une nouvelle colère tremblait dans sa voix et elle lui donnait libre cours. C'était la meilleure façon de masquer son angoisse.

– Oui, madame. Avant de partir, il m'a prié de le mettre aux pieds de notre sire pour lui demander pardon en ajoutant qu'il s'agissait d'une affaire d'honneur...

– Alors, allez-le-lui dire et moi je vous accompagne.

Nous ne serons pas trop de deux pour l'atteindre au milieu de ses dévotions !

Renaud, lui, était déjà loin.

Ainsi que l'avait dit Joinville, un billet lui avait été porté aux petites heures par l'un de ces gamins plus ou moins errants qui semblaient naître spontanément de la poussière des villes orientales. Celui-là était proprement vêtu et, son message remis, il s'était assis sur le seuil d'une échoppe encore fermée en disant : « J'attends ! »

Ce que lut Renaud lui parut d'abord effarant. En peu de mots, le scripteur lui faisait savoir que la dame de Valcroze venait d'être enlevée par un « émir dont elle avait éveillé la passion » et que, s'il voulait éviter qu'elle disparût à jamais dans un lointain harem, il devait se lancer à son secours en suivant le jeune messager chargé de le mener à celui qui lui donnerait les moyens de la sauver. Mais, surtout, il devait venir seul et ne sonner mot à quiconque du contenu de la lettre. Qu'il devait détruire !

Songeur, il froissa le billet entre ses doigts comme s'il cherchait à en extraire un supplément d'information. Quelle étrange histoire ! Sancie enlevée ? Sancie ayant « éveillé la passion d'un émir » ? Qui l'aurait vue, où et quand ? Le terme passion surtout le choquait parce qu'il n'imaginait pas à première vue que son « gentil laideron » fût de ces beautés foudroyantes traînant les catastrophes dans leur sillage. Il devait y avoir là autre chose... mais quoi ? Tandis qu'il réfléchissait, le message était tombé de ses mains mais il ne s'en aperçut qu'en entendant Pernon – qui l'avait ramassé – émettre :

– J'ai entendu dire que les Sarrasins sont sensibles aux cheveux de flammes de certaines femmes...

– Tu penses que cela peut être vrai ?
– Pourquoi pas ? Elle n'est pas jolie, cette jeune dame, mais moi je la trouve... mieux que ça...
– Ah oui ?
– Faut-il que vous soyez aveuglé par la reine ! Il est vrai qu'auprès d'elle, presque toutes les femmes sont insignifiantes, mais pas celle-là. Reste à savoir, ajouta-t-il sur un ton différent, si son sort vous intéresse et, d'ailleurs, je ne comprends pas pourquoi on s'est adressé à vous. A moins que ce ne soit pour vous éloigner d'Acre : donc un piège ?
– Peut-être, mais il faut que j'y aille ! Va seller mon cheval et prépare-moi un sac...
– Je vais aussi me préparer...
– Tu sais lire, non ? Je dois m'y rendre seul. Et brûle ce billet !

Renaud tout à coup, devenait fébrile. Qu'une part du message soit faux était possible mais une chose demeurait : Sancie avait été enlevée et ça, c'était intolérable. Le pourquoi, il le saurait plus tard ! En dix minutes, il fut prêt et, après avoir chargé un Joinville à moitié réveillé d'obtenir pour lui le pardon du roi, il rejoignait l'enfant...

Son cheval tenu en bride, il le suivit d'abord à la porte de Galilée qu'ils franchirent au milieu du concours de peuple fait de mendiants et de paysans apportant leurs produits au marché. Au-delà, le chemin se dirigeait vers l'est à travers de douces collines que le matin enveloppait d'une brume légère annonçant la chaleur. Au bord de ce chemin, un cavalier attendait vers lequel le petit messager dirigea Renaud après lui avoir fait signe de se mettre en selle. Sa coiffure ressemblant à un turban, pour vêtement une tunique armée de plaques, de fers et des chausses amples, on pouvait penser que cet homme appartenait à la suite de quelque seigneur local, syrien, libanais ou autre.

– C'est toi qui vas me servir de guide ? s'enquit Courtenay.

Sans répondre, l'homme s'inclina sur l'encolure de son cheval en désignant de la main la route étendue devant eux. Il ne répondit pas davantage quand on lui demanda où l'on se rendait, se contentant de mettre sa monture au trot puis au galop sans même se retourner, mais Renaud piqua des deux et le rejoignit sans peine.

Il ignorait que Basile, bien réveillé alors qu'on le croyait encore endormi, l'avait suivi et qu'à l'abri d'un buisson de tamaris, il avait vu sa rencontre avec l'inconnu. Le gamin cherchait comment s'approcher afin d'entendre ce qu'ils allaient se dire, mais ce fut si bref qu'il n'en eut pas le temps. Quelques secondes seulement et les deux cavaliers s'élançaient. Il s'avança, le cœur serré au milieu de la route et regarda s'élever puis retomber le nuage de poussière soulevé par les sabots des chevaux... Il n'avait aucun moyen de savoir où l'on emmenait l'homme qu'il admirait le plus au monde...

Un autre aussi regardait. Accroupi dans l'herbe pelée au bord du chemin, le jeune garçon qui avait porté la lettre s'adonnait aux joies du devoir accompli en croquant une pomme qu'il avait tirée de sous sa tunique. Basile décida de s'occuper de lui...

On ne garda pas longtemps le galop, juste ce qu'il fallait pour traverser la riche plaine où champs fertiles et oliveraies coupés de ruisseaux et de rivières s'étendaient entre Acre et les monts de haute Galilée. Arbres fruitiers, amandiers et vignes diversifiaient les cultures et Renaud eût apprécié le charme de ce paysage s'il ne s'était tant soucié de ce but mystérieux vers lequel on l'emmenait ni, surtout, du sort de Sancie et de la façon dont il pourrait lui éviter d'être jetée au harem. L'idée même lui en était insupportable parce qu'il connaissait assez la jeune femme pour savoir qu'elle ne se plierait jamais aux exigences d'un maître musulman et pourrait bien ainsi signer son arrêt de mort.

Quand on atteignit les premiers contreforts de la montagne, la chaleur était si forte que le guide s'arrêta sous un bouquet de palmiers où s'abritaient un puits et une petite construction à claire-voie, à l'ombre de laquelle il fit asseoir Renaud après que l'on eut bu et fait boire les chevaux. Le chevalier voulut protester : était-ce vraiment le moment de perdre un temps précieux alors qu'il fallait secourir la détresse d'une noble dame ? Mais l'autre – qui devait être muet mais pas sourd ! – fit de la main un geste apaisant, désigna la fulgurance d'un soleil dont, sans s'aveugler, on ne pouvait chercher à distinguer la forme, eut un large sourire, et offrit à son compagnon forcé du fromage et des dattes. Finalement, il se coucha sur le sol, tourna le dos à Renaud et s'endormit le plus tranquillement du monde.

Stupéfait, celui-ci l'observa un moment, pris d'une sérieuse envie de le secouer et de l'obliger en le menaçant de son épée à reprendre la route ; mais, en dépit de la fraîcheur de leur abri, il se sentait trempé de sueur et un coup d'œil aux chevaux, bien à l'ombre eux aussi, lui fit comprendre qu'avec une telle température, son guide agissait peut-être sagement parce qu'il connaissait ce pays et la manière d'y vivre alors que lui-même venait d'y débarquer et en ignorait tout.

Il se décida donc à s'étendre, mais ne s'endormit pas. Trop de points d'interrogation se bousculaient dans sa tête. Qui pouvait être cet homme et surtout qui le lui avait envoyé ? Pour être au courant des « passions » d'un émir, il fallait en être assez proche. En outre, comme Renaud ignorait tout de la géographie de ce pays à l'exception de ce que lui avait appris le manuscrit, il ne savait trop où s'arrêtait le royaume franc, où commençaient les terres musulmanes et à quelle distance il se trouvait de Damas, d'Alep et ces villes dont les émirs formaient la noblesse militaire. Selon lui, Sancie n'avait pu être dirigée que vers l'une d'elles... Quant au guide, Renaud en vint à se demander s'il n'appartenait pas au personnel du Temple. Tout un chacun chez les croisés savait que les moines-soldats avaient leur politique à eux, qu'ils entretenaient avec l'islam des relations pas si secrètes que cela puisque maintes gens en étaient informées et que, d'ailleurs, le roi lui-même en avait su quelque chose : il suffisait de se rappeler sa colère quand, à Chypre, et ici-même, les Templiers lui avaient parlé d'accords éventuels. Qu'ils aient eu connaissance de l'enlèvement d'une dame franque et chrétienne au bénéfice, d'un émir infidèle était étrange. Surtout sans broncher !

A force de cogitations, Renaud finit par s'assoupir et quand, secoué par son compagnon, il ouvrit les yeux, il vit que le jour allait sur sa fin et que le paysage était devenu mauve. Quelques minutes plus tard, restauré et abreuvé ainsi que les montures, on repartait vers les ombres plus denses des montagnes...

On marcha toute la nuit. Une belle nuit claire, scintillante d'étoiles plus nombreuses et plus grosses qu'en Occident, qui composaient dans le ciel un écrin fabuleux dont n'oserait rêver aucune reine. Les montagnes aux crânes pelés s'y dessinaient clairement et si le chemin ne se pouvait parcourir au galop, du moins se laissait-il suivre sans peine. Au lever du soleil, les parois s'écartèrent pour découvrir une petite ville étagée au flanc d'un mont qui était le mont Canaan. Un puissant château fort la dominait de ses murs vertigineux. Des murs au-dessus desquels flottait la bannière noire et blanche du Temple. Soudain, Renaud sut où il était :

— Safed ? demanda-t-il en désignant la forteresse.

L'homme inclina la tête avec un demi-sourire. C'était effectivement cela et Renaud bénit le ciel de l'avoir si bien rapproché, sans qu'il eût besoin de chercher, des Cornes de Hattin, de si douloureuse mémoire, au pied desquelles la Croix du Saint-Sépulcre était enterrée. Et instinctivement il chercha la direction du sud. En outre, et puisque Roncelin de Fos était à Safed, il allait pouvoir enfin régler ses comptes avec lui, loin des yeux et des oreilles sensibles de son saint roi...

Seulement, au lieu de pénétrer dans la cité dont les ruelles dévalaient à flanc de montagne, le guide prit à droite une allée bordée d'acacias et de pistachiers dont le feuillage dense engloutit les deux cavaliers, mais qui tournait carrément le dos à Safed :

— Nous n'y allons pas ? fit Renaud, sourcils froncés, en pivotant sur sa selle.

L'inconnu fit signe que non et, de la main, indiqua qu'il fallait poursuivre. On revenait vers les montagnes, mais cette fois c'était vers le sud... Au bout d'une demi-heure, le guide s'arrêta, mit pied à terre, attacha son cheval et fit signe à son compagnon de l'imiter. Il y avait là un sentier à moitié couvert de broussailles qui montait à une faille dans le rocher où le turcopole s'engagea sans hésiter. Renaud l'imita et se trouva dans une caverne qui, au sortir du grand jour, lui parut obscure mais au fond de laquelle ses yeux, vite accommodés, distinguèrent sur les parois grises une lueur diffusée par une torche. Sans attendre qu'on l'y invite, mais la main sur la fusée de son épée, il marcha vers la lumière.

Au bruit de ses pas, une forme noire grandit sur la muraille éclairée, puis ne bougea plus. Tout en avançant, Renaud tira son épée. La vie qu'il avait menée jusque-là avait développé en lui le sens du danger. Son nez le flairait à la manière des chiens. Même si jusqu'à présent, il s'était vu traiter avec une parfaite correction, quelque chose lui disait qu'il n'avait pas grand-chose de bon à attendre de cette ombre immobile. Arrivé à l'angle de la grotte, il prit un bref temps d'arrêt, puis le tourna brusquement. Il eut devant lui un homme de haute taille adossé à une table sur laquelle était posé un chandelier, ce qui le mettait à contre-jour ; cependant Renaud le reconnut aussitôt à la fureur qui gonfla son cœur plus encore qu'à la cotte blanche frappée de la croix rouge passée sur le haubert dont l'acier brillait. C'était Roncelin de Fos. Et si celui-ci comptait sur un effet de surprise, il se trompait : dès qu'il avait vu Safed, Renaud avait senti qu'il allait enfin le rencontrer. Avec dédain, il lança :

— Voilà bien des précautions pour un face-à-face que je cherche depuis des jours ! Il eût été à mon sens plus simple de venir au champ clos où j'ai demandé à votre maréchal de vous appeler, mais comme ceci ressemble assez à un coupe-gorge, vous lui donnez la préférence. A votre aise ! Tirez l'épée que je vois à votre flanc et battons-nous !

— Nous ne sommes pas là pour ça, jeune coq, mais pour nous entretenir d'une affaire importante. Ou bien avez-vous oublié la teneur du message que l'on vous a porté ?

— L'enlèvement de la dame de Valcroze ? J'y ai cru jusqu'à ce que je vous voie, mais je pense à présent qu'il s'agissait seulement d'un appât pour m'amener vers vous. Ce dont je me réjouis. Mais assez de paroles : battons-nous !

— Un appât ? Vous croyez ?... Eh bien, venez voir !

Roncelin prit l'une des torches posées sur la table,

l'alluma au chandelier et précéda Renaud dans les profondeurs de la caverne sur une distance de quelques pas. Il éleva son brandon :

— Regardez ! dit-il.

Et Renaud vit, couchée sur de la paille, Sancie, pieds et poings liés, vêtue de la jolie robe verte qu'il lui avait vue l'autre jour sous le même petit pelisson ourlé d'un galon d'or. Si elle était terrifiée, elle n'en montrait rien. Seuls ses yeux dilatés parlaient pour elle et jamais Renaud n'aurait cru qu'ils étaient aussi grands : deux lacs marins aux profondeurs insondables d'où coula une larme quand elle le reconnut. Cependant elle ne dit rien. Elle ne pouvait pas : on l'avait bâillonnée avec son propre voile.

— Mon Dieu ! s'exclama Renaud. C'est vous qui l'avez enlevée ? Vous avez osé ?

Il voulut s'élancer vers elle afin de la libérer, mais Roncelin étendit le bras et la torche barra le passage de si près qu'il manqua de peu le tissu soyeux de la cotte d'armes qui dégagea une faible odeur de roussi :

— J'oserais bien plus pour la gloire du Temple ! Cette femme n'est, comme vous-même, qu'une petite pièce sur mon échiquier dans la partie que je joue contre Louis de France et les siens.

— Vous visez haut, l'ami ! persifla Renaud. Le roi de France se serait permis d'offenser sire... – il fit mine de chercher le nom – Roncelin ?... C'est bien cela ? Illustre personnage, en vérité ! Et de quoi a-t-il eu à souffrir ?

— Je vous l'apprendrai plus tard. Quand je le jugerai bon ! Ou peut-être pas... Pour l'instant, nous avons à parler d'autre chose. De la raison, par exemple, qui a mené cette belle dame où vous la voyez.

— Que vous vous serviez d'elle est infâme, mais à tout prendre j'aime encore mieux la voir là que la savoir en route vers le harem d'un quelconque émir... Il me suffira de la délivrer dès que je vous aurai tué.

Ce fut rapide comme l'éclair. Se servant de son arme comme d'une lance, Renaud fonça sur Roncelin et l'eût transpercé si l'autre n'avait, à cet instant précis, déplacé son corps d'un pied sur l'autre, sauvé par son instinct plus que par sa volonté ; mais son agresseur n'eut pas le temps de faire volte-face pour revenir sur lui. Sortis des obscurités de la grotte, quatre serviteurs s'emparaient de lui et le désarmaient en dépit de la furieuse défense qu'il leur opposa. Quelques secondes plus tard, les mains liées derrière le dos, il était ramené dans la première partie de la caverne et devant la table où son ennemi vint s'asseoir :

– Tu me prends vraiment pour un imbécile ! soupira celui-ci. Tu aurais dû deviner que, si je t'avais laissé ton épée, c'est que mes précautions étaient prises. Mais assez de phrases oiseuses, parlons sérieusement ! Tu dois bien penser que, si je me donne tant de mal, c'est avec une raison précise. Les Templiers n'ont pas pour vocation première d'enlever les femmes, sauf si elles peuvent leur être utiles. Et celle-ci va me servir de monnaie d'échange.

– Contre quoi ?

– La Vraie Croix ! Toi seul sais où elle a été enterrée.

Renaud garda le silence, cherchant à comprendre ce que la Croix venait faire dans cette histoire.

– Qu'est-ce qui vous le fait supposer ? murmura-t-il.

– Le manuscrit, voyons ! Le manuscrit de Thibaut de Courtenay que j'ai trouvé – et lu ! – à la commanderie de Joigny. J'y étais venu pour fouiller les archives et ce qu'avait pu laisser en mourant ce vieux renard d'Adam Pellicorne.

– Vous devriez savoir mieux que moi que les Templiers ne possédant rien en propre ne laissent rien en mourant...

– Je sais, et pourtant frère Adam possédait le plus grand trésor de l'Ordre, puisque c'est lui qui l'a rapporté de Terre Sainte : les Tables de la Loi écrites de la main même de Dieu, qui n'étaient plus dans l'Arche d'Alliance quand Hugues de Payns et ses pauvres chevaliers l'ont rapportée en France. Nul ne sait où est l'Arche à présent et j'espérais trouver une trace, un écrit. Mais il n'a rien laissé, rien ! appuya Roncelin avec rage.

– Et personne n'en saurait rien ? fit Renaud, pris malgré lui par cette histoire qui le replongeait dans le manuscrit. Frère Adam n'a pas pu cacher seul une pièce de cette importance et, en outre, le secret a bien dû être confié de bouche à oreille à quelqu'un ! Le Grand Maître...

– Le Grand Maître ? Mais c'était lui, Adam Pellicorne, qui était le Grand Maître, pauvre idiot ! Le Maître occulte, veux-je dire, celui qui ne doit de comptes à personne, pas même au pape ! Voilà ce que je voulais savoir, mais le manuscrit de frère Thibaut m'a appris autre chose : qu'avant de s'effondrer dans la fournaise de Hattin, le maréchal du Temple avait ordonné qu'on enterre la Croix dans un endroit que deux Templiers seulement connaissaient. L'un d'eux a été tué le lendemain, l'autre a survécu et le secret avec lui. Le manuscrit est formel là-dessus ! ajouta Roncelin en brandissant à la hauteur de sa tête un maigre doigt, se donnant ainsi l'apparence d'un prophète fou. Seulement... il manquait des pages au manuscrit !

– ... et ce sont ces pages manquantes que tu cherchais dans la Tour oubliée, misérable ! gronda Renaud qui venait de tout comprendre. Et tu les as cherchées jusque dans la tombe que tu n'as pas craint de profaner...

Fos haussa les épaules, cependant que son regard s'éteignait, reprenait sa sinistre grisaille :

– Les morts sont bien morts et une simple visite ne saurait les tourmenter. Si tu y es allé voir, tu as pu constater que je m'étais montré très soigneux.

– Je devrais t'en remercier, peut-être ? fit Renaud au bord de la nausée. Quiconque viole un tombeau mérite le bûcher !

– Ah ! Les grands mots ! Rabaisse un peu ton caquet, mon joli, parce que c'est de toi que j'attends d'apprendre ce qui était écrit sur les pages manquantes.

– C'était très vague ! Au point que je ne m'en souviens pas...

– Vraiment ? Et tu t'imagines que je vais te croire ?

– Pourquoi pas ? La mémoire est fragile. Frère Thibaut a transcrit plus d'hommages à la Croix que de détails concernant un emplacement... qui a peut-être été fouillé depuis. Le drame de Hattin est vieux de près de soixante-quinze ans... Il se peut que la Croix ait été retrouvée...

Brusquement, Fos perdit son sang-froid, approchant son visage de celui de son prisonnier au point de lui faire sentir une haleine forte qui puait l'ail :

– Et moi, je te dis que non ! Et moi, je te dis que tu vas me conduire là-bas qui n'est pas si loin, et que tu vas me montrer l'endroit, et que tu vas creuser, creuser jusqu'à t'arracher la peau des mains s'il le faut, et que tu vas trouver ! Sinon...

– Sinon ? dit Renaud en détournant la tête avec une grimace.

– Sinon ton amie – vous êtes amis, n'est-ce pas... ou plus, peut-être ? – ira dans Damas, la grande silencieuse blanche, pour y servir aux plaisirs du *malik*[1] al-Nasir Youssouf, petit-fils de Saladin – ce qui n'est pas rien, tu l'admettras...

– Livrer une noble dame chrétienne à un infidèle ! C'est un crime sans pardon.

– Pauvre innocent ! Il y en a assez, de ces chrétiennes, qui se sont livrées elles-mêmes. Si nous parlions de ta mère ?

Il fallut que les gardiens retiennent à nouveau Renaud qui, tout lié qu'il était, voulait se jeter la tête la première sur son ennemi...

– Misérable ! Tu brûleras en enfer pour l'éternité ! Où sont tes vœux de chevalerie ?

– Tu viens d'employer le mot qui convient : brûler ! Ils ont brûlé, mes vœux, en ce jour de malheur où, sous le ciel de Dieu, les hommes d'armes de ce roi de France dont le peuple bêlant révère la prétendue sainteté ont jeté plus de deux cents hommes, femmes et vieillards dans la fosse embrasée, ouverte au flanc du pog de Montségur ! Ecoute-moi bien, Renaud de Courtenay ! Parmi les cathares que l'on a brûlés, il y avait l'épouse du châtelain, Corba de Perella, mais il y avait surtout sa fille, Esclarmonde... un ange de grâce, de beauté, de douceur... Elle avait seize ans... et je l'aimais ! Je l'ai vue précipitée dans le feu et j'ai juré, dût mon âme y périr, que je ferais pleurer des larmes de sang à Louis de France, que je détruirais tout ce qui lui est plus cher que sa vie...

Abasourdi, quasi foudroyé, Renaud regardait avec une horreur où se glissait une étrange pitié cet homme suant la haine, mais aussi un désespoir qui avait quelque chose de poignant... Afin d'essayer de l'apai-

1. Roi.

ser et dans l'espoir d'arriver à lui faire épargner Sancie, il pensa qu'il pouvait être bon de le faire parler et demanda :

– Etiez-vous déjà Templier à cette époque ?

– Cette époque ? Elle n'est pas si ancienne. Cette abomination a été perpétrée il y a eu six ans en mars dernier. Le seizième jour du mois...

« Celui où je suis parti pour Paris », songea Renaud pour qui cette date représentait une si belle espérance qu'il l'avait conservée dans sa mémoire. Tout haut, il reprit :

– Y avait-il donc des templeries en ces pays de langue d'oc où l'on a si fort combattu l'hérésie ?

– Il y en avait même beaucoup. L'Ordre était fort bien implanté sur les terres des comtes de Foix, de Toulouse et des vicomtes Trencavel. Les prétendus hérétiques ne nous ont jamais gênés, au contraire. Leur foi était belle et pure, leur vie exemplaire, et nous avons appris à les connaître... A cause d'un oncle qui m'y avait précédé, j'appartenais depuis deux ans à la commanderie de Foix où j'étudiais avec assiduité lorsque a débuté l'interminable siège de Montségur où je me suis trouvé bloqué les derniers mois dans des circonstances qui ne te regardent pas. C'est alors que j'ai vu Esclarmonde. Pour elle, pour l'un de ses sourires j'étais prêt à tout abandonner, tout renier... et j'ai été de ceux qui ont aidé à sortir du château, avant l'assaut final, ce qui pour les cathares était leur vrai trésor : leurs écrits, leurs livres saints, l'expression de leur croyance... Je n'avais pas peur pour Esclarmonde parce que, quand je suis parti, elle n'appartenait pas au catharisme. Pas plus que son père, Raymond, ou sa sœur. Seule la mère était devenue ce que l'on appelait une « parfaite » et j'ai su plus tard que c'est durant la dernière nuit que Corba de Perella a convaincu sa plus jeune fille de recevoir le *consolamentum*, leur unique sacrement, afin de préserver à jamais sa pureté en l'emmenant dans la mort. Et du haut du seuil éventré de son château, Raymond de Perella, sa fille et son gendre Gérard de Mirepoix les ont vues descendre, enchaînées, et suivre le sentier au bout duquel s'ouvrait la gueule flamboyante du bûcher, la mère soutenant la fille qu'infirmait – oh, si peu ! – une légère boiterie. Et je les ai vues aussi... d'ailleurs...

Soudain, il se tut, se secoua comme au sortir d'un mauvais rêve, passant sur son front une main incertaine mais sa voix, elle, ne trembla pas quand il gronda :

– Pourquoi est-ce que je te dis tout ça ? Comme si tu pouvais comprendre...

– Peut-être. Ce qui me surprend, c'est de te découvrir capable d'aimer. Seulement, en général, l'amour rend meilleur. A condition d'être partagé, bien sûr... Et cette jeune fille ne devait pas t'aimer !

– Qu'en sais-tu ?

– Choisir si jeune une mort si affreuse ! L'amour comblé n'accepte pas facilement de se sacrifier.

– Et pourtant elle m'aimait... en esprit ! La chair lui répugnait.

– Et toi, tu voulais la sienne ? Je crois que, cette fois, j'ai compris... Elle a préféré mourir pour ne pas succomber. C'est beau... mais ce n'est pas une raison pour en vouloir à la terre entière !

– Pas à la terre entière ! J'en veux moins aux ribauds qui ont allumé le feu qu'à celui qui l'a ordonné ! De celui-là, j'ai juré sur les cendres encore chaudes que le vent me jetait au visage de tirer vengeance éclatante. C'est pourquoi je veux cette Croix dont il aurait, lui, si grande fierté, qu'il promènerait partout avec lui et qu'il pense, sans doute, venir chercher bientôt en grande pompe !

– Il ignore ce secret... Seul le comte d'Artois savait.

– Sinon il serait déjà sur place, pieds nus et pleurant à chaudes larmes, creusant lui-même la terre ? Eh bien, il n'aura pas cette peine si d'autres l'attendent. Assez parlé maintenant ! On va te nourrir pour te donner des forces et quand le jour baissera nous partirons pour les Cornes de Hattin...

Peut-être afin de n'être pas tenté de parler davantage, il lança quelques ordres brefs et gutturaux, puis sortit, laissant ses hommes donner au prisonnier la nourriture annoncée ; après quoi, on l'assit contre la muraille à un anneau de laquelle on l'attacha, mais c'était une précaution superflue car, à peine eut-il fini de mâcher les fèves en ragoût qu'on lui donna à la cuillère que Renaud se sentit envahi d'un irrésistible besoin de dormir. Il eut juste le temps de comprendre que ce repas n'était pas innocent et qu'une drogue quelconque y était mélangée...

Pourtant, lorsqu'on le réveilla, son esprit n'était encombré d'aucune brume. Une fois de plus, le soleil se couchait et l'on allait partir. Les mains toujours liées dans le dos, il fut hissé sur son cheval que l'un des enturbannés prit par la bride. Roncelin de Fos menait celui que montait Sancie, étroitement voilée mais dont les mains, attachées devant elle, pouvaient tenir le pommeau de la selle.

– Pourquoi l'emmenez-vous ? cria Renaud. Est-il bien nécessaire de lui infliger des fatigues supplémentaires ?

Il vit la jeune femme tourner la tête vers lui sans rien dire. Il supposa que, sous le voile, le bâillon était toujours en place.

– Parce que l'ayant sous les yeux, tu seras plus docile à mes ordres. Sa présence te rappellera ce qui t'attend si tu n'obéis pas...

– J'obéirai... mais au moins laisse-la respirer ! Le bâillon plus le voile, c'est trop !

– Rassure-toi ! Ma volonté seule lui ferme la bouche. Elle sait ce qui arriverait si elle parlait... Et je te conseille aussi de te taire. En avant, à présent !

Il prit la tête de la petite troupe et redescendit le chemin qui s'enfonçait vers le sud. De nouveau, on plongea dans l'univers des montagnes dressées comme autant de remparts autour du lac de Tibériade dont, avant que le jour s'éteigne, Renaud put, entre deux crêtes, apercevoir un éclat turquoise que fonçait le crépuscule. C'était une terre d'ascétisme dont l'austérité contrastant avec la luxuriance de la « mer de Galilée » attirait au temps du Christ ceux qui souhaitaient se rapprocher de Dieu. On n'y voyait que des rocs nus et des touffes d'herbes sèches dont l'odeur, chauffée par le soleil, traînait encore dans l'air du soir. On mit des heures à franchir les cinq lieues séparant Safed du point que Renaud allait devoir fouiller. Il les employa à explorer sa mémoire pour en extraire les indications que Thibaut lui avait confiées avant de mourir et qui, bien sûr, ne figuraient pas sur son manuscrit. En arrachant deux pages, Renaud n'avait fait qu'enlever jusqu'à l'ombre d'une description parce qu'il estimait que c'était encore trop : le casal en ruine de Marescalcia, l'acacia tordu dans le tronc duquel Thibaut avait caché le Sceau du Prophète juste un instant avant de rejoindre la ruée désespérée des chevaliers chrétiens vers la mort sous les flèches et les cimeterres des guerriers de Saladin... Si l'endroit n'avait pas trop changé, il était certain de retrouver sans beaucoup de peine le tombeau où l'on avait couché la Vraie Croix...

Après des heures de marche, il sut que l'on était arrivé et que rien n'avait changé. Les Cornes de Hattin il les reconnut sans hésiter : deux pics jumeaux encadrant une vaste cuvette qui était le cratère d'un ancien volcan. Là s'était planté non pas le camp mais l'ultime bivouac de l'armée de Guy de Lusignan, le dernier roi qui eut régné sur Jérusalem. C'était au crépuscule du 3 juillet 1187... Haute et claire ce soir, la lune en faisait un paysage d'un autre monde et Renaud n'eut même pas besoin de fermer les yeux pour que son imagination repeuple ce désert... La grande armée franque était là, magnifique sous les riches étoffes des cottes d'armes chatoyant sur la grisaille de fer des hauberts. Il entendit le froissement des mailles d'acier, le piétinement lent des chevaux épuisés par la chaleur qu'une nuit d'enfer n'éteignait pas et par le manque d'eau. On n'avait rien bu depuis les fontaines de Séphorie. Saladin avait veillé que tous les puits fussent à sec, même celui du casal de Marescalcia, le dernier espoir dont Renaud, à présent, distinguait nettement les murailles écroulées au pied d'un vestige de tour. En bas, pourtant, c'était le lac dont ces malheureux avaient pu voir luire les eaux vers lesquelles il était si tentant de se lancer à bride abattue. Mais entre eux et sa fraîcheur, il y avait l'armée de Saladin. Et puis des feux qui ajoutèrent à leur supplice quand le Sultan ordonna d'incendier les broussailles de la longue pente montant vers les Cornes. Il avait fallu attendre qu'ils s'éteignent avant de lancer la charge héroïque, sublime mais désespérée, des cavaliers de Dieu contre les flèches et les sabres d'Allah...

– Eh bien, nous y voici, dit Roncelin de Fos – et sa voix dure passa comme une râpe sur les nerfs à vif de Courtenay. De quel côté devons-nous maintenant diriger nos pas ?

– Les ruines... Il y avait là un point d'eau.

– A sec, je sais, mais ensuite ?

– La Vraie Croix, gardée par cinq chevaliers du

Temple debout et leurs mains appuyées sur leur grande épée, était plantée près du puits.

– C'est là qu'on l'a enterrée ? Ça m'étonnerait. J'ai déjà cherché.

– Dans ce cas, pourquoi poser la question ? Non, ce n'est pas là, bien sûr, et seuls deux Templiers ont reçu l'ordre de la cacher afin qu'elle ne tombe pas aux mains de l'infidèle. Ils ont juré de ne jamais révéler l'endroit, fût-ce sous la torture. Seul le roi de Jérusalem ou le Grand Maître du Temple pouvaient en recevoir la confidence ; frère Géraud a été tué quelques heures plus tard...

– ... Et Thibaut de Courtenay s'est arrogé le droit de garder le secret pour lui, ricana Roncelin. A présent, il est temps de tirer l'insigne relique de sa gangue de terre ! Montre-moi le chemin !

– Allons d'abord vers les ruines...

Lorsque l'on fut à l'aplomb de la tour, le jour commençait à poindre, générant une certaine lumière où les choses semblaient se fondre dans une sorte de grisaille mais Renaud repéra vite ce qu'il cherchait et retint un soupir de soulagement : grâce à Dieu, le vieil acacia encore plus tordu sans doute qu'à l'époque était toujours à sa place. Il se dressait seul au milieu d'une plate-forme dessinant le bas de pente d'une des Cornes. Renaud se tourna vers Roncelin :

– Ce n'est pas loin, dit-il, mais dès que le soleil se lèvera la chaleur montera vite. Dame Sancie n'a déjà que trop souffert ! Il faut la descendre et l'étendre à l'ombre de ces vieux murs...

La fatigue de la jeune femme était visible. Sa mince silhouette toujours si droite penchait vers l'avant. Roncelin mit pied à terre, alla vers elle et lui dit quelques mots que Renaud n'entendit pas. Puis il appela l'un de ses hommes qui la prit à bras le corps pour la porter là où le chevalier qui suivait la scène d'un œil inquiet l'avait indiqué :

– Elle est lasse, mais pas malade, commenta Fos. Ali va s'en occuper et restera près d'elle. Il lui donnera à boire, et aussi des dattes. Maintenant assez de paroles et de temps perdu ! Conduis-moi.

Avec presque autant d'aisance que s'il avait eu les mains libres, Renaud sauta au sol, mais ordonna :

– Les chevaux aussi doivent rester à l'ombre. Délie-moi !

– Au fait ! fit l'autre. Il va falloir que tu creuses !

Et il trancha les cordes.

Suivi des serviteurs portant pelles et pioches, Renaud marcha vers la terrasse de terre pour s'approcher de l'acacia dont il palpa le tronc avant d'en faire le tour. L'arbre avait grandi en plus de soixante ans et il dut grimper pour atteindre la fourche de branches dominant l'excavation dans laquelle jadis Thibaut avait caché le Sceau du Prophète. Il savait bien que ce précieux trésor de l'islam n'y était plus, que Thibaut en avait fait don au Vieux de la Montagne en remerciement de son hospitalité et de son aide ; mais il éprouvait le besoin, un peu infantile peut-être, d'explorer la cachette.

– Que fais-tu là-haut ? s'impatienta Fos. Descends et mets-toi au travail ! Plus tu attendras et plus il fera chaud !

Il tendait une pioche que Renaud prit avec un haussement d'épaules : il avait trouvé les repères à lui confiés oralement et avant de mourir par Thibaut, et savait que l'ombre de l'arbre le protégerait. Sans hâte excessive, il entreprit d'ôter sa tunique de forte toile renforcée de plaques de fer qu'il portait sous la cotte ceinturée quand il n'allait pas au combat. Agacé, Fos en trancha les lacets avec sa dague. Ce faisant, il trancha aussi le lien qui fermait la chemise.

— Qu'est-ce ? fit-il en se saisissant de ce que Renaud n'avait jamais cessé de porter sous ses vêtements : le petit rouleau de parchemin pendu à son cou par un lien de cuir.

— Laisse ! gronda celui-ci. Veux-tu te comporter comme un larron ?

— Je veux seulement savoir ce que c'est...

Le couteau coupa le lien et le Templier déroula le feuillet qu'il contempla un moment après avoir ordonné qu'on maintienne le prisonnier. Un éclair de joie mauvaise traversa ses yeux gris et froids qui ne reflétaient, en général, aucune émotion. Entre les mains de ses sbires, Renaud se tordit comme un ver.

— Rends-moi cette image ! s'écria-t-il. Elle ne représente rien pour toi ! Et pour moi elle très précieuse !

— Je peux en convenir. La dame de tes pensées ?

— Non. Une dame de ma famille...

— Une dame de ta famille qui porte couronne royale ? A qui le ferais-tu croire ? Surtout quand elle ressemble à l'épouse de Louis !

— Sur le salut de mon âme, ce n'est pas elle !

— Alors la damnation t'attend ! Tu me gâtes, Courtenay ! Et je n'en espérais pas tant... Creuse si tu ne veux pas que ta petite amie fasse les frais de ta révolte !

Désespéré, Renaud le vit s'éloigner de quelques pas en rangeant le portrait dans son escarcelle. Les serviteurs le lâchèrent et l'un d'eux lui tendit une pioche en désignant le sol. La tentation de lancer l'outil dans le dos du misérable fut grande, mais déjà Roncelin se retournait, hilare :

– Allons ! Je te le rendrai peut-être... si je suis content de toi.

Il n'y avait rien d'autre à faire qu'obéir. La rage au cœur, Renaud délimita de la pointe de son outil un rectangle long correspondant approximativement à la longueur de la Croix dont il savait qu'elle avait été ensevelie avec sa hampe de bois précieux. « Trois pieds de profondeur environ », lui avait dit Thibaut. Aussi attaqua-t-il avec prudence pour ne pas risquer d'endommager par un coup trop brutal la carapace d'or et de joyaux dont était enveloppé le bois sacré. Mais à mesure qu'il travaillait, sa colère augmentait avec sa hâte d'en finir. Cependant il eut beau creuser, il ne trouva rien, pas le plus petit lambeau, même de la pièce de soie dont on avait composé un linceul ! Il y avait plus d'une heure qu'il piochait et la sueur trempait son torse, ses bras, son front, ses cheveux. Rien, toujours rien ! C'était inexplicable...

Cependant Roncelin montrait une étonnante patience :

– On dit que les objets voyagent sous la terre, remarqua-t-il avec suavité. C'est peut-être le cas ? Ou bien l'endroit n'est-il pas le bon ? Essaie d'élargir la tranchée... et au besoin de faire le tour de l'arbre. Si toutefois tu ne cherches pas à me tromper !

– Pourquoi le ferais-je ? gronda Renaud. Aucun secours ne peut venir à moi et ce serait folie de m'épuiser en vain ! Si vous ne teniez pas Sancie de Valcroze, jamais je n'aurais accepté de vous mener ici parce que mon père, jadis, m'a fait jurer de ne remettre la Croix qu'au Roi, et en aucun cas à un Templier !

– Tiens donc ? Curieuse exigence ! Les Templiers n'étaient-ils pas depuis toujours les fidèles gardiens de la Vraie Croix au moment de la bataille ? C'étaient eux qui la prenaient au Saint-Sépulcre, eux qui l'élevaient dans les combats afin que tous, et les mourants surtout, puissent la voir. Eux encore qui la rapportaient et la remettaient au Patriarche. Ton père s'est-il expliqué là-dessus ?

– Non. Il n'en a pas eu le temps La mort était là... Je sais seulement qu'en dépit de son appartenance à l'Ordre, il s'en méfiait. Pour quelle raison, je l'ignore...

Roncelin lui tendit alors l'une des outres :

– Bois ! Tu dois avoir soif ! Puis continue ! Il faut bien qu'elle soit quelque part, cette maudite croix !

Renaud qui était en train de se désaltérer à longs traits s'étrangla, dévia le jet qui lui inonda la figure et se signa en hâte :

– Maudite ? C'est un blasphème !

– En voilà assez ! Reprends ta pioche...

Aidé cette fois par deux serviteurs, Renaud se remit à creuser. Avec une sorte de rage. En dépit de la protection des branches, le soleil était dur à supporter. Le corps devenait douloureux, les mains saignaient sur le manche de bois. Il y eut enfin autour de l'arbre une profonde et large tranchée... d'où l'on ne sortit rien !

Accablé de fatigue et de déception, car même s'il répugnait à remettre la Croix à ce misérable Roncelin, Renaud avait tant rêvé, seul ou avec Robert d'Artois, de l'instant où il la tiendrait dans ses mains et pourrait la vénérer avant de l'offrir, ressuscitée, à l'adoration des peuples de Terre Sainte qui pourraient en tirer une nouvelle espérance, un surcroît de vaillance !

Sans fausse honte, il pleura, dédaignant les clameurs furieuses de Fos qui le menaçait de lui faire creuser tout l'ancien cratère jusqu'au sommet des Cornes de Hattin quand une voix lente, calme et incroyablement apaisante se fit entendre :

– Puis-je demander la raison pour laquelle, depuis ce matin, vous creusez autour de cet acacia ?

Un vieillard était là. Un très vieil homme appuyant sur un bâton un corps desséché, courbé par les ans. De longs cheveux blancs, clairsemés comme sa barbe, tombaient de son crâne à moitié dénudé. Son visage recuit par le soleil et le vent n'était qu'un lacis de rides entourant une bouche privée d'une partie de ses dents mais aussi des yeux d'un bleu délavé, démesurément ouverts qui, avec les loques dont il était à peine couvert, lui donnaient l'air d'un illuminé.

– En quoi est-ce que cela te regarde ? grogna Roncelin, bras croisés et l'œil mauvais. D'abord qui es-tu ?

Sans lui répondre, le vieux se redressa un peu afin de le regarder bien en face :

– Tu portes sur l'épaule la croix rouge du Temple et cependant ton langage n'est pas celui d'un vrai Templier. La règle n'exige-t-elle pas de parler aux autres avec courtoisie, même aux plus humbles ?

– Que peut en savoir un vieux mendiant à la cervelle perdue dans cette solitude ?

– J'en sais assez pour te rappeler que tout chevalier qui néglige de s'exprimer... bellement commet une faute grave. Tu ne dois pas être un vrai Templier, alors tu ne m'intéresses plus...

Il fit demi-tour d'un pas hésitant et Roncelin faillit le jeter à terre en l'empoignant par son bras maigre où se tordaient des veines violacées :

– Pas un vrai ? hurla-t-il. Je suis frère Roncelin de Fos et j'ai rang de commandeur bien que je ne réside à demeure dans aucune commanderie ayant à charge de les relier entre elles. Cela suffira-t-il à t'apprendre le respect ?

– Non, car en ce cas le Temple a beaucoup changé.

Voyant que Roncelin allait frapper le vieil homme, Renaud bondit et le lui arracha des mains :

– C'est vous qui à ces cheveux blancs devez le

respect, sinon à autre chose. N'avez-vous pas compris que seul l'un des vôtres peut en savoir autant ? Veuillez lui pardonner, messire, poursuivit-il avec une déférente douceur, mais ce frère-là est sous le coup d'une grave déception... comme je le suis aussi. Consentirez-vous à m'apprendre qui vous êtes ? Moi, j'ai nom Renaud de Courtenay, chevalier et écuyer du roi Louis neuvième du nom !

– Courtenay ? Comme c'est étrange ! L'un des derniers gardiens de la Vraie Croix portait ce nom. C'est aussi l'un des deux qui l'ont cachée avant la grande charge...

– D'où le savez-vous ? Y étiez-vous donc ? proposa Renaud en se livrant à un rapide calcul. Vous êtes très âgé, n'est-ce pas ?

– Oui, et j'étais très jeune lors de ce désastre. Un Templier fraîchement adoubé. J'avais nom Aymar de Rayaq...

– Tu as fui ? fit Roncelin la bouche méprisante. C'est pour ça que tu es encore vivant ?

– Non, je n'ai pas fui. C'est mon cheval qui m'a sauvé du massacre. Dès l'engagement de la charge, il a buté contre une racine et m'a envoyé donner de la tête contre un rocher. En raison de la terrible chaleur, je n'avais pas coiffé le heaume. Je suis resté inconscient longtemps et quand je suis revenu à moi j'avais la fièvre et ne me souvenais plus de rien, pas même de mon nom. Un vieil homme était présent qui me soignait. Une sorte d'ermite vivant dans une grotte près d'ici. Il s'appelait Djemal et il priait Allah, mais c'était un homme bon et compatissant. Il m'a soigné, presque guéri. Je dis presque parce qu'il a fallu de longues années pour que je recouvre la mémoire... mais j'étais habitué à la vie sauvage. Djemal mourut et je suis resté. Mon vieil ami m'avait appris la catastrophe de Tibériade...

L'œil de Roncelin s'était allumé à mesure que s'éveillait son intérêt. Une question lui brûlait les lèvres : il la lâcha.

– Si vous étiez Templier, vous savez ce qu'il est advenu de la Croix ?

– Oui. Je l'ai dit, j'étais très jeune alors... et très curieux. J'avais entendu l'ordre de la cacher et j'ai voulu savoir... Dieu m'en a bien puni ensuite...

– Allons donc ! Il vous a sauvé la vie, seul de tout le Temple avec Thibaut de Courtenay qui, lui, est mort, ajouta-t-il revenant à plus de politesse maintenant qu'il savait la qualité réelle du vieillard. Et nous, nous sommes venus pour retrouver la Vraie Croix. La rendre à l'Ordre. Où l'a-t-on mise ?

– Là où vous avez commencé à chercher ce matin. Ce jeune homme vous a montré l'endroit exact... Mais pourquoi était-il lié ?

– Pour me forcer à obéir, dit Renaud. Je ne voulais pas lui donner la Croix. Pardonnez-moi, puisque vous lui apparteniez, mais mon père m'avait fait jurer de ne jamais la remettre à l'ordre du Temple, mais au roi Louis seul. J'ajoute que le pape Innocent IV la veut aussi...

– Ce qui me paraît plus légitime. Ainsi on vous a amené de force ? Comme, certainement, la jeune femme, là-bas, gardée par un serviteur ?

La fragile patience du sire de Fos était usée :

– Assez de palabres ! hurla-t-il. Si vous connaissiez l'emplacement de la Croix, vous devez savoir où elle est à cette heure !

– Un chevalier du Temple ne ment pas. Oui, je le sais... Des fils de l'islam sont venus un jour. Ils ont campé à cet endroit, autour de l'acacia. Ils n'étaient que cinq et cherchaient quelque chose. Ils tapaient le sol du pied comme s'ils en attendaient un écho. L'un d'eux est même monté dans l'arbre et le lendemain ils sont repartis. Mais moi, j'ai craint qu'ils ne reviennent en plus grand nombre. Et la nuit suivante, j'ai déterré le sublime symbole de la Rédemption.

– Sage précaution dont je ne saurais trop vous louer ! Il ne vous reste plus qu'à nous la remettre, ajouta Fos d'un ton soudain caressant, mais qui ne le resta pas quand le vieux chevalier répondit :

– Non !

Une nouvelle bouffée de colère manqua étrangler Roncelin :

– Non ?... Alors je vais vous en donner l'ordre ! Vous n'êtes qu'un simple chevalier. Je suis un dignitaire et vous me devez obéissance absolue...

– Je ne suis plus qu'un vieil homme près de sa fin et la vie m'importe peu.

– La mort peut être lente à venir... et cruelle ! grinça Fos.

– C'est sans importance ! Vous venez de me faire comprendre pourquoi Thibaut de Courtenay a fait jurer à son fils de ne la remettre jamais à un homme du Temple. Pas de celui que vous incarnez. Votre Temple, dont à mon époque j'ai soupçonné quelque chose, n'est pas le mien ! Vous ne l'aurez pas de moi !

Sur un signe de leur maître, les valets s'emparèrent de Renaud, pris au dépourvu par leur attaque à laquelle il ne s'attendait pas.

– Si tu ne me la donnes pas, vieux fou, je fais égorger celui-ci devant toi !

– Ne vous souciez pas de moi ! cria le jeune homme. Un chevalier doit être prêt à mourir pour sa cause. Celle-là est mienne !

Roncelin de Fos s'approcha de lui et l'empoigna par

le col de sa chemise qu'il remonta en le serrant jusqu'à son menton.

– Est-ce que tu n'oublies pas un détail... ou quelqu'un, mon garçon ? Je vais envoyer chercher la douce Sancie et nous verrons ce que vous direz tous les deux quand elle hurlera sous le fer rougi au feu.

– Dans ce cas, que deviendra votre fructueux marché ? Vous êtes au courant : cet émir dont vous vouliez satisfaire la passion ?

Le hurlement d'horreur d'Aymar de Rayaq trouva un écho dans celui de stupeur de Renaud devant l'extraordinaire spectacle que son regard rencontra : sortant des ruines de Marescalcia, Sancie venait vers eux tenant à pleins bras une grande croix d'or bosselé de pierres précieuses, dont le soleil décroissant tirait des éclairs au rythme de ses pas. L'homme nommé Ali, éperdu, tournait autour d'elle en courant comme un grand chien excité. Un autre cri, faible comme une plainte, se fit entendre et c'était le vieux solitaire qui l'avait émis... La lumière irradiant de la Croix enveloppait la porteuse tout entière, faisant scintiller les larmes qui coulaient de ses yeux. Renaud tomba à genoux et joignit les mains, foudroyé par cette sublime apparition, imité, tant elle était belle à cet instant, par le vieil Aymar. Roncelin de Fos, lui aussi, se figea, son œil gris dilaté par une joie effrayante...

Le cri d'un épervier traversant le ciel pourpre rompit le charme dont tous étaient captifs et ce fut le moins atteint, Fos bien sûr, qui réagit le premier. Courant vers la jeune femme, il lui arracha son trésor, en dépit de ses efforts pour le garder contre sa poitrine, avec une telle brutalité qu'elle chut sur le dos dans un gémissement de douleur.

– Où l'avez-vous trouvée ? hurlait-il en élevant la

Croix à deux mains comme s'il voulait s'en servir pour frapper Sancie.

Mais déjà Renaud arrivait sur lui et d'un magistral coup de poing l'envoyait au sol. La Croix échappa à Fos mais son assaillant l'avait rattrapée avant qu'elle ne touche la terre durcie par la sécheresse. Il revint la porter à l'ermite avec un respect infini. Ses mains tremblaient en touchant le métal lisse et doux recouvrant le bois sur lequel le Christ avait agonisé :

– Vous la gardiez dans cette ruine ? reprocha-t-il. Quelle imprudence !

– Non, parce que les gens qui vivent aux alentours de cette cuvette sont persuadés qu'elle est hantée par les fantômes de ceux qui ont trépassé là et en ont peur. J'ai dû m'y installer avec elle quand un tremblement de terre a bouché la caverne de Djemal.

– Qu'importe, elle est à moi maintenant, gronda Roncelin qui fondait sur eux comme un vautour sur sa proie en vociférant. Secouez-vous, bande d'idiots ! Et emparez-vous de ces hommes !

Ils obéirent mais Renaud était déjà près de Sancie qui ne se relevait pas. Sa tête avait dû porter sur un rocher ou une racine. Un instant il la crut morte et son cœur se serra. Il la souleva dans ses bras et approcha son visage de la bouche entrouverte pour sentir son souffle. Notre-Dame en soit bénie ! Elle respirait. Donc elle n'était qu'évanouie et, dans sa joie, il pressa sa joue contre la sienne.

– Laisse-la tranquille ! brailla Roncelin. Elle reviendra bien seule... Allez, vous autres ! Ligotez-le !

Ce n'était pas aussi facile à faire qu'à ordonner. Renaud fournit une vigoureuse défense à laquelle mit fin un coup de pommeau de sabre asséné sur le crâne. A son tour, il perdit connaissance mais cela ne dura pas, l'homme n'ayant pas frappé pour tuer. En revenant à lui, peu de temps après, ce qu'il vit l'épouvanta, cependant que ses oreilles s'emplissaient des sanglots du solitaire auprès duquel on l'avait assis pour qu'il ne perdît rien de ce qui se passait.

Or ce qui se passait était dément, incroyable, terrifiant et même loin de l'entendement humain. Armé de sa hache d'armes, Roncelin de Fos était en train de briser les plaques de métal qui protégeaient le bois vénérable tout en le laissant visible pour l'offrir à l'adoration des fidèles.

– Que faites-vous ? cria Renaud. Etes-vous devenu fou ? C'est la Croix du Christ que vous massacrez !

– Ah oui ? ricana l'autre sans cesser son œuvre destructrice.

Car il ne lui suffisait pas de briser le cristal pour pouvoir dégager le grand fragment et c'était l'or, à présent, qui volait en copeaux, luisants comme des lucioles aux abords du grand feu que les serviteurs étaient occupés à allumer avec du bois mort et des branches que l'on trouvait un peu partout. Enfin il y parvint et tira à lui le morceau du madrier que Jésus avait hissé sur le Golgotha, qui avait reçu le sang de ses mains trouées par les clous, celui où reposait sa tête déchirée par les longues épines noires. Un instant, il le regarda :

– A genoux ! hurla Renaud éperdu. A genoux, misérable, et repens-toi !

Au lieu de cela, l'autre eut un rire insensé, cracha sur le bois sacré, le jeta à terre, le foula aux pieds...

Auprès de lui, Renaud entendit le râle déchirant poussé par le vieil Aymar, puis son explosion furieuse :

– Pourquoi ? Pourquoi cet immonde sacrilège ? Quel est ce Temple que tu prétends représenter ?

– Le seul vrai ! Celui que l'autre dissimule sous la force et la richesse de ses commanderies ! Celui-là refuse d'adorer l'instrument d'un supplice infamant, un supplice d'esclave...

– Quel qu'il soit, c'est celui qu'a choisi le Messie, le Fils de Dieu fait homme...

– Ton Messie n'était qu'un agitateur ! Jean était le vrai !

– Pour ce blasphème et le reste, tu vivras ton éternité dans les flammes de l'enfer, tonna Renaud. Qu'avais-tu besoin de rechercher la Sainte Croix si c'était pour en arriver là ?

– Pour être certain que Louis de France ne l'aurait jamais. Ce lui serait une arme trop forte, un pallium peut-être contre ce que je lui réserve encore !

– Un pallium ? Tu reconnais donc sa puissance de protection ?

– Je ne reconnais rien... en voici la preuve !

Ramassant le morceau de madrier encore sous ses pieds, il le jeta dans les flammes qui montaient à l'assaut du ciel devenu obscur.

– Nooooooon !

Au prix d'un effort inouï, Aymar de Rayaq réussit à se remettre debout et courut se jeter dans le brasier non sans avoir, au passage, craché au visage de Fos. A la fois horrifié et désespéré, Renaud parvint à se redresser lui aussi et voulut le suivre pour tenter de le sauver, pensant que le feu brûlerait ses cordes et qu'il pourrait ramener le vieux chevalier. Mais Roncelin l'arrêta en le prenant à bras-le-corps :

– Je n'en ai pas encore fini avec toi ! Quant à lui, laisse-le où il est ! Il m'épargne d'avoir à le tuer...

– Qui te dit qu'il va mourir, que Dieu ne va pas le sauver ? Ecoute ! On ne l'entend pas crier...

C'était vrai. La fournaise éclairait la nuit, ronflait, mais pas assez pour couvrir les hurlements que leur morsure arrachait à la plus ferme volonté. Tout autour c'était le silence. Et soudain, l'incroyable, l'inimaginable se produisit. Au milieu des langues ardentes qui faiblirent un instant, on vit se dresser le vieil ermite. Ses cheveux et sa barbe flambaient, mais ses bras, libres, serraient la Vraie Croix sur son cœur. Et il clama alors d'une voix si puissante qu'elle ne pouvait venir de ce corps usé :

– Pour les crimes dont tu as entaché le Temple, tu périras, Roncelin de Fos, mais le Temple périra avant toi ! Les purs comme les viciés, les bons comme les mauvais, coupables d'avoir permis que vous existiez ! Vous serez tous maudits ! Un roi impitoyable dont les yeux ne sauront jamais se fermer vous détruira par le fer et par le feu. Dans un demi-siècle, le Temple sera balayé et tous périront, car les vers sont invisibles qui pourrissent le fruit, mais Dieu reconnaîtra les siens... Et toi tu seras damné !

Sur ces gens qui l'entendaient, la malédiction passa comme un ouragan. Prosternés face contre terre, les serviteurs s'efforçaient de se boucher les oreilles. Renaud était tombé à genoux. Seul Roncelin, tendu comme un arc et les poings serrés, regardait impuissant, écoutait révolté...

Et puis une langue de feu immense s'éleva, si haute qu'elle parut atteindre un nuage attardé. Son ardeur était telle que le Templier recula en se protégeant le visage de son bras relevé. Elle brûla ainsi près de trois minutes avec un vrombissement terrifiant, puis retomba d'un seul coup et il n'y eut plus rien qu'un silence absolu, un tas de braises couronnées de flammèches courtes contre le ciel étoilé. Du vieil homme, de la Croix, il ne restait rien. Tout avait disparu. Seule demeurait une odeur étrange, un parfum léger de cèdre et de jasmin qui n'avait rien à voir avec l'habituelle puanteur des bûchers.

– Dieu ait pitié de ton âme, Roncelin de Fos ! murmura Renaud. Toutes les prières du monde ne sauraient la sauver !

Mais l'homme un instant pétrifié retrouvait sa folie.

– Je n'en aurai pas besoin. Je saurai Lui parler et Il saura m'entendre...

Après avoir relevé à coups de pied ses serviteurs tétanisés, il se mettait déjà en devoir de ramasser les morceaux de l'or qui avait enveloppé si longtemps le bois sacré vers lequel s'étaient tournés, un siècle durant, les regards fiers des rois de Jérusalem et ceux, pleins d'espérance, des soldats du Christ. Il les fourra prosaïquement dans un sac.

– Tu ne laisses rien perdre, hein ? lança Renaud écœuré. Que vas-tu faire de nous à présent ? Nous tuer, je suppose ?

Il se tournait vers Sancie toujours étendue là où elle était tombée mais qui avait dû reprendre conscience. Encore que trop faible pour se relever parce que blessée à la tête, elle avait cependant réussi à s'adosser contre un talus et elle cachait son visage dans ses mains. Au mouvement de ses épaules, il était facile de deviner qu'elle pleurait.

– J'ai d'autres projets pour vous, fit Roncelin méprisant, et vous n'allez pas tarder à les connaître...

Les pas de nombreux chevaux résonnaient en effet dans la montagne, encore invisibles mais précédés par la lueur rousse des torches. Cela venait du nord et bientôt, du chemin par où l'on était venu, débouchèrent des cavaliers dont les casques étroits étaient sommés d'un ornement à la pointe acérée. Ils entouraient un seigneur de taille moyenne mais de haute mine, dont la cotte de mailles se diaprait d'or comme le nasal que prolongeait une plume ciselée dans le même métal. Un riche manteau s'étalait sur la croupe du cheval. Ce ne pouvait être qu'un prince musulman et Renaud se demanda si Dieu ne lui envoyait pas là le moyen de mourir, sinon les armes à la main, du moins de celle de l'ennemi. Mais s'il avait pu supposer un instant que Fos ou bien fuirait ou bien tenterait de se défendre, il ne garda pas longtemps d'illusions. Le Templier marcha tranquillement à leur rencontre et salua l'arrivant qui lui rendit son salut. Ils échangèrent quelques mots, puis l'émir, si c'en était un, mit pied à terre et s'avança au côté de Roncelin vers Sancie. Visiblement épouvantée, celle-ci essaya de se relever pour tenter de fuir, mais la faiblesse due sans doute à sa blessure semblait la priver de forces.

– Laissez-la tranquille ! hurla Renaud, comprenant que le renégat n'avait jamais renoncé à faire d'une noble dame franque le jouet d'un seigneur de harem. Ignoble porc ! Le vieil homme t'a maudit, t'a prédit que tu serais damné et je te dis, moi, que tu n'auras aucune miséricorde à espérer ici-bas ou dans l'au-delà !

Ses vociférations emplissaient la nuit et l'émir un instant écouta, mais comme il ne devait rien comprendre, il revint à la jeune femme, toucha du doigt le sang qui marquait sa joue en demandant sans doute ce que cela signifiait. Roncelin sourit alors d'un air apaisant, puis désigna Renaud qui titubait vers eux aussi vite que le permettaient ses liens. Il ne fit pas la moitié du chemin. L'émir donna un ordre et deux Sarrasins s'emparèrent de lui. Un instant plus tard, il était bâillonné et ses poignets attachés par une longue corde à la selle d'un de ceux qui l'avaient maîtrisé. L'autre ne devait pas être d'accord car, soudain, il prit une torche, l'approcha du visage de Renaud, fronça le sourcil et dit quelque chose que le prisonnier ne comprit pas, mais qui lui valut un changement d'état. La corde qui le reliait à l'arçon de selle fut détachée et servit à le ligoter soigneusement des chevilles au cou, après quoi on le jeta comme un simple bagage sur la croupe du cheval qui aurait dû le traîner. Il ne vit plus rien que le sol et les jambes du bel animal. Il ne vit pas non plus une litière, fermée par des rideaux de soie, sortir des rangs musulmans. On y emporta Sancie dont il pouvait entendre les cris et les protestations. Qui se turent si subitement qu'il se demanda si on ne l'avait pas assommée.

Enfin, il ne vit pas davantage Roncelin de Fos, campé près des ruines de Marescalcia et regardant avec une joie féroce l'émir remonter sur son magnifique cheval blanc et reprendre sa place dans le cortège qui le débarrassait à la fois de Courtenay et de cette pécore aux yeux trop aigus dont sa sœur se méfiait...

– Elvira sera contente ! marmotta-t-il. On n'est pas près de les revoir. En admettant que ce soit désormais possible...

Il savait, lui, que l'émir en question était en fait le maître de Damas et d'Alep, le *malik* al-Nasir Youssouf, petit-fils du grand Saladin, et qu'il ne lâchait pas facilement ce qu'il tenait ! Bientôt il ne resterait plus aucun témoin de ce qui venait de se passer près des Cornes de Hattin. Les serviteurs ? Ils lui étaient dévoués corps et âme et, assurément, ils ne représenteraient jamais un problème.

CHAPITRE XIV

« QUI ES-TU ? »

Même s'il appréciait la différence entre être transporté comme un simple paquet et traîné par une longe, et sans doute déchiré sur les pierres des chemins, Renaud ressentait douloureusement chaque pas de l'animal. Les cordes lui sciaient les chevilles, les poignets et gênaient sa respiration autant que sa position à plat ventre. Le sort réservé à son « petit laideron » le tourmentait aussi et faisait plus brûlante encore la haine que lui inspirait Fos. Pourtant, il était si recru de fatigue qu'il finit par s'endormir...

Le réveil fut brutal quand il reprit contact avec le sol où l'on se contenta de le laisser simplement tomber. Il ne vit pas grand-chose d'abord : une paire de bottes poudreuses à bout pointu et retroussé, des jambes épaisses vêtues de mailles, puis un rayon de soleil qui lui arriva dans les yeux avant d'être remplacé par une figure barbue et grisonnante : celle-là même qui l'avait examiné la nuit précédente aux Cornes de Hattin.

L'homme, qui devait être un chef si l'on en jugeait la richesse de ses armes, eut alors un comportement étrange. Il s'accroupit près de Renaud, aboya un ordre, reçut en échange une éponge dégoulinante avec laquelle il se mit à le débarbouiller après quoi il resta là à le regarder d'un air soucieux. Ensuite il se releva, donna un autre ordre. Qui eut pour résultat que deux Sarrasins remirent le captif debout et l'emportèrent plus qu'ils ne l'entraînèrent vers l'une des tours flanquant le mur d'enceinte d'une vaste cour pleine de gardes, de chevaux, de serviteurs et même de chameaux baraqués que l'on déchargeait de leurs ballots solidement ficelés, d'outres en peau de chèvre et de longs paquets enveloppés de tapisseries bariolées qui devaient être des tissus. Cela ressemblait à l'arrivée d'une caravane comme Renaud en avait déjà vu à Saint-Jean-d'Acre. Cependant les bâtiments entourant cette cour ressemblaient davantage à ceux d'un château qu'à un caravansérail.

Renaud s'attendait à être jeté dans un cachot quelconque pour y attendre la mort. On le fit entrer dans la tour, descendre un escalier aux marches hautes et raides, emprunter un couloir obscur éclairé par une seule torche. Enfin s'ouvrit une porte basse, bien armée de serrures et de verrous. Il s'efforça de prendre une profonde respiration, s'attendant à ce que ses gardes le jettent sur le sol et appréhendant la douleur supplémentaire qu'allait en ressentir son corps perclus. Or, sans brutalité excessive, on le fit entrer dans une pièce basse et nue, éclairée par une ouverture plus étroite qu'une meurtrière. Il pensait y trouver des chaînes, des fers, de la paille pourrie... Il vit des dalles et une espèce de lit fait d'un quadrillage de cordes tendues sur un châssis de bois, garni même d'une couverture. On l'y déposa après l'avoir débarrassé de ses liens. Puis les gardes se retirèrent et la porte se referma... pour se rouvrir peu après devant un gigantesque Noir porteur d'une cruche d'eau, d'un pain et d'une écuelle dans laquelle fumait une sorte de ragoût d'oignons et de mouton. Pas un mot, pas un regard, et le serviteur ressortit sans même que Renaud médusé ait seulement essayé de lui adresser la parole. C'était un comportement tellement inhabituel envers un prisonnier ennemi ! Mais celui-ci se sentait trop rompu, trop assoiffé, trop affamé et trop las pour se poser des questions. Il mangea, but, ôta sa chemise trempée par le lavage de tout à l'heure, s'enveloppa dans sa couverture et se coucha sur les cordes qui lui parurent le comble du confort.

N'ayant aucun moyen de mesurer le temps, il ne sut pas combien d'heures il resta inconscient, mais il faisait encore jour quand le vacarme des clefs et des verrous le réveilla. Le personnage qui lui avait lavé la figure entra mais, cette fois, un petit homme à barbiche blanche en robe rayée et turban blanc l'accompagnait, muni d'un coffret contenant ce qu'il fallait pour écrire. Ce fut à lui que l'officier adressa une phrase brève que le scribe traduisit aussitôt pour le prisonnier :

– Qui es-tu ?

– Un chevalier franc livré par l'un des siens.

– Ce n'est pas ce que veut savoir le puissant émir Shawan ici présent. Aussi je répète : qui es-tu ? Ton nom !

– Je ne vois pas en quoi il peut l'intéresser, mais ce n'est pas un secret : j'ai nom Renaud de Courtenay et suis écuyer de Louis, par la grâce de Dieu roi de France !

– Qui était ton père ?

– L'émir est trop jeune pour l'avoir connu : il a été le serviteur fidèle, l'ami d'enfance de Baudouin de Jérusalem, le roi lépreux... Il s'appelait Thibaut de Courtenay.

– Et ta mère ?

– Ma mère ? Mais qu'est-ce que cela peut vous faire ? s'écria-t-il s'adressant directement à l'émir. Je préférerais que l'on me dise ce que l'on a fait de la dame que l'on a enlevée avec moi !

– Ce n'est pas ton affaire et tu dois répondre. Qui était ta mère ?

– Je l'ignore. Mes armes portent la barre de bâtardise...

– Sans doute. Il n'empêche que tu mens !

Tout de suite Renaud prit feu :

– C'est un mot qu'un chevalier ne saurait entendre. Dis à ton maître qu'il me tue puisqu'il en a le pouvoir, mais ne m'insulte pas !

Cette fois le scribe n'eut pas besoin de traduire. L'émir tendit vers le prisonnier une main apaisante, puis dit quelques mots vite rapportés.

– Peux-tu jurer, par la croix de ton Dieu, que tu ne sais pas son nom ?

– Jamais !

– Alors tu dois parler ! Le puissant émir le veut !

– Et moi je ne veux pas !

– Même... si l'on te disait que ce nom peut aider la jeune femme qui occupe ton esprit ?

– L'aider ?... Que lui fait-on ? Quel danger court-elle ?

L'émir Shawan répéta son geste apaisant qu'il accompagna même d'une ombre de sourire. Ou du moins Renaud en eut-il l'impression, mais son œil resta froid et le scribe reprit :

– Aucun. Elle plaît trop à notre suprême seigneur, le *malik* al-Nasir Youssouf, sultan de Damas et d'Alep, pour qu'on la maltraite. Toi, en revanche...

– La torture ? Pour m'arracher le nom de ma mère ? Je ne vois vraiment pas pourquoi, mais je suis de plus en plus décidé à me taire parce que j'ignore si elle vit encore et pour rien au monde ne voudrais qu'il lui advînt le moindre mal...

– En quoi une dame franque pourrait-elle souffrir si le maître d'un empire du Prophète – son nom soit béni dans tous les siècles ! – apprenait comment elle s'appelle ?

– En rien je l'espère, pourtant je ne t'en dirai pas plus !

– C'est ce que nous verrons !

Ayant dit, Shawan et son interprète sortirent de la geôle sans ajouter un mot. Ils ne revinrent pas.

Et des jours passèrent...

Dans une monotonie telle et un si grand silence que Renaud en arrivait à regretter qu'on ne lui fît pas un procès afin de pouvoir au moins s'exprimer et, surtout, tenter d'obtenir des nouvelles de Sancie devenue sa principale préoccupation. En aurait-il seulement un jour ? La reverrait-il même un instant ? C'était peu probable si l'on en croyait les bruits assurant qu'une femme entrée dans un harem n'en ressortait jamais. A plus forte raison s'il s'agissait de celui d'un sultan puisque apparemment c'était entre des mains aussi illustres que tous deux se trouvaient.

Or il découvrait que l'idée du harem lui était de moins en moins supportable. A peu près à égalité avec son sort actuel car s'il n'y avait eu le passage quotidien du serviteur noir apportant la nourriture, il eût pu croire qu'on avait l'intention de l'oublier. Il ne savait même pas où il était ! Il s'efforçait de compter les jours, mais il y avait un blanc au départ puisqu'il ignorait pendant combien de temps il était resté sous l'empire de la drogue.

Un matin, cependant, après que l'invisible muezzin eut appelé les fidèles à la prière, deux gardent vinrent l'extraire de sa prison pour le remonter à la surface de la terre. Si le manque d'exercice avait un peu amolli ses muscles, la nourriture saine dont il n'avait jamais manqué lui permettait de se sentir beaucoup mieux qu'au jour de son arrivée. En revanche, il était sale à faire peur et répandait une odeur de crasse dont il était lui-même incommodé. « Si l'on m'emmène pour m'exécuter, pensa-t-il, je demanderai qu'avant de mourir on me donne une croix... et un bain ! »

Et il se trouva qu'on le conduisit dans un hammam où, durant plus d'une heure, deux grands diables à demi nus qui ressemblaient à des panthères noires le trempèrent, le savonnèrent, le raclèrent, le douchèrent, puis, après l'avoir aplati sur une table, l'enduirent d'huile, le malaxèrent, le triturèrent de toutes les façons, le lavèrent de nouveau pour ôter l'huile superflue, sans oublier cette fois sa tête sur laquelle on versa un parfum ambré qui le fit éternuer. Enfin on lui tailla les cheveux, la barbe et la moustache avant de l'introduire dans une chemise de toile fine fermée sur l'épaule droite au moyen d'un bouton de cristal et dans un caleçon de même étoffe serré par une cordelière d'argent. On glissa ses jambes dans ce qui était en fait un pantalon étroit de beau drap vert foncé descendant jusqu'aux chevilles ; on lui passa une sorte de robe, brodée d'argent, retenue par une ceinture noire brochée. On mit ses pieds dans des babouches à talons en maroquin noir, noir comme l'ample et riche manteau à manches larges dont on compléta son costume. Pour parachever, on le coiffa d'une chéchia noire autour de laquelle on drapa un turban neigeux à force d'être blanc.

Renaud comprenait de moins en moins, mais se trouva si bien du traitement qu'on lui avait fait subir qu'il sentait lui revenir une certaine forme d'optimisme, regrettant seulement que ce magnifique costume ne soit pas complété par une arme. Ainsi équipé, l'émir Shawan, toujours flanqué de gardes, vint le chercher en personne pour le conduire dans la salle la plus somptueuse qu'il eût jamais vue. Immense, ouverte sur le bleu d'un lac par de fines arcatures à colonnettes, avec des plafonds en cèdre sculpté ; ses murs étaient décorés de peintures et de mosaïques azurées ou dorées. Dans des niches ogivales aménagées dans leur épaisseur étaient exposés des objets d'argent, d'or, d'ivoire ou de cristaux gravés. D'épais et chatoyants tapis couvraient le sol parsemé de grandes lampes d'argent habilement placées devant des miroirs pour en doubler la lumière. Enfin, tout au fond, il y avait un large banc de bois précieux à peine surélevé et garni d'épais coussins de satin jaune dont certains servaient de sièges et d'autres, placés debout et côte à côte, de dossiers. Là était assis, jambes croisées, un homme vêtu de pourpre et coiffé d'un étroit turban noir orné d'une plaque d'or où quelque chose était gravé. Il était seul au milieu de ces splendeurs, sans gardes ni conseillers, mais cet isolement lui donnait plus de majesté que la présence d'une foule nombreuse, même prosternée. C'était le prince dont Renaud et Sancie étaient les captifs.

Guidé par l'émir, le chevalier s'avança vers lui jusqu'à la limite de l'interminable tapis. Là, il s'inclina courtoisement mais ne plia pas le genou comme il l'eût fait devant un roi chrétien et, en se redressant, osa le regarder au visage. Al-Nasir Youssouf pouvait avoir une trentaine d'années. Allongée par la barbe à deux pointes, sa figure était ovale avec, sous des sourcils rectilignes, des yeux sombres profondément enfoncés. Un coude appuyé sur son genou relevé de façon que la main soutînt le visage posé dessus, il regardait d'un air méditatif venir à lui ce chrétien qu'il traitait de si étrange façon.

Renaud chercha des yeux l'interprète, mais le *malik* n'en avait pas besoin :

– Mon fidèle émir Shawan t'a posé naguère une question à laquelle tu n'as pas répondu. Il t'a demandé : « Qui es-tu ? »

– Il t'a mal renseigné. J'ai répondu.

– De façon incomplète et fallacieuse. Le nom de ton père n'est pas exact et tu n'as pas voulu prononcer celui de ta mère. Tu as même prétendu que tu l'ignorais.

– Peut-être, mais si tu possèdes tous les droits possibles sur ma vie, tu n'en as aucun sur mes souvenirs ni sur mes origines. Le silence est la dernière richesse du prisonnier !

– Belle parole ! Abou Saïd, qui fut un grand sage et un grand poète a écrit : « Seul le silence est puissant et tout le reste n'est que faiblesse. » Mais il a dit aussi : « Retiens tes paroles devant tous, mais non devant un ami ! »

– Un ami ? Tu me fais grand honneur, seigneur. J'aimerais savoir d'où tu tiens que nous sommes amis ?

Sans répondre, al-Nasir Youssouf frappa trois fois dans ses mains et Shawan alla chercher au seuil d'une porte une femme qui entra, appuyée sur une béquille. Elle était entièrement vêtue de noir avec, sur la tête, le voile opaque habituel aux filles de l'islam, mais ce n'en était pas une... Dans son visage pâle, creusé de rides douloureuses, les yeux délavés avaient dû être bleus : ils en conservaient un reflet. Cependant son être exprimait l'énergie quand, après avoir salué le prince, elle se dirigea vers Renaud devant qui elle se planta, appuyée des deux mains sur sa béquille tandis que son regard le dévorait. Le *malik* dit alors :

– Il refuse toujours de dire qui il est. Veux-tu, toi, lui apprendre qui tu es ?

Tremblant d'une émotion soudaine qui lui mit les larmes aux yeux mais sans cesser de fixer Renaud, elle déclara :

– Je m'appelle Amena et je suis chypriote. En l'an 1204, j'ai reçu dans mes bras et nourri de mon lait la dernière fille que la reine Isabelle venait de mettre au monde. C'était Mélisende de Jérusalem-Lusignan et je ne l'ai jamais plus quittée. Je l'ai suivie à Antioche quand elle a épousé Bohémond le Borgne... et plus tard quand elle a donné le jour en secret à un petit garçon qu'il fallut cacher...

Etranglée par l'émotion, elle eut un sanglot, mais Renaud avait compris, dès qu'elle eut dit son nom, qu'il avait en face de lui celle qui l'avait soustrait bébé aux fureurs du Borgne et l'avait apporté au risque de sa vie jusque dans Tortose à un Templier nommé frère Thibaut de Courtenay. Alors, sans plus se soucier de celui qui les regardait, il prit la vieille femme dans ses bras et pleura avec elle...

Ce qu'ils éprouvaient l'un et l'autre était trop fort pour qu'ils pussent parler en cet instant où le chaînon manquant reprenait sa place. De longues minutes s'écoulèrent avant que Renaud ne demande :

– Ma mère ?... Est-elle toujours en vie ?

– Non, hélas, car un moment comme celui-ci l'eût payée de bien des souffrances. Le Borgne a su, je ne sais comment, ce qui s'était passé. Lorsque je suis revenue, il m'a fait mettre à la torture afin que j'avoue et c'est elle, ma chère maîtresse, qui m'a sauvée en lui disant tout ce qu'il voulait savoir. Ensuite il l'a tuée... de ses mains. Moi, elle avait réussi à me faire fuir en dépit de ma jambe blessée et j'ai trouvé refuge à Alep auprès de celui qu'elle avait tant aimé...

— Mon père al-Aziz Mohamed... et le tien ! coupa le *malik* avec gravité. Merci, Amena ! Va prendre du repos après ce long voyage. Et toi, mon frère, viens t'asseoir auprès de moi et causons !

— Un instant encore, s'il te plaît, pria Renaud. Je voudrais savoir si le Borgne existe toujours ?

Shawan emmenait déjà Amena et ce fut al-Nasir Youssouf qui répondit :

— Oui, et pas pour sa gloire ! Il s'est fait le valet des Mongols. Le khan Hulagu est son véritable maître. Laisse-le à sa honte, crois-moi ! Son sang souillerait la plus pure des lames... Viens et prends le temps de te remettre.

Un peu étourdi par ce qu'il venait de vivre, Renaud rejoignit enfin ce frère inattendu sur les coussins jaunes devant lesquels, sur un simple claquement des mains du prince, une dizaine de serviteurs vinrent disposer de grands plateaux d'argent garnis d'une multitude de plats ; mais Renaud attendit d'avoir sacrifié à la cérémonie du lavage des mains dans de l'eau parfumée et que tous eussent disparu avant de demander :

— Comment as-tu deviné qui j'étais ?

— C'est Shawan qui t'a reconnu. Tu l'ignores, bien sûr, mais aux cheveux près, tu es le vivant portrait de notre père. Shawan me l'a dit et quand nous avons su ton nom, j'ai envoyé chercher Amena à Alep où il lui avait donné asile. Mangeons à présent ! Nous parlerons après !

Ils mangèrent en silence par respect pour la nourriture et aussi parce qu'il n'est pas convenable de parler la bouche pleine... Renaud en profita pour réfléchir à ce que sa situation actuelle allait poser de problèmes. Qu'un sang presque semblable coule dans ses veines et dans celles d'al-Nasir Youssouf, et que celui-ci l'eût accepté avec une bonne grâce exceptionnelle n'entamait en rien l'infranchissable barrière qui séparait un chrétien d'un musulman. Pourtant il allait falloir, pour la sauvegarde de Sancie, essayer de maintenir une si favorable circonstance.

Lorsqu'il eut goûté à tous les plats comme il se devait, il s'essuya les doigts à une serviette de soie, remercia son hôte pour le repas et attendit. En fait son attente dura un moment. Les yeux mi-clos, le *malik* méditait en caressant pensivement sa moustache. Enfin, il parla :

– Le passé qui vient de ressurgir devant nous doit-il s'effacer maintenant ou bien devons-nous le prolonger ?

– Que veux-tu dire ?

– Que l'avenir est devant nous. Comment vois-tu le tien ?

– Très bref ou plus long selon ce que tu décideras. Je suis ton prisonnier.

– Il ne dépend que de toi puisque nous avons la certitude d'être nés du même père. Tous les espoirs te sont désormais permis... même celui de régner un jour sur Jérusalem... si tu acceptes de dire la Loi et de te prosterner devant le Prophète, son nom soit à jamais béni !

– Essaie d'imaginer un instant, grand roi, que tu es à ma place. Que ferais-tu ? Rejetterais-tu ta vie passée, ton roi, ta foi, ton Dieu ?

– Nous n'en avons qu'un, comme vous. Quant au roi... je viens de te dire que tu pouvais le devenir. Et dans la ville qui doit t'être chère entre toutes.

– Pourquoi me le serait-elle encore si je reniais Celui que l'on y a mis au tombeau ? Tu es généreux et d'âme plus haute que la plupart des autres rois que les liens du sang n'encombrent guère et qui se seraient débarrassés au plus vite d'un frère aussi incongru. Mais tu es né d'une princesse musulmane...

— Ma mère était une esclave turkmène, ce qui est de peu d'importance : seul compte le géniteur !

— Pas pour moi ! Et je crois bien que ce n'est pas parce que ma mère était princesse. Elle a souffert, elle a aimé jusqu'à mourir de cet amour. Je pense qu'il nous faut oublier ce qui nous unit, revenir à notre point de départ !

Al-Nasir Youssouf ouvrit des yeux ronds :

— Tu veux redevenir mon prisonnier ? Tu es fou ?

— Je voudrais l'être : les choses, les gens et les couleurs du ciel n'auraient plus d'importance, mais je ne refuse pas ma liberté si tu veux me la rendre... Ou plutôt non ! Si tu veux que je te bénisse jusqu'à mon heure dernière, charge-moi de chaînes... et rends la liberté à la noble dame que le Templier t'a livrée. Ensuite tu pourras appeler le bourreau !

Le prince tendit la main vers une coupe d'albâtre que l'on avait laissée à leur portée après avoir desservi pour y prendre une prune confite, mais il n'acheva pas son geste et retira sa main soudain raidie :

— Cette femme t'est chère à ce point ?

— J'y tiens beaucoup, répondit Renaud après avoir hésité un instant sur le choix des termes.

L'amour qu'il éprouvait pour la reine lui défendait de prétendre que Sancie était sa dame de cœur. Il ajouta aussitôt :

— Elle est veuve, seule au monde et tout chevalier digne de ce nom jure de protéger la veuve, l'orphelin, mais aussi tout être en détresse, toute...

— Tu dis qu'elle a perdu son époux ?

— Oui. Je ne sais pas depuis combien de temps. A ce qu'elle m'en a dit, il était beaucoup plus âgé qu'elle mais elle l'aimait.

— Il fallait qu'il le soit pour avoir laissé vierge une femme aussi séduisante !

Nouveau silence que Renaud employa à réaliser ce qu'il venait d'entendre :

– Tu as dit : vierge ?... Comment le sais-tu ?

Le *malik* écarta les deux mains dans un geste plus explicite qu'une longue phrase car il traduisait une évidence. Il ajouta cependant d'une voix assourdie :

– Je crains que tu ne puisses comprendre. Ses cheveux de feu ont enflammé mon désir. Depuis toujours je rêve d'une femme possédant une telle chevelure. Mon père a eu jadis une esclave ainsi parée, mais moins belle parce qu'elle n'avait pas les yeux d'émeraude de celle-ci. Cependant j'en avais une terrible envie que je n'eusse peut-être pas retenue si la fille n'avait trahi son seigneur et n'était morte... sous le fouet ! Quand j'ai succédé à mon père, j'ai fait chercher partout une créature qui réalise mon rêve. Et je l'ai trouvée... Si elle a une place dans ton cœur, j'en suis désolé, mais ne me demande pas d'exprimer des regrets ! Oh non ! Son corps est un bouquet de délices dignes du paradis...

A cet instant, il ne s'adressait plus à Renaud mais à lui-même en une évocation qui lui troublait le regard. Sa bouche se fit gourmande tandis qu'il se pourléchait à la manière d'un chat. Ce que le chevalier, saisi d'une soudaine envie d'étrangler ce frère de hasard, ne put supporter. Il se leva :

– Tu l'as violée et oses me l'avouer ? s'écria-t-il avec une violence qu'il n'essaya pas de brider.

Al-Nasir Youssouf tourna vers lui un visage souriant, mais où les paupières mi-closes ne laissaient filtrer qu'un reflet noir :

– Quel ton ! Je me demande si tu es mon frère depuis assez longtemps pour te le permettre ? En outre, j'ai déjà exprimé que j'étais triste pour toi... Mais je veux bien te répondre : je n'ai pas forcé la jeune lionne aux prunelles vertes. Les femmes qui l'entourent la traitent en reine... et elles savent aussi composer des pâtisseries, des nectars qui effacent les aspérités du caractère et les réactions déplaisantes...

– Autrement dit : on te l'a livrée inconsciente ? C'est encore pire ! Quand on aime une femme, on essaie de l'apprivoiser, de la gagner.

– Qui parle d'amour ? Elle enflamme merveilleusement mes sens et c'est ce que je veux ! Il se peut que je l'épouse ! Surtout si elle me donne un fils ! Et je te promets qu'elle sera heureuse. Le temps n'est pas éloigné où elle viendra d'elle-même au-devant de mes caresses.

– Jamais ! Jamais tu n'obtiendras qu'elle s'avilisse comme une esclave... Elle est trop haute dame, trop fière !

– Elle est femme avant tout ! Elle était rose en bouton. Elle va s'épanouir en une fleur magnifique ! Viens voir !

Il conduisit Renaud dans une sorte de cellule attenante à la salle où ils se trouvaient. Etroite, tendue de damas rouge, elle était fermée par un rideau qui, tiré, dévoila une fenêtre fermée d'un grillage.

– Elle donne sur le hammam du harem, dit le prince. C'est parce que tu es mon frère que tu vas recevoir de moi une faveur exceptionnelle, mais elle te convaincra de ne plus chercher à me ravir mon trésor le plus précieux. Regarde !

Un étage plus bas, il y avait une piscine habillée de marbre blanc et de mosaïques bleues, entourée de matelas et de coussins soyeux. Trois femmes seulement s'y tenaient : Sancie et deux servantes noires qui étaient en train de l'aider à descendre dans l'eau en la tenant chacune par un bras. Fermement, la jeune femme semblant peiner à se mouvoir seule et ses yeux étant presque fermés. Une bouffée de sang vint alors enfiévrer le cerveau de Renaud : les trois femmes étaient nues et les chairs sombres, luisantes exaltaient de façon troublante la peau claire doucement rosée de Sancie. Dans ses cheveux dénoués répandus sur ses épaules et son dos on avait mêlé des fils d'or et des pierres précieuses : rubis et topazes qui lui composaient un manteau scintillant, une fulgurante crinière de lionne qui s'étala sur l'eau quand elle y entra, dérobant ainsi le corps le plus ravissant qui soit aux regards avides des deux hommes, car celui de Renaud dévorait autant que l'autre la trop émouvante vision. Une colère au goût de cendre envahit le chevalier avec l'envie de tuer cet homme qui faisait fi des lois de sa race sur les secrets du harem afin de jouir un instant d'un triomphe assez infâme. Il vit encore que les servantes étaient entrées dans l'eau avec Sancie et l'y soutenaient : elle semblait totalement inconsciente, bien qu'elle eût les yeux ouverts. Puis le rideau retomba.

– Tu as compris ? émit Youssouf d'une voix enrouée. Jamais je ne te la rendrai !

– Alors battons-nous ! Le vainqueur l'emportera.

Cette fois le *malik* se mit à rire :

– Réfléchis un peu ! S'il arrivait que tu parviennes à me vaincre et à me tuer – chez nous la plaisanterie que vous appelez tournoi n'existe pas –, tu ne verrais pas la fin du jour et tu serais dans une situation très désagréable : mes serviteurs te feraient mourir sur le pal et ma lionne servirait leurs plaisirs avant d'être vendue comme esclave ou peut-être même exécutée. Il faut te résigner, mon frère !

– Je veux la voir.

– Tu l'as bien assez vue et je t'ai fait une immense faveur en te laissant contempler la beauté de ma future épouse ! A présent, je crois que nous n'avons plus rien à nous dire... à moins que tu n'acceptes de dire la Loi et de vivre à mon côté ?

– Tu connais ma réponse.

– Alors va-t'en ! Libre et en paix ! L'émir Shawan va t'escorter aux limites des terres franques. Je le regrette... mais peut-être est-ce mieux pour nous deux ! Sans doute ne nous verrons-nous plus jamais.

– Pourquoi pas sur un champ de bataille ?

– C'est à craindre si ton roi se mêle de tout embrouiller dans ce pays où, par haine de l'Egypte qui a osé tuer mon oncle Turan-Shah, nous sommes arrivés à une entente assez convenable avec ceux du Temple qui sont vos gardiens traditionnels. Certains d'entre eux apprécient notre culture et nous leur ouverture d'esprit. Résultat : la paix se maintient mais ton roi ne me ressemble pas, car moi je n'aime pas la guerre. Respirer une rose ou le parfum secret d'une femme est tellement plus enivrant ! J'aimerais que tu lui fasses entendre raison. Qu'il accomplisse son pèlerinage et rentre chez lui !

Sans autre forme d'adieu, il s'éclipsa derrière une tenture. Renaud suivit Shawan qui lui fit rendre ses vêtements, son cheval, ne conservant par-devers lui que ses armes. Sans doute pour les lui remettre au moment de leur séparation ?

En quittant la forteresse, Renaud vit qu'elle était construite à l'orient d'un lac dont les rives marécageuses lui rappelèrent le Nil, les grands roseaux nommés papyrus y poussant à foison. Il y avait aussi de nombreux oiseaux et l'ensemble offrait une image paisible un peu mélancolique mais d'un charme certain. Renaud aurait voulu savoir où il se trouvait, mais Shawan ayant choisi – ce qui le surprit – de l'accompagner seul et sans l'interprète, quoique armé jusqu'aux dents, la conversation risquait de tourner court.

En silence donc, on suivit la berge sur environ une demi-lieue en allant vers le sud, ne rencontrant qu'un ou deux villages de pêcheurs. Le chemin était assez large et, en fait, ce n'était rien d'autre que la route des caravanes reliant Damas à l'Egypte mais aucune n'était en vue. Quand on laissa le lac en arrière, ce fut pour longer un cours d'eaux devenues tumultueuses en sortant de la nappe paisible pour se précipiter sur des degrés rocheux. A un certain moment, Renaud vit, de l'autre côté de la rivière, que l'on pouvait à cet endroit passer à gué sur de grosses pierres plates, des ruines imposantes. Shawan s'arrêta au bord des berges puis se tourna vers son compagnon :

– Ce fleuve est celui que les Francs appellent le Jourdain et ceci est le gué de Jacob. L'un de tes rois y avait construit un fort château contre les armes de Salah ed-Din...

– Mais... tu parles notre langue ?

– Comme tu peux l'entendre.

– Alors pourquoi l'interprète dans mon cachot ?

– Parce que personne n'a besoin de le savoir. Il est bon de connaître la langue de l'ennemi, mais il est bon aussi de ne le confier à personne...

– Pourquoi à moi ?

– Parce que tu es le fils de mon maître regretté, le *malik* al-Aziz Mohamed, qui était mon ami. Cela ne veut pas dire que j'en éprouve autant pour toi, mais tu es vaillant et le sang du grand sultan coule dans tes veines... Plus pur peut-être que dans celles d'al-Nasir Youssouf. Maintenant écoute-moi ! Tu vas traverser le fleuve et te cacher dans le vieux *kalaat* ruiné. Là, tu attendras le temps qu'il faudra : une ou deux nuits jusqu'à ce que, par trois fois, tu entendes le cri du faucon. Alors tu viendras au bord de l'eau. Je t'amènerai la femme franque.

— Pour quelle raison le ferais-tu ? Il te tuera !
— Si je ne te la remets pas, c'est elle qui sera tuée. Tu ne peux pas le savoir mais Youssouf a vécu jusqu'à présent sous la tutelle de sa grand-mère, la redoutable Dharta-Khatoum. Celle aussi de Turan-Shah, son oncle assassiné voici peu par les mamelouks. La vieille reine n'en est que plus jalouse de son pouvoir. Et al-Nasir Youssouf vient de lui échapper. Je sais qu'elle s'est mise en route pour ramener son petit-fils à Damas... et à la raison.
— Et il la laissera faire ?
— Il sera bien obligé : elle ne lui laisse que l'illusion du pouvoir et ce n'est pas plus mal. D'enfant faible et capricieux, Youssouf est devenu un homme généreux mais velléitaire, incapable d'une volonté continue, sauf peut-être au sujet des femmes dont il raffole. Dharta-Kathoum n'y voyait pas d'inconvénient tant qu'il y en avait beaucoup, mais qu'il s'éprenne d'une seule au point de vouloir l'épouser et que celle-là soit une Franque, voilà ce qu'elle ne supportera pas. Je sais qu'elle s'est mise en route pour venir ici. La lionne, si elle la trouve, sera exécutée. Je vais donc proposer de la mettre à l'abri...
— Il te croira ?
— Je ne lui ai jamais donné l'occasion de ne pas me croire.

Renaud avait mis pied à terre et, tenant son cheval par la bride, se rapprocha du rivage.

— Encore un mot, s'il te plaît ! Pourquoi te préoccuper d'une femme, surtout d'une Franque ? Tu les méprises plus encore que les autres, je suppose ?
— Proche de tes souverains, celle-là est dangereuse. Ton roi a dû apprendre qu'entre nous, les Syriens descendants de Salah ed-Din et la racaille égyptienne, l'entente ne règne pas. En outre, les Mongols sont sur

notre dos. Nous n'avons pas besoin que le roi de France nous tombe dessus pour venger cette créature. Assez parlé à présent ! Je dois rentrer !

– Seras-tu offensé si je dis que je vais prier Dieu pour qu'il soit avec toi ?

– Quel que soit le nom qu'on lui donne, Allah est toujours Allah ! Une prière ne peut jamais faire de mal !

Le vieux guerrier fit volter son cheval, prit le galop et disparut derrière un foisonnant buisson de cistes marquant un coude du chemin. Avec précaution mais aussi un sentiment de respect, Renaud descendit vers le lit du Jourdain. C'était là le fleuve sacré des chrétiens, celui dans lequel Jean avait baptisé Jésus, celui dont les traditions disaient que son eau guérissait les malades, même les lépreux, et qui, cependant, n'avait pas guéri le jeune roi martyr qui le méritait plus que tout autre. Mais les voies du Seigneur étant impénétrables, Baudouin avait vécu jusqu'à l'horreur son agonie à cheval...

Avant de s'enfoncer dans le dédale de rocs taillés portant encore la trace de l'incendie qui avait détruit son beau château, Renaud fit boire son cheval et but lui-même longuement. Attaché à la selle, il y avait un sac contenant de l'avoine pour l'animal et un autre, plus petit, avec des dattes pour l'homme. Il lui restait donc à chercher un coin abrité pour dormir. Il le trouva près du grand éboulis, dans une anfractuosité du soubassement par laquelle, peut-être, les sapeurs de Saladin avaient miné le château. Le soleil que des nuées d'orage avaient caché presque toute la journée, disparaissait. La première nuit allait commencer...

Sachant que Shawan ne réapparaîtrait pas de sitôt, Renaud l'employa à prendre du repos mais, avec le lever du jour, l'attente avec son cortège d'inquiétudes et d'imaginations plus ou moins sensées débuta. Le chevalier s'installa non loin de son trou à l'ombre d'un rocher d'où il voyait le gué et décida de n'en plus bouger.

Le jour passa, la nuit revint. Jamais les heures ne lui avaient paru plus longues, plus incertaines. Tant de choses pouvaient se produire ! Tant de défauts dans l'acier du projet, tant d'impondérables ! La seule activité que Renaud s'accorda fut le soin de sa monture. L'endroit était désert et, à l'exception des oiseaux du ciel, personne ne s'y montra, ce qui était une bonne chose. L'obscurité revenue, il se laissa aller à somnoler. Plus longtemps qu'il ne l'aurait voulu, car la lune était haute quand le cri du faucon l'éveilla et le précipita vers le gué au-delà duquel, immobiles et fantomales, deux statues équestres se tenaient... L'une était celle d'une femme étroitement voilée. Shawan tenait sa promesse.

Au risque de se rompre le cou – mais sa joie était si forte ! –, il sauta d'une pierre glissante à une autre pierre glissante, atteignit la berge et vit alors que la silhouette féminine était seule. Le vieux guerrier repartait déjà. La terre résonnait sous le galop de son cheval.

– Madame ! exulta le chevalier, enfin, vous voilà ! Je...

– Eloignons-nous, s'il vous plaît ! Dois-je descendre ?

La voix, étouffée peut-être par les voiles, était sourde, atone. Elle doucha l'enthousiasme du jeune homme qui prit l'animal par la bride pour l'amener vers l'eau.

– Non, non ! Vous êtes légère et le passage est facile...

En effet on fut de l'autre côté en peu d'instants.

Mais quand il voulut faire descendre Sancie pour l'inviter à prendre du repos dans sa caverne, elle refusa :

– Pour quoi faire ? Nous n'avons pas de temps à perdre !

– Le danger n'est pas si grand. Nous sommes en terre chrétienne, à présent.

Elle tendit un bras en direction d'une boursouflure noire des montagnes de Galilée.

– Vous croyez ? Là-bas, c'est Safed, le nid d'aigle des Templiers. Le vieux guerrier a dit qu'il faut l'avoir dépassé avant le jour... Ou bien préférez-vous oublier le traître qui nous a vendus ?

Dure soudain mais toujours aussi morne, la voix le souffleta, allumant sa colère et une si cruelle déception qu'il faillit l'injurier. De quel bois croyait-elle donc qu'il fût fait ? Il choisit de ne pas répondre, alla chercher son cheval, puis se mit en selle sans dire un mot. Le faible grondement des eaux du Jourdain s'éteignit peu à peu.

Une vingtaine de lieues environ séparaient le gué de Jacob de Saint-Jean-d'Acre mais les difficultés du chemin à travers les monts de haute Galilée, surtout en évitant Safed, obligeaient souvent à aller au pas et ce que l'on eût pu faire en à peine deux jours sur une route lisse, il en fallut trois avant qu'on puisse adopter une allure plus rapide.

Etrange voyage, en vérité, qui laisserait à Renaud une amertume durable ! Il avait l'impression de chevaucher avec une ombre tant sa compagne restait silencieuse. Absente ! Un corps sans âme, docile à suivre ses indications sur le chemin, mais ne répondant à aucune question et décourageant toute tentative de conversation. Lui n'osait pas briser ce mutisme volontaire, craignant trop qu'un éclat ne la blesse. C'est juste s'il pouvait apercevoir son visage quand il lui offrait de l'eau, du pain et quelques dattes. Elle n'écartait qu'à peine le grand voile couleur de fumée qu'elle portait au moment de son enlèvement. Et, surtout, elle évitait le contact de sa main, le tenant à distance d'un geste sec quand il voulait l'aider à descendre de sa monture ou à se remettre en selle. Elle pratiquait d'ailleurs cet exercice avec autant de souplesse et d'agilité qu'un jeune chevalier.

Renaud ne savait plus que penser d'une attitude qu'il n'arrivait pas à analyser. Il n'avait rien fait qui méritât son ressentiment et même, en face de ce fantôme rigide, il s'interdisait d'évoquer mentalement l'image exquise entrevue derrière le grillage d'or tant il craignait qu'elle ne pût lire dans son esprit. A ce propos, il se demandait seulement si les drogues ingérées lui permettaient de garder quelque souvenir de ce qu'elle avait subi dans le château au bord du lac. Et si même il était possible qu'elle eût subi, totalement inconsciente, les assauts du *malik* ? Si elle s'en souvenait, elle devait se sentir honteuse, misérable ! Ou alors ce qu'on lui avait administré l'avait cassée d'irrémédiable façon, laissant en elle des traces indélébiles menant à la folie ? Cette idée était particulièrement insupportable et Renaud n'avait qu'une hâte : arriver à Saint-Jean-d'Acre et remettre Sancie à dame Hersende. Celle-là et celle-là seule saurait ce qu'il en était !...

Aussi, quand enfin du haut de la dernière colline on découvrit la ville – si blanche sur la mer si bleue ! –, il ne put retenir un cri de joie et, entraînant celui de Sancie, il mit son cheval au galop. Un galop qu'il fallut bien ralentir aux approches des portes toujours encombrées de gens apportant leurs produits au marché, de soldats, de religieux, de mendiants parmi lesquels s'entendait parfois la crécelle d'un lépreux, mais, lorsque l'on fut à l'intérieur des murs, sa compagne l'arrêta d'un mot :

– Messire !

Comme il allait devant il se retourna :

– Madame ?

– C'est là que nous nous séparons. Vous allez au palais, je suppose ?

– Cela me paraît normal. Pour vous aussi ?

– Non. Je me rends au couvent des Clarisses. Dites à la reine que j'implore son pardon, mais que je ne peux pas retourner auprès d'elle. Et priez-la de me renvoyer Honorine !

– Vous voulez vous faire nonne ? émit Renaud abasourdi.

– Seulement chercher un refuge en attendant le départ de la prochaine nef pour Marseille. Ne m'accompagnez pas ! Je sais où est le couvent...

– Dame Sancie, ce n'est pas raisonnable ! La reine ne mérite pas que vous la mettiez devant le fait accompli. Elle ne comprendra pas non plus de ne pas être pour vous le meilleur asile.

– Elle a trop de piété pour ne pas admettre que le Seigneur Dieu et Notre-Dame passent avant elle. Allez, sire Renaud, et que Dieu vous garde !

Sans rien ajouter, elle tourna la tête de son cheval vers une rue au bout de laquelle étaient de hauts murs surmontés du clocher d'une chapelle. Renaud n'essaya pas de la retenir et se contenta de suivre des yeux la mince silhouette grise, inflexible et droite qui voulait se tourner vers Dieu. Il se sentait bizarrement malheureux. Humilié, plutôt ! Pourquoi lui refusait-elle une confiance qu'il pensait avoir méritée ? N'avait-il pas tout accepté, jusqu'à la perte définitive de la Croix, pour la secourir ? Et voilà qu'elle le traitait sinon en ennemi, du moins en indifférent ! Un quelconque chevalier chargé de l'escorter ! Rien de plus ! La déception alors fit place à la colère :

– Qu'elle aille au diable ! lâcha-t-il sans trop de logique avant de reprendre son chemin vers la résidence royale. Ce qui ne le soulagea que fort peu. Il était furieux contre lui-même, presque autant que contre Sancie. Il s'était comporté comme un imbécile. Au lieu de respecter le silence obstiné dont elle s'enveloppait, il aurait dû la secouer, la malmener au besoin, pour lui faire cracher ce qu'elle avait dans la tête et dans le cœur. Quitte à transformer l'interminable voyage en une longue joute oratoire. Tout le monde s'en serait trouvé mieux ! Lui le premier, car il se voyait maintenant contraint d'aller expliquer, seul, ce qui s'était passé depuis l'enlèvement de la dame de Valcroze en ménageant autant que possible sa pudeur, et d'abord d'aller demander excuse au roi pour avoir quitté Acre sans son congé. Or il savait Louis très strict sur l'exactitude des devoirs et sur l'obéissance qui lui était due. Surtout depuis que l'on avait atteint la Terre Sainte ! Avant d'aller s'enfermer dans un couvent, Sancie aurait pu se donner la peine de l'accompagner jusque devant les souverains. Elle avait été enlevée, sacrebleu ! Ce n'était tout de même pas comme si elle avait fait une fugue ! Elle aurait pu raconter ce qu'elle aurait voulu que l'on dît – ou que l'on tût –, mais l'affaire maintenant lui retombait sur son dos à lui et il voyait se lever à l'horizon une infinité de complications. A commencer par l'histoire de la Vraie Croix ! Le saint roi allait prendre on ne peut plus mal qu'il eût gardé ce fait secret par-devers lui et il le rendrait responsable de la perte irrémédiable de l'insigne relique. Puisque l'on était à pied d'œuvre maintenant, il eût été tellement plus simple d'aller creuser la terre sous l'acacia en grand arroi et solidement armés, ce qui eût empêché le drame final ainsi que les malheurs de Sancie. Et Renaud n'était pas certain que faire appel à l'ombre de Robert d'Artois, le frère tant aimé, suffît à lui éviter les conséquences fâcheuses du mécontentement royal... Sans compter le cas du sire de Fos qu'il allait falloir régler. Seul rayon d'espérance dans cette brume grisâtre, le mauvais Templier allait avoir du mal à esquiver sinon le jugement de ses pairs, au moins celui de Dieu ! Et le duel à outrance en champ clos que Renaud réclamerait !

Tout cela n'était guère réjouissant ! Pourtant, lorsqu'il fut en vue de la porterie du palais, Renaud s'était trouvé un vague rayon de soleil : aller tout raconter à la reine en tâchant d'écarter provisoirement la confrontation avec son époux. A elle, il pourrait se confier et la douceur de son regard, de son sourire serait pour ses meurtrissures le plus doux des dictames...

Absorbé dans ses pensées, il ne s'aperçut du manque d'animation qu'en arrivant au corps de garde. D'habitude, l'endroit grouillait de monde. Ce n'était pas le cas. Quelques rares personnes seulement entraient ou sortaient : uniquement religieux ou mendiants, toujours en quête d'un secours. Aucune figure familière, et même l'officier de garde n'eut pas l'air de le connaître. Il fallut qu'il se nomme, sans soulever d'ailleurs le moindre intérêt. L'homme ne devait pas être né en France. Quant au titre d'écuyer royal, selon le garde, il devait coïncider avec un autre aspect que le sien, et valut à Renaud cette réplique :

— Désolé, le roi n'est pas à Acre et, si vous êtes ce que vous dites, vous devriez être avec lui. Il a emmené toute sa maison !

— Peut-être, mais moi j'accomplissais une mission. Où est le roi ?

— Ce n'est pas à moi de vous le dire...

- Et la reine ? Partie elle aussi ?
- Non, mais j'ai ordre de ne laisser entrer ou sortir quiconque n'est pas de son service.
- Qu'est-ce que ça veut dire ? Il faut pourtant que je lui parle. C'est d'une... extrême importance ! Ecoutez, reprit Renaud qu'une idée venait de traverser, connaissez-vous le sire d'Escayrac ?
- Oh oui ! C'est même lui qui a ordonné que soient closes les portes du palais...
- Eh bien, envoyez-le chercher ! Qu'au moins je lui parle, à lui !

Et comme visiblement l'officier hésitait, Renaud ajouta :

- Dites-lui que je ne bougerai d'ici avant de l'avoir vu ! Et n'oubliez pas mon nom : Courtenay !

Le ton impératif emporta la décision. Un autre garde fut envoyé quérir le vieux seigneur, mais le visiteur, sans doute importun, n'en fut pas invité pour autant à s'abriter du soleil dans le poste près de la herse. Il dut se contenter de la voûte d'entrée dont l'ombre était d'ailleurs suffisante. Là, il attendit de longues minutes avant que le sol ne résonne sous le pas solennel – et ferré ! – d'Escayrac qui s'avançait avec une certaine lenteur due au fait que, des solerets au cimier, il était lourdement armé. Mécontent au surplus d'être dérangé et plus encore à la demande de Renaud qu'il détestait, il ne fit cependant aucune difficulté à le reconnaître en dépit de la saleté de sa personne. L'échange de salut fut bref. Aussi courtoisement que possible devant cette longue face, blanche de peau comme de poil, qui le regardait avec méfiance, Renaud demanda à être introduit auprès de la reine.

- C'est impossible ! Personne n'est autorisé à la voir. Madame Marguerite est malade...
- Malade ? De quoi souffre-t-elle ?

— Je ne sais trop ! Une sorte de langueur... Depuis le départ de notre sire, elle paraît s'affaiblir un peu. Ce qui n'est pas bon pour son état...

— Son état ? Vous voulez dire qu'elle est encore...

— Grosse ? Oui... On le sait depuis peu... Une nouvelle bénédiction du ciel ! fit Escayrac en levant vers la voûte un regard extasié et deux mains un brin tremblantes. Ce qui me vaut le privilège de veiller de nouveau au ventre quand le roi s'absente. Et c'est à cause de ces premiers – et si touchants ! – malaises qu'elle n'a pas accompagné son époux...

— Et où est le roi ?

De l'extase, Escayrac passa au ravissement. Il ne lui manquait plus que le nimbe :

— Il est allé mettre ses pas dans ceux de Notre-Seigneur Jésus-Christ, ainsi qu'il en avait fait vœu en prenant la Croix. Il s'est rendu aux Lieux saints où il veut cheminer humblement pieds nus, en chemise et...

— Pardonnez-moi, mais je ne sais pas où sont les Lieux saints... en dehors de Jérusalem qui est fort au sud et que nous n'avons pas reprise, que je sache ?

— Sans doute, sans doute, et c'est grande pitié. Grâce au Très-Haut, nous en tenons encore quelques-uns comme Nazareth où le fils de Dieu a grandi, et d'autres endroits de Galilée.

— En Galilée ? Sauriez-vous si Nazareth est loin de Safed ?

— Ma foi, je n'en sais guère plus que vous. Il me semble toutefois avoir ouï dire que... ce serait assez voisin. A cette heure, je vous prie de me laisser retourner au logis de la reine. Elle n'est pas seule, bien sûr, et demoiselle Elvira...

— Elvira ? Et dame Hersende ?

— Eh bien, à dire le vrai, je ne sais où elle est passée depuis deux jours. Je commence à m'inquiéter...

Renaud eut l'impression que le ciel lui tombait sur la tête :

– Etes-vous en train de me dire que dame Hersende n'est pas au chevet de Madame Marguerite alors que celle-ci a besoin d'elle ?

– Tout juste, et croyez que cela me soucie...

– Mais enfin qui est auprès d'elle ? Sa sœur, Madame d'Anjou ? Madame de Poitiers ?...

– Ah non ! Les frères du roi sont repartis pour la France voici... une semaine avec le duc de Bourgogne et d'autres seigneurs. Nous avons cependant la dame de Montfort qui veille au petit prince et la dame de Sergines... bien que celle-ci ne soit pas au mieux en ce moment. Et puis Adèle, et aussi Honorine, la suivante de cette pauvre dame de Valcroze, mais elle pleure sans arrêt.

– Miséricorde !

C'était encore pire qu'il ne le craignait. Marguerite était livrée presque sans défense aux machinations d'Elvira. L'absence d'Hersende était plus que significative et un drame pouvait se produire à tout moment. Il fallait faire quelque chose, et vite !

– Retournez auprès de la reine, ordonna-t-il, et surveillez la demoiselle de Fos ! Au moindre geste suspect, n'hésitez pas à l'appréhender... voire à la tuer !

– Moi ? Que je... Mais je ne me tiens pas dans la chambre !

Il était devenu encore plus pâle s'il était possible et, à son regard, Renaud vit qu'il hésitait. Il bredouilla :

– Cette demoiselle aurait de mauvais desseins ? A qui le ferez-vous croire ?

– J'en jurerais ! Veillez de votre mieux. Je vais essayer de vous envoyer du renfort...

Un peu soulagé d'avoir fait partager ses craintes au vieux chevalier, Renaud alla reprendre son cheval et revint sur ses pas. Quelques minutes plus tard, il tirait la cloche du couvent où Sancie s'était réfugiée.

Il ne fut pas facile de convaincre la sœur tourière de le laisser pénétrer dans la sainte maison. Elle voulut bien admettre qu'une jeune dame était arrivée récemment mais qu'un chevalier se présente derrière elle si peu de temps après ressemblait par trop à une poursuite. D'autant que le nouveau venu n'était pas vraiment repoussant en dépit de son aspect crasseux. Renaud, à qui l'inquiétude ôtait toute tranquillité, dut s'astreindre à refréner une impatience proche de l'irritation en face de ce visage apparu derrière le grillage du guichet qui eût été insignifiant, si l'obstination et la méfiance ne l'avaient rendu franchement rébarbatif. La dame de Valcroze avait demandé asile ce qui signifiait que personne ne pouvait être conduit auprès d'elle. Elle n'en sortait pas.

– Il s'agit d'un cas extrême, ma sœur ! Je puis vous assurer qu'aucun reproche ne vous sera fait, pria Renaud. Il faut que je lui parle...

– Sa détermination est grande. Même notre mère prieure ne réussirait sans doute pas à la faire plier. Retirez-vous en paix !

– En paix ?... Demandez à la mère prieure de me recevoir ! Ce n'est pas impossible, j'imagine ?

– A cette heure ? Si. Nos sœurs sont à la chapelle et prient.

– Alors, j'attendrai. Mais sachez que je ne quitterai d'ici qu'après avoir vu au moins votre prieure ! Et je tirerai sur cette cloche chaque minute jusqu'à ce que l'on veuille bien m'entendre !

Et, joignant le geste à la parole, il actionna la cloche sous l'œil effaré de la nonne qui se signa précipitamment mais consentit enfin à ouvrir la porte.

Au-delà, il y avait une salle dont la voûte basse était

soutenue par d'épais piliers, avec au fond l'éclat de la belle lumière blonde venue d'un jardin entouré d'un cloître que révélait un vantail laissé entrouvert, mais entre cela et le visiteur, se tenait la petite silhouette blanche de la tourière. Elle lui intima l'ordre de ne pas bouger mais au moment où elle s'éclipsait par l'ouverture, Renaud lança :

– Dites-lui qu'il y va de la vie de la reine !

Un instant plus tard, elle revenait le chercher pour le conduire, par le cloître désert, jusqu'à une pièce nue à l'exception d'un grand crucifix de bronze plaqué au mur. Sancie était là.

Agenouillée devant la croix, elle priait, la tête dans ses mains et tout d'abord il ne sut pas que c'était elle à cause de la robe blanche, de la guimpe et du voile qui la différenciaient peu des véritables religieuses. Et il ouvrait la bouche pour l'appeler « ma mère », quand elle se releva et lui fit face. Cette fois, il pouvait voir son visage cerné par la fine toile. Sa nudité révéla les traces de larmes, une profonde tristesse, mais l'ancienne combativité habitait toujours les magnifiques yeux d'émeraude. De même, sa voix ne tremblait pas quand elle attaqua :

– La vie de la reine ! Vous n'avez rien trouvé d'autre ?

– Vous n'imaginez tout de même pas que j'invente ? J'arrive du palais. Madame Marguerite, grosse une fois de plus, est malade, seule autant dire avec la demoiselle de Fos ! Sa sœur et sa belle-sœur sont en mer pour rentrer en France et dame Hersende a disparu depuis deux jours. On ne sait où elle est. Le vieux sire d'Escayrac qui veille à nouveau au ventre ne sait plus à quel saint se vouer. Alors je viens vous chercher.

– Je croyais vous avoir dit que je n'avais plus ma

place dans le siècle. Pas même ici qui est trop près de la cour...

– La cour ? Où prenez-vous qu'il y en ait une ? Je viens de vous faire entendre que la reine est seule...

– Avec son vieux chambellan, les femmes de son service, sa chanteuse préférée et ce n'est pas parce que son médecin s'est absenté qu'elle risque la mort ! Les femmes sont malades en début de grossesse ! Ne soyez pas ridicule !

– Que vous arrive-t-il, Sancie de Signes ?

– Je suis la dame de Valcroze !

– Pas pour moi ! Où sont votre présence d'esprit, votre finesse, votre intelligence ? Ce que vous avez enduré vous a-t-il fait oublier votre amour pour votre marraine ?

– Non ! Mais je ne comprends rien à votre agitation ! Encore une fois Madame Marguerite n'a pas besoin de moi. Quand je serai au point de partir, je lui ferai mes adieux... dans une lettre !

Décidément elle ne voulait rien entendre et Renaud chercha quelle corde toucher pour faire résonner ce cœur qui n'avait plus l'air d'exister. Soudain, une idée le traversa :

– Dites-moi, madame de Valcroze, savez-vous comment s'appelle le Templier félon qui vous a enlevée, livrée ?

Elle haussa les épaules avec l'ombre d'un sourire.

– Il n'a pas eu la courtoisie de se présenter.

– C'est bien ce que je pensais. Il s'appelle Roncelin de Fos et il est le frère de cette Elvira qui englue la reine avec sa musique et sa poésie... en attendant de la tuer ! N'avez-vous rien entendu de ce que nous nous sommes dit à Safed et aux Cornes de Hattin ? Pour venger celle qu'il aimait, Fos entend détruire ce que le roi affectionne et auquel il tient : la Vraie Croix, pour que sa protection ne s'étende jamais sur lui, son épouse à présent et sans doute aussi son fils nouveau-né... en attendant de l'abattre lui-même ! Rien ne le retiendra ! Pas même Dieu et je devrais dire : surtout Dieu qu'il ne craint plus ! Et sa sœur est sa complice. Elle n'a été placée auprès de la reine que dans un seul but...

– Taisez-vous !

Il comprit qu'il l'avait atteinte. Elle était devenue aussi blanche que sa vêture monacale :

– Ce monstre n'a jamais répondu à aucune de mes questions, murmura-t-elle. Et je n'ai rien entendu de ce que vous vous êtes dit.

– Eh bien, maintenant vous savez ! Par pitié, Sancie, aidez-moi à les sauver, elle et son enfant !

Il y eut un silence assez long. Pourtant, elle ne se détournait pas de lui bien au contraire : elle dardait sur lui un feu vert qui cherchait son âme à travers son regard. Enfin elle dit et sur sa voix pesait une involontaire mais profonde tristesse :

– Vous l'aimez toujours, n'est-ce pas ? Plus qu'autrefois peut-être où vous n'étiez qu'un enfant ! A présent, vous l'aimez en homme.

Elle ne posait pas vraiment de question : elle énonçait une évidence et Renaud n'avait aucune raison de lui mentir. Il ébaucha un sourire :

– Vous possédez, comme Hersende, l'art de lire au fond de l'âme et je ne vois pas pourquoi j'essaierais de nier... Ce serait mentir et j'y suis peu habile. En particulier avec vous !

– Dois-je comprendre que vous n'avez jamais menti et ne mentirez jamais ?

– Je n'ai pas besoin d'en faire le serment. Entre nous, c'est impossible...

– Je saurai m'en contenter !

Elle se tournait à nouveau vers le Christ en croix, alla baiser ses pieds puis sans regarder Renaud :

– Vous pouvez partir ! Dans quelques minutes, j'aurai quitté le couvent.

– Pour aller au palais ?

– Pour aller au palais ! Ne m'attendez pas ! Je veux m'y rendre seule...

– Merci ! murmura-t-il, plus ému qu'il ne le croyait.

Il la salua avec un respect sincère, mais elle ne le vit pas. Il ne vit pas davantage que les larmes s'étaient remises à couler.

CHAPITRE XV

LE DERNIER ACTE

Un peu réconforté, Renaud regagna son logis. Il avait grand besoin d'un bain et de linge propre. Besoin aussi de retrouver ceux qui devaient l'y attendre : Gilles Pernon dont il avait appris à apprécier les conseils et le petit Basile pour lequel il s'avouait s'être pris d'affection. En passant devant l'église Saint-Michel, il s'aperçut que l'on y célébrait un service funèbre. Le vigoureux *Miserere* braillé par des gosiers solides arrivait jusqu'à lui par le portail ouvert et il ne put réprimer un sourire en pensant aux fureurs de Joinville dont la chambre jouxtait le sanctuaire et qui ne cessait de récriminer contre la fréquence des enterrements, surtout nocturnes, qui l'empêchaient de dormir. Cette fois, le sénéchal de Champagne ne se plaindrait pas : il devait être quelque part en Galilée en train de chanter lui-même laudes et cantiques à la suite du roi. Renaud ne s'attendait pas à le rencontrer. En revanche, quand, après s'être occupé de son cheval, il franchit le seuil de sa maison en clamant les noms de Gilles et de Basile, aucun écho ne lui répondit. Pas même celui de la servante commise à leur entretien par la propriétaire. Il parcourut les chambres et la cour intérieure sans rencontrer âme qui vive.

Il se rassura cependant en constatant que tout était bien en ordre et que, dans la cuisine, un ragoût de viande bouillottait sur le fourneau. Ce qui lui rappela qu'il avait faim. Il chercha – et trouva ! – du pain, du fromage, des fruits, tira un pot de vin du tonneau et s'installa au seuil de sa chambre ouvrant sur le patio par de grands volets de bois peint pour attendre confortablement que quelqu'un revienne. La servante rentra quand il en était à la moitié de son repas. Il se rendit compte de son retour parce qu'elle poussa les hauts cris en s'apercevant des emprunts fait à son garde-manger. Il se leva et alla la voir :

– Ne criez pas ainsi, Perpétue ! Personne ne vous a volée. C'est moi qui me suis servi !

A sa vue, elle poussa un nouveau cri, lâcha le pot de lait qu'elle tenait à la main et se signa précipitamment trois ou quatre fois.

– Eh bien, vrai, je ne pensais pas vous faire peur à ce point ! fit-il en se penchant pour ramasser les morceaux d'argile. Que se passe-t-il donc ? Où sont maître Pernon et Basile ?

– A la pêche !

Puis, comme il la regardait sans avoir l'air de comprendre, Perpétue retrouva son aplomb en cherchant un torchon pour éponger le lait :

– Eh oui, à la pêche ! Qu'est-ce que vous voulez qu'ils fassent d'autre depuis qu'on leur a dit que vous étiez mort ? C'est toujours mieux que courir les cabarets du port et au moins ça rapporte un peu au lieu de coûter.

– Mais enfin, c'est ridicule ! Qui a dit que j'étais mort ?

Elle n'eut pas le temps de répondre : avec un hurlement de joie, Basile déboulait dans la cuisine et, abandonnant le panier qu'il tenait à la main, se jetait, pleurant et riant tout à la fois, dans les jambes de Renaud qu'il saisit à pleins bras :

— Sire Renaud, bredouillait-il, c'est bien vous ? Oh, béni soit le Seigneur !

Sur ce, il se mit à sangloter sans cesser d'étreindre les genoux du chevalier qui s'accroupit pour lui faire lâcher prise et se mettre à sa hauteur. Le chagrin qu'avait éprouvé cet enfant le touchait plus qu'il n'aurait su le dire mais il n'était pas l'homme des attendrissements. Il lui prit la tête à deux mains pour l'embrasser sur le front et le remit debout en même temps que lui-même.

— Allons, calme-toi ! Comme tu vois, je suis vivant. C'est le principal, non ? Mais cela ne me dit pas ce qui a pu vous faire croire à ma mort !

Pernon arrivait sur ces entrefaites, mais lui savait beaucoup mieux se contrôler que le petit Grec. Il se contenta d'offrir à son jeune maître un large sourire :

— Ah, vous voilà ! Je le savais bien, moi, que vous étiez vivant ! Le gamin ne voulait pas m'écouter ! Il est vrai qu'on a encore du mal à se comprendre tous les deux. Bien qu'il fasse des progrès chaque jour...

— Quelqu'un me dira-t-il enfin d'où vient ce bruit ?

— Du Temple ! Et je vais vous dire ce que je sais, mais d'abord je vais vous aider à vous laver. Vous êtes sale à faire peur, sire Renaud ! Et, sauf votre respect, vous ne sentez pas la rose !

En quelques minutes, il tira dans la cour un grand cuveau de bois muni d'une bonde, qu'il remplit à moitié d'eau tiède avant d'y faire asseoir Renaud. Puis, armé d'un gros savon verdâtre dégageant une forte odeur d'huile d'olive, il entreprit de le récurer :

— Cela me rappelle le jour de votre arrivée à l'hôtel de Coucy quand, dans l'étuve, on vous étrillait sous l'œil intéressé de cette pauvre Flore d'Ercri. Vous n'étiez pourtant qu'un bec-jaune à l'époque, mais elle savait regarder, la mâtine ! Qu'est-ce qu'elle dirait maintenant !

– Ça suffit ! Raconte-moi ce que je veux savoir. C'est plus important que tes radotages !

– J'y viens ! Sachez d'abord qu'après votre départ, messire de Joinville m'a traîné chez le roi qui était fort en colère contre vous et, croyez-moi, tout saint qu'il est, ce n'est vraiment pas rassurant d'avoir affaire à lui dans ces moments-là. Oh, il ne vocifère pas comme faisait monseigneur d'Artois. Toute sa personne reste de glace alors même qu'il souffle la fureur par les naseaux...

– Pourquoi en colère ? Parce que je suis parti sans son congé ?

– C'est absolument ça ! Il ne supporte pas que ses ordres soient transgressés. Mais il y avait autre chose : une lettre venait d'arriver... Et pas une bonne lettre !

– De qui ?

– Mystère ! Il n'y avait comme signature qu'un vague gribouillis et, bien entendu, pas de sceau. Elle disait que vous étiez l'auteur de l'enlèvement de dame Sancie et il n'y avait pas à s'inquiéter parce que vous l'aviez fait pour l'obliger à vous épouser...

Le savon que Renaud faisait machinalement glisser entre ses mains lui échappa et s'envola pour atterrir dans un pot de ciste à grosses fleurs roses et cotonneuses.

– Et le roi a cru que je pouvais vouloir épouser la dame de Valcroze au point d'employer pareil moyen ? La reine l'a-t-elle cru aussi ?

– Elle, je ne sais pas, mais notre sire Louis y ajoutait foi.

– Et pourquoi voudrais-je l'épouser ?

– Elle est très riche, et devenir baron de Valcroze

ferait de vous un vrai seigneur au lieu d'un simple chevalier sans sou ni maille ! Cessez de vous agiter ! J'explique seulement. Et je dis de plus que messire de Joinville vous a défendu courageusement en refusant de vous croire capable d'une telle vilenie. C'est lui qui a proposé de venir me chercher pour dire ce que je savais du message que vous aviez reçu. Je sais, vous m'avez défendu d'en parler, mais je ne pouvais pas vous laisser accuser. J'ai donc confié ce que je savais.

– J'aurais mauvaise grâce à te le reprocher. Qu'en a dit le roi ?

– Très peu, sinon qu'il fallait suivre cette affaire afin d'en démêler la vérité... Il a admis, cependant, que dans ces terres d'Orient, les choses ne se font pas toujours comme chez nous...

– Il est bien bon ! Et ma mort dans tout cela ?

– J'y viens ! Levez-vous, que je vous rince !

Il raconta que Basile avait suivi Renaud quand il avait quitté la maison, jusqu'à la porte de Galilée où il avait été témoin de sa rencontre avec Ali ; après quoi il s'était attaché au jeune garçon porteur du message, qui était à peine plus vieux que lui. Entre gamins, c'est facile de lier conversation et ce que Basile voulait connaître, c'était le nom du cavalier vers lequel on avait conduit Renaud.

– Il est bien évident, reprit Pernon, qu'il ne pouvait pas lui poser la question tout de go et ça a demandé du temps. Le garçon, qui s'appelle Thomas, est le fils d'un pêcheur de la basse ville, Nicaise, qui depuis longtemps déjà fournit la maison chevetaine du Temple.

– C'est la raison pour laquelle tu t'es mis à la pêche ? fit Renaud, une étincelle amusée dans l'œil.

– Je n'y suis pas si maladroit même si, auparavant, je pêchais seulement dans les étangs de Coucy.

N'importe, j'ai réussi à gagner sa confiance comme Basile gagnait celle de Thomas. C'est ainsi qu'on a fini par savoir que le cavalier était l'un des turcoples du Temple. Un certain Ali, dont le baptême avait fait Léon...

— Entièrement à la dévotion de Roncelin de Fos ! compléta Renaud.

— Ah ! Voilà ce que j'ignorais... mais que je flairais un peu ! Dès l'instant où le coup fourré passait par le Temple, il fallait qu'il y eût du Roncelin là-dessous.

— Et tu ne sais pas à quel point ! Je vais te le raconter, mais d'abord finissons-en avec ma mort !

— Oh, c'est simple ! A propos de cette histoire d'enlèvement d'une noble dame pour le compte d'un émir, le roi a consulté le Grand Maître, comme le mieux à même de se renseigner sur ce qui se passe de l'autre côté de la frontière. Ce que le Grand Maître a accepté de bonne grâce, et c'est lui qui, il y a environ une dizaine de jours, est venu annoncer que le cadavre d'un chevalier franc vous ressemblant comme un frère a été découvert au bord du lac de Tibériade, en si mauvais état qu'à cause de la chaleur on l'avait enterré sur place. Le roi l'a dit à messire de Joinville qui nous l'a annoncé. C'était plutôt dur, vous savez ! Surtout pour le petit ! Il a pleuré des nuits entières... et le jour on allait à la pêche. Il fallait bien s'occuper... A présent, à vous de raconter !

— Achevons ma toilette ! Pour ce que j'ai à te dire, je préfère le calme... et même le recueillement ! C'est tellement grave ! Tellement triste aussi ! En attendant, je suis inquiet pour Madame Marguerite. Elle est enceinte... une fois de plus ! Sacrebleu ! explosa Renaud, le roi ne sait-il rien faire d'autre quand il est avec elle que de lui mettre un enfant dans le ventre !

– Euh !... C'est assez l'habitude des époux normaux, hasarda Pernon.
– Quelle tristesse ! Vive l'amant, alors ! Une femme aussi exquise ne mérite-t-elle pas qu'on l'adore longuement, que l'on brûle pour elle les parfums les plus rares, qu'on la comble de caresses, de mots d'amour, de poèmes et de chansons célébrant son charme... Au lieu de cela et sans même lui laisser le temps de respirer, on l'engrosse entre deux prières la condamnant aux malaises pour des mois, à la souffrance pour finir. Et par-dessus le marché, elle est malade juste au moment où dame Hersende disparaît inexplicablement !
– Disparaît ?
– Ce vieux dindon d'Escayrac prétend ne pas l'avoir vue depuis deux jours. Par Dieu ! Je donnerais... n'importe quoi pour savoir où elle est passée !
– On peut toujours essayer, fit Pernon songeur.
Il y réussit fort bien. Le soir même, le mystère était éclairci et, en fait, il n'y avait pas de quoi fouetter un chat : Hersende était partie le plus régulièrement du monde pour Chypre, afin d'y examiner la reine Stéphanie dont la santé donnait de graves inquiétudes. Avec la gracieuse permission de Marguerite elle-même, reconnaissante de l'accueil reçu dans l'île lors de l'hivernage de la croisade. Elle aimait bien la douce et timide Arménienne et c'était volontiers qu'elle avait prêté – pour quelques jours seulement ! – un médecin dont la réputation n'était plus à faire.
– Pour un homme de confiance, le sire d'Escayrac n'a pas l'air très au courant, commenta Renaud. C'est assez inconcevable !
– Pas tellement. D'après Adèle, il radote un tantinet. Et puis il prend son rôle de curateur tellement au sérieux qu'il finit par obséder la reine et elle trouve un

malin plaisir à lui cacher certains faits, comme la raison du départ de dame Hersende. Pendant qu'il s'inquiète, il ne reste pas là, planté à trois pas de son fauteuil, à la contempler avec ses yeux de poisson mort en cherchant des ennemis dans tous les coins.

– N'est-ce pas un peu imprudent ?

– Adèle dit que non et l'on peut lui faire confiance. D'après elle, la reine n'est pas si malade. Elle souffre seulement de ce que toutes deux connaissent bien : les inconvénients d'un début de grossesse. Quant à dame Hersende, elle sera rentrée avant que le roi revienne. Alors cessez de vous tourmenter !

– Allons tant mieux ! Seulement moi, je me suis couvert de ridicule en allant tirer la dame de Valcroze de son couvent sous prétexte de danger couru par la reine. Elle ne me pardonnera jamais !

– Après ce que vous avez consenti et souffert pour elle, ce serait le comble de l'injustice et de l'ingratitude... Je sais, ajouta le vieil écuyer avec un haussement d'épaules désabusé, que les femmes ne voient jamais les choses comme nous les voyons, mais, pour l'instant, essayez d'oublier puisque le péril s'est éloigné !

– Tant qu'Elvira de Fos sera auprès d'elle, le péril ne sera jamais éloigné.

– Peut-être, mais tenez-vous coi jusqu'au retour du roi. Là vous pourrez, au grand jour et devant les hauts hommes rassemblés, dénoncer Roncelin le félon ! Et dame Sancie sera présente pour en témoigner... La sœur, alors, disparaîtra avec le frère !

– Certes, je le ferai ! Prions donc pour que le roi nous ramène vite sa justice !

Il n'ajouta pas que, jusque-là, il ne serait pas vraiment tranquille afin de ne pas faire de peine à celui qui était beaucoup plus son ami que son serviteur...

Le surlendemain, la lettre arrivait et, avec elle, volaient en éclats les certitudes de Pernon et la relative tranquillité d'esprit de Renaud. Sancie l'avait écrite et elle disait : « Vous aviez raison. Un grave danger menace, que vous êtes seul sans doute à pouvoir conjurer. On désire s'entretenir avec vous et vous confier une mission. Soyez ce soir à la mi-nuit au marché de Venise, sous le passage donnant accès à l'ancienne tour d'entrée du palais. Une femme vous y attendra. Ne lui parlez pas. Tout bruit doit être évité. Portez ce que je vous envoie mais n'oubliez pas votre épée. Sancie. »

Un sac de toile accompagnait le billet. Il contenait une très monastique coule de bure noire. Le tout avait été remis à Perpétue par une paysanne sans autre signe distinctif que l'âne sur lequel elle était juchée entre deux paniers pleins de courges, de choux, de poireaux et autres légumes.

– Eh bien ? fit Renaud en tendant les message à Pernon. N'avais-je pas raison ?

Celui-ci hocha la tête en mâchouillant sa moustache grise comme il en avait l'habitude quand quelque chose le tracassait :

– On dirait, mais j'aimerais savoir de quelle mission elle veut vous charger. La seule intelligente, selon moi, serait de courir à la recherche de notre sire pour lui demander de rentrer le plus tôt possible. Et, pour ce faire, pas besoin d'entrevue secrète : il suffisait de le signaler sur ce message.

– Cela prouve simplement qu'il s'agit d'une autre destination.

– Et puis vous êtes trop heureux que dame Sancie vous appelle ! Vous voyez qu'elle ne vous en veut pas...

Un peu avant minuit, Renaud, quasiment invisible sous sa robe de moine dont le capuce dissimulait son visage, arrivait sur la place que fermait en partie le *fondaco* vénitien dont deux lanternes signalaient l'entrée. L'arôme piquant du poivre, du gingembre, de la cannelle et de la muscade émanant des boutiques fermées venait à ses narines, relayé par l'âpre odeur du cuir d'un fabricant de selles, de bottes et de harnais. Au-dessus de sa tête le ciel se couvrait de nuages qui rendaient plus lourde la chaleur de cette nuit d'été. A main droite, le passage annoncé dessinait dans l'obscurité son ogive ténébreuse qu'il observa un instant avant de s'y engager... Il vit alors s'en détacher une silhouette dont il s'approcha. C'était bien celle qui devait le guider. Sans mot dire, elle saisit son bras pour l'entraîner vers la base de la haute tour crénelée qui dominait la place. Renaud connaissait l'endroit, qui, proche du port, était le centre névralgique d'Acre. Il savait qu'au pied de la tour, il y avait une petite porte tellement bardée de pentures de fer et de clous énormes qu'elle était à l'épreuve des plus puissants béliers. Un seul garde suffisait à la défendre et elle était très commode pour les gens du palais, car elle communiquait directement avec le quartier le plus commerçant... La femme n'avait pas dû la refermer en sortant : elle s'ouvrit sous la pression de sa main. Elle murmura quelque chose au garde et s'élança dans la vis de pierre qui occupait l'intérieur de la tour.

L'ascension parut interminable au chevalier partagé entre la joie de revoir enfin celle qu'il aimait et une vague inquiétude. Enfin on atteignit un couloir, éclairé ici ou là par des torches et qui serpentait entre les murailles. On le suivit jusqu'à ce qu'une tenture fût soulevée par la femme découvrant une salle de dimensions modestes mais somptueusement décorée de tapis et de tentures de soie. A cet instant, le son d'un luth se fit entendre et le cœur de Renaud battit plus vite.

Un doigt sur sa bouche pour l'inciter au silence, la femme mena son compagnon vers le fond où, derrière une tenture, se trouvait une porte, qu'elle ouvrit en le poussant à l'intérieur avant de la refermer derrière lui : il venait de pénétrer dans la chambre de Marguerite...

Il ne vit rien du décor : uniquement elle ! Qu¡ n'avait pas l'air malade le moins du monde. A dem¡ étendue sur une sorte de divan à la mode turque au milieu d'une infinité de coussins, c'était elle qui jouait. Vêtue d'une *sarka*, cette ample robe couverte de broderies d'or, laissant le haut du buste découvert et don¡ elle avait pris le goût à Chypre, elle rêvait en laissan¡ ses doigts caresser les cordes de l'instrument. Ses épai¡ cheveux sombres et lisses étaient réunis en une longue tresse épaisse, glissant contre la rondeur de son épaule Jamais elle n'avait été plus belle et Renaud, ébloui, du¡ se maîtriser pour ne pas se jeter à ses pieds, nus dan¡ de petites sandales dorées.

Elle ne l'avait pas entendu entrer, alors il s'accorda le délicieux plaisir de la contempler sans se défendre d'une furieuse jalousie envers le possesseur de cette merveille dans ses atours enchanteurs. Il ne pouvai¡ savoir que Marguerite ne portait cette robe – cadeau de la reine Stéphanie – qu'en l'absence de son époux qu¡ la jugeait par trop immodeste, même pour l'intimité conjugale. Elle la mettait pour son seul agrément, mai¡ qu'elle la portât pour le recevoir ouvrait pour celui qu¡ la regardait des perspectives vertigineuses...

Cependant il fallait bien se manifester. Avançant de deux pas, il rabattit son capuchon et mit genou er terre :

– Me voici aux ordres de la reine ! Infiniment heureux qu'elle ait besoin de moi.

Marguerite sursauta, repoussa le luth et s'installa au

milieu des coussins, ouvrit la bouche, la referma, puis finalement émit :
– Messire de Courtenay ? Mais que faites-vous céans ?

Il fut si surpris qu'il ne trouva pas la réponse tout de suite. Avec impatience, elle le pressa :
– Allons ! Répondez-moi ! Comment êtes-vous ici ?
– Une suivante m'y a conduit, ainsi que l'annonçait le billet de la dame de Valcroze !
– Le billet ? Quel billet ?
– Celui-ci.

Pour le tirer de sa coule, il se releva, ce qui l'amena à dominer Marguerite de presque toute la tête, lui offrant sur sa gorge une bien charmante « découverte » et le privilège de respirer son parfum.
– Sancie doit être démente ! s'écria-t-elle. Et d'abord où est-elle ?
– Mais... auprès de vous, madame, ainsi qu'elle me l'a promis il y a trois jours !
– Elle vous a promis il y a trois jours de venir auprès de moi ? Où vous a-t-elle fait cette promesse ?
– Au couvent des Clarisses où elle a tenu à se rendre, sans doute pour se recueillir après l'épreuve subie chez le *malik* de Damas d'où je l'avais ramenée. Et elle n'est pas venue ?
– Je ne l'ai pas vue depuis des semaines ! s'écria-t-elle en se redressant. J'avoue que je n'étais pas éloignée de la croire... morte. Comme vous-même, d'ailleurs... C'est à devenir folle !

Elle se prit la tête à deux mains et se mit à marcher avec agitation à travers sa chambre. Renaud osa l'arrêter au passage en prenant son bras :
– Madame ! Calmez-vous, je vous en supplie ! Peut-être pouvons-nous tenter de comprendre...

– Oui... Vous avez raison. Venez m'expliquer !

A son tour, elle le prit par la main tandis qu'elle se dirigeait vers une haute chaise de cèdre incrusté d'ivoire, placée près de la fenêtre en face d'une jarre dans laquelle s'épanouissait un magnifique rosier pourpre. Elle lui désigna un tabouret, mais il choisit de s'agenouiller près d'elle et elle ne l'en empêcha pas :

– Dites-moi tout, mais dites vite ! Cela ressemble assez à une conspiration !

Cependant, elle ne put s'empêcher de lui sourire, plus heureuse peut-être d'une présence plus souvent souhaitée qu'elle ne voulait se l'avouer. La flamme qui brûlait dans les yeux noirs de ce beau chevalier ne pouvait laisser aucune femme indifférente, elle moins encore que toute autre. Hersende ne prétendait-elle pas qu'il l'aimait ?

Aussi rapidement mais aussi clairement qu'il le put, il relata son odyssée et celle de Sancie, en évitant toutefois deux réalités : les outrages infligés à la vertu de son amie et sa propre appartenance à la famille de Saladin, se bornant à expliquer l'étrange comportement de l'émir Shawan par le danger que faisait courir au double royaume d'Alep et de Damas la perspective d'une sultane franque !

– Il a choisi de nous faire évader tous les deux avant l'arrivée de Dharta-Kathoum. Il y a parfois, chez ces infidèles, des guerriers qui savent se montrer sages et magnanimes.

– Vous avez eu de la chance et j'en remercie le Seigneur ! Quelle incroyable histoire ! Sancie ! « Ma » Sancie inspirant une si folle passion à un sultan !

– Aucun de nous... n'est à l'abri d'un sentiment si ardent qu'il le dépasse. L'amour ne connaît ni religion ni guerre... ni majesté. Il n'y a que l'être auquel on voue sa vie, son cœur... toutes ses pensées, tous ses désirs...

Un silence s'établit entre eux. Les yeux de Marguerite plongeaient dans ceux de Renaud, s'y miraient, cherchant la chaleur de cette flamme si doucement brûlante. Elle posa ses mains sur les siennes, se pencha vers lui, attirée par l'irrésistible aimant d'une passion trop longtemps contenue. Tout près de son visage, elle murmura :

— Renaud ! M'aimez-vous ?
— A en mourir, madame...

Alors elle posa ses lèvres sur les siennes. Un baiser d'une infinie tendresse, léger comme celui d'une fleur et d'un papillon, mais ces bouches qui s'unissaient étaient de chair, le sang se faisait tumultueux, le baiser plus profond ; mais quand Renaud, oubliant tout, voulut prendre Marguerite dans ses bras, elle le repoussa, se leva, s'éloigna vers les grands rideaux bleu et or du lit où elle cacha son visage :

— Moi aussi, je vous aime, fit-elle d'une voix un peu rauque. Mais il faudra vous contenter de le savoir... Sinon, nous sommes perdus... Vous et moi ! Peut-être le sommes-nous déjà... Ce billet étrange ! Votre apparition en ce lieu sans que nous sachions qui l'a décidée !

— Il y a dans votre entourage une vipère, madame ! La sœur est l'instrument du frère et Roncelin de Fos a juré...

— Elvira ! Vous devez être dans le vrai ! Quelqu'un a machiné tout ceci et ce ne peut qu'être elle !

Marguerite prit une petite cloche d'argent posée sur une table et l'agita. Sans obtenir de réponse. Alors, elle courut à la porte mais ne put l'ouvrir en dépit de ses efforts auxquels se joignit aussitôt la force de Renaud.

— On nous a enfermés ! gémit-elle. Mon Dieu ? Que signifie... N'avez-vous rencontré personne en venant ?

— Personne, sinon le garde à la porte de la voûte.
— Aucune de mes femmes ? Adèle, par exemple ? Ni le sire d'Escayrac ? Mais où peut-il bien être, celui-là ?
— Il a dû arriver quelque chose à votre vieux chien de garde. Il n'est pas homme à abandonner son poste... Il faut que je parte, ma reine... et vite ! Ecartez-vous ! Je vais essayer d'enfoncer la porte !

Il prit son élan mais ne réussit qu'à se faire mal.

— Ce qui ferme la chambre d'une reine est toujours solide, dit Marguerite tristement. Celle-ci est en cœur de chêne armée de bronze.

Renaud courut alors vers la fenêtre puisque c'était la seule issue qui lui restât, mais Marguerite le rappela :

— Regardez ! Là !

Sous le vantail glissaient de noires volutes de fumée qui se tordaient comme des reptiles suivies d'une coulée d'huile de lampe enflammée.

— Le feu ! se lamenta Marguerite. Il y a le feu de l'autre côté !... Oh, mon Dieu !

Elle se mit à crier, à appeler en frappant sur le bois à coups redoublés, mais sans obtenir de réponse. On aurait cru le palais évacué de tous les vivants qu'il contenait, et c'était affolant parce que cet instant de solitude – le premier ! – qui leur paraissait si doux, prenait à présent l'allure d'un cauchemar.

— On nous a tendu un piège ! émit Renaud. Il faut essayer d'en sortir. Eloignez-vous de cette porte, madame. Cela ne sert à rien de taper dessus et l'huile risque d'enflammer votre robe !

Il retournait à la fenêtre, une ogive haute séparée en deux par une colonnette, laissant assez d'espace pour le passage d'un être humain. Il se pencha au-dehors. Elle donnait sur une sorte de puits obscur qui devait être une cour intérieure avec l'habituel jet d'eau égrenant son clapotis dans un petit bassin, mais un mur élevé et lisse l'en séparait.

– J'arriverai à descendre ! affirma Renaud en se dépouillant de sa robe de moine pour plus de liberté de mouvement.

Il alla vers le lit afin d'en prendre les draps, s'en faire une corde, mais quelque chose siffla à ses oreilles et il eut juste le temps de sauter en arrière : venue de nulle part, une flèche à l'empennage enflammé venait de se planter dans le cadre soutenant les courtines. Celle que l'arme traversa prit feu aussitôt et le communiqua à sa voisine, cependant que des étincelles et des bouts de tissu se détachaient de l'ensemble pour tomber sur la courtepointe. En même temps, la fumée montait, de plus en plus dense. Renaud entendit tousser Marguerite tandis qu'à l'aide de coussins il s'efforçait d'étouffer les flammes du lit. Tout en s'activant, il aperçut sa forme brillante qui cherchait refuge, sans cesser d'appeler à l'aide, vers l'oratoire exigu qui occupait le fond de la chambre face au lit. Il cria :

– Si vous avez là une autre robe, madame, moins ample et plus commode, passez-la.

Le tissu surdoré était fin, en effet. La moindre flammèche pouvait en faire une torche. Il vit Marguerite aller vers un coffre, prendre un long vêtement de teinte foncée, puis se débarrasser de la *sarka*... et il détourna la tête cependant qu'il arrachait les rideaux enflammés pour les jeter dehors, refusant la claire vision d'un corps vite enfermé dans un bliaut bleu dont elle serra les lacets. En même temps, il réussissait à tirer du lit, encore intacts, les draps qu'il tordait. Son idée était de faire descendre la reine dans la cour par ce moyen classique. Restait à savoir si le tireur de flèche invisible était toujours là, auquel cas il vaudrait peut-être mieux qu'il descende avec elle en l'attachant à son cou afin de lui faire un rempart de toute l'épaisseur de sa personne.

Cependant, à l'extérieur, quelqu'un avait dû apercevoir le feu. Une rumeur se levait, faite de cris, d'appels. La fumée montait toujours sous le vantail qui lui ne bougeait pas, mais on pouvait entendre ronfler l'incendie au-dehors. Marguerite criait sans arrêt entre les quintes de toux. Elle résista à Renaud quand il voulut l'entraîner vers la fenêtre où il avait attaché solidement les draps noués ensemble.

– Non, je veux passer cette porte...
– C'est impossible ! Soyez raisonnable !
– Mon fils ! Je veux mon fils !
– Où est-il ?
– Dans l'autre chambre qui ouvre sur la salle...

Elle voulut s'élancer à nouveau vers la porte derrière laquelle on entendait un horrible fracas. Il l'en écarta de force.

– Ne restez pas là ! Ecoutez ! J'ai l'impression que l'on vient à notre secours.

En effet, le fracas, c'était le bruit de haches attaquant avec frénésie le bois de la porte qui se fissurait, mais l'appel d'air de la fenêtre attirait à présent les flammes qui léchaient le vantail.

– A l'aide ! hurla Marguerite ! A l'aide ! Je suis là !

Renaud prit soudain conscience qu'il lui fallait disparaître par n'importe quel moyen, car Dieu seul savait quel effet sa présence en pleine nuit dans la chambre de la reine ferait sur ceux qui venaient. Elle s'accrochait à lui et il voulut l'emmener à l'oratoire pour mieux la confier à Dieu avant de fuir par la fenêtre, dût-il se rompre le cou, quand le panneau de chêne s'abattit avec un bruit d'apocalypse, libérant quelques flammes mais surtout une fumée noire et dense de laquelle surgit... le roi suivi de Joinville. Tous deux armés de haches. Au-delà on pouvait voir s'agiter des hommes munis de seaux d'eau et de draps mouillés.

Secouée de sanglots, Marguerite se jeta dans les bras de son époux. Il les referma sur elle d'un geste machinal, mais son regard bleu, froid jusqu'à la glace, se fixait sur Renaud qui, avec un soupir résigné, pliait le genou devant lui.

– Ceci demande explication, je crois ! Mais plus tard ! Joinville !
– Sire ?
– Emparez-vous de cet homme et le menez à la prison de l'entrée.

Comprenant que le piège dont Marguerite et lui venaient d'être victimes n'avait que trop bien fonctionné et que la colère qu'il lisait dans le regard royal allait le mener sans doute à la mort, Renaud voulut tenter une explication :

– Sire, dit-il, les apparences sont contre moi, mais...
– J'ai dit à la prison ! Estimez-vous heureux que je ne vous aie pas tué de ma main...

Ajouter une parole eût été dangereux. Renaud se releva et suivit Joinville, visiblement partagé entre des sentiments contradictoires, et qui à l'évidence ne savait trop quoi dire. En traversant la salle sur laquelle ouvraient les chambres des dames, il put constater que l'incendie, généré par un brasero renversé qui avait poussé là comme par miracle, avait brûlé tentures et tapis, mais s'était révélé inefficace sur la pierre des murs. Des sergents s'employaient à l'éteindre. Plus de peur que de mal incontestablement et, avant de disparaître dans l'escalier, il eut le temps de voir Marguerite s'élancer vers l'appartement de son fils d'où Adèle échevelée surgissait et criait qu'on les avait enfermés, Madame de Montfort, le bébé et elle-même...

En traversant la cour pleine d'agitation à présent

pour gagner la tour d'entrée qui servait de geôle, Joinville, toujours aussi empesé, ne put retenir davantage la question qui lui brûlait les lèvres. Le ton pincé, il dit :

– Il y a longtemps que la reine vous accorde ses faveurs ?

– Elle ne me les a jamais accordées. Ce soir, j'ai été attiré par un billet mensonger... que je vais vous montrer... Oh, Seigneur, je l'ai laissé dans la robe de moine que j'avais en arrivant !

– Une robe de moine ? Qu'avez-vous encore inventé ? Et d'abord, comment se fait-il que, vous croyant mort, on vous retrouve en pleine nuit chez la reine et dans une attitude... Mon Dieu ! Quel affreux scandale !

– Il n'y aura pas de scandale ! Quant à mon entrevue avec la reine, j'en donnerai l'explication au roi... si toutefois il me la demande avant de me faire sauter la tête. En attendant – et là je vous en supplie de toute mon angoisse –, dites-lui qu'il s'empare de la demoiselle de Fos. C'est elle, j'en suis sûr, l'auteur de ce traquenard. Il faut à tout prix l'écarter de Madame Marguerite. Elle veut la tuer et aussi le petit prince parce qu'elle et son frère ont juré de détruire ce qui tient au cœur de notre sire ! Joinville, je vous en conjure, faites-le ! Sinon pour moi, au moins pour elle !

Très grave soudain, le sénéchal regarda son prisonnier au fond des yeux :

– Je le ferai ! Sur mon honneur ! Je n'ai jamais aimé cette femme.

– Merci !

On arrivait au corps de garde au-dessus duquel on avait aménagé deux ou trois cellules carcérales pour ceux qui, dans le palais, commettaient quelque délit. La vraie prison d'Acre se trouvait à la citadelle que tenaient les chevaliers de l'Hôpital, mais y envoyer Renaud eût donné sans doute plus d'éclat à une affaire trop délicate pour être répandue à travers la ville. Remis à l'officier qui en avait la charge, Renaud allait le suivre dans l'escalier quand il revint à Joinville :

– Une autre chose encore ! Essayez de savoir ce qu'il est advenu de la dame de Valcroze.

– Vous l'avez retrouvée ?

– Oui, et laissée sur sa demande au couvent des Clarisses où, apprenant que la reine était autant dire seule avec Elvira de Fos, j'étais retourné la convaincre de joindre Madame Marguerite. Elle l'avait promis et cependant elle n'est jamais arrivée au palais....

Le sénéchal leva les bras au ciel :

– Mon Dieu ! Mais qu'est-ce que ces complications ? Il semble qu'en notre absence, tout le monde soit devenu fou ici ! Il était grand temps que nous revenions ! Mais mourez tranquille ! Je vais m'occuper de tout cela ! Oh oui ! Je m'en occupe ! Et sans tarder !

Et il quitta le corps de garde en courant, tandis que, dans un réduit de pierre du premier étage, Renaud était mis aux fers, puis laissé à lui-même en tête à tête avec des pensées où l'amertume se mêlait à l'infinie douceur, à l'enchantement de l'instant où Marguerite lui avait dit qu'elle l'aimait. Ces mots qu'il n'avait jamais espéré entendre, elle les avait prononcés pourtant, en ajoutant que c'était tout ce qu'il aurait d'elle. Ce serait donc son viatique durant les heures qui le séparaient encore de la mort. Car il ne conservait plus aucune illusion : c'était le bourreau que le roi allait charger de le débarrasser de l'homme surpris par lui dans la chambre de sa femme.

C'était la troisième fois en moins de sept ans qu'il se retrouvait en prison puisqu'il avait échappé à celles de la Mansourah. Il n'y en aurait pas de quatrième et, après tout, c'était bien ainsi puisqu'il ne voyait même plus à quoi pourrait servir sa vie. La Vraie Croix de Baudouin et de Thibaut était anéantie, Robert d'Artois qu'il aimait tant servir était parti pour ce paradis des héros que Renaud n'était pas certain de mériter. Certes, il y avait le roi, mais le chevalier savait bien qu'au fond de lui-même, il ne l'avait jamais aimé. Peut-être parce qu'il se tenait trop haut pour l'homme modeste qu'il était, trop grand, trop noble, trop tourné vers Dieu ! La sainteté à laquelle Louis tendait – et qu'il atteindrait sans aucun doute ! – le faisait vivre dans une atmosphère trop pure, trop éthérée pour les poumons d'un simple mortel. La Castillane l'avait forgé ainsi, dans un acier parfait dont les fulgurances éblouissaient mais dont les arêtes vives blessaient. Où Marguerite finirait peut-être par se déchirer. Marguerite ! Un instant leurs lèvres s'étaient unies, mêlant leurs souffles. Une minute comme celle-là valait une vie et c'était elle que le chevalier – félon à son seigneur ! – emporterait au sein de la terre qui l'engloutirait bientôt. Il espérait seulement que cette mort serait brève, qu'on lui épargnerait les horreurs attachées au crime de lèse-majesté. Non pour que lui soit évité un dernier soupir qui ne serait sans doute qu'un dernier râle de souffrance, mais pour que Marguerite garde de lui un autre souvenir que celui d'un amas de chairs déchirées et sanglantes pendues à un gibet. Pour le reste, il confierait Sancie – il avait compris combien elle lui était chère ! – à Joinville, Pernon et Basile, et il partirait en paix avec les autres et avec lui-même... En espérant que Dieu, dans Son infinie miséricorde, accueillerait au bout du chemin sa vie ratée. Alors, il pria longuement et son courage s'en trouva conforté.

La journée passa et le soleil s'était couché quand on vint le chercher : deux soldats aux ordres d'un sergent qui le conduisirent non à travers la cour, mais par une suite de couloirs déserts jusqu'à une petite chapelle bâtie jadis par Henri de Champagne pour sa femme Isabelle. Le roi était là, longue forme blanche prosternée devant l'autel éclairé seulement par deux cierges de cire rouge. A ce point absorbé dans son oraison qu'il ne parut pas entendre le grincement de l'huis, le pas du sergent amenant le prisonnier, le bruit métallique des chaînes de ses poignets...

Au bout d'un moment long comme l'éternité, Louis se releva, éloigna le sergent d'un geste de sa main qu'il glissa ensuite dans son ample manche, avant d'aller s'asseoir sur le haut banc sculpté placé à gauche de l'autel. Enfin il parla :

– Chevalier de Courtenay, vous êtes ici devant Dieu plus encore que devant moi. Pour répondre de vos actes. C'est dire que le mensonge vous est pour jamais interdit.

– Je n'ai aucune raison de mentir. Et je proteste qu'en me rendant chez la reine, hier, je n'avais d'autre but que la sauver !

– De quoi ?

– Du danger que lui fait courir la présence de la demoiselle de Fos. Son frère Roncelin a juré de tirer du roi et des siens une éclatante vengeance. Elle est son instrument.

– Qu'avons-nous fait à ce Roncelin ?

– La jeune fille qu'il aimait est morte dans le bûcher de Montségur. Elle était la fille du châtelain et elle a suivi sa mère dans les flammes...

– Ah !

Un silence tomba. Le roi était entré en méditation. Renaud comprit que la paisible chapelle venait de s'emplir des ronflements de l'énorme feu, des cris des victimes... Et quand Louis parla c'était à lui-même plus qu'au chevalier enchaîné qui le regardait :

– Je ne l'ai pas voulu ! La loi est la loi cependant et l'hérésie – celle-là surtout ! – doit être extirpée. Ces malheureux niaient la divinité du Christ, partageaient l'univers entre un Dieu de lumière et un dieu des ténèbres, la Terre étant mauvaise et condamnée comme l'œuvre du démon. La Terre ! La France, mon beau royaume, serait l'œuvre de Satan ? Oser soutenir cette folie est un crime sans pardon...

Oubliant le prisonnier, son regard s'attachait au grand crucifix byzantin peint derrière l'autel et celui qui l'observait put voir des larmes couler sur son visage. Sans interrompre sa contemplation, Louis demanda :

– Qui est ce Roncelin de Fos ?
– Un dignitaire du Temple...

Le roi se dressa d'un jet, les poings appuyés aux bras de son siège.

– Les Templiers ! Encore eux !

Sa flambée de colère lui ayant fait oublier la sainteté du lieu, il s'agenouilla pour une brève oraison, puis se relevant :

– La demoiselle de Fos est morte. Messire d'Escayrac l'a abattue de sa main. Elle l'avait enfermé dans un réduit d'où il a pu se libérer et il l'a trouvée chez la nourrice de mon fils, un poignard à la main, à l'instant où elle allait les tuer. Il n'a pas hésité : sa loyale épée n'a frappé qu'un seul coup ! Quant à ses complices – car elle en avait dans le palais –, ils ont été saisis...

– Dieu soit loué ! exhala Renaud, trop soulagé pour s'attarder à songer que la dernière preuve de sa bonne foi disparaissait avec elle, puisque la fausse lettre de Sancie était perdue et qu'Elvira n'avouerait plus jamais qu'elle avait machiné le piège où il était tombé et où

– il en était persuadé – elle l'avait conduit de sa propre main. La femme voilée ne pouvait être qu'elle !

En relevant la tête après sa brève action de grâces, il rencontra le regard du roi qui l'observait, avec dans son éclat bleu une dureté qui n'annonçait rien de bon.

– Il n'en demeure pas moins que, sans hésiter un instant, vous avez cru la reine capable de vous donner, dans sa chambre, un rendez-vous secret ?

– Quand on est inquiet, sire, on croit n'importe quoi !

– Peut-être parce que vous espériez un appel de ce genre ?

– La reine ne m'a pas appelé. Le billet était signé par la dame de Valcroze que je pensais auprès d'elle...

– Et elle n'y était pas. Elle n'avait pas quitté le couvent des Clarisses où nous l'avons écoutée ce tantôt.

– Elle avait promis, pourtant ! s'écria Renaud qui, cette foi, se sentait perdre pied s'il ne pouvait plus accorder foi à la loyale Sancie.

– Elle aurait tenu sa promesse si un malaise soudain n'avait inquiété sérieusement la mère prieure et ses filles. Cependant, elle était assez remise ce jour d'hui pour m'apprendre ce qui lui est arrivé depuis sa disparition et quel rôle vous avez joué. Il en ressort que vous méritez quelques louanges... si c'est exact.

– Pourquoi ne le serait-ce pas ? Dame Sancie, j'en suis persuadé, est incapable de mentir !

– Nous allons en juger. Racontez-moi, vous, ce qui s'est passé. Et rappelez-vous devant qui vous allez parler !

Sa longue main maigre désignait le Christ. Le plus simplement qu'il put et avec une entière franchise, Renaud s'exécuta, ne retenant encore que le secret de son lien de sang avec le sultan, mais le roi avait reçu un choc émotionnel trop violent quand il avait retracé la fin de la Vraie Croix et de son vieux gardien. Tandis qu'il évoquait ce sacrilège majeur, le visage de Louis reflétait autant de souffrance que si on l'avait crucifié :

— Pourquoi... pourquoi ne m'avoir rien dit ? fit-il douloureusement.

— Pour ne pas troubler les grands desseins du roi qui eût tout abandonné pour courir au lieu de la sépulture. Ainsi pensait monseigneur d'Artois dont c'était devenu le rêve de rapporter lui-même la Croix à son frère bien-aimé.

— Robert ! murmura Louis avec une soudaine douceur. Cela lui ressemblait bien...

Le reste du récit souleva moins d'intérêt. Le roi n'arrivait pas à détacher sa pensée du tragique épisode, bien que la livraison de Sancie au prince musulman l'eût scandalisé. Et Renaud pensait avoir réussi à éviter de parler de sa naissance quand, par un chemin inattendu, il fallut y revenir car le roi dit brusquement :

— Dans ce grand désir que vous aviez de sauver la reine, n'entrait-il pas l'obscure pensée de travailler pour votre propre compte ?

— Je ne comprends pas, sire, ce que le roi veut dire.

— Allons donc ! Oserez-vous nier que vous êtes amoureux de votre reine au point de la convoiter ?

— Sire ! s'écria Renaud, épouvanté par la brutalité du ton mais aussi parce que dans cette chapelle où la présence de Dieu exigeait la vérité, il allait être obligé d'avouer son amour à un mari en proie à la jalousie.

Celui-ci cependant reprenait :

— Avouez donc ! Si vous ne le faites pas, non seulement vous mentez, mais encore vous niez une évidence ! Ou bien ceci ne vous appartient-il pas ?

Les doigts nerveux déroulèrent devant lui le petit portrait que Roncelin lui avait volé. Et Renaud retrouva tout son calme. Sur ce terrain-là, il se sentait solide :

— Ce dessin est mien, en effet, et j'avoue ne pas comprendre comment il se trouve dans les mains du roi alors que c'est Roncelin de Fos qui me l'a volé quand il m'obligea à creuser la terre au pied de l'acacia de Hattin...

— Vous dépassez les limites permises de l'audace en vous autorisant à interroger le roi. Comment je l'ai eu ne vous regarde pas. Il n'en ressort pas moins que votre lèse-majesté est flagrante dès l'instant où vous avouez votre amour pour celle dont vous avez l'audace de porter sur vous l'effigie ! Avouez, vous dis-je !

— Que j'aime et vénère cette belle image ? De tout mon cœur, sire, et sans qu'il y ait l'ombre de lèse-majesté. Elle ne représente pas la reine... mais ma grand-mère : la reine Isabelle de Jérusalem dont ma mère, Mélisende de Jérusalem-Lusignan, princesse d'Antioche, était la fille née d'une seule nuit d'amour entre sa mère et Thibaut de Courtenay.

— Votre père ? Je ne comprends pas.

— Non, sire, mon grand-père. Et puisque ici la vérité doit éclater aux yeux du roi, j'ajouterai qu'il a voulu me reconnaître pour son fils... et avec l'approbation de... l'Eglise afin que je puisse porter son nom de Courtenay. Il l'a fait par amour : celui de mon père m'eût condamné à mort !

— Qui était-ce donc ? Quelqu'un... d'inavouable ?

— En terre chrétienne, oui. Et le roi jugera : mon père était le roi d'Alep, al-Aziz Mohamed. Le prince à qui on a livré dame Sancie est mon demi-frère. Et il s'est comporté en vrai frère en nous rendant à tous deux la liberté...

— Miséricorde !

Un instant plus tard, les gardes ramenaient Renaud à sa prison. Le roi était retourné se prosterner devant le tabernacle...

C'était Joinville qui avait conduit Renaud à la tour des geôles ; ce fut lui qui vint l'y chercher deux jours après. Ce dont le captif fut grandement soulagé. D'autant plus que, pour effectuer cette libération, le sénéchal de Champagne n'était muni que d'un parchemin, sans l'accompagnement du moindre garde. Ce qui n'était pas l'habitude lorsque l'on conduisait un condamné à l'échafaud. Le digne seigneur lui en donna d'ailleurs pleine assurance :

– Je vous ramène chez nous afin de vous y garder jusqu'à ce soir où, toujours par mes soins, vous serez conduit auprès du roi pour attendre sa décision vous concernant.

– Une décision... ou une sentence ?

– Il ne m'en a pas fait la confidence. Tout ce qu'il exige de moi est que vous soyez lavé et sous votre meilleure apparence...

– Qu'est-ce que cela veut dire ?

– Encore une fois, je n'en sais rien. Sinon que le roi semble soucieux et assez mécontent. Vous avez été imprudent, mon ami !

– Imprudent ? Qu'eussiez-vous fait à ma place en recevant un billet invoquant un danger couru par la reine en l'absence de son époux ?

Joinville se gratta la tête, puis poussa un énorme soupir :

– Tel que je me connais : pareil que vous... La seule chose que je puisse dire est que je serai à vos côtés et prêt à plaider votre cause si le besoin s'en fait sentir. Depuis quelque temps, notre sire bavarde volontiers avec moi.

– Nous verrons bien ! Merci pour cette amitié que vous me montrez...

On devine avec quelle joie Gilles Pernon et le jeune

Basile virent Renaud leur revenir. Joinville leur avait raconté ce qu'il savait de la nuit de l'incendie et qu'il avait dû conduire le chevalier à la prison du palais. Depuis, Pernon passait en prières le temps qu'il n'occupait pas à se mettre en colère, ce qui revenait à peu près au même, car il invoquait alors sur le mode furieux tous les saints de sa connaissance. Basile, lui, restait des heures assis sur une pierre en face de la tour où Renaud était enfermé à mâchonner un brin d'herbe...

Joie ternie par l'ignorance où on était de ce qui allait se passer à la fin du jour. Cependant Renaud s'efforça de soutenir leur moral. Quelle que soit la décision de Louis, elle n'impliquerait pas la mort, sinon il serait toujours en prison...

Le soir venu, après avoir fait une toilette minutieuse, Renaud, lavé, rasé, les cheveux coupés comme il convenait, choisit de porter sa tenue de combat : le haubert et le camail d'acier sous la cotte d'armes arborant le blason de France. Comme Joinville s'en étonnait :

– La meilleure apparence d'un chevalier, c'est cela ! dit-il. Et jusqu'à preuve du contraire, je suis toujours écuyer du roi !

A cheval, cette fois, et par l'entrée principale, on gagna le palais. Renaud s'étonna de le voir éclairé comme pour une fête. Il y avait beaucoup de monde et tous portaient des costumes magnifiques. Joinville lui-même avait mis son plus beau bliaut de brocart vert et les bijoux qu'il avait achetés pour remplacer ceux jetés au Nil avant sa capture par les mamelouks, mais il ignorait ce que l'on pouvait bien fêter ce soir-là. Il se contentait d'obéir aux ordres et, les ordres étant de mener Renaud chez le roi, il le fit monter à l'étage. Mais là, un chambellan le sépara de son compagnon :

– Vous devrez attendre un moment, sire sénéchal. Le roi veut s'entretenir sans témoins avec le chevalier de Courtenay.

– Mais il m'avait dit...

– Ce sont les ordres, sire sénéchal, veuillez attendre !

A Saint-Jean-d'Acre, la chambre du roi reconstituait la fameuse Chambre Verte du palais de la Cité. Les meubles en étaient un peu différents, mais les tentures à peu près les mêmes. Louis, en effet, y était seul, couronne en tête, assis sur un siège à haut dossier placé près d'un grand candélabre chargé d'épais cierges de cire blanche. Il regarda Renaud venir à lui et mettre genou en terre, la tête droite. Ses yeux bleus ne cillaient pas et son visage était de marbre.

– Nous vous avons fait venir ce soir, afin que vous entendiez notre volonté, dit-il d'une voix lente. Les derniers événements font que votre présence en ce pays, dont vous êtes plus proche que nous ne l'imaginions, n'est plus souhaitable. Dès demain, vous embarquerez pour la France.

– Le roi me chasse ? murmura Renaud atteint au cœur.

– Non. Nous ne vous chassons pas. Votre vaillance ne nous a jamais fait défaut. Vous nous avez sauvé la vie jadis et notre frère d'Artois, tant regretté, vous aimait. Néanmoins, ce que vous nous avez confié et vos démêlés particuliers avec les chevaliers du Temple...

– Pas avec les chevaliers du Temple ! Avec un seul, et si je me présente au roi sous le harnois de guerre, c'est pour lui demander, quel que soit le sort qu'il me réserve, d'ordonner une rencontre à outrance entre moi et Roncelin de Fos. J'y laisserai peut-être la vie, mais lui y laissera la sienne, j'en fais serment. Ainsi, le roi n'aura pas besoin de me renvoyer. Les morts ne sont pas gênants !

– Nous y avons songé avant vous... mais il se trouve que ce misérable a déjà mis la mer entre notre justice et lui.

– Encore ! Il s'est enfui une fois de plus ? Il faut le faire revenir.

– C'est impossible, et vous le savez. Les Templiers ne relèvent que de Notre saint-père le pape. Même si nous avons l'intention de faire sentir au Grand Maître et à son maréchal, qui osent se livrer à des tractations secrètes avec le sultan de Damas, ce que pèse notre colère. Roncelin de Fos est hors d'atteinte... fors celle de Dieu !

– Moi je le retrouverai ! S'il n'est plus ici, peu m'importe d'y rester ou non ! Le roi le veut et moi, à présent, je demande de partir !

– C'est bien de la sorte que nous l'entendons, mais vous ne partirez pas seul. Madame Marguerite, notre épouse bien-aimée, nous a fait connaître la réalité de vos sentiments que nous avons crus un moment, et par une erreur bien naturelle, engagés dans une voie... sans issue ! Vous aimez, dit-elle, la dame de Valcroze pour laquelle d'ailleurs vous avez couru de graves périls. Aussi avons-nous décidé de vous unir à elle. Cette nuit même !

– Moi ? Epouser... Sancie ?

– Si vous l'aimez... comme le prétend la reine, ce doit être pour vous belle joie ? fit Louis avec, dans la voix, une nuance menaçante qui n'échappa pas à Renaud.

Celui-ci comprit en un éclair que les doutes de l'époux n'étaient pas tout à fait levés. Aussi, sentant le danger, se ressaisit-il :

– Certes, sire, mais je ne peux accepter. C'est une fort grande dame et je suis gueux, sans autre richesse que mon épée de chevalier !

— Nous pourrions vous répondre qu'elle est assez riche pour deux, mais vous méritez que nous veillions à ce que vous puissiez l'épouser la tête haute ! Vous serez nanti.

— Elle n'acceptera jamais ! Elle veut prendre le voile...

— Elle a accepté...

D'un mouvement vif, Louis quitta son siège et, traversant sa chambre, alla ouvrir lui-même une porte donnant accès à l'appartement des dames. La reine entra, menant par la main Sancie, éblouissante dans la somptueuse robe rouge brodée d'or des mariées. Sous le voile aux reflets pourpres tombant du cercle de rubis et de perles qui la coiffait, son visage était pâle et ses yeux baissés...

La voix claire de Marguerite s'éleva :

— Voici votre fiancée que je vous amène, sire Renaud, avec tous les vœux que je forme pour votre bonheur commun. Parce qu'elle m'est chère entre toutes les femmes...

Ses yeux souriaient. Pourtant Renaud crut y lire un appel, une angoisse. Craignait-elle qu'il ne refusât ? Il lui rendit son sourire en s'inclinant pour recevoir la petite main qu'elle guidait vers la sienne. Une main glacée et qui tremblait.

— Grand merci, madame, pour ce beau présent dont je me sens indigne mais que je ferai en sorte de mériter dans les temps à venir.

Une heure plus tard, leur mariage était béni dans la chapelle du palais par l'évêque d'Acre...

La nef atteignait la haute mer.

Debout côte à côte sur le château de poupe, les nouveaux mariés regardaient la campagne verte, la ville blanche se fondre peu à peu dans l'univers bleu où ils s'enfonçaient d'instant en instant. Pas une seule parole n'avait été échangée entre eux depuis qu'ils avaient quitté la chambre du roi. Ils étaient à présent un couple et pourtant il semblait que chacun d'eux eût choisi la solitude, ainsi que l'observait Gilles Pernon, du pied du mât où il s'était assis.

Sancie se détourna pour descendre vers la chambre qu'elle occuperait seule avec Honorine et ses servantes. Renaud demanda :

– Pourquoi avoir accepté ce mariage, madame ? Il était si facile de dire non...

Elle le regarda sans qu'il pût lire dans ses longs yeux couleur d'herbe fraîche :

– Vous croyez ? Alors sachez que, si j'avais refusé, votre tête serait tombée. Le roi était persuadé que vous aimez sa femme et qu'elle vous aime... Même un saint peut être jaloux !

Saint-Mandé, décembre 2002.

TABLE

Première partie
UN EMPEREUR FAMELIQUE

I.	La commanderie	9
II.	Le damoiseau	36
III.	De deux reines l'une...	68
IV.	La treille du roi	97
V.	Les tribulations d'un pape	131
VI.	Dans l'escalier de Pontoise	160
VII.	Le « médecin » du roi	190

Deuxième partie
LE SOUFFLE DE LA CROISADE

VIII.	A bord de la *Montjoie*	235
IX.	L'île d'Aphrodite	265
X.	La Mansourah	309
XI.	Le lai du chèvrefeuille	348
XII.	Enfin, la Terre Sainte !	381
XIII.	Le brasier	410
XIV.	« Qui es-tu ? »	451
XV.	Le dernier acte	484

DU MÊME AUTEUR
CHEZ POCKET
(suite)

Les Treize Vents
1. LE VOYAGEUR
2. LE RÉFUGIÉ
3. L'INTRUS
4. L'EXILÉ

Les Loups de Lauzargues
1. JEAN DE LA NUIT
2. HORTENSE AU POINT DU JOUR
3. FÉLICIA AU SOLEIL COUCHANT

La Florentine
1. FIORA ET LE MAGNIFIQUE
2. FIORA ET LE TÉMÉRAIRE
3. FIORA ET LE PAPE
4. FIORA ET LE ROI DE FRANCE

Les Dames du Méditerranée-Express
1. LA JEUNE MARIÉE
2. LA FIÈRE AMÉRICAINE
3. LA PRINCESSE MANDCHOUE

Catherine
1. IL SUFFIT D'UN AMOUR t1
2. IL SUFFIT D'UN AMOUR t2
3. BELLE CATHERINE
4. CATHERINE DES GRANDS CHEMINS
5. CATHERINE ET LE TEMPS D'AIMER
6. PIÈGE POUR CATHERINE
7. LA DAME DE MONTSALVY

DANS LE LIT DES ROIS
DANS LE LIT DES REINES
LES ÉMERAUDES DU PROPHÈTE
TRAGÉDIES IMPÉRIALES

LE ROMAN DES CHÂTEAUX DE FRANCE t. 1 et t. 2
UN AUSSI LONG CHEMIN
DE DEUX ROSES L'UNE
LA PERLE DE L'EMPEREUR
REINES TRAGIQUES
SEIGNEURS DE LA NUIT

Les Chevaliers
1. THIBAUT OU LA CROIX PERDUE
2. RENAUD OU LA MALÉDICTION
3. OLIVIER OU LES TRÉSORS PERDUS

"La fierté d'une famille"

(Pocket n°11948)

Obéissant au courroux de Saint Louis, Renaud de Courtilles épouse Sancie de Valcroze. Peu à peu, leur relation s'apaise, et le couple finit par avoir un enfant, Olivier. À sa majorité, ce dernier annonce son souhait ardent de devenir templier. Cette décision plonge Renaud dans une profonde affliction, car il sait que le Temple, chassé de Terre sainte et banni de France, est promis à une fin prochaine. Mais Olivier est fermement résolu à rendre son éclat à un Ordre terni par la corruption…

Il y a toujours un Pocket à découvrir

"Dix-huit femmes"

(Pocket n° 11362)

Des aventures de la paysanne Kiang-Sou aux appétits de puissance de Draga, reine de Serbie, de la cruelle lutte opposant Frédégonde et Brunehaut à la folie macabre de Jeanne, la mère de Charles Quint, Juliette Benzoni sillonne quarante siècles d'Histoire à travers les destins tragiques de dix-huit reines. Une épopée dramatique et haletante où l'amour, la haine et l'ambition côtoient le crime, la folie et l'implacable raison d'État.

Il y a toujours un Pocket à découvrir

"Bénis par les Dieux maudits par les Hommes"

(Pocket n°11884)

Que sait-on vraiment du tsar Nicolas II et de son épouse Victoria d'Angleterre sinon qu'ils furent assassinés par les Rouges lors de la révolution russe ? Pourtant, avec le dernier des Romanov, c'est tout un pan des dynasties impériales qui disparaît. Dans cet ouvrage, Juliette Benzoni redonne vie à ces grandes familles princières que furent les Habsbourg, les Hohenzollern ou encore les Bourbon. Au fil des leurs tumultueuses vies amoureuses, elle retrace les destinées tragiques de ces êtres hors du commun.

Il y a toujours un Pocket à découvrir

www.pocket.fr
Le site qui se lit comme un bon livre

Informer
Toute l'actualité de Pocket, les dernières parutions collection par collection, les auteurs, des articles, des interviews, des exclusivités.

Découvrir
Des 1ers chapitres et extraits à lire.

Choisissez vos livres selon vos envies :
thriller, policier, roman, terroir, science-fiction...

Il y a toujours un Pocket à découvrir sur www.pocket.fr

Cet ouvrage a été composé par
Graphic Hainaut (59163 Condé-sur-l'Escaut)

Impression réalisée sur Presse Offset par

BRODARD & TAUPIN

GROUPE CPI

29098 – La Flèche (Sarthe), le 23-05-2005

Dépôt légal : juin 2004
Suite du premier tirage : mai 2005

POCKET – 12, avenue d'Italie - 75627 Paris cedex 13
Tél. : 01.44.16.05.00

Imprimé en France